文學研究叢書·古典詩學叢刊

不廢江河萬古流

悅讀唐詩三百首（一）

李昌年　著

目次

出版緣起・自序

一、腹有詩書氣自華

三十餘年的教書生涯中,因為常被古典詩詞中的悲歡離合感動,於是逐漸把讀書研究的範疇,由宋明理學移轉到與自己的心靈更為契合的唐宋詩詞,並用心探討古人相關的注釋,參考當代學者的各種解說。然而,針對《唐詩三百首》來說,在幾乎讀遍所有古人的重要注解,以及在台灣能見到的所有當代學者的解說之後,卻赫然發現:這些解讀如果是由單一作者完成,多半屬於詩話式的蜻蜓點水,淺嚐輒止,讓人有隔靴搔癢,意猶未盡之感;或者勤於謄錄類書,資料相當龐雜瑣碎,讓人讀來頭昏腦脹,感到索然無味;或者賞讀時語焉不詳,出現理不勝辭,辭不達意,讓人越讀越迷惑的情況;而且從未有人獨力為《唐詩三百首》全書寫出完整而深入淺出的導讀與賞析。如果是由多人集體分工,則又有前後矛盾,扞格難通;或筆法駁雜,良莠不齊;甚至誤解旨趣,以致張冠李戴的缺點。這些現象除了讓人覺得相當錯愕之外,也感到憂心與遺憾——我們竟然沒有一部能夠觸動心靈,值得當代人慢讀細品的《唐詩三百首》導讀本。

因此,大約二十年前,筆者開始把多年鑽研唐詩的心得編寫成講義,在大學裡先後開設了四五門詩歌賞析等課程,希望經由細膩詳盡的解說,讓學生認識唐詩之美,也讓理工掛帥、科技當道的環境所教育出來的現代學子,經由詩歌的薰陶與啟發,逐漸涵蘊出溫潤的胸懷與深厚的人文素養。

後來,為了讓更多人能夠領略到唐代的詩歌藝術之美,於是發願專心著作,以撰寫出能夠觸動當代人心靈的《唐詩三百首》導讀與賞析為職志,藉以澄清幾乎積非成是的誤解,為推廣古典詩歌的現代化

與散文化，略盡棉薄之力，也為自己四五十年的讀書歲月，留下些許足跡。

二、不廢江河萬古流

　　儘管戴叔倫曾說：「詩家之景，如藍田日暖，良玉生煙，可望而不可置於眉睫之前。」筆者卻以為：既然在晴陽的映射下，深埋山中的玉氣會蒸騰出溫潤的煙靄而冉冉上升，那麼只要有心追求，細心觀察，自然可以發掘出蘊藏美玉的礦脈；同樣的道理，只要我們能夠將心比心，傾聽詩人的細密幽微的騷心，久而久之，也能進入詩人豐富的感情世界，分享詩人溫潤的性靈之美，從而領略到《唐詩三百首》迷人的風采。

　　當然，要讓讀者得到這些涵詠詩歌的美好經驗，有賴引人入勝而又味美於回的導讀文章，因此，筆者在撰述時便不斷鞭策自己，務必本著研究學術的嚴謹態度，以清暢可讀的散文來勾勒出詩中的情境，營造出具體的意象，好讓讀者能在腦海中浮現出清晰的畫面，甚至是生動的情節與影像，進而享受詩歌之旅的豐碩美好。

　　如今，經過多年焚膏繼晷地辛勤耕耘與細心呵護之後，這部一百四十餘萬字的專書終於開花結果，正式問世了！筆者懷著謙卑與感恩的心情，真誠地期許她成為讀者文化地圖中的長江黃河，永遠滋潤著所有悅愛詩歌藝術的美好心靈。

　　最後，鄭重地奉上本書：

　　＊這是一部筆鋒流注感情的唐詩讀本，請你鑑賞。

　　＊這是一部為你精心撰寫的論詩長卷，請你悅讀。

　　　　　　李昌年　謹識　於國立高雄科技大學

一、駱賓王詩歌選讀

【事略】

駱賓王（約 632－684？），字觀光，婺州義烏（今浙江省義烏市）人，「初唐四傑」之一。

賓王七歲即賦〈詠鵝〉詩曰：「鵝！鵝！鵝！曲項向天歌；白毛浮綠水，紅掌撥清波。」因有神童之譽。青年時期，於〈自敘狀〉中表示不願「說己之長，言身之善，覥容冒進，貪祿要君，上以紊國家之大猷，下以瀆狷介之高節。」可見其時之孤高自負，以致年逾三十，仍一無所成。後一改夙志，放縱其行，上則屢修書自薦，有搖尾乞憐之狀，下則與博徒冶遊，有浮躁淺露之名。

高宗麟德元年（664）封禪泰山，賓王代齊州（今山東省濟南市）各界作〈為齊州父老請陪封禪表〉，因擢為奉禮郎，然未幾因故遭貶而遠赴西域從軍，滯戍兩年餘。返長安後，又嘗遊宦蜀中。後曾任武功（今陝西省武功縣西北）主簿、長安主簿。高宗儀鳳三年（678），任侍御史，因睹唐祚潛移於武氏之手而屢上疏言事，遂得罪下獄，作有〈螢火賦〉〈獄中詠蟬〉及〈獄中書情通簡知己〉等，為己鳴冤。次年大赦天下，嘗赴幽燕為幕客。後任臨海縣（今浙江省臨海市）丞，以不得志而棄官。中宗嗣聖元年（684）九月，徐敬業以匡復李唐為名，起兵揚州，賓王為之作〈討武曌檄〉，暴斥武后罪狀。武氏覽之，驚嘆其才。敬業兵敗被殺，賓王死亂軍中（或謂賓王亡命，不知所終）。

賓王詞采華富，格律謹嚴；雖未脫盡齊、梁宮體餘習，然已流注真情，多所寄託。今有《駱臨海集》10卷傳世，《全唐詩》存其詩3卷，一百餘首。

【詩評】

01 魏慶之：駱賓王為詩，格高旨遠，若在天上物外，神仙會集，雲行鶴駕，想見飄然之狀。（《詩人玉屑》）

02 張遜業：賓王五言律詩，秀麗精絕，不可易及；然〈帝京篇〉尤一代絕唱也。（〈駱賓王文集序〉）

03 王世貞：（四傑）詞旨華靡，固沿陳、隋之遺；翩翩意象，老境超然勝之，五言遂為律家正始。……賓王長歌雖極浮靡，亦有微瑕；而綴錦貫珠，滔滔洪遠，故是千秋絕藝。（《藝苑卮言》）

04 胡震亨：義烏富有才情，兼深組織，正以太整且豐之故，得擅長什之譽。（《唐音癸籤》）

05 宋育仁：其源出於陰、何，特能清遠取神，蒼然有骨；雖才非純雅，固於勝處見優。（《三唐詩品》）

＊在獄詠蟬并序

【序文】

　　余禁所禁垣西，是法曹廳事也。有古槐數株焉。雖生意可知，同殷仲文之枯樹；而聽訟斯在，即周召伯之甘棠。每至夕照低陰，秋蟬疏引，發聲幽息，有切嘗聞。豈人心異於曩時，將蟲響悲於前聽？

　　嗟乎！聲以動容，德以象賢：故潔其身也，稟君子達人之高行；蛻其皮也，有仙都羽化之靈姿。候時而來，順陰陽之數；應節為變，審藏用之機。有目斯開，不以道昏而昧其視；有翼自薄，不以俗厚而易其真。吟喬樹之微風，韻資天縱；飲高秋之墜露，清畏人知。

　　僕失路艱虞，遭時徽纆，不哀傷而自怨，未搖落而先衰。聞蟪蛄之流聲，悟平反之已奏；見螳螂之抱影，怯危機之未安。感而綴詩，

貽諸知己。庶情沿物應，哀弱羽之飄零；道寄人知，憫餘聲之寂寞。非謂文墨，取代幽憂云爾。

【文意】

　　我被囚禁的監牢之圍牆西邊，就是聽取爭訟、決斷案情的法院，庭院中有幾株古老的槐樹。雖然它們看起來還有點生氣，卻讓我想起東晉時殷仲文面對枯樹的感慨（編按：感嘆自己不得志，而且形神憔悴枯槁）；但是既然官府在此地判決訴訟，也不免讓我想起周朝時審案清明而遺愛民間的召伯（編按：流露出獲得平反的渴望）。每當夕陽斜照著低垂的濃蔭時，秋蟬便斷斷續續地長聲嘶鳴，那幽咽的聲息，比起以前所聽到的還要悽愴哀切，這大概是因為我的心情不同於往日吧！或者是因為此地的蟬聲的確比從前所聽過的還要悲凄呢？

　　唉！蟬的鳴聲凄切，足以使人動容之外，蟬的品德高潔，也有類似賢人之處：牠保持自身的潔淨，具有君子達人崇高的品行；牠蛻去空洞的軀殼，又有棄俗羽化、飛昇仙都的靈妙姿態；牠看準時候生長，能順應陰陽轉化的規律；牠根據節令改變形跡，能洞察進退去就的時機；牠具備雙眼，不因世道昏亂就故意閉目不視；牠的羽翼雖薄，也不因禽鳥擁有寬厚的翅膀而改變牠本然的形貌；牠在喬木上迎風長吟，生動的氣韻，可謂得天獨厚；牠只暢飲高秋墜落的露水（而不食人間煙火），擁有清廉貞節的品德，卻不求廣為人知。

　　我因為一時失意，掉進了艱困的處境；又遭逢世變，身陷於監牢之中。雖然我並不因而哀傷怨嘆，但是還不到暮年，形神就已經枯槁憔悴，不免令人惆悵！聽到寒蟬幽咽的嘶鳴聲，還妄想平反冤情的章奏應該已經向上呈報；可是想到螳螂伺伏在寒蟬後的身影，又驚懼危機其實還未解除。此地的所見所聞，使我有所感觸，因而寫下這首詩來，準備留贈給知心的朋友。由於凄切的蟬聲觸動我內心的情感，使我很同情牠飄零的身世；因此把牠接近正人君子的風格，投寄給外界

的朋友了解，希望大家能悲憫地傾聽牠寂寞的心聲。我不敢自認為精通文墨，只是藉此表達我心中深刻的憂患而已。

【注釋】

① 禁所禁垣──禁所，被囚困之處。禁垣，監獄前之矮牆。

② 法曹廳事──曹，官署辦事之所；法曹，猶今之法院。廳事，或作「聽事」，原指受案聽訟之處，後私人之庭院亦有此稱，猶今之中庭。

③ 「雖生意」二句──感嘆自己既不得志，亦形神憔悴枯槁矣。東晉人殷仲文（？－407，為桓溫之女婿），嘗與眾人至大司馬桓溫府，見庭中老槐樹而嘆曰：「此樹婆娑，無復生意。」見《晉書・殷仲文傳》。又庾信〈枯樹賦〉亦謂仲文出為東陽太守，常忽忽不樂，顧庭槐而嘆：「此樹婆娑，生意盡矣！」

④ 「聽訟」二句──相傳周朝召伯巡行南國，聽取民間之訴訟時不欲煩勞百姓，即在甘棠樹下斷案，後人感念其遺愛乃相戒勿伐其樹；見《詩經・召南・甘棠》。

⑤ 「疏引」句──稀疏斷續地引聲長鳴也。

⑥ 「發聲」二句──謂聲息既幽微，其淒切更勝於往昔所嘗聞者。幽息，謂氣息幽咽欲止。有，通「又」，更也。切，淒切也。嘗，曾經。

⑦ 「豈人心」二句──豈，通「其」，大概也，推測之詞。人心，指自己的心情。將，抑、或也；轉折連詞。

⑧ 「聲以」二句──蟬的鳴聲淒切，足以使人動容；蟬的品德高潔，頗有類似賢人之處。象，相似也。

⑨ 「潔其身」二句──古人以為蟬吸風飲露¹，又不處於巢中，隨季候而生，其性至清，其品至潔，有如君子達人高潔之品行，故陸雲

〈寒蟬賦序〉以為蟬具有「文、清、廉、儉、信、容」六種美德，以為「君子則其操，可以事君，可以立身。」

⑩ 「蛻其皮」二句——稱美蟬能蛻去軀殼，又有棄俗羽化、飛昇仙都的靈妙姿態。蛻，指蟬脫皮；道教以蛻質、蛻化為解脫成仙之意。仙都，指仙界。羽化，道教謂人修真成仙，即能生身羽翼，變化飛行。

⑪ 「候時」二句——稱美蟬能看準盛陽之時生長，順應陰陽轉化的規律。候時，應時也。數，規律、週期也。

⑫ 「應節」二句——謂蟬能順應時節之變化，或藏其形，或顯其聲，有如士人能洞察進退去就之時機。審，洞識體察也。藏用，猶言退隱或仕進也；《論語・述而》：「用之則行，舍之則藏。」

⑬ 「有目」四句——稱美蟬能明其視而存其真：具備雙眼，不因世道昏亂而閉目不視；羽翼雖薄，不因禽鳥擁有寬厚的翅膀而改變其本然之形貌。斯，則也。自，雖也。

⑭ 「吟喬樹」四句——稱譽蟬在喬木上迎風長吟，氣韻得天獨厚；蟬只餐風飲露（而不食人間煙火），具備清廉貞節的品德，卻不求廣為人知。喬樹，高枝也。韻資天縱，謂其清高絕俗之風韻，得之於自然之賦予。資，得力於，藉助於。清畏人知，謂深自藏形斂跡，不求虛名；《晉書・良吏・胡威傳》載武帝頗重荊州刺史胡質之忠清，謂其子威曰：「卿孰與父清？」對曰：「臣不如也。臣父清恐人知，臣清恐人不知。」

⑮ 「僕失路」四句——僕，自稱的謙辭。失路，失意。艱虞，艱困憂苦。徽纆，綑綁犯人所用的黑索：三股撚成之繩索曰徽，兩股曰纆；此處意謂囚禁。搖落，以草木之凋零，喻生命之衰晚。

⑯ 「聞螻蛄」二句——意謂聽到寒蟬的嘶鳴聲，妄想可以平反冤情的章奏應該已經向上呈報。螻蛄，舊注謂即寒蟬。悟，此謂懸念妄想。平，輕重適中；反，推翻舊案。平反，推翻舊判，昭雪冤疑。

⑰ 「見螳螂」二句─想到螳螂伺伏在寒蟬後的身影，又驚懼危機其實仍未解除。見，應作「念及」解，蓋身在獄中能否見螳螂捕蟬，不無疑問。螳螂抱影，謂螳螂窺伺蟬影而欲捕取，喻殺機四伏也；《後漢書·蔡邕傳》載：蔡邕赴鄰人宴飲之邀，至門口，駐足聆聽座客鳴琴，以為有殺心而返。主人遽自追問其故，邕具告之。後鳴琴之客曰：「吾見螳螂方向鳴蟬[2]，唯恐螳螂之失也；此豈為殺心而形於聲者乎？」

⑱ 「庶情沿」四句─意謂被淒切之蟬聲感動，哀傷其身世之飄零；是以標舉其類似君子之風範，期盼外界能傾聽鳴蟬寂寞的心聲。庶，希望。情沿物應，謂蟬鳴聲觸動作者的感情。情，指詩人的情感。沿，緣也，由於之意。物，指蟬聲。應，感觸、感應。弱羽，代指蟬。道寄人知，將蟬所具有的美德，投寄給他人知曉。餘聲，除了指微弱的蟬聲之外，也指寄藏作者危苦心聲的本詩。

⑲ 「取代」句─謂聊表深憂之意也。取代，以此表示也。幽，深曲也。云爾，語尾助詞，猶「如此而已」。

【補註】

01 《吳越春秋·夫差內傳》：「太子友曰：『夫秋蟬登高樹，飲清露，隨風撝撓，長吟悲鳴，自以為安。』」曹植〈蟬賦〉：「棲喬枝而仰首兮，漱朝露之清流。」陸雲〈寒蟬賦〉：「挹朝華之墜露。」

02 雖《莊子·山木》云：「睹一蟬，方得美蔭而忘其身，螳螂執翳而搏之，見得而忘其形；異鵲從而利之，見利而忘其真。」《韓詩外傳》亦有：「螳螂方欲食蟬，而不知黃雀在後，舉其頸欲啄而食之也。」然與此處強調危機潛藏之用意似乎有別。

001 在獄詠蟬（五律） 駱賓王

西陸蟬聲唱，南冠客思深。不堪玄鬢影，來對白頭吟。露重飛難進，風多響易沉。無人信高潔，誰為表予心？

【詩意】

　　長安的秋天，寒蟬淒切地鳴唱著，不禁觸動我這個來自南方的囚犯，產生深沉悲涼的心緒。當羽翼如鬢髮般玄黑而又如影子般縹緲的秋蟬，來對著我這個遠離故鄉、含冤被囚的白髮之人聲嘶力竭地哀鳴時，真使人悲不自勝，難以承受！秋露越來越深濃，牠薄薄的羽翼越來越難以飛舉前進了（正如時局艱危，婦寺專權，我也有志難伸）；秋風越來越淒緊，牠嘶啞的叫聲也越來越低沉微弱（正如姦佞當道，讒謗在身，我也含冤莫白）。（大家都了解牠高據枝頭，餐風吸露，不食人間煙火的高貴品格，卻）沒有人相信我也具有高潔清芳的人格啊！有誰能夠為我表明清廉忠貞的心志呢？

【注釋】

① 詩題─高宗儀鳳三年（678），駱賓王擔任侍御史，由於屢次上疏諷諫而得罪，被誣以長安主簿任內贓污而入獄，本詩即作於此時。

② 「西陸」句─西陸，兼指被囚禁的地點在西京長安及時節為秋天而言。《隋書・志十五・天文中・七曜》：「日循黃道東行，一日一夜行一度，三百六十五有奇而周天。行東陸謂之春，行南陸謂之夏，行西陸謂之秋，行北陸謂之冬。」

③「南冠」句—南冠，《左傳·成公九年》載晉侯觀於軍府，見鍾儀，問曰：「南冠而縶者誰也？」有司對曰：「鄭人所獻楚囚也。」後常以南冠借代囚徒，此指作者而言。客思，多指客居異地而有的孤獨淒涼等情緒；不過此處可能另有「客居京華本欲一展抱負，竟遭讒被囚的悲憤心酸」之意。思，音ㄙˋ，作名詞解，通常指某種心緒而言。深，《駱臨海集》作「侵」，乃觸動、襲來之意。

④「不堪」句—玄，黑也。蟬翼色黑有如人之鬢髮，蟬翼薄而透明有如縹緲之影像，故以玄鬢影代稱蟬[1]。

⑤「來對」句—白頭，指憂心深重的作者；《樂府詩集·雜曲歌辭·古歌》載漢代樂府：「座中何人，誰不懷憂？令我白頭。」作者時約四十七歲而以白頭自稱，蓋用以表示懷有深冤苦憂也。又，吳兢《樂府古題要解》謂〈白頭吟〉有鮑照、張正見、虞世南諸作，內容皆為自傷清貞正直而遭誣謗之憤慨，故賓王所用「白頭吟」三字，殆有鮑照等作之寄意[2]。

⑥「露重」二句—露重難飛，象喻武后專權而威峻，使自己懷才不遇，有志難伸；風多響沉，象喻姦佞當道，眾口熏天，謗議洶洶，自己只能含冤杜口，難自昭雪。

⑦「無人」二句—高潔，古人以為蟬吸風飲露，不食煙火，似乎具有高潔的品格，從而對蟬產生特殊的情感而以牠為清高的象徵，因此漢朝達官的冠帽上往往有蟬形裝飾，即取其居高食潔之義。詩人曰「無人信高潔」，「高潔」的主詞已經從「露重飛難進，風多響易沉」的物我雙關，暗中過渡轉移為詩人，藉以自鳴冤痛，並寄託著平反昭雪的期望[3]，故曰「誰為表予心」。

【補註】

01 一般注釋多引崔豹《古今注》所載魏文帝之宮人莫瓊樹梳妝整髮，望之縹緲如蟬而有「蟬鬢」之稱的故實來解釋「玄鬢影」三字，

恐非詩人所用之意。蓋梳妝整髮之「蟬鬢」，原始的構思應該是「鬢妝如蟬」，是譬喻女子髮式造型如蟬，也就是以「鬢髮」為被描述被譬喻的本體，以「蟬」為形容「鬢髮」的喻體。後來為了讓語言更簡潔凝鍊，便省略喻詞「如」，並把「蟬」字轉品為形容詞放在「鬢」字之前作為修飾語，於是構成「蟬鬢」這個詞組。而「玄鬢影」三字原本的構思可能是「蟬如玄鬢，翼如影」，意思是「蟬之色，玄黑如鬢；翼之薄，縹緲如影」，所要描述的本體是「蟬翼」，而不是「鬢」；只是為了簡潔凝鍊而省略了被譬喻的本體「蟬／翼」，又省略了喻詞「如」字，才變成「借喻」的形式：「（蟬如）玄鬢（翼如）影」。可見解讀本詩之「玄鬢影」三字，其實與莫瓊樹之髮式無關。

02 有些注釋引用《西京雜記》所載西漢時司馬相如對卓文君用情不專，欲聘茂陵人之女為妾，卓乃作〈白頭吟〉曰：「悽悽重悽悽，嫁娶不須啼。願得一心人，白頭不相離。」相如聞之乃止之事，顯非作者所用之意。蓋卓文君所祈願者乃白首偕老，與詩人之憂愁深苦而白頭，誠可謂風馬牛不相及。

03 作者同期所作的〈螢火賦〉〈幽繫書情通簡知己〉等詩，也有相同的期盼。又，沈約〈詠竹〉詩有「無人賞高潔，徒自抱貞心」二句，作者似又暗襲其意。

【導讀】

　　這是一首密度極高、寄興極深的詠物詩。密度高，是由於用典精當，意蘊豐富；寄興深，是由於因物興感，渾融無跡。唯其如此，才會讀來句句是貼近秋蟬的形相，卻又語語關涉到作者的心志與精神面貌。反復涵詠，只覺蟬我之間，相互滲透，彼此融合，若即若離，而且語悲調苦，韻高味永，的確是初唐詠物詩的傑作。

「西陸蟬聲唱，南冠客思深」兩句，是以工整的偶句和奇巧的構思引出蟬聲與客思，興起通篇詠蟬自況的主旨。「西陸」，除了代表秋季外，又指作者所在的西京長安；「南冠」，除了代表囚犯外，又因作者為浙江義烏人，籍地正在長安東南之故。以「西陸」巧對「南冠」，時、地、人、事無不合宜，是精雕細琢的工筆。聞蟬聲淒切而客思深沉，正所謂「傷心人別有懷抱」，故而入耳驚心，不勝其悲。特別值得玩味的是：蟬既具有「文、清、廉、儉、信、容」六種美德（見序文注⑨），又有潔身高行、蛻化靈姿、順數候時、應節審機、明視存真、吟風飲露諸美而能斂藏自守（見序文二段）；因此詩人以蟬自況，既可美其德，又能明其志，而且還能達到物我渾融、不即不離的化境，的確是盡得詠物神理的妙想。此外，「南冠」的典故裡原本就含有鍾儀不忘故國的深意，因此當詩人對武后擅權、唐祚暗換的時局懷有深憂之時，便以「南冠」二字來暗示自己始終心向李唐的堅貞志節，其託寓之幽微，值得反復玩味。

除了前述令人稱賞的騷心之外，應該特別說明的是：「客思」二字雖然通常代表思鄉情懷，但在本詩中卻代表客居京城，本欲一展報國雄心，奈何竟遭讒入獄，以致前途未卜、生死難料的種種心酸與憂憤，和思鄉情懷無甚關聯。因為如果首聯意在流露鄉愁，那麼就「起承轉合」的章法而言，以下各聯的內容便應該順著鄉愁開展以求其深廣；可是我們在後面六句中卻看不到任何與鄉情有關的呼應，那麼，「客思」並非指鄉愁，是顯然易見的──否則便有脫針斷線之虞而顯得支離凌亂。讀者只要看看《唐詩三百首》中以鄉愁起筆的詩篇，例如杜牧的〈旅宿〉、劉長卿的〈新年作〉、馬戴的〈灞上秋居〉、崔塗的〈除夜有懷〉、白居易的〈望月有感〉……，必然在頷聯有呼應鄉情之筆，也就可以明白其中的道理了。

「不堪玄鬢影」中的「玄鬢影」承首句而來，寫蟬；「來對白頭吟」中的「白頭吟」承次句而來，寫自己。「玄鬢」二字和「白頭」

相對，或許也有自己雖當盛年，而憂心極苦，以致華髮早生的用意，所以作者在序文中說自己「未搖落而先衰」。而「白頭吟」三字除《樂府詩集》中因懷憂而白頭之義外，還有鮑照等人舊作中自傷清貞而受謗的冤屈之義，也是密度高，涵義深，運典傳神而又渾化無跡的妙筆。由於首聯已經對仗得相當精煉工整，因此次聯就以散文句法寫得似對非對[1]，使文句清暢流利而有靈活的變化，避免過多的對仗造成的呆板單調。

「露重飛難進，風多響易沉」兩句，是以「露重」「風多」喻小人當道，邪佞充斥的艱危時局和險峻形勢，又以「飛難進」「響易沉」喻懷才不展，落拓失意而人微言輕的無奈，以及難以為自己辯護的沉痛；如此層層渲染之後，便使黃鐘毀棄，瓦釜雷鳴的意涵，包孕得更為深刻，情感抒發得更為沉鬱，氣氛也烘襯得更為凝重嚴肅了。正由於這兩句既是實寫寒蟬處境的賦筆，同時又兼有寄託幽情遠意的譬喻和議論在內，表現得語悲調苦，而又氣韻如生，有助於引發讀者親歷其境的感受和設身處地的聯想；因此，賀裳說本聯：「尤肖才人失路之悲，讀之涕洟欲下[2]。」仔細玩味起來，可以發現中間兩聯不僅運典能傳其神，而且雕琢能化其跡，兼又興象綿邈，託諷遙深，因此讀來令人有一唱三嘆，迴腸蕩氣之感。

由於腹聯憂國傷時之意已經溢於言表，而深冤極苦的感情又茹而未發，因此詩人心中強自遏抑的忠憤鬱勃之氣，便蓄積得極為充沛飽滿，於是便在尾聯以高亢的聲調噴迸出直切的心聲：「無人信高潔，誰為表予心！」自然也就產生使人心絃震顫的勁道和氣勢了。「無人信」三字，表現出瀕臨絕望的怨憤哀痛之情；「誰為表」三字，又流露出仍抱一絲僥倖（卻又不敢期望過高）的悽涼；情緒表現得既激切又細膩入微，值得細加體會。

清施補華《峴傭說詩》曾一針見血地比較三首以蟬自況的名篇：「《三百篇》比興為多，唐人猶得此意。同一詠蟬，虞世南『居高聲

自遠，端不藉秋風』，是清華人語；駱賓王『露重飛難盡，風多響易沉』，是患難人語；李商隱的『本以高難飽，徒勞恨費聲』，是牢騷人語。」前人學問淵博而見識精到的評解，不僅有助於我們掌握一首詩歌的精義，還能讓我們觸類旁通，了解一代詩心的蘊奧，的確令人既敬慕又歆羨。

其實不僅本詩興寄幽微，能夠妙傳騷心，值得再三玩味；連序文都寫得低回沉痛，筆墨有情，也值得深入探索。曹植的〈蟬賦〉說：「實淡泊而寡欲兮，獨怡樂而長吟。聲嗷嗷而彌厲兮，似貞士之介心。內含和而弗食兮，與眾物而無求。棲喬枝而仰首兮，漱朝露之清流。」正由於蟬在古典文學中屢次被清貞耿介的君子引為同調而賦予牠高潔優美的形象，藉以寄託詩人難言的隱衷，抒發沉鬱頓挫的感懷，於是聞蟬而動心抒情的作品，便在詩壇上散發著一派幽冷的光華，高唱出奇逸的清音。

【補註】

01 因為「影」是名詞，而「吟」則是動詞；無法形成工整對偶。

02 見《載酒園詩話‧又編》論「四傑」條；他又說〈序文〉中「有目斯開，不以道昏而昧其視；有翼自薄，不以俗厚而易其真」一節文句，隱然寫出狂狷之士「嘐嘐踽踽，不肯閹然媚世」（見《孟子‧離婁下》第 37 章）之意，的確是深契騷心的見道之言。

【評點】

01 陸時雍：大家語。大略意象深而物態淺。（《唐詩鏡》）

02 鍾惺：「信高潔」三字，森挺不肯自下。（《唐詩歸》）

03 黃克纘：詠蟬詩描寫最工，詞甚雅正。（黃氏與衛一鳳輯《全唐風雅》）

04 周珽：次句映帶「在獄」。三、四流水對，清利。五、六寓所思，深婉。尾（聯）「表」字應上「侵」字，「心」字應「思」字有情。詠物詩，此與〈秋雁〉篇可為絕唱。（《唐詩選脈會通評林》）

05 顧安：五、六有多少進退維谷之意，不獨說蟬；所以結句便可直說。（《唐律消夏錄》）

06 黃生：尾聯總冒格（按：即於尾聯畫龍點睛而拈出騷心）。序已將蟬賦盡，詩只帶寫己意，與諸詠物詩體格不同。（「露重」二句）語兼比興。（《唐詩矩》）

07 高步瀛：以蟬自喻，語意沉至。（《唐宋詩舉要》）

二、杜審言詩歌選讀

【事略】

杜審言（約 645－708），字必簡，河南鞏縣（今河南鞏義市）人，晉朝名將杜預之遠孫；因屬於襄陽杜氏一支，故新、舊《唐書》皆作襄陽人。高宗咸亨元年（670）進士，歷官隰城（今山西省汾西縣）尉、洛陽丞。後因對上言事不當貶吉州（今江西省吉安市）司戶參軍，不久免官回洛陽。後蒙武則天召見，授著作佐郎，遷膳部員外郎。中宗神龍初（705），因諂事武后寵臣張易之兄弟而流放峰州（今越南北部），召還後，又起用為國子監主簿、修文館直學士。

青年時期與崔融、李嶠、蘇味道齊名，合稱「文章四友」，以審言最著詩名；晚年則與沈佺期、宋之問唱和齊名。

杜審言雅善五言詩，工書翰，有才名，然狂放自負，傲世凌人，故其誇誕之言頗傳於世：

＊蘇味道為天官侍郎，審言之《集判》出，嘗謂人曰：「味道必死。」人驚問其故，答曰：「彼見吾判，將羞死。」（見《太平廣記》卷 265「輕薄」門引《譚賓錄》）

＊嘗語人曰：「吾文章當得屈宋作衙官，吾書跡當得王羲之北面（按：使屈原、宋玉相形失色，使王羲之低頭稱臣）。」（同上）

＊臨終前又曾對宋之問、武平一言：「吾壓汝等久矣！今且死，大可告慰於諸君，惟恨無人續吾耳！」（《唐才子傳》據《新唐書》改寫）

其詩雖僅存四十餘首，然明人編選唐詩，往往以〈和晉陵陸丞早春游望〉為五律之冠，可見其詩法之精鍊，故王世貞《藝苑卮言》評

曰：「審言華藻整栗，小讓沈、宋；而氣度高逸，神情圓暢，自是中興之祖，宜其矜率乃爾。」王世懋《藝圃擷餘》亦云：「（審言）詩自佳，華於子昂，質於沈、宋，一代作家也。流芳未泯，乃有杜陵豈其家風，盛哉！」翁方綱《石洲詩話》評曰：「必簡於初唐流麗中別具沉摯。」可見前人推許之高，無怪乎其孫杜甫頗以家學淵源自負，在〈贈蜀僧閭丘師兄〉詩中說：「吾祖詩冠古」，又在〈宗武生日〉詩中說：「詩是吾家事」，祖孫二人先後輝耀詩壇，亦足以佳話千古矣。

　　《全唐詩》存其詩 1 卷，43 首。

【詩評】

01 陳子昂：徐（幹）、陳（琳）、應（瑒）、劉（楨），不得廁其墨；何（遜）、王（融）、沈（約）、謝（脁），適足靡其旗。（《陳子昂集》卷 7〈送吉州杜司戶審言序〉）

＊ 編按：殆謂其氣格渾古，可以超邁建安七子；詞藻華美，可使六朝文人低眉。

02 李邕：鐘律儼高懸，鯤鯨噴迢遞。（杜甫〈八哀詩‧贈秘書監江夏李邕〉中述李邕對杜審言詩藝之評論）

＊ 編按：前句喻其聲調高雅，音韻和美；後句喻其氣勢雄渾，意境遒壯。

03 徐獻忠：學士高才命世，凌轢同等，律調琅然，極其華茂，然其心靈流暢，不煩構結，而自出雅致，曠代高之，以為家祖。少陵雄生後代，威鳳之丸，不離苞素者也。〈守歲（侍宴應制）〉篇云：「宮闕星河低拂樹，殿庭燈燭上熏天」，氣色高華，罕得其匹。（《唐詩品》）

04 胡應麟：初唐無七言，五言亦未超然，二體之妙，杜審言實為首倡。五言則「行止皆無地」「獨有宦遊人」；排律則「六位乾坤動」

「北地寒應苦」；七言則「季冬除夜（接新年）」「毗陵震澤（九州
通）」，皆高華雄整。少陵繼起，百代楷模，有自來矣。（《詩藪》）

05 許學夷：五言律體實成於杜、沈、宋，而後人但言成於沈、宋，
何也？審言較沈、宋復稱俊逸，而體自整栗，語自雄麗，其氣象
風格自在，亦是律詩正宗。（《詩源辯體》）

06 顧安：必簡用意深老，措辭縝密，雖極平常句中，一字皆不虛
設。……後來盡得其法者，惟文孫工部一人。（《唐律消夏錄》）

07 賀裳：必簡散朗軒豁，其用筆如風發溮生，有遇方成圭，遇圓成
璧之妙。即作磊砢語，亦猶蘇子瞻坐桄榔林下食芋飲水，略無攢
眉蹙額之態，此僻澀苦寒之對劑也。但上苑芳菲，止於明媚之觀。
（《載酒園詩話・又編》）

002 和晉陵陸丞早春遊望（五律）　　　杜審言

獨有宦遊人，偏驚物候新。雲霞出海曙，梅柳渡江
春。淑氣催黃鳥，晴光轉綠蘋。忽聞歌古調，歸思
欲沾巾。

【詩意】

　　唯有長年因為官職調動而遊歷四方，而又抑鬱滿懷的人，才會特
別對於異鄉的節候和風物，感到新奇而驚訝（於是便在不知不覺間，
讓鄉愁慢慢浸透心頭了）。晉陵地區在早春的黎明時分，雲氣被朝陽
照耀之後，彷彿和旭日一同從東邊的海面上冉冉蒸騰而出，景象真是
瑰麗極了。渡過長江而南的梅花，很早就在枝頭綴滿春意，柳葉也很
早就舒展開來，兜來了一樹的春風。溫暖的氣候，早就在無形中促使

黃鶯歡欣而婉轉地啼唱著迎春曲調；當晴朗的陽光映照著水面時，水
面的浮萍便由嫩綠而翠綠而碧綠而深綠地變換它的春裝……。就在我
深深感受到異鄉早就春意滿城而驚奇矚目時，忽然聽到你吟唱出思念
故鄉的古老歌謠，不由得使我歸思悠悠，滿腹鄉愁而淚濕衣衫！

【注釋】

① 詩題—和，以與原唱同題的方式作詩酬答對方；然陸某之原唱似
已失傳。晉陵，郡名，唐時屬江南東道，治所在今江蘇省常州市。
陸丞，陸元方，字希仲，吳人，武后時曾為相，時為晉陵郡之縣
丞，而作者時任職於江陰縣[1]（今江蘇省江陰市），與陸某是同郡
鄰縣的僚友。《全唐詩》於本題下注曰：「一作韋應物詩[2]」。

② 「獨有」句—獨有，唯有。宦遊，杜審言於高宗咸亨元年（670）
進士及第後，長年充任縣丞、縣尉等小官而宦遊各地，到寫作本
詩時已經萍飄梗逐近二十年了，卻仍然遠離京洛，不得內轉，難
免頗有失意淪落之悲，故云。

③ 「偏驚」句—偏，特別。物候，指自然風物與節候的變化。新，
指與故鄉所見者大不相同的新奇之感。

④ 「雲霞」句—寫新春伊始時所見江海間晨景之壯麗：初昇的旭日
從東海突然躍出，頓時映照得江海間的雲霞金光萬丈，艷麗驚人。
曙，原指破曉時的陽光，此處作形容性謂語解，有映照得很明亮
的意思。

⑤ 「梅柳」句—寫初春正月江南的花榮木茂。春，也作形容性謂語
解，有春臨人間而生機盎然的意思。作者同年正月所作〈大酺〉
詩也特別描繪江南所見梅柳芳春之美：「梅花落處疑殘雪，柳葉
開時任好風」。

⑥ 「淑氣」句—寫在暖春氣息的激勵下，黃鸝更加歡愉地鳴唱。淑氣，指溫和的新春氣息。催，有鼓勵、助興、催動情緒、鼓舞精神之意。黃鳥，又名倉庚、黃鸝。

⑦ 「晴光」句—晴光，晴朗明亮的陽光。轉，指蘋草的色澤逐漸轉濃變深。蘋，水草名，形似浮萍而大者。

⑧ 「忽聞」二句—古調，既讚譽陸丞原作〈早春遊望〉的風調頗為古雅，也因思鄉之情，古今所同，故謂之古調。歸思，思鄉的情緒。思，音ㄙˋ，情懷、意緒也。

【補註】

01 依照時地考察，本詩大約作於武后永昌元年（689）前後，二人酬唱的地點可能是與晉陵相距不到四十公里，位置正在長江出海口的江陰。

02 傅璇琮《唐才子傳校箋》第一冊74頁說：「此確為韋作。」然筆者未曾拜讀相關的考證論辯之作，無法評斷。姑誌於此，以俟異日查證。

【導讀】

　　王夫之《薑齋詩話》說：「情景名為二，而實不可離；神於詩者，妙合無垠。巧者則有情中景，景中情。」拿這則很有見地的文字來賞讀本詩，就會發覺：由於作者心中本有宦遊羈泊之苦悶，所以容易觸景而動心，無形中便會把感情流注在景物之中，自然在描寫江南春暖花開、雲霞海日、鳥語晴光等水鄉風物時，會有驚新而不快，動心而不樂的黯淡情緒寓藏其中。換言之，作者是以懷鄉思歸的心情，透過遊宦四方的眼睛來領略江南的春意，於是使人驚新的異鄉風物，便難免疊映著故土熟悉的景致，以至於詩中隱然流露著淒清的鄉愁。因此，我們在欣賞清新秀麗的景色，品味飽滿醇厚的情思之餘，應該特別留

意首尾兩聯的「獨有」「偏驚」「忽聞」「歸思」等詞語的意涵，才
能體會出景中藏情、意在言外的用心。

先就全詩的旨趣而言，由於詩人長期困居下僚，遊宦四方，不能
展志壯飛，以致牢騷滿腹而思歸情切，在面對異鄉風物之奇時，不免
有王粲〈登樓賦〉中「雖信美而非吾土兮，曾何足以少留」的感慨；
因此儘管異鄉的景物令人驚新一時，卻無法使他完全排遣苦悶，所以
詩人說：「獨有宦遊人，偏驚物候新！」

在詩人的家鄉河南，新春伊始的景物是風雖暖而水猶寒，因此《禮
記·月令》說：「東風解凍，蟄蟲始振，魚上冰。」可是江陰近海而
陽和先臨，春風與春水都暖和，而且常有雲霞滿天，因此詩人才對「雲
霞出海曙」的景象大表驚奇。初春正月時，中原的情調是殘冬未消，
柳葉未綻，猶可踏雪尋梅；而江南水鄉的江梅岸柳卻早已競相開花展
葉，春意盎然，因此詩人才會在面對「梅柳渡春江」的風物時，驚詫
其榮茂之早。

由於中原地區在季春三月時浮萍始生，而在江南地區卻整整提早
一個月，因此詩人便轉而由聲色光影的變化來表現新奇的感受：「淑
氣催黃鳥，晴光轉綠萍。」這一聯化用了陸機〈悲哉行〉：「蕙草饒
淑氣，時鳥多好音」，以及江淹〈詠美人春遊〉：「江南二月春，東
風轉綠萍」的詩意，卻能更為生新出色，令人嘆賞。

由於詩人本有不如歸去的深切鄉情，因此在充滿驚新懷舊之感時
「忽聞歌古調」，便使他再也無法遏抑內心蓄積已久而濃得化不開的
鄉愁，遂根觸百端而悲不自勝地吟唱出「歸思欲霑巾」了！

如果就章法的嚴謹、針線的綿密及意蘊的豐富而言，本詩實有值
得進一步細加賞析的匠心獨運之處，因此逐聯說明於後。

「獨有宦遊人，偏驚物候新」中的「獨有」二字，破空而來，已
頗有夭矯不群的氣勢；而且「獨」字又是入聲字，本來就有噴薄而出
的逼急語氣，因此使詩篇一入手就表現出孤迥高遠而難以撫平的意緒，

有助於讀者想像詩人漂泊四方時孤獨落寞的形象。再加上「偏驚」二字的強調語氣，也有孤子兀立而不同尋常的意象，從而營造出首聯特別警拔聳動的效果，因此胡應麟《詩藪·內篇·卷5》就曾拈出本聯與孟浩然的「八月湖水平，涵虛混太清」為唐人「五言律起句之妙者」。

就詩義而言，「宦遊人」本來就具有羈旅的情懷，「物候新」則有引人入勝的新鮮感；當它們和「獨有」「偏驚」這兩組抒情意味極為強烈的詞語結合之後，便包孕著沉淪下僚、萍飄梗逐的憂憤，流露出思憶故鄉、欲歸不得的苦悶，同時還隱約暗示出賞心而不歡、悅目而不樂的矛盾情懷。再就針線而言，「宦遊」二字如溶鹽入水般，不著色相地滲入以下三聯六句之中，而「新」字更是中間兩聯寫景之所以精采的神髓所在：雲霞初蒸、海日初曙、春風早臨、梅柳早開、淑氣方暖、黃鳥方啼、晴光新照、萍色新轉等景象，可謂無一不展露出「新」字的精神風采來。換言之，「物候新」三字有如使四馬爭馳的轡繮一般，攬握在手，自然縱橫如意。

「雲霞出海曙，梅柳渡江春」兩句，意在表示：海日初升，曙光乍現，把雲霞折射出絢麗的色彩，使人動心駭目；作者渡江而來，梅柳爭春之景致，也使人情靈搖蕩。作者的故鄉鞏縣位於洛陽以東約五十公里左右，和最近的海邊以直線距離來計算，也有五百五十公里以上，因此「雲霞出海曙」那種旭日融融，雲蒸霞蔚的瑰麗雄壯，對「宦遊」的詩人而言，正是前所未見的新奇景觀。而作者此時任職的江陰正在長江南岸，自須「渡江」南下才能行使職權；因此「渡江」二字的主詞其實是詩人，可是他卻說成梅柳渡江才給江南地區帶來春光，就顯得特別生新出色，耐人尋味；因此范晞文在《對床夜語》說：「詩在意遠，固不以詞語豐約為拘。……狀景物，則曰『雲霞出海曙，梅柳渡江春』。似此之類，詞貴多乎哉？」

「淑氣催黃鳥，晴光轉綠蘋」兩句，雖是單承「物候新」而寫，然其中自有「宦遊人」睹物思鄉的客情在內。「淑氣」「晴光」是雙

承「曙、春」二字而寫節候，其中又有所區分：「淑氣」是因「春」回大地而溫暖，「晴光」是因「曙」色漸明而亮麗；可見作者筆法之細膩。黃鳥歡唱，綠萍換裝，則是兼「物候」二字而細描，可以看出作者借觸覺、視覺和聽覺來表現他對物候新奇的敏銳觀察。「催」字的具體擬人之情，「轉」字的逐層換裝之意，和頷聯的「出」「渡」兩個形象鮮明的動詞，也都可以看出作者鍛鍊字句的火候。尤其是先點染出四句的「梅柳」，黃鳥才有藏身之處；先鋪寫好四句的「江」流，綠萍也才有棲泊之地；這些都是作者運用細針密線的工夫才能編織成錦章繡句的匠心所在。

在中間兩聯裡，「雲霞」「梅柳」「黃鳥」「綠蘋」四組詞語，形象具體，色彩鮮明，已經從視覺和聽覺上捕捉到爛漫的春光；「淑氣」「晴光」和「曙」字，又帶給人觸覺的溫暖與視覺的明亮；「春」字又兼有視覺的明媚、觸覺的柔和與心理的愉悅，便把江南景致點染得春意盎然，逗人遐思。此外，「出」「渡」「催」「轉」四個動詞，更是可圈可點，不僅傳神地賦予「雲霞」「梅柳」「淑氣」「黃鳥」「晴光」「綠蘋」等各種新奇的「物候」人格化的性靈，也使詩中有畫、畫中有聲的整體意境更加生動活潑，呈現出流動的美感和豐富的情趣。

尾聯的「忽聞」二字，是以婉轉的方式表現出陸丞的詩調在無意中刺痛作者的鄉愁，以至於使作者原本在早春遊望時蘊蓄在心中的歸思便再也無法遏抑，遂化為洶湧的淚水而零落滿襟；同時也把詩人從遊賞江南明媚春光而目眩神迷的情境中突然驚醒過來的情態，烘托得相當傳神。「古調」則是對陸丞詩作措辭優雅而涵義豐富的稱頌；可謂信手拈來，皆有勝意。換言之，由於先有「偏驚物候新」以下五句的預先襯墊，所以才會使古調顯得入耳動心；也由於先有「獨有宦遊人」無從宣洩的苦悶正在潛滋暗長，所以古調飄忽而來時才會惹人感傷落淚。

此外，四聯八句能夠敘題飽滿而字字落實，也是本詩能夠成為五律準則的重要因素。首句交代「游望」前的心理背景，次句總括「游望」時的驚新之感，中間兩聯刻意鋪寫「早春游望」的新奇景致，第七句扣合「和陸丞」之意，末句則補足「游望」後的心情，並以思潮起伏與情感波動，說明賦詩抒情之意，又回應「和」詩之旨。因此，本詩的確可以稱得上是初唐五律中寫題不漏而又情意豐美的經典之作；無怪乎胡應麟推許曰：「初唐五言律，『獨有宦遊人』第一。」（《詩藪》）

【評點】

01 方回：律詩初變，大率中四句言景，尾句乃以情繳之，起句為題目。審言於少陵為祖，至是始千變萬化云。　○起句喝咄響亮。（《瀛奎律髓》）

02 楊慎：妙在「獨有」「忽聞」四虛字。（《升庵詩話》）

03 劉會孟：起得悵恨。「雲霞」二句，便自浩然。（李攀龍輯，凌宏憲集評《唐詩廣選》引）

＊ 編按：劉辰翁，宋、元間人，字會孟，號須溪，喜評唐宋人詩。

04 胡應麟：初唐五言律，杜審言〈早春游望〉……氣象冠裳，句格鴻麗；初學必從此入門，庶不落小家窠臼。（《詩藪‧內編‧卷4》）

05 陸時雍：三、四如精金百煉。「曙」「春」，一字一句，（皆可見）古人琢意之妙。起結意勢沖盈。（《唐詩鏡》）

06 周敬：「獨」「偏」「忽」「驚」「聞」「欲」等虛字，機栝甚圓妙。（《唐詩選脈會通評林》）

07 王夫之：意起筆起，意止筆止，真自蘇、李得來，不更問津建安。看他一結，卻有無限深味。〈過秦論〉「仁義不施，而攻守之勢異也。」結構如此詩。俗筆於此，必數千百言。（《唐詩評選》）

* 編按：意謂本詩也是以畫龍點睛的手法，於末句才拈出前面層層
渲染景物的旨趣所在。

08 顧安：中四句說「物候」，偏是四句合寫，具見本領。「出海」
「渡江」便想到故鄉矣；岑嘉州詩「春風觸處到，憶得故園時」，
即此意。但此一句渾厚不覺耳。（《唐律消夏錄》）

09 朱之荊：「獨有」「偏驚」「忽聞」是機栝。（《增訂唐詩摘抄》）

10 紀昀：起句警拔，入手即撇過一層，擒題乃緊。知此自無通套之
病，不但取調之響也。（編按：殆謂首聯已含藏宦遊失意之悲與
游望騁懷之意，故筆意曲折而無直露之病）末收「和」字亦密。　○
馮班：次聯作「游望」二字，無刻畫痕。（《瀛奎律髓匯評》）

11 譚宗：「忽聞」字下得突綻，使末句精神透出。此詩起結老成警
潔，中間調高思麗。（《近體秋陽》）

12 屈復：中四句合寫「物候」二字，顛倒變化，可學其法。（《唐
詩成法》）

13 吳北江：起句驚矯不群。　○高步瀛：此等詩當玩其興象超妙處。
（《唐宋詩舉要》）

14 俞陛雲：此詩為游覽之體，實寫當時景物；而中四句「出」字、
「渡」字、「催」字、「轉」字，用字之妙，可為詩眼。春光自
江南而北，用「渡」字尤精確。（《詩境淺說》）

三、王勃詩歌選讀

【事略】

　　王勃（約 650－675），字子安，絳州龍門（今山西省河津市一帶）人，隋末大儒王通之孫。

　　勃六歲能作詞章，相傳九歲時讀顏師古所注的《漢書》，竟能辨正其中過失而寫出《指瑕》10 卷，傳為奇談。麟德初（664）以神童薦於朝。未冠即應幽素科（按：唐代科舉制科名目之一）及第，授朝散郎。沛王李賢（高宗第六子，後為章懷太子）召署府修撰，時諸王中鬥雞之風盛行，勃戲作〈檄周王雞〉文（按：周王李顯，為高宗第七子，後即位為中宗），高宗以為破壞諸王情感，怒而逐出王府。

　　後漫遊蜀中，客居劍南（按：唐十道之一，貞觀元年置，包括今四川、甘肅、雲南部分地區，治所在成都），登山曠望，慨然遠思諸葛之功，賦詩以寄情。

　　勃曾藏匿死罪官奴，後恐事洩而殺之，遂犯死罪，幸遇大赦而革職，其父王福時亦受牽連，貶為交阯令（治所在今越南河內西北）。勃隨侍上任，途經南昌，適逢都督閻公新修滕王閣成，於九月九日大會賓客，王勃遂拜謁閻公。公知其才，因請即席撰文以誌盛事，相傳王勃欣然對客操觚，頃刻而就，文不加點，滿座大驚。酒酣辭別，閻公贈以百縑，遂舉帆而去，至南海溺水，驚悸而卒，年僅二十六。

　　王勃文采綺麗，求文者甚多，故能筆耕而食，心織而衣，至金帛盈積。據傳勃為文時無須精心構思，先磨墨數升，酣飲之後即覆面而睡；醒後執筆成篇，不改一字，時人稱為「腹稿」。勃與楊炯、盧照鄰、駱賓王同以四六文齊名海內外，有「初唐四傑」之稱，而以勃為

首。四傑銳意革新齊、梁以來纖豔雕琢的宮體詩風,並擴大詩歌題材,表現積極進取、昂揚奮發的時代精神,因此贏得杜甫「王楊盧駱當時體,不廢江河萬古流」的肯定與推崇。

勃詩以高華著稱,七言歌行、五言律、絕,皆音節鏗鏘,詞采絢麗,風格英邁俊朗。文章以〈秋日登洪府滕王閣餞別序〉為代表作。有《王子安集》傳世。

《全唐詩》存其詩 2 卷。

【詩評】

01 徐獻忠:子安早握玄珠,天然艷發,登高而賦,鐘石畢陳。蓋其上薄雲天之氣,下纏幽寂之忿,蓄以疏才,發以盛藻,直舉胸臆,俯瞰前古,宜其無可為節也。(《唐詩品》)

02 胡應麟:唐初五言律,唯王勃「送送多窮路」「城闕輔三秦」等作,終篇不著景物,而興象宛然,氣骨蒼然,實首啟盛、中妙境。五言絕亦舒寫悲涼,洗削流調,究其才調,自是唐人開山祖。(《詩藪》)

03 胡震亨:子安雖不廢藻飾,如璞含珠媚,自然發其彩光。(《唐音癸籤》)

04 陸時雍:王勃高華,楊炯雄厚,照鄰清藻,賓王坦易。子安其最傑乎?調入初唐,時帶六朝錦色。(《詩鏡總論》)

05 宋育仁:其源出於吳(均)、何(遜),而益諧音律,情詞朗秀,結風儁響,但言外無妍,微傷深致。五言短律,儁永見珍。(《三唐詩品》)

003 送杜少府之任蜀川（五律）　　　王勃

城闕輔三秦，風煙望五津。與君離別意，同是宦遊
人。海內存知己，天涯若比鄰。無為在歧路，兒女
共霑巾。

【詩意】

　　（來到郊外送別的長亭，）回首長安城，只見莽莽蒼蒼、遼闊無
際的三秦古國夾輔護衛著國都，形勢極其雄偉；再遠眺你前往蜀川上
任所必經的五大津渡，只見風煙迷茫，關塞迢遞……，我想你的心中
難免會有去國離京的感傷吧。今日我們在長亭相別，儘管離愁又深又
濃，但既然我們同樣是胸懷大志，追求功業的人，難免必須游宦四方
而披星戴月，跋山涉水；那麼，何妨灑脫地分手，豪邁地大步向前！
只要知己能夠彼此心意相通，經常相互存問，即使遠隔天涯海角，仍
然能夠擁有親密得如同近鄰的綿長情誼。就讓我們舉杯暢飲，瀟灑作
別吧！不須要像世間癡情的男女在臨別的岔路口哭哭啼啼，淚濕巾帕
了！

【注釋】

① 詩題—杜少府，名事不詳。少府，唐時對縣尉的別稱，主緝捕盜
　賊；蓋縣令又稱為「明府」，而縣尉亞於縣令，故稱少府。之任，
　前往赴任。蜀川，今四川省崇州市；一本作「蜀州」，殆非原題，
　蓋武則天垂拱年間（685－688）始設蜀州，時王勃已卒近十年矣。
　然不論蜀川或蜀州，均可泛言蜀地。

② 「城闕」二句——首句是寫由送別的長亭回首京城時所見的雄偉景象，時作者供職長安；次句是寫由別地遙望杜少府的宦遊之地，不勝關塞迢遞、風煙迷茫之感。兩句合觀，意謂長安與蜀川相距雖遙，猶可臨關懷想，風煙相接，無須為遠別而悲也。關，古時宮門前的望樓；城闕，京城的宮闕，即代指長安而言。輔，畿輔也，原指京城一帶，此用為動詞，有夾輔、護衛之意。三秦，項羽滅秦之後，將秦地分為雍、塞、翟三國，合稱三秦，此泛指關中（今陝西省）一帶。輔三秦，為「三秦輔」的倒裝句法，謂由關中一帶環拱護衛著長安。五津，由四川灌縣（今改稱都江堰市）至犍為縣的一段岷江有五大津渡：白華津、萬里津、江首津、涉頭津、江南津，此泛指蜀川。

③ 「與君」二句——謂雙方雖因遠別在即而離情深濃，然而兩人既均屬游宦在外，志在經天緯地之人，又何須為尋常之離別而感傷。

④ 「海內」二句——謂知己相得，可以千里同心，彼此關懷問候，情誼不疏反親；曹植〈贈白馬王彪〉：「丈夫志四海，萬里猶比鄰；恩愛苟不虧，在遠分日親。」存，相互體恤慰問致意。比，古時五家相連為比，此作「近」解。

⑤ 「無為」二句——謂臨別之際，無須英雄氣短而作兒女情長之態；曹植〈贈白馬王彪〉：「憂思成寂寂，無乃兒女仁。」無為，不要作出某種舉動情態之意。歧路，分手的路口。兒女，指年輕的男女。霑巾，淚濕巾帕。

【導讀】

　　江淹在〈別賦〉的起筆就沉痛地說：「黯然銷魂者，唯別而已矣！」一語道盡人間的傷別之痛，因而成為撼動人心的千古名句；本詩則以樂觀積極的想法、含蓄吞吐的語勢、磊落爽朗的態度和昂揚豪宕的氣

魄，把離別的感傷昇華為溫馨綿長的思念，因此使「海內存知己，天涯若比鄰」兩句，成為勸勉和寬慰別情時最為膾炙人口的名聯。

「城闕輔三秦，風煙望五津」兩句，是以精整嚴密的地名對入手，描繪出巍峨雄峻，壯偉遼闊的景致，使人彷彿見到蒼莽的大地正籠罩在浩渺的風煙之中，心裡自然湧現迷茫惆悵的感傷。換言之，首聯已經暗示了後文的「離別」之意，描繪出一幅風煙萬里、天涯遙隔的畫卷。「城闕輔三秦」是在長亭餞別時回顧京華，可能寓有對方眷戀帝闕，欲輔聖朝，奈何竟遠放西南的失意之痛；「風煙望五津」則是遠眺蜀川，表達對杜少府在山川險阻、關塞迢遞的旅程上難免備嚐奔波坎坷之苦的牽掛之情。長安與蜀川雖然山高水長，遙隔兩地，但作者以「風煙」點染，便使它們聲氣相通，渾涵無隔，同時又似乎寓有彼此相距雖遙，只要靈犀相感，情分可以不疏反親的意思；可以稱得上是情景交融、錘鍊功深的起筆。以下三聯的惜別之意和慰勉之情，便全部蘊涵在首聯的詩情畫境之中了。

「與君別離意，同是宦遊人」兩句，是承接首聯的寓意來寫惜別之情與睽隔之因，卻以欲吐還吞的語法作情感的轉折；因此既有丰神搖曳的姿韻，又有含蓄蘊藉的美感，同時也彷彿出詩人強抑悲傷時的哽咽情態。「與君離別意」五字，似乎是蘊藏胸中已久的情意想要一吐為快了，卻硬是橫空截斷，茹咽不說，使人頗覺錯愕不解；而在略加思索之後，便不難體會出詩人把萬般離情盡付無言的自我克制，表達出溫柔體貼的友愛。「同是宦遊人」則指出既欲仕宦求進，一展抱負，則難免道路奔波，萍飄梗泛，實無須沉溺於客裡傷別的情緒之中。詩人以男兒志在四方的凌雲之氣鼓舞對方，可謂情深義重，從而也把作者年輕的精神氣魄和積極進取的意志表露無遺。

就脈絡而言，出句的傷別之情，是直承首聯而來；對句的寬解之意，則既開啟腹聯「海內知己」的慰勉之語，又帶出尾聯無須作兒女情態之意，可見詩人章法之嚴謹、針線之綿密、情思之蟬聯直貫，都

有值得參考借鏡之處。再就句法而言，由於首聯已經寫得對仗嚴整，氣象壯闊，語調端凝了，如果次聯如法炮製，就難免顯得過於沉重呆板。詩人為了避免這個缺失，頷聯便以舒散的流水對法來清暢氣勢；如此駢散相間而又情景相生的布局，最具靈動變化的韻致。由駱賓王的「不堪玄鬢影，來對白頭吟」和本聯的流水對，可以看出初唐詩人已經相當注重或嚴整或舒散的句式安排，以求文氣的跌宕多姿和語調的自然流利了。

「海內存知己，天涯若比鄰」兩句，是化用曹植「丈夫志四海，萬里猶比鄰」的詩意來抒發寬慰的情意。由於「宦游人」三字已經包含了「丈夫志四海」的豪氣，而此際又正當兩人依依話別之時，因此作者便拈出「知己」一詞來表現默契心通的真摯友誼。這裡也採用流水句法，並融入古人的句意，表現出「君子之交淡如水」的真義，而又寄託著綿長不斷的思慕之情，於是使得腹聯二句有了檃栝舊典而能推陳出新的成就，與鎔裁成句而能脫胎換骨、渾融無隔的妙境，同時語勢流利，文氣綿貫，給人性情爽朗而胸懷灑落，口氣溫厚而意態勤懇的感覺，無怪乎能夠成為千百年來萬口傳誦而又最能溫暖人心的惜別名聯。

賀裳《載酒園詩話‧又編》說：「駱（賓王）好徵事，故多滯響；王（勃）工寫景，遂饒秀色。至如『海內存知己，天涯若比鄰』，真是理至不磨，人以習聞不覺耳。」並且認為張九齡「相知無遠近，萬里尚為鄰」二句，與王勃這兩句意貌神似而氣格並高，可謂推崇有加了。由於詩人把綿長而真摯的知己情誼，用最殷勤而溫厚的口吻道出，所以使人在深受感動之餘，沖淡了些許離情別緒，甚至在倍覺溫馨之餘，還會湧生只要心魂相守，靈犀相通，則關山難阻，天涯非遙的豪壯胸懷；因此賀裳說是「理至不磨」的名言，徐增《而庵說唐詩》也說：「大丈夫當作如是胸襟」，陳婉俊《唐詩三百首補注》也說：「贈

別不作悲酸語，魄力自異。」由前人評點之語，實不難想像王勃當時年輕的胸襟意氣是如何豪邁飛揚了。

「無為在歧路，兒女共霑巾」兩句，仍然化用曹植「憂思成疾疾，無乃兒女仁」的詩意，鼓舞友人欣然啟程，壯遊山川，勿作兒女難捨離別的霑巾情態而使英雄氣短。不過，詩人雖然有意以昂揚豁達的氣度，承接腹聯豪宕爽朗的胸襟，勸慰友人坦然赴任；但是「無為」一詞，似乎又透露出雙方仍然難免一腔離愁而兩眼含淚的留戀情狀，所以就在「將為」甚至「已為」涕泣霑巾的舉止前，趕快以「無為」來阻斷即將溢出的淚水。由此更可以看出儘管腹聯故作灑脫，心中畢竟難掩離情，因此使得全詩儘管似乎有意沖淡濃郁的哀傷，奮力把離愁昇華為激勵期許的意志，卻仍然流露出心頭浸透別情的愁慘之狀，所以才會有「無為在歧路，兒女共霑巾」這種欲蓋彌彰的悽楚之言。

人的情感往往極其複雜，既非一語可以道盡其中的奧妙，也非主觀意志如能夠駕馭自如，收放隨心的──王勃本詩的後半所表現出的感情掙扎，似乎說明了這個道理。

【評點】

01 顧璘：讀〈送盧主簿〉並〈白下驛〉及此詩，乃知初唐所以盛，晚唐所以衰。（《批點唐音》）

02 郭濬：蒼然率然，多少感慨。說無為愁，我始欲愁。（《增定評注唐詩正聲》）

03 陸時雍：此是高調；讀之不覺甚高，以氣厚故。（《唐詩鏡》）

04 鍾惺：氣完而不碎，真律成之始也。（《唐詩歸》）

05 顧華玉：多少嘆息，不見愁語。（《唐詩廣選》引）

06 王堯衢：氣格渾成，不以景物取妍，具初唐風骨。（《古唐詩合解》）

07 胡本淵：前四句言宦遊中作別，後四句翻出達見……灑脫超詣，初唐風格。（《唐詩近體》）

08 吳北江：（首聯）壯闊精整。（腹聯）憑空挺起，是大家筆力。（《唐宋詩舉要》引）

09 俞陛雲：一氣貫注，如娓娓清談，極行雲流水之妙。　〇大凡作律詩，忌枝節橫斷；唐人律詩，無不氣脈流通，此詩尤顯。（《詩境淺說》）

四、宋之問詩歌選讀

【事略】

　　宋之問（約 656－約 712），一名少連，字延清，汾州（今山西省汾陽市）人，高宗上元二年（675）進士。

　　之問形貌豐偉，能言善辯。甫冠，武后召與楊炯分值習藝館，累轉尚方監丞、左奉宸內供奉等職，常扈從遊宴。相傳武后遊洛陽南郊名勝龍門時，召從臣賦詩，左史東方虬先成，獲賜錦袍。俄頃之問獻詩，武后覽之嘆賞，更奪袍以賜，可見其詩才之高妙。

　　因媚附武后寵臣張易之兄弟，於中宗神龍元年（705）被貶為瀧州（今廣東省羅定市）參軍，不久逃回洛陽，匿居友人張仲之家，聞張欲謀害武三思（按：武后之侄，武后朝任尚書，封梁王），乃密告，遂擢鴻臚主簿，其忘恩善變有如此者。

　　景龍中，遷考功員外郎，因諂事太平公主而頗見重用。後依附勢盛之安樂公主而得罪太平公主。中宗欲擢為中書舍人，太平公主揭發之問知貢舉時賄賂公行之醜，遂下遷汴州長史，又改越州（今浙江省紹興市）長史。

　　相傳之問愛賞其外甥劉希夷〈代悲白頭吟〉中名句「年年歲歲花相似，歲歲年年人不同」而懇求相贈，劉氏先許而後悔之，之問遂遣其奴以土囊壓殺之於逆旅，其貪酷狠戾有如此者[1]。

　　睿宗景雲元年（710）六月，以其嘗依附張易之、武三思而終無悔悔之意，流放欽州（今廣西省欽州市），後御史劾奏，賜死謫所[2]，人以為劉希夷之報也。

　　之問以律詩見長，間工五古，與沈佺期齊名，並稱沈、宋，為初唐五律之開拓者與實踐者。張說嘗論其文曰：「精金美玉，無施不可。」《新唐書・文藝傳》曰：「魏建安後迄江左，詩律屢變，至沈約、庾信以音韻相婉附，屬對精密。及之問、沈佺期又加靡麗，回忌聲病，約句準篇，如錦繡成文，學者宗之。」

　　《全唐詩》編其詩 3 卷，《全唐詩外編》及《全唐詩續拾》補詩27 首，斷句 9 句。

【補註】

01 然學者或疑之問因人品之卑劣而蒙《孟子》所謂「歸惡」之冤，見胡應麟《詩藪・外編・卷 2》。

02 《舊唐書》云：「先天中，賜死於徙所。」《新唐書》曰：「賜死桂州。」

【詩評】

01 元稹：唐興，學官大振，歷世之久，能者互出；而又沈、宋之流，研練精切，穩順聲勢，謂之律詩。由是而後，文體之變極矣。(〈故工部員外郎杜君墓誌銘〉)

02 皎然：樓煩射鵰，百發百中，如詩人正律破題之作，亦以取中為高手。洎有唐以來，宋員外之問、沈給事佺期，蓋有律詩之龜鑒也。但在矢不虛發，情多、興遠、語麗為上，不問用事格之高下。宋詩曰：「象溟看浴景，燒劫辨沈灰。」沈詩曰：「詠歌〈麟趾〉合，簫管鳳雛來。」凡此之流，盡是詩家射鵰之手。假使曹、劉降格來作律詩，與二子並驅，未知孰勝。(《詩式》)

03 辛文房：語曰：「蘇、李居前，沈、宋比肩。」謂唐詩變體，始自二公，猶漢人五言詩始自蘇武、李陵也。(《唐才子傳》)

04 方回：宋之問，唐律詩之祖，……字字細密。(《瀛奎律髓》)

05 王世貞：五言至沈、宋，始可稱律。律為音律、法律，天下無嚴
　　於是者，知虛實平仄不得任情，而度明矣。二君正是敵手。　○
　　沈詹事七言律，高華勝於宋員外。宋雖微少，亦見一斑，歌行覺
　　自陟健。　○六朝之末，衰颯甚矣；然其偶儷頗切，音響稍諧。
　　一變而雄，遂為唐始；再加整栗（按：嚴謹、整飭之意），便成沈、
　　宋。人知沈、宋律家正宗，不知其權輿（按：萌芽之意）於三謝，
　　橐籥（按：生發、化育之意）於陳、隋也。(《藝苑巵言》)

06 胡應麟：五言律體，極盛於唐，要其大端，亦有二格：陳、杜、
　　沈、宋，典麗精工；王、孟、儲、韋，清空閒遠。　○（五律）
　　惟沈、宋、王諸子，格調莊嚴，氣象宏麗，最為可法。(《詩藪》)

004 題大庾嶺北驛（五律）　　　　宋之問

陽月南飛雁，傳聞至此回；我行殊未已，何日復歸
來？江靜潮初落，林昏瘴不開。明朝望鄉處，應見
隴頭梅。

【詩意】

　　聽說在十月小陽春裡，鴻雁南飛到此地就留下來棲息，準備過冬，
直到來年春天就飛回北方；可是我的行程卻更是遙遠到始終沒有盡頭
似地，不知道何時才能再度折回到大庾嶺來？黃昏時，江潮剛剛退落
之後，水面顯得格外寧靜，可是我的心裡卻是思潮洶湧，萬念不安；
眼見樹林間瀰漫著難以驅散的瘴癘毒氣，我的內心也彷彿縈繞著無法
排遣的憂傷，和沉鬱濃重的陰霾……。明日拂曉時分，我就要翻越大
庾嶺了，那時應該可以在制高點眺望鄉關，也許還能夠折取幾枝梅花

寄給家鄉中的親友，表達我對他們的牽掛和思念吧（想來繼續向更溫暖的南方行進時，恐怕就沒有梅花了吧）！

【注釋】

① 詩題──大庾嶺，位於今廣東省南雄市之北、江西省大庾（今改名大余）縣南，是兩省的交界，嶺上十月即可見梅花，舊時紅白夾道，又有梅嶺之稱。驛，古時供官方郵傳與食宿歇旅的交通站。神龍元年（705），武則天退位，中宗復辟，之問由於諂事武后的男寵張易之而流放瀧州（今廣東省羅定市），途經大庾嶺而作本詩[1]。

② 「陽月」二句──陽月，指陰曆十月，《爾雅》：「十月為陽。」回，湖南省衡陽有回雁峰，相傳北雁南飛避冬時至此而止，待來春即北返，故名；一說該山峰之形貌有似鴻雁回飛之狀，故名回雁峰。然本詩的「此」則指比衡陽更南方的大禹嶺而言。

③ 殊──卻、更也。

④ 瘴──又稱瘴癘，是指中國西南方潮濕炎熱的深山密林中，常有由動植物腐爛的遺骸所化生而鬱蒸升騰的惡氣，相傳能使人中毒生病，甚至能致人於死。

⑤ 「明朝」句──望鄉處，殆指嶺北絕高處。應見隴頭梅，作者此時可能身在北麓的驛站中，於孤燈寒壁下想像：明日即將越過山脊稜線而進入氣候溫暖的嶺南，只怕從此無梅可賞矣。隴頭梅，可能暗用《荊州記》所載三國時孫吳之荊州牧陸凱折梅寄詩范曄的典實：「折梅逢驛使，寄與隴頭人；江南無所有，聊贈一枝春。」表達的是寄梅慰親的鄉情。

【補註】

01 一說本詩為睿宗景雲元年（710）六月，之問由岳州長史流配欽州，途經此嶺時作；然細按詩意，似無二度遭貶而重登北嶺的絕望之感，故暫視為初貶時作。

【導讀】

宋之問原本是得意於武后時期的宮廷新貴，此時竟淪落為流配嶺南的遷客逐宦，因此，當他來到大庾嶺北面時，難免有京華煙雲盡成空幻的不堪回首之嘆，同時又有前途茫茫，凶多吉少的不祥之感。何況，在古人的地理觀念中，大庾嶺是南北的分界線，嶺北猶是中原，嶺南就已是化外荒僻的天涯了；因此當他即將翻越嶺頭而進入南疆的前夕，不免湧現出去國懷鄉的謫宦常有的悽楚悲愴之情，深怕有去無回，葬身異域。他稍後所寫的〈度大庾嶺〉說：「度嶺方（始也，正式之意）辭國，停軺一望家。魂隨南翥鳥，淚盡北枝花。山雨初含霽，江雲欲變霞。但令有歸日，不敢怨長沙。」字裡行間瀰漫著向中原鄭重辭別時的淒惻慘怛之情，以及但求倖免於死，只要能有回歸中原之日，就已經感到萬幸那樣卑微而又黯淡的心聲，和本詩尾聯「明朝望鄉處，應見隴頭梅」所流露出寄望能在嶺顛遙目中原，作最後巡禮的哀傷之情，同樣深刻沉痛，令人動容。

「陽月南飛雁，傳聞至此回；我行殊未已，何日復歸來」四句，是以悽愴蒼涼的語調，表達出雁歸有日，奈何自己南行無已的無限感慨。前兩句是觸目生悲的眼前景，從而引出後兩句顧影自憐的心中事，經由即景生情、因雁及人的映襯對比，流露出落魄謫宦的悽涼酸楚之情。尤其是明日就要越嶺而南，從此中原便是遙遠的天涯，即使詩人有意上盡重樓，有心望斷故園，終究是關山萬里，夢魂難歸了！因此詩人不免羨慕鴻雁南遷雖然辛苦，不過及此而止，而且北飛有時；同

時也怨嗟自己只能投向茫茫未知的不歸路了！這四句中，文句雖然質樸平淺，語調卻極沉鬱蒼涼，在流暢的口語中，蘊藏著深沉的憂痛，值得用心體會；因此邢昉《唐風定》評曰：「淒咽欲絕。」姚鼐《五七言今體詩鈔》評曰：「沉亮淒婉。」孫洙《唐詩三百首》也說：「四句一氣旋折，神味無窮。」

「江靜潮初落，林昏瘴不開」兩句，一寫水路所見之景，一寫陸路所經之地。江潮初落，水面平靜，可能意在映襯作者心潮之起伏不定、心緒之騷擾不寧；而密林昏暗，瘴氣瀰漫，則象徵詩人失意消沉的心境、愁苦鬱結的心緒，以及前程茫茫、生死難料的憂懼之情。

「明朝望鄉處，應見隴頭梅」兩句，是在前六句鬱悶難排的苦況中，湧現出一絲卑微的希望：既可見嶺梅而思故鄉，慰情聊勝於無；亦可折梅寄遠，以表牽掛親友之情，同時還有度嶺即是天涯，必須鄭重辭別中原的悲苦情懷，因此便對明朝登嶺見梅，懷抱著既深切又哀傷的期望了。《舊唐書·文苑傳》說：「之問再被竄謫，經途江嶺，所詠詩篇，傳布遠近。」由孫洙選入《唐詩三百首》中的這兩首詩來看，之問竄斥期間所作的詩篇，的確具有感人的魅力。

005 渡漢江（五絕）　　　　　　　宋之問

嶺外音書絕，經冬復歷春。近鄉情更怯，不敢問來人。

【詩意】

　　獨自被流放到嶺南的蠻荒之地，和親友的音訊就完全斷絕了！孤獨苦悶的心境和擔心家人安危的牽掛，使我精神上非常痛苦。好不容易才從漫漫長冬熬過來，又經歷了遲遲春日，卻仍然沒有隻字片語可

以使人稍微安心。如今我冒險逃離貶所，想要一探究竟，卻在渡過漢江時反而越來越感到猶豫和不安：越接近故鄉，卻越有不敢向迎面而來的人打探消息的顧慮、猜疑、猶豫、膽怯……。

【注釋】

① 詩題──《唐詩三百首》選本將本詩錄為李頻之作，《唐詩合解》《全唐詩》則錄為宋之問之作。按：李頻為浙江人，宦跡未曾遠至嶺外；而宋之問則曾貶至瀧州（今廣東省羅定市），後逃歸，藏匿於洛陽友人處。宋之問北返時可能由襄陽渡漢江，經南陽入洛陽；果真如此，則漢江為必經之地，故暫將本詩視為宋作。

② 「嶺外」句──宋之問的貶所在今廣東省羅定市南，以中原人士的眼光來看，是在五嶺以外的蠻荒之區，故曰嶺外。按：廣東羅定市與廣西岑溪縣接壤，僻處於群山之中，西有雲開大山，東有大雲霧山，古時交通極為不便，音書難達，故曰「音書絕」。絕，一作「斷」。

③ 「近鄉」句──作者的家鄉，一說汾州（今山西汾陽一帶），一說弘農（今河南靈寶市西南），兩地距漢江都很遙遠，故所謂「近鄉」，可能只是心理感受而已。又，宋之問有陸渾山莊，位於洛陽南郊，故所謂「近鄉」，可能是因當時身在襄陽，距山莊非遙，洛陽亦指日可待之故。情怯，憂喜交集、疑畏不定的心情。

【導讀】

讀古人詩篇，雕章琢句者令人目眩神迷，難辨真情；典故幽僻者，令人頭昏腦脹，難辨真意；地名充斥者，令人疲於奔命，難以考實；文詞深峭者，令人絞盡腦汁，難於索解。本詩卻沒有這些使人困惑的問題，只要稍微了解時代的背景和作者當時的際遇，就不難將心比心，設身處地去貼近作者的真心，了解作者的悲哀。因為本詩擺脫一切特

殊的外緣背景，拋開一切特殊的身分、事件等素材，只注重心理狀態
的表達，把握到「人同此心，心同此理」的共通性與普遍性，因此使
本詩特別具有觸動人心的魅力，容易引起讀者的共鳴。

　　「嶺外音書絕」五字，是寫空間遙隔的疏離困窘與孤獨苦悶，以
及對家人牽腸掛肚的惦記之情。「絕」字表現出與世隔絕的孤子寂寞，
以及對家人的放心不下。「嶺外」是久慣京華的官員聞之色變、聽之
膽寒的蠻荒之區，只要越過五嶺而南，對於中原人士而言，就等於是
踏上了九死一生的不歸路了，因此當作者首度竄斥就越嶺而來，其心
情的消沉苦悶，實不難想像，這也可以從他竟然敢挑戰殺頭抄家、株
連族人的滔天大罪而逃歸北返，得到進一步的印證。「音書絕」三字，
表示不僅他苦悶的心靈找不到慰藉和寄託，也點出他更深沉的痛苦根
源，因為年已半百的他遭到政治鬥爭的無情打擊，深陷在瘴癘之氣瀰
漫的蠻荒之區，求生意志難免會受到相當程度的摧殘，此時勉強支撐
他苟且偷生的力量，大概就來自於對親人的深刻思念，和對團圓的渴
望；奈何他卻根本無從得知家人的安危，懸念惦記之心當然也就始終
無法放下了。

　　「經冬復歷春」五字，是寫時間漫長難捱的煎熬和與日俱增的焦
慮。「經冬」而不得消息，已經難以承受了，何況「復歷春」！連大
地一片生機而最讓人充滿希望的春天都已經消逝了，家人還是音訊杳
然，自然讓他度日如年的心靈負荷越來越沉重了。因此，思念和牽掛
的重量經年累月地堆積之後，就鍛鑄成他難以承受的心靈枷鎖，使他
不得不冒險尋求脫困之道了。換言之，前兩句正是他之所以要逃歸的
心靈告白。

　　正由於前兩句表現出地遠天長、歲月難捱的焦慮和苦悶，使人先
已產生作者必然急於探問家人近況的印象，因此當三、四句寫近鄉情
怯的忐忑不安和不敢詢問來人的怪異心理時，就容易造成矛盾衝突，
產生使人驚詫困惑的特殊效果，因此楊逢春《唐詩偶評》以為「首二

是題前蓄勢之法，即為『怯』字伏根。」換言之，首二句看似閒閒道來的平淡無奇之語，其實不應該被滑易地讀過而疏忽了作者寄藏其中的沉重苦悶，以及詩人為了傳達「近鄉情怯」的特殊心理所作的層層鋪墊。

「近鄉情更怯」五字，不論就實際的地理距離或抽象的心理距離而言 [1]，所要傳達的都是忍受了音書斷絕的身心煎熬之後，終於按捺不住擔心家人由於自己的拖累牽連而遭遇不測的憂慮，因此不顧一切地逃歸時心中既盼且憂、既喜且懼的矛盾心理。「不敢問來人」五字，是寫由於自己重罪在身，因此當音訊斷絕的時間越長，對家人的憂念牽掛之心就越是朝向兩個相互牴觸的極端發展：一方面是更殷切地企盼能確實得知家人平安的訊息，一方面又深怕得到的反而是令人驚懼震駭的結果。正由於他的心中充滿了矛盾，才會有近鄉情怯的心理反應，於是他千回百折的愁腸，才會由急欲排解轉為寧可讓它暫時無解的逃避，也才會由急欲探詢消息的企盼轉為「不敢」得知真相的驚悚。這種強自抑制情感、不得不扭曲意志的精神苦悶，寫得細膩曲折，耐人尋味，而又言淺意深，扣人心絃，因此楊逢春《唐詩偶評》說：「寫得滿腹疑團，不喜而懼，道得真切。」特別值得注意的是「怯」字，真是用得出乎人意料之外，卻又仍在情理之中的「句眼」所在，很能表現出他徬徨、遲疑、躊躇、迷惘、困惑和焦慮不安等複雜心理，相當令人激賞。

這一首短短二十個字的小詩，卻能把千般思念和萬種顧慮絞合成的矛盾心理，表達得生動感人，使人在嘆賞之餘，不免對前人給予宋之問「不脫齊梁之體 [2]」的評價感到疑惑，因為就以本詩和〈題大庾嶺北驛〉而論，都可以稱得上是「豪華落盡見真淳」的高妙之作。刻板地以為沈、宋只會「約句準篇，如錦繡成文」者，只怕會失之偏頗。

【補註】

01 就實際地理而言，詩人當時身在襄陽，距離自己位於洛陽南郊的陸渾山莊不遠，故云「近鄉」。就抽象的心理距離而言，雖然後來作者實際上是潛入洛陽，匿居在友人張仲之處，並未真正逃歸家鄉，但是越過五嶺，進入中原，對他而言，已經是足以使他心理上翻騰起伏、意緒難寧地感受到「近鄉」的悸動了。

02 劉克莊《後村詩話》評論宋之問詩歌說：「唐初，王、楊、沈、宋擅名而不脫齊梁之體。」元好問〈論詩絕句〉也說：「沈宋橫馳翰墨場，風流初不廢齊梁。」

【評點】

01 鍾惺：實歷苦境，皆以反說，意又深一層。（《唐詩歸》）

02 唐汝詢：隔歲無書，故近鄉反不敢問；憂喜交集之辭。（《唐詩解》）

03 黃周星：真切之極。人人有此情，不能為此語。（《唐詩快》）

04 朱之荊：「怯」字寫得出真情。（《增訂唐詩摘抄》）

05 李鍈：「不敢問來人」，以反筆寫出苦況；與少陵「反畏消息來」同一情事。（《詩法易簡錄》）

06 李慈銘：真情苦語，難得道出。（《唐人萬首絕句選批》）

07 宋顧樂：貶客歸家心事，寫得逼真的絕。（《唐人萬首絕句選評》）

08 宋宗元：常情寫來，遂成奇情。（《網師園唐詩箋》）

09 施補華：五絕中能言情，與嘉州「馬上相逢無紙筆」同妙。（《峴傭說詩》）

10 王堯衢：見來人而不敢問，蓋憂思交集時轉多疑畏耳。（《古唐詩合解》）

五、沈佺期詩歌選讀

【事略】

沈佺期（656？－714），字雲卿，相州（今河南省安陽市）人。

高宗上元二年（675）舉進士。歷任協律郎、通事舍人、考功員外郎。曾一度知貢舉，遷給事中，後被劾入獄，未幾獲釋。

與宋之問俱依附武后之男寵張易之；張敗，遂坐阿附而長流驩州（今越南乂安省榮市，為當時流人最遠之貶所）。後復用為起居郎，兼修文館直學士。嘗侍宮中，帝詔學士等為〈回波舞〉樂詞，佺期以巧撰弄詞使龍心大悅，破格詔賜牙緋（五品以上之袍笏）。後歷中書舍人、太子少詹事。

嘗以詩贈燕國公張說，公曰：「沈三兄詩清麗，須讓居第一也。」由此詩名大振。《新唐書‧文藝傳》曰：「魏建安後迄江左，詩律屢變，至沈約、庾信以音韻相婉附，屬對精密。及之問、沈佺期又加靡麗，回忌聲病，約句準篇，如錦繡成文，學者宗之。」

沈、宋二人雖因善於趨炎附勢，見風轉舵而為人所輕，然詩歌能由古律過渡到真正的律詩而達到定型的地步，二人功不可沒，是以前人對他們開創新體，奠定律詩格律的成就相當肯定：

＊《新唐書‧文藝傳》：蘇、李居前，沈、宋比肩。

＊嚴羽《滄浪詩話》：〈風〉〈雅〉〈頌〉既亡，一變而為〈離騷〉，再變而為西漢五言，三變而為歌行雜體，四變而為沈、宋。

＊何良俊《四友齋叢說》：沈、宋始創為律，排比律法，穩順聲勢，其鑄詞已別是一格矣。

＊許學夷《詩學辯體》：唐人律詩，沈、宋為正宗。

＊錢良擇《唐音審體》：律詩始於初唐，至沈、宋而其格始備。

＊李重華《貞一齋詩說》：自沈、宋創律，其法漸精。

　　沈、宋雖並稱，然就七律質與量而言，宋均遠不及沈。沈之七律今存 16 首，居初唐詩人之冠，故王世貞《全唐詩說》云：「沈詹事七言律，高華勝於宋員外。」胡應麟《詩藪》曰：「初、盛間七言律，以沈佺期為冠。」賀裳《載酒園詩話》曰：「七律至沈而工，較杜（審言）、宋為嚴整。」

　　《全唐詩》存其詩 3 卷，《全唐詩外編》及《全唐詩續拾》補詩 2 首，斷句 4 聯。

【詩評】

01 王世貞：五言至沈、宋，始可稱律。律為音律、法律，天下無嚴於是者，知虛實平仄不得任情，而度明矣。二君正是敵手。　○六朝之末，衰颯甚矣；然其偶儷頗切，音響稍諧。一變而雄，遂為唐始；再加整栗，便成沈、宋。人知沈、宋律家正宗，不知其權輿於三謝，囊篰於陳、隋也。（《藝苑卮言》）

02 許學夷：沈、宋才力既大，造詣始純，故其體盡整栗，語多雄麗，而氣象風格大備，為律家正宗。　○盛唐五律入聖者，雖人止數篇，然化機流行，在在而是；沈、宋制作雖工，而化機尚淺。此升堂、入室之分也。（《詩源辯體》）

03 陸時雍：杜審言渾厚有餘，宋之問精工不乏。沈佺期吞吐含芳，安詳合度，亭亭整整，喁喁叮叮。覺其句自能言，字自能語，品之所以為美。蘇、李法有餘閒，材之不逮遠矣。（《詩境總論》）

04 賀裳：古稱沈為靡麗，今觀之，乃見樸厚耳。　○長律至沈而工，較杜（審言）、宋（之問）實為嚴整。然惟「盧家少婦」篇，首尾溫麗，餘亦中聯警耳；結語多平熟，易開人淺率一路，若從此入手，恐不高。（《載酒園詩話·又編》）

05 吳喬：沈、宋諸公七律之高華典重，以應制故；然非諸詩皆然。（《圍爐詩話》）

06 翁方綱：沈、宋律句勻整，格目不高。杼山（按：指寫作《詩式》的唐僧皎然）目以「射雕手」，當指字句精巧勝人耳。　○沈、宋應制諸作，精麗不待言，而尤在運以流宕之氣。此元自六朝風度變來，所以非後來試帖所能幾及也。（《石洲詩話》）

07 顧安：沈、宋功力悉敵，確是對手。其高妙不及射洪（按：指陳子昂），道密不及必簡（按：指杜審言），然閒情別緒，句剪字裁，已極文人之致。（《唐律消夏錄》）

08 宋育仁：其源出於謝、沈，植骨清穩，舒芬華秀，在考功（按：指宋之問）之亞，名並當時。律體特取風神，開盛唐之派。（《三唐詩品》）

006 雜詩三首其三（五律）　　　　沈佺期

聞道黃龍戍，頻年不解兵。可憐閨裡月，長在漢家營。少婦今春意，良人昨夜情。誰能將旗鼓，一為取龍城？

【詩意】

　　聽說在遙遠的黃龍戍一帶，經年累月不斷戰鬥，以致形勢始終緊張而不能休兵，這不禁令人沉重地感嘆：往日朗照著深閨中儷影成雙的明月，長久以來卻只能映照著漢家邊地軍營裡孤單的身影。（自從夫君離家遠征之後，她也從此不再仰望明月，以免觸景傷情，只能在深閨中心緒黯淡消沉地熬過漫漫長夜了。想來她的夫君即使仰望邊關

涼月，應該也會有昔日對月成雙，何其溫馨恩愛；而今卻月照孤影，何等悽涼悲哀的感慨吧！）少婦今春思念夫君時憂怨的心意，和良人昨夜掛念家園時悲苦的情懷，其實都是累積了多少年的煎熬和多少夜的折磨，因此也就同其哀婉悽愴，也同樣纏綿悱惻。唉！有誰能夠揮舞大旗，擂動戰鼓，激勵三軍將士，一舉攻下敵方的龍城要塞，讓普天下因為戰爭而分離的夫妻都能夠及早團圓呢？

【注釋】

① 詩題——所謂「雜詩」，是指觸物興感之情思，與「無題」詩命意相似。蓋感興多端，難於確指，或意有所託，難於明言，故曰「雜詩」。沈佺期有三首〈雜詩〉，內容皆屬閨怨與征夫思婦之情懷。詳味本詩，並無反戰之意，蓋詩中所流露出的是對征夫思婦因戰爭之故而異地相思的同情，故期望能有名將出征，一戰凱旋，俾使有情人都能團圓。

② 「聞道」句——黃龍，地名，在今遼寧省開原市（一說朝陽市）西北。東晉時馮跋據黃龍稱天王，世人遂稱此地為黃龍戍；本詩中泛指邊地而言。

③ 「長在」句——唐詩中常以漢代唐而少有直接點明者，蓋既多含蓄蘊藉之風神，亦可避免觸犯忌諱。

④ 「少婦」二句——今春意，指相思之情。昨夜情，指離別之悲。本聯採互文見義手法，遙映「頻年」二字，亦即由過去的離別之悲到今春的相思之苦，少婦與征夫是年年夜夜同感悲淒。

⑤ 「誰能」二句——將，音ㄐㄧㄤ，持、拿也。旗鼓，作戰時指揮前進的號令之具。將旗鼓，領軍作戰也。一，強調語氣詞，一舉之意。龍城，漢時匈奴大會祭天之所，此泛指敵方大本營或要塞而言，可參見王昌齡〈出塞〉詩注②。

【導讀】

　　喻守真《唐詩三百首詳析》以為本詩「充滿著非戰思想」，筆者以為有待商榷。儘管作者同情征夫與思婦異地相思之苦，也似乎有肯定他們情意綿長，歷久不衰之意，卻不能因此就說流露出非戰思想；因為當國家在存亡絕續的關頭發動禦敵保邊的聖戰，本來就是師出有名、天經地義的事，豈能因為詩中詠嘆愛情，同情相思，就草率地認定具有反戰思想呢？何況，末句「一為取龍城」的涵義，顯然是期望摧毀敵方的巢穴，凱旋而歸，這種想法怎能說是反戰呢？

　　起筆的「聞道」兩字，表現出少婦四處探詢戰況，期盼良人及早凱旋歸來的焦急情狀。「黃龍戍」則點出征戰的遠邊之所在，不難想像少婦經常倚門或憑欄遙望遠天的眼神。「頻年不解兵」五字，透露出她的失望與牽掛之情，既帶出中間兩聯的纏綿相思之淒苦，也逗出尾聯企盼良將平虜弭兵之意，因此朱之荊《增訂唐詩摘抄》點出本詩的針線細密說：「結聯和起聯相應，局法甚緊。」

　　「可憐閨裡月，長在漢家營」兩句，是以兩面對照的流水對和望月相思的傳統手法，揉合成思奇語妙的名聯。首先，就兩面對照而言，事實上當然是家園和邊庭都能見到同一輪明月；但是作者卻說家園的明月追隨征夫流落到邊庭去了！於是使人產生了以下的聯想：就閨婦這一邊而言，良人出征之後，閨中竟然無月！則少婦心緒之黯淡消沉、心境之淒清寂寞，與花容之憔悴、柳眉之深鎖，都不難想像了。就征夫這一邊而言，他會有昔日對月成雙，何其溫馨恩愛；而今月照孤影，何等悽涼悲哀的感慨。此時懷人的煎熬、自憐的哀傷，再加上邊關荒月的蒼涼，真足以釀愁惹恨；而征夫意緒之糾纏煩亂，心境之擾攘不寧，也不言可喻了。其次，就望月相思而言，作者似乎又寓藏著皇甫冉〈春思〉詩中「心隨明月到胡天」的絃外之音，則少婦失魂落魄、空閨獨影的形象，也隱然可見了。因此作者在出句的開頭所冠上的「可

憐」兩字，就像是夜空中的一聲沉重的嘆息，迴盪在空閨和邊塞之間，使領聯讀來特別深婉悲愴。再回到現實感受來說，不論是從閨婦或征夫的眼中看來，如今的明月只給人幽寂冷清之感，不復往日的皎潔美滿了！彷彿自從分手之後，玉輪憔悴，清輝頓減，早已失去了她原有的光華，以至於觸目徒惹惆悵，照眼但牽愁思而已！換言之，領聯繪出了一輪明月聯繫著兩地相思的圖畫：既描畫出此時遠隔海角天涯，只能對月思念的淒清幽怨；也浮現出昔日春閨儷影，如膠似漆的濃情蜜意。通過今昔對比的兩幅月下圖來前後疊映，詩人不著痕跡地以時空錯綜的手法烘托出異地相思的綿邈深情，因此讀來自有淵永不匱的韻致。

「少婦今春意，良人昨夜情」兩句，是採用互文見義的手法，在由明月聯繫著深閨和邊營所形成的空間基礎上，轉而由時間落筆，進一步明白點出領聯所暗藏的相思之意。就互文見義而言，作者有意以「今春」和「昨夜」這兩組詞語，誘導讀者串聯前面的「頻年」「長在」這兩個表示時間綿長的詞語，產生進一步的想像：由昨夜聯想到夜夜如此，由今春聯想到年年如此；於是相思的情意，便由此時此地生發，先穿梭於深閨和邊營之間，而後延展成夜夜如此，銜接成年年如斯，進而交織成綿密不斷的情網，則雙方超越時空的阻隔而歷久彌新的堅貞愛情，也就使人動容了。何況四季之中，最撩人情思的莫過於春宵，而少婦卻只能空閨獨守，望月傷心，她豈能不春思如潮？久戍不歸的征人最難捱的莫過於漫漫長夜，卻只能愁對關山荒月，追憶類似歐陽修〈玉樓春〉詞：「樽前擬把歸期說，未語春容先慘咽」和韋莊〈菩薩蠻〉五首其一：「殘月出門時，美人和淚辭」那種淒楚的離情，征夫又豈能不愁深似海？

作者採用互文見義的手法，讓讀者從兩面觀照的場景中激發出一體關心的同情，不僅了解到張九齡〈望月懷遠〉：「情人怨遙夜，竟夕起相思」的淒婉之情，也自然湧現出杜甫〈月夜〉「何時倚虛幌，

「雙照淚痕乾」的期待心理，因此詩人順勢在尾聯提出「誰能將旗鼓，一為取龍城」，表達衷心期盼天下有情人早日團圓的美好心願。由此看來，本詩又何嘗有非戰思想呢？

這一組三首的〈雜詩〉，第一首寫夜縫征衣，第二首寫春夢悠悠，本詩則寫望月懷想。由於詩人能夠筆隨月轉，情牽萬里，使明月似無情又有心地穿梭兩地，徘徊往復，從而串起綿長不斷的相思之情；而且又能在中間兩聯運用兩面對照與互文見義的手法，來營造出時近時遠的空間變化感，和忽今忽昨的時間綿延感，於是情境頓時開闊夐遠而又變化多端，令人有意亂情迷、目眩神搖的感覺。顧安《唐律消夏錄》說：「五、六就本句看，極是平常；就通首看，則無限不可說之話盡縮在此兩句內。初唐人微妙至此！其『盧家少婦』七律亦是此法，而用意尤覺深婉。」高步瀛《唐宋詩舉要》也說本詩：「一氣轉折，而風格自高，此初唐不可及處。」他們所稱賞的，大概正是詩人能把少婦的春思無限和征夫的離情難任，藉著時空的回環反復，表現得風神搖曳，耐人涵詠吧！

【評點】

01 張延登：古今絕響。太白「長安一片月」，準此。（《沈詩評》）

02 鍾惺：「少婦」二句，嬌怨之甚，壯語懈調。（《唐詩歸》）

03 王夫之：五、六分承三、四順下（按：殆指頷聯為兩面對照之流水對，腹聯則分承頷聯而來），得之康樂，何開闔承轉之有？結語平甚，故或謂之「懈」；然寧懈勿淫。初唐人家法不紊，乃以持數百年之窮。（《唐詩評選》）

007 獨不見（七律樂府）　　　　　　　沈佺期

盧家少婦鬱金堂，海燕雙棲玳瑁梁。九月寒砧催木葉，十年征戍憶遼陽。白狼河北音書斷，丹鳳城南秋夜長。誰為含愁獨不見，更教明月照流黃？

【詩意】

　　盧家少婦悠閒地獨處在飄散著鬱金蘇合香的廳堂中，突然間她看到海燕雙雙飛來，就棲息在鑲嵌著玳瑁的華麗屋樑上，心裡不免惆悵感傷起來⋯⋯。又是深秋九月了，窗外傳來搗製冬衣時急促的寒砧聲，催促得樹葉紛紛飄墜，也催促得她愁腸似絞，讓她不禁想起遠戍遼陽的丈夫已經十年不曾相見了！自從丈夫在白狼河北邊音信斷絕以來，她就只能在丹鳳城的南邊擔心憂慮，倍覺秋夜漫長而難捱。是誰使她空閨獨守，滿懷憂愁卻見不到她所思念的人呢？而且還讓明月的清輝映照在她空閨獨守的帷幔和不知道該如何寄到丈夫手中的禦寒衣物上，更使她睹物思人，既憂且懼，更加難以熬過這淒寒而漫長的秋夜了！

【注釋】

① 詩題—本詩乃沿用古樂府〈雜曲歌辭〉之舊題所作平仄合式的七律，《樂府詩集·解題》謂其原意是「傷思而不得見」。《才調集》卷 3 錄本詩，題為「古意呈喬補闕知之」。

② 「盧家」句—《樂府詩集》卷 85 錄梁武帝蕭衍〈河中之水歌〉：「河中之水向東流，洛陽女兒名莫愁。莫愁十三能織綺，十四采桑東陌頭。十五嫁為盧家婦，十六生兒字阿侯。盧家蘭室桂為梁，

中有鬱金蘇合香。頭上金釵十二行，足下絲履五文章。珊瑚挂鏡爛生光，平頭奴子擎履箱。人生富貴何所望？恨不早嫁東家王。」本詩之盧家少婦，泛指思婦而言，亦可指貴家少婦。鬱金，香草名，百合科，可浸酒和泥以塗壁而使室內芬芳。

③ 「海燕」句——海燕，體型小於一般燕子，紫胸，產於中國南方百越之地，故又名越燕。玳瑁，音ㄉㄞˋ ㄇㄟˋ，海龜之一種，其甲黃黑相間，呈半透明狀，常用以飾物。

④ 「九月」二句——九月風寒，已屆寄送冬衣之期，故砧聲急催，木葉似亦因之而落，思婦也觸景生愁而更加牽掛遠戍邊境之征夫。砧，音ㄓㄣ，擣衣石。寒砧，指擣練已煮過的織物以去除膠質時所發出的砧杵聲，詳見李白〈子夜秋歌〉注。遼陽，今遼寧省遼陽市一帶，與下句之「白狼河」並指唐時東北邊防要地。

⑤ 「白狼」二句——白狼河，古稱白狼水，即今遼寧省境內之大凌河。丹鳳城，《列仙傳‧蕭史》載秦穆公之女弄玉隨蕭史吹簫而鳳凰翔臨，因稱其地為丹鳳城；後以鳳城代指京師。一說據《史記‧封禪書》載漢朝建章宮內有二十餘丈高之鳳闕，故以鳳城或丹鳳城代指長安。

⑥ 「誰為」二句——誰為，誰使之也；一說「為誰」之倒裝。更教，又使也。流黃，一說黃紫色相雜（或黃色）的絲織品，一說指所欲寄的征衣。按：「流黃」如指絲織品，則末句意謂：明月偏照深閨幃幔，使少婦望月懷人，愈加難以自持而無法成眠。如指所欲遠寄之征衣，則意謂：音訊既斷，欲寄無由，睹物思人，愈悲不自勝，難以為懷。

【導讀】

這一首形式整齊而組織綿密，詞藻華美而情韻深婉的名作，多數的詩評家都給予極高的評價[1]，即使有些人略有不同的看法[2]，也動搖

不了本詩在文學史上奠定七律基調的重要地位，抹煞不了本詩值得探討的藝術成就。

首聯先拈出「盧家少婦」作為描述的對象，是由於她在古典詩歌中具有嫁與富裕之家，似乎令人艷羨的典型意義，可以藉此暗示她原本家庭幸福，無憂無慮（所以在樂府詩中她的芳名是「莫愁」），而且嫻熟婦功，能採桑織綺，不是四體不勤，五穀不分，只知養尊處優的富家嬌女。換言之，就文學效果而言，作者在先前賦予她的形象越美好，生活越愜意，就越能對襯出後來她際遇之可嘆，也越能曲傳出她心境之淒婉。「鬱金堂」和「玳瑁梁」二語，便是在這種構思基礎上，以濃彩重墨描畫華麗的居室，渲染富貴的氣氛；因此《唐宋詩舉要》引吳北江的評點說：「從反面設景，蹴起情思，鮮妍可擷。」至於「海燕雙棲」四字，一方面是形象地喻示昔日夫妻恩愛，形影不離，有如神仙眷屬，令人羨煞；一方面則是作為觸發感慨的媒介，暗示如今鴛鴦夢斷，連理枝殘，只能孤棲獨宿，情何以堪。換言之，首聯是以華詞麗藻暗示曾經享有過幸福歡樂的歲月，並以雙棲起興，既回應詩題「獨不見」的旨趣，又開拓出以下極為悽愴悲切、纏綿哀婉的三聯六句，從而使全詩的意脈蟬聯，氣韻飛動；因此胡應麟《詩藪・內編・卷5》說：「起句千古驪珠。」

頷聯是以「聞九月寒砧之急催，始驚覺思憶良人已達十年之久」的流水對，凸顯出「海燕雙棲」所映襯出的形單影隻的景況。「寒砧催木葉」的造句，頗為曲折奇警，耐人尋味。因為實際上應該是秋風落葉的寒瑟之感，催促人家趕製冬衣；可是作者卻故意以倒裝句法來表現出少婦先聞砧聲而驚心，又見落葉而傷懷的心理。這一聯可以從四個面向來進一步分析：

＊首先，就寒砧急催而言，它撩起婦人思君的情懷，使她急欲遠寄征衣；奈何在音訊全無的情況下，既無由相見，又難以寄達；因此揉合著關心、思慕、牽掛、焦慮、憂懼的複雜情緒，自然使她

有李白〈子夜秋歌〉所謂「秋風吹不斷，總是玉關情」的根觸感慨而心亂如擣。

＊其次，就落葉飄墜而言，樹葉先被秋風吹黃，又被寒砧催落，自然勾起她年華易逝、青春難駐的愁恨；因此秋風、寒砧、落葉揉合而成的聲音畫面就使人有心驚膽顫之感了。它們瀰天漫地而來，既令人難以承受，又無所遁逃；既催惹相思，又勾牽寂寞；既使人怨嘆遼陽之地遠難及，又使人驚痛十年的時久難熬！再加上這層思憶和傷痛的情懷，早已被雙棲的海燕先行撩起了，此時再聽聞這些秋聲，又豈能不愁深如海？

＊第三，再就詩中感情的發展線索而言，「九月寒砧」逗起「憶遼陽」的遙遠相思，「催木葉」引出「十年」的長久驚痛；而且這種相思驚痛之感又遙映首聯孤棲獨宿的暗示。正由於前半句句相銜，環環相扣，明針暗線，呼應綿密，因此陳繼儒說：「此篇雖樂府餘調，而落筆圓轉靈通。」（《唐詩選脈會通評林》）王夫之《唐詩評選》說：「從起入頷，羚羊掛角。」吳喬《圍爐詩話》也說：「八句如鉤鎖連環，不用起承轉合一定之法者也。」

＊第四，就意脈線索而言，由於「十年征戍憶遼陽」七字，已經勾惹出她無限纏綿哀婉的情思，於是作者便順勢承上作轉，讓莫愁的情思逆溯時間之流而上，悠悠忽忽地飄蕩到白狼河北去尋覓良人最後的蹤跡；可是在遍尋不得之後，她的心魂只好又踽踽涼涼地折返丹鳳城南來忍受漫漫無盡的秋夜了。

「白狼河北音書斷」是承接「十年征戍憶遼陽」而來，深入一層表示音信斷絕以來，少婦的思憶之情中更隱藏著對良人安危未卜、生死難料的擔驚受怕之苦。尤其是「斷」字的斬截有力，最能傳達出她心碎腸斷的沉痛之感。「丹鳳城南秋夜長」是承接「九月寒砧催木葉」而來，更進一步把寒砧落葉的入耳驚心、紅顏易老的愁怨悲哀、思憶情切的纏綿悱惻和音訊斷絕的憂懼難安，延展得更深刻、更綿邈、更

長久，也更難熬了。「秋夜長」三字給人漫漫無盡的感覺，使人彷彿見到她柳眉深鎖、玉容寂寞的憔悴身影，正孤孑無助地兀坐在寒燈之下，百般無奈地忍受著萬念難安的翻騰和憂心若煎的淒苦。由於本聯在承轉之際條理分明，又能層層深入，使思憶之情更形綿長深邈，因此王夫之《唐詩評選》曰：「從領入腹，獨繭抽絲。」

前六句是純粹以敘述的筆墨來含蓄地交代背景，唯有「憶」字微露抒情的端倪而已，因此詩人在尾聯先以「含愁」二字總收前六句隱而未發、藏而不露的悲苦之情，然後又以「獨不見」點出潛伏在前六句中的哀痛之因，便使全詩哀傷的情緒貫注在末聯的喟嘆之中，讀來格外動人；因此張錫麟評曰：「精細嚴整中血派流貫，元氣渾然，以此入樂府，真不可多得之作。」（《唐詩近體》引）由於第七句中的「誰為」是以反詰之語，直抒幽怨之切，讓人清楚體會到她噴薄出內心的深悲極苦時力道之強勁，相當具有懾人心魂的氣勢，因此王夫之評曰：「第七句獅吼雪山。」（《唐詩評選》）

「更教明月照流黃」七字，則是以「更教」二字深一層質問之後，突然轉換語氣，藉著「明月照流黃」的皎潔明麗之畫面，烘托月下懷人和睹物思人的愁絕形象，更顯得餘波盪漾，耐人尋味；因此王夫之又評曰：「第七句獅吼雪山，第八句龍含秋水，合成旖旎，韶采驚人。古今推為絕唱，當不誣。」方東樹《昭昧詹言》也稱讚這種以景結情的含蓄手法說：「收拓開一步，正是跌進一步，曲折圓轉，如彈丸脫手。」

【補註】

01 李攀龍《唐詩選》即列為壓卷之作，楊慎《升庵詩話》云：「宋嚴滄浪取崔顥〈黃鶴樓〉詩為唐人七言律第一，近日何仲默、薛君采取沈佺期『盧家少婦鬱金堂』一首為第一。二詩未易優劣，……崔詩賦體多，沈詩比興多。」陸時雍《唐詩鏡》說：「高古渾厚，

絕不似（初）唐人所為。三、四迴出常度，結更雄厚深沉。」邢昉《唐風定》說：「六朝樂府，行以唐律，瑰瑋精工，無可指摘。」沈德潛《說詩晬語》說：「骨高、氣高，情韻俱高，視中唐『鶯啼燕語報新年』詩，味薄語纖，床分上下。」姚鼐《五七言今體詩鈔》說：「高振唐音，遠包古韻，此是神到之作，當取冠一朝矣。」宋宗元《網師園唐詩箋》說：「悲壯渾成，應推絕唱。」

02 本詩的首尾兩聯都有脫化自樂府的痕跡，而且措詞敷色也還有六朝藻繪的習氣，加上頷聯以「寒砧」對「征戍」，以「木葉」對「遼陽」，終覺勉強；換言之，本詩等於是初唐七律由六朝駢儷化歌行體蛻變而出的「準七律」之作，因此前人對本詩也仍有指瑕的微詞，王世貞《藝苑卮言》說：「（崔顥〈黃鶴樓〉與沈佺期本詩）二詩固勝，百尺無枝，亭亭獨上，在厥體中要不得為第一也。沈末句是齊、梁樂府語。」胡應麟《詩藪》說：「七言律濫觴沈、宋，其實遠襲六朝，近沿四傑，故體裁明密，聲調高華，而神情興會，縟而未暢。『盧家少婦』體格丰神，良稱獨步；惜頷頗偏枯，結非本色。」胡震亨《唐音癸籤》說：「一結翻題取巧，六朝樂府變聲，非律詩正格也，不應借材取冠茲體。」

【評點】

01 錢光繡：語語從古調淘洗，作律詩看，佳；作樂府看，亦佳。（《唐詩選脈會通評林》）

02 王夫之：從起入頷，羚羊掛角……合成旖旎，韶采驚人。古今推為絕唱，當不誣。其所以如大辨才人說古今事理，未有豫立之機，而鴻纖一致，人但歆歆於其珠玉。（《唐詩評選》）

03 陳繼儒：雲卿初變律體，如此篇雖未離樂府餘調，而落筆圓轉靈通，要是腹角出龜龍，牙縫具出赤綠者。（《唐詩選脈會通評林》）

＊ 編按：末二句殆謂運筆靈幻莫測，能以錦心繡口結成金章玉句。

04 朱之荊：燕雙棲而人獨宿，此反映法。愁不見（良人而見）月，
　　倍增愁思，故怨及無情，若有人指使然。（《增訂唐詩摘抄》）

05 方東樹：本以燕之雙棲與少婦獨居，卻以「鬱金堂」「玳瑁梁」
　　等字攢成異彩，五色並馳，令人目眩。此得齊、梁之秘而加神妙
　　者。三、四不過敘流年時景，而措語沉著重穩。五、六句分寫行
　　者、居者，勻配完足，復以「白狼」「丹鳳」攢染設色。（《昭
　　昧詹言》）

六、賀知章詩歌選讀

【事略】

賀知章（659－744），字季真，自號四明狂客[1]，越州永興（今浙江省蕭山區）人。

武則天證聖元年（695）進士，又中超拔群類科。歷任國子四門博士、太常博士、禮部侍郎加集賢院學士、太子賓客兼秘書監。

知章生性曠達，少以文詞知名，善於談論笑謔，與包融、張旭、張若虛合稱「吳中四士」。陸象先[2]在中書時嘗云：「季真清談風韻，吾一日不見，則鄙吝生矣。」可見心儀之深；當時賢達，皆傾慕之。晚年尤縱誕不拘禮度，自號「四明狂客」「秘書外監」，遨遊里巷，瀟灑自若。

嗜酒善飲，杜甫〈飲中八仙歌〉云：「知章騎馬似乘船，眼花落井水底眠。」李白〈對酒憶賀監〉詩云：「四明有狂客，風流賀季真。長安一相見，呼我謫仙人。昔好杯中物，翻為松下塵。金龜換酒處，卻憶淚沾巾。」頗令人想見其人倜儻豪曠之風采。又善草隸，每醉輒屬辭，文不加點，咸有可觀。每紙不過數十字，為當時所愛重而共傳。

天寶二年（743）十二月，因病夢遊帝居，及寤，表請為道士，求還鄉里，並捨其宅為千秋觀。三載正月（編按：正月初一改「年」為「載」），玄宗詔賜鏡湖一曲以給漁樵，並由太子供帳東門，百官祖餞，御製送別詩二首並序（見《全唐詩》卷3），備極隆榮。

其詩清新自然，淡而有味，賀裳《載酒園詩話・又編》評曰：「吾讀書至賀秘書，真若雲開山出，境界一新。」

　　《全唐詩》存其詩 1 卷，《全唐詩外編》及《全唐詩續拾》補詩
2 首，斷句 1 句。

【補註】

01 四明，山名，在浙江省寧波市西南。道書以為第九洞天，又名丹
　　山赤水洞天，凡二百八十二峰。相傳群峰之中，上有方石，四面
　　如窗，中通日月星辰之光，故稱四明山。

02 陸象先，舉制科高第，累遷中書侍郎，唐睿宗景雲二年（711）進
　　同中書門下平章事，兩《唐書》有傳。

【詩評】

01 賀裳：吾讀詩至賀秘書，真若雲開山出，境界一新。（《載酒園詩
　　話·又編》）

008 回鄉偶書（七絕）　　　　　　　　賀知章

少小離家老大回，鄉音無改鬢毛衰。兒童相見不相
識，笑問客從何處來？

【詩意】

　　我在年少歲月就離家遠遊，如今重回故鄉，已經是八十幾歲的老
叟了！我的會稽鄉音未曾改變，只是鬢髮早已白得像霜雪了。村裡的
兒童見到我時都不認識我，他們帶著純真的笑容問我：「老爺爺！您
是打那兒來的呢？」

【注釋】

① 詩題—回鄉，殆指天寶三載（744）返鄉定居，年已八十六矣。偶書，隨手而寫的雜感。本組詩共有兩首，其二云：「離別家鄉歲月多，近來人事半消磨；唯有門前鏡湖水，春來不改舊時波。」

＊ 編按：天寶二年（743）十二月，詩人因病夢遊帝居，醒後上表懇請為道士，捨其宅為千秋觀，並乞求還鄉。次年，玄宗詔賜鏡湖一曲以給漁樵，太子率百官於東門餞別，御製送別詩二首並序，備極尊榮。

② 衰—音ㄘㄨㄟ，變色蒼老貌、斑白貌；一作「摧」，疏落貌。

③ 「兒童」句—相見，見我之意。本句中的兩個「相」字，皆為前置代名詞，代指動詞下所省略的受詞，也就是詩人。

【導讀】

　　賀知章三十餘歲就離開故鄉，壯遊中原，三十七歲中進士，直到天寶三載（744）辭官返鄉時已經八十六歲了！長達五十年的宦遊生涯，終於能夠落葉歸根了，垂垂老矣的詩人難免會在內心產生物換星移，世事滄桑，前塵如夢，年華易老的許多感慨，因此信筆揮灑之餘，便寫下初回鄉里時的感受。整首詩純以白描手法寫久客歸鄉之感，口語自然，文字質樸，既有行雲流水的清逸韻致，又有橄欖回甘的醇厚滋味；讀來彷彿觀賞張三豐打太極拳一般，在平淡無奇的舉手投足之間，蘊蓄著淵渟嶽峙的氣度和綿密悠長的後勁。雖然沒有令人目眩神迷的奇技絕招，卻自有動人心魂的無形力量，所以特別耐人涵詠。

　　「少小離家老大回」七字裡，是以「家」為中心而形成「少小離」鄉與「老大回」歸的鮮明對比：一去一回之間，五十餘年悠悠的歲月就過去了：少年的熱情久已冷卻消逝了，壯年的英姿早已杳不可尋了，老年的成就也已經是過眼雲煙了，只餘衰朽的殘軀和了無牽掛的心靈

歸來罷了！當時詩人宦情如水的淡泊心靈中，究竟包含著多麼深廣豐富的感受，恐怕不是未曾在宦海浮沉過之後終於告老還鄉、衣錦榮歸的人所能夠完全領略得到的。不過，即使詩人已經勘破紅塵是非，忘懷成敗得失，當他千里迢迢地落葉歸根時，可能也會有近鄉情怯的一絲悸動，以及揉合著安慰與惆悵，親切與自在的複雜感受吧。

「鄉音無改鬢毛衰」七字，也是以對比的手法凸顯出一常一變的景況：不變的是與生俱來的鄉情和根深柢固的鄉音；變的是無情的歲月中逐漸衰朽的殘軀和逐漸蒼老的容顏。即使是已經勘破生死、忘懷得失的老道人，在剛剛返鄉的頃刻之間，回顧五十餘年漫長歲月中的悲歡憂樂對自己造成的改變，大概也會有一絲淡淡的惆悵吧！

「兒童相見不相識，笑問客從何處來」兩句，則是記錄初返鄉里時在村子口戲耍的天真兒童對自己充滿好奇的詢問，藉以補足「老大回」和「鬢毛衰」的形象與內涵。如果說前半是一幅題上詩人心靈獨白的自畫像，則後半是一場老少相逢的獨幕劇，詩人捕捉這一幕短暫的戲劇，藉以傳達乍返故鄉時親切的情味：兒童特有的天真、活潑、好奇與率直，都在彬彬有禮的笑問中流露無遺，因此帶給詩人些許意外，以至於不覺莞爾的情趣。

這首信手揮灑的漫興之作，完全不講究雕章琢句，不用典，不取譬，只是以澄澈明淨的文字捕捉最自然真切的感受，表現出比白居易更「白居易」的風格，可見八十六歲的老道翁，已非昔日「騎馬似乘船」的四明狂客，其詩其人都已經達到元好問〈論詩絕句三十首〉之四所謂「一語天然萬古新，豪華落盡見真淳」的化境了。他的心境已如鏡湖般平靜無波，他的詩風也如鏡湖般明澈見底了，因此唐汝洵《唐詩解》說本詩：「模寫久客之感，最為真切。」宋宗元《網師園唐詩箋》說：「情景宛然，純乎天籟。」他們下筆極有分寸，完全不用「傷老」「反主為賓」「滄桑世變」「感慨」等字樣，因為他們了解詩人

的心靈已如天籟般清和淳正；而天籟之妙，其實也無須支離破碎的解讀來闡釋了。

【商榷】

有不少解詩者認為這是一首久客傷老之作，並且以為後半兒童笑問的背後，流露出反主為賓的悲哀。筆者以為這種看法不僅過於僵化呆板，而且把人類的情感過於簡單化。對於一位由於臥病時夢遊天庭而大澈大悟，進而上表乞求成為道士，然後才能告老還鄉的八十六歲鶴翁而言，榮華富貴都拋開了，還有什麼勘不破的關口呢？他何時何地不可以自傷遲暮，非要等到大限將至之時才自覺垂垂老矣呢？又非得等到返鄉之日才覺得衰朽呢？

筆者以為本詩前半固然有「老大回」「鬢毛衰」的感慨，但並非詩人要傳達的重點，因為他既然能在離家五十年以上，對生命頗有體悟之後，了無遺憾地辭官出家，即使內心難免還有五味雜陳的感受，但卻絕不至於以「傷老」為主要的情感。設想一向曠達縱誕、不拘禮法的「四明狂客」，在了悟生死、勘破名利之後成為道士，即使未必仙風道骨，至少也已經灑脫自在了；他當真會在如願以償地脫離宦海、回歸故里時才「傷老」起來嗎？

筆者以為他主要的感受是：竟然離家五十餘年才得以返回故鄉！而他的心境則是了無牽掛、了無遺憾的寧靜淡泊和喜悅自在；因為他終於可以像遊子重回母親懷抱般感到親切溫暖，可以安閒自在地追認舊時的巷陌，尋訪昔日的友伴，重溫童稚的回憶……，最後心安理得地落葉歸根，安詳地融入鄉土之中，守護著自己的家園。因此，他和村中純真無邪的兒童照面，以及對話的場合中所感受到的，與其說是感傷，不如說是鄉音的親切和兒童的天真喚起他對故鄉人情之美的記憶與感念，以及因而產生的喜悅、滿足、安慰、有趣……各種豐富而深刻的情味。「回鄉」對華人而言，是何等鄭重的一件事？何況又是

在離鄉五十餘年之後？何況他是以落葉歸根的心境回鄉？更何況又是在如願辭官出家、勘破紅塵之後歸來？則他的心境只怕不是「傷老」所能概括的，應該是無庸置疑的了。

至於兒童笑問兩句，就詩歌創作的手法而言，是經由兒童的眼睛來映襯自己離家之久的複雜感受；就詩歌的情味而言，則是捕捉到久客歸來時一場別具趣味的偶然邂逅——就在對談的那一瞬間，詩人有了意外的驚訝，和一時間不知如何回答的錯愕，以及稍後隨之而來的莞爾。正由於這一幕偶然的邂逅完全超出詩人的想像之外，兒童的笑語也不在詩人返鄉與人交談時的腹稿之中，一切全出於偶然，卻又是那麼自然，所以才令詩人在偶然間感到自然而親切的情味，於是他才以「偶書」兩字來表現這種既偶然又自然，既有妙趣又有情味，既平靜喜樂又滿足欣慰的心境。

至於有些人以為本詩旨在表現人事的感傷，筆者以為那是把詩人返鄉定居，盤桓一段時日以後所作的第二首詩：「離別家鄉歲月多，近來人事半消磨；唯有門前鏡湖水，春來不改舊時波。」所表現的湖波不改、人事消磨的感慨誤植到本詩來了。

范晞文《對床夜話》以為本詩後半是從張籍的「長因送人處，憶得別家時」及盧象〈還家〉詩：「小弟更幼孩，歸來不相認」化出，而且「語益換而益佳，善脫胎者宜參之。」這恐怕是一個很大的誤會，因為張籍要在賀知章卒後二十餘年才出生，至於盧象則與賀同時而略晚，根本無法證明賀詩出於盧句。他又說：「近時嚴坦叔還家詩亦有『舊時巷陌渾忘記，卻問新移來住人』，頗得知章遺意。」筆者以為嚴詩不論就口語天然、意味深遠、情景生動而言，都遠遜賀詩，讀者以為如何？

七、陳子昂詩歌選讀

【事略】

　　陳子昂（約 661－約 702），字伯玉，梓州射洪（今四川省射洪縣）人。

　　子昂家貲甚富，好弋博，以任俠使氣聞名鄉里；為人輕財重施，篤於朋友之義。年十八，猶未知書，一日與博徒入鄉校而有所感悟，乃折節苦讀，數年之間，窮究典籍，明察政理，洞識興亡之跡。

　　睿宗文明元年（684）舉進士，曾詣闕上書，武后奇其才，稱其「地籍英華，文稱暐曄」，擢麟臺正字，因此馳名天下。

　　武則天垂拱二年（686）從軍北征，遠駐同城（今內蒙古額濟納旗境內）。後丁憂還鄉，除服後遷右拾遺。延載元年（694），以「坐緣逆黨」罪名入獄二年。萬歲通天元年（696）五月，隨武攸宜征契丹，次年作〈登幽州臺歌〉。後因深感政治抱負與改革主張無法實現，於聖曆元年（698）辭官歸隱，武氏特許「帶官取給而歸」以示優遇。後相傳被武三思勾結縣令段簡所誣殺，然其事不詳。

　　陳子昂為初唐後期的重要作家，他的散文以清峻樸茂見長，一掃六朝駢儷浮豔之風，為唐朝古文運動的前驅，因此柳宗元在〈楊評事文集後序〉評之曰：「能極著述，克備比興，唐興以來，子昂而已。」

　　陳子昂的詩歌主張，一反徐陵、庾信「彩麗競繁，而興寄都絕」（〈修竹篇序〉）之餘風，標舉漢、魏風骨，務求「骨氣端翔，音情頓挫；光英朗練，有金石聲。」（同前）他以慷慨激昂的悲歌，高唱入雲的腔調，為盛唐渾浩雄奇的詩歌譜寫出豪宕健朗的進行曲，備受詩家的推崇：

＊盧藏用在為《陳伯玉集》作序時說他：「卓立千古，橫制頹波。」

＊李白〈贈僧行融〉詩中譽之為「麟鳳」。

＊杜甫〈冬到金華山觀因得故拾遺陳公學堂遺跡〉詩中許之為「雄才」。

＊韓愈〈荐士〉詩聲稱：「國初盛文章，子昂始高蹈。」

＊元好問〈論詩絕句〉其八嘆曰：「論功若準平吳例，合著黃金鑄子昂」。

＊胡震亨《唐音癸籤》卷5擬之為陳涉造反革命之功曰：「大澤一呼，為眾雄爭先！」

《全唐詩》存其詩2卷，《全唐詩外編》補詩1首。著有《陳伯玉集》。

【詩評】

01 劉克莊：唐初王、楊、沈、宋擅名，然不脫齊、梁之體，獨陳子昂首唱高雅沖淡之音，一掃六代之纖弱，趨於黃初、建安矣！太白、韋、柳繼出，皆自子昂發之。(《後村詩話》)

02 方回：子昂，唐之詩祖也。不但〈感遇〉詩三十八首為古體之祖，其律詩亦近體之祖也。(《瀛奎律髓》)

03 徐獻忠：唐初聲華並隆，音節兼美，屬梁、陳之艷藻，鏕末路之靡薄，可謂盛矣；然古詩之流，尚阻蹊徑。拾遺洗濯浮華，斫新雕樸，〈感遇〉諸作，挺然自樹，雖頗峭徑，而興寄遠矣。(《唐詩品》)

04 胡應麟：陳子昂獨開古雅之源，張子壽（按：指張九齡）首創清淡之派。盛唐繼起，孟浩然、王維、儲光羲、常建、韋應物，本曲江之清淡，而益以風神者也；高適、岑參、王昌齡、李頎、孟雲卿、本子昂之古雅，而加以氣骨者也。　○初、盛間五言古，陳子昂為冠；七言短古、五言絕，王勃為冠；長歌，駱賓王為冠；

五言律，杜審言為冠；七言律，沈佺期為冠；排律，宋之問為冠。
（《詩藪》）

05 胡震亨：子昂以復古反正，於有唐一代，功為大耳。正如夥涉為
王，殿屋非必沉沉；但大澤一呼，為群雄趨先，自不得不取冠漢
史。（《唐音癸籤》）

06 鍾惺：唐至陳子昂，始覺詩中有一世界。（《唐詩歸》）

07 毛先舒：陳伯玉律詩，清雄為骨，綿秀為姿，設色妍麗，寓意蒼
遠。由初入盛，此公變之；沈、宋堂皇，悉皆祖構於此。（《詩辯
坻》）

08 沈德潛：唐初五言古，漸趨於律，風格未遒。陳正字起衰而詩品
始正，張曲江繼續而詩品乃醇。（《唐詩別裁》）

09 張謙宜：子昂胸中被古詩膏液薰蒸得十分透徹，才下筆時，便有
一段元氣渾灝驅遣，奔赴而來。其轉換吞吐，有掩映無盡之致，
使人尋味不置，愈入愈深。（《絸齋詩談》）

10 翁方綱：子昂、太白皆疾梁、陳之豔薄，而思復古道者；然子昂
以精深復古，太白以豪放復古。（《石洲詩話》）

11 宋育仁：骨格清凝，蒼蒼入漢；源於〈小雅〉，故有怨誹之音。〈感
遇〉諸篇，璆然冠代；稱物既芳，寄托遙遠。固當仰駕阮公，俯
凌左相。〈幽州〉豪唱，述為名言；如河梁贈答，語似常淡，而脫
口天成，適如人意。海內文宗，非虛譽也。（《三唐詩品》）

009 登幽州臺歌（雜言古詩）　　　　陳子昂

前不見古人，後不見來者。念天地之悠悠，獨愴然
而涕下！

【詩意】

在時間的長流裡，像古代燕昭王那樣能夠求賢若渴，終於能雪恥興國的明君，和樂毅那樣能夠扭轉頹勢，建立起奇功偉業的英雄，都太過遙遠，可惜我來不及見到了；而後代能夠重用賢才的聖主和能夠撐天拄地的英雄豪傑，我也無法預見……。再想到天地是如此浩瀚遼闊，歷史是如此悠遠漫長，渺小而卑微的我卻只能孤獨而又無奈地久立在幽州臺上弔古傷今，憤慨難平，不禁思潮起伏，百感蒼茫，只好任憑悲愴的淚水零落在衣襟上……。

【注釋】

① 詩題—幽州，古九州之一，唐時設郡，屬河北道，今則稱為河北省。幽州臺，故址在今北京城北西頭第一門，又名薊丘、薊北樓、燕臺、黃金臺，相傳乃戰國時燕國的昭王於飽受齊國侵凌而國勢困窘時所築的招賢臺；見李白〈行路難三首〉其二注⑥。

② 「前不」二句—《楚辭·遠遊》：「惟天地之無窮兮，哀人生之長勤；往者余弗及兮，來者吾未聞。」阮籍〈詠懷〉之三十六云：「去者吾不及，來者吾不留。」作者殆脫化其意而更見蒼涼沉鬱。

【導讀】

武則天萬歲通天元年（696），契丹李盡忠、孫萬榮等叛亂，攻陷營州（治所在今遼寧省朝陽市），建安王武攸宜奉命征討；作者以右拾遺隨軍參謀身分從軍至幽州一帶。武攸宜為人輕率而缺乏將略之材，以致次年兵敗，先鋒幾乎全軍覆沒，總管王孝傑亦墜崖身亡。敗訊傳來，武氏驚駭，怯敵畏戰，形勢相當危急。此時陳子昂請求分兵萬人以為遏敵之先鋒，武氏不允；又屢獻謀略，不僅未獲採納，反而降級為軍曹，僅掌書記而已。於是子昂登薊北樓，有感於昔年燕昭王

信任並重用樂毅那段君臣相得的歷史，因而有〈薊丘覽古〉[1]七首之作，後又悵然慷慨而詠嘆本詩。

在此之前，武則天於垂拱二年（686）任用周興、來俊臣等酷吏，大開告密之門，並以嚴刑峻罰大肆血腥鎮壓異議人士，致特務橫行，冤獄四起。子昂連上〈諫用刑書〉〈答制問事八條〉〈諫刑書〉等表疏，並於〈感遇詩三十八首〉其四「樂羊為魏將」、其十二「呦呦南山鹿」、其二十一「蜻蛉遊天地」等詩中抨擊武氏大興冤獄，屬行恐怖手段，以致為武氏所嫉惡。後子昂曾因事入獄二年，所幸遇赦而復官拾遺；詩人遂決心以身報國，乃自請「束身塞上，奮命賊庭」（〈謝免罪表〉），因而有從軍幽州，駐紮漁陽（今河北薊縣）之行。在這種背景下，詩人於滿腔報國熱忱遭受無情打擊而迭遇挫折之際，自然感到悲憤莫名，抑鬱難宣，乃於登臺之際，放眼山河，頗有弔古傷今、憂國慨時的蒼茫百端之感，不禁仰天長嘯，慷慨悲歌，而有此驚天地、泣鬼神的壯偉詩篇。

這首雜言詩旨在抒發生不逢時，懷才不遇的悲憤，以及宇宙浩瀚無窮，生命渺小短促的感慨。陳子昂懷抱著盡忠報國的熱忱，渴望得到建功立業的契機，奈何正如左思〈詠史〉詩其二所說的一樣：「英俊沉下僚，由來非一朝。」他不僅未曾得到展翅壯飛的機緣，反而遭到無情挫折的打擊，因此他在侘傺困頓之餘，深感難以施展才略，只好把他不肯屈服的兀傲心性、不肯澆熄的滿腔熱血、不肯消沉的頑強意志和不肯放棄的遠大抱負，全部化為心靈火山中噴薄而出的灼熱岩漿！正因為本詩是由作者痛苦扭曲的心靈迸發出來的，所以蘊蓄著沛然莫之能禦的雄渾氣勢，和蒼涼悲壯的驚人勁道，使千載之下的我們在誦讀時仍然覺得氣貫古今，聲動山河而深受震撼，因此黃周星《唐詩快》評曰：「胸中自有萬古，眼底更無一人！古今詩人多矣，從未有道及此者。二十二字真可以泣鬼！」

　　「前不見古人，後不見來者」兩句，意謂：像古代燕昭王那樣求賢若渴的明君，和樂毅那樣建功立業的英雄，都已經消逝在歷史的雲煙中，空教人景慕彌切；而後代能重用賢才的聖主，和扭轉乾坤的豪傑，又都杳不可見，也讓人空自期盼。一種生不逢時，懷才不遇的惆悵，已然瀰漫滿紙。「念天地之悠悠，獨愴然而涕下」兩句，意謂：想到天地是如此浩瀚，歷史是如此悠遠，渺小的自己卻只能孤獨無奈地久立在幽州臺上弔古傷今，憤慨難平，不禁思潮起伏，百感蒼茫，只好任憑悲愴的淚水零落衣襟。

　　儘管只有短短四句，卻勾勒出一幅雄渾蒼涼的藝術圖畫：詩人獨立在高聳的歷史樓臺上，臨風遠眺雄偉壯闊的山河大地，眉目之間透露著憂國傷時的深謀遠慮，胸臆之中震盪著風起雲湧的歷史激情。就畫面的佈局而言，作者在前三句先隨手點染出浩瀚遼闊的宇宙天地和滄桑變幻的古今人事，為詩歌營造出一個充滿歷史縱深，並瀰漫著歷史雲煙的壯美背景，然後才在第四句凸顯出詩人登樓遠眺，俯仰古今之際淚灑衣襟的悲壯形象；自然便使這個滿懷憂憤、飽含激情的孤臣孽子形象，鮮明凸出，深入人心了。

　　這首隨意放歌卻又能直抒胸臆的短詩，就寫作手法而言，主要是通過悠悠無窮的時間感和浩浩無盡的空間感，對比出人生的短暫和個人的渺小，使讀者在短促和永恆、有限和無窮的映襯之下，感受到詩人深沉渾厚的悲愴之感。浩闊夐遠的宇宙天地和滄桑易變的古今人事，本來就容易觸動人類孤獨寂寞的心靈；再加上幽州臺本身蘊涵著英主賢臣及時遇合的歷史佳話，自然容易勾起詩人綿邈不盡的思古幽情。尤其是詩人躬逢繁華鼎盛的偉大時代，特別容易激盪出有志之士高度的自信心與神聖的使命感；偏偏他建功立業的雄心壯志又長期飽受壓抑，使他的心靈中積鬱著無法消除的塊壘和難以宣洩的憤懣。於是詩人便在登臨縱目，四顧蒼茫時，感到心餘力絀，感慨良深，因此一時之間熱血澎湃到悲不自抑的地步；甚至在意氣慷慨與熱淚縱橫之後，

還不足以完全傾洩他心頭的鬱勃之氣，以至於在痛定思痛之餘，他還情不自禁地擎起如椽大筆，挾帶著風雷般的勁道，寫下這首意境渾涵壯闊、氣勢沉雄磅礡的驚世之作。由此可見詩人心中感慨之深刻與悲憤之強烈了。

不過，儘管詩人的處境是那麼困阨，思潮是那麼洶湧，感慨是那麼沉痛，形象是那麼渺小，內心是那麼寂寞，然而他俯仰古今，睥睨一世的氣概卻是那麼豪壯昂揚；而他竭誠盡忠，力挽狂瀾的意志又是那麼頑強堅毅。因此，讀者雖然能感受到他的蒼涼悲愴，卻不僅察覺不出詩人有任何消沉頹廢、沮喪絕望的情緒，反而還會被他盱衡時局的志負和憂念國事的真誠所感動。換言之，正由於詩人兀傲孤高的志氣不因一時的挫折而灰心，熱烈沸騰的血性不因短暫的失意而冷卻，才使得他在幽州臺上仰天長嘯之餘所作的這首短詩，具有史詩深沉雄放的氣勢與悲壯蒼涼的情味！

儘管陳子昂早已隨著歷史的洪濤滾滾而逝了，但是他高蹈的胸懷、孤迥的形象和不甘寂寞的心靈，卻使他成為中華詩苑裡一位頂天立地的巨人，永遠以他浩蕩的歌聲鼓舞著龍的傳人！

【補註】

01 〈薊丘覽古〉詩題一作〈薊丘覽古贈盧居士藏用〉，詩前有序：「丁酉歲（697），吾北征。出自薊門，乃觀燕之舊都，其城池霸跡已蕪沒矣。乃慨然仰歎，憶昔樂生、鄒子群賢之遊盛矣。因登薊丘，作七詩以志之……。」序中所流露出的懷古傷今之感慨與〈登幽州臺歌〉若合符契。

【評點】

01 楊慎：其辭簡質，有漢、魏之風。（《升庵詩話》）

02 宋長白：阮步兵登廣武城，嘆曰：「時無英雄，遂使豎子成名！」
　　眼界胸襟，令人捉摸不定。陳拾遺會得此意……。假令陳、阮邂
　　逅路歧，不知是哭是笑。（《柳亭詩話》）

八、張九齡詩歌選讀

【事略】

張九齡（678－740），字子壽，一名博物，韶州曲江（今廣東省韶關市）人，世稱張曲江。

武則天神功年間（697）進士，又以「道侔伊呂科」對策高第，為右拾遺，歷任司勳員外郎、中書舍人、桂州都督、中書侍郎等職。曾因張說舉薦，任集賢院學士。開元二十一年（733），累官至中書侍郎同平章事，翌年遷中書令，兼修國史。開元二十四年（736）遭李林甫排擠，改尚書右丞，並罷知政事；從此朝政日壞，「開元之治」遂告結束。次年貶荊州（州治在今湖北江陵一帶）長史。後請假歸鄉，猶能富貴浮雲，淡泊自甘。卒諡文獻。

為人正直忠悃，出處進退，純然儒臣本色。常密奏陳事而忘其身，曾謂安祿山狼子野心，生具叛相，勸玄宗及早撲殺；玄宗反疑誤其讒害忠良。又曾勸玄宗勿用李林甫為相，以免異日成為子孫禍患，令玄宗頗為不悅；更因力阻牛仙客知政事而忤玄宗。後玄宗因安史之亂流亡四川，終有所悔悟而下詔褒贈曰：「讜言定其社稷，先覺合於蓍策。」遂追贈司徒，並遣使遠至韶州祭弔（見《舊唐書》卷99）。其梗直敢言，不畏橫逆之操守與堅持有如是者；故後人評賞其詩文，往往與其品節並論而兼美之。

其詩洗盡六朝鉛華，簡樸高雅，寄興深婉，蘊藉有致。既與陳子昂並轡一時而開創唐詩古雅與清淡之兩源，又遠追阮籍詠懷寄意之深衷，近啟盛唐雍容典正之詩風，故胡震亨《唐音癸籤》稱之：「張曲江五言以興寄為主，而結體簡貴，選言清冷，如玉磬含風，晶盤承露，

故當於塵外置賞。」沈德潛《說詩晬語》則由文學史之角度推崇其貢獻：「唐顯慶、龍朔間，承陳、隋之遺，幾無五言古詩矣。陳伯玉力掃俳優，仰追曩哲。讀〈感遇〉等章，何啻黃初、正始間（按：指漢魏風骨）也？張曲江、李供奉（按：指李白）繼起，風裁各異，原本阮公。唐體中能復古者，以三家為最。」

《全唐詩》存其詩 3 卷，以五古、五律及五言長律居多。

【詩評】

01 徐獻忠：曲江藻思翩翩，體裁疏秀，深綜古意，通於遠調，上追漢魏而下開盛唐，雖風神稍劣，而詞旨沖融……。近體諸作，綺密閑澹，復持格力，可謂備其眾美矣。雖與初唐作者，駢肩而出，更後諸名家，亦皆丈人行也；而況節義相先，稱古之遺直者耶？（《唐詩品》）

02 胡應麟：陳子昂獨開古雅之源，張子壽（按：指張九齡）首創清淡之派。盛唐繼起，孟浩然、王維、儲光羲、常建、韋應物，本曲江之清淡，而益以風神者也；高適、岑參、王昌齡、李頎、孟雲卿、本子昂之古雅，而加以氣骨者也。○初唐沈、宋外，蘇、李諸子未見大篇；獨曲江諸作，含清拔於綺繪之中，寓神俊於莊嚴之內。（《詩藪・內編・卷 4》）

03 周敬：曲江公詩雅正沉鬱，言多造道，體含風騷，五古直追漢魏深厚處。（《唐詩選脈會通評林》）

04 紀昀：九齡守正嫉邪，以道匡弼，稱開元賢相；而文章高雅，亦不在燕、許諸人下。《新唐書・文藝傳》載徐堅之言，謂其文「如輕縑素練，實濟時用，而窘邊幅。」今觀其〈感遇〉諸作，神味超軼，可與陳子昂方駕。文筆宏博典實，有垂紳正笏氣象，亦具見〈大雅〉之遺。堅局於當時風氣，以富豔求之，不足以為定論。（《四庫全書總目提要》）

05 管世銘：曲江襟情高邁，有遺世獨立之意；〈感遇〉諸詩，與子昂稱岱、華矣。（《讀雪山房唐詩‧序例》）

06 赤堇氏：讀張曲江詩，要在字句外追其神味。 ○曲江詩如蜘蛛之放游絲，一氣傾吐，隨風卷舒，自然成態。初視之，若絕不經營；再三讀之，仍若絕不經營。天工言化，其庶幾乎！（清人厲志《白華山人詩說》引）

07 翁方綱：曲江公委婉深秀，遠出燕、許諸公之上；阮（籍）、陳（子昂）而後實推一人，不得以初唐論。（翁方綱《石洲詩話》卷1）

08 宋育仁：其源出於鮑明遠、江文通。次序連章，見鋪排之跡。〈感遇〉諸篇，尤為高調，情詞芬惻，清亮音多。骨格未及拾遺，每以豐條傷幹。至如漢上游女，遙擷古馨；清江白雲，蔚發明秀；哀梨爽口，不必與橄欖同功。若斯之類，亦其獨至也。（《三唐詩品》）

09 高步瀛：五言古詩，當探源《三百篇》而取法漢、魏。……唐初猶沿梁、陳餘習，未能自振。陳伯玉起而矯之，〈感遇〉諸作，復見建安、正始之風；張子壽繼之，塗軌益闊。至李杜而篇幅恢張，變化莫測，詩體又為之一變。（《唐宋詩舉要》）

010 望月懷遠（五律）　　　　　張九齡

海上生明月，天涯共此時。情人怨遙夜，竟夕起相思。滅燭憐光滿，披衣覺露滋。不堪盈手贈，還寢夢佳期。

【詩意】

　　浩瀚的江海上冉冉升起一輪明月，不由得使人懷想起遠在天涯的伊人：「此時她應該也正在望月懷人吧？」有了這種浪漫的情愫之後，難免就會怨嘆兩地遙隔，長夜漫漫，害人終宵難忍相思的煎熬，對伊人也就思慕得更加深切了！既然月色如此清明可愛，讓人自然有了溫柔的情腸，於是索性熄滅屋內的燭火，以便好好賞玩滿室皎潔的月光；奈何又因為月光實在太美好、太撩人，相思的情愫也就更為綿長而難以成眠，只好披衣而起，走出戶外去仰望月輪，懷想遠方的伊人了。不知道經過多久的徘徊躑躅，只覺得露水越來越濃，連衣裳都變得濕潤寒涼起來，只好慢慢返回屋內。可惜我沒有辦法把捧滿手心的月華和我滿懷浪漫纏綿的情意，一起遙贈給遠方的伊人，好安慰她今夜此時的孤單寂寞；不如嘗試及早進入睡夢中，希望能夠擁有一個和伊人歡聚的美夢……。

【注釋】

① 詩題──懷遠，所懷想的對象可以是妻子，可以是親友，甚至也可以是君王，因此姚鼐將本詩視為一位白髮棄臣遠謫江湖時不勝思念君國的政治抒情詩，並譽之為五律中之〈離騷〉。筆者以為，儘管本詩可能是作者被貶為荊州長史後的作品，但是為了增加賞讀的情趣，也不妨將本詩視為懷想有情人的詩篇。

② 「海上」句──唐人往往稱長江中下游的寬闊水面為「海」，如王灣〈次北固山下〉詩云：「海日生殘夜，江春入舊年」、孟浩然〈早寒江上有懷〉詩云：「迷津欲有問，平海夕漫漫」，兩詩中所謂的「海」，其實都只是遼闊的江水而已。

③ 「情人」二句──遙夜，漫漫長夜。竟夕，終宵、整夜。

④ 「滅燭」二句──憐，愛也。滋，漸生而漸濃狀。按：前句為「憐光滿而滅燭」的倒裝句式。

⑤ 「不堪」句──晉人陸機〈擬明月何皎皎〉詩所寫的月華之美是：「照之有餘暉，攬之不盈手」，作者翻轉其意，以為可以把有影無形的清輝採擷滿手，唯無法遠寄而已。又，梁朝陶弘景〈詔問山中何所有賦詩以答〉云：「山中何所有？嶺上多白雲；只可自怡悅，不堪持贈君。」歷來膾炙人口，或為作者「不堪盈手贈」句意之所出。

⑥ 「還寢」句──還，不如、只好之意；孟浩然詩〈宿桐廬江寄廣陵舊遊〉：「還將兩行淚，遙寄海西頭」、蘇軾詞〈念奴嬌・赤壁懷古〉：「人生如夢，一樽還酹江月」，其中的「還」字，義皆同此。佳期，歡聚之時。

【導讀】

「海上生明月」五字，純是白描寫景，沒有絲毫色彩的點染，卻能把汪洋浩淼的江海上朗月東昇的動態和萬里通明的清光，全部涵攝在短短五字之中，不僅意境雄闊壯美，情景宛然在目，語言渾然天成，而且格調雍容高雅，不愧為千古名句[1]。詩人不說「明月『昇』海上」而說「海上『生』明月」，不僅使大海成為能夠孕育明月的母親而顯得可親，也讓明月變得有感情、有靈性而分外可愛。值得注意的是：這五個字營造出的似乎不僅是瑰麗壯闊的景色而已，它隱然象徵作者光風霽月的人品和高朗清華的氣度，因此讀來別有溫潤淳厚的特殊魅力。

「天涯共此時」五字，是在首句以實筆描寫壯美之景的基礎上浮想聯翩，生發情感。詩人先以「天涯」二字開拓出更遼遠的空間感，再以「共此時」三字轉入時間的情境，不僅極其自然地暗點「懷遠」的主題，同時又逗出次聯的「相思」之意，營造出儘管水闊天長，但

有情人在望月懷遠時自然可以靈犀相通的神祕意境，使人油然而生謝莊〈月賦〉中「隔千里兮共明月」與蘇軾〈水調歌頭〉中「但願人長久，千里共嬋娟」那種親切溫馨的感受，從而不自覺地被牽引出溫柔浪漫的情愫；大家手眼，的確不同凡響。

由於前一句已經拈出「共」字來聯繫海角天涯的有情人，因此頷聯便由見月懷人轉而寫怨月撩人，明白點出「望月懷遠」之意。「情人怨遙夜」五字，是以較為涵括的虛筆寫出睽隔異地、相思情切的感受與幽怨情懷，因此在「竟夕起相思」的綿長情意下，女子自然會有〈春江花月夜〉中「此時相望不相聞，願逐月華流照君」的痴心，男子也自然會有〈關山月〉中「高樓當此夜，歎息未應閒」的憐惜之情，和杜甫〈月夜〉中「香霧雲鬟濕，清輝玉臂寒」的心疼之感。兩個「身無彩鳳雙飛翼」的多情人，即使能夠「心有靈犀一點通」地同時望月懷人，奈何卻是終夜凝望而不得相見，又怎能不「怨遙夜」呢？因此隨月而生的相思之情，便逐漸由於思而不見的時間拉長，轉為難以承受的煎熬了！「遙」字不僅上承「天涯」表示雙方距離之遠，還兼指長夜漫漫而下啟「竟夕」二字所暗示的折磨之意，可以看出作者選詞練字時一筆兩到的匠心。

前四句是以遙想的方式觀照出情人對自己的情意是同樣的綿長，腹聯則把邈遠幽約的情思拉回自己身上，寫出自己如何排遣這一份懷遠而不見的苦悶：「滅燭憐光滿，披衣覺露滋」。由於思憶深切，難以成眠，所以何妨熄滅燭火，好讓自己更能專注地玩賞滿屋的清光，以便暫時忘卻懷人的感傷；奈何詩人卻又無法遏抑纏綿的情思，只好披衣而起，步月庭中了。上一聯才怨嗟漫漫長夜中月色之撩人情思，本聯卻說「憐光滿」，表現出他對皎潔月色的賞愛珍惜之意，這是因為他所深心思慕的人也可能正沐浴在同樣的月光之下，無形中就使作者產生「天涯共此時」的親切感，覺得月華變得可愛了。「披衣」的動作正表現出越是賞玩滿屋的清光，越是思慕難已的深情，因為他的

心魂就是會不由自主地在月光中飛向他所思慕的情人而去，所以索性離床披衣而起，到庭院中去讓月光完全浸透自己的心靈，撫慰自己的情感。「覺露滋」則表示詩人在庭院中徘徊的時間之久，以回應「竟夕起相思」的「遙夜」之意，不僅表達出相思之深切與綿長，同時還透露出詩人玩月懷人時樂在其中，無怨無尤，直到夜深露濃，這才驚覺庭寒衫冷而退回屋裡。「滅燭憐光滿」是「憐光滿而滅燭，以便賞玩月華」的意思，屬於前果後因的倒裝句式；但是「披衣覺露滋」則是詩人先披衣而起，然後步月庭中，久而久之才漸漸感受到露水的沁涼。換言之，「覺露滋」三字，表現出詩人由渾然忘我的思慕情境中逐漸經由肌膚的觸覺而回到現實的真切感受，是極為細膩的傳神之筆。

「不堪盈手贈」五字，一方面表示庭中玩月之怡然自得，所以會有分享喜悅而採擷月光相贈的念頭；另一方面則表示由於回到現實情境，經由理智判斷，知道無法把月光收進詩集裡夾成扁扁的相思[2]，遙贈給對方的遺憾。此時詩人料想對方或已安歇，自己卻還有不盡的情愫想要讓對方明白，所以也應該設法入睡，以便能在夢中再度和對方歡會，一訴相思之深切，因此說「還寢夢佳期」。「還」字所表示的「不如」之意，透露出中庭玩月雖然賞心悅目，但是夢中相會更令人悠然神往，則「懷遠」的情感顯然已經超越了「怨遙夜」的階段，又變得溫馨而甜美，一如明月初升時所逗起的「天涯共此時」的親蜜之感了。詩人可以從玩月的情境中毅然回到屋裡，希望能設法儘快入夢，以免對方在夢中尋訪不到自己時會產生孤獨落寞的惆悵，則詩人對於他所思慕的人是如何溫柔多情，體貼入微，也就不言可喻了。

【補註】

01 謝靈運〈池上樓〉詩中的名句：「池塘生春草」，寫得相當優美，頗有芙蓉出水，倚風自笑的天然姿韻，卻沒有本句的雄闊與壯美。

謝朓〈晚登三山還望京邑〉詩中的名聯：「餘霞散成綺，澄江靜如練」，儘管也相當出色，具有情景映目的畫意，卻讓人感到如鋪錦堆繡，雕繢滿眼，失之穠艷，不如本句吐屬自然，清新高朗。大概唯有王維〈使至塞上〉：「大漠孤煙直，長河落日圓」，以及王之渙〈登鸛雀樓〉：「白日依山盡，黃河入海流」的雄放壯闊和渾融自然，比較接近本句的意境吧。

02 余光中的現代詩〈滿月下──「不堪盈手贈，還寢夢佳期」變奏〉：「那就折一張闊些的荷葉／包一片月光回去／回去夾在唐詩裡／扁扁的，像壓過的相思」

011 感遇十二首其一（五古）　　　　　　張九齡

蘭葉春葳蕤，桂華秋皎潔。欣欣此生意，自爾為佳節。誰知林棲者，聞風坐相悅。草木有本心，何求美人折！

【詩意】

　　春天的蘭草，花葉茂盛得紛披下垂；秋天的桂花，皎潔明淨而又枝葉亭亭。它們都各自在最適合它們的節令裡欣欣向榮，生意盎然，也就順性自然地展露出不同的生命情調。誰料到那些高棲在山林間的隱逸之士，感受到它們隨風播散的清香之後，竟然深深地愛慕它們獨特的風華格調。其實，蘭草和桂樹自有它們清雅幽潔的本性，哪裡是為了贏得美人的攀折才散發芬芳的氣息呢？

【注釋】

① 詩題—開元後期，玄宗沉湎聲色，奸佞專權，朝政漸趨黑暗。張九齡進獻《千秋金鑑錄》一部為玄宗祝壽，內容論述前代治亂興亡的歷史教訓，暗諷玄宗應勵精圖治。玄宗不悅，加以李林甫之讒謗與排擠，終於在開元二十五年（737）被貶為荊州長史，時年六十。詩人回首前塵，審視生平，雖自詡能悅性自足，無所矯飾，不伎不求，無愧無怍；然世路崎嶇、宦途險惡[1]，竟不免遭讒罹謗而遠謫江湖，乃作〈感遇〉詩十二首以明志。在這一組詠物抒懷的詩篇裡，作者雖自寫其沖淡之襟懷與貞潔之本心，然憂讒畏譏的忠直孤憤之氣，亦微注筆端，讀來使人不勝感慨。

② 「蘭葉」句—蘭，指蘭草或春蘭，屬蘭科，花白色，其葉亦能散發香氣，與屬於菊科的澤蘭有別。葳蕤，音ㄨㄟ ㄖㄨㄟˊ，花葉繁茂紛披狀。按：前兩句以蘭、桂對舉，蘭舉其葉而桂拈其花，是為了對偶工整而採用互文見義的句法。

③ 「欣欣」二句—此生意，如此勃發之生機，指前兩句的「葳蕤」「皎潔」而言。自爾，自然也；「爾」與「然」古音相近而通用。「自爾」句是說：她們一遇春、秋佳節，便自然而然地展現其或葳蕤、或皎潔的風姿，此乃她們本來具有的生命情調，別無所求。

④ 「聞風」句—聞風，聽聞或感受到蘭桂清香芬芳的風調之美。坐，深、甚也；李白〈長干行〉：「感此傷妾心，坐愁紅顏老」之「坐」字，義同於此。相悅，悅愛之也；相，作前置代名詞解，代指動詞下所省略的受詞。

⑤ 「草木」二句—本心，指堅實的根莖與芬芳的花葉等特質而言。此二句意謂：草木自有其散發幽香、自悅自足的天性，並非為了博取林棲美人的攀折而芬芳；正如君子自有馨香的本心與高潔的

靈魂，並非為了博取功名利祿，也不是為了邀寵求賞而修美其品
行。

【補註】

01 據鄭處晦《明皇雜錄》所載，作者深知李林甫欲加以詆毀排擠，
乃作〈歸燕〉詩以明志。李林甫覽其「無心與物競，鷹隼莫相猜」
等語，知九齡必退而恚怒稍解；則當時詩人處境之險惡、意志之
斂藏，可以揣摩得之矣。

【導讀】

　　本詩為張九齡遭李林甫排擠後，貶為荊州長史時所作十二首〈感
遇〉詩的第一首。全詩運用寄慨遙深的比興手法，表現出孤芳自適、
悅性自足的自得自在，與不矜不炫、不爭不競的淡泊性靈。張九齡是
廣東曲江人，而蘭桂又都是廣東當地常見的植物，因此在本詩中，作
者信手拈來地以蘭桂不豔不媚的清姿幽韻，來象徵正人君子欣悅自適、
無欲無求的淡泊心性，的確妙趣天成，令人嘆賞；無怪乎胡震亨《唐
音癸籤》卷 5 說：「張曲江五言以興寄為主，而結體簡貴，選言清冷，
如玉磬含風，晶盤盛露，故當於塵外置賞。」的確是妙契騷心的見道
之言。

　　「蘭葉春葳蕤，桂華秋皎潔」兩句，是以整齊的對偶句，凸顯出
兩種高雅植物的特殊風情。蘭葉在春天時茂盛紛披，因此以「葳蕤」
來描寫她迎春勃發，涵蘊著盎然的生機；而桂花逢秋時的色相淡白嫩
黃，在深青墨綠的葉片襯托下，自然有了明淨的丰采，因此用「皎潔」
來捕捉她清雅的神韻。這兩組詞語都是極為精練而生動的形容，再加
上一春一秋的點染，就表現出他們各自不同的風華和氣質了。蘭舉其
葉而桂舉其花，這是為了形成對偶而採用互文見義的句法，其實是兼
指兩者的花葉都是葳蕤而皎潔的。

　　在前兩句分寫春蘭和秋桂的美盛與澹雅之後，第三句又以「欣欣此生意」加以統一，不僅銜接得極為自然流暢，也使得「葳蕤」和「皎潔」的形象裡，更孕育著欣欣向榮、蓬勃興盛的生命力。「自爾為佳節」，是說蘭桂一遇春、秋佳節，便自然而然地展現其或葳蕤、或皎潔的風姿，此乃她們本來具有的生命情調，別無所求。這五個字，是在和諧統一中再分別出春蘭和秋桂各自具有悅足的生命情調；有了這五個字，便把她們異中有同而又同中有異的風調和姿韻，爬梳得極有條理。「自爾」兩字，不僅拈出了蘭桂自然吐芳，榮而不媚，和各順其性，各遂其志的高雅特質，同時也寄藏著自得自在、不忮不求的人生哲理，為後半「草木有本心，何求美人折」兩句，預先留下了由詠物而述志的抒情線索。

　　「誰知林棲者，聞風坐相悅」兩句，是以意外驚愕的詰問，承接「自爾為佳節」五字所透露出的自我悅足的旨意，表示：誰料有些高棲在山林間的隱逸之士，感受到她們隨風播散的清香之後，竟然深深地愛慕她們的風華格調。如此寫法，不僅造成詩情的波瀾起伏，也使前四句的詠物中自然而然地染上擬人的色彩，可以說是承轉無跡、關合無痕的神來之筆。「誰知」兩字，大有出乎意料之外的詫異之意，很能表現出蘭桂順性自適，本無所求的天然風範。「坐」，是「深深地、特別地」之意；選用這一個字，更增強了「誰知」二字的意外效果。

　　就世俗眼光而言，草木的芳華既能使林棲泉隱的世外高人深深悅慕，又能贏得美人青睞而加以採擷，似乎是蘭桂無比的榮幸了；但是作者卻拈出「草木有本心，何求美人折」兩句，表示春蘭秋桂散發出襲人的芳香，並非有意希求人們的欣賞與採折，而是純粹出於她們天然的本性，正如詩人自己志行芳潔並非為了求取他人賞識，藉以博取高名一般。如此收束，更是別出心裁地賦予蘭桂遺世獨立、耿介不群

的高朗風範,從而寄託自己飄逸絕俗、不慕榮利的人格特質,的確是立意超卓而又妙趣天成的奇筆,很值得反復涵詠,玩味再三。

就篇章佈局而言,「草木有本心」遠承「欣欣此生意,自爾為佳節」兩句,而「何求美人折」近映「誰知林棲者,聞風坐相悅」兩句。這種跳空呼應、藕斷絲連的章法,和前半四句先分述蘭桂的美好形象,後合言蘭桂的幽潔本性,並細析其同異之質性的脈絡相互為用,自然呈現出綿密的針線和嚴謹的結構,使全詩在起承轉合之際顯得條理錯綜而不紊亂,佈置井然而變化有方,的確值得細加體會。

就述志抒懷而言,前四句的理趣近於王維〈辛夷塢〉詩:「木末芙蓉花,山中發紅萼;澗戶寂無人,紛紛開且落」的禪機,後四句的磊落襟懷又近於《莊子‧逍遙遊》中「舉世譽之而不加勸,舉世非之而不加沮」的自足自在;只不過張九齡的吐屬更為清澹,意態更為從容,語氣更為平和,因而也更令人在無形中受到他的薰陶與啟迪。由此可見詩人雍容高朗的器度和清雅淳厚的筆力,的確不愧大家風範,無怪乎沈德潛在《唐詩別裁》中對他推崇備至地說:「唐初五言古漸趨於律,風格未遒;陳正字起衰而詩品始正,張曲江繼續而詩品乃醇。」由這一「正」一「醇」的評語,可以看出陳子昂和張九齡在高振唐音方面不凡的貢獻與聲價了[1]。

借用香草美人來象徵自己芳潔的人品,比擬君臣的遇合,儘管遠祖屈原的騷賦而有悠久的傳統,但是到了張九齡筆下,卻能以古雅清淡的筆墨,表現出雍容舒徐的生命情調,超越了屈原那種熱烈追求的企盼,與憤世嫉俗的悲憤,一變而為清和沖淡,溫婉不迫的風調;因此翁方綱《石洲詩話》說:「曲江公委婉深秀,遠出燕、許諸公之上;阮(籍)、陳(子昂)之後,實推一人,不得以初唐論。」詩人之所以能脫略形跡而丰神獨美,應該是由於性情真淳,胸襟磊落,於是意趣天成,境界自高;因此沈德潛《說詩晬語》說:「有第一等襟抱,第一等學識,斯為第一等真詩。如太空之中,不著一點;如星宿之海,

萬源湧出；如土膏既厚，春雷一動，萬物發生。古來可語此者，屈大夫以下數人而已！」張九齡應該稱得上是以其光風霽月、芳潔雅正的人品而躋身於此數人之列的鳳毛麟角吧！

【補註】

01 張九齡十二首〈感遇〉詩，常被拿來和陳子昂三十八首〈感遇〉詩相提並論而區辨入微，故《唐詩歸》說：「〈感遇〉詩，正字氣運蘊含，曲江精神秀出；正字深奇，曲江淹密，皆出前人之上。」而沈德潛《唐詩別裁》說：「〈感遇〉詩，正字古奧，曲江蘊藉，本原同出嗣宗（按：即以〈詠懷〉詩八十首流芳詩苑的阮籍），而精神面目各別，所以千古。」

【評點】

01 鍾惺：平平至理，非透悟不能寫出。　○譚元春：冰鐵老人見透世故，乃有此感。（《唐詩歸》）

02 周敬：曲江公詩雅正沉鬱，言多造道，體含《風》《騷》，五古直追漢、魏深厚處。（《唐詩選脈會通評林》）

03 邢昉：透骨語，出之和平。（《唐風定》）

＊ 其餘十二首之總評，請見下一首之【評點】。

012 感遇十二首 其七（五古）　　　　　張九齡

江南有丹橘，經冬猶綠林。豈伊地氣暖？自有歲寒心。可以薦嘉客，奈何阻重深。運命唯所遇，循環不可尋。徒言樹桃李，此木豈無陰？

【詩意】

　　江南有一種果實是橙紅色的橘樹，即使經過嚴冬的侵襲，仍然擁有滿林碧綠的枝葉。哪裡只因為這裡的地氣比較暖和才如此呢？其實可貴的是它自有凌霜傲雪、堅貞不凋的本性。它香甜而華美的果實，實在很值得進獻給高貴的嘉賓享用，奈何重山深水卻阻斷了它得到賞識的機緣。這不免使人聯想到：人生際遇的好壞和命運的窮通，根本就難以預料，像是一個首尾相銜、始終相續不絕的連環一樣，令人摸不著邊際，也理不出頭緒。現在有很多人都只喜歡栽種桃李，以為枝葉可以繁茂重疊、交相覆蓋來庇護門庭；其實，這種橘樹難道就沒有濃密的綠蔭、清香的花葉和甜美的果實嗎？

【注釋】

① 「江南」句──江南，原泛指長江下游的江、浙一帶。不過，詩人既為廣東人，此時又貶為荊州（治所在湖北江陵）長史，而且《史記‧貨殖列傳》就有「江陵橘千樹」的記載，因此詩中的江南所指稱的範圍，可能更擴及廣東及湖北江陵等產橘的地區而言。

② 「豈伊」二句──伊，句中助詞，無義；也可以作「唯、以、因」解。地氣暖，《周禮‧考工記》云：「橘逾淮而北為枳，此地氣然也。」曹植〈橘賦〉云：「背山川之暖氣。」歲寒心，指凌霜傲雪，能耐嚴寒的本性。

③ 「可以」二句──薦，進獻；薦嘉客，以進獻給貴賓享用，暗喻推薦人才給朝廷或天子任用。阻，受阻於。重深，指重疊的山嶺和深廣的河川。

④ 「運命」二句──感慨命運與際遇的窮通順逆，完全沒有道理可言，也毫無頭緒可尋，正如首尾相銜的連環一般，根本摸尋不出其中接合的關鍵所在。

⑤「徒言」二句──徒言，徒然也；言，語助詞。樹，種植。樹桃李，借喻為培植人才，或借喻為籠絡人才，列於門牆之內，以厚植黨羽之意。《韓非子‧外儲說‧左下》記載陽虎感慨自己所培植的人才，危難時竟不相助，趙簡子聞而大笑曰：「樹橘柚者，食之則甘，嗅之則香；樹枳棘者，成而刺人。故君子應慎其所樹。」《韓詩外傳》所載趙簡子的回應則是：「夫春樹桃李，夏得陰其下，秋得食其實。」劉向《說苑‧復恩》也有類似記載。

【導讀】

張九齡自幼生長在生產橘子的廣東，他被貶為荊州長史時的治所江陵，正是古代楚國的郢都，也是盛產橘子的地區，因此就在特殊的歷史背景和地理條件下，想起曾經行吟故楚之地的屈原而有「蕭條異代不同時」（杜甫〈詠懷古跡五首其一〉）的感慨，於是借用屈原〈橘頌〉的寓意，以丹橘譬喻君子，表現出詩人自己高尚的情操、淳厚的品德，以及對險惡政治環境的感慨。全詩語言明淨，意象清麗，用典精切，而又寄興遙深，稱得上是詠物詩中的傑作。

「江南有丹橘，經冬猶綠林」兩句，是以飽滿的熱情、讚嘆的語氣，頌揚橘子具有文采彰明的外表，橘樹具有經冬常綠的本色，同時譬喻君子內外兼修、文質並美的人格特質。這兩句不僅把橘子金相玉質的特色勾勒得極為生動傳神，而且還使古人常用來譬喻君子的松柏和它相較之下似乎遜色幾分：因為松柏像是狷介自守的寒士，雖然可敬而未必可愛；丹橘倒像是文質彬彬的君子，既可愛又可親。值得注意的是：詩人以「綠林」二字來表示「夫束脩自好者，豈無其人？經濟自期，抗懷千古者，亦所在多有。」（鄭燮〈寄弟墨書〉）於是呈現在讀者面前的，就不只是孤獨兀立的一棵橘樹，而是綠葉成蔭的一片橘林了。換言之，詩人所描寫的是包括他自己在內的群英圖像，並非只是刻意自我標榜而已，不論就胸懷氣度或人格特質而言，這都和

屈原用來凸顯自我的「舉世皆濁我獨清，眾人皆醉我獨醒」有很大的不同，從而也使本詩的形象更為豐富優美，風格更為溫潤淳厚，意蘊更為深遠廣博，藝術的涵括性與感染力也就更大、更強了。

「豈伊地氣暖？自有歲寒心」兩句，是在前兩句描寫外貌之後，進一步點出橘樹的內在特質。詩人告訴我們橘樹的經冬常綠，並非因為江南氣候暖和，而是因為它自有耐寒的本性。「豈伊地氣暖」這一問，接在前面兩個平順的直述句之後，在文氣上顯得異峰突起，頓生波瀾；「自有歲寒心」這一答，接在反面設問的語氣之後，顯得自然高雅而又情味深遠。詩人除了經由反詰語和肯定句的配合，使文氣產生跌宕起伏的波瀾和搖曳生姿的情韻之外，又以「歲寒心」三字來雙關橘子與君子，一方面巧妙地點出橘樹耐寒的本性，同時雙關詩人和所有彬彬君子都有堅貞的志節、優美的稟賦以及高貴的性靈。在這兩句自問自答中，充分流露出詩人自豪、自負與自信，的確很有壯人心魂的氣勢。

「可以薦嘉客，奈何阻重深」，是說這些甜美的丹橘可以運送到遠方呈獻給尊貴的客人品嚐，無奈山高水深，路途險阻。「薦嘉客」三字，應該是推薦人才給朝廷重用的意思，則這兩句除了妙喻天成，不露痕跡，令人嘆賞之外，就章法而言，也下啟「徒言樹桃李，此木豈無陰」所蘊含的結黨營私之感慨，同時還把作者獎掖後進、為國舉才的公正無私之心，以及在橫遭貶謫的困辱情況下仍然不甘沉淪，而又依舊關心國家前途的高貴人格表露無遺。詩人通過豐富的想像，寫出封建社會中的君子席珍待聘的心願與矜重自持的態度，符合孔子反對將美玉韞櫝而藏，主張待價而沽的積極態度，這又是以丹橘作為喻體時再勝松柏一籌的地方：松柏像是孤芳自傲，避世遠遁的伯夷；丹橘倒像是充滿救世熱誠，積極進取的孔子了。由此也可以看出張九齡的胸襟懷抱，不僅符合儒家「達則兼善天下，窮則獨善其身」的出處

之道，甚至可以稱得上是范仲淹所謂「居廟堂之高則憂其民，處江湖之遠則憂其君」的仁者境界了。

　　照理說，一位內外修美的君子，應該能夠得到明君的重用與同儕的敬愛才是；可是在現實的政治環境中，人性中自私自利的卑劣醜陋，往往造成競逐權力者的傾軋鬥爭。因此當堅持人格操守而清貞耿介的正人君子，不願意卑躬屈膝地獻媚邀寵，也不願意俯首帖耳地搖尾乞憐時，難免就會使酷嗜權力滋味者心生疑懼而有排擠之意，於是各種眾口鑠金的無情打擊也就鋪天蓋地而來了，因此詩人才會發出令千古英才同聲一嘆的「奈何阻重深」了！

　　如果我們了解張九齡原本就有「致君堯舜，齊衡管樂」的遠大抱負，也曾經位居宰職，亟欲有一番立德立功的作為，卻由於李林甫等人的讒毀排擠而遠謫荊州，也就不難體會詩人在「運命惟所遇，循環不可尋」兩句詩中所寄託的感慨之深了。《史記・屈原列傳》中說「屈平正道直行，竭忠盡智以事其君，讒人間之，可謂窮矣！信而見疑，忠而被謗，能無怨乎？」因此屈原作〈離騷〉以發憂憤，作〈天問〉以抒鬱結，作〈卜居〉以寫疑惑；張九齡的際遇、處境和屈原類似，所以難免也會有遇合無常、運命難料的疑惑和感慨。值得注意的是：由於張九齡具有醇厚雅正的儒者風範，使他不至於像屈原那樣噴迸出火山爆發般足以傷人的烈焰與岩漿，而只是以平淡的語調把窮通榮辱歸之於天命而已，絕對沒有憤世嫉俗、呼天搶地的怨誹之詞；但是，誰能夠忽視海底深處的地殼變動所蘊蓄的驚人能量與雄渾力道呢？

　　「徒言樹桃李，此木豈無陰」兩句，是說明自己也有栽培後進、提攜才俊的氣度，只是不願意像當朝權貴如李林甫之流，以籠絡的手段把人才列於私家門牆之內罷了。「徒言樹桃李」是暗用《韓非子・外儲說》的典故，微諷結黨營私者的居心，儘管他們桃李滿門，卻未必能夠息其蔭而食其果，反而可能受其刺而蒙其害，終究是枉費心機罷了！「此木豈無陰」的反問，則既含蓄地批判了某些權貴機關算盡

的無知與短視，同時也自豪地表示君子所拔擢的人才必然可以枝繁葉茂地庇蔭蒼生，絕不僅止於回報一家的私恩而已。如果我們進一步傾聽詩人的絃外之音，可以發現：詩人除了在為普天下懷才不遇的賢者發出不平之鳴以外，也對朝廷聽信讒言而不辨忠奸的昏昧提出深沉的責問，同時拈出全詩的主旨。由於詩人對政壇的現象有深刻的觀察和體認，又具備雍容的器度與敦厚的性情，再加上擁有高度的藝術概括能力，才能把這兩個兼有抒情與議論功能的句子，寫得親切自然而又擲地有聲；大家筆力，的確不同凡響。

　　本詩由丹橘的色澤之美、經冬之綠、本心之貞、果實之甘、盛夏之蔭等外相與內涵，重重渲染君子眾德兼備的美好形象，並進而為懷才不遇的賢人抒發淪落不偶的苦悶，充分流露出對君子時運不濟、命途坎坷的同情與惋惜之意。儘管詩人本身也有遭貶的憂憤與苦悶，詩中的語言風格卻始終溫潤淳厚，不露絲毫激切怨憤的圭角，不僅印證了《禮記·經解》篇所謂「溫柔敦厚，詩之教」的古訓，也讓我們在讀其詩時聯想到范仲淹在〈嚴先生祠堂記〉裡所說的「雲山蒼蒼，江水泱泱，先生之風，山高水長」的仁者風範，因而對他心儀不已。

【評點】（編按：此為十二首之總評）

01 高廷禮：神龍以還，品格漸高，頗通遠調。前論沈、宋比肩，後稱燕、許手筆；又如薛少保之〈郊陝〉篇、張曲江公〈感遇〉等作，雅正沖澹，體合《風》《騷》，駸駸乎盛唐矣。（高棅《唐詩品彙》）

02 郝敬：托興婉切，曠達可風。（《批選唐詩》）

03 唐汝詢：筋骨雖露，典重可法。（《匯編唐詩十集》）

04 周珽：言言歷落，字字玄微；〈十九首〉之後，無此陸離精致。（《唐詩選脈會通評林》）

05 賀貽孫：語語本色，絕無門面矣；而一種孤勁秀澹之致，對之令
人意消。（《詩筏》）

九、唐玄宗詩歌選讀

【事略】

　　李隆基（685－762），祖籍隴西（今甘肅省屬縣），世稱唐玄宗，睿宗李旦第三子，於延和元年（712）受禪登基，成為李唐第六代君主，謚號「至道大聖大明孝皇帝」。

　　為人孝悌恭順，曾特製超大之床榻枕被，以便五兄弟同衾共眠，可見其手足之情。於發動政變，剷除亂政的韋后（中宗李顯之后，睿宗李旦之嫂，玄宗之嬸；曾毒死中宗，臨朝攝政）時，為免牽連睿宗，乃密不請示，欲以一身擔利害。於睿宗禪位時，亦流淚婉辭而後受命。父子兄弟間情誼之篤厚，於險惡之李唐宮闈中，實不多見。

　　早期勵精圖治，史稱「開元盛世（713－741）」，然後期則縱情聲色，荒淫享樂，任奸寵佞，昏聵日甚，以致國勢陵夷，江河日下。天寶十五載（756）安祿山反，出奔蜀中；其子李亨即位靈武，尊之為太上皇。至德二載（757）末回長安，幾年後即抑鬱而卒。在位前後總計四十五年（712－756），為唐朝盛極而衰的關鍵之君。

　　其人愛好音樂，妙解音律，能自度新曲，並親自教導梨園子弟，成立大型樂團，於藝術方面頗有造詣。唐詩之能革故鼎新，樂曲之能吸收外來腔調而兼容並蓄，達到全盛之境界，頗得力於玄宗之愛好與推揚。

　　《全唐詩》存其詩1卷，63首。

【詩評】

01 徐獻忠：或曰：「唐自神龍以還，品格漸高，頗通遠調。」夫上有

好者，下必甚焉；其於詩義，亦固然耳。開元之際，君臣悅豫，餞別臨游，動紓文藻；而感舊矚芳，探奇校獵，情欣所屬，輒有命賦。一時賡歌之盛，上武虞黃，下收菬藻；詞人競進，六藝爭長，固已陵夸建安之跡，而泳貞觀之餘波矣。（《唐詩品》）

02 王世貞：明皇藻豔不過文皇（按：指唐太宗，《全唐詩》存其詩 1 卷），而骨氣勝之。語象，則「春來津樹合，月落戍樓空」；語境，則「馬色分朝景，雞聲逐曉風」；語氣，則「翠屏千仞合，丹嶂五丁開」；語致，則「豈不惜賢達，其如高尚心」。雖使燕、許草創，沈、宋潤色，亦不過此。。（《藝苑卮言》）

03 鍾惺：六朝帝王鮮不能詩，大抵崇尚纖靡，與文士競長；偏雜軟滯，略於文字中窺其治象。至明皇而骨韻、風力，一洗殆盡，開盛唐廣大清明氣象；真主筆舌，與運數隆替相對。（《唐詩歸》）

04 沈德潛：太宗、高宗、中宗皆有詩，然承陳、隋之後，古、律俱未諧，故以玄宗為五言律詩之始，冠於唐初諸臣之上，尊君也。 ○ 唐玄宗「劍閣橫雲峻」一篇、王右丞「風勁角弓鳴」一篇，神完氣足，章法、句法、字法，俱臻絕頂，此律體正宗。（《說詩晬語》）

013 經魯祭孔子而歎之（五律）　　　李隆基

夫子何為者？栖栖一代中。地猶鄹氏邑，宅即帝王宮。嘆鳳嗟身否，傷麟怨道窮。今看兩楹奠，當與夢時同。

【詩意】

孔老夫子究竟是什麼樣的人物呢？他的一生都在明知形勢不可為的情況下，仍然滿懷濟世的熱忱，奔波到老死為止！如今我來到他所生長的鄰邑，瞻仰著鄰近魯恭王宅邸的孔子故居，內心裡真是有說不出的景慕和惋惜之情。他曾經感慨鳳鳥不至，時運不濟，以致沒有機會輔佐聖王以成就清明的盛世；也曾經因為當時的人無知地殘殺瑞獸麒麟，而怨嘆在道德淪喪的亂世裡自己的理想不可能實踐，只能齎志以歿了。如今，我們遵照他的心願，讓他依殷商的禮俗端坐在兩楹之間接受後人隆盛的奠祭，這應該和他臨終前夢中的景象是一致的吧！

【注釋】

① 詩題—《新唐書・玄宗紀》：「開元十三年（725）十一月庚寅，封於泰山（按：古代帝王親登泰山之頂築壇祭天之禮）；丙申，幸孔子宅，遣使以太牢祭其墓。」本詩或即作於此時。開元二十七年（739），玄宗又詔封孔子為「文宣王」，後世遂尊奉孔子為「大成至聖先師文宣王」。魯，指魯國都城，即今山東曲阜市，孔子墓園就在曲阜城北、泗水之南的孔林中。魯哀公在孔子卒後第二年，也就是周敬王四十二年（478 B.C.），改建孔宅為廟，按時祭祀；孔子後代子孫所住的孔府，即在其側。

② 「夫子」二句—夫子，原為對師長的通稱，此處則依《論語》之例為對孔子的尊稱。栖栖，不安的樣子，《論語・憲問》載年高有德的隱士微生畝直呼孔子之名而問曰：「丘何為是栖栖者歟？無乃為佞乎（按：恐怕是想以好口才討好世人吧）？」孔子曰：「非敢為佞也，疾固也（按：厭惡世俗之人固執鄙陋而不能遵行仁義之道）！」

③ 「地猶」句──猶，仍屬、仍是。鄹，音ㄗㄡ，同「鄒」字，春秋時魯國的城邑，故址在今山東曲阜市東南，孔子之父叔梁紇曾為鄹邑大夫，定居於此，故當時人稱孔子為「鄹人之子」；見《論語・八佾》。編按：蓋唐時鄹邑的建置猶存，故云「地猶鄹氏邑」。

④ 「宅即」句──即，貼近也。魯王，指漢景帝之子劉餘，初封為淮陽王，後徙於魯，諡號為恭王，孔安國〈尚書序〉：「魯恭王壞孔子舊宅以廣其居，升堂聞金石絲竹之聲，乃不壞宅。」

⑤ 「嘆鳳」句──嘆鳳，《論語・子罕》載孔子曰：「鳳鳥不至，河不出圖，吾已矣夫！」蓋古人以為鳳鳥至、河出圖，為聖王出世的祥瑞徵驗；今鳳既不至，則表示世亂未已，聖王不出，故孔子有不得行道之嘆。否，音ㄆㄧ∨，不順也；嗟身否，感慨自己生不逢時，有志難伸。編按：相傳帝舜時曾有鳳凰飛臨，周文王時又曾有鳳凰鳴於岐山，皆盛世乃現。

⑥ 「傷麟」句──傷麟道窮，《公羊傳》解釋《春秋》所載魯哀公十四年春「西狩獲麟」之事時說：「麟者，仁獸也，有王者則至，無王者則不至。有以告曰：『有麕而角者』。孔子曰：『孰為來哉？孰為來哉？』反袂拭面，涕沾袍曰：『吾道窮矣！』」於是絕筆不再寫作《春秋》。《孔叢子》也記載叔孫氏獲麟，孔子往觀之，泣曰：「唐虞世兮麟鳳遊，今非其時兮來何求？麟兮麟兮我心憂！」

⑦ 「今看」二句──楹，堂前直柱。兩楹，孔子為殷人後裔，殷人死後，靈柩停於兩楹之間。奠，致祭之禮。兩楹奠，在本詩中指莊嚴隆重的祭禮。當與夢時同，謂應當符合孔子生前的期望；《禮記・檀弓上》載孔子曾對子貢說：「余疇昔之夜，夢坐奠於兩楹之間。夫明王不興，而天下其孰能宗余？余殆將死！」七日之後而歿。編按：孔子述夢之言，乃預料自己將死，並感慨生前無人尊崇，死後才得坐享兩楹之奠。

【導讀】

　　沈德潛《唐詩別裁》評本詩曰：「夫子之道，從何處讚嘆？故只就不遇立言，此即運意高處。」這段文字指出了玄宗本詩之高妙處在於能完全捕捉住題目中的「嘆」字的精神，既讚嘆孔子生平明知其不可而亟欲淑世濟民的精神，以表達景仰追慕之忱；又歎惋其生不逢時，齎志以沒的際遇，同時還流露出帝王難逢聖賢的不勝唏噓之情。因此閱讀本詩時，須要留意作者在撫今追昔的抒情與敘事中所隱藏的吁嗟悵嘆之意。

　　如果仔細玩味，可以發現四聯八句中，聯聯唏噓，句句吁嗟，完全扣緊「祭而嘆」的詩題來發揮，讀來確有一唱三嘆的哀傷之音流瀉而出，因此章燮《唐詩三百首注疏》說：「此詩筆意靈妙，章、句、字法，處處不同，結出『嘆』字之神。」即使紀昀認為腹聯的「嘆、嗟、傷、怨」，用字重複，不足為訓，但也不得不佩服地說：「孔子更何贊？只以喟嘆取神，最妙。」又說：「結處收『祭』字，密。」（《瀛奎律髓匯評》）因為除了腹聯的「嘆鳳嗟否」「傷麟怨窮」是在表面上明白地表達詩題中的「嘆」字之意以外，其餘各句中或嘆惋，或嘆美，可謂把「嘆」字的風神表顯得層出不窮，迂迴反復，因此能夠贏得紀昀的稱賞。

　　「夫子何為者，栖栖一代中」兩句，是以既讚且嘆的口吻，流露出對於孔子周遊列國時栖惶不安的心神之同情與了解，除了表達自己對孔子「知其不可而為之」的救世熱誠與盡其在我精神的尊崇景仰之外，也隱然致慨於世人並不了解孔子的抱負與志趣之偉大。

　　「地猶鄹氏邑，宅即魯王宮」兩句中的「即」字，是「接近」之意，並非「就是」之意。這兩句是扣合題目的「經魯」二字，點出孔子的流風遺澤尚存，所以能使原本想拆除孔子舊宅以擴大宮室的魯恭王聞絲竹之音而改變態度，決定保持故宅原貌；換言之，這兩句除了

讚嘆孔子的精神歷久彌新之外，在江山依舊，哲人已遠的感觸中，還暗藏著斯文淪落，故宅幾乎不保的深沉喟嘆。

「歎鳳嗟身否，傷麟怨道窮」兩句，則鎔裁故實，借經典中孔子的言詞，明白表示傷嘆之意；並惋惜孔子遭逢亂世，未遇明君，以致齎志以沒。「嘆鳳」句，據《論語‧子罕》篇記載，孔子曾慨歎地說：「鳳鳥不至，河不出圖」，吾已矣夫！」因為古人以為鳳鳥降臨和黃河出圖，都是聖王出世的祥瑞徵驗；如今鳳鳥不至，則表示世亂未已，聖王將不會出現，故孔子有生不逢時，不得行道之嘆。「傷麟」句，是用《公羊傳》解釋《春秋經》魯哀公十四年春「西狩獲麟」之事：「麟者，仁獸也，有王者則至，無王者則不至。有以告曰：『有麕而角者』。孔子曰：『孰為來哉？孰為來哉？』反袂拭面，涕沾袍曰：『吾道窮矣！』」蓋古人以為麒麟亦為祥瑞之獸，今竟出現於亂世而為無知者所殺，這就暗示亂世之中仁王之道已經滅絕，因此孔子傷心之餘也就不再寫作《春秋》了。

有了腹聯的鳳鳥不至和西狩獲麟，便已經點出了孔子自傷途窮，並暗示絕筆的結局，於是「今看兩楹奠，當與夢時同」兩句，便能順理成章地以孔子臨終前的夢兆，銜接孔子之卒，並飛渡到今日的祭祀；一方面寫足了詩題的「祭而嘆」之旨，另一方面也流露出虔誠祝禱，景行行止之意。兩楹奠，蓋殷人死後，靈柩停於兩楹之間；而孔子正是殷人後裔，故祭奠於兩楹之間，表示極為莊嚴隆重的祭禮。「當與夢時同」，意謂應當符合孔子生前的期望。《禮記‧檀弓上》載孔子曾對子貢說：「余疇昔之夜，夢坐奠於兩楹之間。夫明王不興，而天下其孰能宗余？余殆將死！」七日之後而歿。總而言之，尾聯表現出希望孔子神靈有知，能夠安心接受隆重祭饗的誠意，並流露出唯恐俎豆之報，猶不足以告慰夫子英靈於萬一的惶恐與虔敬之心，可以說是充分表達了對孔子的孺慕景仰之情，無怪乎他在寫作本詩的十四年後（開元二十七年）要追封孔子為「文宣王」了；由此可見詩中玄宗對

孔子所表現出的讚嘆之意，完全出於真情流露，並非一時激情而已；而他對儒學的尊崇與維護，也的確稱得上是有心人了。

　　本詩寫來堂廡正大，脈理綿貫，確實有帝王褒美前賢、傷嘆往哲的風範與法度。作者除了能把詩題觀照得面面俱到、一字不露之外，又能從《論語》《尚書》《春秋》《禮記》等和孔子密切相關的經籍中，選取最能傳達傷嘆詩旨，刻劃孔子風貌，並凸顯出孔子精神的材料來流露哀惋之意，誠可謂運典自如，渾融無跡，信口而出，卻又構思巧妙的傑作；由此可見本詩之所以能入選《唐詩三百首》之中，絕非只因為作者帝王的身分而已。

【補註】

01 相傳伏羲時黃河中有一龍馬，背上之毛有八卦圖象般之旋文，當時謂其旋文為「圖」，伏羲氏即以此為藍圖而作〈八卦〉，故世以河出圖為聖王之瑞應。

【評點】

01 方回：三、四以下俱佳。（《瀛奎律髓》）

02 李沂：妙在不贊而嘆，嘆勝於贊也。（《唐詩援》）

03 鍾惺：八句皆用孔子實事，不板、不滯、不砌；人不可以無筆。（《唐詩歸》）

04 唐汝詢：妙在不發議論，發議論便俗。 ○又云：穩安而雅，中含嘆意，是盛唐傑作。（《匯編唐詩十集》）

05 顧安：就《魯論》成語作一問答，添入「一代中」三字，便見大聖一生憂憫心腸；以下只將夫子典故，用幾個虛字轉折出來，並不另加一贊美之詞，愈見大聖之大。後來無數孔子廟碑文，終不及此一詩也。（《唐律消夏錄》）

06 李因培：通首皆「嘆」字意。起十字道出大聖人一生心事，可泣可歌。「猶」字、「即」字，指點得妙。（《唐詩觀瀾集》）

07 宋宗元：摹天繪日，累幅難盡；特就夫子道大難容意立言；馴雅。（《網師園唐詩箋》）

08 許印芳：命題便高古。（《瀛奎律髓匯評》）

十、王之渙詩歌選讀

【事略】

王之渙（688－742），字季陵，原為晉陽（今山西省太原市）人，後遷居絳州（今山西省新絳縣）。

少有俠氣，所從遊皆五陵年少；好擊劍悲歌，游獵縱酒。後折節攻讀詩文，十年而聲名大振。其人慷慨有大略，倜儻有異才，然困於場屋而不得志；後奔走交謁名公巨卿，開元間與王昌齡、崔國輔等為忘形之交，聯唱迭和，傳為佳話。

曾任冀州衡水主簿，因被誣解職，遂壯遊北方，親臨邊塞。閒居十五年後，復補文安縣（今屬河北）尉，唐玄宗天寶元年卒於任，葬洛陽。

詩作情致雅暢，意境雄闊，風格豪宕；〈涼州詞〉與〈登鸛雀樓〉尤為氣象磅礴，音調優美，可以名傳千古之佳作。與王昌齡、高適、岑參為盛唐時期著名的邊塞詩人。

《全唐詩》存其詩僅 6 首。

【詩評】

01 靳能：嘗或歌從軍、吟出塞，曒兮極關山明月之思，蕭兮得易水寒風之聲，傳乎樂章，布在人口。至夫〈雅〉〈頌〉發揮之作，《詩》《騷》興喻之致，文在斯矣，代未知焉，惜乎！（〈唐故文安郡文安縣太原王府君墓誌銘並序〉）

＊ 編按：此則轉引自《唐才子傳校箋》第一冊頁 447。靳能於開元二十九年以明四子學而登第。

02 司馬光：唐之中葉，文章特盛，其姓名湮沒不傳於世者甚眾，如
河中府鸛雀樓有王之渙、暢當詩……。二人者，皆當時賢士所不
數，如後人擅詩名者，豈能及之哉！（《續溫公詩話》）

＊ 編按：暢當為大曆、貞元時人，應作開元時人暢「諸」才是；參
見《唐才子傳校箋》第一冊頁450及第二冊頁122。

03 管世銘：摩詰、少伯（按：指王昌齡）、太白三家鼎足而立，美不
勝收；王之渙獨以「黃河遠上」一篇當之。彼不厭其多，此不愧
其少；可謂拔戟自成一對。　○「黃河遠上」之外，五言如〈送
別〉及〈鸛雀樓〉二篇，亦當入旗亭之畫。（《讀雪山房唐詩・序
例》）

＊ 編按：〈送別〉詩云：「楊柳東風樹，青青夾御河；近來攀折苦，
應為別離多。」

014 登鸛雀樓（五絕）　　　　　王之渙

白日依山盡，黃河入海流；欲窮千里目，更上一層
樓。

【詩意】

在鸛雀樓上放眼展眺時，隨著視野的遼遠，我的心胸也恢弘壯闊
起來！我彷彿可以望見：夕陽依戀地徘徊在西天的群山之間而又即將
隱沒時瑰麗璀璨的美景；也不難想像眼前的黃河由北方驚天動地而來，
又折而向東，朝遙遠的大海浩蕩奔騰而去的磅礴氣勢！在意想中勾勒
了動人心魄的山川形勝之後，我渴望能夠極目千里，飽覽天地的雄奇
壯麗，於是更登上了最高的樓層！

【注釋】

① 詩題—鸛雀樓，故址在今山西省永濟市蒲州鎮南，樓高三層[1]，大約在元初樓臺已毀[2]。

② 「白日」句—山，既非指蒲州之東的中條山，也絕非指蒲州之南的華山，而只是作者登樓縱目、意氣豪邁時出於想像的西天遠山。因為傍晚時的詩人身在鸛雀樓上，白日絕不可能落在他東邊的中條山或南邊的華山之後，此其一；而詩人西眺關中、長安方向時，肉眼所及之處，也並無足以遮蔽視野的山巒可以入詩[3]。

③ 「黃河」句—「入海流」的景象，也出於想像而非作者所能目睹者，蓋黃河出海口距離蒲州達八百公里之遙。因此前兩句所寫「依山」「入海」云云，都是詩人心魂壯飛時意中所有而眼中所無的懸想之景。

【補註】

01 宋人沈括《夢溪筆談》云：「河中府鸛雀樓三層，前瞻中條，下瞰大河，唐人留詩甚多，唯李益、王之渙、暢諸三篇能狀其景。」
按：李益〈同崔邠登鸛雀樓〉詩云：「鸛雀樓西百尺檣，汀洲雲樹共茫茫。漢家簫鼓空流水，魏國山河半夕陽。事去千年猶恨速，愁來一日方知長。風煙並在思歸處，遠目非春亦自傷。」而《敦煌殘卷・伯 3619》所收暢諸詩云：「城樓多峻極，列酌恣登攀。迥臨飛鳥上，高出世塵間。天勢圍平野，河流入斷山。今年菊花事，併是送君還。」

02 元人王惲〈登鸛雀樓記〉云：「至元壬申（1272）……十月戊寅，按事此州，遂獲登故址，徙倚盤桓，逸情雲上。雖傑觀委地，昔人已非，而河山之偉，風煙之勝，不殊於往古矣。」

03 詳見簡錦松教授〈從實證觀點論王之渙登鸛雀樓〉一文，中央研究院《中國文哲研究集刊》十四期，頁 117 至 192。

【導讀】

這一首中華兒女從童蒙時期就能琅琅上口，卻又似懂非懂的小詩，除了首句的「山」字所指並非坊間注譯本所誤解的中條山這個問題之外，連作者是誰，都頗有可疑[1]。由於本書是以導讀為主，考據實非筆者所長，對於眾說紛紜的作者問題，只能存而不論，以俟高明。茲條舉說明本詩之優點於後。

首先是：語言淺顯平易，明白如話，而意境壯闊雄偉，動人心魄。「白日依山盡」五字，是寫詩人登樓展眺，極目四望時，只覺視野遼闊，遠近風物可以一覽無遺，自然胸懷開張，意氣豪邁起來；於是進而翹首關中，想像白日冉冉沒入西天群山之後的壯觀景象。儘管就實際的地理位置而言，鸛雀樓西邊是廣袤夐遠的平野，必須延展到直線距離八十公里以西才有雄傑聳峻的山巒可言，因此詩人光憑肉眼，絕不可能見到落日徘徊在西山峰巒之間那種奇觀壯采；但是卻無礙於詩人在意興遄飛、襟懷宏闊之餘，魂飛關山而心馳萬里，因此當他凝神專注地遙望遠天時，「白日依山盡」那種雄渾蒼莽的景象便彷彿浮現眼前了。「黃河入海流」則是詩人先近瞰黃河由北向南滔滔滾滾而來時，懾於它咆哮洶湧的聲勢而難免意奪神駭之際，不禁又想像它折而向東，在令人驚心動魄的訇然雷鳴聲中浩蕩入海的氣勢。作者選取天地之間饒有沉靜之美的夕陽銜山圖象，和最具奔放之奇的黃河入海景致，以遠眺近瞰的視角切換、動靜剛柔的對比手法、淺白如話的文字魅力，和目注神馳的懸想畫面，便把山河大地勾勒得意態飛動，盪人心魂，氣象雄渾，狀溢目前。詩人雖然並未直寫樓閣之高，而其高自見；雖未明言意氣之豪，而其豪可想。誠可謂筆力挾千鈞之勢，而尺幅有萬里之奇了！

　　其次是：四句皆對而不嫌其單調板滯，雕琢瑣碎。「白日依山盡，黃河入海流」兩句是正名對，顯得語句工整，格局正大，適足以表現沉雄壯闊的意境；「欲窮千里目，更上一層樓」則是採用流水對，把前一聯凝重沉鬱的形式予以輕快寫意地解放，從而使全詩氣韻生動，語勢流暢。因此沈德潛《唐詩別裁》說：「四語皆對，讀來不嫌其排，骨高故也。」所謂「骨高」，一方面是由於文字樸拙，不假雕飾，有如天然口語；另一方面是因為有了「欲」「更」這兩個虛詞的點染，和流水對句的疏通，於是便使渾厚端整的語勢有了清暢流宕的文氣，誦讀起來便不嫌板滯乏味了。

　　其三是：說理渾融無跡，寓意深遠雋永。「欲窮千里目，更上一層樓」兩句所寫，不過是站得越高則看得越遠的老生常談而已；但是作者卻能切合鸛雀樓高峻的形勢及遼闊的視野，把抽象的哲理化為具體的登臨行動，同時又融入了盛唐昂揚奮發的時代精神，注入了詩人積極進取的主觀意志，激盪出豪邁壯闊的胸襟和攀越巔峰的氣概，因此使本詩涵蘊著耐人尋繹不盡的興味[2]。

　　作為邊塞詩人的代表，王之渙鐫鏤壯偉雄闊的大地景象，的確具有氣韻飛動、壯人心魄的藝術魅力。如果拿他的〈涼州詞〉中「黃河遠上白雲間」來和「黃河入海流」略作比較，更可以領略其筆力之雄傑厚重：「黃河入海流」的觀察視角是由上而下，由西南向東的目送心維；而「黃河遠上白雲間」則是由下而上，由東向西的目尋心追。前者著重在刻劃浩蕩奔騰，一瀉千里的雄奇變動之勢；後者著重在凸顯源遠流長，蒼茫難尋，令人不免心折氣餒之嘆。前者展現出東南形勝的豪邁氣勢，後者演示出西北勢險的壯闊風光；然而儘管視角不同，側重有別，兩句的雄文壯采，詩情畫意，都足以盪人胸臆，豁人眼目，讓人印象深刻。

【補註】

01 唐人芮挺章《國秀集》、明人鍾惺《唐詩歸》題為「朱斌*」，宋人李昉《文苑英華》、阮閱《詩話總龜》題為「王之渙」，《全唐詩》則以互見方式兩存之。除此之外，宋人沈括《夢溪筆談》、彭乘《墨客揮犀》、李頎《古今詩話》均題為「王之奐」，司馬光《司馬溫公詩話》作「王文美」；近人郭紹虞《宋詩話輯佚》則作「王文奐」。

* 編按：《國秀集》所題之朱斌，事跡不詳。施蟄存《唐詩百話》頁 158 引用宋人朱長文《吳郡志》所錄《翰林盛事》之文：「朱佐日，吳郡人，兩登制科，三為御史。天后嘗吟（本）詩……。問是誰作，李嶠曰：『御史朱佐日詩也。』」並判斷本詩乃朱氏之作而非王氏。筆者以為其說雖可參，然《吳郡志》實為南宋人范成大晚年所作，至於朱長文所著則為《吳郡圖經續記》；頗疑施文中引用之作者與書名有混淆情況，惟仍有待進一步查證。

02 本詩三、四句所含之哲理，可能也和鸛雀樓本身的特殊地位有關：「『欲窮千里目，更上一層樓』，所表現之雄偉氣概，除作者才氣和當地風景因素外，應由本樓之特質使然。樓之始建，既為戰爭勝方所誇耀之名樓，樓所在之河中府，又為軍、政兩途最重要地域，不但任官資格超越常品，更有逐鹿天下得失關鍵之地位；樓之本身，又與黃鶴樓之類商業酒樓不同，因而唐詩中登此樓者，無不慨然千里，不獨王之渙而已。」（見簡教授〈從實證觀點論王之渙登鸛雀樓〉之結論六）

【後記】

　　俞陛雲《詩境淺說‧續編》曾比較暢諸之作與本詩的優劣說：「暢諸亦有登臨鸛雀樓五言詩云：『迥臨飛鳥上，高出世塵間；天勢圍平

野，河流入斷山。」二詩工力悉敵，但王詩賦實境在前二句，虛寫在後二句；暢詩先虛寫後實賦，詩格異而詩意則同。以賦景論，暢之『平野』『斷山』二句較王詩為工細；論虛實，則同詠樓之高迥，而王詩『更上一層樓』尤有餘味。」筆者則以為兩詩所勾勒出蒼莽渾涵的雄闊意境，都令人歎賞；然王詩直書胸臆，詞淺意深，如出水芙蓉，清麗自然，無論遠觀近賞，都相當耐人品味，恐非語勢峭拔曲折而純然寫景之暢詩所能及。

【評點】

01　胡應麟：對結者須意盡，如王之渙「欲窮千里目，更上一層樓」、高達夫「故鄉今夜思千里，霜鬢明朝又一年」，添著一語不得乃可。（《詩藪》）

*　編按：高適〈除夜作〉詩云：「旅館寒燈獨不眠，客心何事轉淒然；故鄉今夜思千里，霜鬢明朝又一年。」

02　周敬：大豁眼界。（《唐詩選脈會通評林》）

03　黃生：空闊中無所不有，故雄渾而不疏寂。（《唐詩摘抄》）

04　朱之荊：兩對工整，卻又流動；五言絕，允推此為第一首。（《增訂唐詩摘抄》）

05　黃叔燦：通首寫其地勢之高。分作兩層，虛實互見。……上十字大境界已盡，下十字妙以虛筆托之。（《唐詩箋注》）

06　黃培芳：上二句橫說樓所見之大，下二句豎說樓所臨之高。（《批評唐賢三昧集箋注》）

07　李鍈：先寫登樓，再寫形勝，便嫌平衍；雖有名句，總是卑格。此詩首二句先切定鸛雀樓境界，後二句再寫登臨，格力便高。不言樓如何高，而樓高已極盡形容，且於寫景之外，尚有未寫之景在。此種格力，尤臻絕頂。（《詩法易簡錄》）

08 俞陛雲：前兩句寫山河勝概，雄偉、闊遠，兼而有之，已如題之
量；後二句復餘勁穿札。二十字中有尺幅千里之勢。（《詩境淺
說・續編》）

015 出塞二首其一（七絕樂府）　　　　王之渙

黃河遠上白雲間，一片孤城萬仞山。羌笛何須怨楊
柳，春風不度玉門關。

【詩意】

　　戍守玉門關的漢家兒郎在回首東望時，只能憑著印象去追憶昔日
遠征塞外、渡越黃河時的景象了：它那浩浩蕩蕩而又蜿蜒曲折地向遠
天奔騰直上白雲之間的氣勢，至今仍然洶湧在將士們思鄉的夢境之
中……。而今，困守在孤立無援的邊關要塞上，將士們放眼所見的只
有千尋萬仞、峭拔聳峻而又綿延不斷的山峰，和比廣漠更廣漠，比無
垠更無垠的荒涼而已！我要寄語那些漢家好男兒們：何必拿羌笛吹奏
出淒怨的〈折楊柳〉調，以至於既刺痛自己思鄉的情懷，又勾惹起同
袍經年遠別家園的悵恨呢？要知道：自古以來，「春風」就不曾吹渡
黃河而輕拂玉門關；那麼，又哪來的楊柳可折呢？（編按：可能暗寓
亙古以來的君王都不曾關心過戍卒的死活，恩澤也從來不曾及於邊關
將士；則再多傷離怨別、思家念遠的〈折楊柳〉調，不過徒惹哀戚罷
了！）

【注釋】

① 詩題—「出塞」是漢代樂府的曲調名，和〈入塞〉〈前出塞〉〈後
出塞〉〈塞上曲〉〈塞下曲〉等，常被唐代詩人作為吟詠邊塞征

戰生活的題目。本詩收入郭茂倩《樂府詩集》卷 22〈橫吹曲辭〉中，一作「涼州詞[1]」。

* 編按：本題其二為：「單于北望拂雲堆，殺馬登壇祭幾回？漢家天子今神武，不肯和親歸去來。」

② 「黃河」句──就實際地理方位而言，戍守玉門關的將士根本不可能見到遠在東邊千里之外的黃河[2]；「遠上白雲間[3]」云云，只是追憶昔日西征途中所見的印象而已。可能當年他們渡河遠征時都有「一過黃河即是異域」的想法，因此黃河便有了代表中原與異域之隔的象徵意涵。換言之，本句是寫戍守孤城的將士思歸情切，在回首東望黃河時只覺遙不可見，因而蒼茫百感，悲從中來，益覺所處之地極為荒僻孤絕，所以次句接以「一片孤城萬仞山」的圖景。

③ 「一片」句──一片，殆用來指稱在群山中的城牆。孤城，殆指玉門關，詳見注⑤。仞，三十尺；萬仞山，極言山巒之崇峻[4]。

④ 「羌笛」句──此句寫遠戍孤城的將士以羌笛吹奏〈折楊柳枝〉曲調，由於笛音淒怨，故特別予以擬人曰「怨〈楊柳〉」。羌笛，古時西北邊境民族所用的三孔橫笛，因出於西羌，故名。楊柳，殆指古樂府詩〈折楊柳〉而言，內容大抵都言征夫別婦之愁思[5]。李白〈春夜洛城聞笛〉詩云：「誰家玉笛暗飛聲，散入春風滿洛城；此夜曲中聞〈折柳〉，何人不起故園情？」其〈塞下曲〉亦云：「五月天山雪，無花只有寒；笛中聞〈折柳〉，春色未曾看。」可知古典詩歌中往往將吹笛、折柳、傷別、思鄉等意象縮合成象徵離愁的典型情境。

⑤ 「春風」句──除寫塞外荒寒，野草不生，根本絕無楊柳垂蔭的可能，因此無須「怨楊柳」之外，頗有諷諫朝廷毫不關心戍卒的艱苦生涯與思歸情切之意。春風，象喻君王之恩澤。玉門關，故關為漢武帝所設，在今甘肅省敦煌市西北約七十五公里處的哈拉湖

西之小方盤城；新關則東移約二百公里，在今安西以東五十餘公里處的雙塔堡附近（東距黃河邊上的蘭州仍遠達八百餘公里），是古代通往西域的要道。因古代西域由此輸入玉石，故名。

【補註】

01 《樂府詩集》卷 79〈近代曲辭〉中載有〈涼州歌〉，並引《樂苑》曰：「〈涼州〉，宮調名，開元中西涼都督郭知運進。」《新唐書‧禮樂志》云：「天寶樂曲皆以邊地名，若〈涼州〉〈伊州〉〈甘州〉之類。〈涼州曲〉，本西涼所製也。」餘參見王翰〈涼州詞〉注。

02 涼州位於今甘肅省秦安縣西北，漢時曾設隴城，三國以後移治所於今甘肅省武威市。如果把「涼州」泛指唐代隴右、河西節度使的轄地，則黃河正流貫轄區東境，對於駐守此地的軍士而言，首句自可云「黃河遠上白雲間」，無所謂相距千里根本看不見的問題了；只不過「孤城」則必須解釋為某座不知名而無可考的荒堡了。反對此說者以為唐人的「涼州」概念，只能是今日河西走廊一帶，與西涼的概念一致，正在今日的敦煌、酒泉一帶，則東距黃河確有千里之遙而不得見，因此主張首句應作「黃沙遠上白雲間」。以上問題可參見張天健《唐詩答客難》頁 50 至 54，北京學苑出版社。

03 計有功《唐詩紀事》首句作「黃沙直上白雲間」，吳喬《圍爐詩話》卷 3 認同地說：「黃河去涼州千里，何得為景？且河豈可言直上白雲耶？」而吳騫《拜經樓詩話》卷 4 則反對此說：「黃河自昔云與天通，如太白『黃河之水天上來』、尉遲匡『明月飛出海，黃河流上天』，則『遠上白雲』亦何不可？正以其去涼州甚遠，征人欲渡不得，故云『遠上白雲間』，愈見其造語之妙。」又，明代徐世溥《榆溪詩話》云：「『遠』字飄忽靈迥，情景俱

出；俗本改作『源』上，風味索然。」由以上資料可知首句坊本頗有異文，「黃河」有作「黃沙」者，而「遠上」有作「源上」「直上」者*。

* 黃永武教授曾說：「直觀與別趣都不喜歡『理語』，只求形象思維直接的感受，而不喜歡邏輯思維理性的梳調；這種直接的感受至真至美。……『黃河遠上白雲間』是來自形象的感性，與尉遲匡的〈暮行潼關〉詩，……李白的〈將進酒〉詩，……同一機杼。一經知性的穿梭梳調，改作黃沙或源上，『別趣』盡失，頓成死句。」（《中國詩學‧思想篇‧詩與禪的異同》）筆者以為這種賞析詩歌的審美觀念，的確很有值得深思借鏡之處。

04 本詩最早見於芮挺章所編的《國秀集》，前兩句的位置正好對調。「孤城」二字，也許只是泛稱一座邊塞上的戍城，甚至還可能遠在安西至敦煌間的長城一段，因此才有末句「春風不度玉門關」之嘆。蓋此城如在玉門關以東，則春風雖不至玉門關，卻仍有可能吹度孤城。問題是當地是否真有一座孤城為萬仞群山所環抱？筆者未曾實地探勘，只好存疑。

05 《樂府詩集‧橫吹曲辭二‧漢橫吹曲二》中收有梁元帝所作之〈折楊柳〉二首，其一曰：「巫山巫峽長，垂柳復垂楊。同心且同折，故人懷故鄉。山似蓮花豔，流如明月光。寒夜猿聲徹，遊子淚霑裳。」其二曰：「楊柳亂成絲，攀折上春時。葉密鳥飛礙，風輕花落遲。城高短簫發，林空畫角悲。曲中無別意，並是為相思。」此外又收錄多人之作，大抵都是寫征夫別婦之愁思。

【導讀】

據唐人薛用弱《集異記》記載：開元年間王之渙與王昌齡、高適齊名。一日天寒微雪，三人同至酒樓小酌。忽有宮廷樂官十餘人登樓會飲，三人即離席圍爐火而旁觀。不久，有相當美艷之四名歌妓相繼

而至，旋即演奏當時名曲。三人相約：「我們各擅詩名，往往難分高下，今天不妨從旁觀察這批人所演唱的內容，誰的詩篇被演唱的次數最多，誰就最高明。」不久其中一位唱〈芙蓉樓送辛漸〉，王昌齡舉手在牆上畫記號說：「一首絕句。」不久又一位唱出：「開篋淚沾臆，見君前日書；夜臺何寂寞，猶是子雲居¹。」高適也舉手在牆上畫記號說：「我的絕句。」不久，又一位唱〈長信秋詞五首其三〉，王昌齡又畫記號說：「兩首絕句了喔。」王之渙自負成名已久，因此對兩人曰：「這些潦倒樂官所唱的，都是〈巴人下里〉般的低俗歌詞；〈陽春白雪〉那種高妙之曲，這些俗物哪敢接近呢？」於是指著最美歌妓說：「待會她唱的如非我的詩，就終身不敢和你們爭高下了。可如果唱的是我的詩，你們可得排成一列拜我為師。」於是在旁笑鬧等著。不久之後，輪到梳著雙鬟的歌妓發聲，唱的正是〈涼州曲〉，王之渙挪揄兩人說：「你們這兩個鄉巴佬，我說的可沒錯吧！」

前述「旗亭畫壁²」之故事，雖未必全然屬實，然既可見出王之渙之自負，亦可見本詩當時即已譜曲傳唱之一斑，因此王士禎《唐人萬首絕句選・凡例》以本詩與王維之「渭城朝雨浥輕塵」、李白之「朝辭白帝彩雲間」、王昌齡之「奉帚平明金殿開」為唐人七絕壓卷之作，並說：「終唐之世，亦無出四章之右者矣。」王世懋《藝圃擷餘》也以為本詩與王翰「葡萄美酒夜光杯」為壓卷。由宋迄今，這種品評等第之風頗盛；儘管對於單一詩作的高下優劣之判，往往見仁見智，卻沒有人能夠否認本詩的藝術成就之高妙³。

「黃河遠上白雲間」七字，入手就是浩蕩黃河蜿蜒沒入雲天之外的景象，給人視野蒼茫，意境雄曠的感受，可謂氣勢非凡，高唱入雲的起筆，足可與李白「黃河之水天上來」頡頏並肩；只不過，李詩是強調其奔騰縱落的聲勢之豪邁磅礴，王詩則是勾勒其曲折蜿蜒的景象之邈遠難渡。尤其值得注意的是：本詩首句是以戍守玉門關的將士回首東顧而不見黃河的感嘆，喚起征夫追憶昔日渡越黃河而來之前對黃

河上游的心理印象；它是那麼夐遠蜿蜒，有如盤曲的巨龍隱沒入雲天不可極望的神秘之處！由於那遙遠而未知的異域，可能就是他們即將征戍的邊塞，因此當時他們的心中便難免產生蒼涼悲壯的感受，同時也蒙上了一層「古來征戰幾人回」的陰霾和隱憂。而今，這些昔日對前程充滿了不確定感而頗覺惶恐的將士，現在則已駐守在黃河以西八百公里以上的玉門關之外了！儘管他們早已飽嘗了荒漠艱苦的歲月，習慣了屯戍生涯的苦悶與單調，可是仍然對親友惦記不已，甚至更加懷念中原的繁華富庶而歸思日切；然而他們此刻卻只能在孤城中追憶昔日西渡黃河的印象，自然也就更加感慨此時連黃河都遠在將近千里之外而遙不可見了，又豈敢奢望渡越黃河，返鄉團圓？換言之，這七個字是以廣漠荒闊的心理感受，寫將士被遠棄天邊的苦悶；因為在遠赴西塞的路途上，一旦渡越了西邊的黃河，就等於走入了天涯；何況玉門關更是遠在「天涯」以西八百公里以上！則將士心中那種西塞絕遠難窮的淒涼之感，和東歸返鄉之日渺茫難期的抑鬱之懷，已經不言可喻了！

「一片孤城萬仞山」七字，是以對比手法曲傳將士坐困愁城，倍覺孤危無助時的迷惘與哀苦。「孤城」在古典詩歌裡往往聯繫著去國懷鄉的離愁別恨，因此王維〈送韋評事〉詩云：「遙知漢使蕭關外，愁見孤城落日邊。」杜甫〈秋興八首〉其一云：「夔府孤城落日斜，每依北斗望京華。」范仲淹〈漁家傲〉詞曰：「千嶂裡，長煙落日孤城閉。」尤其是加上「一片」兩字來渲染孤獨單薄與危弱無依的意涵，便隱然透露出悽涼愁苦的況味；何況又是在高達萬仞的重嚴疊嶂的包圍之中？它當然更顯得幽獨渺小、孤立無援，頗有叫天不應、叫地不靈的困阨窮極之感。換言之，「一片孤城」先給人困守愁城的抑鬱枯悶之苦，「萬仞山」又給人關山難越，以至於「路遙歸夢難成」（李煜〈清平樂〉）之悲；如此加倍渲染，便透露出將士儘管歸思悠悠，但是返鄉之日卻又遙遙無期的悵恨，以及埋藏心底那種唯恐難以生還

的隱憂。就修辭技巧而言，這一句是以「一」「孤」和「萬」字作數量上懸殊的對比，傳達出地勢險峻、處境危苦的悲涼。就運鏡手法來看，則是先把焦點全放在「一片孤城」上，拍攝出它的荒涼樣貌，而後把鏡頭倒退拉遠，收入群山萬壑、層巒疊嶂之中，於是那一片孤城不僅越來越微不足道，甚至還彷彿逐漸被遼闊無盡的崇山峻嶺所吞噬！如此手眼，不僅捕捉到將士孤絕而愁悶的心境，也為後半二句抒發征夫的鄉愁離情，預先作好場景的安排和心理的暗示。

　　前兩句是以雄闊蒼莽的塞外為背景，暗寓將士沉潛在心底的隱憂暗恨；到了第三句，詩人的筆調突然一轉，不再訴諸視覺形象，改為融入聽覺意象的「羌笛何須怨楊柳」。換言之，此時忽然一縷如怨如慕、如泣如訴的〈折楊柳〉曲調從帶著異國情味的羌笛中幽幽傳來，迴盪在空曠荒涼的孤城內，的確能夠撩起將士離家遠征前與親友訣別時的悽楚依戀之情，進而產生絞人愁腸、催人鄉淚的巨大魔力！因此李益在〈夜上受降城聞笛〉詩中寫道：「不知何處吹蘆管，一夜征人盡望鄉！」正是這種悽涼酸楚而又熟悉的韻調，能夠使人產生范仲淹〈蘇幕遮〉詞中「黯鄉魂，追旅思」的傷感，以及「酒入愁腸，化作相思淚」的沉痛；而且它既令人難以抗拒而捨不得不聽，又讓人無法逃避而不得不聽，於是將士的思歸之情便被撩撥得澎湃洶湧而無法遏抑了！此時詩人才以寬和溫婉的語氣勸慰吹笛之人：「春風不度玉門關」。

　　「羌笛何須怨楊柳」七字，造語極為獨特奇警，彷彿是在嗔怨、又像是在哀求無情無知的笛子不要演奏淒涼的韻調，而非勸慰有血有淚的將士切勿傾訴悲愴的心聲；由於擬人的手法極其靈活自然，使人渾然不覺其無理與生硬，因而特別耐人涵詠。「春風不度玉門關」七字，則不僅形象生動，而且意蘊相當豐富，因此也更撩人情思，耐人玩味：

＊首先，春風不度，則楊柳不生；那麼不論是將士或是羌笛怨嗟此地的依依楊柳會撩起征人的離情與鄉思，顯然既不符事實，也不合情理，因此說「何須怨」。

＊其次，塞外荒僻苦寒，不見楊柳垂蔭，已使人倍覺淒清蕭索；此時無端吹奏令人悲戚的〈折楊柳調〉，徒然勾惹別恨而已，又何苦自尋煩惱？

＊第三，《史記·大宛傳》及《漢書·李廣利傳》均記載漢武帝太初元年（104 B.C.）命李廣利攻大宛（今為烏茲別克共和國的一邑），擬至貳師（大宛國地名）取天馬。後因戰況失利，士卒死傷大半，李廣利請求罷兵班師。武帝聞之震怒，派遣使者封鎖玉門關，並下令曰：「軍有敢入者，斬之！」《後漢書·班超傳》也有「不敢望到酒泉郡，但願生入玉門關」二語。而且「春風」一詞，在古典詩詞中可以暗指君王的恩澤，因此「春風不度玉門關」就表示：君王既然不惜「年年戰骨埋荒外，空見葡萄入漢家」（李頎〈古從軍行〉），甚至在將士們因為師老軍疲、厭戰思歸而請求返國時，還派人阻斷關隘，發布「入關斬無赦」的軍令，那麼又怎麼會在乎「萬里長征人未還」呢？

＊第四，既然君王從不關心戍卒的艱苦，也從不把將士的生死放在心上，則吹奏出再淒怨的〈折楊柳調〉，既無法喚起君王的良心，又無法稍慰士卒的鄉情，反而只會加深大家的哀痛，又何必自苦若此！

正由於後半兩句含蓄蘊藉，寄興遙深，因此黃印芳《批評唐賢三昧集箋注》評曰：「明說邊塞苦寒，陽和不至；措詞宛委，深耐人思。」黃生《唐詩摘抄》則以為王昌齡〈從軍行七首〉其一的「更吹羌笛關山月，無那金閨萬里愁」和李益〈夜上受降城聞笛〉的「不知何處吹蘆管，一夜征人盡望鄉」，雖然和本詩的情境相同，但是都不及本詩的「含蓄深永，只用『何須』二字略略見意。」李鍈《詩法易簡錄》

也以為本詩深得溫柔敦厚的騷心：「神韻、格力，俱臻絕頂。不言君恩之不及，而託言春風不度，立言尤為得體。」正由於詩人措辭極為寬厚平和，蘊藉含蓄；而且既把羌笛加以擬人化，又賦予「楊柳」撩人情懷的縹緲韻致及哀音怨調的樂曲內涵；再加上以「春風」二字來寄託雙關的義涵，並聯結它和「楊柳」的依存關係；因此誦讀時只覺氣韻生動，情味雋永，一片神行而不可言詮，才使得力主神韻的王士禎大為驚豔，許之為七絕壓卷之作。

　　大概是為了修補朝廷不關心戍卒的惡劣形象，同時也挽救本詩寓藏的幽幽遺恨對士氣的打擊，清朝的左宗棠在平定新疆之後，下令士卒在天山南北麓廣植楊柳十萬株以彌補這個千古缺憾，因此曾任陝甘總督的楊昌浚（1825－1897）以〈左公柳⁴〉詩記其事曰：「上相籌邊未肯還，湖鄉子弟滿天山；新栽楊柳三千里，引得春風度玉關。」由此可見本詩影響之深遠了。

【補註】

01 高適〈哭單父梁九少府〉前四句。

02 旗亭，即酒樓；因樓外懸掛酒旗，故云。

03 沈德潛《唐詩別裁‧凡例》說：「七言絕句貴言微旨遠，語淺情深，如清廟之瑟，一唱而三歎，有餘音者矣。開元之時，龍標、供奉，允稱神品；此外高、岑起激壯之音，右丞作悽惋之調，以至『葡萄美酒』之詞、『黃河遠上』之曲，皆擅場也。」李鍈《詩法易簡錄》評曰：「神韻、格力，俱臻絕頂。」管世銘《讀雪山房唐詩‧序例》也說：「摩詰、少伯、太白三家，鼎足而立，美不勝收；王之渙獨以『黃河遠上』一篇當之。彼不厭其多，此不愧其少，可謂拔戟自成一隊。」

04 此詩最早收入楊昌浚的詩集《五好山房詩稿》，題為〈嘉峪關七絕二首〉，第一首為「第一雄關枕肅州，也分中外此咽喉。揭來

躍馬城西望，落日荒山擁戍樓。」本詩為第二首，並有自注曰：「左侯令防軍自涇至肅時，沿途均種楊柳，有拱把者矣。」後王秉鈞《歷代詠隴詩選》收本詩，並標題為〈左公柳〉。

【評點】

01 吳逸一：神氣內斂，骨力全融，意沉而調響。滿目征人苦情，妙在含蓄不露。（評高棅所輯之《唐詩正聲》）

02 陸時雍：此是怨詞；思巧格老，跨絕人遠矣！（《唐詩鏡》）

03 唐汝詢：一語不及征人，而征人之苦可想。（《匯編唐詩十集》）

04 邢昉：字字雄渾，可與王翰〈涼州〉比美。（《唐風定》）

05 楊慎：此詩言恩澤不及於邊塞，所謂君門遠於萬里也。（《升庵詩話》）

06 徐增：風致絕人，真好詩。（《而庵說唐詩》）

07 薛雪：（後半）苦思妙想，尤得風人之旨。（《一瓢詩話》）

08 宋宗元：深情蘊藉。（《網師園唐詩箋》）

09 管世銘：或謂王之渙「黃河遠上」一篇之外，何不多見？余應之曰：神來之作，即作者亦不能有再。（《讀書偶得三十四則》）

10 俞陛雲：前二句之壯采，後二句之深情，宜其傳遍旗亭，推為絕唱也。（《詩境淺說‧續編》）

十一、孟浩然詩歌選讀

【事略】

孟浩然（689－740），本名浩，字浩然，襄州襄陽（今湖北襄陽陽市）人。少好節義，隱居家鄉附近的鹿門山、峴山，讀書耕作之餘，以詩自娛。曾遊歷長江中下游、三湘地區，飽覽名山大川，詩名日顯。

開元十六年（728）冬，年四十，始遊京師諸名士間；嘗於祕省與眾詩家聯句，滿座為之嗟嘆佩服。十七年春，應進士不第，於秋冬之際離京返鄉。

開元十八年（730）經洛陽而漫遊吳、越以遣懷；前後於吳、越逗留二、三年，其間與同鄉好友張子容交往頻繁，並賦詩以記其事。

吳、越歸來後，大抵閒居襄陽。開元二十五年（737），張九齡貶為荊州長史，署之為從事，次年辭去。二十八年，王昌齡遊襄陽，相見甚歡，浪情飲宴；因食生鮮，背疾復劇而卒。

浩然古、律之詩，五言為勝，七言則非其所好，王世貞《藝苑巵言》甚至直言「浩然詩不能出五言」，雖未必公允，然可見其傾向嗜好。其詩風格清空澹遠，語言簡潔明澈，為盛唐五律之正宗，與王維同為盛唐田園詩人之代表，並稱「王孟」，頗為前人所稱賞；高棅《唐詩品彙》曰：「盛唐律句之妙者，李翰林氣象雄逸，孟襄陽興致清遠，王右丞詞意雅秀，岑嘉州造語奇峻，高常侍骨格渾厚，皆開元、天寶以來名家。」李東陽《麓堂詩話》曰：「唐詩李、杜之外，王摩詰、孟浩然足稱大家。王詩豐縟而不華靡，孟卻專心古澹而悠遠深厚，自無寒儉枯瘠之病。」

　　舊時高中國文教材裡介紹王、孟詩風時說：「浩然懷才不展，布衣終身，故詩中時露孤寂不平之氣，與王維官成身退，恬靜自得者不同。」筆者以為不可一概而論，蓋所謂「時露孤寂不平之氣」之作，往往是指抒發科舉落第的憤懣之作，王維既無此失意之悲，自然不會為此而「時露孤寂不平之氣」了。試觀本書所收浩然〈秋登萬山望張五〉〈宿業師山房期丁大不至〉〈夏日南亭懷辛大〉〈過故人莊〉〈清明日宴梅道士山房〉〈春曉〉等詩，何嘗有孤寂不平之氣？也就可以了解這種說法以偏概全了。

　　其詩今存兩百六十餘首，《全唐詩》收其詩 2 卷，《全唐詩外編》及《全唐詩續拾》補詩 2 首，斷句 6 句。

【詩評】

01 杜甫：吾憐孟浩然，……賦詩何必多，往往凌鮑謝。（〈遣興五首〉之五）

02 杜甫：復憶襄陽孟浩然，清詩句句盡堪傳。（〈解悶十二首〉之六）

03 皮日休：先生之作，遇景入詠，不拘奇抉異，令齷齪束人口者，涵涵然有干霄之興，若公輸氏當巧而不巧者也。（〈郢州孟亭記〉）

04 皮日休：其「微雲淡河漢，疏雨滴梧桐」「氣蒸雲夢澤，波撼岳陽城」「荷風送香氣，竹露滴清響」等佳句，皆可與古人爭勝於毫釐之間。（〈郢州孟亭記〉）

05 王士源：骨貌淑清，風神散朗。……學不為儒，務掇菁藻；文不按古，匠心獨妙。五言詩天下稱其盡美矣。（〈孟浩然集序〉）

06 殷璠：浩然詩，文彩丰茸，經緯綿密，半遵雅調，全削凡體。（《河岳英靈集》）

07 陳師道：子瞻謂浩然之詩，韻高而才短，如造內法酒手而無材料耳。（《後山詩話》）

08 嚴羽：孟襄陽學力下韓退之遠甚，而其詩獨出退之之上者，一味妙悟而已。（《滄浪詩話》）

09 嚴羽：孟浩然詩，諷詠既久，有金石宮商之聲。（《滄浪詩話》）

10 敖陶孫：浩然如洞庭始波，木葉微落。（《臞翁詩評》）

11 劉辰翁：生成語難得。浩然詩，高處不刻畫，只似乘興；蘇州遠在其後，而澹復過之。（〈孟浩然詩集跋〉）

12 徐獻忠：襄陽氣象清遠，心悰孤寂，故其出語灑落，洗脫凡近，讀之渾然省淨，而彩秀內映。雖悲感謝絕，而興致有餘。藻思不及李翰林，秀調不及王右丞，而閒澹疏豁，條條自得之趣，亦非二公之長也。世代下流，崇慕冠紱，孟君淪落江海，遂阻聲華；傳之後世，悠然隱意更高。孟君之節，夫亦久而後定者耶！（《唐詩品》）

13 桂天祥：浩然體本自沖澹，中有趣味，故所作若不經思，而盛麗幽閒之思，時在言外。蓋天降殊才，非偶然也。（《批點唐詩正聲》）

14 謝榛：五言古詩、近體，清新高妙，不下李、杜；但七言長篇，語平氣緩，若曲澗流泉，而無風捲江河之勢。（《四溟詩話》）

15 王世懋：詩有必不能廢者，雖眾體未備，而獨擅一家之長。如孟浩然洮洮易盡，止以五言雋永，千載並稱「王、孟」。（《藝圃擷餘》）

16 胡應麟：孟五言不甚拘偶者，自是六朝短古；加以聲律，便覺神韻超然，此其占便宜處。（《詩藪》）

17 胡應麟：孟詩淡而不幽，時雜流麗；閒而匪遠，頗覺清揚。可取者，一味自然。（《詩藪》）

18 鍾惺：浩然詩當於清淺中尋其靜遠之趣。（《唐詩歸》）

19 何景明：孟五言秀雅不及王，而閒澹頗自成局。（《唐音癸籤》引）

20 周履靖：祖建安，宗淵明，沖澹中自有壯逸之氣。（《騷壇秘語》）

21 陸時雍：浩然才雖淺窘，然語氣清亮，誦之有泉流石上，風來松下之音。（《唐詩鏡》）

22 周珽：凡讀孟詩，真若水石潺湲，風竹相吞，爐煙方裊，草木自馨，自有一種天然清曠之致。（《唐詩選脈會通評林》）

23 許學夷：浩然古律之詩，五言為勝；五言則短篇為勝。（《詩源辯體》）

24 許學夷：唐人律詩以興象為主，風神為宗。浩然五言律興象玲瓏，風神超邁，即元瑞所謂「大本先立」，乃盛唐之最上乘，不得偏於閒淡幽遠求之也。（《詩源辯體》）

25 許學夷：古人為詩，……語語琢磨者稱工，一氣渾成者為聖。……一氣渾成者，忽然而來，渾然而就，不當以形似求之。試觀浩然五律入錄者，無一句人不能道，然未有一篇人易道也；後人才小者輒慕浩然，然但得其淺易耳。（《詩源辯體》）

26 許學夷：浩然造思極深，必待自得，故其五言律皆忽然而來，渾然而就，而圓轉超絕，多入於聖矣。（《詩源辯體》）

27 劉邦彥：孟詩以清勝，其入悟處，非學可及。吳敬夫云：「浩然清資淑質，風神掩映，乃在淡若無意之中。」（《唐詩歸折衷》）

28 施閏章：襄陽五言律、絕句，清空自在，淡然有餘。（《蠖齋詩話》）

29 葉燮：浩然諸體似乎澹遠，然無縹緲幽深思致；如畫家寫意，墨氣都無。……後人胸無才思，易於衝口而出，孟開其端也。（《原詩》）

30 盧㒜：孟公五律，筆潔氣逸，為品最高。較之儲生，尤為神足，故能指作自如，不窘邊幅，自是一代家數，未易軒輊也。（《聞鶴軒初盛唐近體詩讀本》）

31 沈德潛：襄陽詩從靜悟得之，故語淡而味終不薄，此詩品也；然比右丞之渾厚，尚非魯、衛。（《唐詩別裁》）

32 沈德潛：孟詩勝人處，每無意求工，而清超越俗，正復出人意表。（《唐詩別裁》）

33 沈德潛：陶詩胸次浩然，其中自有一段淵深樸茂不可到處。……孟山人有其閒遠。（《說詩晬語》）

34 賀裳：孟襄陽素心士也，其〈庭橘〉詩「並生憐共蒂，相示感同心」，一何婉昵！至若「照水空自愛，折花將遺誰」，真有生香真色之妙，覺老杜「香霧雲鬟濕，清輝玉臂寒」，不免太宮樣妝矣。（《載酒園詩話》）

35 賀裳：五言律，摩詰風體不一，浩然機局善變。然摩詰可學，而浩然不易學也。（《載酒園詩話·又編》）

36 賀裳：詩忌鬧，孟獨靜；詩忌板，孟最圓。（《載酒園詩話·又編》）

37 賀裳：孟詩佳處，只在一「真」字，初讀無奇，尋繹則齒頰間有餘味。（《載酒園詩話·又編》）

38 田雯：王維、孟浩然清淑散朗，窈窕悠閒，取神於陶、謝之間，而安頓在行墨之外。資制相侔，神理各完。（《古歡堂集雜著》）

39 田雯：襄陽（五律）佳處，亦整亦暇，結構別有生趣。（《古歡堂集雜著》）

40 翁方綱：讀孟公詩，且毋論懷抱，毋論格調，只其清空幽冷，如月中聞磬，石上聽泉；舉出唐以來諸人筆虛筆實，一洗而空之，真一快也。（《石洲詩話》）

41 浩然為詩，佇興而作，造意極苦；篇什既成，洗削凡近，超然獨妙。雖氣象清遠，而彩秀內映，藻思所不及。（《全唐詩》）

42 宋育仁：其源出於謝惠連，挹彼清香，謝其密藻。五言律含華洗
　　骨，超然遠神，如初日芙蕖，亭亭秀映。《唐書》稱其方駕李、
　　杜，固知名下無虛。（《三唐詩品》）

43 姚鼐：孟公高華精警，不逮右丞，而自然奇逸處則過之。（《唐
　　宋詩舉要》引）

016 春曉（五言古絕）　　　　　　　　　　孟浩然

春眠不覺曉，處處聞啼鳥。夜來風雨聲，花落知多
少？

【詩意】

　　當我還沉睡在一場酣暢甜熟的春眠裡時，天色早已在不知不覺間
逐漸明亮起來了。當我從忽遠忽近、此起彼落，時而清脆悅耳，時而
啁啾細碎的鳥雀呼晴聲中欣然醒來時，可以察覺到空氣中飄浮著清淡
的香氣……。突然間我意識到香氣從何而來了，原來昨夜我是在蕭蕭
的風雨聲中安然入睡的……；不知道清曉的庭園裡鋪上了多少落花
呢？

【注釋】

① 詩題──春日清晨的破曉時分，作者在枕上欣聞啼鳥之際，即轉筆
　　折回，追憶昨夜，不洩露絲毫的晨光；如此安排，最能傳達「曉」
　　字的精神，命題用意，相當巧妙。目前雖然還無法確知本詩的寫
　　作年代，不過，從詩中表現出的心境觀察，有可能屬於早期之作。

【導讀】

這是一首大巧若拙而通體清妙，風韻天然而情味雋永的小詩。詩人只是捕捉一場春睡酣足後，欣然醒轉的片刻之間所聽所聞及其後之所憶，就流露出喜愛自然和珍惜春光之意。全詩篇幅雖然小巧，涵蘊卻極豐富，再加上詩歌的語言平易自然，音調和諧悅耳，情境恬美清適，所以上自達官顯宦，下至垂髫小兒，都能琅琅上口，使本詩在傳誦千古之後，隱然成為漢民族記憶深處的共同母語了。其實作者只是直抒所感，信口道出，卻能妙趣天成，達到「繁華落盡見真淳」的化境，所以雅俗共賞，嫗孺能解；淺嚐者得其淺趣，深嚐者得其深味。換言之，它幾乎已經成為唐詩中的一塊「和氏璧」，任憑讀者依照內心的喜好而琢磨出各自賞玩的珍寶，而且還能隨時歸真返璞，讓人從中領略它千變萬化的丰采，而有取之不盡，賞之不倦的情趣。

「春眠不覺曉」五字，是寫從春睡的香甜酣暢中自然甦醒，感受到一夜好眠使人通體舒泰的滿足。「處處聞啼鳥」五字，接著寫詩人聽到鳥雀呼晴時啁啾低昂的欣然，暗藏著詩人對於天朗氣清的悅愛之情。如此銜接，既交代了是在此唱彼和而清亮悅耳的禽鳥鳴叫聲中悠悠醒來，又預留了昨夜風兼雨的線索，同時還流露出對於自然的歌頌禮讚之情；不僅使人感受到在寧靜的早晨中洋溢著活潑的生機和爛漫的春意，甚至彷彿還可以經由嘹亮的鳥囀察覺出詩人欣悅滿足的心境。

啼鳥呼晴固然是二、三句間承轉的關鍵，但是空氣中瀰漫著的花香也不應該忽略。詩人先是在酣睡中恍若聽到細碎的呢喃而逐漸進入半醒半夢狀態，既而是在清亮的啁啾聲中逐漸來到將醒未醒之際，隨後在悅耳的鳥囀聲中又清醒了幾分，接著嗅到了浮盪在空氣中的清香而悠悠醒來。當他正在枕上欣賞鳥語花香的情境時，又隱約意識到今

朝的酣睡似乎有異於平日，才又忽然聯想到昨夜引人進入夢鄉的風雨，正是今朝滿室飄香的原因，於是轉而關切零落的春紅。

　　換言之，二、三、四句之間有著思緒的跳躍、時間的逆溯、晴陰的交替、感官的轉移，以及心理上微妙而複雜的變化，只是由於詩人信口道來，就把枕上片時的所感、所聽、所聞及所思包孕無遺，卻又顯得自然而然，順暢無礙，讓人渾然不覺前半與後半的倒置，因此李鍈《詩法易簡錄》說：「具有一氣流轉之妙。」黃叔燦《唐詩箋注》指出作者採用倒敘法的匠心之後，也嘆賞本詩的行雲流水之勢：「惟詩到自然，無跡可尋。」正由於詩人是以「逆繞而出」的倒敘法來演示靜臥枕上的感官意識'，而且又以鳥雀歡鳴巧囀來暗傳夜雨初晴的欣悅，自然順理成章地帶出「夜來風雨聲」二句，使全詩既有羚羊掛角，一片空靈的神韻，又有曲折細膩的情趣和豐富婉約的意境，帶給人玩索不盡的興味。施補華在《峴傭說詩》中說：「詩猶文也，忌直貴曲。」由於作者在這幾句中表現出曲徑通幽的迴環轉折，所以才有柳暗花明的無限丰神；也因而才能引導讀者去傾聽鳥雀呼晴的喜悅中暗藏著昨夜的風雨淒其聲，去循著浮盪的花香飄進作者幽深的夢境之中。

　　末句以設問法作結，不僅使句法靈動而不單調，而且詢問落花的語調也顯得溫柔而不急迫，疼惜而不驚痛，態度則關懷而不消沉，因此在反復吟詠之餘，不難體會作者珍惜春光、關切生命和熱愛自然的態度。如果拿李清照〈如夢令〉小詞來和本詩作比較，就可以發覺「知否？知否？應是綠肥紅瘦！」是多麼焦慮急切，憂心如焚，而「夜來風雨聲，花落知多少？」則相對顯得多麼從容平和，氣定神閒。明乎此，我們就不難領略到如此酣睡後醒來的春曉，是多麼讓詩人欣悅滿足，而又多麼教人悠然神往了。

【補註】

01 楊逢春《唐詩偶評》則更近一步分析說：「須知首二埋伏之妙。……二固是申說首句『曉』字意，而清明景象則對射風雨；且鳥啼又有惜花之意，已將下二句意於空際鈎魂攝魄，然後逆繞而出，則神情一片矣。此種意象，未易全領取。」

【評點】

01 顧璘：真景實情，人說不到；高興奇語，唯吾孟公。（《批點唐音》）

02 唐汝詢：昔人謂詩如參禪，如此等語，非妙悟者不能道。（《唐詩解》）

03 陸時雍：喁喁慊慊，絕得閨中體氣，宛是六朝之餘，第骨未峭耳。（《唐詩鏡》）

＊ 編按：陸氏似將本詩視為閨婦春思之詞，恐大違詩心。

04 周珽：曉景暄媚，莫卜夜無寂寞；惜春心緒，有說不出之妙。（《唐詩選脈會通評林》）

05 周敬：二十字清聲婉約。（《唐詩選脈會通評林》）

06 吳瑞榮：朦朧臆想，構此幻境。（《唐詩箋要》）

07 吳昌祺：追憶夜雨，有不忍起看之意。（《刪定唐詩解》）

＊ 編按：此說把詩意體會得過於沉重，與筆者所感受的欣悅之情不同。

08 徐增：春氣著人，睡最難醒，不知不覺，而便至曉矣。卯時陽氣方開，鳥屬陽，故群鳥皆鳴；此時尚未起身，何得下「處處」二字？此蓋從枕上聞出來的。……做此二句便煞住筆，復停想到昨夜去，又到花上來；看他用筆不定，瞻之在前，忽然在後矣！或問余曰：「何故不寫夜來在前？」余曰：「『處處聞啼鳥』」下，

若再連一筆，則便不算『曉』矣；故特轉到曉之前下『夜來』二字。……天一曉則鳥便啼，一聞鳥啼即想花落，此在一剎那中，稍一遲，則日出天大亮矣，於『曉』字便隔尋丈，其作『曉』字，精緻如此！」（《而庵說唐詩》）

09 黃叔燦：是一夜無眠，方睡達曉，故有「夜來風雨聲」之句，乃倒裝句法。……「花落」句含幾許惜春意。（《唐詩箋注》）

* 編按：「無眠」之說，實與「春眠」恬美和適之義涵相悖，頗為可議；下一則亦然。

10 楊逢春：此詩寫惜春之意。題是「春曉」，而注意卻在夜來風雨，須知首二埋伏之妙。渠言「不覺曉」，非真善眠也，直是夜來風雨之候，全未曾眠，迨風雨過而始眠，而已不覺曉矣。（《唐詩偶評》）

11 吳烶：「春」「風」「花」「鳥」，字字實，卻不見實。李謫仙之靈爽，王右丞之濃麗，孟襄陽之清曠，各臻奇妙。（《唐詩直解》）

12 （日人）碕允明：幽人無事酣眠，為啼鳥所打起。……眠則為啼鳥起，覺則思花落，幽況可想也，無事愈見。（《箋注唐詩選》）

13 章燮：（末）二句詠出「不覺」之神。（《唐詩三百首注疏》）

14 劉永濟：聞風雨而惜落花，不但可見詩人情致，且有屈子「哀眾芳之零落」之感也。（《唐人絕句精華》）

* 編按：此說將詩意體會得過於傷痛，有待商榷。

017 望洞庭湖上張丞相（五律）　　　　孟浩然

八月湖水平，涵虛混太清。氣蒸雲夢澤，波撼岳陽城。欲濟無舟楫，端居恥聖明。坐觀垂釣者，徒有羨魚情。

【詩意】

　　八月時洞庭湖的水位上漲到和岸邊平齊了，只見水光接天，彷彿遼闊的天空全部包孕涵容在浩淼無際的水域之中。遠遠望去，可以見到水氣瀰漫蒸騰，正滋養哺育著廣大的雲夢古澤（編按：可能象徵張丞相胸襟氣度之恢宏，澤被蒼生之廣遠）；近看湖面，則波濤洶湧浩蕩，連巍峨壯觀的岳陽城都被撼動得搖晃不已！我想要橫渡這片廣袤的水域，可惜苦無舟船；我平日只知在林泉之間悠游自得，毫無建樹，實在是愧對這個聖明的時代（編按：腹聯可能比喻有心出仕來報效朝廷，卻苦於援引無人）。偶然湖畔閒坐，只能看著垂竿釣魚的姜太公頗有收穫而歆羨不已，自己卻無竿可釣，頓覺惆悵莫名（編按：歆羨張丞相能居官任職，有所建樹，並感慨自己報國無門）……。

【注釋】

① 詩題──本詩之題目，世傳版本差異頗大，《文苑英華》作本題之外，宋本作〈岳陽樓〉，明、清各本作〈臨洞庭〉，《全唐詩》作〈望洞庭湖贈張丞相〉，此外也有作〈臨洞庭湖〉者，敦煌所出者則題為〈洞庭湖作[1]〉。洞庭湖，在唐朝時周長約八百里[2]，面積則在一萬平方公里以上，曾經是中國歷史上最大的淡水湖，具有調節長江洪水的功用。然因長期的泥沙淤積及人為的圍湖造

田，面積已大為縮減，目前大約只有兩千八百平方公里左右，小於鄱陽湖了。張丞相，指張說（667－730），睿宗在位時（710－712）拜中書令，朝廷大述作多出其手。因與姚崇不和，罷為相州刺史，又因事徙岳州，開元九年（721）復為相。《方輿勝覽‧卷29》：「岳陽樓在郡治西南，西面洞庭湖，左顧君山，不知創始者為誰。唐開元四年（716），中書令張說守是邦，日與才士登臨賦詠，自爾名著。」筆者暫定本詩作於張說任岳州刺史期間，詩人時約二十八歲[3]。

② 「八月」二句——湖水平，指湖面汪洋浩淼，水位之高，與岸邊平齊。涵，涵容、包孕之意。虛，形容水域之空闊廣遠。混，渾涵、收藏之意。太清，指天空、天宇而言。

③ 「氣蒸」二句——氣，指湖面氤氳盤繞的水氣。蒸，蒸騰浮昇之意。雲夢澤，指上古的廣大湖域，範圍包括今湖北省南部、湖南省北部一帶低窪的水澤區。古時之雲、夢，原為長江邊上的兩大澤藪，南岸的稱為夢，北岸的稱為雲，後因大半淤沙成為陸地及零星湖泊，才連同兩湖附近的沼澤、湖泊一併納入，合稱為雲夢澤。波撼岳陽城，宋人范致明《岳陽風土記》稱洞庭湖「夏秋水漲，濤聲喧如萬鼓。」

④ 「欲濟」二句——欲濟，有意橫渡，暗示有心求仕。舟楫，比喻引薦、拔擢之人。端居，平居閒處。聖明，清明太平的盛世。

⑤ 「坐觀」二句——垂釣者，化用姜太公釣魚於渭水之濱，終能施展抱負，助成王業的典故，來比喻位居要津而能識拔賢才，使人施展抱負的張丞相。「羨魚情」則典出《淮南子‧說林訓》：「臨河而羨魚，不如歸家織網。」表示敬羨張丞相能有機會施展抱負。

【補註】

01 參見《唐詩三百首鑑賞》頁404，黃永武教授的推論頗具參考價值。

02 唐末僧人可朋〈賦洞庭〉云：「周極八百里，凝眸望則勞。」

03 坊本大都認為張丞相是指張九齡，可是張九齡在開元二十一年
（733）才拜相，浩然已經四十五歲，早已絕意仕進而歸隱襄陽故
居，恐怕不會寫出「欲濟無舟楫」「坐觀垂釣者，徒有羨魚情」
這樣表現出積極用世企圖的詩句，因此筆者不取。黃永武教授認
為本詩作於開元九年，浩然約三十三歲，正是發憤積學以求出仕
的年代，亦可備一說。

【導讀】

　　以一首觀湖興感的干謁詩而言，本詩稱得上是即景生情，興象渾
融之作。詩中句句是寫洞庭水域之浩淼驚人，卻又處處扣合張丞相尊
崇的身分地位，同時又能自然流露出瞻仰敬慕之情，寄寓歆羨求仕之
意；不僅章法圓密，銜接自然，而且措詞溫婉，比興遙深，更兼寫景
壯闊，氣勢非凡，因此成為傳誦久遠的名篇。

　　首句「八月湖水平」，點出了作者壯遊洞庭的時節及所見的初步
印象。八月，正是「秋水時至」的季節，洞庭湖域由於湘、資、沅、
澧四派奔集匯注，再加上長江之水也倒灌而來，所以湖面汪洋浩蕩，
水位之高，與岸平齊。次句「涵虛混太清」，是說由於水色天光連成
一片，相互輝映，以至於浩瀚無垠的湖面，彷彿可以涵容包孕整片天
空。這兩句把洞庭湖域之渾涵蒼茫，恢廓遼遠，寫得極為生動有神，
而且暗示其中蘊蓄著豐沛盛大的生命力，已經為頷聯的寫景預先作了
極佳的鋪墊[1]，因此劉辰翁說：「起得渾渾稱題，而氣概橫絕，樸不
可易。」（見高棅《唐詩品彙·卷 60》引）楊慎《升庵詩話·卷 2》
和胡應麟《詩藪·內編·卷 5》都稱首聯為「五律起句之妙者。」沈
德潛《唐詩別裁》也說：「起法高渾，三、四雄闊，足與題稱。」

　　「氣蒸雲夢澤」，是說湖面氤氳蒸騰著極為豐沛的水氣，彷彿廣
大的雲夢沼澤地帶都得到它的滋潤哺育，因而草木繁盛茂密，看起來

其中涵蘊著無窮的生機與活力。「波撼岳陽城」，是說洞庭湖波，濤翻浪湧，氣勢磅礴，彷彿巍峨聳峙的岳陽城也被衝擊震盪得搖晃不已。出句是採取平視而遠眺的視角，由平面描寫洞庭湖域的渾涵雄闊；對句是採取仰望而近觀的視角，由立體凸顯洞庭湖波的浩蕩翻湧，頗有奪人魂魄的聲勢。「氣蒸」句準確地捕捉到浩淼無垠的水域上煙氣瀰漫升騰的神韻，也讓廣袤夐遠的雲夢古澤那種鬱鬱蒼蒼、縹緲如雲似夢的獨特風情，一併蒸騰而出，同時還可能象徵張丞相胸襟氣度之恢宏與澤被蒼生之廣遠，的確稱得上是歐陽修《六一詩話》引梅聖俞之言所謂的「狀難寫之景，如在目前；含不盡之意，見於言外」的化工之筆了。「波撼」句也有力地傳達出八百里洞庭湖在濤瀾震盪時崩天坼地的駭人氣勢，因此可朋的〈賦洞庭〉說：「颯然風起處，又是鼓波濤」，李群玉〈洞庭風雨二首〉其二也說：「巨浪吞湘澧，西風忽怒號。水將天共黑，雲與浪爭高。」只不過他們雖然也寫出令人目眩神搖的洞庭風波，卻遠不及「波撼岳陽城」來得奪人心魂[2]；唯有老杜的「吳楚東南坼」，才具有足以相埒的氣勢與勁道！

　　正因為頷聯兩句以誇張的筆墨鍛鑄出磅礴的氣勢，不僅把迷茫縹緲的水域點染得意態飛動，而且境界渾涵雄偉，視野浩蕩壯闊，因此殷璠《河嶽英靈集》稱為「高唱」，曾季貍《艇齋詩話》評曰「雄壯」，胡應麟《詩藪》許為「壯語」，王士禎《帶經堂詩話》嘆為「雄渾天成」，《西清詩話》也賞其「氣象雄張，曠然如在目前。」（蔡正孫《詩林廣記》引）尤其是句眼「蒸」「撼」二字，練字精確，形象生動，氣魄驚人，更是耐人咀嚼涵詠，回味再三，因此王士禎嘆賞不置地說：「『蒸』字、『撼』字，何等響、何等確、何等警拔也！」（見何世璂整理《燃鐙記聞》）由此可見本聯有「後人不敢復題[3]」的評價，絕非浪得虛名。就寄託而言，「波撼」句又隱然對張丞相崇偉的功勳流露出景慕敬仰之情，同時也為後半抒發冀求援引之意，預留了

迴旋轉筆的空間，從而使全詩渾灝流宕，一氣旋折，也是值得體會的匠心所在。

　　由於頷聯已經在雄文壯采中寄寓了無限嚮往之情，因此腹聯便順著這層敬羨之意，以「欲濟無舟楫，端居恥聖明」兩句，折筆回寫自己雖有濟世之志，奈何乏人汲引，以及隱逸山林之中，又覺有愧聖君明時的苦悶。作者在〈洞庭湖寄閻九〉詩中也說：「遲爾為舟楫，相將濟巨川。」可見他年輕時用世的熱誠之一斑，因此沈德潛《唐詩別裁》說：「讀此詩知襄陽非甘於隱遁者。」

　　「坐觀垂釣者，徒有羨魚情」兩句，是化用姜太公垂釣於渭水之濱，終能輔佐聖君成就王業的典故，以及《淮南子・說林訓》所謂「臨河而羨魚，不如歸家織網」的文義，對身居樞要而能薦拔人才的張丞相深寓讚頌仰慕之情，也更進一步表明自己積極求仕，企盼汲引的態度。這一聯看似信手拈來，其實正是藉用姜太公輔佐周武王的典故來扣合張丞相的身分，寫足題目之意，可見作者鎔裁事典與謀篇佈局的功力之深厚；而詩人積極用世的心意，也進一步借此表現得更為蘊藉含蓄，深婉有味，的確是大家手眼。

　　本詩另外一個成功的地方是：由汪洋浩蕩的水勢起筆，而以觀釣羨魚的心情收筆，句句不離湖水煙波，又句句借景抒情，可見詩人謀篇命意之妙，因此吳北江說：「唐人上達官詩文多干乞之意，此詩收句亦然，而詞意則超絕矣。」紀昀也說：「以望洞庭託意，不露干乞之痕。」（《唐宋詩舉要》引）換言之，浩然在稱頌對方時，能夠由景生發，寄意含藏不露，所以絕無逢迎諂媚之態；而在表達志向時，又能借水衍意，措詞不卑不亢，所以不露寒酸乞求之相。如果拿朱慶餘著名的干謁之作〈閨意：近試上張水部〉：「洞房昨夜停紅燭，待曉堂前拜舅姑；妝罷低聲問夫婿，畫眉深淺入時無」來對比，便可見出浩然更勝一籌的高明之處：孟詩以壯闊雄麗的氣象，象徵張丞相的胸襟氣度與身分地位，確實圓融契合，形神兼至；而朱詩中以舅姑比

考官，以夫婿比張籍，都無法展現出對方的身分地位與胸襟氣度。再者，孟詩即景抒懷而託興遙深，既有涵渾深厚，雄闊浩蕩的壯美，又有包孕細密，委婉含蓄的柔美；較之朱詩憑空揣想的洞房紅燭、舅姑夫婿云云，更具羚羊掛角，妙趣天然的風韻。陸游說：「文章本天成，妙手偶得之。」本詩可以當之無愧。

【補註】

01 孟浩然另有一首〈洞庭湖寄閻九〉詩：「莫辨荊吳地，唯餘水共天。」張說有〈和尹從事懋泛洞庭〉詩云：「平湖一望水連天，林景千尋下洞泉。忽驚水上光華滿，疑是乘舟到日邊。」僧人可朋的〈賦洞庭〉中也說：「水涵天影闊，山拔地形高。」以上詩句，都有助於我們想像首聯所描寫的湖域氣象之雄奇偉大。

02 宋人范致明的《岳陽風土記》說：「蓋城據湖東北，湖面百里，常多西南風。夏秋水漲，濤聲喧如萬鼓，晝夜不息，漱齧城岸，岸常傾頹。」可見詩中以「撼」字狀其聲勢之雄，可謂練字有神。不過，「撼」字各本原作「動」，明代以後各本乃作「撼」，也許可以作為後人所改而更勝原作之例。請參見李景白《孟浩然詩集校注》頁 273，巴蜀書社。

03 元人方回的《瀛奎律髓》說：「予登岳陽樓，此詩大書左序毬門壁間，右書杜詩，後人自不敢復題也。劉長卿有句云：『疊浪浮元氣，中流沒太陽。』世不甚傳，它可知也。」由此可知本詩確實和杜甫的〈登岳陽樓〉早就被視為題詠洞庭、岳陽的雙璧。

【評點】

01 蔡條：洞庭天下壯觀，騷人墨客題者眾矣，終未若此詩領聯一語氣象。（《西清詩話》）

02 陸時雍：渾渾不落邊際。三、四愜當，渾若天成。（《唐詩鏡》）

03 周敬：起便別。三、四典重，句法最為高唱。（《唐詩選脈會通
　　評林》）

04 鍾惺：此詩人知其雄大，不知其溫厚。（《唐詩歸》）

05 許學夷：前四句甚雄壯，後稍不稱，且「舟楫」「聖明」，以「賦」
　　對「比」，亦不工。或以此為孟詩壓卷，故表明之。（《詩源辯
　　體》）

06 邢昉：孟詩本自清淡，獨此（頷）聯氣勝，與少陵敵，胸中幾不
　　可測。（《唐風定》）

07 馮舒：通篇寫出「臨」字（案：詩題一作「臨洞庭湖」），無起
　　爐造灶之煩，但見雄渾而兼瀟灑。後四句似但言情，卻是實作「臨」
　　字，此詩家淺深虛實法。（許印芳《瀛奎律髓彙評》引）

08 無名氏：三、四雄奇，五、六遒渾又過之。起、結都含象外之意
　　景，與杜詩俱為有唐五律之冠。（許印芳《瀛奎律髓彙評》引）

【指瑕】

01 陸放翁：浩然四十字詩，後四句率覺氣索，如〈岳陽樓〉〈歲暮
　　歸南山〉之類。（胡震亨《唐音癸籤》引）

02 王夫之：「親朋無一字，老病有孤舟」，自然是岳陽樓詩。嘗試
　　設身作杜陵憑軒遠望觀，則心目中二語居然出現，此亦情中景也。
　　孟浩然以「舟楫」「垂釣」鉤鎖合題，則自全無干涉。（《薑齋
　　詩話》）

03 王夫之：襄陽律，其可取者在一致，而氣局拘迫，十、九淪於酸
　　餡，又往往於情景分界處為格法所拘，安排無生趣；於盛唐諸子，
　　品居中下。猶齊、梁之有沈約，取合於淺人，非〈風〉〈雅〉之
　　遺音也。此作力自振拔，乃貌為高，而格亦未免卑下。宋人之鼻
　　祖，開、天之下馱，有心目中當共知之。（《唐詩評選》）

04 毛先舒：襄陽〈洞庭〉之篇，皆稱絕唱，至欲取壓唐律卷。予謂起句平平，三、四雄，而「蒸」「撼」語勢太矜，句無餘力。「欲濟無舟楫」二語，感懷已盡，更添結語，居然蛇足，無復深味。又上截過壯，下截不稱。世目同賞，予不敢謂之然也。（《詩辨坻》）

05 毛先舒：襄陽五言律體無他長，只清蒼蘊藉，遂自名家，佳什亦多。〈洞庭〉一章，反見索露，古人以此作孟公身價，良不解也。（《詩辨坻》）

018 秦中寄遠上人 (五律)　　　　孟浩然

一丘常欲臥，三徑苦無資。北土非吾願，東林懷我師。黃金燃桂盡，壯志逐年衰。日夕涼風至，聞蟬但益悲。

【詩意】

我時常想要歸隱山林，卻苦於缺乏足夠的資金可以關建安棲的林園，所以只好長期在塵網中奔波不已了。其實到京城追求功名利祿，並不是我最終的心願，我所嚮往的是在佛寺清修的心靈導師——也就是我敬愛的遠上人您。行囊中的盤纏，已經在旅居長安時支付昂貴的物價中用光了；而我原有忠君報國，治平天下，然後功成身退的雄心壯志，也一年一年地消磨殆盡了！黃昏時，吹來寒涼的秋風，也送來淒切的寒蟬聲，此情此景，更加令人黯然神傷，也更加讓人悲不自勝啊！

【注釋】

① 詩題——本詩如為浩然之作（《河嶽英靈集》和《全唐詩校注》將本詩作者題為「崔國輔」），則大約作於開元十七年（729）秋詩人已苦嚐落第打擊之時。秦中，陝西省一帶舊時乃秦之屬地，故云；此指長安而言。遠，上人之名號；上人，對僧人的尊稱。

② 「一丘」句——意謂志在隱居山林；《世說新語・品藻第九》載晉明帝問謝鯤：「君自謂何如庾亮？」對曰：「端委廟堂，使百僚準則，臣不如亮；一丘一壑，自謂過之。」故世常以丘壑代指隱逸之林泉。

③ 「三徑」句——三徑，代指隱士所居之園廬；陶潛〈歸去來辭〉曰：「三徑就荒，松菊猶存。」按：西漢末年，王莽擅權，兗州刺史蔣詡遂告病辭歸鄉里，閉門不出；所居竹林中開闢三徑，唯有求仲、羊仲與之交游；事見李善注《文選》引《三輔決錄・逃名》。

④ 北土——指秦中、京城而言，位於浩然故居襄陽之北，故云；亦可代指仕宦而言。

⑤ 東林——慧皎《高僧傳》卷 6 載：東晉時高僧慧永居於廬山之西林寺，邀同宗高僧慧遠（後為淨土宗始祖）同修；後因慧遠之徒眾日盛，而西林褊狹，刺史桓伊乃於廬山東側另立房殿，使慧遠主持，名為東林寺。按：因詩中之遠上人與慧遠同名，故借代以表景慕之意；而陶潛與慧遠又頗有交情，故詩人以之比擬有意歸隱的自己對遠上人之傾心。

⑥ 「黃金」句——謂旅居京華，物價奇昂，以致盤資告罄，陷入困境，亦兼指潦倒失意之窘狀。《戰國策・楚策三》載蘇秦適楚，三日後始得以拜見楚王，遂曰：「楚國之食貴於玉，薪貴於桂；謁者難得見如鬼，王難得見如天帝。今臣食玉炊桂，因鬼見帝，不亦難乎？」同書〈秦策一〉載蘇秦「說秦王書十上，而說不行。黑

貂之裘敝，黃金百斤盡。資用乏絕，去秦而歸。」故後世以「燃桂」表示旅居生活之艱辛窘迫；並以米珠薪桂，形容物價昂貴。

⑦ 壯志—指欲待有一番報國作為之後，功成身退的壯志。

⑧ 「日夕」二句—日夕，傍晚。涼風，指秋風；《禮記・月令》：「孟秋之月，涼風至，白露降，寒蟬鳴。」

【導讀】

　　本詩或題為「秦中感秋寄遠上人」，則末聯「日夕涼風至，聞蟬但益悲」兩句，正好扣合詩題而發，也算是敘題不漏，字字落實之作。只是筆者誦讀再三，總覺得這首詩除了用典精切之外，別無其它值得稱賞之處，不知衡塘退士選本詩的用心何在？茲不揣己陋，妄加評斷，懇請高明，惠示卓見。

　　本詩的主題是抒發滯居長安時欲仕無門，欲隱無地，以致進退失據，大違初衷的苦狀。讀來似有誤落塵網的悔恨，以及勉強為自己入京求仕之行掩飾辯護，卻顯得左支右絀的窘狀，遠不如〈留別王維〉〈歲暮歸南山〉等詩中的坦率與憤慨來得沉痛感人。筆者以為一首好詩最重要的是感情真摯，正如他在〈留別王維〉詩中毫不諱言無人汲引而功名夢斷的憤慨：「當路誰相假？知音世所稀。」又如在〈歲暮歸南山〉詩中也毫不掩飾他對失意京華及人情冷暖的怨懟：「不才明主棄，多病故人疏。」因此。那兩首詩讀來就透露著悽涼滿紙的深沉哀怨，讓人同感其悲而爽然若失；至於本詩則存在著幾個難以自圓其說的內在矛盾，使人難以認同，試論述如下：

＊第一，起筆詩人就自稱「一丘常欲臥」，既然常有歸隱之思，何以又憂懼缺乏買山之資說：「三徑苦無資」呢？這樣的歸隱之志是發自真心的嗎？何況浩然又非上無片瓦、下無寸土的破落戶；他在〈南山下與老圃期種瓜〉詩中提到略有祖產時說：「先人留

素業，老圃作鄰家。」既有祖先留下的田產，又有躬耕之心，何愁無田可種？為何還要說「三徑苦無資」呢？

* 第二，也許作者擔心隱居生活不易，所以想要像陶淵明一樣先預存老本；《晉書・陶潛傳》載陶潛對親朋說明出仕之舉意在「聊欲絃歌以為三徑之資，可乎？」於是執事者聞之，以為彭澤令。只是如此設想，即使解決了先得充實荷包才能安心歸隱的矛盾弔詭，也使「北土非吾願」似乎說得理直氣壯；但是，既然入京求仕實非心志所在，則第六句的「壯志逐年衰」五字又該如何解釋？浩然在〈山中逢道士雲公〉詩中慨歎「謂余摶扶桑，輕舉振六翮；奈何偶昌運，獨見遺草澤」；又在〈晚春臥疾寄張八子容〉詩中自憐「賈誼才空逸，安仁鬢欲絲」，並在〈歲暮海上作〉詩中感傷「仲尼既已歿，余亦浮於海」，〈田園作〉詩中表示乏人引薦：「鄉曲無知己，朝端乏親故；誰能為揚雄，一薦〈甘泉賦〉？」更在〈仲夏歸漢南園寄京邑耆舊〉中直接披露「忠欲事明主」的心願，可見詩人真有報效國家的壯志；既有壯志要追求實踐，則求仕以行其道，乃理所當然之舉，何須加以否定地說：「北土非吾願」呢？何況，如果再讀他的〈留別王維〉詩：「寂寂竟何待？朝朝空自歸。」流露出想在京城謀取官職卻一事無成的苦悶，而且還長久滯留長安，不斷期盼奇蹟出現的熱中情狀，怎能說「北土非吾願」呢？又何須說自己常欲高臥丘壑呢？

* 第三，真有歸隱之思，何必資財豐贍乃可？遠上人難道也是考量過佛寺的產業大、資財多才出家的嗎？如果不是，則如此自圓其說，豈不是在向他奉以為師的世外高人打誑語、說渾話嗎？難道不會讓遠上人覺得作者只是矯揉做作地為自己俗念深重掩飾，卻反而顯得欲蓋彌彰嗎？俗話說：「真人面前不說假話」，作者這一番惺惺作態的假撇清，對世俗中人說說也就罷了；何必向自己的心靈導師如此故示清高呢？

＊第四，尤其令人不解的是：作者向清心寡欲、枯寂淡泊的僧人訴苦：「黃金燃桂盡」，究竟想做什麼呢？遠上人恐怕不是詩人乞求援助的對象吧！向方外之人哭窮，實在令人覺得匪夷所思，只怕遠上人也會覺得啼笑皆非吧？

＊第五，向僧人訴說自己「壯志逐年衰」的淒涼，又是什麼道理呢？壯志如何如何，豈不是應該向王維之類的知己傾吐嗎？何苦去騷擾一位心如止水的高僧呢？

以上種種問題，的確使筆者困惑不已，甚至懷疑本詩並非孟浩然的作品——《河嶽英靈集》和《全唐詩校注》兩書中作者就題為「崔國輔」，可惜並未提出足以令人信服的證據。即使本詩是孟浩然所作，筆者仍然認為相對於孟老其他名篇而言，這是一首忸怩作態、故示清高的劣品。陳師道《後山詩話》記載：「子瞻謂孟浩然之詩，韻高而才短，如造內法酒手，而無材料耳。」東坡之言，可能有以偏概全之嫌；但是所謂「才短」「無材料」云云，會不會正是指像本詩這種缺乏真性靈、真情感的應酬之作呢？王士禎《漁洋詩話》記載汪純翁問：「王、孟齊名，何以孟不及王？」王士禎說：「孟詩味之不能免俗耳。」他所謂的「俗」，似乎可以用來理解本詩中言不由衷之處所流露出的傖俗之態。

賀貽孫《詩筏》說：「唐人詩近陶者，如儲、王、孟、韋、柳諸人，其雅懿之度，樸茂之色，閒遠之神，澹宕之氣，雋永之味，各有一二，皆足以名家；獨其一段真率處，終不及陶。陶詩中……種種妙境，皆從真率中流出，所謂『稱心而言，人亦易足』」也。真率處不能學，亦不可學，當獨以品勝耳。」這一段文字可謂先獲我心。「真率」二字，似乎正是本詩中所最缺乏的動人因素；少了「真率」的性靈之美，本詩只剩下一堆敷衍應酬的空話罷了，又何足道哉？

【補註】

01 編按：此二句出自陶潛〈時運〉詩，義近於知足常樂，則能稱心如意。

019 留別王維（五律）　　　　　　孟浩然

寂寂竟何待？朝朝空自歸。欲尋芳草去，惜與故人違。當路誰相假？知音世所稀。只應守索寞，還掩故園扉。

【詩意】

　　客居京城以來，早就已經飽嚐冷淡寂寞的滋味，有時候連自己都不免疑惑地自問：「孟浩然啊！孟浩然！已經到了完全無可挽回，也絕對沒有指望的局面了，你還不肯死心，你還在癡心妄想！究竟你還在期待什麼？竟然還留戀虛幻的京華煙雲！」儘管每天都出門尋找機會，卻始終一事無成，只能失魂落魄地回到空空蕩蕩、冷冷清清的寓所。我打算回到隨處有芳草的山林裡去，重拾閒散自在的生活，只是實在痛惜從此就要和老朋友分手了，所以很難斷然離你而去。如今位居要津的當朝權貴，有誰肯幫助我，讓我能夠步入仕途，實踐從政的理想呢？世上能像您一樣厚愛我的知音，那可真是少之又少啊！以後我唯一該做的事，就是自甘寂寞地守住故園，掩上柴扉，不再妄想施展抱負而涉足紅塵了！

【注釋】

① 詩題—或作〈留別王侍御維〉；然本詩殆作於開元十七年（729）
冬歸南山之前，而王維於開元末年才擔任殿中侍御史，可知原題
應無「侍御」二字。

② 「欲尋」二句—芳草，本義為香草，自〈離騷〉以來常用以比喻
人品芳潔的君子，在此則代表隱逸的山林或歸隱的田園。故人，
指王維。違，離別。

③ 「當路」句—當路，身居要職而握有實權的人；此乃泛稱，非指
王維。相假，幫助我步入仕途，實踐抱負。相，前置代名詞，表
示動詞下所省略的受詞。假，借、助之意。

④ 索寞—原作「寂寞」，義同而與首句之「寂寂」犯重，故據《文
苑英華》《全唐詩》改。

⑤ 還—不如，〈宿桐廬江寄廣陵舊遊〉之「還將兩行淚，遙寄海西
頭」之「還」字，義同於此。

【導讀】

　　本詩是以「索寞」為主眼，表達出落第後的失意、期望後的絕望，
以及不甘寂寞，卻又不得不回歸故園去獨守寂寞的憤懣與無奈。

　　首句「寂寂竟何待」五字，是以「仄仄仄平仄」形成逼仄激切的
語氣，傳達出怨懟難平的心聲。「寂寂」二字，形容待在長安求取功
名不遂之後，門庭冷落，無人聞問的淒清景況，以及度日如年，毫無
希望，甚至了無生趣的漫長煎熬之感。「竟」字是「到底、究竟」之
意，傳達出強烈的質疑，以及對自己執迷不悟的不滿；再加上「何待」
的反問，便把一個失意之人在極端苦悶之餘對自己的嘲諷、質疑和否
定，表達得既無奈，又憤慨了。詩人考場失意之後，長久淹沒在消沉
沮喪的情緒裡，難免會有期待落空與幻想破滅後的難堪，命運弄人的

怨嘆，和不甘心接受失敗，卻又不得不面對失敗的羞辱與無奈……；凡此種種，在在啃噬著詩人的自尊，耗損著詩人的自信，使他終於無法迴避，以致不得不對自己提出尖銳嚴厲的質疑：「孟浩然啊！孟浩然！到了這個大勢已去、無可挽回的局面，你還不肯死心，你還在癡心妄想！究竟你還在期待什麼？竟然還留戀虛幻的京華煙雲！」由此可見「竟何待」三字下得何等沉痛，問得何等蒼涼了！想來詩人寫下這幾個字時，他的臉上應該會有一絲慘笑吧──嘲笑自己癡心妄想的愚昧！

「朝朝」二字，則側寫出詩人原本積極求仕，清早就出門奔走的情狀，以及事與願違，只能日復一日地蹉跎光陰的焦慮苦悶。「空自歸」三字，則凸顯出奔走無門，一事無成的落寞，讀來彷彿聽到詩人萬念俱灰、徹底絕望的一聲長嘆；則詩人下第之後神情憔悴，以及失魂落魄地徘徊京師時不知何去何從的淒苦形象，也就宛然在目了。讀了既吁嗟又怨嘆，既深自哀憐又深自悲憫的前兩句之後，也就不難理解王維〈送綦毋潛落第還鄉〉詩何以要委婉含蓄地多方勸勉，溫柔敦厚地殷殷叮嚀了；原來科舉失利的確可以使一個人如此哀痛入骨！也不難理解何以王維在〈送別〉詩中會極其平淡地對孟浩然說：「但去莫復問，白雲無盡時」了──原來當孟浩然的心情沉痛激切到這個地步時，再多的追問和寬慰之詞都只會徒惹感傷而顯得多餘了！如果我們再對比孟郊〈登科後〉：「昔日齷齪不足誇，今朝放蕩思無涯；春風得意馬蹄疾，一日看盡長安花。」詩中流露出的那種掩藏不住的狂喜之情和得意之態，就會更令人同情孟浩然詩中流露出沉鬱悽愴的憂憤，其實是理所必至，情有可原的，又哪能再苛責他的詩歌缺乏王維恬淡真醇的氣度呢？

「欲尋芳草去，惜與故人違；當路誰相假，知音世所稀」兩聯，都是出語天然，不事雕琢的流水對，是以情意的真摯樸婉為尚，而不以屬對的精緻工巧為高。「欲」「去」二字，表現出內心幾度思量歸

隱田園，又幾次打消遠去山林的念頭，全是由於痛「惜」要和老朋友分手的緣故；在平淡的語氣中，自有眷顧難捨的深情在。「當路誰相假」五字，反問得悲切無比，流露出李白〈行路難三首〉其二「大道如青天，我獨不得出」的憤懣，以及杜甫〈夢李白二首〉其二「冠蓋滿京華，斯人獨憔悴」的自哀，讀來令人神傷。「稀」字斷收得淒涼悲切，充分流露出幽恨之綿邈深長，意緒之激動難平。尤其是「當路誰相假」五字，能夠毫不忸怩作態地表明本圖宦達，奈何乏人汲引的感慨，而無懼於他人對自己攀龍附鳳、夤緣權貴的譏評，可謂坦率真切已極；如果不是面對知己，豈能如此露骨？再加上「知音世所稀」五字，回應「惜與故人違」的句意，流露出對於知音的隆情厚誼永銘五內的感念之意，也使人為之動容；由此可見有些人以為孟浩然〈歲暮歸南山〉詩中的「多病故人疏」五字是怨嘆王維不為自己出力，以致使自己青雲路斷，恐怕是忽略了本詩所表現出的深摯交情了。

　　「只應守索寞」五字，傳達出「覺今是而昨非」的悔悟之痛；這是在飽經挫折之後不得不承認失敗，不得不深自懺悔，也不得不從迷夢中覺醒過來的沉重感傷。這種感傷比起陶潛〈歸去來辭〉所謂「雲無心以出岫，鳥倦飛而知還」還要沉痛，因為浩然原本並非無心出岫之雲，也非倦飛返巢之鳥，他是志在凌雲直上的大鵬，奈何尚未展翅翱翔，就已經鎩羽折翼，這怎能不令他悲憤莫名！陶潛至少曾有八十餘日彭澤縣令的經歷，甚至還有選擇任所的自由；浩然卻等於是終身布衣，更不必奢談任何選擇的機會了，這又豈能不讓作者感慨良深？明乎此，也就可以了解作者在尾聯中寄託的是百般不甘、千般不願，卻又迫於形勢而不得不低頭，不得不歸隱的萬般無奈、追悔、辛酸和悲涼了！「還掩故園扉」所浮現出的孤獨寂寞形象，和掩戶幽閉，自我囚禁的遲暮衰殘之感，讀來淒涼滿紙，令人感慨萬千。

　　這一首留別之作，除了「當路誰相假」五字是直抒怨懟，表達憤懣之外，其餘筆墨，多半用在表露自我解嘲的心酸悽慘，和珍惜友情

的溫馨安慰，充分表現出他和王維平淡而綿長的情誼之可貴。全詩語言平易自然，感情樸婉沉痛，十足孟詩本色，因此賀裳《載酒園詩話·又編》說：「孟詩佳處只一『真』字，初讀無奇，尋繹則齒頰間有餘味。」本詩的確當得起這樣的評價。殷璠《河嶽英靈集》深悲其人曰：「觀襄陽孟浩然，磬折謙退，才名日高，天下籍甚，竟淪落明代，終於布衣，悲夫！」拿這段痛惜才人淪落的話來讀本詩，的確使人有無風自悲的淒涼之感。

020 歲暮歸南山（五律）　　　　　　孟浩然

北闕休上書，南山歸敝廬。不才明主棄，多病故人疏。白髮催年老，青陽逼歲除。永懷愁不寐，松月夜窗虛。

【詩意】

　　不要再期望能向天子上書，也不必奢求施展政治抱負了，還是回到峴山破舊的園廬，晴耕雨讀，安分地度日吧！我的才學淺陋，所以被聖明的天子棄置不用，再加上我自己毛病又多（編按：殆指自己有所堅持，而又生性疏懶，不善於鑽營奔走，逢迎奉承），有些舊時相識的老友也都疏遠我了。（如果我還年輕，有的是未來可以憧憬，有的是機會可以把握；奈何）如今白髮滋生，無情地催促著我加速老邁，再加上溫暖的春天即將來臨，它匆匆地又要逼退年終歲末的光陰（真使我心中充滿時不我與的焦慮和無奈）！我懷著綿長而煩亂的愁緒，思前想後，無法成眠，只能整夜看著月光把縹緲的松影投映在紗窗上，讓自己淹沒在空虛的迷惘和難以名狀的惆悵之中……。

【注釋】

① 詩題—南山,指作者家鄉的峴山而言,因在湖北襄陽城南,故云。本詩大約作於開元十七年(729)冬,作者在長安落第後,仕進無望之餘,才回歸故園[1],因此詩中頗有不平之氣[2]。

② 北闕—指皇宮北門,為上書及拜謁者待召之處,可用以代指皇帝。

③ 敝廬—指峴山上破舊的房屋與田園。

④ 「青陽」句—青陽,指春天;青,指天色之清朗;陽,指天氣之溫和。《爾雅・釋天》:「春為青陽。」郭璞注:「氣清而溫陽。」逼歲除,意謂年終歲末之時光,似乎為新春所逼而遠去。

【補註】

01 作者在峴山可能有田園可耕可居,故〈題長安主人壁〉云:「久廢南山田」,又〈南山下與老圃期種瓜〉云:「樵牧南山近,林閭北郭賒。先人留素業,老圃作鄰家。」

02 王定保《唐摭言》卷11謂浩然游京師時,王維待詔金鑾殿,召浩然商較詩調風雅。玄宗忽然駕臨,浩然錯愕之餘,緊急藏匿床下。王維不敢隱瞞而稟奏,玄宗欣然召見,命浩然吟詩;至「不才明主棄,多病故人疏」時,玄宗憮然曰:「朕未嘗棄人,自是卿不求進,奈何有此作!」因命放歸南山,遂終身不仕。計有功《唐詩紀事》卷33則以張說代王維,並謂玄宗詰問浩然:「何不言『氣蒸雲夢澤,波撼岳陽城』?」然學者多疑此乃好事者憫其不遇,而附會此「轉喉觸諱」之事,以代鳴不平之牢騷,實不可信。今細味詩意,當是已絕意仕進,歸返峴山園廬後所作,則浩然豈能再吟「不才」二句而忤逆玄宗?學者所疑,自有其道理。

【導讀】

　　儘管寫作本詩時，孟浩然應該已經遠離京華，回到故鄉襄陽，但是光看詩中的遣詞用字：「休、斂、棄、疏、催、逼、愁、虛」等，就自然形成吁嗟悲嘆、怨懟忿憤的窘迫感，可知這次落第的打擊對於曾經自負地說：「為學三十載，閉門江漢陰 ¹」，也曾自豪「晝夜常自強，辭賦亦頗工 ²」的詩人而言，是何等的沉痛了！

　　「北闕休上書」裡的「休」字，下得決絕而傷痛，表現出期望成空時萬念俱灰的頹廢沮喪，不難感受到詩人當時情緒的憤懣難平。結合詩人同期所作的〈南歸阻雪〉：「少年弄文墨，屬意在章句。十上恥還家，徘徊守歸路」來看，詩中表現出落第後的屈辱不甘和苦悶不寧的心境，與本詩的情境極為相似，則本詩次句「南山歸敝廬」所蘊藏的消沉黯淡心緒，也就不難理解了。此外，首聯的一北一南，似乎有意以懸隔之遠，寫其牢愁之深與潦倒之甚，也值得細細體會。

　　「不才明主棄」五字，儘管意在自嘲，但是慍怒不平之氣仍然溢於言表。從作者在〈晚春臥疾寄張八子容〉詩中自憐「賈誼才空逸，安仁鬢欲絲」，與在〈山中逢道士雲公〉詩中慨歎「謂余摶扶桑，輕舉振六翮；奈何偶昌運，獨見遺草澤」，以及在〈歲暮海上作〉詩中感傷「仲尼既已歿，余亦浮於海」等詩句觀察，詩人豈是真心自謙「不才」？根本是怨嘆時無伯樂，竟使騏驥伏櫪！則所謂「明主」二字，雖未敢露骨地怨怒玄宗，但是對於主考官缺乏知人之明的不滿，和缺乏有力人士的引薦，致使自己不能如願「忠欲事明主 ³」的怨嘆之意，也就不言可喻了。再由詩人〈留別王維〉：「當路誰相假，知音世所稀」和〈田園作〉：「鄉曲無知己，朝端乏親故；誰能為揚雄，一薦〈甘泉賦〉」等詩句來看 ⁴，都充分表達了憤慨不平的意氣；則所謂「多病故人疏」的「多病」二字，似乎可以理解為詩人不慣交際應酬與逢迎奉承，以致缺乏當權者奧援的自嘲之意。「故人疏」三字，也

可能是說由於自己不合時宜的毛病和習性，以至於連大力稱揚過他的張九齡與王維也無法為他美言行銷，讓他得到主考官的賞識。值得注意的是：即使「多病故人疏」五字，確實含有對世態炎涼、人情冷暖的憤激之意，「故人」二字，也應該不是指王維而言；因為他不僅在〈留別王維〉中說：「欲尋芳草去，惜與故人違」，表現出對王維的眷顧難捨之情，而且還在怨懟無人奧援的「當路誰相假」五字之後，立刻以「知音世所稀」五字說明對王維的推崇和感念之意，則在他回到故居後所感嘆的「多病故人疏」五字，絕非怪責王維對自己的疏遠和冷落，應該是可以確定的。

「白髮催年老，青陽逼歲除」兩句，流露出空懷凌雲壯志，奈何日暮途窮的悲哀。「催」和「逼」字頗能反映詩人倍感壓力而憂心如煎的焦慮，所以才會有「永懷愁不寐」的心神不寧，和鬱結難解到不能成眠的極度苦悶，以及「松月夜窗虛」的迷惘和茫然。兩年後詩人還說自己：「魏闕心恆在，金門詔不忘[5]」，流露出念念不忘仕進的情懷；則此時他望著紗窗上縹緲朦朧的松痕月影，和室外明月的清輝，那種仕宦夢斷而理想落空，只能兀然枯坐斗室的落寞、惆悵、空虛、茫然等神態，也就宛然在目了。

【補註】

01 見〈秦中苦雨思歸贈袁左丞賀侍郎〉詩。

02 見〈書懷貽京邑同好〉詩。

03 見〈仲夏歸漢南園寄京邑耆舊〉詩。

04 又如〈晚春臥疾寄張八子容〉：「世途皆自媚，流俗寡相知」及〈山中逢道士雲公〉：「物情趨勢利，吾道貴閒寂」等。

05 見〈自潯陽泛舟經明海〉詩。

【評點】

01 劉辰翁：他人有此起，無此結，每見短氣。　○是其最得意之詩，
　　亦其最失意之日，故為明皇誦之。（《王孟詩評》）

02 方回：八句皆超絕塵表。（《瀛奎律髓》）

03 譚元春：自言自語，妙！（《唐詩歸》）

04 周珽：三、四二語不朽，識力名言，真投之天地劫火中，亦可歷
　　劫不變。（《唐詩選脈會通評林》）

05 黃生：寫景（作）結，雋永。此詩未免怨，然語言尚溫厚。盧綸
　　亦有〈下第歸終南別業〉詩，與此相較，便見盛唐人身分。（《唐
　　詩矩》）

06 朱之荊：結句是寂寥之甚，然只寫景，不說寂寥，含蓄有味。（《增
　　定唐詩摘抄》）

07 徐增：字字真性情，當是浩然極得手之作。（《而庵說唐詩》）

08 黃培芳：純是真氣貫注。（《批評唐賢三昧集箋注》）

09 張謙宜：絕不怒張，渾成如鐵鑄。（《𧪰齋詩談》）

10 馮舒：一生失意之詩，千古得意之作。　○紀昀：三、四亦盡和
　　平，不幸而遇明皇耳。或以為怨怒太甚，不及老杜「官應老病休」
　　句之溫厚，則是以成敗論人也。結句亦前人所稱，意境殊為深妙，
　　然「永懷愁不寐」句尤見纏綿篤摯，得詩人風旨。（《瀛奎律髓
　　匯評》）

11 高步瀛：結句意味深妙。（《唐宋詩舉要》）

021 宿建德江（五絕）　　　　　　　孟浩然

移舟泊煙渚，日暮客愁新。野曠天低樹，江清月近人。

【詩意】

　　黃昏時分，我的舟船停泊在新安江的沙洲旁；沙洲上水煙漫漫，天邊則暮靄沉沉，我的心中頓時又湧起孤舟獨客，漂泊異鄉的種種新愁。在舟中極目遠眺，只見原野上昏暗空曠，一片清寥寂靜，遠方暗藍色的天空被襯托得彷彿比近處的林樹還要低矮一些；俯瞰江流，又見澄淨明潔的月亮好像有意親近舟船，體貼地來安慰我羈旅惆悵的愁懷……。

【注釋】

① 詩題—建德江，是浙江流經建德縣（今改為建德市）境時的別稱，又名新安江。本詩和〈宿桐廬江寄廣陵舊遊〉均作於開元十八年（730）作者漫遊吳越期間溯浙江西行而至建德時。
② 煙渚—渚，水中可居的沙洲；煙渚，傍晚時水煙籠罩著的沙洲。

【導讀】

　　這首小詩雖然不像五律〈宿桐廬江寄廣陵舊遊〉一樣，在層次豐富的意象組合之外，還藉由聲色動靜的交互映襯來極力渲染清峭孤寂的情境，傳達失意悲悽的苦悶；但是仍然像一幀含有煙水孤舟、曠野明月的渚夜泊舟圖一般，無須借助於語言的表述及說明，淡淡的愁緒自然就由江天暮夜的氛圍中渲染開來，逐漸滲入讀者的心中，因此徐師曾《詩體明辯》引趙天醉之評曰：「此詩中畫也，語彌近而彌遠。」

　　儘管全詩只有「客愁」二字抒情，其餘筆墨全用在寫景上，但是煙靄繚繞而縹緲矇矓的洲渚，空曠遼遠而幽暗神秘的原野，枯瘦清臞而參差夜空的樹影，明潔清冷而照臨江天的月色，以及渺渺茫茫的清澈江水、浮浮泛泛的一葉扁舟，都自然使得孤舟遊子湧生羈旅之愁、落寞之悲，以及剪不斷、理還亂，難以名狀而又無法消釋的惆悵之感，因此胡本淵《唐詩近體》說：「下半寫景，而客愁自見；十字咀味不盡。」讀者雖然未必經歷過孟浩然失意科場的憤懣不平，也未必親臨那一段清幽悄愴的蜿蜒水程，但是通過作者匠心剪裁景色所構成的意境，自然也會感受到客愁瀰漫，襲人而來；可見詩人寫景抒情的功力，未必便在王維之下。

　　「移舟泊煙渚，日暮客愁新」兩句，是交代詩人行止的時間與場景，以及所引發出的情緒。科考失利的人，置身在起伏盪漾漾的客舟上，本來就容易有躁動不安的感覺，何況又是在迷濛隱約的煙渚上，眼見暮色逼臨，誰能不被勾惹起難以言喻的淡淡哀愁呢？更何況遊子又是在江行途中，一方面不斷告別才剛相識的地方之風土人情，一方面又要不斷認識才剛蒞臨的新地點之風土人情；由於心境必須不斷地調適與轉換，因此詩人特別拈出「客愁新」三字來傳達這種複雜的心情。「新」字正是把這種有別於舊愁，而又無法形容的情懷，極為深婉含蓄地傳達出來，因此吳烶《唐詩直解》說：「旅況逐地而生，至此江又是一番離愁，故曰『新』。」

　　「野曠天低樹，江清月近人」兩句，是寫客舟中所見，大有天地曠遠的孤子無依之感。由於原野空曠，視野顯得更加廣闊，因此造成遠處的天空低於近處林樹的錯覺；由於江水清澈，明月清楚地倒映其中，似乎伸手可掬，因而有明月來貼近遊子的親切感。如果沒有銳敏的觀察能力和傳神的摹寫功力，就不可能把因為野曠和江清所引起的天和樹、月和人的微妙關係，掌握得那麼細膩精確，而又表現得那麼氣韻生動，自然有味，因此胡應麟《詩藪》稱後半為「神韻無倫」，

張謙宜《絸齋詩談》說:「『低』字、『近』字,宋人所謂詩眼,卻無造作痕,此唐詩之妙也。」黃叔燦《唐詩箋注》說:「『野曠』一聯,人但賞其寫景之妙,不知其即景而言旅情,有詩外味。」

賀貽孫《詩筏》曾比較孟浩然與王維寫景抒情的造詣說:「浩然情景悠然,尤能寫生。其便娟之姿,逸宕之氣,似欲超王而上;然終不能出王範圍者,王厚於孟故也。吾嘗言之:王如一輪秋月,碧空似洗;而孟則江月一色,瀲灩空明。雖同此月,而孟所得,特其光與影耳。」雖然以為孟不及王,但可以看出前人早已認識到浩然寫景抒情的筆意之妙,因此顧璘《批點唐音》說本詩:「寫景入神,平易中見高遠。」楊逢春《唐詩偶評》也說:「三、四即景含情,……不言愁而愁字之神已攝。」由前人推崇有加的評價,可見浩然詩中有畫、景中含情的功力之高妙了。

【評點】

01 劉辰翁:「新」字妙。「野曠」二語,酷似老杜。(《王孟詩評》)

02 桂天祥:語少意遠,清思痛入骨髓。(《批點唐詩正聲》)

03 唐汝詢:客愁因景而生,故下聯不復言情而旅思自見。野曠無人,所見唯樹;孤舟寂寞,近人唯月。形象清曠孤寂,情思悠遠深長。(《唐詩解》)

04 羅大經:孟浩然詩云:「江清月近人」,杜陵云:「江月去人只數尺」……,浩然之句渾涵,子美之句精工。(《鶴林玉露》)

05 王堯衢:(「野曠」聯)賦景而客情自見。江頭夜泊,但見清波明月為我之伴,是月近人也。即此孤寂,便是客愁。(《古唐詩合解》)

06 劉宏煦:「低」字從「曠」字生出,「近」字從「清」字生出……,清曠極矣。煙際泊宿,恍置身海角天涯,寂寥無人之境,淒然四

顧，彌覺家鄉之遠，故云「客愁新」也。下二句不是寫景，有「愁」
字在內。（《唐詩真趣編》）

07 章燮：夫故鄉之天，猶是（按：此也）天也；故鄉之月，猶是月
也，而故鄉何其遠耶？此懷故鄉而作也。（《唐詩三百首注疏》）

08 劉永濟：詩家有情在景中之說，此詩是也。（《唐人絕句精華》）

022 宿桐廬江寄廣陵舊遊（五律）　　孟浩然

山暝聽猿愁，滄江急夜流。風鳴兩岸葉，月照一孤
舟。建德非吾土，維揚憶舊遊。還將兩行淚，遙寄
海西頭。

【詩意】

　　山色昏暗下來時，聽到猿猴淒哀的啼叫聲，不禁使我頓時湧現出
科考失利和羈旅漂泊的雙重愁悶。看著色調蒼暗的江水在昏夜裡湍急
地流逝，更令我的思緒翻騰起伏，久久難以寧靜。寒涼的晚風吹得兩
岸的林葉沙沙作響，讓我倍覺旅況的淒清寂寥；明月的清輝使我的舟
船在闃靜的暗夜裡顯得格外孤獨，更勾惹起我內心深處難以名狀的惆
悵和感傷。建德這一帶的江流景觀雖然優美，卻不是我的故鄉，只會
助長人漂泊的愁懷而已；什麼時候我才能遠離這一段傷心的水路，不
再觸景生悲呢？可是同樣是異鄉的揚州，卻曾經使我賓至如歸，絲毫
沒有作客的惆悵……，不禁深深地懷念揚州那些善解人意，而又慇勤
熱情的好朋友了。想到自己際遇的坎坷與失意的心酸，竟然不知不覺
潸然淚下，只好請湍急的江水為我把這兩行清淚遠遠寄給在東海西邊

的老朋友了──除了他們，還有誰能了解此時此地我內心深沉的悲哀呢！

【注釋】

① 詩題─本詩大約是詩人應進士不第後，於開元十八年（730）秋漫遊吳、越以遣悶時所作。桐廬江，浙江流經桐廬縣（今浙江省杭州市下轄縣）之別稱。廣陵，今江蘇省揚州市，漢時屬廣陵國，故名。

② 「滄江」句─滄，通「蒼」；因江水色蒼，故云。滄江，即指桐廬江而言。急夜流，為「夜急流」之倒裝；吳均〈與宋元思書〉中提及此段水路時說：「急湍甚箭，猛浪若奔。」

③ 「建德」二句─建德，是桐廬江西南三十餘公里處的濱江縣城，當時為桐廬的鄰縣，今改稱建德市；然詩中代指舟船前進的方向與所經之處，也就是泛稱桐廬江流域一帶。非吾土，化用王粲〈登樓賦〉的名句「雖信美而非吾土兮，曾何足以少留」之意，寄託著失意漂泊，羈旅孤獨之感。維揚，指揚州而言，與詩題中的廣陵所指稱者相同。

④ 「還將」二句─還，不如、只好之意。海西頭，指位於東海之西的廣陵；隋煬帝〈泛龍舟歌〉云：「借問揚州在何處？淮南江北海西頭。」作者化用其意來借指在揚州的友人。

【導讀】

　　本詩前半的寫景，完全切合「宿桐廬江」四字的時空景物而發；後半的抒情，又完全扣緊「寄廣陵舊遊」而寫，可謂敘題飽滿，字字落實。而在寫景之中，作者刻意捕捉適合表達心緒的聲色情境來渲染氣氛，早已蘊藏了抒情的線索：聽猿而「愁」、江流湍「急」、月照「孤」舟，所以才使「建德非吾土」以下的抒情有了自然的過渡和聯

繫，不至於讓「宿桐廬江」和「寄廣陵舊遊」斬截割裂成互不相屬的兩個段落，這是賞讀本詩時可以留意的一個環節。

再者，由於前半描繪的情景本來就極為清峭孤寂，無形中會使人有淒清悲愴的感受，自然容易撩起遊子抑鬱惆悵的意緒，產生柳宗元在〈至小丘西小石潭記〉一文中所謂「其境過清，不可久居」的感覺；再加上詩人又在長安應考落第，淪為別有懷抱的傷心人，為了排遣苦悶才漫遊江、浙一帶，因此當他置身在寂寥幽邃的環境中，自然更容易逗起困頓失意的悲涼之感，於是「建德非吾土」的根觸萬端也就油然而生了。這是前後兩半能自然銜接的心理背景，也是賞讀本詩時應有的認知。

「山暝聽猿愁」五字，是以環境的黯淡，渲染詩人孤獨失意的感受。日暮時分，本來就容易使遊子產生落寞消沉的情緒，何況山色黝深，猿啼淒厲，詩人又是在隨波浮盪的小舟上，因此，當幾個能夠觸發感官的情境湊集而來，詩人便頓時有了莫名的惆悵，因而拈出「愁」字來抒懷，微露失意之悲。

「滄江急夜流」五字，則是進一步點出動盪不安、意緒難平的焦慮感。江水湍急，暗夜奔流，本來就會使得宿舟的遊子湧生「大江流日夜，客心悲未央」的蒼涼；何況觸目是昏黑的山色，入耳是哀淒的猿啼，情境既幽暗神祕，又詭異悽清，怎能不令詩人湧現扁舟難載的沉重，以及意緒失衡的焦慮呢？尤其是作者特別把「夜急流」這樣平順的句子倒裝成「急夜流」，既造成峭折的句勢來凸顯失意的憂憤，同時也透露出他雖然勉強克制，卻壓抑不住，而又難以撫平的情緒是何其騷擾不寧了；因此沈德潛《唐詩別裁》說：「孟公詩高於起調，故清而不寒。」高步瀛《唐宋詩舉要》也稱賞首聯說：「健舉，工於發端。」

「風鳴兩岸葉」五字，是承接首句而寫山林中沙沙的木葉聲與風俱來，又迴盪在黝深的兩岸山壁之間，更使詩人的思緒翻騰洶湧而難

以平靜；再加上山暝聽猿的愁思滿懷和滄江湍急的騷擾不寧，詩人只怕也會有類似「風急天高猿嘯哀」的淒切，以及彷彿「無邊落木蕭蕭下，不盡長江滾滾來²」的蕭瑟蒼涼之感，而益覺心折骨驚，難以成眠了！因此陸時雍《唐詩鏡》說：「三、四意象逼削。」

「月照一孤舟」五字，是承次句而來，卻又可以點染前三句的聲色圖畫，使它們在月光的清輝下更呈現出明暗的對比、光影的映襯，從而增添情境的深邃清幽之感，並助長人莫名的愁懷；因此高步瀛說頷聯：「寫旅況寥落，情景如繪。」月光的照臨，原本應該是一種溫柔的慰藉，所以〈宿建德江〉詩云：「野曠天低樹，江清月近人。」可是在前面三句以山暝猿啼、滄江急流、風鳴岸葉等意象層疊渲染愁懷之下，月湧江流的壯闊之中，便反顯出一葉扁舟的渺小孤單和顛盪不安了；何況還有科考失利的憤懣不寧和怨懟之氣糾纏在心中，自然就又使人在清幽的氣氛中更覺得惆悵不堪了。清人陳婉俊的《唐詩三百首補注》以為本詩前「二十字可作十五六層，而一氣貫注，無斧鑿痕。」主要就是因為其中的寫景語：山暝、猿啼、滄江、夜流、風鳴、岸葉、明月、扁舟，和抒情語：愁、急、孤等字，可以有彼此映襯而又相互結合之妙，從而形成情景交融而又層次豐富的意境，因此特別耐人尋味。

「建德非吾土」五字，是總括前四句漂泊失意、心緒不寧的孤寂之感，表示此地情境之淒清悄愴，不宜獨自久留的意思；唯其如此，詩人才會覺得此時特別須要友情的溫暖來沖淡此情此景帶給自己的愁悶，因此他便不由自主地跌入了「維揚憶舊遊」的情境之中了。至於先前他在揚州曾經和那些情義相得的朋友有過盡興適意的歡會，以及他們是否也如李白〈客中作〉所說的：「但使主人能醉客，不知何處是他鄉」那般慇勤熱誠，善解人意，則由於文獻不足徵，只能存而不論；但是會讓詩人思念到滴落清淚，而且還能無所掩飾地坦率相告，甚至還要託付江水，遙寄海西的原因，除了前四句的景物使他觸發失

意之悲與孤獨之感而變得脆弱之外，彼此相契相惜的溫馨情誼，恐怕才更加關鍵。

　　尾聯「還將兩行淚，遙寄海西頭」雖然出自幻想，卻是由「滄江急夜流」來即景起興，表達出作者對於維揚故人思慕之深切；因此，儘管事實上詩人不可能央求流水，寄淚揚州，但卻不僅無礙於尾聯的異想天開，無理而妙，反而讀來別有情真語摯、扣人心弦的藝術魅力。嚴羽《滄浪詩話》說：「詩有別裁，非關書也；詩有別趣，非關理也。」又說：「孟襄陽學力下韓退之遠甚，而其詩獨出退之上者，一味妙悟而已。」本詩的尾聯，的確稱得上是別趣妙悟的本色之作。

【補註】

01 見謝朓〈暫使下都夜發新林至京〉詩。

02 三句皆見杜甫〈登高〉詩。

【商榷】

　　這是一首以羈旅飄蕩的愁懷，襯托友誼溫馨可感的抒情詩。前人的箋注多以為本詩的主題是思鄉與念友，雙管齊下。然筆者以為值得商榷，試闡述如下：

＊第一、詩中雖有「猿」「月」這兩個引發鄉愁的典型意象，也明白拈出「建德非吾土」的思歸感慨之意，似乎已經把鄉愁渲染到濃得化不開的地步了；其實，如果仔細體會全詩的感情發展路線，將會發現：「猿」「月」只是觸發旅愁和孤單之感，未必和鄉情有關。即使它們能夠牽動些微的鄉情，也和「建德非吾土」一樣，只是用來襯托作者對於維陽舊友的思慕之深切而已；因此詩人才會在明言「建德非吾土」之後，立刻接上「維揚憶舊遊」。換言之，如果作者思歸情濃，應該會在「建德非吾土」之後，繼續加深這種鄉愁；可是它不僅沒有加以深化，反而轉筆寫遙念遠方的

友人。這說明了思鄉之情是可以被念友之想所轉移、所淡化，甚至還可以被取代；則思歸之濃度不如念友之深切，是顯而易見的。因此，儘管詩人也有些許思鄉之情，但卻是隱藏在潛意識之中──對一個離鄉背井去追求功名的人而言，在飽嚐旅況寂寥的辛苦和科考失利的挫折之餘，隻身孤舟泊江暫宿之際，當然會有這種時隱時現的鄉愁──但並未浮現到濃得化不開的地步；否則詩人不應該在「非吾土」的感慨之後立刻轉而說「維揚憶舊遊」。

* 第二、再從尾聯淚寄揚州的思緒來看，作者顯然是思慕故友而非思歸故鄉。因為如果那兩行清淚中含有思鄉之情，那麼按照常情判斷，思鄉之淚應該要逆折回溯，流向西邊湖北的家鄉而寄給親人；可是詩人卻期待它們一波三折地流向北邊的友人而去。光就方向而言，就可以清楚地證明那兩行清淚中浮泛的是友誼溫熱的光輝，而非令人牽腸掛肚的鄉愁了。試想：鄉淚不寄給家鄉中的親人，卻寄給異鄉的友人，這和溫柔浪漫的情歌不在花前月下深情款款地唱給愛人聽，反而在喧鬧的市場中對肉攤魚販引吭高歌一樣，豈非有點對牛彈琴的味道？

* 第三、何況就章法呼應而言，如果是思鄉和懷友之情雙管齊下，兩路並發，為什麼尾聯卻只單收憶友之淚而遺漏了思鄉之情？這豈不正如鴻雁高飛而折其一翼，單車疾馳而失其一輪，則不墜地覆轍也者幾希？就說理的文章而言，這樣的失誤已經犯了偏估的毛病；難道對要求語言更為凝鍊精緻的詩歌來說，反而可以顧此失彼？尤其是說孟浩然這樣詩名早顯、備受推崇的大作家，竟然有此缺失，筆者實在很難認同。

總而言之，本詩的主旨不過以泊舟江岸的孤寂清寥，襯托友情之綿長真摯、溫馨可感而已，與鄉愁並無多少關聯。至於「猿」「月」的意象和「建德非吾土」所流露出的感情，應該是漂泊不定、困頓失意、孤獨寂寞、惆悵莫名等複雜感受揉合而成的深沉苦悶；這種複雜

而深刻的苦悶，正是引發他對於能幫助他化除不平意氣、排遣困頓愁苦，使他得到溫馨慰藉的良友深深思憶的原因。

023 早寒江上有懷（五律） 孟浩然

木落雁南度，北風江上寒。我家襄水曲，遙隔楚雲端。鄉淚客中盡，孤帆天際看。迷津欲有問，平海夕漫漫。

【詩意】

　　岸邊枯黃的樹葉紛紛飄落，又是鴻雁結伴南飛的深秋時節了；江上提早吹來的北風，使得漂泊的旅人倍覺淒寒。我的家園是在漢水彎彎曲曲流過襄陽的邊上，就在那被楚天的秋雲所遮掩隔斷而看不見的遙遠的地方……。客居異鄉的期間，往往只能在漂泊的旅程中佇立在孤舟上，凝神遠望天邊，逐漸流盡思鄉的眼淚；只怕家人也時常在水邊望眼欲穿地期盼歸航的孤帆及早在天邊出現吧！長久以來，我尋尋覓覓卻迷失了方向，只能無語問蒼天：哪裡才是我最終的歸程呢？可是卻只見到浩浩淼淼的江水在夕陽斜暉的相送之下，流向漫無邊際的大海而去……。

【注釋】

① 詩題─或作〈江上思歸〉〈早寒有懷〉。由詩中流露出前途茫茫，不知何去何從的迷惘來看，可能是落第後漫遊東南期間所作，約為開元十八至二十一年（730－733）之間。

② 「木落」二句──首句以涼秋之景，起思鄉之情；次句以北風傳「早寒」之意。

③ 「我家」二句──家，作動詞解，居住。襄水，指漢江流經襄陽的一段，又名襄河。曲，漢水在襄樊市以下一段，水流彎曲，故云。楚雲端，襄陽古屬楚國，由長江下游遙望襄陽，地勢逐漸升高，因而產生故鄉遙隔雲端的美好想像。

④ 「孤帆」句──孤，一作「歸」。本句可以指作者孤舟遠帆，遙望天際而歸思悠悠；也可以想像成家人佇立江邊，凝眸遠盼，期望天際歸舟及早出現。

⑤ 「迷津」句──津，渡口。本句用《論語·微子》篇中孔子使子路向耦耕的隱士長沮和桀溺問津的典故，可能含有求仕或歸隱，不知何去何從，卻又無從請教的迷惘。

⑥ 「平海」句──平海，謂長江下游寬闊的水面，似可與海平齊，同其浩瀚淼茫。漫漫，大水廣闊浩淼貌。

【導讀】

　　本篇之詩題或作〈江上思歸〉〈早寒有懷〉。筆者以為：本詩四聯全扣住「江上」二字即景生情：首聯寫江上所見所感，頷聯寫江上遙望家鄉而不見，腹聯寫江上旅思之苦，尾聯寫江上迷途的悵惘；可謂針線細密，結構嚴謹，因此詩題仍以有「江上」二字為佳。

　　「木落雁南渡，北風江上寒」兩句，寫江上所見所感以興起思歸之意。木葉脫落，既有飄零之感，又有歸根之意，已能引發羈旅之人的鄉愁；何況還有北風淒寒、北雁南飛的景況，當然更能牽惹漂泊無依之人的念家之情。換言之，首聯所繪出的深秋寒涼之景和蕭瑟之感，已經醞釀了使遊子哀傷的氣氛，所以頷聯便自然進入凝神遠望的畫面。

　　「我家襄水曲」五字，像是小孩子對旁人介紹如夢幻島般美好家鄉的口吻，流露出無限依戀的孺慕情懷。這種對於故鄉的思念和摯愛，讓人聯想起李商隱的〈滯雨〉詩：「滯雨長安夜，殘燈獨客愁。故鄉雲水地，歸夢不宜秋。」兩位詩人都把故鄉寫得如夢似幻，充滿詩情畫意，令人悠然神往。「我家」兩字，像極學童對人訴說自家光彩之事時的驕傲語調與神氣口吻，則詩人對故鄉的魂牽夢縈，也就可想而知了。「曲」字不僅寫出流經襄陽的漢水之曲折情狀，也彷彿描繪出詩人心中那一塊聖潔美好的夢土之幽密深曲。

　　「遙隔」兩字，寫出詩人佇立船首時延頸遠眺的形象，「楚雲端」三字，則透露出望而不見的惆悵失落，也約略帶有雖不見家園，卻仍能見到楚天雲彩而稍感安慰之意；因為此時的楚天，彷彿是他思歸時標誌著方向的燈塔，楚雲則像是溫柔地覆蓋並照顧著家園的守護神一樣，其中寄藏著多少作者溯江而上的鄉思與凝眸遠望的深情，也不難想像。這一聯流水對，一氣呵成地表現出對故鄉的嚮往之情，驕傲而神氣的口吻中又包藏有澹遠而平和的哀傷，讀來自有淵永不匱的情韻。「我家」句寫出故鄉似乎近在眼前，溫馨可感的欣喜；「遙隔」句卻又寫出遠在天邊，渺茫難尋的惆悵。一欣喜、一惆悵的落差，使領聯的情味特別撩人遐思。

　　前兩聯純用寫景的筆法，描繪出秋江思歸圖卷，情寄景中，意餘象外，相當耐人咀嚼；腹聯則轉而直抒胸臆，無所保留地訴說鄉思之傷感。「鄉淚客中盡」五字，既寫思歸情深，又暗示離家日久；「孤帆天際看」五字，則宕出遠神，以景對情，卻又情景交融，因此格外蘊藉有味。「孤帆」句可以指詩人目送天際歸舟之消失，感嘆自己獨不得返家；也可以指詩人身在孤舟，凝神遠眺天際，感傷淹留之久；還可以指故鄉之人對詩人思念殷切，因此常在水邊守候，企盼詩人的歸帆及早出現在天際。其中以第三種說法最能表現出詩人和家人遙相思念，靈犀互通的綿邈深情，也能避免和「我家襄水曲，遙隔楚雲端」

的佇望之舉相互重複，同時又能刻畫詩人遙想家人日日在江邊凝眸遠眺時那種「過盡千帆皆不是，斜暉脈脈水悠悠 ¹」的悵惘形象，從而使畫面更為豐富生動，因此最為可取。

「迷津欲有問」五字，是化用《論語‧微子》的深意，表現出雖欲出仕而青雲路斷的痛苦，以及思欲歸隱又憤悶難消的矛盾，很能曲傳詩人不知該何去何從的徬徨疑惑。尤其是在木落雁飛的感懷、江寒風冷的觸發，以及鄉思悠悠而又親情綿綿的層層渲染之下，已使詩人不如歸去的感慨既深且濃了；偏偏施展抱負以兼善天下的念頭仍然在心中旋縈旋動，揮之不去，更容易使身在孤舟平江上的詩人產生難於抉擇的掙扎，因此感到迫切須要有人為自己消除該仕該隱的迷惑了。奈何只見江水淼淼，四望茫茫，不僅不能為詩人釋疑解惑，反而平添詩人心中的悵惘。

「平海夕漫漫」五字，是宕開心事，以景作結的筆法，畫面便從小小的孤帆延展為遼闊遙遠的大海，並且以暮靄沉沉，夕陽西下的黃昏色調來點染整個畫卷，於是詩人有問而無答，只能無語向天的迷惘惘悵和失意落寞的形象，便在無垠的空間背景之襯托下，更顯得孤單而渺小了。至於詩人究竟該何去何從的答案，似乎也就在茫茫的寒風中飄蕩，在漫漫的江波中起伏了……。

這首小詩，把縈繞心懷的鄉愁，寫得相當淡遠有味；尤其是頷聯的流水對，發調清越，音聲動聽，的確稱得上是前人所謂「王、孟詩假天籟為宮商，寄至味於平淡；格調諧暢，意興自然，真有無跡可尋之妙 ²。」無怪乎沈德潛《唐詩別裁》評孟浩然詩曰：「孟詩勝人處，每無意求工，而清超越俗，正復出人意表。」這段評語，正可以移來領會本詩的高妙之處。

【補註】

01 見溫庭筠〈夢江南〉詞。

02 見劉大勤《師友詩傳續錄》中之問句。

【評點】

01 劉辰翁：讀此四句（按：指前半），令人千萬言自廢。（《王孟詩評》）

02 黃培芳：客懷淒然，何等起手！（《批評唐賢三昧集箋注》）

03 范大士：回翔容與，絕代風規。（《歷代詩發》）

04 沈德潛：起手須得此高致。（《唐詩別裁》）

05 陳德公：逸筆，故饒爽韻。前四純以神勝，是此家絕唱。……三、四正乃悠然神往。（清人盧麰、王溥選輯《聞鶴軒初盛唐近體詩讀本》引）

06 高步瀛：純是思歸之神，所謂超以象外也。（《唐宋詩舉要》）

024 過故人莊（五律）　　　　孟浩然

故人具雞黍，邀我至田家。綠樹村邊合，青山郭外斜。開軒面場圃，把酒話桑麻。待到重陽日，還來就菊花。

【詩意】

有一位老朋友說他準備殺雞作飯，邀請我到他的田莊作客。我欣然赴約時，只見村莊前後被蔥蘢蓊鬱的綠樹環抱合圍，看起來極為清幽寧靜，似乎別有洞天；城郭外的遠處，則有青山逶迤相伴，把平疇沃野襯托得格外廣闊遼遠。用餐時，我們推開窗戶，面對著可以種菜也可以晒穀子的場圃擺開酒席，看著遠遠近近的田園風光，覺得愉快

極了；我們一邊舉杯暢飲，一邊閒談桑麻生長收成的情形，享受著陶然忘機的樂趣。這樣恬適寧靜的田莊風情，和這樣親切淳樸的待客熱誠，都使我有賓至如歸、如魚得水的舒適自在，因此我在臨走之前告訴他：等重陽節一到，我會主動再來觀賞菊花，暢飲美酒喔！

【注釋】

① 詩題—過，拜訪。故人，對相識已久的朋友親切的稱呼。莊，田園村舍。從詩中出語之簡淡自然，心境之閒適自在判斷，也許是晚年隱居襄陽之作。

② 「故人」句—具，備、辦，也就是費心地張羅準備。雞黍，古時農家竭誠待客的豐盛飯菜[1]。

③ 「綠樹」二句—合，環抱。郭，外城。斜，蜿蜒橫臥而向遠方延展貌。

④ 「開軒」二句—開軒，打開窗戶；或作「開筵」，擺設酒席。場圃，泛稱田舍前後的空地，春夏作物生長時整理為菜圃，秋冬作物成熟時則修築為曬穀場。桑麻，代指農事及莊稼而言；陶潛〈歸園田居〉：「相見無雜言，但道桑麻長。」

⑤ 「還來」句—還來，再來。就，主動親近，有不請自來的率性之意。菊花，兼指菊花酒而言[2]，舊俗以農曆九月九日為重陽節，當天須登高飲菊花酒，佩戴茱萸花以避災厄[3]。

【補註】

01 《論語・微子》篇載荷蓧丈人留子路過夜時「殺雞為黍而食之。」〈桃花源記〉中的居民待客時也是「設酒、殺雞、作食。」《後漢書・獨行列傳》載范式與張劭同遊太學為友，范式約二年後拜訪張劭。及期，張劭稟告其母，請殺雞為黍以待范式，范式果然如期赴約。

02 《西京雜記》卷 3「戚夫人侍兒言宮中樂事」條云：「菊花舒時，並採莖葉，雜黍米釀之，至來年九月九日始熟，就飲焉，故謂之菊花酒。」

03 《續齊諧記》云：「汝南桓景隨費長房學（仙），長房謂曰：『九月九日，汝家當有災厄，宜急去，令家人各作彩囊，盛茱萸以繫臂，登高飲菊花酒，此禍可消。』景如言，夕還，見雞犬牛羊，一時暴斃。」

【導讀】

這一首日記式的五言律詩，純用白描的手法、質樸的詞語和散文的筆觸，記錄了詩人拜訪一位農友時閒適自在的情趣、恬淡沖遠的興味及舒坦和樂的心境，無怪乎徐獻忠說孟浩然詩是：「出語灑落，洗脫凡近，讀之渾然省淨，……而閒淡疏豁，翛翛自得之趣，亦有獨長[1]。」沈德潛《唐詩別裁》也說孟詩：「語淡而味終不薄。」

詩人入手就以「故人」來稱呼對方，可見他心中對農友有著真誠的認同，因此他在〈南山下與老圃期種瓜〉詩中說：「先人留素業，老圃作鄰家」，在〈田家元日〉詩中又說：「桑野就耕父，荷鋤隨牧童」，在在顯示出他和田夫鄉農之間毫無隔閡的親切情分。「具雞黍」三字，表現出對方盛情相邀的熱誠，和農家宴客時特有的既儉樸又鄭重的情味，的確溫馨可感。從後面詩人描寫赴約時所見情景之清美怡人，及其語調之恬然自得，不難理解「邀我至田家」五字，是寫對方才開口相邀，詩人便立即欣然應允的喜樂情狀；則詩人在完全融入田園生活之中，親近泥土之後，逐漸沖淡科舉落榜的憤悶與屈辱，涵育出爽朗豁達的性情與坦然自在的心境，也可以揣摩得之。前兩句在平淡的語言中頗有喜樂自得，理所當然的意趣；彷彿農人信口招邀，詩人便隨興而往一般，不禁令人對他們完全不必講究虛禮客套的淳厚情誼，悠然神往。

「綠樹村邊合」五字，是寫依約前往時所見的莊園外觀，給人塵囂不到、自成天地的深邃幽密之感，相當引人入勝。「青山郭外斜」五字，是寫初入莊時遠眺青山迤邐地陪伴守護著平野上的莊園，使心胸不禁恢闊起來。詩人選用具有環擁之義的「合」字，和具有延展之義「斜」的字，便把村莊描寫得相當恬美靜謐，視野也因而顯得開闊起來。換言之，村莊雖然自成格局地坐落在平疇綠野上，但它又遙接遠山而別有洞天，絕無孤單荒僻之感，因此使人在放眼展眺時可以極目騁懷而有心曠神怡的舒暢感。這兩句是以遠近相映成趣的景致風物所給人的清新幽美感受，進一步渲染應邀赴約時心境的喜悅自在，則詩人此行塵慮盡消、身心俱暢的快意神態，似乎也就浮現眼前了。

頷聯是分寫將至莊前和進入莊內的景致，腹聯則是已被引入友人家中坐定的歡樂景況。「開軒面場圃」五字，表現出這位故人對田園景色的愛好，因此在面對著菜圃和曬穀場的軒窗邊擺開酒席，以便讓眼耳心神都能迎青送綠，飽覽田園風物，主客雙方也因而更能展放視線，敞開心胸，自由自在，無拘無束地閒話家常。

「把酒話桑麻」五字，寫出隨興而飲，自在交談的歡樂。他們有時傾杯豪飲，有時銜盞細啜；有時是自己侃侃而談，有時是對方娓娓道來。雙方都眉飛色動地任意交談，也都興味盎然地專注聆聽，而所談的話題又都是眼前最尋常的桑麻種作，完全不摻雜世俗的名利富貴，也完全不臧否人物的優劣高下，於是酒香混合著泥土的氣息、莊稼的翠綠、田園的風味和人情的溫暖，便不知不覺地使人陶然共樂而渾然忘我了。此時，原有的忠君報國的志負、失意京華的憤懣、吟詩作賦的雅興、談玄說理的心思，和一切禮教的束縛、文明的規範，全都消釋得無影無蹤，因為詩人已經單純地還原為一個自由自在，無拘無束，心胸舒坦，神情愉悅，能夠充分享受田園生活的鄉夫野老了！

正是這樣一座尋常的農莊，一場雞黍酒菜的熱誠款待，以及一段滌盡俗慮、陶然忘機的閒聊，使詩人感到心曠神怡、寵辱皆忘的輕鬆

寫意，因此才又會不自覺地期待秋高氣爽的重陽佳節，再來銜杯賞菊，共話家常。「待到」二字流露出意酣神暢的愉悅之情，因此不由自主地在心中勾勒出一幅使自己悠然神往的歡聚圖像。「還來」二字，表示此行賓主盡歡，讓詩人感到樂此不疲，甚至意猶未盡。「就」字更是爽爽朗朗地表示無須主人再度邀約，自己必將不請自來的曠放豪邁，則田莊使詩人流連忘返的風物之美，以及主人使詩人賓至如歸的殷勤熱誠，也就不言可喻了[2]。「待到重陽日，還來就菊花」兩句所流露出主客相得的情味，很像梁實秋先生在《雅舍小品・客》中對於「佳客」的描寫：「如果素質好的，則未來時想他來，既來了想他不走，既走想他再來。」只不過孟浩然反客為主，化被動的待邀為主動的相就，既表達了對主人濃情厚意的衷心感謝，流露出對田園生活的真心喜愛，也顯示出他難得一見的開朗和豪爽的個性。尤其重要的是：還把詩人欣然受邀之後，愉悅而來，快意把酒的豪邁歡暢，更進一步衍生為情趣盎然的再訂後約，從而使全詩純樸而豐美的意興，更顯得餘味悠悠，令人期待。

　　這首語近情遙的名篇，看似信口道來，全不費力，其實自有嚴謹的章法值得注意：既追述日前之邀，又敘寫今日之會，更期盼他日重臨；而末句的「就」字，又回應次句的「邀」字，實可謂首尾圓合，渾融一片矣。即使純以寫景而論，領聯「綠樹村邊合，青山郭外斜」也點染得近綠遠青，濃淡相宜，層次井然，頗見畫趣；因此鍾惺《唐詩歸》說：「浩然詩當於清淺中尋其靜遠之趣。」黃生《唐詩摘抄》也說：「全首俱以信口道出，筆尖幾不著點墨，淺之至而深，淡之至而濃，老之至而媚。火候至此，並烹煉之跡俱化矣！」

【補註】

01 見胡震亨《唐音癸籤》卷 5 引。

02 特別值得欣賞的是詩人選用「就」字的煉意之妙，似乎沒有任何
　　其他字可以取代，因此楊慎《升庵詩話》說：「『還來就菊花』
　　之句，刻本脫一『就』字，有擬補者，或作『醉』，或作『賞』，
　　或作『泛』，或作『對』，皆不同。後得善本，是『就』字，乃
　　知其妙。」朱之荊《增訂唐詩摘抄》也說：「『就』字百思不到，
　　若用『看』字，便無味矣。」由此可見浩然在超妙淡遠、平易自
　　然的風格之外，自有匠心獨運的鍛鑄之功，無怪乎《唐詩品》說
　　他：「采秀內映」，《詩源辯體》說他：「造思極深，必待自得。
　　故其五言律皆忽然而來，渾然而就，而圓轉超絕，多入於聖矣。」

【評點】

01 方回：此詩句句自然，無刻畫之跡。（《瀛奎律髓》）

02 黃生：王、孟並稱，（鄙）意嘗不滿於孟，若此作，吾何間然？　○
　　結句係孟對故人語，覺一片真率款曲之意，溢於言外。（《唐詩
　　摘抄》）

＊　編按：間然，挑毛病、批評、非議也。《論語‧泰伯》載孔子稱
　　讚夏禹說：「禹，吾無間然矣。菲飲食，而致孝乎鬼神；惡衣服，
　　而致美乎黻冕；卑宮室，而盡力乎溝洫。禹，吾無間然矣。」

03 冒春榮：詩以自然為尚，工巧次之。工巧之至，始入自然；自然
　　之妙，無須工巧。……五言如孟浩然〈過故人莊〉、王維〈終南
　　別業〉……此皆不事工巧而極自然者也。（《葚原詩說》）

04 紀昀：王、孟詩大段相近，而體格又自微別：王清而遠，孟清而
　　切。學王不成，流為空腔；學孟不成，流為淺語。如此詩之自然
　　沖淡，初學者躐等而效之，不為滑調不止也。　○馮舒：字字珠
　　玉，「就」字真好。（《瀛奎律髓匯評》）

05 屈復：以古為律，得閒適之意。使靖節為近體，想亦不過如此而
　　已。（《唐詩成法》）

06 宋宗元：野景幽情。（《網師園唐詩箋》）

07 黃培芳：純是真氣貫注。（《批評唐賢三昧集箋注》）

08 胡本淵：通體樸實而語意清妙。（《唐詩近體》）

09 沈德潛：通體清妙，末句「就」字作意，而歸於自然。（《唐詩別裁》）

025 與諸子登峴山（五律） 孟浩然

人事有代謝，往來成古今。江山留勝跡，我輩復登臨。水落魚梁淺，天寒夢澤深。羊公碑尚在，讀罷淚沾襟。

【詩意】

　　人事上始終有窮通順逆、成敗興衰、榮枯得失、生老病死的轉換與變化，時間上也總是有春秋代御、寒暑更迭、物換星移、日往月來輪替與移轉，才能形成古今相續，不斷循環的綿長歷程。惟有江山依舊，萬古長在，所以能留下百代不朽的名勝古蹟，好讓後人在憑弔前賢的豐功偉業與流風餘韻之餘，抒發思古之幽情；今天我們也才能夠登臨此地，懷想當年羊祜在這裡所發出的語重心長的感慨，因而有了撫今追昔的蒼涼之感。其實，仔細探討起來，就會發覺：江山何嘗不是也在古往今來的時空轉移中悄悄地變化呢？你看：冬季來臨時，魚梁渡頭一帶的水位低落了許多，沙洲紛紛浮露出水面；而天寒時節一到，草木就盡數凋零，雲夢大澤變得更是無邊無際的深廣遼遠……。相形之下，不變的反而是紀念羊祜修德安民、政績斐然的「墮淚碑」依舊屹立於此地了。讀完碑上的文字後，想到人事的代謝、古今的變

化，以及自己依然功未成而名未就，終將不免湮沒無聞，不覺淚灑襟前而悲慨莫名……。

【注釋】

① 詩題—諸子，幾位朋友。峴山，又名峴首山，在今湖北襄陽市東南數公里處，為襄陽地區的名勝。由詩中情境，似難斷定本詩作於入京前或落第後。

② 「人事」四句—前半點化晉朝羊祜的感慨之言，抒發沉淪不遇、功業未就的悲哀；《晉書·列傳四·羊祜傳》載羊祜樂遊山水，鎮守荊襄期間，常與僚友登覽峴山，飲酒賦詩。嘗慨然對僚友鄒湛等歎息曰：「自有宇宙，便有此山。由來賢達勝士，登此遠望，如我與卿者多矣！皆湮滅無聞，使人悲傷。如百歲後有知，魂魄猶應登此也。」鄒湛曰：「公德冠四海，道嗣前哲，令聞令望，必與此山俱傳。至若湛輩，乃當如公言耳。」勝跡，指紀念羊祜的墮淚碑等；由於羊祜在荊襄時修德安民，政績斐然，卒後，襄陽百姓於峴山羊祜生平遊憩之所建碑立廟，歲時饗祭，望其碑者無不流涕。後來繼任的杜預因此命名為垂淚碑，又名墮淚碑。

③ 「水落」句—冬季來臨時，水位低落，魚梁渡一帶的水域變淺，沙洲紛紛呈露而出。魚梁，原指在江中豎立竹柵與堆疊石塊所形成的攔水堰；後因此堰所在之處為渡口，故稱魚梁渡，又稱魚梁洲。

④ 「天寒」句—寒冬時，岸上草木枯萎凋零，景象蕭條荒涼，致使雲夢古澤的廣闊地帶，顯得更為夐遠深邃。夢澤，見浩然〈望洞庭湖上張丞相〉詩注。

* 編按：詩中所及的魚梁渡與雲夢澤應非在峴山上所能實見者，尤其雲夢澤在峴山東南約一百五十公里處，絕無目視之可能；因此腹聯蓋出於想像。

⑤「尚」在──一作「羊公碑『字』在」。

【導讀】

　　峴山，是襄陽名勝，晉代羊祜鎮守襄陽時，常與僚友登峴山飲酒賦詩，曾抒發過宇宙長在、人生短暫的喟嘆。由於羊祜鎮守襄陽期間修德安人，政績斐然，深得民心；過世之後，百姓非常懷念他，便在峴山立廟樹碑。後來登山望其碑者無不流淚，繼任的杜預就因而題名為「墮淚碑」。孟浩然偕友人登峴山，望碑文而感慨系之，想到了前賢流芳千古，而自己卻默默無聞，不免黯然傷情，於是寫下這一首登臨懷古，自寫襟抱的作品。

　　由於詩歌的意涵平易淺顯，因此僅略述本詩的特色如下，不再逐句解析：

＊第一，以議論發端，高渾悲壯。一般的律詩，議論部分往往佈置在第三聯，以抒發感慨；或安排在一篇之末，以收拾全詩旨意。本詩卻能憑空落筆，入手便寫出「人事有代謝，往來成古今」這兩句哲理淳厚，能發人深省的感慨，表現胸懷宇宙的不凡氣概，讓人印象深刻。這種興到神會的起筆，初讀時頗覺突兀奇峭，但仔細體會全篇之後，反而有氣脈通貫、首尾圓合之妙，因此劉辰翁《王孟詩評》稱讚本詩：「起得高古，略無粉色，而情景俱稱，悲慨勝於形容，真峴山詩也。」

＊第二，騾栝典故，略貌取神。首聯人事渺渺、宇宙浩浩之嘆，實即關合當年羊祜登臨峴山所發出的深沉慨歎。次聯的「江山留勝跡」，即指羊公碑而言。「我輩」二字，疊映著羊祜諸人勤政愛民的形象，隱然可見詩人的襟抱所在；而「復登臨」三字，則扣合羊祜所說的「魂魄猶應登此」的預言，表現出仰慕前賢，深自期許的志負。尾聯除明言羊公碑尚在而哲人已遠之外，又以「淚沾襟」回應「墮淚碑」的命名由來。誠可謂句句皆有所本，卻又

字字妙合無跡,因此張謙宜《絸齋詩談》說本詩是以「流水對法,一氣滾出,最為上乘;意到氣足,自然渾成,逐句模擬不得。」正由於首聯就有涵蓋宇宙,俯仰古今的氣勢,次聯又能鎔裁典故,一片神行,因此才有渾成無跡,難以追摹的高妙。

* 第三,撫今追昔,蟬聯直貫。前半在弔古為主的議論中,先以「留勝跡」和「復登臨」二語,把古今滄桑、人世無常之感,表達得相當沉痛;再結合首聯震撼人心的哲理,便有耐人尋味的悠遠情韻。後半則以傷今為主。頸聯「水落魚梁淺,天寒雲夢深」兩句,既以工整的對偶寫登高縱目所見的蕭瑟荒涼之景,烘托內心的感傷,也隱然寄寓著連江山之搖落,也不能跳脫於古今代謝的變化之外的深意,因此黃生《唐詩矩》說:「前四語略率,得五、六一聯精警,振起其勢。」第七句以「羊公碑尚在」強烈地暗示羊祜人亡而碑在的不朽功業,末句又以「讀罷淚沾襟」來曲傳自己未能立德建功的愧惶與沉痛,讀來自然便有淒然滿紙之感,因此俞陛雲《詩境淺說》說:「前四句俯仰古今,寄慨蒼涼。凡登臨懷古之作,無能出其範圍。句法一氣揮灑,若鷹隼摩空而下,盤折中有勁疾之勢,洵推傑作。」

* 第四,音調多變,聲情並美。單數句的末字,上去入三聲俱全:「謝」字去聲,「跡」字入聲,「淺」字上聲,「在」字去聲;再加上平聲韻腳的相互配合,於是有了聲腔音調上的錯綜變化,因此古人以為在朗讀時便有抑揚頓挫之妙、聲情搖曳之美。嚴羽《滄浪詩話》說孟詩:「諷詠既久,有金石宮商之聲。」陸時雍《唐詩鏡》也說孟詩:「語氣清亮,誦之有泉流石上,風來松下之音。」殆此之謂。

【評點】

01 劉辰翁:不必苦思,自然好;苦思復不能及。(《王孟詩評》)

02 邢昉：風神興象，空靈澹遠，一味神化；中、晚涉意，去之千里矣。（《唐風定》）

03 顧安：結語妙在前半說得如此曠達，而究竟不免於墮淚也，悲夫！（《唐律消夏錄》）

04 徐增：「我輩」二字，浩然何等自負，卻在登臨上說，尤妙。（《而庵說唐詩》）

05 范大士：浩氣回旋。前六句含情抱感，末一句一點，通體皆靈。（《歷代詩發》）

06 沈德潛：清遠之作，不煩攻苦著力。（《唐詩別裁》）

07 胡本淵：起四語憑空落筆，若不著題，而與羊公登山意自然神會，移至他處登山，便成泛語。（《唐詩近體》）

026 清明日宴梅道士山房（五律）　　　孟浩然

林臥愁春盡，搴帷覽物華。忽逢青鳥使，邀入赤松家。丹竈初開火，仙桃正發花。童顏若可駐，不惜醉流霞。

【詩意】

　　高臥山林之中，頗為春天即將遠離而憂愁。為了排遣愁悶，我掀開窗簾來觀覽暮春的景致，不禁被依然爛漫的春光深深吸引，（便信步走出門外，欣賞即將消逝的美好景物。閒步林間時）巧逢梅道士派來的使者，邀我去他的山房作客，我便欣然前往。他的山房裡煉丹的爐灶剛剛升起火來，窗外的仙桃樹正綻放著豔麗的花朵。如果道士的

靈丹妙術能使人童顏不老，青春永駐的話，那麼我不惜喝醉，也要多喝幾杯神仙的流霞美酒。

【注釋】

① 詩題—此題依詩人本集及《文苑英華》《全唐詩》。或本無「清明日」三字，則首句「愁春盡」三字便顯得空泛，而五句之「初開火」亦乏切題之妙。蓋一來清明日正是暮春時節，才會有「愁春盡」之憂；二來清明日正在禁煙寒食之後，故云「初開火」。梅道士，不詳；作者另有〈尋梅道士張逸人〉〈梅道士水亭〉等詩，顯示出與道士交往之頻繁。山房，道士之所居。

② 林臥—高臥林泉之中[1]。

③ 「搴帷」句—搴，揭開。帷，簾帳之屬。物華，美好的景致。搴帷，或作「開帷」「開軒」「搴幃」等。

④ 「忽逢」二句—青鳥，傳說中為西王母覓取食物、出任信使的三足鳥，曾在西王母與漢武帝之間傳遞消息，後世遂稱傳信的使者為青鳥，見《漢武故事[2]》。赤松，傳說中的古代仙人，在此指梅道士；《搜神記》載：「赤松子者，神農時雨師也，服冰玉散，以教神農，能入火不燒。至崑崙山，常入西王母石室中，隨風雨上下。炎帝少女追之，亦得仙，俱去。至高辛時，復為雨師，遊人間。」

⑤ 「丹竈」二句—丹竈，道士煉丹藥的爐灶。仙桃發花，傳說西王母贈給漢武帝的仙桃三千年才開花結果一次。

⑥ 流霞—仙酒名；相傳項曼都曾入仙境，飢渴時飲流霞一杯，輒數月不復飢渴[3]。

【補註】

01 本詩亦難確指何時所作。謝靈運任永嘉太守時心情苦悶，有歸隱之想時，作〈登池上樓〉詩云：「……進德智所拙，退耕力不任。徇祿反窮海，臥痾對空林。衾枕昧節候，褰開暫窺臨……。」首聯如暗用其意，則本詩可能作於絕意仕進，回歸敝廬之後。

02 《漢武故事》：「七月七日，上於承華殿齋，日正中，忽見有青鳥從西方來。……是夜漏七刻……王母至……有二青鳥，夾侍母旁。下車，上迎拜，延母坐，請不死之藥。母曰：『帝滯情不遣，愁心尚多，不死之藥，未可致也。』因出桃七枚，母自噉二枚，與帝二枚。帝留核著前，王母問曰：『用此何為？』上曰：『此桃美，欲種之。』母笑曰：『此桃三千年一著子，非下土所植也。』留至五更，談語世事而不肯言鬼神，蕭然便去。東方朔於朱鳥牖中窺母。母曰：『此兒好作罪過，疏妄無賴，久被斥逐，不得還天，然原心無惡，尋當得還，帝善遇之！』母既去，上惆悵良久。」《漢武內傳》《博物志》等書中也有類似記載。

03 《論衡·道虛》篇：「曼都好道學仙，委家亡去，三年而返。家問其狀，曼都曰：『去時不能自知，忽見若臥形，有仙人數人，將我上天，離月數里而止。見月上下幽冥，幽冥不知東西。居月之旁，其寒悽愴。口飢欲食，仙人輒飲我以流霞一杯；每飲一杯，數月不飢。不知去幾何年月，不知以何為過。忽然若臥，復下至此。』」《抱朴子·袪惑》篇亦有類似記載。

【導讀】

　　本詩是寫詩人接受道士邀宴山房的聞見感受，因此不論措詞造語或用典使事，無不講究符合道士的身分；再加上詩人刻意選用色彩繽紛的詞語，既切合清明時節山中風物景致的絢麗，又能烘托出在仙境

般的山房內宴飲時的賞心樂事，因此讀來頗似一首別具風韻的遊仙詩。此外，本詩句句環繞著「愁」字生發，而又處處回應著「清明日」「宴道士山房」的題意，不僅結構嚴謹，針線細密，而且句意相銜，一氣直貫，是相當成功的布置手法。

首句「林臥愁春盡」五字，是寫暮春生愁；次句「搴帷覽物華」五字，是寫覽物解愁，兩句所照應的都是題面的「清明日」三字。而這春盡之愁，一方面是驚惜春光之易逝，一方面是感傷青春之難駐，因此以下各句就完全由解憂消愁著手。

「忽逢青鳥使」五字中，「忽」字寫出詩人遊賞景物以驅愁遣悶時的悠然忘我；「逢」字暗示詩人正閒步林間而非佇立窗前；再加上「青鳥使」三字，便能表現出道士的僮僕翩然而來，詩人和他偶遇林間時的意外驚喜之情。「邀入赤松家」中的赤松子，乃是無憂無愁的仙人，山房又是凡塵不到的幽境，則遠離紅塵而登清幽之仙境，自然是散愁泯憂的良法，由此可以看出詩人赴宴時的欣然怡悅。此外，「青鳥使」「赤松家」二語，正關合「道士山房」的題意，呼應有方。

「丹竈初開火，仙桃正發花」兩句，也是針對化憂釋愁的目的而選用的素材。服金丹可以強筋健骨，使人百病不侵，甚至身生羽翼，飛昇成仙，自然無憂無愁；食仙桃可以培元固本，使人童顏長駐，甚至延年益壽，長生不老，自然無須為青春將盡而憂愁感傷。此外，「初開火」三字，暗點寒食禁煙的習俗；「正發花」三字，既回應人間「清明日」的「物華」將衰之意，又暗示山中的芳菲正盛，彷彿春光永駐、物華長美的仙境，因此讓詩人樂不思蜀。試想：室內是火光融融的溫暖，屋外是桃花灼灼的鮮豔，在在烘托著仙境之美、宴席之歡、物華之盛，無怪乎能使詩人破愁解悶，以至於流連陶醉了；如此自然就能帶出「童顏若可駐，不惜醉流霞」兩句作結：流霞仙酒，自然是酒香四溢的瓊漿玉液，聞之則沁人脾肺，飲之則心神俱暢，還可以返老還童，又何暇為年華老去而憂愁？

「童顏若可駐」五字，是以反筆凸顯出首句的「愁春盡」，並且總收煉金丹、食仙桃二句的神效。「醉流霞」三字，一方面點出「宴」字的精神，一方面又有酒顏酡紅，有如彩霞流映的丰神，同時又與屋內丹灶的火光、屋外桃林的色澤相映成趣，自然烘托出使人情靈搖蕩，心神俱醉的仙家風味，則詩人流連其中，春愁盡消，樂而忘返的情態，也不言可喻了。

反復涵詠，再三誦讀，可以發覺詩中作者的春愁乍生旋解，孟浩然已經儼然成為化愁的聖手了，則詩人與梅道士的相契相得之情，也可以揣摩得之。

茲摘錄孟浩然〈梅道士水亭〉詩於後，以見詩人與梅道士神交之一般：

＊傲吏非凡吏，名流即道流。隱居不可見，高論莫能酬。水接仙源近，山藏鬼谷幽。再來迷處所，花下問漁舟。

027 秋登萬山寄張五 (五古)　　　　孟浩然

北山白雲裡，隱者自怡悅。相望試登高，心隨雁飛滅。愁因薄暮起，興是清秋發。時見歸村人，平沙渡頭歇。天邊樹若薺，江畔洲如月。何當載酒來，共醉重陽節？

【詩意】

在北山的白雲深處，有一位親愛的朋友怡然自得地棲隱其間。因為想念他，所以便試著登上高山來遙望他的所在，可是窮盡目力，卻只能讓想念的心思隨著鴻雁的身影，飛向遙遠的天邊……。直到黃昏

時，暮靄漸起，我的心中彷彿也隨之湧現莫名的輕愁；可是一會兒之後，清秋的風物沖淡了愁懷，使我在觀賞遠近的景致時感到怡然自得。此時可以見到近處的山腳下，村人三三兩兩地結伴回家，有些人在平曠的沙洲旁從容地散步，有些人則在渡頭悠閒地歇息。再向遠處眺望，可以看見天邊的樹林，像是野菜般細小；而江邊弧形的沙洲，則潔白得有如一彎新月。這清秋的景致是這麼優美可愛，讓我不禁懷想：什麼時候我親愛的朋友才會帶著美酒來，和我登高賞景，共醉重陽呢？

【注釋】

① 詩題—萬山，《清一統志‧湖北‧襄陽府》：「萬山，在襄陽縣西北，一名方山，一名蔓山，一名漢皋山。」或本詩題作「蘭山」，《清一統志》：「石門山，在慶符縣以南，下瞰石門江；其林薄中多蘭，一名蘭山。」則是在今四川省。然浩然一生行蹤，似未及於四川；而萬山在襄陽附近，當以作「萬山」為題較切。張五，各家說法不一[1]。

② 「北山」二句—暗用梁朝陶弘景〈詔問山中何所有賦詩以答〉之詩意：「山中何所有？嶺上多白雲；只可自怡悅，不堪持贈君。」北山，殆指張姓友人隱居的山林，然無法確指[2]。隱者，指張五。

③ 「相望」二句—相望，望之也；相，為前置代名詞，代指動詞下省略的受詞，也就是張五所在的位置。試，或本作「始」；學者以為可能出自明人的改動。登高，指重九登高。「心隨」句是寫念友情切，不覺心神隨秋雁飛向友人所在之處。滅，沒也，指隱沒於遙天之外。

④ 「愁因」二句—為「因薄暮而愁起，因清秋而興發」的倒裝句式。薄暮，近黃昏之時。興，指由原本的愁緒轉為自適的意興。清秋，清寥而淡遠的秋景。

⑤ 平沙—岸邊平展的沙灘。

⑥ 「天邊」二句──薺，野生的薺菜；樹若薺，譬喻其細小繁密。洲如月，象喻沙洲之潔白如一彎新月。洲，《文苑英華》《全唐詩》作「舟³」。

⑦ 「何當」二句──何當，何時可以。載酒，《續晉陽秋》：「陶潛嘗九日無酒，坐宅邊東籬下叢菊中，摘菊盈把。未幾，望見白衣人至，乃刺史王宏送酒也。」重陽，習俗以九月九日為重九節，因九為陽數，又稱重陽節。

【補註】

01 詩人所登何山，以及張五為誰，迄今仍難定論。《全唐詩》題為「蘭山」，又於題下注曰：「一作『九月九日峴山寄張子容』，一作『秋登萬山寄張文僊』。」按：張子容排行第八，襄陽人，開元進士，早年曾與浩然隱居鹿門山，為生死交。後遭亂離，棄官歸隱舊居。詩人所寄對象如為詩題所稱之「張五」，則係排行第五之張姓友人，與排行第八之張子容並非同一人。而張文僊，岑仲勉《唐人行第錄》以為即張諲，永嘉人，初隱少室山下，後應舉入仕，官至刑部員外郎。其人善草隸，兼畫山水，與李頎相善，事王維如兄，王維呼之為「張五」，彼此為詩酒丹青之契友，唱和之作甚多。然如所寄對象為張文僊，亦有可疑之處，蓋張諲出仕前曾隱少室山，《唐才子傳》稱其辭官後又「歸故山偃仰，不復來人間矣。」其人既未至襄陽，則浩然自不可能登萬山而「望」之。又，浩然另有〈尋張五〉詩云：「聞就龐公隱，移居近洞庭。」詩人於萬山眺望同在襄陽附近的張五隱居之地，似較合理。然而「張五」究竟指誰，似又與張子容、張諲無關。由於文獻不足徵，故存疑以待考。讀者對此問題如有研究興趣，可參見李景白《孟浩然詩集校注》頁 52－53。

02 北山的位置應該在詩人所登之山的南面，詩人才可能在秋雁南翔時「相望試登高，心隨雁飛滅」；至於何以稱為「北山」，也只能存疑。或謂北山乃詩人所登之萬山，正與有南山之稱的峴山相對，而隱者則為詩人自稱。然由三、四句「相望試登高，心隨雁飛滅」觀察，「相望」的主詞顯然是作者，則受詞應是張五所在的北山才合理，而不會是尚未在詩中出現的不知名的人物或地方，因此仍以前說義長。

03 李景白《孟浩然詩集校注》云：「按薛道衡〈敬酬楊僕射山齋獨坐〉有『遙原樹若薺，遠水舟如葉』之句，孟詩蓋從之變化而來；以『舟』為是。且時當重陽，新月初懸，故言舟如月也。」並根據《文苑英華》《全唐詩》改本集之「洲」字為「舟」。

【導讀】

　　「北山白雲裡，隱者自怡悅」兩句，是化用山中宰相陶弘景「山中何所有？嶺上多白雲，只可自怡悅，不堪持贈君」的旨趣，以憑空懸想的方式，勾勒出張五淡泊自甘的隱士面貌，以及他瀟灑於風塵之外，悠游於雲山深處的清雅形象，流露出詩人對他的景仰思慕之意。「北山白雲」的鋪敘，表示對方是一位遠棄紅塵，霞棲谷隱的世外高人，並非以終南為捷徑的逐利之徒；「自怡悅」三字，則進一步點染出他淡泊寧靜，自適自足而不求人知的悅樂心境。如此由外到內，兩面敷寫，自然凸顯出張五閒雲野鶴般的蕭散風神，使人產生宛然在目的親切之感與悠然神往的向慕之情，而詩人與張五的相契相惜之心，也就不言可喻了。

　　由於詩人對於風調相同的道友遙相思慕，自然便導引出三句「相望試登高」之舉，和四句「心隨雁飛滅」的心繫故人之意；如此展開詩情，既使前四句有如行雲流水般蟬聯直下，也把對方的精神風貌襯托得清新脫俗，高雅超群，同時還流露出無限神往的飽滿情思。

　　換言之，首二句雖然並無一語直接頌揚對方或表達思慕之意，不過是以平淡的寫實口吻，敘述一位友人的所在，並揣想其心境而已，卻已經捕捉到友人高臥松雲，怡然自得的飄逸性格，給人既淡遠寧靜，又親切自然的感受，是相當成功的起筆。至於三、四句，則完全切題抒寫，鴻雁點詩題的「秋」字，「登高」扣緊「登萬山」，「相望」而不見，故作詩「寄」懷「張五」。由於詩人明知彼此相距甚遙，絕非目視所能及，卻仍然有登高相望而心神飛馳之舉，便可知他對這位朋友思慕之情的殷切與深長了；因此當他眼見南翔的秋雁橫過天際，於是他的心神便隨著鴻雁飛往雲天蒼茫的遠處而去了……。

　　「相望試登高，心隨雁飛滅」兩句，是情景交融而又蘊藉有味的名句，值得細加玩味。「試」字寫出思慕雖深，但卻是無可無不可、隨興而為的淡然自在；「隨」字則表現出情與景會而心隨物遷的泰然自若，勾勒出詩人凝眸遠空雁影而心馳北山友人的神情。「滅」字更佳，不僅表示目注神遙而不見故人，又暗中帶出蒼茫的暮色，勾起些許落寞的心緒，使得「愁因薄暮起」的詩意銜接得渾融無跡，自然高妙；因此皮日休〈郢州孟亭記〉說：「先生之作，遇景入詠，不鉤奇抉異。」劉辰翁《孟浩然詩集・跋》說：「生成語難得，浩然詩高處，不刻畫，只似乘興。」胡應麟《詩藪》對孟詩也有「清空閑遠」「簡淡」「清而曠」的評價，充分掌握了孟浩然詩中隱士的性格風貌。

　　可是無論詩人如何遠眺遙望，心隨雁飛，他的視線終究被無法穿透的空間和接近黃昏時的天色所遮斷，自然便勾連出「愁因薄暮起」的悵惘，使他一時之間完全被綿長邈遠的思念和逐漸昏黃黯淡的天色所醞釀成的愁緒給淹沒了。雖然詩人由於登高眺望時眼見暮靄漸生，天色微茫，而湧現淡淡的哀愁，但他畢竟是一位性喜自然而有隱居意願的清雅之士，清秋時節佳妙的風物正好能為他滌蕩塵念，洗去愁懷，於是他的意興又在不知不覺間轉化為恬淡怡悅了，因此詩人說：「興是清秋發」。換言之，第五句寫他懷人而不見的淡淡愁思因為暮靄蒼

茫而稍稍轉濃，可是片時之後這種悵惘之情又被遠眺近觀時所見的清秋風物所沖淡，於是詩人心中又逐漸沉澱出恬靜自適的感覺，因而有了第六句的詩意。以下四句便補寫令他心境由淡愁轉為怡悅的清秋風物之美；章法布置，相當合宜。

「時見歸村人，平沙渡頭歇」兩句，是承「薄暮」而來，寫近觀山下渡頭所見歸村返家之人，他們有的在平曠的沙岸邊悠閒地散步，有的在渡口處靜靜地歇息等候；他們安恬自在的意態，與平展開闊的景致，組成和諧的景象，使詩人的心境也隨之寧靜澄定下來。「天邊樹若薺，江畔洲如月」兩句則承「清秋」而來，進一步寫遠眺時視野之廣闊邈遠與景色之清潤美好，並表示此時的心境已由懷人不見的愁緒轉換為欣賞清秋風物的意興，感覺到清明平和，寧靜怡悅的喜樂；如此就可以自然引出末兩句希望有人載酒前來同賞清景，共醉重陽的意思。這四句，寫人則悠閒從容，自得自在；寫景則明暗相襯（「樹若薺」的渺茫蒼暗，襯托得「洲如月」更形皎潔明淨），邈遠清麗。人物的安舒自得，已使詩人感到心緒澄定恬靜；而景物的邈遠清幽，又使詩人覺得心曠神怡。人物的動態襯出景致的靜謐，景致的明淨又襯出人物的悠閒，再加上遠眺和近觀的視覺交錯，又疊映出情境的幽邃廣闊，可謂深得畫趣；因此謝榛《四溟詩話》說：「浩然五言古詩近體，清新高妙，不下李、杜。」賀貽孫《詩筏》更說：「詩中有畫，不減摩詰也。浩然情景悠然，尤能寫生，其便娟之姿，逸宕之氣，似欲超王而上。」

其實，「時見歸村人……江畔洲如月」四句所寫不過尋常之景，但卻能興到筆隨，景中藏情，才使情境特別優美，風味格外淵永。正由於詩人欣然陶醉於清秋風物之佳與游目騁懷之樂，因此以「何當載酒來，共醉重陽節」作結，除了表現出邀友共賞、盡興乎來的情意，也讓登高所見的清秋風物之佳妙，更耐人懸想了。

【評點】

01 劉辰翁：樸而不厭。（《王孟詩評》）

02 楊慎：〈羅浮山記〉云：「望平地樹如薺」，自是俊語。梁戴嵩詩：「長安樹如薺」，用其語也，後人翻之而愈工。薛道衡詩：「遙原樹若薺，遠水舟如葉」，孟浩然詩：「天邊樹若薺，江畔洲如月」。（《升庵詩話》）

03 張文蓀：超曠中獨饒勁健，神味與右丞稍異，高妙則一也。　○結出主意，通首方著實。（《唐賢清雅集》）

04 王文濡：「天邊」「江畔」兩句，摹寫物象，超然入神。（《唐詩評注讀本》）

028 夏夕南亭懷辛大（五古）　　　孟浩然

山光忽西落，池月漸東上。散髮乘夕涼，開軒臥閒敞。荷風送香氣，竹露滴清響。欲取鳴琴彈，恨無知音賞。感此懷故人，中宵勞夢想。

【詩意】

　　徘徊在西山上的陽光，才一轉眼就忽然沉沒在山後，月亮便冉冉地從東邊升起而倒映在池塘中。我披散著長髮，悠閒自在地享受著暑氣消退之後夏夜的清涼，同時推開向南的窗戶，隨意而臥，感覺到悠閒寫意而心懷開暢。晚風輕輕地吹拂，送來了荷花清淡的香氣，令人心曠神怡；夜色漸濃時，竹葉上的露水滴落池塘，發出清亮的聲響，也相當悅耳動聽。此情此景，讓我想要拿出鳴琴來彈奏，卻可惜沒有知音的好友能夠和我分享這清涼宜人的夏夜，和寧靜自在的心情。這

個念頭一動，就使我非常想念老朋友你了，直到半夜，都還在夢中苦苦地等你前來……。

【注釋】

① 詩題—夏夕，一本作「夏日」，然以詩中情境觀之，當以「夏夕」為是。辛大，名事不詳 ¹。南亭，殆指孟浩然隱居處的軒亭，唯無法確知是在澗南園或鹿門山中。

② 山光—徘徊於西山的陽光。

③ 「散髮」二句—散髮，古時男子束髮戴冠，閒居時則不欲受簪冠的束縛，常散髮以求閒適自在。軒，本指有窗之長廊，此指可以迎受南風的窗牖而言 ²。閒敞，悠閒自在而胸懷開暢；一說謂幽靜而空曠之地。

④ 知音—見李白〈聽蜀僧濬彈琴〉注④。

⑤ 「中宵」句—中宵，半夜。勞，苦也；勞夢想，夢想得很辛苦。

【補註】

01 浩然集中詩題述及辛大者共有四首，可見並非泛泛之交；另有〈西山尋辛諤〉詩，詩中也稱他為「故人」，或即辛大其人。從這些詩中可以看出二人意氣相得，交情深厚。

02 「散髮乘夕涼，開軒臥閒敞」二句，似取陶潛〈與子儼等疏〉：「五六月中，北窗下臥，遇涼風暫至，自謂是羲皇上人」之義。

【導讀】

《唐詩三百首》一書中所收錄的孟浩然詩似乎自成兩個主題：其一是科舉失意後的怨嗟幽歎，流露出忿憤不平的牢愁，可謂篇篇泣淚，句句生愁，使人鬱悶難歡；其二是棲逸林泉時的悠然自得，表現出恬淡沖和的氣度，則又篇篇閒適，句句清遠，令人悠然神往。這不禁讓

人慶幸他在誤落塵網之後，也能像陶潛一般「悟以往之不諫，知來者
之可追」，進而出雲歸岫，倦鳥還林，所以我們才能讀到一些出語天
然而意境優美，胸懷灑落而真情流露的詩篇，像〈秋登萬山寄張五〉
〈宿業師山房期丁大不至〉〈過故人莊〉及本詩都是這一類的傑作，
讓讀者在沉吟細品之餘，自然而然地被洋溢詩中那種清遠恬淡的自得
之樂，和坦率純真的待友之道深深吸引。

　　本詩也是一首意境優美寧靜，心態悠閒自在，情感真摯溫馨，語
言明淨可愛，而又充滿自然佳趣的古詩；涵詠之餘，不僅令人有涼氣
襲來、暑熱盡消之感，而且在詩人所描繪的風送荷香、露滴清韻的環
境中，又使人有臨軒親水時通體舒暢的快意，的確是足以蠲煩析醒、
散愁遣悶的消暑逸品。

　　就章法而言，本詩可謂針線綿密，天衣無縫，有如鉤鎖連環，妙
合無痕。起筆的「山光忽西落，池月漸東上」兩句，已經先行暗扣詩
題的「夕」字，於是第三句「散髮乘夕涼」便順理成章地拈出「夕」
字，帶出開軒閒臥、散髮乘涼的適意來。再者，第三句既上承日落暑
退、月出生涼的意思，又以「夕涼」的肌膚之感，和「開軒閒臥」的
舉動，逗出荷風送香、露滴傳響的意境，可以說每一句都點染出夏夜
乘涼的特殊風情。開軒散髮，既可以迎南風而生涼，又暗點詩題的「南
亭」二字，再加上閒臥的心境，就使詩人能夠聞到荷香，聽到竹韻，
更能聆賞到露滴池塘的清音而心曠神怡，悠然自得。

　　「荷風」二字，既遙承「池」字而來，已暗逗水風清涼之意，曲
傳臨水乘涼的悠閒情趣，同時也因為「風」的飄送，才會幽香滿軒，
清韻盈耳。「竹露」句既遙承「池月」二字而來（因為竹叢較高，荷
池較低，當竹葉上的露珠墜落池中而敲出清韻時，本來就聲聲悅耳，
何況是月夜聞之，便更覺清亮動聽了），又與開軒閒臥的情趣暗合（因
為詩人原本就意態蕭散，心神寧靜，再加上窗牖洞開，南軒寬敞，自
然能夠聆聽到竹露滴池的清逸美妙），同時也襯出夏夜寧靜幽謐的氣

氣，而且還以其天籟引起詩人撫琴寄懷的雅興，可以說是匠心細密而又妙契自然的精采佈局。

　　有了「荷風送香氣，竹露滴清響」這兩句的寫景，不僅使意境更為幽邃，情景更為宜人，而且還隱然把訴諸觸覺的「涼」意，轉化為可聞的香氣和可聽的清音，更是氣韻如生、妙趣洋溢的神來之筆。「欲取鳴琴彈」五字，則總收前六句恬淡清新的情調，同時也把開軒散髮、臨水乘涼時悠閒自得的心境，加以具體化、形象化與動作化，有助於讀者領略詩人的怡悅之樂。「恨無知音賞」五字，既由「鳴琴」生發，又暗點詩題「懷辛大」之意，同時也是由前六句的寫景過渡到後段抒情的接榫之處。此外，「恨」字帶出「感此」二字，又逗出「懷」想之意來扣準詩題，而「知音」又帶出「故人」二字；詩人在既「感」且「恨」，兼又「懷」念深遠、情思綿長的情況下，自然也就「中宵勞夢想」了。「中宵」又延續山光西落、池月東上的時間推移之意，表達出懷想之久與思慕之深，從而使得全詩有首尾相銜、一氣呵成之妙；無怪乎蕭繼宗的《孟浩然詩說》云：「全詩如蕉展葉，層層相關，至『感此懷故人』五字而蕉心盡出。」可見本詩的確是佈局嚴謹，構思細密，章法分明，風格自然渾成的五古傑作。

　　就選字而言，也可以見出詩人體物之細膩與措詞之精練。「山光西落」而用「忽」字顯其快速，「池月東上」則用「漸」字狀其緩慢，都是極為準確而又令人稱賞的描寫。因為日出與日落，往往只是瞬間的變化而已，才一眨眼，光景頓異，可見「忽」字是精切不移的句眼所在。至於明月之升，則冉冉而容與，徐徐而徘徊，因此「漸」字也是寫其丰神的鍊字所在。再者，夏日之光焰可畏而「忽」落，明月之清輝可愛而「漸」升，已經隱然傳達出心理上的快意與期待，因此以下數句的清幽景致與悠閒意態，便顯得水到渠成，渾融無礙了。此外，荷花之香清淡幽微，故以似有還無、有味無形的「氣」字名之，並且輔之以「風」來傳播，極為細密有致。由於岸竹與荷池有足夠的高度

落差，才使「露滴」成為空靈的「清響」，也摹寫得景清境美，令人神往。「荷香」與「竹露」只訴諸嗅覺和聽覺，並不由視覺描繪花之美與竹之幽，正符合入夜後視線受到限制而看不真切的實情。凡此，都可以見出詩人的構思細膩幽微，值得詳加玩味。

這一首古詩，由於文字明淨如水，意態瀟灑如雲，情境清美如畫，意脈不絕如縷，音韻動聽如鈴，讀來使人有唇吻諧暢，心神俱爽的快意，無怪乎嚴羽《滄浪詩話》說：「孟浩然之詩，諷詠之久，有金石宮商之聲。」陸時雍《唐詩鏡》說：「孟浩然材雖淺窄，然語氣清亮，誦之有泉流石上，風來松下之音。」翁方綱《石洲詩話》也說：「讀孟公詩，……只其清空幽冷，如月中聞磬，石上聽泉，……真一快也。」本詩的確當得起如此佳評。

【評點】

01 劉辰翁：起處似陶，清景幽情，灑灑楮墨間。（《王孟詩評》）

02 顧璘：寫景自然，不損天真。（《批點唐音》）

03 陳繼儒：風入松而發響，月穿水而露痕。〈蘭山〉與〈南亭〉，二詩深靜，真可水月齊輝，松風比籟。（《唐詩選脈會通評林》）

04 黃培芳：「臥聞敞」，字甚新奇。「荷風」二句一讀，使人神思清曠。（《批評唐賢三昧集箋註》）

05 宋宗元：「荷風」「竹露」，亦凡寫夏景者所當有，妙在「送」「滴」字耳。（《網師園唐詩箋》）

029 宿業師山房期丁大不至（五古） 孟浩然

夕陽度西嶺，群壑倏已暝。松月生夜涼，風泉滿清聽。樵人歸欲盡，煙鳥棲初定。之子期宿來，孤琴候蘿徑。

【詩意】

徘徊在西邊峰嶺之間的夕陽，終於翻越到山巒的背面去了，群山萬壑間突然就昏暗下來了。不久，皎潔的月亮從松林之間冉冉升起，讓夜幕低垂的山野之間生出陣陣涼意；此時清風徐來，送來盈滿耳際的流泉聲，讓人更覺得清靜自在。附近的樵夫，在月色的照明下，就快要都下山回家了；煙靄微茫中，歸巢的鳥雀也才剛剛從喧噪聲中安靜下來……。親愛的朋友，儘管你可能無法及時趕來赴約，我還是期待你能夠在子夜一過就翩然出現，於是便獨自抱著一張琴走出山寺之外，來到薜蘿懸垂而下的小路上，撫絃自娛，說不定你還能聞聲而來……。

【注釋】

① 詩題—宿，過夜。師，對僧人的尊稱；業師，法號中有「業」字的僧人，生平不詳。山房，泛稱佛寺與僧舍。丁大，作者有〈送丁大鳳進士赴舉呈張九齡〉詩，稱讚他具有王佐之才，可惜未得權貴援引而屢次落第。如果是同一人，則其人姓丁名鳳，排行第一。期，兼有約定、期盼及等候之意。

② 「群壑」句—壑，山谷。倏，忽然。暝，昏暗貌。

③ 「煙鳥」句—煙鳥，暮靄蒼茫中歸巢的鳥雀。定，靜下來。

④ 「之子」句——之子，此人；指丁大。期，依照詩題的「不至」二字來判斷，應該兼有希望與約定之意。宿來，隔夜即來；殆指子時（夜裡十一點到一點左右）一過，即翩然而來。

⑤ 「孤琴」句——蘿徑，有松蘿等蔓生植物從樹林間懸垂而下的幽僻小徑，或有薜蘿披覆兩旁的山林小徑。

【導讀】

　　本詩是以期待友人赴約的心理描寫為主軸，因此便依照時間的推移來描寫景物的變化，藉以傳達出等候的時間之久，與期盼的心意之誠。詩人是從黃昏之前就先行來到業師的山房外，一邊玩賞景物，一邊等候好友的出現，一直等到入夜之後，還抱琴出屋，靜候蘿徑；由此可見雙方情誼之深厚，與浩然對待友人之體貼。

　　詩的起筆是「夕陽度西嶺，群壑倏已暝」。「度」字有緩緩攀爬翻越之意，可以想見西邊峰巒的峭拔聳峻與廣袤綿亙，因此才使夕陽似乎受到一些阻礙，以至於在嶺上容與徘徊了相當時間，終於好不容易才度越西嶺。換言之，這個「度」字，既寫出日薄崦嵫，斜暉脈脈的精神，也代表著詩人等候丁大時凝望餘暉之久，還隱然寄藏著一日將盡，好友恐怕無法及時趕來赴約的顧慮與惆悵之感。次句「倏」字的迅捷突然之意，則寫出夕陽才消失於山後，轉眼間就已經谷暗壑暝的景況；可見業師山房是在群山環抱之中的高處，才會在夕陽下山之後看得到群山萬壑一片昏暗的景象。這兩句雖然並未交代詩人何時上山入寺，卻在寫景記時的筆墨中，刻劃出作者期待中帶著些許的焦慮，也勾勒出詩人佇立高處、目送斜暉時努力搜尋丁大身影的情態。換言之，這兩句並不僅止於記錄時間的流程而已，它們還有景中藏情、暗傳心曲的妙趣在，值得細加體會。這種手法，和〈夏夕南亭懷辛大〉的「山光忽西落，池月漸東上」兩句，可謂如出一轍，而且這四句中的「忽、漸、度、倏」等字，都是觀察入微而用字精確的句眼所在，

的確能把晝夜交替時景致在瞬間轉換的變化，捕捉得真切異常，令人嘆賞。就本詩而論，在夕陽西沉之後，霎時昏暗下的又豈止是深谷幽壑而已呢？似乎詩人原本期待歡晤時明朗愉快的心境，也隨之陰沉暗淡下來了一些……。

　　儘管前兩句中已經傳達出友人可能無法及時赴約的惆悵，但是詩人仍舊懷有期待，因此他在山房附近一邊散步遣悶，一邊期待丁大能夠翩然來臨。「松月生夜涼，風泉滿清聽」兩句，是寫他欣賞到皎潔的明月從東方升起之後，在松林間徘徊時既澄淨優雅，又神祕婉約的美好風情，同時也在岑寂之中諦聽到晚風送來清音盈耳的泠泠泉韻，令他頓覺心曠神怡。此時，素淡的月華，映照著疏密錯落的松林，顯得相當幽靜；而昏暗的夜幕，又襯托得月色如霜，松林如洗；再加上清風徐徐，流泉淙淙，於是眼前的松林便彷彿流瀉出一片沁人心脾的溶溶月色，使詩人有了觸肌生涼的清適之感了。這兩句表現出詩人即使是在懷人念友的等候狀態中，仍然能夠保持從容悠閒的心境，因此可以無罣無礙地融入眼前的情境中，充分領略到清空淡雅的詩情畫意之美，因此徐獻忠《唐詩品》說孟浩然「出語灑落，洗脫凡近，讀之渾然省淨。雖……藻思不及李翰林，秀調不及王右丞，而閒澹疏豁，儵儵自得之趣，亦非二公之長也。」胡應麟《詩藪》也說他「逸趣翩翩」「有蕭散之趣」。

　　就情感的脈絡而言，由於「松月生夜涼，風泉滿清聽」所描繪的情境是如此清幽美好，能令人胸懷灑落，塵念頓消，從而增添詩人期盼與知友同賞清景、共度良辰的思念之情，自然為末兩句孤琴蘿徑的殷勤等候作足了情感方面的鋪墊。就聲色的安排而言，在「松月生夜涼，風泉滿清聽」兩句中，詩人除了調動視覺、觸覺與聽覺來傳達心理感受，並採擇興象豐富、意蘊優美的詞語來烘染詩情畫境之外，他所選用的十個字中包含了五個「ㄥ」韻、兩個「ㄢ」韻，和一個「ㄤ」

韻字，吟詠時自然會有和諧悅耳的音聲在鼻腔和耳畔嗡嗡共鳴，無怪乎前人對他的寫景佳句往往讚譽有加了[1]。

「樵人歸欲盡，煙鳥棲初定」兩句，是以人歸鳥棲的景況，表示天色更暗，時候更晚了，但是詩人仍然窮極耳目，遠眺近聽，希望能夠依稀辨認出丁大遠遠趕來的身影。「欲盡」二字透露出時候還不算太晚，所以仍然有未歸的樵夫能夠藉著月色下山，那麼朋友就有可能踏著月色而來……；可見詩人寫景的筆墨中所寄藏的，仍然是期待丁大能夠前來赴約的殷殷情意。直到歸巢的鳥雀不再聒噪而逐漸安靜地歇宿時，天色顯然更昏暗了幾分，時候顯然更晚了，於是一切才成為定局——丁大應該是不可能摸黑而來了！此時山谷在素月的映照下顯得幽靜昏暗，正如詩人惆悵寂寞的心境。換言之，這兩句是以景物的變化來暗示詩題中「期而不至」的意思；景中藏情的手法，運用得極為委婉含蓄，值得細細品味。

「之子期宿來，孤琴候蘿徑」兩句，是寫在詩人凝眸遠眺、望穿秋水的切盼之下，希望終究還是落空了；但是詩人卻能不怨不惱，不慍不火，甚至還抱著一絲僥倖的心理，表示希望友人能夠在子夜一過就趕來。因此他特地抱琴出寺，守候蘿徑，一方面彈琴自遣，一方面似乎又有意藉著琴絃傳響空谷的清音，指引友人前來時的方向；這就把孟浩然對待朋友的溫柔體貼表露無遺了。儘管「孤」字微微露出「可人期不來」的淡淡惆悵，但是事實上詩人並無任何怨怒指責之意，這可以從他選用「候」字來表達期盼丁大惠然肯來的誠意，得到清楚的印證。因此，如果有人以為〈歲暮歸南山〉中的「多病故人疏」，和〈留別王維〉中的「當路誰相假，知音世所稀」兩句，是詩人表達對王維當初未曾盡力相助，以致自己落第而歸的憤懣之情，那是因為不了解詩人對待朋友那種一往情深、百無怨尤的性格才會造成誤解。如果仔細讀過孟浩然更多描寫友情的作品，將會赫然發現：「友誼」，

正是孟浩然的詩句在百劫成灰之後，仍然閃閃生輝、歷歷可數的舍利子！

【補註】

01 陸時雍《唐詩鏡》說吟詠孟詩往往會有「泉流石上，風來松下之音」泠泠盈耳之感；翁方綱《石洲詩話》說讀孟詩「如月中聞磬，石上聽泉」，充滿清空悠冷的情韻；賀貽孫《詩筏》說：孟詩「情景悠然，尤能寫生。其便娟之姿，逸宕之氣，似欲超王而上。」又說孟詩如「江月一色，盪漾空明。」牟願相《小澥草堂雜論詩》也說：「孟襄陽詩如過雨石泉，清見魚影。」王壽昌《小清華園詩談》更以為這兩句和「荷風送香氣，竹露滴清響」「微雲淡河漢，疏雨滴梧桐」，都是「當與日星河嶽同垂不朽」「照耀古今，膾炙人口」的名句。以上這些評語，都有助於我們領略這兩句中的詩情畫意之美和怡然寧靜的趣味。

【評點】

01 劉辰翁：景物滿眼，而清淡之趣，更自浮動，非寂寞者。（《王孟詩評》）

02 周珽：「生」「滿」二字，靜中含動；「盡」「定」二字，動中得靜，禪語妙思。伯敬（編按：指鍾惺）謂「盡」字不如用「稀」字，那知「盡」字得暮宿真境。（《唐詩選脈會通評林》）

03 沈德潛：山水清音，悠然自遠。末二句見「不至」之意。（《唐詩別裁》）

04 張文蓀：清秀徹骨，正是襄陽獨得處。（《唐賢清雅集》）

05 張謙宜：不做作清態，正是天真爛漫。（《絸齋詩談》）

06 黃培芳：幽絕。三、四使人生塵外之想。（《批評唐賢三昧集箋註》）

030 夜歸鹿門歌 (七古)　　　　　　　　　　孟浩然

山寺鳴鐘晝已昏，魚梁渡頭爭渡喧。人隨沙岸向江村，余亦乘舟歸鹿門。鹿門月照開煙樹，忽到龐公棲隱處。巖扉松徑長寂寥，唯有幽人自來去。

【詩意】

　　當山中的寺院傳出報時的晚鐘聲，天色就已經昏暗下來，此時的魚梁渡口，許多人爭先恐後地搶著趕搭渡船，發出喧嘩騷動的嘈雜聲。他們下船後，便沿著沙岸閒聊著走向江邊的村落而去，我則是坐船要回到在鹿門山的住處。鹿門山的月色非常皎潔明亮，把原本被煙嵐籠罩而顯得朦朧隱約的山樹，映照得格外清幽雅潔，使我在欣賞美景時突然發覺已經來到漢朝末年龐公棲息隱居的地方了。這裡以巖石為門扉，又有幽密的松林夾道，景致一直都極為清靜寂寥，唯有厭棄塵囂的隱逸之士在這裡自由自在地獨來獨往。

【注釋】

① 詩題—鹿門山，原名蘇嶺山，位於今湖北省襄陽市東南。東漢初年，襄陽侯習郁在山上立神祠，刻二石鹿於神祠道口兩側，稱為鹿門廟，後遂以廟名山。詩題或作「夜歸鹿門寺」「夜歸鹿門山歌」「夜歸鹿門寺歌」。編按：孟浩然居住在襄陽城南的峴山附近，位於漢江西岸，名為南園，又名南澗園；而鹿門山則在漢江東岸、沔水南側，與峴山隔江相望。浩然在長安謀仕不成後曾遊歷吳越地區數年，返鄉後決意追隨同鄉先輩龐公隱逸山林，遂於

鹿門山築別居，隨興往遊歇宿。詩題中的「歸」字，指由南園回
到鹿門山，故須乘舟渡江。

② 「魚梁」句──魚梁，見〈與諸子登峴山〉注。詩人乘舟渡江時會
途經沔水口，可以望見魚梁渡口。

③ 「鹿門」句──句謂在皎潔的月色映照之下，原本煙靄瀰漫而模糊
隱約的林樹，變得清晰秀逸，極為幽潔雅緻。煙樹，指夕嵐瀰漫
於林樹之間，一片朦朧縹緲之感。開，作動詞解，驅散、蒸騰開
來。

④ 「忽到」句──龐公，又稱龐德公，《後漢書·逸民列傳》：「龐
公者，南郡襄陽人也。居峴山之南，未嘗入城府。夫妻相敬如賓。
荊州刺史劉表數延請，不能屈，乃就候之。謂曰：『夫保全一身，
孰若保全天下乎？』龐公笑曰：『鴻鵠巢於高林之上，暮而得所
棲；黿鼉穴於深淵之下，夕而得所宿。夫趣舍行止，亦人之巢穴
也；且各得其棲宿而已，天下非所保也。』因釋耕於壟上，而妻
子耘於前。表指而問曰：『先生苦居畎畝而不肯官祿，後世何以
遺子孫乎？』龐公曰：『世人皆遺之以危，今獨遺之以安。雖所
遺不同，未為無所遺也。』表歎息而去。後遂攜其妻子登鹿門山，
因采藥不反。」

⑤ 「巖扉」二句──巖扉，如指龐公所居之遺址，則可能是以巖穴為
居室，而入口處左右兩片石壁即恍若門扉。如指浩然住處，殆指
依山巖而築之石屋；「扉」字可以借代為屋宇。松徑，謂松林夾
道。寂寥，清靜幽謐而略帶寂寞冷落之感。幽人，隱士；可兼指
龐公及詩人而言。

【淺說】

這是一首類似雜感日記的七古，記錄的是詩人由喧囂人境走向幽
寂山居時的所見所聞。詩中既無深情，又無遠意，更乏名句可摘，簡

直可以說是淡乎寡味，乏善可陳；無怪乎劉辰翁《王孟詩評》說：「此詩為昔人所甚賞，尚非孟勝場；作手自辨。」儘管也有某些詩評家對本詩推崇備至，例如周珽說：「清澈。真澄水明霞。」陳繼儒說：「明月在天，清風徐引，一種高氣凌虛欲下，知此可讀孟詩[1]。」甚至連施補華《峴傭說詩》也說：「孟公邊幅太窘，然如〈夜歸鹿門〉一首，清幽絕妙。才力小者學步此種，參之李東川派，亦可名家。」筆者還是以為稱譽過當而難以認同，因為覽讀全詩就可以發覺：所謂「高氣凌虛欲下」「清幽絕妙」者，也只不過是「月照開煙樹」及「巖扉松徑長寂寥」兩句所描寫的幽冷清逸之景而已，似乎當不上「絕妙」二字。

　　近人或謂本詩：「筆觸從塵雜世俗寫到寂寥的自然，抒發清高隱逸的情懷志趣，以及活動於其間的恬然超脫的隱逸者胸懷[2]。」或謂：「表現出隱逸的情趣和意境，隱者為大自然所融化，至於忘乎所以。末二句便寫『龐公棲隱處』的境況，點破隱逸的真諦。……詩人徹底領悟了『遯世無悶』的妙趣和真諦，躬身實踐了龐德公『採藥不返』的道路和歸宿[3]。」筆者也不以為然，因為詩人不過是記錄前往鹿門別業時的見聞感受而已。如果他有意自我標榜所謂「清高隱逸的情懷志趣」，則未免太過矯揉做作；如果他實踐了「採藥不返的道路和歸宿」，那麼浩然應該從此遺世獨立而不再涉足紅塵了！但是，事實上作者只是隨興來此游息而已，哪能就認定他「徹底領悟了『遯世無悶』的妙趣和真諦」呢？

　　王世貞《藝苑卮言》卷4說孟詩：「句不能出五字外，篇不能出四十字外，此其所短也。」謝榛《四溟詩話》卷2說：「浩然五言古、近體詩，清新高妙，不下李、杜；但七言長篇，語平氣緩，若曲澗流泉而無風捲江河之勢。」這種看法雖然可能有以偏概全之嫌，但是由浩然僅有七古五首，其中最長者僅有十六句來看，大抵還算持平。因此，對於這首七古，筆者不再逐句賞析，僅淺述大意於後。

　　本詩前半寫喧噪之景，後半寫靜謐之境；兩相對比，藉以映襯出鹿門山居之可愛。「山寺鳴鐘晝已昏，漁梁渡頭爭渡喧」兩句，是以山寺悠然清遠的鐘聲，和渡頭沸然擾攘的嘈雜聲作對比，隱然可見詩人雖身在人群之中，卻又淡出其外來靜立旁觀，若有所思的神態。「人隨沙岸向江村，余亦乘舟歸鹿門」兩句，也是以映襯對比的手法，表現出兩種歸趣，兩種心境：人歸江村是熱鬧而興奮的，而詩人自己返回鹿門則是寧靜而恬淡的。雖然前半是以眼見耳聞的喧騷之景來凸顯詩人靜觀自得的心境，但是必須特別強調的是：詩句中對於世人不解聆賞空靈的山寺清音，反而只知爭逐紛亂的凡塵雜音，並無鄙夷之意。因為日暮黃昏時急於爭渡返家，原本就是人之常情；而且所謂「喧」，又可能只是江村之人在渡頭相見時彼此熱絡地招呼、粗聲大嗓地閒話家常而已！這種黃昏渡頭熙攘喧囂的景象，可以說是再真實不過了，沒有什麼應該加以鄙夷的道理。何況，江村之人外出討生活，也只有在黃昏回家的時分，能夠由散落各處而紛紛聚集到渡頭，帶著幾分疲憊和即將返家的輕鬆，相互自在地交談著，更是天經地義的事；詩人絕無加以鄙視的道理。換言之，「人隨沙岸向江村」七字，是一種悠閒寫意的景象，詩人回到鹿門的山居也是恬適自得的心態，因此他才用「余亦」二字來傳達各得其所的意思。

　　第五句「鹿門月照開煙樹」是寫景致的峻潔秀逸之美，使人心神寧靜；因此詩人信步走來，便「忘路之遠近」而「忽到龐公棲隱處」了！有了「忽」字的點染，既凸顯出鹿門山的明月煙樹之美，也流露出詩人喜悅自在的心境。「巖扉松徑長寂寥，惟有幽人自來去」兩句，是以甘於淡泊寂寥作結，頗有孤芳自賞、寂寞自適的況味：龐公既無心於塵俗而幽居於此，樂於採藥不返；自己也絕意於仕途而築室於此，亦當自來自去、無罣無礙。

【補註】

01 以上兩則均見《唐詩選脈會通評林》。

02 顧永華語，見《唐宋詩詞評析辭典》。

03 倪其心語，見《唐詩鑑賞辭典》。

【評點】

01 桂天祥：清澈閒淡備至。（《批點唐詩正聲》）

02 鍾惺：幽細之調，得此（按：指「余亦」句）一轉有力。（《唐
   詩歸》）

03 唐汝詢：不加斧鑿，字字超凡。（《唐詩解》） ○淺淺說去，
   自然不同。此老胸中有泉石。（《匯編唐詩十集》）

04 張謙宜：句句下韻（按：本詩共有七韻腳），緊調也，脈卻舒徐。
   （《絸齋詩談》）

05 張文蓀：幽秀至此，真是詩中精靈。（《唐賢清雅集》）

06 吳瑞榮：韻事佳題，詞不煩而意有餘；更妙在「龐公」不多鋪張。
   （《唐詩箋要》）

十二、李頎詩歌選讀

【事略】

　　李頎，生卒年不詳（一說 690－751），東川（今四川省三台縣，一說嵩山附近的左潁水）人，寄居潁陽（今河南省登封市西）。

　　李頎〈緩歌行〉自述云：「小來託身攀貴遊，傾財破產無所憂。……男兒立身須自強，十年閉戶潁水陽。……早知今日讀書是，悔作從前任俠非。」開元二十三年（735）登進士第，授新鄉縣（今屬河南）尉；終其一生，僅任縣尉之職。

　　李頎個性疏放簡略，厭棄世務，仰慕神仙，服餌丹砂，以期輕舉飛昇。好結交方外，與僧侶道士為友，並與王維、高適、王昌齡等時相往還，一時名輩，莫不推重。

　　其詩發調既清，修詞亦秀，雜歌咸善，而玄理最長；又兼及遊俠、山林、邊塞等，皆有可觀。擅長七言古、律，尤以描寫音樂之作聞名，無論塞外胡笳、中州雅樂，一經點染，皆音節響亮，情境高妙，故《河嶽英靈集》稱其描寫音樂之作「足可歆歟，震蕩心神」；方東樹《昭昧詹言》以王維、李頎、高適、岑參四人並列，以為「別有天授，自成一家」，可見推許之高。

　　《全唐詩》錄存其詩 3 卷，一百二十餘首。《全唐詩續拾》補詩 3 首，斷句 2 句。

【詩評1】

李頎七律之作雖少，卻贏得極高的評價：

01 李攀龍：七言律體，諸家所難，王維、李頎頗致其妙；即子美篇

什雖眾，懭焉自放矣。（《唐詩選》）

02 王世懋：李頎七言律最響亮整肅。（《藝圃擷餘》）

03 胡應麟：李律僅七首，惟「物在人亡」不佳。「流澌臘月」極雄渾而不笨。「花宮仙梵」至工密而不纖；「遠公遁跡」之幽、「朝聞遊子」之婉，皆可獨步千載。（《詩藪》）

＊ 編按：五詩之題依序為「題盧五舊居」「寄司勳盧員外」「宿瑩公禪房聞梵」「題璿公山池」及「送魏萬之京」。

04 顧璘：李頎不善五言而善七言，故歌行及七言律皆有高處。（《批點唐音》）

05 陳繼儒：新鄉七律，篇篇機宕神遠，盛唐妙品也。（《唐詩選脈會通評林》）

06 鍾惺：李頎七言律佳手。（《唐詩歸》）

07 陸時雍：李頎七律，詩格清煉，復流利可誦，是摩詰以下第一人。（《唐詩鏡》）

08 許學夷：李頎五、七言律多入於聖矣。七律篇什雖少，則篇篇合律矣。（《詩源辯體》）

09 賀裳：李頎五言猶以清機寒色，未見出群；至七言，實不在高適之下。（《載酒園詩話》）

10 王士禎：唐人七言律，以李東川、王右丞為正宗，杜工部為大家，劉文房為接武。（郎廷槐輯《師友詩傳錄》引）

11 陳維崧：神韻天然高達夫，嘉州格律也應無；可憐絕代東川李，七首吟成萬顆珠。（《陳迦陵文集‧鈔唐人七言律竟輒題數斷句楮尾之三》）

12 沈德潛：東川七律，固難與少陵、右丞比肩，然自是安和正聲。（《唐詩別裁》）

13 喬億：東川七律精到。（《大曆詩略》）

14 孫濤：頎……尤善七言律。（《全唐詩話續編》）

15 翁方綱：東川七律，自杜公而外，有唐詩人莫之與京。（《石洲詩話》）

16 陳德公：李頎賦筆輕新，以作七律，流麗婉潤，自覺勝人。（《聞鶴軒初盛唐近體讀本》）

17 管世銘：李東川摘詞典則，結響和平，固當在摩詰之下，高、岑之上。（《讀雪山房唐詩・序例》）

18 于慶元：東川七律，風骨凝重，聲韻安和，足與少陵、右丞抗行。（《唐詩三百首續選》）

19 方東樹：東川視輞川，氣體渾厚，微不及之；而意興超遠，則固相近。（《昭昧詹言》）

20 潘德輿：李東川七律為明代七子之祖；究其容貌相似，神理猶隔一層。（《評點唐賢三昧集》）

【詩評 2】

01 徐獻忠：頎詩意主渾成，遂無斫練，然情思清澹，每發羽調。七言古詩，善寫邊朔氣象；其於玄理，間出奇秀。七言律體，如〈送魏萬〉〈盧司勳〉〈澹公山池〉等作，可謂翛然遠意者也。（《唐詩品》）

02 胡震亨：盛唐名家，稱王、孟、高、岑，獨七言律挑孟進李頎，應稱王、李、高、岑云。（《唐音癸籤》）

＊ 編按：挑，遷換也；「挑孟進李頎」謂以李頎取代孟浩然。

03 陳繼儒：新鄉七古，每於人不經意處忽出奇想，令人心賞其奇逸，而不知其所從來者。（《唐詩選脈會通評林》）

04 許學夷：（李頎）五言古平韻者，多雜用律體；仄韻者，亦多忌鶴膝。七言古在達夫之亞，亦是唐人正宗。　○王元美云：「七言律，李有風調而不甚麗，岑才甚麗而情不足，王差備美。」……愚按：李較岑、王，語雖熔液而氣稍劣。後人每多推之者，蓋由盛唐體

多失粘，諷之則難諧協；李篇什雖少，則篇篇合律矣。(《詩源辯體》)

05 胡應麟：杜陵、太白七言律、絕，獨步詞場。然杜陵律多險拗，太白絕間率露，大家故宜有此。若神韻干雲，絕無煙火，深衷隱厚，妙協〈蕭韶〉，李頎、王昌齡故是千秋絕調。(《詩藪》)

06 吳喬：(頎)五律高澹，大勝七律，可與祖詠相伯仲。(《圍爐詩話》)

07 吳瑞榮：東川詩典贍風華，兼復音調句亮，盛唐能手。(《唐詩箋要》)

08 賀貽孫：頎詩雖近於幽細，然其氣骨則沉壯堅老；使讀者從沉壯堅老之內領其幽細，而不能以幽細名之也。唯其如此，所以獨成一家。(《詩筏》)

09 沈德潛：東川比高、岑多和緩之響。(《唐詩別裁》)

10 范大士：新鄉長於七字，古詩、今體，並是作家。其蘊氣調詞，含毫瀝思，緣源觸勝，別有會心。向來選家徒以音節高亮賞之，乃牝牡驪黃之見也。(《歷代詩發》)

11 翁方綱：東川句法之妙，在高、岑二家之上。高之渾厚，岑之奇峭，雖各自成家，然俱在少陵籠罩之中；至李東川，則不盡爾也。學者欲從精密中推宕伸縮，其必問津於東川乎！(《石洲詩話》)

12 管世銘：東川七言古詩，祇讀得兩《漢書》爛熟，故信手揮灑，無一俗料俗韻。(《讀雪山房唐詩·序例》)

13 方東樹：東川纏綿情韻，自然深至，然往往有痕。(《昭昧詹言》)

14 林昌彝：東川五、七古，俱卓然成家，滄溟獨取其七律，非作者知己。(《海天琴思錄》)

15 宋育仁：(李頎)五言，其源出於明遠，發言清雋，骨秀神清。雖偶泛絃中，仍復自然合奏。七言變離，開闔承轉奇絕，沉鬱之思，出以明秀。運少陵之堅重，合高、岑之渾脫，高音古色，冠絕後來。(《三唐詩品》)

16 丁儀：（李頎）古詩，猶是齊、梁一體。獨七言樂府，雄渾雅潔，

一片神行，與崔顥同一機杼，而使事寫懷，或且過之。（《詩學淵

源》）

031 送魏萬之京（七律） 李頎

朝聞遊子唱離歌，昨夜微霜初渡河。鴻雁不堪愁裡
聽，雲山況是客中過。關城曙色催寒近，御苑砧聲
向晚多。莫見長安行樂處，空令歲月易蹉跎。

【詩意】

昨夜微霜初次降臨人間，並渡河而來，已使人感到寥落淒清；今
早就聽你輕唱驪歌，要渡越黃河，遠赴京城，又使人離情依依。對於
滿腹離愁的人來說，高空傳來嘹唳的鴻雁聲，將使人不忍卒聽；何況
此去雲山萬里，前程茫茫，只怕更會勾起你羈旅漂泊的惆悵與迷惘。
當你接近西北的函谷關、潼關等城郭時，微明的天色和清曉的寒氣都
會讓你有歲月不居、年光易逝之感；進京之後，薄暮時越來越繁密的
砧杵搗衣聲，也會引起你羈旅在外的思鄉情懷，和一日易盡的諸多感
慨。所以，這次你前往長安，可不要只見到繁華的京師是遊樂的天堂
而迷失自己，竟讓歲月虛度而一無所成啊！

【注釋】

① 詩題—魏萬，後改名魏顥，山東博平人。初求道學仙而隱居於山
西陽城西南的王屋山，自號王屋山人，與李白頗有交誼[1]；蕭宗上

元初年（760）登進士第。之，前往。本詩殆作於魏萬尚未顯達而李頎已近晚年時。

② 「關城」二句──關城，大概指函谷關、潼關等險峻壯偉的關隘城郭而言。曙色，破曉時之天色；一作「樹色」。御苑，帝王的林苑，此借指京城而言。砧聲，擣衣時的砧杵聲。向晚，傍晚。

③ 「莫見」二句──莫見，一作「莫是」，則是「莫因」之意。蹉跎，虛度光陰，一無所成。此聯似有勉其專志功名之意。

【補註】

01 據魏顥的〈李翰林集序〉稱：「顥始名萬，不遠命駕山東訪白，遊天台，還廣陵見之。」又曰：「白相見泯合，有贈之作，謂余『爾後必著大名於天下，無忘老夫及明月奴（編按：李白之子）』，因盡出其文命顥為集。顥今登第，豈符言耶？」可見李白對他相當賞識。李白有〈送王屋山人魏萬還王屋〉詩，而魏萬的〈金陵酬李翰林謫仙子〉詩云：「君抱碧海珠，我懷藍田玉；各稱希代賢，萬里遙相燭。」除了推崇李白，也頗有自負之意。

【導讀】

　　本詩是送別晚輩學子入京求取功名的殷殷期勉之作。作者李頎比魏萬長一輩，曾經多次遊歷京城，還曾經有過傾財破產而功名無成的教訓[1]，因此便諄諄訓勉魏萬要專志科考，以求金榜題名，切勿蹉跎歲月，重蹈自己的覆轍。傷心人現身說法，其誠篤懇切的口氣，溫婉敦厚的關愛之情，充分流露在字裡行間，令人感動。

　　「朝聞遊子唱離歌，昨夜微霜初渡河」兩句，是採用倒錯時空的手法，營造出反向重疊的意象，使讀者的注意力一開始就被具有動態感的交錯畫面所吸引。由於最使人驚惜的是魏萬的離去而不是微霜初降，因此便讓事實上較晚發生的離歌輕唱，倒置在較早發生的寒霜渡

河之前，讓讀者一開始便籠罩在濃重的離情之中，然後再迴筆補上昨夜寒霜渡河而來，就可以營造出寒霜自西北凜然而來，而遊子卻向西北孑然而去的交錯疊合之畫面，把長者擔心幼輩寒霜遠路，獨行萬里的關切愛護之意，不著痕跡地融入畫面之中，是相當成功的起筆。

詩人先驚惜離別，再點出昨夜霜臨，不難想像兩人挑燈夜談直至今朝相送的情誼之深。作者特別點出「昨夜微霜初渡河」，除了交代深秋時分之外，還一方面讓霜寒似乎變成有情之人，能預知魏萬即將遠行，因此先行渡河而來依依送別；另一方面，霜寒卻又似無情之物，明知人間離別之苦，偏偏先行渡河而來渲染清秋淒寒的氣氛，使人在分手時更覺離愁之難堪。正由於時空倒錯和反向疊映的畫面，使首聯的意境更為豐富，情思更為深邈，因此胡應麟《詩藪》特別拈出本詩首聯為七律中妙於起語的範例，並譽之為「冠裳宏麗，大家正脈。」方東樹《昭昧詹言》卷 16 也評曰：「煉句入妙。」

「鴻雁不堪愁裡聽，雲山況是客中過」兩句，是「不堪愁裡聽鴻雁，況是客中過雲山」的倒裝句式。如此安排，便把淒哀的「雁唳」先透入遊子耳中，令人聞而添悲，自然產生「不堪」的感受；又把渺茫的「雲山」也先送進客子的眼中，令人望而增感，自然湧現「況是」的慨歎。如此錯綜詞序的構思，不僅符合感官先接觸外物刺激而後引發情感的順序，使這兩句有了因景生情的效果，而且讀來格外語悲情切，唱嘆有致。

就虛詞的選用而言，「不堪」愁裡聽，已使人倍覺淒苦，再加上「況是」客中過的加重點染，更令人有蒼茫百端之感。這兩組虛詞連用之後，自然造成聲情的往復頓挫與悵惘的遞進深化，讀來別有搖蕩性靈的魅力，因此胡以梅《唐詩貫珠》稱讚這兩句說：「用虛字為脈，諸句皆靈活。」

就針線的穿梭而言，「鴻雁」是直承「微霜渡河」而來，點染出清秋悽愴的氣氛；「雲山」則是遙映「遊子離歌」而發，勾勒出孤身

涉遠的旅況。前四句之間的承接照應，頗為錯綜綿密，似乎有意描摹此時臨歧撩亂的情懷，因此金聖嘆《聖嘆選批唐才子書》說前兩聯的手法：「轉接離即，妙至於此，真絕調也。」

再就就遊子的心境而言，鴻雁是隨季節而遷徙的候鳥，正如羈泊不定的旅人，因此遊子在啟程之際，聽見天邊飄來嘹唳的雁鳴，自然易覺愁上加愁而不堪。魏萬本是山東人氏，先已漂泊異鄉多年，故謂之「遊子」；如今更遠赴長安求取功名，須要揮別朋友而獨自跋涉長途，則他在雲山萬里的奔波中難免會感到前程渺茫的惆悵和孤身異客的迷惘，因此說：「雲山況是客中過」。「鴻雁不堪愁裡聽」是就分手時兩人同聽愁雁而說的，則魏萬此去之後，一路上獨聽雁唳的心境如何，也可以想像得之，寫來極為細膩感人。「雲山況是客中過」則是作者代替魏萬設想關山萬里、雲程渺茫給人的孤獨悵惘之感，又寫得溫馨體貼。

「關城曙色催寒近，御苑砧聲向晚多」兩句中的風物景象，是承接第二句的「微霜初渡」所呈現的節候而來。在這兩句中，詩人仍是以過來人的經驗，體貼地替魏萬設想他曉行夜宿的辛苦，以及逐漸進入京城時的所見所聞，同時又以聲色動靜的對比襯托，來浮顯孤身遠客的感受，因此方東樹《昭昧詹言》說中間兩聯：「情景交寫而語有次第。」「曙色」是破曉時漸漸明亮的天色，點出曉行夜宿的趕路情景；「催寒近」三字，既寫出拂曉啟程之際，秋意越深濃、霜風漸淒緊的感覺，也表現出越往西北而去，關城漸次逼近的動態感。詩人讓這兩句形成了由關城而御苑的行進次第，又經由曙光初現到黃昏日落的趕路情狀，展現出奔波的辛苦來繳清詩題中的「之京」二字。此外，腹聯還表現出曙色催動寒氣，寒氣催促砧聲，砧聲催傷客心的複雜情感：既有一日易暮，一年易逝的失落感，也進而有歲月不居，年光蹉跎的憂迫感，這就自然埋下了尾聯中語重心長的訓勉規戒之意。由此可見詩中意脈之綿密，值得仔細體會。「砧聲向晚多」五字，又點出

了由關城到京師時,人口逐漸稠密的感覺,同時還寓藏了長安繁華鼎盛,容易使人迷失的意思在內,實可謂金針暗渡,不著痕跡。

一本「曙色」作「樹色」,則是凸顯深秋九月時草木搖落的景象,引出霜風淒緊,關河冷清的感受。本來應該是寒氣使樹葉變色,但是寒氣不可捉摸而樹色可以目睹,因此作者轉換筆意寫成先見到樹葉換色,而後感受到日暮天寒。如此轉筆換境之後,詩意變成:彷彿是樹色的轉換催來了寒氣,因而使人更難以承受離家遠遊的寒苦;因此下一句接以砧聲之多,就更增遊子客居外地難堪的鄉愁了。如依此解,則腹聯是承接頷聯的鴻雁愁聽、雲山客過的漂泊之意,加強聲色、形象的點染,使中間四句更顯得鄉情萬里而愁思滿紙。

「莫見長安行樂處,空令歲月易蹉跎」兩句,是勉勵魏萬及鋒而試,專志功名,並警惕他勿忘赴京的初衷而迷失在繁華的京師裡。「長安」承「御苑」而來,「歲月」承「曙色催寒」和「砧聲向晚」的時光如流之感而來;再加上「莫見」「空令」的教誡語氣,自然導引出「蹉跎」的嘆息之意。在前三聯多方面渲染羈旅之思、漂泊之悲、奔波之苦,以及年華易老、流光難駐的暗示之後,才在結句點出耳提面命地教誨勸勉的苦心,充分表現出懇切叮嚀、殷勤囑咐的語重心長,令人動容。胡應麟《詩藪・內編》中指出「朝」「曙」「晚」「夜」四字有語意犯重的毛病時說:「惟其詩工,故讀之不覺;然一經點勘,即為白璧之瑕,初學首所當戒。」就詩歌藝術而言,這段求全之毀的點評,確實有值得參考之處。

李頎雖然是以七古名家,但是這首七律贈別詩不僅融合了敘事、寫景、抒情於一爐,而且命意深遠,態度誠懇,語氣溫厚,音調清朗,句法錯綜,興象豐富,因此前人給予相當高的評價,鍾惺《唐詩歸》說:「淨亮無浮響,銖兩悉稱。」邢昉《唐風定》說:「高華俊亮,與摩詰各成一調。」屈復《唐詩成法》說:「通首有纏綿之致。」劉

寶和教授《李頎詩評注》說：「情景交融，一片宮商，而又皆切客中情事，實乃唐七律中不可多得之作。」

【補註】

01 李頎〈緩歌行〉：「小來託身攀貴遊，傾財破產無所憂。……早知今日讀書是，悔作從前任俠非。」

【評點】

01 顧璘：起語平平，接句便新。初聯優柔，次聯奇拔；結蘊可興，含蓄不露，最為佳作。（《批點唐音》）

02 李夢陽：其致酸楚，其語流利。　○何景明：多少宛轉，誦之悠然。　○徐中行：詞意大雅，愛情更深。（《唐詩選脈會通評林》引）

03 蔣一葵：宛轉流亮，愈玩愈工。（《唐詩選箋釋》）

04 陸時雍：五、六老秀，結語寄況無限。（《唐詩鏡》）

05 俞陛雲：首二句平衍而已。三、四敘客況。句中以「不堪」「況是」四字相呼應，遂見生動，與「江客不堪頻北望，塞鴻何事又南飛」（編按：劉長卿〈登潤州萬歲樓〉詩）同一句法。六句之「向晚砧聲」承五句「關城寒近」而來。收句謂此去長安，當以功名自奮，勿以遊樂自荒。繞朝贈策（編按：繞朝是秦大夫之名；贈策，是促人加鞭速行之意），猶有古風。（《詩境淺說》）

06 高步瀛：情韻纏綿。（《唐宋詩舉要》）

032 古從軍行（七古樂府）　　　　　李頎

白日登山望烽火，黃昏飲馬傍交河。行人刁斗風沙暗，公主琵琶幽怨多。

野營萬里無城郭，雨雪紛紛連大漠。胡雁哀鳴夜夜飛，胡兒眼淚雙雙落。

聞道玉門猶被遮，應將性命逐輕車。年年戰骨埋荒外，空見蒲桃入漢家。

【詩意】

　　遠征和戍守塞外的將士，白天得登上高山去瞭望烽火臺，隨時留神警戒；黃昏時得牽引馬匹到交河邊喝水，隨時全力備戰。他們在風沙瀰漫而眼前一片漆黑的暗夜裡，聽到的是巡邏警戒時敲擊刁斗所發出單調枯燥的聲響，以及曾經伴隨著漢家公主遠嫁烏孫的琵琶傳出的淒涼哀怨的曲調。

　　當他們在野外紮營時，只見黃沙萬里，完全沒有可以投宿的人煙村落，而隨時急驟飄降的雪花總是漫天蓋地而來，大漠上根本無處可以避寒躲雪。這樣惡劣的天候，連當地的鴻雁也都禁不住奇寒酷冷，連夜在哀鳴聲中高飛遠遁；這樣惡劣的環境，連土生土長的胡人也都忍受不了而相對傷心，雙雙落淚！

　　聽說玉門關此時仍被君王下令封鎖，如果沒有大獲全勝就膽敢入關的話，一律格殺勿論！既然被截斷了退路而返鄉無望，他們也只好把性命全部交付給輕騎將軍，任由他支配了！可恨的是：年復一年，多少戰士的屍骨暴露在荒涼的大漠裡，卻只是換得西域的葡萄種子入貢到漢家王庭而已！

【注釋】

① 詩題──〈從軍行〉，本樂府舊題，收入《樂府詩集》卷 32〈相和歌辭・平調曲〉中，內容多寫軍旅之辛苦，抒發抑鬱愁怨之情；本詩則實寫唐室窮兵黷武，輕啟邊釁之不義，故詩題上加一「古」字，以免觸犯忌諱。

② 「白日」二句──寫隨時警戒與備戰。烽火，古時於邊地設烽火臺，儲備薪柴狼糞於其側，一旦發現敵情，晝則燃狼糞以生煙，夜則燒柴升火以傳警訊。飲馬，牽馬至水邊喝水；飲，音一ㄣˋ，作使役動詞解。交河，在今新疆維吾爾自治區內吐魯蕃縣西北約十公里處，是漢時車師前國的首府，唐時屬隴右道之西州，由於河水分流而環繞城下，故名；本詩中僅代表塞外的河流。

③ 「行人」二句──行人，出征在外的士卒。刁斗，古時軍中所用可容一斗的銅製炊具，夜裡巡邏警戒時則敲擊以代更柝。公主，漢武帝時以江都王劉建之女劉細君遠嫁烏孫（在今新疆伊犁河流域）國王昆莫，為了安慰她遠道思慕之苦，令護送的隊伍在馬上彈奏琵琶以遣愁悶。

④ 「聞道」二句──聞道，聽說。玉門，玉門關。遮，阻攔、封鎖。《史記・大宛傳》及《漢書・李廣利傳》均載漢武帝太初元年（104 B.C.）命李廣利攻大宛（今為中亞細亞烏茲別克共和國的一邑），擬至貳師（大宛國地名）取天馬。後因戰況失利，士卒死傷大半，李廣利請求罷兵班師。武帝聞之震怒，派遣使者封鎖玉門關，並下令曰：「軍有敢入者，斬之！」逐，追隨。輕車，武帝時有輕車將軍之職，此泛指邊將而言。

⑤ 「空見」句──有勞師動眾，然所得不過爾爾之意。空見，只見、徒見。蒲桃，亦作「葡萄」；古時西域所釀之葡萄酒，味道極為醇美，遠勝中原之米酒，故漢人亟欲求之。《漢書・西域傳》載

貴人蟬封立為大宛王之後，遣子入侍，歲獻天馬（按：即阿拉伯
名駒）二匹，漢使採蒲桃、苜蓿種以歸。天子以天馬漸多，又外
國使者來漢者日眾，乃廣植蒲桃、苜蓿，於是離宮館旁，彌望皆
是。

【導讀】

　　本詩字面上是虛寫漢代君王之窮兵黷武，草菅人命，骨子裡是諷
刺唐玄宗之好大喜功，長期用兵西北，而糜爛子民，塗炭生靈。全詩
色調昏茫灰暗，音聲吞吐哽咽，情思沉鬱哀痛，風格蒼涼遒勁，讀來
悽愴憤慨之意，溢於言表，可以稱得上是開啟唐代反戰詩歌的名篇佳
構，足可作為歷代帝王永世之炯戒。

　　「白日登山望烽火，黃昏飲馬傍交河」兩句，是寫白晝戰地氣氛
之緊張與遠征戍卒之艱苦；「行人刁斗風沙暗，公主琵琶幽怨多」兩
句，接著寫夜晚警戒之蕭穆與心理之悽涼。「公主」句意謂：有時駐
地傳來琵琶樂章，卻全無解悶慰勞之功，反增怨慕泣訴之感；和「行
人」句都是以聲音渲染淒苦之情，構思相當靈活。作者雖然只是寫軍
中一日的作息，卻能以少概多地表現出長年戍守的艱苦；也只是寫平
日備戰的緊張，卻可以舉一反三地暗傳敵我接戰的凶險。再加上四句
中包含著視覺、觸覺和聽覺形象，層層渲染出灰黯消沉、哀怨悽涼的
氣氛，因此儘管筆墨簡鍊，卻聲色兼備，使人有親見親聞的臨場感。

　　「野營（按：本集作「野雲」）萬里無城郭，雨雪紛紛連大漠」
兩句，極力渲染戍卒飽嚐長途征戰時露宿野外的荒漠苦寒。「野營」
句寫環境之遼闊荒遠，使人心思茫茫，鄉愁悠悠；「雨雪」句寫氣候
之奇寒酷冷，使人無所遁逃，又無處掩蔽。換言之，這兩句雖然是寫
邊地的景致與天候，卻又暗傳征戍之人思家念歸時的淒苦心境。「胡
雁哀鳴夜夜飛，胡兒眼淚雙雙落」兩句，刻意轉換筆意，並不從正面
書寫漢家將士的感受，反而採用旁襯的手法，由胡雁胡兒落筆，藉以

表示：不僅連熟悉當地氣候的胡雁，尚且難耐如此惡劣的天氣而連夜哀鳴遠飛，甚至連土生土長的胡人，尚且不堪如此惡劣的環境而感傷落淚；則遠征萬里而思歸情切的漢家兒郎，處境之艱險與心境之淒苦，也就不言可喻了。這兩句借胡雁胡兒來映襯烘托漢家軍士愁苦的心境，的確別出心裁，細膩入微，而且又表現得含蓄蘊藉，耐人尋味，值得喝彩。

「聞道玉門猶被遮，應將性命逐輕車」兩句，是直承七、八句的歸思悠悠，淚眼茫茫，轉筆深入士卒的內心世界，揭露出他們歸鄉夢斷，無計可施的淒涼。玉門被遮而退路已斷，拼命向前又豈有生機？於是他們只好心灰意冷地準備成為異域冤魂了！這兩句是以悲壯的語言傳達哀戚而無奈的心聲，不僅異峰突起，懾人心魂，同時也把君王冷酷狠戾、刻薄寡恩的情態，窮形盡相地攤在讀者眼前，讀來簡直令人血脈賁張，目眥欲裂！無怪乎王之渙要寫出「羌笛何須怨楊柳，春風不度玉門關」這樣幽怨悵恨的句子了！「年年戰骨埋荒外，空見葡萄入漢家」兩句，是在前兩句深切的幽怨之上，更進一步以年年白骨輸出荒漠，卻只得到區區葡萄入貢漢室來作鮮明的對比，強烈地譴責君王窮兵黷武，草菅人命，輕啟戰端，糜爛士卒的狂暴與冷血。這兩句筆勢犀利辛辣，語調悽愴沉痛，形象怵目驚心，對比強烈具體，讀來很難不使人產生怒髮衝冠、熱血沸騰的悲恨！

胡應麟《詩藪‧內編》卷3說：「唐七言歌行，……高適、岑參、李頎，音節鮮明，情致委折，濃纖俏短，得衷合度，暢矣！」又說：「高適之渾，岑參之麗，王維之雅，李頎之俊，皆鐵中錚錚者。」今以本詩觀之，的確無愧於胡氏的稱譽。

【評點】

01 陳繼儒：李頎此作，實多刺諷意。 ○吳山民：骨氣老勁。中四句樂府高語，結聯具幾許感嘆意。（《唐詩選脈會通評林》）

02 邢昉：音調鏗鏘，風情澹冶。皆真骨獨存，以質勝文，所以高步盛唐，為千秋絕藝。（《唐風定》）

03 沈德潛：以人命換塞外之物，失策甚矣！為開邊者垂戒，故作此詩。（《唐詩別裁》）

033 聽董大彈胡笳弄（七古）　　　　李頎

蔡女昔造胡笳聲，一彈一十有八拍。胡人落淚沾邊草，漢使斷腸對歸客。古戍蒼蒼烽火寒，大荒沉沉飛雪白。

先拂商弦後角羽，四郊秋葉驚摵摵。董夫子，通神明，深山竊聽來妖精。言遲更速皆應手，將往復旋如有情。空山百鳥散還合，萬里浮雲陰且晴。嘶酸雛雁失群夜，斷絕胡兒戀母聲。川為淨其波，鳥亦罷其鳴。烏孫部落家鄉遠，邏娑沙塵哀怨生。

幽音變調忽飄灑，長風吹林雨墮瓦。迸泉颯颯飛木末，野鹿呦呦走堂下。

長安城連東掖垣，鳳凰池對青瑣門。高才脫略名與利，日夕望君抱琴至。

【詩意】

五六百年前，蔡琰把胡笳吹奏的曲調，改編成著名的琴曲〈胡笳十八拍〉。當她要離開匈奴而回歸漢地時，特別演奏了這首樂曲，連

胡人都為悽涼哀怨的旋律而悲愴泣下，淚濕邊草；連前來贖她返回中原的使者在面對她和子女生離死別的為難和心酸時，也腸斷神傷；連歷盡滄桑而顯得灰暗的古老戍樓上所燃起的烽火，都閃爍著淒寒的幽光；連遼闊的荒漠，也頓時陰暗下來而白雪紛飛。

（五六百年後的今天，董先生更把那一段哀怨動人的故事，彈奏得令人迴腸盪氣，使人如聞如見。）他先輕輕拂弄商絃，而後依次撥彈角絃和羽絃，那繁富的琴音使得四野的樹葉彷彿都被驟然襲來的秋意所驚擾而簌簌地凋零旋落。啊！董先生的琴韻具有感通神明的特殊魔力，連深山裡的妖精都悄悄地潛伏到附近來偷聽。琴音有時緩慢地流瀉出來，有時急促地激射而出，都能配合他或慢或快的指法表現得恰到好處；有時琴音似乎盪向遠方，忽然又飄回身邊，好像其中飽含著難以割捨的深情。有時琴音傳達的意境，像是空山裡百鳥忽散忽聚的翔飛，令人目不暇接；有時候又像是萬里長空中乍陰乍晴的浮雲，忽明忽暗的光影變化，使人眼花撩亂。恍惚中，我彷彿聽到失群的雛雁在暗夜裡悲鳴，令人心酸不已；又像是被蔡琰離棄的胡兒發出眷戀母愛的號泣聲，使人肝腸欲斷！連百川的波濤，都為這樣叩人心弦的樂音而沉靜下來；連千山的群鳥，都為這樣淒神寒骨的琴曲而噤聲罷鳴！我彷彿可以傾聽到漢代遠嫁烏孫的劉細君在異域的思鄉悲嘆，又似乎可以感受到唐朝時遠嫁拉薩的文成公主留在滾滾沙塵中的無限哀怨！

突然間，幽咽哀怨的琴音轉換成瀟灑而輕揚的風格：有時像長風吹動森林般清爽宜人，有時像驟雨叩擊屋瓦般入耳動心，有時像噴濺的山泉穿越樹梢那麼奔放活潑；裊裊的餘音，則像是野鹿在堂前奔走求友時的鳴叫聲那麼和諧悅耳⋯⋯。

董先生的琴藝是如此出神入化，應該會使得在長安的宮闕東邊辦公而又經常出入中書省及南宮門的房給事傾慕不已；想必才調高雅脫

俗而淡泊名利的他，正日夜盼望著董先生抱琴前去表演爐火純青、登峰造極的曲藝吧！

【注釋】

① 詩題——今題為筆者所節略，原題甚長：「聽董大彈胡笳弄兼寄語房給事」，且在歷代選本中解讀頗為歧異，茲根據施蟄存先生的《唐詩百話》頁 179 至 183 所述，將詩題解讀如下：「聽董大彈胡笳（聲兼語弄）寄房給事」，其中的「聲兼語弄」，是對董大以琴曲彈奏〈胡笳十八拍〉的效果所作的補充說明。「聲」，指琴聲。「語」，是唐人用來泛稱胡人音樂的用詞 [1]，「弄」，則是琴曲的體裁之一，表示演奏的是琴曲而非管樂。換言之，「聲兼語弄」是說：董大的演奏中兼有胡笳特殊的異國風情、韻致與腔調，又有琴音的流美曼妙，婉轉輕靈。董大，名庭蘭 [2]，琴藝精湛。房給事，指房琯，天寶五載（746）任給事中，肅宗時拜相。胡笳，是胡人以蘆葉所捲的吹奏樂器，形似觱篥而無孔，聲似簫；在此指〈胡笳十八拍〉而言。

② 「蔡女」二句——蔡女，指東漢時著名的書法家兼辭賦家蔡邕之女蔡琰，字文姬。漢獻帝興平中（194－195）天下大亂，蔡琰先為董卓所擄，後為胡人所掠而歸南匈奴左賢主。居胡中十二年，生二子。曹操深悲故人之女淪落而贖歸，並改嫁陳留人董祀。拍，指樂曲的段落。相傳蔡琰於春月登胡殿，感笳音而改編為琴曲〈胡笳十八拍〉以言其志；不過，當代學者對〈胡笳十八拍〉的押韻、體式、流傳及著錄等情況加以考證後，大多認為〈胡笳十八拍〉應該是南朝以後之人所偽託，並非蔡琰所作。

③ 「漢使」——漢使，指由中原至胡地交涉要贖回蔡琰的使者。歸客，指蔡琰。

④「古戍」二句──蒼蒼，青黑色，指戍樓歷盡滄桑和烽火的熏燒之後，呈現出暗淡的青黑色調。大荒，極遠之地；在此指蔡琰所在的荒遠大漠。沉沉，形容荒漠的遼遠和胡天的昏暗；一作「陰沉」。

⑤「先拂」二句──這兩句是以演奏手法之高明與效果之神奇[3]，作為由蔡琰傳承至董大之過渡。《三禮圖》：「琴第一絃為宮，次為商，次為角，次為羽，次為徵，次為少宮，次為少商，共七絃。」摵，音ㄕㄜˋ；摵摵，模擬落葉聲。

⑥「嘶酸」二句──嘶酸，啼叫出令人心酸的悲鳴。斷絕，割捨恩情之意。戀母聲，〈胡笳十八拍〉中有不少母子訣別後的斷腸心聲，蔡琰的〈悲憤詩〉中更有胡兒號泣之言：「人言母當去，豈復有還時？阿母常仁惻，今何更不慈？我尚未成人，奈何不顧思！」以及蔡琰的感慨：「兒呼母兮啼失聲，我掩耳兮不忍聽！」

⑦「烏孫」二句──烏孫句，漢武帝時以江都王之女劉細君遠嫁烏孫（在今新疆伊犁河流域）國王昆莫。烏孫，一作「烏珠」，指內蒙古自治區內的錫林郭勒盟五部之一；或謂烏珠為烏孫之別稱。邏娑，唐時吐蕃之首都，即今西藏之拉薩市，或譯作「邏些」；唐時文成公主、金城公主均曾遠嫁吐蕃。

⑧「迸泉」二句──颯颯，形容飛濺的泉水聲。木末，指樹梢。呦呦，鹿鳴聲；《詩經‧小雅‧鹿鳴》：「呦呦鹿鳴，食野之苹；我有嘉賓，鼓瑟吹笙。」

⑨「長安」句──謂房琯位居中樞之要津，經常出入宮禁。垣，指宮禁之牆垣；東掖垣，指給事中的辦公署而言。唐代皇宮坐北朝南，內宮正殿為太極殿，殿前東西為左右延明門，二門下有門下省和中書省，如人之左右兩掖。門下省居東掖，稱東省、左省；中書省居西掖，稱西省、右省。給事中隸屬門下省，故謂之東掖垣。

⑩「鳳凰」句──鳳凰池，指中書省之池塘，常代指中書省；《通典‧職官志》謂中書省位於樞近，多承皇帝寵任，是以人重其位，謂

之鳳凰池[4]。瑣，指門窗上的連環形花紋，因以青色顏料塗飾，故謂之青瑣門。青瑣門，代指門下省而言。按：此句似有祝福房琯由門下省升遷到地位更為清華的中書省任職的涵義。

⑪ 「高才」二句——高才，稱賞房琯為才調高朗之人。脫略，不執著、不受羈絆；有淡泊之意。望君，指風聞董大琴藝之妙而景仰企望已久。

【補註】

01 例如杜甫〈詠懷古跡〉：「千載琵琶作胡『語』，分明怨恨曲中論」、白居易〈琵琶行〉：「今夜聞君琵琶『語』，如聽仙樂耳暫明」；「語」字正是唐人用來泛稱胡人音樂的用詞。

02 後來董庭蘭成為房琯之門客，很得寵信，《舊唐書·房琯傳》甚至記載當時朝官往往要經由董庭蘭的安排才能見到房琯，可見其人炙手可熱之一斑。後因招納賄賂，牽累房琯被彈劾，董氏也獲罪而死。

03 《列子·湯問》載鄭國人師文演奏時，「當春而叩商絃，以召南呂，涼風忽至，草木成實。及秋而叩角弦，以激夾鐘，溫風徐迴，草木發榮。當夏而叩羽弦，以召黃鐘，霜雪交下，川池暴沍……。」又《文選·嘯賦》也有類似的記載：「發徵則隆冬熙燕，騁羽則嚴霜夏凋，動商則秋霖春降，奏角則谷風鳴條。」

04 《晉書·荀勗傳》載荀勗久在中書省，專管機事；後轉為尚書令，甚為惆悵，人或賀其新職，勗曰：「奪我鳳凰池，諸君賀我耶？」

【導讀】

這是一首以七言為主，間有三、五言的雜言詩。雜言詩由於句法的長短可以隨意變化，因此音律節奏較為跌宕起伏，疾徐有致，形式上也顯得比較自由而不受拘束，並沒有如何區分章節段落的固定模式

可循，因此《師友詩傳錄》以為這種古詩的章句段落是「以浩落感慨之致，卷舒其間，行乎不得不行，止乎不得不止；因自然之波瀾以為波瀾。」筆者根據詩歌情境的發展，大致分為四段解讀。

首段六句是藉一段歷史悲劇，先敷設暗淡哀傷的氣氛，作為引出董大琴韻的序曲。「蔡女昔造胡笳聲」七字，先交代〈胡笳十八拍〉是東漢末年的蔡琰從悲切的胡笳腔調改編而成的琴曲，可見董大演奏的琴曲源遠流長。「一彈一又十八拍」七字，是以抑揚頓挫、一波三折的語法，曲傳〈胡笳十八拍〉動人肝腸、催人淚下的魔力。「胡人落淚沾邊草，漢使斷腸對歸客」兩句，說明當年蔡琰歸漢前演奏〈胡笳十八拍〉時胡漢皆悲的情況，藉以喚起一段沉痛的歷史傷痕與親子訣別的人倫悲劇，從而豐富董大琴音中的情感。「古戍蒼蒼烽火寒，大漠沉沉飛雪白」兩句，除了可以視為蔡琰演奏時的真實景況之外，還可以視為以示現的手法和誇張的筆調，描繪當時悽涼哀怨的場景，表示不僅是人深受感動而已，連原本灼熱的烽火都浸透在淒怨的琴音中而閃爍著寒氣，連遼闊的荒漠都染上悲涼的氣氛，頓時昏天暗地，白雪紛飛！有了這兩句的渲染，便為次段鋪寫董大琴藝能感天人而動鬼物的神祕魅力，預先作了有力的鋪墊。

以上六句對「胡笳聲」的由來和藝術效果的描述，已經先把讀者引入一個悽涼幽怨的藝術氛圍之中，讓人不禁對一代名師董大所彈奏的〈胡笳十八拍〉充滿好奇與期待，於是作者順勢而下，轉入正面來敘述。

「先拂商弦後角羽」至「邏娑沙塵哀怨生」為第二段，是正面描寫董大彈奏〈胡笳十八拍〉的哀婉動人。作者主要採用移覺的手法，摹繪出各種生動的形象和具體的畫面來展現抽象的琴曲情韻；再加上筆勢矯健，氣象雄奇，風格瑰麗，音調動聽，因此令人印象深刻。

「先拂商絃後角羽」七字，除了寫董大演奏時移宮換調的靈活，以及聲情變化的豐富之外，可能還暗用《列子・湯問[1]》的典故，表

示董大的琴藝,已經盡得蔡琰的神髓,撥弄琴絃之際,能使天地變色,四季錯亂,因此才會在琴音一起時便「四郊秋葉驚摵摵」了!這兩句一筆兩意,是承上啟下的關鍵所在,既可以兼指蔡琰和董大演奏〈胡笳十八拍〉時同樣幽怨淒涼,也自然下啟「董夫子,通神明,深山傾聽來妖精」的讚嘆之意。「言遲更速皆應手」是形容董大指法之嫻熟,因此節奏或徐緩或急促,無不得心應手。「將往復旋如有情」是形容琴音飄忽不定:有時微弱得彷彿遠颺而去,忽然又折回而繚繞耳畔,而且那悠揚曼妙的琴音中似乎迴盪著難以言傳的豐富情感。

以上六句,是以概括的筆墨與讚嘆的口吻,寫聆聽時感到「如有情」的總體印象;以下八句,則進一步把概括的印象加以深刻化與具象化,借以引發讀者對於「如有情」三字的豐富聯想。

「空山百鳥散還合,萬里浮雲陰且晴」兩句,是把聽覺感受轉化為視覺意象:當琴聲或縱或收時,就像空山群鳥之時散時聚;而曲調或急或緩、或高或低時,又像萬里浮雲之忽陰忽晴。詩人雖然並沒有從聲音方面著墨,但是鳥雀聚散時細碎嘈雜的啁啾聲,此起彼落的撲翅聲,卻恍若可聞;也沒有從色彩方面渲染,但是色調之乍明乍暗,光影之變化閃幻,也宛然在目。「嘶酸雛雁失群夜,斷絕胡兒戀母聲」兩句,則折筆轉回聲情的描寫,以失群雛雁在暗夜中的哀鳴,譬喻當年蔡琰不得不割捨恩情,以及胡兒失去母親時那種生死訣別的心酸悽楚。如此安排,除了在章法上照應序曲中蔡女胡笳的悲悽情調,使首二段變得藕斷絲連,血脈相通之外,也表示董大琴藝之出神入化,足可重現當年蔡琰抱兒痛哭、胡兒牽衣悲啼的辛酸場景,令人產生不忍聞見之感;因此以下便接著以「川為靜其波,鳥為罷其鳴」這兩句充滿嘆賞的語氣,來補足對「董夫子,通神明」的頌揚之意。如此穿插,既可盪開一筆,暫時跳開音樂情境的描寫,轉而烘染江流為之沉靜、眾鳥因而噤聲的外在氣氛,來傳達出琴音感物動人的神奇魅力,同時

還把七言長句改成五言短句，讓節奏變得抑揚頓挫，跌宕有力，語勢也顯得波瀾起伏，錯落有致。

「烏孫部落家鄉遠，邏娑沙塵哀怨生」兩句，則表示琴音中的一縷幽情，可以讓人由文姬入胡生子的淒涼身世，聯想到漢、唐公主遠赴異域和番後只能埋骨黃沙的悲劇宿命；於是她們辭宮時悽楚悲愴的心聲、出塞時孤子黯然的身影，以及身居大漠，暗夜思歸時沉痛的嘆息，也都使人如見如聞。如此寫法，既能曲傳琴音可以穿越古今的神秘奧妙，也讓〈胡笳十八拍〉中幽怨淒苦的聲情，迴盪在千百年來遼闊浩瀚的沙塵之間，最能產生令人一唱三嘆的遙情遠韻。

「幽音變調忽飄灑」，既一筆收束前面二十句中的悲悽情調，又開啟以下三句中歡快的感受，表示董大在體現出原曲的精髓之後，更有自創新曲的發揮。幽音，統指前文中所有幽怨哀悽的琴音；變調，是指移宮換調而表現出和先前截然不同的情境；飄灑，指飄逸瀟灑的韻致，含有輕快寫意的情味。以下三句，則是「飄灑」二字的具體展現。

「長風吹林雨墮瓦」七字，是形容琴絃揮灑出長林中颯颯爽爽的風聲後，更敲擊屋瓦而發出時而清脆、時而低沉的雨韻，相當扣人心弦。「迸泉颯颯飛木末」七字，則是形容琴絃激盪出飛泉穿越林梢時噴珠濺玉的情調，時而奔放豪邁，時而輕快活潑。「野鹿呦呦走堂下」七字，既形容曼妙的琴音能表現出野鹿在草地上呼朋引伴時和諧快意的聲情，也融入《詩經·鹿鳴》中「呦呦鹿鳴，食野之苹；我有嘉賓，鼓瑟吹笙」的涵義，表示對於董大以琴藝在廳堂前娛賓待客的誠意，欣然承領，充分享受，也心存感激；同時還暗示董大似有獻藝以求知音的深意，因而引發詩人惜才之心，為後段中所要表露的推薦旨趣，預先留下線索。

「長安城連東掖垣，鳳凰池對青瑣門」兩句，意在轉筆寫足「寄房給事」的題意。前句點出房琯出入禁中，任職中樞，頗受天子倚重，

令人景仰敬羨；次句則祝福房琯不久將從給事中升任到地位與名望都更為清華的中書省。如此寫法，既符合受贈者身分的高貴，也能藉著富貴權勢和功名利祿最為密集豐沛的長安，襯托出房琯竟能「高才脫略名與利」的瀟灑與淡泊，表達出詩人的崇敬之意。「日夜望君抱琴至」七字，除了稱讚董大擁有足以驚動公卿、名揚四海的絕藝之外，也藉著推崇房琯的確是熱愛藝術的高雅知音，來表達作者樂於引薦的誠意。

　　音樂是一種極為抽象的藝術，既無形無色、無嗅無味，也沒有任何光影輪廓可以捕捉，以致我們在欣賞或輕盈曼妙、或雄壯激昂、或悲淒幽咽、或歡悅奔放的各種音樂時，只能憑藉著主觀當下的心靈直覺，去感受音樂情境對生命的激盪與啟發，很難訴諸理智去分析它之所以動人的因素。因此，儘管音符的高低、音節的長短、節奏的快慢、音度的強弱，都能細膩入微地傳達演奏者的心聲，使聽者意有所動而情為之迷，卻只能心領神會地訴諸直觀的聯想，無法以口語來傳播其動人的情韻，也不易以文字來表達其幽遠縹緲的意趣。本詩的作者卻能多元地運用具體的形象、閃幻的光影、擬人的手法、示現的技巧、誇張的筆觸，以及聲色、遠近、動靜的對比來捕捉琴韻，描摹聲情，使讀者的耳目膚觸等感官都得到豐富優美的體驗，無怪乎《河嶽英靈集》稱讚他描繪音樂的詩篇「足可歔欷，震盪心神」了。

　　值得特別注意的是：作者不僅使次段的音樂演奏自成首尾，結構完整，又能和首段〈胡笳十八拍〉的創作背景融合為一，見出董大的確薪傳蔡琰琴藝的神髓，而且還借第三段展示董大創新突破的成就，更以「野鹿呦呦走堂下」流露出董大欲求知音的心聲，於是便自然引出詩人賦詩寄贈房琯來推薦的用意，這就更令人不得不佩服詩人佈局之巧妙、章法之嚴謹、脈理之清暢與匠心之細密了。

【補註】

01 《列子‧湯問》載鄭國人師文演奏時，「當春而叩商絃，以召南呂，涼風忽至，草木成實。及秋而叩角弦，以激夾鐘，溫風徐迴，草木發榮。當夏而叩羽弦，以召黃鐘，霜雪交下，川池暴沍。及冬而叩徵弦，以激蕤賓，陽光熾烈，堅冰立散。將終，命宮而總四弦，則景風翔，慶雲浮，甘露降，澧泉涌。」又《文選‧嘯賦》也有類似的記載：「發徵則隆冬熙蒸，騁羽則嚴霜夏凋，動商則秋霖春降，奏角則谷風鳴條。」

【評點】

01 郭濬：說得婉轉淪動，足可感人。（《增定評注唐詩正聲》）

02 吳逸一：真得心應手之作，有氣魄，有光彩；起有原委，結有收煞。盛唐傑作如此篇者，亦不能多得。（《匯編唐詩十集》引）

03 陳繼儒：翻笳調收入琴，自文姬始，故先狀其曲之悲，而後敘董音律之妙。「遲速應手」「往旋有情」，以下諸語，無非摹寫其通神明之處；蓋酸楚哀戀之聲，能逐飛鳥，遏行雲，靈感鬼神，悲動夷國，所奏真足高絕古今。至變調促節，若風吹林，雨墮瓦，泉颯木末，鹿走堂下，說出變態，陡起精采。殷璠所謂「足可歔欷，震盪心神」者，非胸中另具一元化，安能有此幽遠幻妙？（《唐詩選脈會通評林》）

04 周啟琦：雄渾！機致橫流。（《唐詩選脈會通評林》）

05 范大士：寫笳聲極為濃至，機神散朗，不可方物。（《歷代詩發》）

06 吳瑞榮：真是極其形容，曲盡其態。（《唐詩箋要》）

07 姚奠中：全詩的特色就在於巧妙地把演技、琴聲、歷史背景以及琴聲所再現的歷史人物的感情結合起來，筆姿縱橫飄逸，忽天上，

忽地下，忽歷史，忽目前。既周全又自然渾成。（見《唐詩鑑賞辭典》）

08 劉寶和：寫音樂之精，比〈聽安萬善吹觱篥歌〉又進一籌。〈聽觱篥歌〉所寫多虛象，且多用目而非用耳，如「黃雲蕭條白日暗」「上林繁花照眼新」是也；用耳而精者，為「桑柏颼颼」「鳴鳳啾啾」數句而已。此詩則多用耳，且比喻精切，非深於琴道者不能。古戍蒼蒼、秋葉摵摵……將往復旋、既陰且晴……雛雁失群、胡兒戀母……處處皆為耳聞，而非目睹；蓋不如此，則不足以盡琴音之妙。（《李頎詩評注》）

034 聽安萬善吹觱篥歌（七古）　　　李頎

南山截竹為觱篥，此樂本自龜茲出。流傳漢地曲轉奇，涼州胡人為我吹。旁鄰聞者多歎息，遠客思鄉皆淚垂。世人解聽不解賞，長飆風中自來往。
枯桑老柏寒颼颼，九雛鳴鳳亂啾啾。龍吟虎嘯一時發，萬籟百泉相與秋。忽然更作漁陽摻，黃雲蕭條白日暗。變調如聞楊柳春，上林繁花照眼新。
歲夜高堂列明燭，美酒一杯聲一曲。

【詩意】

　　先截取南山的竹子，再加上蘆葉捲成喇叭狀所製成的觱篥，原本是來自龜茲國的樂器，當它流傳到中原以後，吹奏出來的曲調就變得更加奇妙動人了。今晚，就有一位來自西涼的胡人為我吹奏，附近的

人家聽到那悲淒的音調後，大多為之嘆息感慨；而遠離家園的人聽了那感人的旋律以後，全都被勾起鄉愁而忍不住流下眼淚。可惜的是：世人雖然隱約能聽出觱篥曲中的悲情，卻不能真正領略其中的妙趣，因此安萬善樂師仍然在除夕夜頂著狂暴的北風踽踽獨行，沒有遇到真正賞識他的知音。

他表演的樂曲，有時像是枯桑和老柏被寒風吹得颼颼作響般，清肅而悽涼；有時像是許多雛鳳錯雜爭鳴般，輕細而嬌嫩；有時像是龍吟虎嘯同時發聲，給人風起雲湧的雄偉幻變之感；有時又像是山林間千萬個孔竅的聲音和上百道的奔泉共同形成的秋聲，給人蕭颯寒瑟的淒愴之感。突然間，音調轉換成像禰衡所槌擊出的〈漁陽摻〉那麼蒼涼悲壯，讓人彷彿見到邊城的黃雲蔽天，連白日也黯淡無光的景象；曲終之前，樂調再變，又像是〈楊柳春〉古曲那麼輕快悠揚，使人恍然見到上林苑裡繁花照眼時清新明媚的色彩一般。

除夕夜裡，能在華麗的高堂上與明亮的燭光下，一邊聆聽他演奏出神入化的觱篥曲調，一邊品嚐美酒，真能使人渾忘羈旅未歸的客愁啊！

【注釋】

① 詩題──安萬善，西域人。「安」為康國九姓之一，族人多善歌舞，精音樂；北齊、北周時安氏進入中原，朝廷多用為樂工。觱篥，音ㄅㄧˋ ㄌㄧˋ，又作悲栗、觱栗、篳篥等，本為龜茲的管樂器，其器截竹為管，管身開有九孔，管身下端以蘆葉為喇叭以揚其聲，形似嗩吶而聲極悲涼。

② 「南山」二句──南山，終南山之簡稱。截竹，截取竹子以為管身之用。《昭明文選‧長笛賦》謂終南山之北崖有竹可以為笛。龜茲，音ㄑㄧㄡ ㄘˊ，西域國名，位於天山南麓，正當漢時通往西

域的交通線上，在今新疆維吾爾自治區北部的庫車縣；唐初內附，為安西督護府的治所，距長安約七千五百里之遙。

③「流傳」二句——曲轉奇，謂曲調有所創新奇變。涼州，唐時邊州，治所在今甘肅省武威市，因其地處西方而氣候寒涼，故名。

④「旁鄰」句——旁鄰，鄰近座旁之人，亦可指附近人家而言；蓋其人並無羈泊之悲，故僅聞聲增嘆而已。

⑤「世人」二句——既自負為其知音，又嘆安氏之不遇，以致不能出入公卿顯貴之門；並以其在朔風中獨自來去的形象，補足世乏知音之意。解，能也；解聽，聽得懂觱篥的悲音。賞，領悟樂曲中豐富而深刻的意境。長飆，迅疾之風。後句意謂：於除夕之夜，在迅疾的北風中踽踽獨行，未逢知音的賞識。

⑥「枯桑」二句——謂觱篥聲如風吹枯桑與老柏之淒楚蒼勁，又如雛鳳亂鳴之嬌嫩細碎。颼颼，風聲。啾啾，眾鳥鳴聲。

⑦「龍吟」二句——前句形容高亢雄壯之音，齊來並發；後句形容奔迸清脆之聲，融成深秋的悲音。籟，孔竅中所發出的聲音；萬籟，泛指各種自然的聲音。相與秋，交相編織成令人凜然生寒的秋意與秋聲。

⑧「忽然」二句——寫忽然變調之後，絃音轉為悲壯沉痛，使人恍如見到邊城沙塵蔽天，黃雲昏晦，白日也為之黯淡無光的景象。更作，改變演奏時的宮調。漁陽摻，殆形容音節之蒼涼悲壯，《世說新語·言語》載禰衡倨傲，被曹操謫為鼓吏，於正月半試鼓，衡奮揚鼓槌表演〈漁陽摻撾〉，淵淵有金石聲，四坐為之改容。摻，音ちㄢˋ，以三支鼓杖擊鼓之法，一說擊鼓之曲調名。蕭條，寥落黯淡貌。

⑨「變調」二句——寫曲調再變後之清新美妙，生動活潑，並以想像的景象，摹寫樂音給人歡悅愉快的感受。變調，謂樂曲之情調再變。楊柳春，或謂乃〈折楊柳〉古曲之別稱，或謂「楊柳」二字

即代指古曲〈折楊柳〉或〈楊柳枝〉，「春」字則形容其變調之
生動活潑，輕快悅耳。上林，秦、漢之苑囿名，方三百里，有離
宮七十所，苑中畜養百獸，以供天子秋冬時射獵，見《三輔黃圖·
卷4·苑囿》。照眼新，謂百花盛放，絢麗耀眼。

⑩「歲夜」二句——意謂眼前既有高堂華燭足以溫暖客心，又有美酒
妙音足以令人陶醉，於是便以美酒澆熄鄉愁，以音樂沖淡歸思而
盡興聆曲了。歲夜，除夕之夜。高堂，高大而寬敞的廳堂。末句
謂安氏之妙藝，耐人回味，故每奏完一曲，詩人即為之浮一大白。

【淺說】

本詩只是記錄除夕夜聆賞一場觱篥演奏，使詩人渾忘思歸的鄉愁
而已，既無名句可摘，亦乏佳句可賞，更無深意可求。作者雖然藉助
於視覺形象來摹寫聽覺感受，以凸顯「曲轉奇」的新妙之處，並流露
出知音的自負與聆曲後的滿足之感；但是音樂畢竟過於抽象，而且詩
人的筆墨又不足以刻劃出完整的音樂情境，以至於筆者儘管竭力以意
逆志，想要追摹詩中的妙韻與情趣，卻仍然覺得本詩相當空洞、瑣碎、
凌亂而蕪雜，遠不如劉鶚的〈明湖居聽書〉一文所給人的豐富、細膩
而又生動傳神的審美情味。由於劉鶚採用卷舒自如、穠纖合度的散文
體式和小說筆觸，再加上爐火純青的描寫技巧、過人的音樂天賦、驚
人的領悟力與想像力，因此能信筆揮灑，縱橫如意，象喻形容，得心
應手，從而創造出雅俗共賞，令人嘆為觀止的音樂美文。相形之下，
李頎這首詩就顯得浮泛抽象而乏善可陳了。因此，即使是頗能欣賞李
頎詩歌奧妙的劉寶和教授，也只能如此評析本詩了：

＊聲音難摹，故雜用諸物象以寫之。蓋物象之聲可聞，則觱篥之聲
　可聞；物象之形可見，則觱篥之聲亦可想見矣，此為詩中比擬法。
　枯桑老柏、九雛鳴鳳、龍吟虎嘯、萬籟百泉、黃雲白日、上林繁
　花皆是也。頎之前，寫音聲者皆無此精妙，其後顧況之〈李供奉

彈箜篌歌〉、韓愈之〈聽穎師彈琴〉、白居易之〈琵琶行〉、李賀之〈李憑箜篌引〉，愈細而愈工，實皆由此有以啟之；然則創始之功為不可沒矣。（《李頎詩評注》）

顯然除了提示詩人首開摹寫音樂情境的功勞，並許之以「精妙」之外，也無法為它勾勒出一個豐富而動人的情節。本乎此，筆者以為這是一首詞不達意、情難感人的破碎之作，也就不再為本詩作更深入的導讀或賞析，僅在注釋中對詩意略加點染而已。

值得指出來的是：篇末以「歲夜高堂列明燭，美酒一杯聲一曲」作結，透露出詩人是在異鄉的除夕聽曲，本應有戴叔倫〈除夜宿石頭驛〉詩：「一年將盡夜，萬里未歸人」所流露出的孤寂落寞，以及崔塗〈除夜有懷〉詩：「那堪正漂泊，明日歲華新」所表現出的淒涼況味才是；但是詩人卻不把筆墨用來渲染羈旅漂泊的苦悶，反而只在第六句以「遠客思鄉皆淚垂」七字，蜻蜓點水地借旁人的淚光來折射出這層意思，而後便把全副精神用在音樂情境和興象的捕捉上。如此安排，一方面表現出安氏妙藝之爐火純青，出神入化，足以引人入勝而渾忘鄉愁；另方面則凸顯出自己正是解聽又解賞的知音，以回應第七句「世人解聽不解賞」的感慨，透露出為安氏的懷才不遇抱屈之意。

035 送陳章甫（七古）　　　　　李頎

四月南風大麥黃，棗花未落桐陰長。青山朝別暮還見，嘶馬出門思舊鄉。

陳侯立身何坦蕩，虯鬚虎眉仍大顙。腹中貯書一萬卷，不肯低頭在草莽。

東門沽酒飲我曹，心輕萬事如鴻毛。醉臥不知白日暮，有時空望孤雲高。

長河浪頭連天黑，津吏停舟渡不得。鄭國遊人未及家，洛陽行子空歎息。

聞道故林相識多，罷官昨日今如何？

【詩意】

　　四月溫和的南風吹來，把一望無垠的纍纍麥穗翻湧成金黃色的波浪。阡陌之間，黃綠色的棗花仍然在樹上散發出宜人的芬芳，道旁又闊又圓的桐葉，則濃密地交疊出一條幽靜清涼的綠色隧道。啊！這樣和諧美好的初夏景致，真是令人心曠神怡、胸懷舒坦啊！何況，早晨和陳兄並轡出城時才告別的青山，傍晚在馬鳴聲中可以看見它們多情地相隨而來，這就更令人懷念舊時居住鄉野間的悠閒自在了！

　　陳兄立身處世何其磊磊落落，坦坦蕩蕩！那蜷曲糾結的鬍鬚、粗獷濃密的虎眉和飽滿寬廣的額頭，讓您看起來是那麼英挺威武！您飽讀經書，胸羅萬略，不甘心淪落為草野莽夫（因此您曾經積極仕進，以求一展長才，正是英雄豪傑應有的本色！奈何您又不慣仕途的羈絆和宦海的風波，公餘之暇便）常在東門外宴請志趣相投的朋友談古論今，開懷暢飲，世間一切的名利俗務在您的心中全都輕如鴻毛！您經常豪飲沉醉而高臥，渾然不覺白日將盡；有時您又眼神茫然地仰望長空的孤雲，似乎感到辜負了自己滿腔的壯志！

　　送您到渡口時，風高浪急，騰空而起的浪頭使天色頓時昏黑下來，所以管理津渡的小官差就下令停航而無法渡河。來自鄭國的陳兄無法及早返抵家門，我這個洛陽遊子也只能陪著您悵然地對著渡口嘆息。

聽說您在嵩山的故林中有很多方外之交，如今您辭官歸隱，即將和老朋友重逢了，您的心情應該很輕鬆寫意，也很舒坦自在吧？

【注釋】

① 詩題—陳章甫，江陵人，早年曾隱居嵩山；開元年間進士，官至太常博士。曾應制科及第，然因戶籍有誤，初不予錄用，章甫上書力辯，始破例錄用，事見《全唐文》第 4 部卷 373、《唐語林》卷 8[1]。高適〈同觀陳十六史興碑〉，稱賞他為頗有逸思佳句的「才傑」。本詩殆即陳氏辭官歸返嵩山時，詩人送別之作。

② 「四月」二句—《禮記・月令》云：「孟夏之月，……農乃登麥。」可知四月為麥穗黃熟時節。桐陰長，桐葉寬圓闊大，交互疊覆成濃蔭。

③ 「青山」二句—意謂早晨並轡出城時，即見青山隱隱，一路伴隨至傍晚，彷彿亦多情地依依相送，而詩人亦因所見景致之自然清幽而有倦勤歸鄉之思。按：「青山」句亦可解為：陳章甫入仕未久即辭官歸隱，蓋「青山」一詞常指隱居之地。「嘶馬」句亦可解為：陳章甫所騎的識途老馬因即將歸返嵩山而愉悅地嘶鳴，則陳氏想必更加歸思悠悠了。

④ 「陳侯」二句—侯，對陳氏之尊稱。虯鬚，蜷曲而濃密的髯鬚；蓋古人觀念或印象中無角之虯龍常盤曲而相糾結，故云。虎眉，濃密而粗獷的眉毛。仍，兼、並也。顙，音ㄙㄤ∨，額頭；大顙，額頭寬廣而飽滿。

⑤ 「腹中」二句—腹中貯書，稱其學富五車；《世說新語・排調》載郝隆於七月七日出日中仰臥，人問其故，郝曰：「我曬書。」後句謂不甘淪落民間，一無建樹。按：此可能暗指陳氏因戶籍不符而遭吏部黜落，經他據理力爭始蒙錄用之事。

⑥ 「東門」句──東門，殆指洛陽之東門。酤，買酒。飫，音ㄧㄣˋ，
　設酒款客。曹，表示複數之詞。我曹，我輩，殆指生性豁達而不
　求名利的同調之友。

⑦ 津吏──管理渡口的小吏，唐時每渡置津吏五人，主濟渡，無品。

⑧ 「鄭國」二句──鄭國、洛陽，泛稱河南地區。按：春秋時之鄭國，
　在今河南地區，可能因陳氏曾任亳州（約在今河南商丘市南）糾
　曹，又曾隱居嵩山達二十餘年，故稱之為「鄭國游人」；而李頎
　曾寄居潁陽，又官新鄉縣尉，皆在河南地區，故自稱「洛陽行子」。

⑨ 「聞道」二句──聞道，聽說。故林，殆指嵩山而言。昨日，泛指
　過去某時。罷官昨日，為「昨日罷官」之倒裝。

【補註】

01 陳章甫〈與吏部孫員外書〉云：「昔傅說無姓，商后置於鹽海之
　地；屠羊隱居，楚王報以三旌之位；未聞徵籍也。范睢改姓易名
　為張祿先生，秦用之以霸；張良為韓報仇，變姓名而逃下邳，漢
　高用之為相。則知籍者，所以計賦耳，本防群小，不約賢路。若
　人有大材，不可以籍棄之；苟無良德，雖籍何為？」吏部不能辯
　詰，特為請示執政，始破例錄用。又，《封氏聞見記》卷 3「制科」
　條亦有類似記載。

【導讀】

　　由詩中文句來看，陳章甫是一位英朗豪邁、放浪不羈的奇士，他
雖然才高學富，卻又一肚皮不合時宜；儘管胸懷大志，卻又淡泊名利。
李頎也是個性蕭散而不慕祿位，舉止疏簡而厭棄世務的人，因此詩人
心中雖有朋友送別之情，筆下卻無兒女依戀之態，讀來只覺惺惺相惜
的英雄之氣流貫全篇，不僅陳章甫性行粗獷，意氣孤高，胸懷磊落的

形象極其生動，詩人對他的景仰敬重之心與羨慕嚮往之情，也自然流露，的確是一首別開生面的送別詩。

「四月南風大麥黃，棗花未落桐陰長」兩句，先點出一路相送而行的時令與所見的景物，描繪出一幅令人神清氣爽，心曠情怡的鄉野風光：金黃色的麥穗在溫暖的南風中翻疊起伏成柔和的波浪，放眼望去，極目無窮，已使人舒坦愉快；何況路邊還有棗花送香、桐蔭幽涼，胸懷自然開朗起來。面對如此優美和諧的村野景致，怎不令人油然湧現回歸林泉，擁抱自然的念頭呢？換言之，這兩句寫景既表示陳章甫及時歸隱，妙契自然；又暗示勾起了詩人對於昔日閒雲野鶴生涯的憶念，並且預留第四句「思舊鄉」的線索。時令雖已入夏，但是氣清而風軟，再加上麥「穗」纍纍的金黃色，棗「花」在初夏時節的黃綠色，桐「葉」闊圓而遮疊成蔭的深綠色，取樣的植物有果實有花朵有葉片，安排的色調由金黃而黃綠而碧綠，既表現出欣欣向榮而又各具情態的萬象生機，也調理出層次豐富而又柔和統一的優美色彩，同時還讓這些濃淡淺深各有姿韻的景物，全部在四月的南風中搖曳擺動，形成一幅賞心悅目的圖畫。詩人描繪風景的功力和景中藏情的匠心，的確不俗。

值得注意的是：從中段對陳章甫的胸次、性情、志節和舉止的勾勒來看，罷官歸隱其實是宿願得償的快意之事，因此作者便避開以景物渲染難捨離情，或藉景物抒發失意怨憤的手法；改用大片景物來襯托陳章甫磊落不羈的性格和豪邁爽朗的氣度，而且表現得相當成功，值得細加揣摩。其次，詩人與陳章甫應該是在早上騎馬出城，而後便一路相送至傍晚，作者卻把途中所見的景致先行移置到開篇的兩句中，既使起筆顯得奇崛突兀，磊落不凡，又彷彿才拉開序幕就把大好景色送進讀者眼中，給人置身畫境的美好感受，稱得上是先聲奪人的精采起勢，因此方東樹《昭昧詹言》評之曰：「起二句奇景湧出。」

「青山朝別暮還見，嘶馬出門思舊鄉」兩句，前句點出由朝至暮相送的情誼之深長，後句暗示陳章甫此別是回歸早年隱居的嵩山。由前兩句中金黃而黃綠而深綠的色澤搭配，到第三句又以黛綠蒼青的山脈呼應，可以體會到作者敷設的色彩既有層次之分，又有濃淡之別；而且視野遼闊廣袤，因此能營造出使人悠然神往的村野風光，「思舊鄉」的意念便自然湧現胸中了。「青山」一詞在古典文學中本來就有歸隱的典型意義，因此當青山多情如許地一路相隨而來時，不僅暗藏著詩人惜別的心意，又流露出辛棄疾〈賀新郎〉詞「我見青山多嫵媚，料青山見我應如是」的親切感與認同感，自然使詩人在送友人歸隱的途中也產生了回歸山野林泉的幽懷逸興了。

「陳侯立身何坦蕩，虬鬚虎眉仍大顙」兩句，前句寫其坦坦蕩蕩、胸懷灑落的人品氣度，後句則寫其相貌堂堂、威嚴英武的儀容丰采。「虬」「虎」「大」三字，給人龍虎異相，英氣逼人的感覺，和必然懷有遠大志略，具備豪爽性格的暗示；不僅氣韻生動，宛然若見，而且還能把抽象的形容詞「坦蕩」予以具象化，可見詩人圖形寫貌而神采畢現的功力。「腹中貯書一萬卷，不肯低頭在草莽」兩句，一寫其學養精湛，識見非凡；一寫其胸懷天下，有兼濟之志。這兩句暗指他制科及第時因戶籍不符而遭黜落，經他慷慨陳情，據理力爭之後才被錄用的往事。如此描寫，既表現出他具有超群的才學，又稱讚他具有用世的熱誠，同時也暗示他積極進取的志向絕非為了追求功名利祿。有了這四句的勾勒，使人既對陳章甫的儀表形貌印象深刻，又對他的志節抱負有所認知，同時也由「不肯低頭」四字暗示他倔強的傲骨，是使他罷官而去的重要因素。如此安排，便能自然帶出他不慣淹留宦海而借酒澆愁的苦悶，可見詩人佈局時的用心。

「東門酤酒飲我曹，心輕萬事如鴻毛」兩句，前一句轉筆寫他雖寄身仕途，卻不能悠遊於宦海的悒悶，因此他常與志同道合的三五好友飲酒談心，議論古今。後一句再點出他本是脫略形跡的豪曠之人，

利祿俗務本來就不放在心上；同時也暗示他放浪形骸、不受羈勒的個性，是令他滿腔孤憤，無法銳意治事，甚至因而罷官的關鍵所在。「醉臥不知白日暮，有時空望孤雲高」兩句，前一句寫他飲酒的豪爽灑脫，暗示他不得不仕中求隱、以酒為德的苦悶。「不知日暮」透露出他借酒澆愁的放蕩行徑背後，隱藏著一分無法排遣也難以宣洩的沉痛——一種英雄無用武之地的感慨！唯其如此，陳章甫才會仰望高空孤雲，感慨徒有滿腔志略，卻苦無報國機緣；唯其如此，才使他在惆悵迷惘之時，只能無語問蒼天了！「孤雲」既象徵他磊落不羈、穎脫不群的性情，也暗示他有回歸自然，成為閒雲野鶴的念頭；「望」「高」二字，既形象生動地傳達他對於無拘無束，自由自在的嚮往，也暗示他清高自持，視富貴如浮雲的志節。綜合而言，「陳侯立身何坦蕩……不肯低頭在草莽」四句，是刻劃他的精神面貌，凸顯他的才高學博與濟世熱誠，不愧英雄本色；「東門酤酒飲我曹……有時空望孤雲高」四句，則是折筆寫他佗傺失意、英雄末路的憤懣，並委婉地交代他不慣簪笏而掛冠歸隱的苦衷。

「長河浪頭連天黑，津吏停舟渡不得」兩句，既是實寫相送至渡口時天候惡劣，風急浪險而不能航渡的情景，也寄託了仕途險惡，風波詭譎，汲引無人，英才難施的感慨，並再一次點出他寄情於酒與罷官而去的原因。「鄭國游人未及家，洛陽行子空嘆息」兩句，既為陳章甫未能順利登舟，及早歸隱嵩山舊廬而嘆，也為彼此仕途失意，不能一展抱負而嘆。

「聞道故林相識多，罷官昨日今如何」兩句，是表示對於陳章甫能倦鳥還林，和昔日的方外舊識悠遊於山野的欣慰之意，同時也流露出對於他能遠離紅塵而徜徉山水，跳脫宦海而逍遙林泉的嚮往之情。末句親切地詢問：「您前日罷官，是否有如釋重負的輕鬆之感？今日即將歸隱，是否有如魚得水的喜悅快意呢？」其實是表示詩人深心理解陳氏的心願，並有勸慰友人拋開一切俗世的不如意，好好享受隱居

歲月的用心在，同時也帶有稱讚對方「心輕萬事如鴻毛」的胸襟氣度之意。

這首詩最特殊的地方是：送別之前還墨氣淋漓地為朋友描繪出奇士的狂態，宣洩英雄的苦悶。詩人簡淡幾筆就勾勒出氣韻如生的人物素描，給人性行驚人、神采畢肖的深刻印象，因此劉寶和教授《李頎詩評注》說：「章甫固豪俠之士，而頎之詩筆，亦虎虎有生氣；千載下讀之，猶如親見章甫之面也，真詩家射鵰手。」

【商榷】

坊間注譯本或釋末二句有世態炎涼、人情冷暖之嘆，以為作者擔心陳章甫的故鄉舊識會因為陳的罷官而勢利地冷眼相待，因此詩人一方面稱讚陳之豁達磊落，自能對炎涼世態處之泰然，另一方面也流露出詩人寬慰朋友的溫厚性情。筆者以為這種無中生有，憑空幻想的看法，頗有厚誣古人之嫌。因為詩中既全無鄉親勢利儈俗的線索可循，而陳氏之辭官歸隱，又正是求仁得仁，宿願得償，則其心情之舒坦輕鬆，其實不言可喻；何必天外飛來一批惱人的鄙薄之徒呢？

【評點】

01 顧璘：首二句化腐處須自得，接二句淺淺說便佳。「有時空望孤雲高」，豪語勝前多矣。（《批點唐音》）

02 唐汝詢：敘別有次第。中段數語，何等心胸！（《唐詩解》）

03 吳山民：高華悲壯，李集佳篇。「虯鬚」句，道子寫真，豈復過此？「醉臥」「不知」二語，知是高調。（《唐詩選脈會通評林》引）

04 王夫之：頎集絕技，骨脈自然均適。（《唐詩評選》）

05 方東樹：何等警拔！便似嘉州、達夫。（《昭昧詹言》）

06 郭濬：起四語淺妙，中段豪甚，不見其諛。（《增定評注唐詩正聲》）

07 張文蓀：開局宏敞，音節自然。寫奇崛如見。收得妙。（《唐賢清雅集》）

036 古意（七古）　　　　　　　李頎

男兒事長征，少小幽燕客。賭勝馬蹄下，由來輕七尺。殺人莫敢前，鬚如蝟毛磔。

黃雲隴底白雲飛，未得報恩不得歸。

遼東小婦年十五，慣彈琵琶解歌舞。今為羌笛出塞聲，使我三軍淚如雨。

【詩意】

　　參加遠征軍的好男兒們，都是從小生長在幽州、燕州一帶的北國豪傑。他們在鄉居的歲月裡，就時常和朋友翻蹄如飛地賭馬術，爭勝負，逞意氣，顯威風，從來不把七尺身軀放在心上（編按：即將生死置之度外）。當他們誅除魚肉鄉里的奸暴之徒時，凜然的殺氣令人震駭懼怕，沒有人膽敢上前勸阻。他們那又短又硬、又粗又密的鬍鬚，就像張開矛戟的刺蝟一樣，極為威武嚇人。

　　如今，他們英勇驃悍地在風沙漫天、黃雲蔽日的塞外山野間縱橫馳騁，那迅捷矯健的英姿，就像是一大片白雲飛掠過廣闊的戰場上，總是令敵寇聞風喪膽！雖然他們屢建奇功，頗有威名，但是他們都下定了決心：只要還不能完全掃清敵氛，上報君恩，就絕不返回故鄉！

　　請看：勞軍的筵席上，有一位來自遼東的十五歲少女，她精通琵琶曲藝，而且能歌善舞。當她用羌笛吹奏出哀怨悲涼的〈出塞〉曲調時，使得三軍將士全都籠罩在濃重的鄉愁中，紛紛淚如雨下……。

【注釋】

① 詩題——古意，為古體詩的體式之一，義近於「擬古」。本詩殆模擬《樂府詩集・相和歌辭・平調曲》中的〈從軍行〉之類的古詩。

② 「男兒」二句——事，從事、參與。長征，指遠戍邊塞，保疆衛國之舉。幽、燕，泛指今河北、遼寧一帶東北地區。幽燕客，古時幽州、燕州一帶多慷慨遊俠之士及豪邁健爽之客。

③ 「賭勝」二句——賭勝，逞能爭勝，指相互較量技藝、膽識等。馬蹄下，可代指騎術而言，包括騰身上馬、屈身藏於馬腹之下、蹲伏於馬腹一側、縱身下馬等各種技藝而言。由來，從來、一向。輕，不吝惜、不放在心上。七尺，古時尺短，七尺相當於成人的一般身高，此處代指生命。輕七尺，將生死置之度外。

④ 「殺人」二句——殺人，指誅奸除暴，如剗除橫行鄉里中魚肉良民的豪強而言。莫敢前，謂氣勢懾人，無人敢上前阻攔。蝟毛磔，如刺蝟遇敵則張開其身上之粗硬短刺以威嚇退敵之狀。磔，音ㅂㅓ，鬚毛賁張貌。

⑤ 「黃雲」二句——黃雲，塞外風沙漫天，往往狂捲入雲，遠望時只見雲天昏黃灰暗，故云。隴，山坡、山崗；隴底，殆指山巒間的原野而言。白雲飛，借喻遠征男兒白衣白馬奔馳於戰場之際，來去如風而飄逸若雲。未得，未能。報恩，上報君恩。不得歸，不允許自己在尚未蕩盡敵寇之前就返鄉。

⑥ 「遼東」四句——遼東，秦時設為郡，隸屬幽州，管轄十八縣，見《漢書・地理志》，治所在今遼寧省遼陽市北七十里左右。慣，嫻熟。解，能、通曉，有精通之意。為，演奏。羌笛，參見王之渙

〈出塞〉詩注④。出塞聲，可以專指古代樂府詩中的〈出塞〉而言，也可以泛指哀怨悲涼的邊塞曲調。三軍，古時天子有六軍，諸侯大國有三軍；此則泛指全體聽曲的將士。

【導讀】

閱讀七言古詩時，儘管常有縱橫跌宕的雄奇之氣盪胸而來，頗能壯人心魄，但是在結構組織、章節段落的分辨上，卻往往有惑人眼目、煞費思量的紊亂之感（本詩正是一個明顯的例子），因此近人所作的賞析和語譯，便頗有見仁見智而又相互牴牾的解說，讓人產生無所適從的困惑。不僅筆者有此困擾而已，喻守真的《唐詩三百首詳析》也認為本詩的章法凌亂，因而主張把「男兒事長征」「由來輕七尺」兩句抽離出來，移置到「遼東小婦年十五」四句之前，作為關聯前後的「鎖句」。

由於各種說法相當紊亂，讓筆者難以完全信服，只好自行瞎子摸象，將本詩的主旨暫訂為：歌頌遠征西北的幽、燕男兒之粗獷豪邁，勇猛剛烈，以及殺敵報國、揚威邊塞的志概。為了使眉目清爽，先點出章節段落大意如下，再行導讀：

＊「男兒事長征，少小幽燕客」兩句是獨立的意象，先交代「此時」
　從軍出征遠戍之男兒的出身來歷與人格特質，以為後面六句的張
　本。

＊「賭勝馬蹄下，由來輕七尺；殺人莫敢前，鬚如蝟毛磔」四句，
　是追述「昔日」尚未從軍出征前他們在鄉里間的豪邁氣概，補足
　「幽燕客」的獨特精神性格。

＊「黃雲隴底白雲飛，未得報恩不得歸」兩句，則又跳接首二句回
　到「此時」的戰場來，描寫他們作戰時的矯健神勇和精忠報國的
　心志。

＊「遼東小婦年十五，慣彈琵琶解歌舞；今為羌笛出塞聲，使我三軍淚如雨」四句，則宕開筆勢，另外以歸營後勞軍的場面凸顯出遠征男兒有情有義、有血有淚的人性面，更能襯托出他們臨陣爭先，矯健英勇的可愛與可敬[1]。

「男兒事長征，少小幽燕客」兩句，是以贊嘆的口吻，點出遠征之人的豪情壯志，及其籍地與性格。首句歌頌男子漢、大丈夫的英雄氣概，以及征戍萬里，禦敵保邊的忠勇精神；次句稱許他們是血性男兒，具有鐵石肝膽的人格特質，作為「賭勝」四句追述過去的津渡，和「黃雲」兩句折回當前的橋樑。

「賭勝馬蹄下」四句，是進一步以各種形象刻劃幽、燕少年從軍之前在鄉里間的豪俠之舉，則其人臨陣殺敵之英勇強悍，已不言可喻。「賭勝馬蹄下」寫其平日在鄉里間使氣逞能、騎術精湛的少年英姿，作為後面描寫他們在戰場飛騁若雲，如入無人之境的根柢。「由來輕七尺」既寫出其豪邁爽朗的性格，又點出其重義輕生的熱血。「殺人莫敢前」則寫他們具有任俠性格，當他們激於義憤而殺奸鋤凶時，正氣凜然，使人震懾而不敢上前勸阻。「鬚如蝟毛磔」既描寫其威武驚人的儀表，也刻劃出其剛烈勇猛的氣概。有此四句，則幽燕男兒強悍粗獷的個性、矯健敏捷的身手、少年英雄的俠義、剛猛豪邁的形象和駭人心魂的殺氣，便摹寫得入木三分，逼人眼目了；同時也逗出「白雲飛」的形象及「報恩乃歸」的志概。

「黃雲隴底白雲飛」是以廣闊的山野、昏黃的雲天作背景，勾勒出白騎白衣在其間奔馳如雲的形象，既展現出他們矯健的身手與翻蹄若飛的騎術來遙承「賭勝馬蹄下」的英姿，同時也暗示他們來去飄忽，屢建奇功，使敵虜望而生畏，聞風喪膽的威武氣概。「未得報恩不得歸」則是以兩個聲調短促而勁健的「得」字，展現出他們斬釘截鐵的決心：他們即使意氣風發地揚威異域，頗立戰功，仍然難免有家國之思與故園之想；畢竟他們都是有情有義的血性男兒啊！但是他們平日

卻能夠斷然割捨私情，立誓如果不能蕩盡敵寇，掃淨胡塵，他們誓不還鄉！如此直探內心的說明文字，一方面使鐵血男兒具有俠骨柔腸，更令人感到親切；另一方面也凸顯出他們精忠報國，公而忘私的意志之堅定，更令人感佩；同時也自然帶出末段歌舞場面中濃得化不開的鄉愁，可見詩人佈局時之用心。

「遼東小婦年十五，慣彈琵琶解歌舞」兩句，突然變換場景，折筆寫勞軍的宴會中有來自幽燕地區的妙齡歌妓，她們正好和遠征的將士同鄉，所以讓人倍覺親切，自然也會撩撥起長征客的鄉情；而她們曼妙軟媚的歌舞琵琶，又能使人暫時忘卻邊塞的荒僻與征戍的艱苦而沉酣於眼前的歡樂之中。換言之，這兩句中已經暗示著鄉愁與歡樂的矛盾，等於是為「今為羌笛出塞聲，使我三軍淚如雨」兩句翻疊蓄勢。因為儘管將士都是粗獷豪邁的幽燕男兒、英偉丈夫，能夠胸膽開張、意興遄飛地在勞軍晚會中縱恣狂歡，可是當他們面對著遠從故鄉而來的歌舞女郎盡態極妍的表演時，又不能不有一股鄉愁在心中潛滋暗長。這兩種相互牴觸的情緒，表面上是歡樂壓住了鄉愁，可一旦她們以哀傷淒清的羌笛吹奏出悲愴幽怨的〈出塞〉樂章時，就使原本深藏在心底的鄉情頓時洶湧澎湃地激盪著將士的胸臆，於是剛毅威猛的奇男子便再也無法自制而灑下偉岸丈夫的有情珠淚了！詩人以前兩句琵琶歌舞的歡樂景況，勾惹出幽燕男兒的悠悠歸思，鞭逼出他們的滴滴熱淚，更能襯托出前八句中所刻劃的英雄豪傑之有情有義、有血有淚，表示他們並非只是一味冷酷粗魯的匹夫而已——這也是使全詩頓挫跌宕，奇氣縱橫，讀來倍見精采的點睛之筆，值得細加玩味。

【補註】

01 劉寶和《李頎詩評注》說：「此詩前寫報國豪情，後寫思家感嘆，似有牴牾；實以感嘆襯豪情，益見豪情之可貴。蓋有『未得報恩不得歸』」七字橫亙胸中，則一切艱難困苦，皆不在話下也。然

則報國者平生之態，悲嘆者一時之情，非謂赤血少年，守土之不堅也。」這番話對本詩的旨趣及詩人構思的匠心，指點得相當親切中肯。趙昌平《唐詩三百首新譯》則別出心裁地認為前八句是「騾栝少婦所歌〈出塞〉之歌詞而成；如此『今為』二字方有著落，而上下兩部分也才能融為一體。」筆者以為這個觀點頗有新意，也值得參考。

【後記】

筆者之所以把「賭勝馬蹄下，由來輕七尺；殺人莫敢前，鬚如蝟毛磔」四句視為追述昔日的豪邁意氣，而非在戰場時的現況，理由有三：

* 第一，有些人以為「賭勝馬蹄下，由來輕七尺」兩句是寫長征健兒在邊塞和袍澤打賭輸贏而不看重生命。筆者則以為整首詩都是歌頌將士的語氣而非意在諷刺，那麼說他們在兵凶戰危的邊塞軍紀如此渙散，心態如此輕率，甚至還以生命為打賭的兒戲，顯然和全篇的語氣極不吻合。

* 第二，有些人以為「殺人莫敢前」五字，是寫將士英勇殺敵，所向無前，筆者也以為有待商榷。因為詩人寫「殺人」而非「殺敵」，應該就是表示與戰鬥無關；如果是指在戰場上的英勇威武，何以不選更貼切的「殺敵」呢？

* 第三，如果「殺人莫敢前」五字是指將士臨陣殺敵，所向無前，反而就更顯示出他們平日戍守時「賭勝馬蹄下，由來輕七尺」的不合理了，因為這就表示他們在戰場上嗜殺成性，一旦無敵可殺時，他們便自暴自棄到隨時可以為了一時輸贏而結束自己的生命！如此一來，這批遠征軍就有點像全無理性的野獸了！

037 琴歌（七古）　　　　　　　　　　　李頎

主人有酒歡今夕，請奏鳴琴廣陵客。月照城頭烏半
飛，霜淒萬樹風入衣。銅鑪華燭燭增輝，初彈淥水
後楚妃。一聲已動物皆靜，四座無言星欲稀。清淮
奉使千餘里，敢告雲山從此始。

【詩意】

　　主人擺出美酒佳餚，要大家今晚都能盡興尋歡，這時有一位琴藝
妙絕的朋友自告奮勇要撫絃助興，好讓大家都能開懷暢飲。當時，室
外有一輪明月高照城頭，灑落了沁涼如水的清光，被驚醒的烏鴉紛紛
振飛而起；同時又有淒寒的秋霜凍得所有草木都顯得蕭瑟冷清，襲人
衣衫的秋風也帶來了陣陣的寒意。

　　當他開始撥絃試音時，銅爐裡裊裊的輕煙便緩緩地騰昇，而華貴
的蠟燭彷彿也因而燃燒得更加輝煌明亮，使屋裡充滿了溫暖歡欣的氣
氛。他起初演奏的是明媚婉轉的〈淥水曲〉，接著又演奏了歌詠賢德
的〈楚妃曲〉。他的琴音一動，萬物全都安靜下來，在座的賓客全部
沉醉在美妙的樂音中，直到旋律即將終了時，夜空的星光似乎也因而
稀疏暗淡下來。任職淮水一帶而離家千里的我，不禁被他優雅的琴曲
觸動思鄉的情懷，所以敬告主人：此後我將息影雲山，優游林泉，正
是由於這段琴曲深深叩擊我心的緣故。

【注釋】

① 「請奏」句—為「廣陵客請奏鳴琴」或「請廣陵客奏鳴琴」之倒
　　裝句式。廣陵，揚州的別稱，也是嵇康臨刑前所奏著名琴曲〈廣

陵散〉的簡稱；見《世說新語・雅量第六》。廣陵客，可指來自
揚州、江都的朋友，也可以代指琴藝超妙之人。

② 「月照」句──半，分也；烏半飛，謂原本棲息的烏鴉因為月色沁
涼似水或月光明亮而驚醒紛飛。

③ 「銅爐」二句──華燭，有圖紋裝飾的蠟燭，或光華明亮的蠟燭。
渌，音ㄌㄨˋ，清澈也。〈渌水〉與〈楚妃〉，皆古代琴曲名；
此處代指著名之琴曲，以見廣陵客琴藝之精湛。

④ 「清淮」句──作者曾任新鄉（今屬河南）縣尉，地近淮水，故云。

⑤ 「敢告」句──謂自己因琴曲超妙，觸動鄉愁，而有歸隱雲山之志。
敢，敬辭。雲山，白雲繚繞的深山，此處指歸隱雲山而言。

【淺說】

　　本詩只是以烘雲托月的手法，運用映襯對比的修辭，並調動各種
感覺器官來記錄作者在一場筵席間聆聽琴曲的情景及其感受而已，別
無深意可求，也稱不上傑作。

　　「主人有酒歡今夕，請奏鳴琴廣陵客」兩句，點出詩人參與一場
盛筵時，某位賓客進獻琴藝以侑酒增歡，來作為開場背景的交代；十
四個字中，既有賢主嘉賓，又有美酒良辰，其歡樂可想。「月照城頭
烏半飛，霜淒萬木風入衣」兩句，描寫戶外淒清蕭瑟的秋夜景致，用
以襯托「銅鑪華燭燭增輝，初彈渌水後楚妃」兩句所點染的溫暖歡樂
之室內氣氛，並由此對比出演奏前和初彈時給人不同的觀感，以見琴
藝之感人動物：演奏前是月冷烏飛，霜淒風寒；初彈時是銅爐薰香，
紅燭高燒。情景的冷暖對比，代表心境的微妙變化，可見琴音之移人
性靈，動人情懷；則演奏者撫絃寄情的功力之高，也就不言可喻了。

　　「一聲已動物皆靜，四座無言星欲稀」兩句，既寫琴音之引人專
注聆賞，但覺萬籟俱寂而妙音盈耳，又寫琴曲之使人陶然沉醉，渾忘
塵囂，久久難以回神；則演奏者指尖傳情的造詣之妙，也就可想而知

了。「清淮奉使千餘里，敢告雲山從此始」兩句，是以琴音能撩人愁懷，觸人鄉情，引人歸思作結，以見琴曲之迴腸盪氣，感人肺腑。

　　本詩比較值得觀察的地方是：完全不由正面描寫琴音之美妙，只由側面寫景處寓藏著音樂給人的感受。「月照城頭烏半飛」是黯淡的色調，「霜淒萬木風入衣」是冷清的景致；兩句結合成寂寥而蕭瑟的淒寒之感，用以對比「銅鑪華燭燭增輝」所表現的溫馨、明朗而熱鬧的情境，適足以委婉地表達琴韻的優美動聽。詩人在視覺方面給人由黯淡而明亮的喜悅，觸覺方面給人由冷清而溫暖的歡愉，心境上也給人由寂寥而熱鬧的興奮。換言之，描寫音樂之美，卻不訴諸聽覺，反而訴諸視覺形象和觸覺感受，偏又使人有如見如聞、可觸可感的具體印象，的確是別出心裁的設想。「四座無言星欲稀」七字，也是以夜空星光的稀微閃爍，表現琴音漸緩漸弱而即將結束時的餘音，仍然是以生動的視覺意象來增人遐思，從而幫助讀者領略「此時無聲勝有聲」那種優美而神秘的音樂情境。

　　儘管李頎嘗試以具體形象描寫抽象音樂，也盡可能運用感官移轉和對比映襯的手法來刺激讀者的想像；但是就整首詩而言，卻有以下三個缺失：

＊第一，這些手法在作者與其他詩人描寫音樂的作品中也頗常見，並沒有特別突出之處。

＊第二，描寫的音樂情境既不夠清晰具體，也缺乏連貫的情節，因此整首詩只給人模糊的感覺，無法產生深刻的印象。

＊第三，末兩句的歸隱雲山之思轉折得太過生硬、太過牽強，看不出和前面詩句的關聯何在。

十三、綦毋潛詩歌選讀

【事略】

綦毋潛，生卒年不詳，字孝通（一作季通），荊南（今湖北江陵縣）人；一說虔州（今江西贛縣區）人。開元十四年（726）進士及第，授宜壽（今陝西周至縣）尉。歷任校書郎、右拾遺、集賢院待制，終著作郎。

任校書郎時，因見兵亂時起，官況日惡，曾掛官歸隱於江東別業，文士如王維等皆賦詩餞行，榮極一時。王維〈送綦毋潛秘書棄官還江東〉詩云：「明時久不達，棄置與君同；天命無怨色，人生有素風。」可見其人雖不得志，猶能沉靜淡泊之風範；故韋應物曾賦〈和李二主簿寄淮上綦毋三〉詩曰：「滿城憐傲吏，終日賦新詩。」李頎〈送綦毋三謁房給事〉詩亦曰：「夫子大名下，家無鍾石儲。」其人性情風格，於此可見。

殷璠《河嶽英靈集》謂其詩格調超拔不群，意境清峭幽美，善寫方外之情，為歷代少見，又稱之為荊南地區數百年間絕無僅有者，可見推許之重。

《全唐詩》存其詩 1 卷。

【詩評】

01 王維：盛得江左風，彌工建安體。（〈別綦毋潛〉）

02 計有功：綦毋拾遺詩，舉體清秀，蕭蕭跨俗；桑門（按：梵語「沙門」之異譯）之說，於己獨能。至如「松覆山殿冷」，不可多得；

「鐘聲和白雲」，歷代少有。藉使若人加氣質，減雕飾，則高視三百年以外也。（《唐詩紀事》）

03 陳繼如：潛詩摘其佳句，覺花影零亂。（《唐詩選脈會通評林》）

04 賀裳：綦毋潛似覺風氣稍別（於丘為、祖詠、盧象、裴迪等）。如「石路在峰心」，非諸公所能道，大似王昌齡句法。（《載酒園詩話‧又編》）

05 丁儀：（綦毋潛）詩中近體，間入齊、梁，清雅峻潔，絕類晉、宋人語。盛唐以後擬齊、梁者，當以此為最。（《詩學淵源》）

038 春泛若耶溪（五古）　　　綦毋潛

幽意無斷絕，此去隨所偶。晚風吹行舟，花路入溪口。際夜轉西壑，隔山望南斗。潭煙飛溶溶，林月低向後。生事且瀰漫，願為持竿叟。

【詩意】

在山水林泉之間尋幽訪勝，一直讓我覺得興味盎然，意趣無窮，因此這次出遊時就隨興地任憑小舟順流而行了。黃昏時，習習晚風把小船吹送到春花夾岸的溪口，那清幽寧靜的情境，彷彿是桃源仙境一般。當船轉向西邊的谿壑時，夜幕已經悄悄來臨；驀然望見南斗星時，小船又已經曲折地繞到另一座山巒背後了。此時只見溪潭上瀰漫著一大片氤氳的水霧，在月光的清輝下正迷濛地升騰飄流，彷彿就要離開水面，輕盈而飛了。穿過縹緲迷茫的煙水後，在林間穿梭追逐著小船的明月越來越低，逐漸向我的身後悄悄隱沒……。啊！人生萬事正如

溪潭上縹緲迷離的煙霧，變幻莫測，難以掌握；因此，我情願像東漢的嚴子陵一樣，是在清風明月的春江邊持竿垂釣的隱士。

【注釋】

① 詩題──若耶溪，今名平水江，在今浙江省紹興市東南，相傳為西施浣紗處。溪水至清，眾山倒影，如詩如畫，見《水經注·漸江水》。

② 「幽意」二句──幽意，棲隱林泉，尋幽探勝的逸懷雅興。無斷絕，其樂無窮也。偶，遇也；隨所偶，放舟而行，隨遇而安。

③ 「花路」句──謂小舟漂行到春花夾岸的若耶溪口，彷彿進入清幽的桃源仙境之中。

④ 「際夜」句──際夜，由黃昏至夜晚的交替時刻。句謂由傍晚時分，放舟順流而轉向西邊山壑，觀賞遠近清靜幽景。

⑤ 「隔山」句──謂驀然見到南斗星宿，才察覺小舟已又繞過山嶺之後。此句承「際夜轉西壑」而來，兼寫水路曲折及入夜所見：由於夜幕降臨，故南斗升空；由於水路曲折，故隔山遙望。

⑥ 「潭煙」句──潭，可能指若耶溪上游的麻潭，然潭址已沒入 1964 年建成的平水江水庫中。溶溶，形容月色、水光和潭煙融成一片迷離柔和的情景；飛溶溶，形容水煙在月光的映射下，升騰瀰漫，輕飄若飛的情狀。

⑦ 「生事」句──生事，人生世事。瀰漫，渺茫無盡貌、飄動紛擾貌。此句殆由潭煙之縹緲而生世事迷茫，難以捉摸之感。

⑧ 持竿叟──東漢嚴光，字子陵，會稽人，少時與光武帝劉秀同窗；劉秀稱帝後，召為諫議大夫，不受，歸隱於富春江畔。常坐巖上持竿而釣，不問世事。見《後漢書·逸民傳》。

【導讀】

本詩大約作於詩人由校書郎棄官歸隱江東時。作者在一個春江花月之夜，隨興放舟，沿途欣賞清幽美景，頗覺怡然自得之際，忽然觸景生情，有感於生事擾擾，乃益堅其遁世隱居之志，而有此記漫遊抒感興之作。

「幽意無斷絕」五字，表現出作者遠離紅塵，不問世事之後，逍遙於山水林泉之中，其樂無窮的興味。以下各句，即完全由此衍生而出，因此「幽意無斷絕」這五個字，可以視為作者志趣的告白和歸隱的宣言。詩人既然性喜搜山尋水，而又身在山明水秀的越州，自然有如魚得水的快意，因此便時常隨興出遊，放舟而行了。尤其是歸隱之後，心境恬適自在，無形中也使清幽的景致增添了嫵媚動人的風韻，是以便任憑小舟帶領自己順流去尋幽訪勝，體驗越州的山水情趣。「此去隨所偶」五字，流露出隨遇而安，無往而不自得的瀟灑自在，既上承「幽意無斷絕」而來，又逗出中間六句移步換景的動靜之美，是相當平穩的起筆。

「晚風吹行舟」以下六句，記錄黃昏放舟而下到星月交輝的時間內所歷經的三個不同景點。「晚」字點出黃昏泛舟的時間，「風吹行舟」承「隨所偶」而來，表現出心無塵雜，清適自得的寫意，故覺無境不幽，無景不美，賞心悅目之餘，已不知不覺來到芳草鮮美，落英繽紛的若耶溪口了。在目酣神搖之際，彷彿進入了世外桃源一般，因此接之以「花路入溪口」。三句的「風吹行舟」四字，點出詩題中「泛」字的精神；四句的「花路」二字，切合詩題中「春」字的丰采；「入溪口」三字，則勾出詩題「若耶溪」的面貌。在看似信口道出，毫無雕琢的樸素語言中，既交代了時地景致，又繳清詩題，可見詩心之縝密。

「際夜轉西壑，隔山望南斗」中的「際夜」兩字，表示情境之怡人，讓人流連其中，渾忘時間之流逝，不知不覺間已由黃昏泛舟到夜晚了。當詩人意識到眼前情境之美好又已不同於花路溪口時，小船已經「轉」入了「西壑」，又繞過山巒了；詩人驀然回望山頭時，才發覺南斗星已經高掛於夜空了。這兩句是以詩人的渾然忘我，側寫春江花月夜泛舟的情趣，雖未刻意寫景，而景物之美，情境之幽，不問可知。

「潭煙飛溶溶，林月低向後」兩句，是寫小舟進入第三個不同的情境。「潭煙」五字，寫谿潭上水霧迷濛升騰，宛若離水飄飛的輕煙；五字中已經暗藏「月」光，因此詩人才會以「飛溶溶」三字形容柔和的月光穿透煙霧溶入潭水之中，而輕擁著谿潭的煙霧又似乎逆溯著月光緩緩飛升，以及波光映照著潭煙，而又與月色交輝的畫面。詩人把水波的滉漾、波光的閃爍、水霧的氤氳升騰，以及月光的皎潔柔和，寫得如許縹緲朦朧，而又清幽空靈，實在耐人遐想。

「林月低向後」五字，除了點出夜深月斜，時候已晚之外，也表示小舟穿越谿潭上瀰漫的煙霧，繼續尋幽訪勝，並無回航之意；同時還把明月時而穿梭，時而閃現在陰暗幽深的林木間，似乎有意追逐與窺視小舟的畫面，表現得相當親切有味。值得注意的是：「潭煙飛溶溶」五字，不僅畫面具有神秘的柔美之感，還可能由於其瀰漫飄動的情狀，引起詩人世事迷茫紛亂的感觸，因此詩人在末兩句才會轉而抒發歸隱之志。換言之，詩人在寫景的意境中蘊藏著抒情的象徵在內，值得細加體會。

「生事且瀰漫」五字，抒發俗務勞擾，世事多變的感概。乍看之下，這五字似乎與前文脫節而顯得生硬；其實是因為作者本來就有棲隱之念，再加上潭煙之迷濛與林月之閃現的觸發，一時間別有會心，因此有終老林泉，「願為持竿叟」的想法。由於嚴子陵隱居垂釣的富春江就在若耶溪西邊不遠處，而作者超然塵外的幽懷雅意又始終「無

斷絕」，因此拈出「願為持竿叟」五字，既表明將垂釣水濱，不問世務，也回應首句，收束全篇。

　　本詩雖然不事雕琢，卻有清新脫俗的自然情趣；描寫的景致雖然清幽寧靜，縹緲空靈，卻自有飄舉流宕的動態感；再加上起承轉合之際雖然看似跳脫零亂，卻又自有移步換景的流程和首尾一貫的「幽意」穿梭其間。因此，整體而言，可以稱得上是一首寫景清麗的記遊小品。

【評點】

01 陳繼儒：遺其形跡，動乎天機；詩至此，進乎技矣。（《唐詩選脈會通評林》）

02 范大士：景色佳勝，呈露筆端。（《歷代詩發》）

03 王闓運：真寫實賦，便成佳句。（《手批唐詩選》）

十四、王昌齡詩歌選讀

【事略】

　　王昌齡（698－約757），字少伯，籍地不詳，一說京兆長安（今陝西西安市）人，一說江寧（今屬江蘇省），一說太原（今屬山西省）。

　　開元十五年（727）進士，任校書郎，開元二十二年（734）中博學宏詞，授汜水（今河南省滎陽市）尉，再遷江寧（今南京市），世稱「王江寧」。天寶七載（748），因狂放不矜細節，謫遷為龍標（今湖南省懷化市西南）尉，又稱「王龍標」。安史亂後還鄉，道出亳州（今河南省商丘市南），被刺史閭丘曉所殺，然其事不詳。

　　昌齡描寫邊塞軍旅之什，氣勢雄渾，音節高朗，與王之渙、岑參、高適並為盛唐邊塞詩人之代表。至於描寫宮怨閨思之作，則幽深細密，情韻綿邈。珍惜友誼，抒發離情之篇，亦清朗脫俗，意境高遠。尤以意象豐富，蘊藉深美之七絕稱雄，乃天寶詩人中獨可與李白比肩者，有「詩家天子王江寧」之稱（《唐才子傳》作「詩家『夫』子」）。

　　《全唐詩》存其詩4卷，《全唐詩外編》及《全唐詩續拾》補詩4首，斷句4句。

【詩評】

01 殷璠：元嘉以還，四百年內，曹、劉、陸、謝，風骨頓盡。頃有太原王昌齡、魯國儲光羲頗從厥跡，且兩賢氣同體別，而王稍聲峻。（《河嶽英靈集》）

02 昌齡工詩，緒密而思清，時謂「王江寧」云。（《新唐書‧文藝傳》）

03 徐獻忠：少伯天才流麗，音唱疏越，七言小詩，幾與太白比肩，
　　當時樂府采錄，無出其右。五言古作，與儲光羲不相上下，而稍
　　逸致可采。高才玩世，流蕩不持，卒取閭丘之禍。(《唐詩品》)

04 王世貞：七言絕句，王江寧與太白爭勝毫釐，俱是神品。(《藝苑
　　卮言》)

05 王世懋：絕句之源，出於樂府，貴有風人之致，其聲可歌，其趣
　　在有意無意之間，使人莫可捉著。盛唐惟青蓮、龍標二家詣極；
　　李更自然，故居王上。(《藝圃擷餘》)

06 胡應麟：摩詰五言絕，窮幽極玄；少伯七言絕，超凡入聖，俱神
　　品也。(《詩藪》)

07 胡應麟：江寧〈長信詞〉〈西宮曲〉〈青樓曲〉〈閨怨〉〈從軍行〉，
　　皆優柔婉麗，意味無窮，風骨內含，精芒外隱，如清廟朱絃，一
　　唱三嘆。　○太白諸絕句，信口而成，所謂無意於工而無不工者；
　　少伯深厚有餘，優柔不迫，怨而不怒，麗而不淫。余嘗謂古詩樂
　　府後，惟太白諸絕近之；〈國風〉〈離騷〉而後，惟少伯諸絕近之。
　　體若相懸，調可默會。(《詩藪》)

08 胡應麟：李（白）詞氣飛揚，不若王之自在；然照乘之珠，不以
　　光芒殺直（按：通「值」）。王句格舒緩，不若李之自然；然連城
　　之璧，不以追琢減稱。李作故極自然，王亦和婉中渾成，盡謝爐
　　錘之跡；王作故極自在，李亦飄翔中閒雅，絕無叫噪之風，故難
　　優劣。然李詞或太露，王語或過流，亦不得護其短也。(《詩藪》)

09 胡應麟：王之宮詞、樂府，李所不能。(《詩藪》)

10 陸時雍：王龍標七言絕句，自是唐人騷語，深情苦恨，襞積重重，
　　使人測之無端，玩之無盡；惜後人不善讀耳。(《詩鏡總論》)

11 陸時雍：書有利澀，詩有難易。難之奇，有曲澗層巒之致；易之
　　妙，有舒雲流水之情。王昌齡絕句，難中之難；李青蓮歌行，易

中之易。難而苦，為長吉；易而脫，為樂天，則無取焉。總之，人力不與，天致自成。難易兩言，都可相忘耳。（《詩鏡總論》）

12 陸時雍：專尋好意，不理聲格，此中、晚唐絕句所以病也。詩不待意，即景自成；意不待尋，興情即是。王昌齡多意而多用之，李太白寡意而寡用之；昌齡得之椎鍊，太白出於自然。然而昌齡之意象深矣。（《詩鏡總論》）

13 鍾惺：人知王、孟出於陶，不知細讀儲光羲及王昌齡詩，深厚處益見陶詩淵源脈絡。善學陶者寧從二公入，莫從王、孟入。（《唐詩歸》）

14 鍾惺：龍標七言絕，妙在全不說出。讀未畢，而言外目前，可思可見矣；然終亦說不出。（《唐詩歸》）

15 黃紹夫：唐七言絕句，當以王龍標為第一，以其比興深遠，得風人溫柔敦厚之體，不但詞語高古而已。（明人黃克鑽、衛一鳳輯《全唐風雅》引）

16 王夫之：七言絕句，唯王江寧能無疵纇；儲光羲、崔國輔其次者。（《薑齋詩話》）

17 毛先舒：龍標七言古，氣勢太峻而才幅狹；然迅快流爽，又一格也。（《詩辯坻》）

18 焦竑：龍標、隴西，直七絕之當家，足稱聯璧。（《焦弱侯詩評》）

19 盧世㴐：天生太白、少伯，以為絕句主席。（《紫房餘論》）

20 葉燮：七言絕句，古今推李白、王昌齡；李俊爽，王含蓄，兩人辭、調、意俱不同，各有至處。（《原詩》）

21 吳喬：昌齡五古，或幽秀，或豪邁，或慘惻，或曠達，或剛正，或飄逸；不可方物。（《圍爐詩話》）

22 吳喬：龍標七絕，如八股之王濟之也，起承轉合之法，至此而定；是為唐體，後人無不宗之。（《圍爐詩話》）

23 沈德潛：龍標七絕，深情幽怨，意旨微茫，令人測之無端，玩之不盡。（《唐詩別裁》）

24 翁方綱：龍標精深，可敵李東川，而秀色乃更掩出其上。……有唐開、寶諸公，太白、少陵之外，舍斯人其誰與歸？（《石洲詩話》）

25 范大士：龍標五古，勝情曠致，刊落凡俗。七絕如高翼矯鳳，半空落響；危峰墮月，哀壑承泉。首首同調，一見一新。非惟獨秀當時，亦已擅場千古。（《歷代詩發》）

26 賀裳：王江寧詩，其美收不盡。「奸雄乃得志」一篇，尤是集中之冠；「一人計不用，萬里空蕭條」，每一讀之，覺皇甫酈之論董卓、張九齡之議祿山、李湘之策龐勳，千載恨事，歷歷在目，真天地間有數語言。（《載酒園詩話·又編》）

27 賀裳：龍標古詩，乍嘗螫口，久味津生，耐咀嚼，實在高、岑之上；徒賞其宮詞，非高識也。即論宮詞，如「玉顏不及寒鴉色，猶帶昭陽日影來」，嘗因其造語之秀，殊忘其著想之奇。因嘆詠長信事者多矣，讀此，而崔湜之「不忿君恩斷，新妝視鏡中」，已覺氣盛；王諲「生君棄妾意，增妾怨君情」，一何傖父！（《載酒園詩話·又編》）

28 張世煒：襄陽、龍標、供奉，雖不以七律名家，然視右丞、嘉州、少陵諸公，別有一種神氣，有精采而無滯色；此盛唐之所以為盛唐也。（《唐七律雋》）

29 施補華：孟浩然、王昌齡、常建，五言清逸，風格均與摩詰相近，而篇幅較窄；學問為之，才力為之也。（《峴傭說詩》）

30 宋育仁：其源出於鮑明遠，縮作短篇，自成幽峭。七絕擅名，亦由關塞之詞，江山所助。（《三唐詩品》）

039 閨怨（七絕）　　　　　　　王昌齡

閨中少婦不知愁，春日凝妝上翠樓。忽見陌頭楊柳
色，悔教夫婿覓封侯。

【詩意】

　　有一位深閨裡的少婦，原本不知道相思的情愁為何物，因此在明
媚的春日裡，她還刻意盛裝打扮，輕鬆悠閒地登上華麗的高樓，打算
欣賞爛漫的春光。正當她覺得賞心悅目，意酣神暢之際，忽然看見路
旁嫩綠的楊柳飄拂，使她頓時想起當年折柳贈別時，自己熱情地鼓勵
丈夫要把握良機，揚威沙場，立功封侯；以致如今空閨獨守，青春虛
度，她不禁深深悔恨起來……。

【注釋】

① 凝妝─專注而刻意地妝扮。
② 「悔教」句─覓封侯，指借著從軍殺敵，立功邊塞，以追求裂土
　 封侯的機緣。編按：武則天採府兵制，二十五歲入伍，五十歲退
　 役；因此一旦受徵召從軍，僥倖生還的，也註定要「少小離家老
　 大回」了，何況還往往是不幸的「五千貂錦喪胡塵」呢？無怪乎
　 詩中少婦要悔不當初了。

【導讀】

　　這是一首以賦筆寄託感興的婉轉之作，描寫的是原本天真無邪的
深閨少婦興發思君愁懷的心理變化。由於少婦的活動是發生在春光融
融之際，本來應該是最容易勾惹出浪漫情懷而春思蕩漾的時節，詩人
卻她在賞春的遊興正濃時，以陌頭柳色來觸發她深沉的悔意，既使原

本平鋪直敘的情節頓起波瀾，也讓讀者對少婦心境的變化產生好奇，的確是引人入勝的巧妙安排。

本詩的主題是深閨愁怨，作者卻在首句以「不知愁」反起，藉以凸顯出少婦的天真年輕，甚至還有幾分少不更事的浪漫情懷；末句則以「悔」字正面回應題目的「怨」字，表現出少婦從喜悅輕快的心境，到蒙上愁怨的陰影之變化。詩人先前所渲染的「不知愁」的情態越是清楚鮮明，其後透露出的悔恨之意就越是深濃沉重；前後對照之後，詩意也就越加層折有味，因此黃生在《唐詩摘抄》中對本詩推崇備至地說：「以『不知愁』翻出下二句，語意一新，情思婉折。閨怨之作，當推此首為第一。」

次句連用「春日」「凝妝」「翠樓」等明媚鮮麗的詞語，烘托出少婦「不知愁」的憨態，透露出她心境的愉快和享受青春的浪漫情懷，也是相當成功的手法。《詩經·伯兮》中描寫深諳離愁的婦女情狀是「自伯之東，首如飛蓬；豈無膏沐？誰適為容？」可是王昌齡筆下的少婦竟能渾然不覺良人遠征後夫妻離異的悲苦，還有心思去專注地描眉勾唇，梳妝塗粉，則其少不更事而「不知愁」的天真，也就可想而知了。「凝」字是細寫她專注用心的形象，選字極為講究。凝妝而欲上翠樓去欣賞春光，正渲染她珍惜青春的浪漫情懷，又為後半青春虛度的怨曠蓄勢，也使「不知愁」的抽象概念，化為鮮明生動的具體形象。

「忽見」二字，則是把她意酣神暢而又全然不識愁滋味的天真心懷，在毫無預警、全未設防的狀態下，被突如其來闖入眼中的柳色所困惑，以至於惘然若失，甚至霎時間茫然不知所措的形象，刻畫得宛然在目。這兩個字，看似信手拈來，卻是倍見精采的畫龍點睛之處，值得細心體會。何以少婦一見青青楊柳就觸動悠悠離思，以至於頓時湧生深沉的悔意呢？則是因為「楊柳」在古典詩歌中早已積澱為文化涵義極為豐富綿邈的景物：

＊第一，它除了是令人歡愉的春色之外，更代表著從《詩經・采薇》：
「昔我往矣，楊柳依依；今我來思，雨雪霏霏」以來的典型離情，
表示離別已不知多少年了。

＊第二，它會使人想起當年折柳贈別的萬縷柔情，再度撕裂逐漸癒
合的離別傷痛。

＊第三，《世說新語・言語》篇記載晉簡文帝詢問顧悅頭髮何以先
白時，顧悅回答說：「（微臣乃）蒲柳之姿，望秋而落；（陛下
則）松柏之質，經霜彌茂。」換言之，楊柳含藏著容易衰老的意
象。

因此，「忽見陌頭楊柳色」才會使得原本渾然不識愁滋味的少婦，頓
時心有所感而意有所悟；由此可見作者敷色摛藻時詩心之纏綿深婉了，
因此《新唐書・文藝傳下》中稱他「緒密而思清」，的確很有見地。

由忽見柳色而觸發的愁思，到使她幡然悔悟青春易逝，封侯夢醒
之間，應該有一大段少婦跌入回憶的時間過程：昔日的恩愛繾綣，鶼
鰈情深；送君出征時的折柳贈別，鼓勵夫君殺敵立功的殷切期盼，期
待凱旋歸來而裂土封侯的浪漫憧憬，以至於如今楊柳又青，自己獨上
高樓的孤單之感等；全都被作者以極其濃縮凝鍊的「悔教夫婿覓封侯」
一筆帶過，就戛然而止，留下一大片空白給讀者去尋思少婦此時憑欄
無語而蛾眉愁損，若有所思而悵然迷惘的形象，以及她深心之中難以
言喻而又無可傾訴的幽怨，和濃得化不開的心酸哀怨之情。如此巧妙
的安排，最有含蓄蘊藉的情味和搖曳動人的韻致，無怪乎陸時雍《詩
鏡總論》說王昌齡的七絕佳作是「深情苦恨，纍積重重，使人測之無
端，玩之無盡。」顧璘《批點唐音》也說：「宮情閨怨作者多矣，未
有如此篇。與〈青樓曲二首〉，雍容渾含，明白簡易，真有雅音，絕
句之中之極品也。」由此可見王昌齡「詩家天子」之稱號，絕非浪得
虛名。

【評點】

01 周敬：因見柳色而念及夫婿，〈卷耳〉〈草蟲〉遺意，得之真乎！從來無人道得。　○周珽：情致語，一句一折，波瀾橫生。（《唐詩選脈會通評林》）

02 黃生：感時恨別，詩人之作多矣。……此即〈國風〉婦人感時物而思君子之意；含情甚正，含味甚長。唐人絕句，實具〈風〉〈雅〉遺音。（《唐詩摘抄》）

03 吳瑞榮：觸景懷人，精采迸射，卻是大雅。（《唐詩箋要》）

04 宋宗元：「不知」「忽見」四字，為通首關鍵。（《網師園唐詩箋》）

05 俞陛雲：不作直寫，而於第三句以「忽見」二字陡轉一筆，全首皆生動有致。（《詩境淺說·續編》）

06 劉永濟：筆下活描出一天真少婦之情態，而人民困於征役，自在言外。詩家所謂「不犯本位」也。（《唐人絕句精華》）

040 芙蓉樓送辛漸二首 其一（七絕）　　王昌齡

寒雨連江夜入吳，平明送客楚山孤。洛陽親友如相問，一片冰心在玉壺。

【詩意】

　　昨晚迷濛的煙雨挾帶著寒涼的秋意，從遠方飄然而來，灑落在吳地的江天之上，使得在芙蓉樓餞別的我們，整夜都籠罩在黯淡的愁網裡喝著苦澀的別酒。天色才濛濛亮時，我就送你登舟北歸了；依依話別之後，似乎連矗峙在江北的楚山都顯得特別孤單了。親愛的朋友，

當您回到洛陽後，如果親友問起我被貶官到這裡來的近況，請轉告他們：「我的心靈極為清明而冷靜，有如玉壺中的冰雪般，清潤純潔，晶瑩無瑕！」

【注釋】

① 詩題──芙蓉樓，是晉朝刺史王恭改建潤州城（今江蘇省鎮江市）的西北樓而成，登臨可以俯瞰長江，遙望江北。辛漸，作者友人，生平不詳。作者於天寶初年任江寧（今南京市）丞，辛漸擬由潤州取道揚州北上，再折返洛陽；作者可能由江寧伴隨至七十餘公里外的潤州，因而有此送別之作。

② 「寒雨」二句──寫寒雨之夜，再度登臨芙蓉樓餞行，經過一夜的盤桓流連之後，天明送別時的落寞與惆悵。「夜入吳」的主詞是「寒雨」而非詩人與辛漸，因為由第二首詩可以看出他們先前即已來此餞別，當時是月明江寒，難以盡醉；此夜則寒雨入吳，助人離愁。平明，天方亮時。「吳」「楚」二字互文，泛指鎮江一帶，蓋此地春秋時屬吳地，戰國時屬楚地。

③ 「一片」句──冰心玉壺，形容心地之純潔無瑕與品德之堅定貞正；陸機〈漢高祖功臣頌〉：「心若懷冰。」鮑照〈白頭吟〉：「直如朱絲繩，清如玉壺冰。」開元初年宰相姚崇也曾作〈冰壺誡〉（一名〈冰壺賦〉）來表示澄清吏治的意志，文前有小序曰：「冰壺者，清潔之至也，君子對之，不忘乎清。夫洞澈無瑕，澄空見底，當官明白者，有類是乎！故內懷冰清，外涵玉潤，此君子之德也。」文後又有銘文曰：「嗟爾在位，祿厚官尊，故當聳廉勤之節，塞貪競之門。冰壺是對，炯戒猶存；以此清白，遺其子孫。」這篇文章等於是上級頒布的政令文件，卿大夫和官吏應該都曾誦讀，因此在唐人詩賦中便常以「冰心玉壺」喻居官清廉，品格純正[2]。

【補註】

01 同題第二首是:「丹陽城南秋海陰,丹陽城北楚雲深。高樓送客
　　不能醉,寂寂寒江明月心。」從詩意判斷,大概二人在芙蓉樓有
　　兩次餞行夜飲,首度夜飲時江月冷清,並無煙雨;二度餞行時則
　　是一夜寒雨,天明送別。本詩平明送客在後而題為「其一」,另
　　一首江月餞席在前而題為「其二」,恐是編輯時疏忽而誤題;否
　　則,大概是以寫作的時間早晚為斷,而非以餞別先後的歷程為序。

02 例如王維有一首〈賦得玉壺冰〉,題下注曰:「京兆府試,時年
　　十九」。《文苑英華》中有一首佚名的〈玉壺冰賦〉,題下注曰:
　　「以『堅白貞虛,作人之則』為韻」;陶翰、崔損也各有一篇〈冰
　　壺賦〉,題下注曰:「以『清如玉壺冰,何慚宿昔意』為韻」。
　　以上四篇,應該都是科舉時所作的限韻詩賦。此外,盧綸也有〈清
　　如玉壺冰〉詩云:「玉壺冰始結,循吏政初成。既有心虛鑑,還
　　如照膽清。」李白曾以「白玉壺冰水,壺中見底清;清光洞毫髮,
　　皎潔照群情。趙北美佳政,燕南播高名」等詩句贈其侄臨漳令李
　　聿而深致期許之意,可見唐時許多詩人皆有以「冰心玉壺」喻居
　　官清正、人品高潔的詩篇,可能都和姚崇的〈冰壺誡〉流播甚廣
　　有關。

【導讀】

　　這是一首既渲染離愁深濃,別情依依;又高自期許,抒發懷抱的
送別名作。前半借景抒情,敘寫得愁慘黯淡;後半臨別贈言,表現得
豪放高朗。而使前後截然不同的兩種情景能夠關聯鉤鎖的樞紐,則是
「楚山孤」三字。

　　「寒雨連江夜入吳」七字,是以大片水墨渲染出滿紙雲煙,景中
含情地象徵無邊的離愁、黯淡的別緒和淒清的心境。「連」字表現出

雨勢之綿密，雨陣之廣袤，交互編織成瀰漫江天的愁網，令人無所遁逃。「入」字則表現出綿密的雨勢由遠方傾瀉而來的動態感，彷彿她也感知到作者一路伴隨友人到鎮江，明朝就要在此分手的哀傷，所以才多情地趕來相送。她既為人帶來清秋的寒意，也助長了離別的氣氛，而且煙雨的寒意似乎不僅籠罩著樓外的江天而已，也飄入樓中，浸透離杯，使人越是殷勤勸酒，越是愁腸滿腹，以至於簡直不知道該如何熬過這個漫長的惜別之夜了。

「平明送客楚山孤」七字，是寫兩人依依話別時，楚山似乎也含情相送的特殊感受。首句所渲染的煙雨江天越是黯淡迷茫，浩大寥廓，則雨收天明之際，江邊送別所見的背景也就越是壯闊遼遠，聳峙江北的楚山也就被襯托得越是孤獨含情了。「平明送客」表明了一夜杯酒盤桓的情深意濃，則相送時的依戀悽楚，也就不言可喻了。「楚山孤」三字，既是臨別時詩人孤單落寞的真實感受，也象徵詩人際遇的孤危困窘，與個性的孤傲不群。有了意蘊豐富的「楚山孤」三字來關聯上下，便使後半「冰心玉壺」的自負情懷顯得理所當然，一氣呵成了。史書記載王昌齡由於狂放不拘小節，以致謗讟叢生，物議沸騰，還因此而兩度遭貶，竄斥遐荒，先是在開元二十七年（739）貶竄嶺南，歸來後出任江寧丞，其間有本詩之作；數年後再度謫放到更荒僻遙遠的地方出任龍標尉。換言之，寫作本詩時，詩人大概還沒有擺脫讒謗隨身、動輒得咎的惡劣形勢，因此「楚山孤」三字所要傳達的就不僅是知己遠去之後的寂寞孤獨之感而已，更隱藏著處境困窘所激盪出的豪邁志氣：「縱使謗議洶洶，又何足道哉？我自有嶔崎磊落的胸襟氣度，澄澈瑩潔的志節操守，絕不因群小的醜詆而屈服，正如滔滔江水撼動不了孤傲兀岸的楚山一樣！」

正由於眼前浩闊的視野，足可開拓作者豪邁的胸襟，而兀傲的楚山，又激勵了作者孤芳自負的情懷，因此他能夠超越沸騰的讒謗和窘迫的際遇，向知友表明心跡：「洛陽親友如相問，一片冰心在玉壺！」

既交代了辛漸所去之處是洛陽，也說明了自己和辛漸的交誼匪淺，同時還表現出胸懷灑落、豪氣干雲的性格。

迷茫黯淡的寒雨和孤獨聳峙的楚山，不僅含蓄蘊藉地烘托出詩人送別時淒清惆悵的情感，也暗示了詩人處境的困頓和性格的堅毅。值得留意的是：屹立孤兀的楚山和晶瑩清澈的玉壺，這兩個形象鮮明的象喻之間，似乎又有著微妙而曲折的照應：我們彷彿可以透過楚山來認識外表上耿介絕俗、孤傲不群的王昌齡；也可以透過冰壺去認識內心裡瑩澈無瑕、冰清玉潔的詩天子。正由於本詩既有耐人尋味的遙情遠韻，又有引人入勝的精巧構思，同時還有逗人遐想的空靈意象，因此贏得千餘年來詩評家不倦的嘆賞。清人宋顧樂在《萬首唐人絕句評選》中說：「唐人多送別妙作。少伯諸送別詩，俱情極深、味極永、調極高，悠然不盡，使人無限留連。」俞陛雲《詩境淺說‧續編》也說：「借送友以自寫胸臆，其詞自瀟灑可愛。」

【評點】

01 陸時雍：煉格最高。「孤」字自作一語。後二句別有深情。（《唐詩鏡》）

02 周珽：神骨瑩然如玉。（《唐詩選脈會通評林》）

03 黃生：古詩「清如玉壺冰」，此自喻其志行之潔，卻將古句運用得妙。（《唐詩摘抄》）

041 春宮曲（七絕）　　　　　王昌齡

昨夜風開露井桃，未央前殿月輪高。平陽歌舞新承寵，簾外春寒賜錦袍。

【詩意】

　　昨天晚上，和暖的春風吹開了露天水井邊的桃花（你看桃花綻放得多麼嬌豔，可是李花卻只能在一旁忍受料峭春寒之苦……）；君王尋歡作樂的未央宮前殿，正沐浴在月輪高照的銀光之中（可是我幽居的冷宮卻缺少清華的月光，顯得多麼陰沉晦暗……）。那個平陽公主的歌女果真妙麗善舞，所以新近得到君王的寵幸，君王還擔心她在溫暖的宮殿中會受到珠簾外料峭春寒的侵襲，特別賞賜一領錦袍給她禦寒，真是多麼體貼，多麼溫存啊（可是我卻只能在夜深如水的冷宮裡遙望春意融融的未央宮，聽著亂人心曲的歌舞聲而黯然神傷）！

【注釋】

① 詩題──本題〈春宮曲〉與〈長信秋詞〉〈西宮春怨〉〈西宮秋怨〉等，都屬於代替失寵者抒發幽恨，並諷刺君王喜新厭舊的宮怨詩。

② 「昨夜」句──露井，沒有築亭加以覆蔽的水井。

③ 「未央」句──未央，漢高祖在秦章臺的基礎上擴建修築而成的宮殿名，為君臣朝會之處。前殿，居於未央宮正中，為宮內四十多座建築中最高大者；《三輔黃圖》：「未央宮周回二十八里，前殿東西五十丈，深十五丈，高三十五丈。」月輪高，夜深時月輪高懸中天。

④ 「平陽」句──平陽，指平陽公主，是漢景帝的長女、武帝的姊姊，嫁與平陽侯曹壽。《漢書‧外戚傳》載：漢武帝的衛皇后（名將衛青之姊）字子夫，原為平陽公主家中的歌女，武帝至霸上舉行除災求福的祭禱後，前往拜訪平陽公主。公主特別讓衛子夫謳歌以侑酒佐歡，武帝見而悅之。後公主獻子夫入宮，陳皇后便日漸失寵。元朔元年（128 B.C.）生男據，遂立為皇后。此處的平陽歌舞，指新進得寵的宮女。

【導讀】

　　這是一首興象豐美，措詞清麗，而又諷諭深婉的宮怨名作。由於寫得從容不迫，藏而不露，所以很得詩家推崇，唐汝詢《唐詩解》說：「是失寵者羨得寵者之詞。詩之妙在空靈，神傳象外，不落言詮。」沈德潛《說詩晬語》也說：「只說他人之承寵，而己之失寵，悠然可思；此求響於絃指外也。」

　　「昨夜」兩字，表明新進的得寵與自己的失歡，都不過是最近的事，因此傷痛之感特別真切。這兩個字，既表示椎心之痛的傷口正在撕裂，正在擴大，正在滴血，因此一夜無法成眠；又暗示從此必須夜夜棲守孤寂的冷宮，顧影自憐，自悲自嘆，直到熬盡血淚為止；同時又以這兩個字逗起第三句的「新承寵」三字，產生今昔對比的感傷，曲傳對君王薄倖負心的怨怒之意；誠可謂一筆三到的高明手眼。

　　「風開露井桃」五字，也是意蘊豐富、興象超妙的匠心所在，其中至少有七層涵義可以仔細玩味：

＊首先，風開井桃，先點明時令以切合詩題的「春」字。

＊其次，而且又是露天井旁尋常的桃樹而已，並非上林苑中的奇花異卉，暗示了受寵者出身的卑微，讓可能原本是金枝玉葉的失寵者內心更難以平衡。

＊第三，「桃」字自然也描畫出新寵「桃之夭夭，灼灼其華」的年輕豔麗，更容易引起失寵著的嫉妒之意。

＊第四，以桃花逢春而灼然綻放，象徵新人沐浴君恩的春風得意，益增嬌豔，更讓人妒火熾烈。

＊第五，雖然描寫的是宮闈男女艷情之事，卻由於採用比興手法來表達，所以別有蘊藉含蓄的情味，不致流為淫穢露骨的惡趣，充分體現了「〈國風〉好色而不淫」的抒情風格。

＊第六，由於樂府古詞〈雞鳴〉中有「桃生露井上，李樹生桃旁；蟲來嚙桃根，李樹代桃僵」等句，因此作者等於是以「化用」兼「藏詞」的手法（只提君王的新歡是「露井桃」，就已經暗示自己正是那無端受禍的李樹），把自己的失寵之悲、哀怨之情——何以桃花能夠領受溫暖的春風吹拂，欣霑雨露之恩而艷麗照眼；一旁的李樹卻必須忍受料峭春寒之苦而憔悴枯萎——寫得含藏不露，意在言外，最得「〈小雅〉怨誹而不亂」的遺意。

＊第七，桃開之時，春風已暖，借此暗示末句「春寒賜錦袍」的動作，不過是帝王故作殷勤，刻意表現憐香惜玉的體貼罷了，何嘗真有寒冷到須要襲裘披袍的春寒可言呢？換言之，有了「風開露井桃」五字所暗示的春暖花開之意，則末句賜袍的舉動，看在失寵者的眼裡，就更加讓人又怨又妒，也更加令人既悲且恨了。

「未央前殿」指出引發幽怨情懷的地點，正是君王對新歡示寵賣恩的所在，切合詩題的「宮」字。「月輪高」三字，表面上只是寫明月高照巍峨壯觀的宮殿，其實是延續「風開露井桃」的賦兼比興手法，象徵歌女承歡得寵，並對比自己的失寵無歡。對人而言，月華本無所謂高低遠近之別，她的清輝應該遍照天地四方才是；如今卻只有新人所在的前殿月輪高照，特別明亮溫暖，而自己幽居的後宮星月無光而昏暗寂冷的景況，也就意在言外了。換言之，詩人採用了讓鎂光燈完全聚焦在舞台中央的手法，藉以凸顯出未央前殿的光明聖潔；相對之下，其餘沒有燈光照明的部分，自然就顯得特別闃暗而令人憂懼了。如此手法，不僅把宮妃失寵後淒涼消沉的心理感受，刻劃得細膩入微，也把她只能在陰暗的角落遙望情敵正在春風得意，懸想情敵正在享受歡愛時那種既羨且怨的痛苦神態，描繪得宛然在目。他人承歡而明月偏照，自己失寵而月華不到的現象，儘管是理中所無之事，卻又是意中所有之情，因此顯得怨思遙深，無理而妙，特別耐人尋味。經由榮

枯冷暖的對比暗示，其人孤獨的身影、愁慘的容貌、怨懟的眼神、受傷的心靈，都可以想像得之了。

前兩句表面上是純粹以賦筆寫景狀物，其實在景物中寄藏著比興的手法，融入了深情遠意，因此讀來倍覺含蓄淵永，惆悵悽惻。嚴羽《滄浪詩話》所謂：「盛唐諸人，惟在興趣，羚羊掛角，無跡可求。故其妙處，透徹玲瓏，不可湊泊；如空中之音、相中之色、水中之月、鏡中之象，言有盡而意無窮。」本詩前半兩句，實足以當之。

在前兩句的寫景裡，已經可以感受到景中有人，呼之欲出了，因此後半則進一步讓新承寵的平陽歌者出場，和君王合演一齣溫馨體貼的戲碼：「簾外春寒賜錦袍」！「平陽歌舞」四字，除了寫出此人出身的卑微來點明首句「露井桃」的暗示之外，也隱藏著失寵者的金枝玉葉竟然被庸脂俗粉打敗的悲憤不平；同時還和「新承寵」三字結合起來，補足第二句裡失寵者遙望懸想的具體內容——原來未央前殿裡的新歡正在以其酣歌妙舞向喜新厭舊的君王獻媚邀寵！「新承寵」是本詩承上啟下的關鍵，既暗示了自己頓遭冷落的難堪和終將幽居的悲慘，也流露出對於君王愛寵無常、薄情寡義的怨懟之意，因此朱之荊在《增訂唐詩摘抄》裡所說的：「憶寫彼之恩幸，絕不道己愁思，只用『前殿』字微為逗明耳。末七字刻劃承寵精甚，然毒只在一『新』字。」的確是火眼金睛的透關之見。

然而「新承寵」三字畢竟還只是一種抽象的感受，因此作者更進一步化虛為實，讓原本還只是遙望懸想的空洞概念，成為眼前綺旎纏綿的真實情節：「簾外春寒賜錦袍」！君王那種對於歌舞女郎跡近於奉承諂媚的過分慇勤與關心，對於失寵者而言，真是情何以堪而意何由平啊！尤其可恨的是：君王惟恐歌舞女郎感到「簾外春寒」的那種噓寒問暖和體貼入微的柔情蜜愛，何嘗不曾關注到自己身上？而今那個「情敵」身在暖融融的春宮裡，君王都還要如此細心呵護，滿眼愛憐地獻媚；則佇立在幽宮暗窗之下，終宵遙馳遠目而不得參與夜宴的

自己，豈不是更須要君王為自己披上溫暖的錦袍嗎？因此王堯衢《古唐詩合解》說：「不寒而寒，賜非所賜，失寵者思得寵者之榮，而愈加愁恨，故有此詞也。」王闓運《手批唐詩選》也說：「桃開不寒而特有賜，宜為人妒。」換言之，這「簾外春寒賜錦袍」的戲碼，正如一隻殘酷的匕首，無情地刺痛她的心靈，絞斷她的柔腸，使她頓時春容慘咽而珠淚暗滴的景象，也就自然深印在讀者腦海之中了。

全詩二十八字裡，雖不見「怨」字，而怨情自深；雖不及「恨」字，而恨意綿綿，的確充分體現出沈德潛《唐詩別裁》所稱「龍標七絕，深情幽怨，意旨微茫，令人測之無端，玩之不盡」的特色，因此宋顧樂《萬首唐人絕句選評》說：「嘆、羨、怨、妒，一齊俱見於此。」實在是探驪得珠的正確評解；至於《唐詩訓解》說：「睹得意之人，望而不妒，有渾厚意。」《唐詩摘抄》說：「語脈深婉，不露怨意。」就恐怕是差以毫釐而失之千里的誤解了。

042 長信秋詞五首 其三（七絕樂府） 王昌齡

奉帚平明金殿開，暫將團扇共徘徊。玉顏不及寒鴉色，猶帶昭陽日影來。

【詩意】

天色才微微明亮，長信宮門「呀——」的一聲打開了，只見班婕妤跨過門檻，拎著水桶，拿著掃帚，開始了晨間的灑掃工作。忙了好一陣子之後，她暫且坐在一旁，拿出團扇來排遣苦悶，消磨時間。看著一到秋天往往就被棄置不用的扇子，她不禁回憶起早已褪色的那段承寵君恩的歲月……當她驀然見到秋空中的烏鴉時，不禁悲從中來：自己縱然花容月貌，卻幽居冷宮而憔悴瘦損，遠不及從昭陽殿飛來的

烏鴉還能帶著旭日的餘溫，羽毛的光澤看起來是那麼漂亮，那麼耀眼……。

【注釋】

① 詩題—又名「長信怨」，屬樂府詩中的〈相和歌辭‧瑟調曲〉，抒發失寵者的怨情。本組詩共五首，寫於天寶年間（742－756）詩人第二次被貶之前。長信，漢宮殿名，為皇太后所居之處[1]。

② 「奉帚」句—奉，「捧」之本字；奉帚，手持箕帚灑掃之意。按：漢成帝寵愛趙飛燕、趙合德姐妹，班婕妤唯恐終遭趙氏妒害，乃自請退居長信宮以侍奉太后，並作〈自悼賦〉云：「奉供養於東宮兮，托長信之末流；供灑掃於帷幄兮，永終死以為期。」平明，天方亮時。金殿，即指長信宮。

③ 「暫將」句—將，持。共，與也。徘徊，消磨時光、排遣苦悶，略有沉吟細思之意。按：班婕妤曾作〈團扇歌[2]〉，以秋扇見捐喻己之失寵於君；王昌齡的〈西宮秋怨〉詩也有此意：「誰分含啼掩秋扇，空懸明月待君王。」按：本句一作「且將團扇暫徘徊」。

④ 「猶帶」句—昭陽，漢宮殿名，是趙飛燕的妹妹趙合德得到漢成帝寵幸而賜號昭儀時所居住的宮殿，位於禁城東方，故能先得旭日照臨。日影，象徵君王的恩澤。

【補註】

01 《三輔黃圖》卷3「長樂宮」條引《通靈記》曰：「長信宮，漢太后常居之。……後宮在西，秋之象也。秋主信，故宮殿皆以長信、長秋為名。」又，《樂府詩集》卷70〈雜曲歌辭〉中有吳均〈行路難五首〉其五：「班姬失寵顏不開，奉帚供養長信臺。」同書卷75〈雜曲歌辭〉中有柳惲之〈獨不見〉：「奉帚長信宮，誰知獨不見。」本詩可能即取意於此而倍見精采。

02 〈團扇歌〉（又名「怨歌行」）：「新製齊紈素，鮮潔如霜雪；
裁成合歡扇，團團似明月。出入君懷袖，動搖微風發。常恐秋節
至，涼飆奪炎熱；棄捐篋笥中，恩情中道絕。」

【導讀】

　　王昌齡的宮怨詩寫得興象豐美，丰神搖曳，而又雍容典雅，蘊藉
含蓄，因此贏得歷代詩家很高的評價；尤其本詩能以優雅婉麗的詞藻
和細膩精巧的對比，體現溫柔敦厚的詩教，寄寓深宮失寵的悲情，因
而備受矚目。

　　本詩前半檃栝班婕妤〈自悼賦〉及〈團扇歌〉之意（見【注釋】
及【補註】），寫班婕妤失寵後幽居冷宮的寂寞形象，的確使人驚嘆
作者鎔裁典故之精切，已達脫化形跡，渾然天成的妙境。後半則想入
非非，別出心裁地以寒鴉對比，又寫得興象超妙，沉哀入骨，更讓人
嘆服其藝術匠心之靈妙，已達從心所欲，觸手成春的絕詣。「詩家天
子王江寧」實在名不虛傳。

　　「奉帚平明金殿開」七字，是寫班婕妤深諳明哲保身之道，失寵
後便自動退居長信宮，執箕帚，供灑掃，過著平淡生活，並藉以勾勒
其孤寂落寞的形象。曾經承寵君恩，榮貴無雙的婕妤，竟然願意紆尊
降貴地在天方破曉之時，就像村嫗民婦一般勞動雜役，侍奉太后，則
其生活之刻板單調，心境之消沉黯淡，形容之憔悴瘦損，以及君王之
薄倖寡義，都已意在言外了。

　　「暫將團扇共徘徊」七字，是在前一句所勾勒的樸實形象之外，
更進一步刻劃婕妤複雜而幽密的心思。婕妤平日除了侍奉太后，親執
箕帚之外，作何消遣呢？原來她唯有拿一把圓扇來陪伴自己沉吟細思
罷了，可見她平日早已絕無尋歡行樂之舉和賞心娛意之事了。那把圓
扇似乎是她貼身珍藏的一種信物，有如女尼隨身不離的佛珠，只不過
細數佛珠能使女尼心如止水，安祥自在；摩挲圓扇卻無法使婕妤療傷

止痛，反而只會使她古井揚波，思潮澎湃！一位甘心從邀寵爭恩的宮闈遊戲中淡出，洗盡鉛華，親執賤役，形同村婦的人，何以竟然在長久棲守著枯寂冷淡的刻板生活之餘，還會對著團扇尋思細想呢？因為她終究不是遁入空門之中六根清淨的女尼，她畢竟只是一位身陷在塵網之中，被七情六慾糾纏不去的傷心人！「團扇」一詞，具有豐富的意涵，相當耐人尋繹：它如霜雪般潔白，似明月般圓滿，曾經長伴君王左右而有合歡的幸福聯想；偏偏又遭遇到冷酷的命運而被無情地棄置，以至於烙印著恩斷義絕的傷痕！換言之，團扇正是婕妤一部淚痕斑斑的自傳；則傷心人翻閱自己的傷心史時，又怎能不思潮翻湧呢？「暫將」二字寫她百無聊賴，姑且和扇子相互陪伴，隨手把玩的無奈之外，也表示時已入秋，紈扇已經派不上用場，這正是扣準詩題「秋」字的細膩之處。「共」字暗示同病相憐的悲情，「徘徊」流露出陷入回憶之中而不克自拔的神態，也都是值得細加體會的用字。

「玉顏不及寒鴉色，猶帶昭陽日影來」兩句，更是畫龍點睛、神韻畢現的精采之筆。說班婕妤的玉顏之白皙姣好不敵趙飛燕姐妹之紅潤艷麗也就罷了，儘管色不如人，還能自我安慰：春蘭秋菊，各擅勝場，孤芳何妨自賞！可如今婕妤竟然連黝黑醜陋的寒鴉都不如？則其怨憤之深重也就不難體會了。仔細推敲，可以發現詩人在這裡深藏著許多巧妙的構思：

＊這種「以人比物」的錯誤類比，是第一個出人意料之外的巧思。

＊而竟然得出「人不如物」的怪異判斷，則是第二個使人震驚不已的奇語。

＊再者，玉顏之白與寒鴉之黑，本是美醜判若雲泥的極端對比；作者偏要顛倒黑白，以醜為美，則是第三個啟人疑竇、引人猜疑的妙想了。

＊至於如何才能解開這奇思妙想的迷霧呢？那就得在第四句尋找答案，看看寒鴉是由何處飛來？原來是專寵得勢的飛燕姐妹所居

住的「昭陽」殿──這是撥開第一層謎霧的委婉暗示。

＊昭陽殿的寒鴉之色，何以便勝過長信宮的玉顏之容？原來牠帶著「日影」的餘溫，自然勝過班婕妤的幽寂冷落──這是揭開第二層謎雲的曲折筆意。

＊昭陽殿何以能得到暖日光照，而長信宮則陽光不臨？因為昭陽殿巍峨高聳地遮蔽在長信宮的東邊，因此旭日東昇必然先照臨到朝陽殿──這是解開第三層謎團的細密安排。

＊此外，「日影」又象喻什麼？原來是君王的恩澤──這是掀開第四層謎底的精巧匠心。

＊至於連棲息在昭陽殿的寒鴉都能沾沐餘溫，而退居長信宮的班婕妤竟然獨守幽冷，則君王是如何寵愛飛燕姐妹，又如何冷落婕妤的喜新厭舊，絕情寡義，更是作者茹而未發、含藏不露的風人之旨了。

經由以上幾重深密奇巧的曲折筆意，和環環相扣的意象安排，就把婕妤之玉容竟然不及寒鴉之色相的悲怨之情，表現得痛徹心扉了。作者雖然不直接訴諸情緒性的字眼來表現這一段幽情，但是卻能把婕妤既羨且妒又悲更恨的淒婉心理，刻劃得絲絲入扣，纖毫畢現，不能不令人嘆服作者藝術技巧的高妙，以及比女人更了解女人的細膩心思。

唐武宗會昌五年（845）進士及第的孟遲也有一首用意相似的〈長信宮〉之作：「君恩已盡欲何歸？猶有殘香在舞衣。自恨身輕不如燕，春來還繞御簾飛。」仔細比較之後，可以發覺這兩首詩儘管面貌相似而神韻有別：兩詩的造語同樣華麗流美，而王之構思警峭奇絕，有別開生面之氣象；孟之聯想自然生動，有脫胎換骨的趣味。孟詩雖然也是由「人不如物」來落筆，但是燕子的輕盈靈俊，與美人仍然頗為相似，而且還可以直接象喻趙飛燕，因此就效果而言，就不及王詩以醜陋可厭的烏鴉作對比那麼使人怵目驚心，悲憤不平了；何況，孟詩明

白寫出怨恨君恩之盡，也就遠不如王詩的婉轉含蓄，風流蘊藉了。因此沈德潛《唐詩別裁》稱賞本詩說：「昭陽宮，趙昭儀所居，宮在東方；寒鴉帶東方日影而來，見已之不如鴉也。優柔婉麗，含蓄無窮，一唱而三嘆。」潘德輿《養一齋詩話》則以為孟遲之作與本詩後半「似一副言語，然厚薄遠近，大有殊觀。」這種「厚薄遠近」的差異，大概也正是蘅塘退士捨孟作而取王詩的關鍵所在吧！賀裳《載酒園詩話·又編》說：「『玉顏不及寒鴉色，猶帶昭陽日影來』，嘗因其造語之秀，殊忘其著想之奇。因嘆詠長信者多矣，讀此，而崔湜之『不忿君恩斷，新妝視鏡中』，已嫌氣盛；王諲『生君棄妾意，增妾怨君情』，一何傖父！」可見溫柔敦厚而又含蓄蘊藉，才是宮怨詩最耐人尋味的高妙之處。

【評點】

01 謝枋得：此篇怨而不怒，有風人之義。（高棅《唐詩品彙》引）

02 敖英：此篇固佳，終是比喻，故不及〈西宮春怨〉。（《唐詩絕句類選》）

＊ 編按：〈西宮春怨〉云：「西宮夜靜百花香，欲捲珠簾春恨長。斜抱雲和深見月，朦朧樹色隱昭陽。」

03 鍾惺：「團扇」用「且將」字、「暫」字，皆從「秋」字生來。三、四與「簾外春寒」「朦朧樹色」同一法，皆不說自家身上；然「簾外春寒」句氣象寬緩，此句與「朦朧樹色」情事幽細。「寒鴉」「日影」，猶覺悲怨之甚。　○譚元春：宮詞細於毫髮，不推為第一婉麗手不可；惟「芙蓉不及美人妝」差若耳。（《唐詩歸》）

＊ 編按：〈西宮秋怨〉云：「芙蓉不及美人妝，水殿風來珠翠香。誰分含啼掩秋扇？空懸明月待君王。」

04 周敬：意存含蓄，語多渾厚。「暫徘徊」三字妙。（《唐詩選脈會通評林》）

05 邢昉：一片神工，非徒鍛鍊而成。「神韻干雲，絕無煙火；深衷隱厚，妙協〈簫韶〉。」此評庶近之矣。（《唐風定》）

＊ 編按：引號內四句，乃胡應麟《詩藪》評李頎、王昌齡七絕之言。

06 黃生：此等詩要識其章法錯敍之妙，看其如何落想，如何用筆；作者當時必非率然一揮而就者。　○「玉顏」與「寒鴉」比擬不倫，總之觸緒生悲，寄情無奈。（《唐詩摘抄》）

07 李鍈：不得承恩意，直說便無味；借「寒鴉」「日影」為喻，命意既新，措詞更曲。（《詩法易簡錄》）

08 施補華：「玉顏不及寒鴉色，猶帶朝陽日影來」，羨寒鴉羨得妙；「沅湘日夜東流去，不為愁人住少時」，怨沅湘怨得妙。可悟含蓄之法。（《峴傭說詩》）

＊ 編按：戴叔倫〈湘南即事〉：「盧橘花開楓葉衰，出門何處望京師？沅湘日夜東流去，不為愁人住少時。」

09 朱庭珍：王詩之所以妙者，顧「玉顏」「寒鴉」，一人一物，初無交涉，乃借鴉之得入昭陽，雖寒猶帶日光而飛，以反形人……用意全在言外對面，寓人不如物之感。而措詞微婉，渾然不露，又出以搖曳之筆，神味不隨詞意俱盡；十四字中兼有賦比興三義，所以入妙，非但以風調見長也。（《筱園詩話》）

10 俞陛雲：（前二首）不若此首之淒婉也。……設想愈癡，其心愈悲矣。（《詩境淺說·續編》）

043 出塞（七絕樂府）　　　　　王昌齡

秦時明月漢時關，萬里長征人未還。但使龍城飛將在，不教胡馬度陰山。

【詩意】

　　從秦、漢以來就臨照著邊地的明月，如今依舊映照著秦、漢以來就烽火不斷的關塞……。千百年來，一批又一批的大好男兒飛越萬里關山，來到荒涼僻遠的塞外征戰，卻始終看不到他們凱旋而歸！這不禁使人在悲愴感慨之餘會聯想到：只要能有像飛將軍李廣那樣神勇蓋世的英雄鎮守邊隘，匈奴就絕不敢翻越陰山而南下牧馬了！

【注釋】

① 詩題—見王之渙〈出塞〉詩注。本詩收入《樂府詩集・卷 21・橫吹曲辭》中。

② 「秦時」句—謂明月臨照邊關，由秦而漢，由漢而唐，亙古如斯。編按：首句為互文見義句法，舉秦則兼漢，舉漢則包秦。

③ 「但使」句—龍城，唐時平州北平郡（轄今河北省薊縣以東、遼寧大凌河上游以南地區）治盧龍城，簡稱龍城[1]。飛將，指漢代的李廣將軍，曾任右北平郡（相當於唐之北平郡）太守，驍勇善戰，匈奴甚為敬畏，稱之為「飛將軍」。又，漢時衛青任車騎將軍，北伐匈奴時曾至今蒙古一帶之龍城，故所謂「龍城飛將」，可以泛指揚威異域的名將；而龍城，則泛指邊關要塞而言，未必確指何人何地之事。

④ 陰山—山脈名，起於河套西北，綿亙於今內蒙古自治區中部及河北省北部，東西走向長達一千餘公里，南北寬則達 50 至 100 公里，自古為中國防禦漠北游牧民族入侵的屏障。

【補註】

01 龍城，一說謂胡人敬奉龍神，因此漢時匈奴大會祭天之所稱為龍城。然其位置，則眾說紛紜，一說在今漠北塔米爾河岸，一說在蒙古和碩柴達木湖附近，一說在遼寧省。

【導讀】

「出塞」是漢樂府〈橫吹曲〉的曲調名，唐人樂府中的〈前出塞〉〈後出塞〉〈塞上曲〉〈塞下曲〉等，都是從這一樂曲演變而來，內容都是吟詠邊塞征戰的生活。

這首邊塞詩不僅前半的思想深刻豐富，意境雄渾壯闊，音節高亢健爽而已；後半的抒情議論，也洋溢著鞏固邊防的愛國熱情，與捍衛民族尊嚴的豪邁志氣，表現出積極進取時代精神；同時還含有諷刺朝廷用人不當，警惕切勿窮兵黷武，輕開邊釁的苦心，相當發人深省。李攀龍以為唐人絕句當以此為壓卷，胡應麟、王世貞也認為本詩堪稱唐人七絕第一。

「秦時明月漢時關」七字，是以破空而來的雄奇氣勢，聯想到千年以前的歷史，並推擴到萬里之外的空間，因此短短七字便「思接千載」「視通萬里」地勾勒出雄峻壯闊的關塞圖像，流盪著綿長悠久的歷史情懷；而且邊關明月的畫面，除了遼闊壯美之外，又帶有些許蒼涼寂寥的邊庭情調，有助於寄託詩人懷古傷今時複雜而深刻的感慨。

「秦時明月漢時關」，是由戍守邊塞的將士所見的關山明月，遙想秦皇漢武所創建的全盛時代與輝煌歲月。就詩歌意蘊而言，作者特

別標舉秦、漢這兩個朝代,是因為秦始皇曾經「使蒙恬北築長城而守藩籬,卻匈奴七百餘里,胡人不敢南下而牧馬 2」,贏得了對抗北方異族入侵的神聖戰爭。至於漢代,則國力更加強盛,曾經多次擊敗匈奴的侵擾,維護了國家民族的尊嚴和黎民百姓的生命。換言之,亙古不變的明月及其所照臨的蒼茫關塞,和在崇山峻嶺中綿延起伏、逶迤盤折的長城,以及歷經風霜歲月剝蝕的無數城堞,全都默默地見證了秦、漢以來國家民族保衛自己的聖戰;因此詩人才以飽蘸民族光榮感和自尊心的筆墨,特別點出秦月與漢關來為讀者描繪出蒼莽雄闊的邊塞畫卷,激盪出盛唐之人「惜秦皇漢武,略輸文采……數風流人物,還看今朝 3」那種豪氣干雲的歷史情懷。

　　就藝術技巧而言,「秦時明月」七字,屬於互文見義的句法,舉秦朝則兼指漢代,舉漢代也包括秦朝;如此相互交錯包舉的句法,不僅詩意更為豐富,詩情更為飽滿,風格也更加雄放勁健,耐人涵詠。再加上兩個「時」字的間隔重出,又能形成音節的輕快流美,在跳盪之中有勾連,在複沓之中有變化,既有藕斷絲連之妙,又有珠聯玉串之美,從而形成既整飭又活潑,既參差錯落又和諧統一的節奏感,因此朗讀起來特別悅耳動聽。

　　「萬里長征人未還」七字,則是由遙遠的歷史年代回過頭來審視眼前的處境:千千萬萬的將士辭家別親,衝風沙,冒霜雪,跋涉萬里而來,卻只能長年累月地深陷在無休無盡的征戰戍守之中,望著邊關明月思歸念遠,然而返鄉之日,卻始終遙遙無期!這七個字既寫出了征戍路途的遙遠艱辛,戰爭的曠日持久,也可能暗含了「由來征戰地,不見有人還 4」的深悲極痛在內;此時再回顧「秦時明月漢時關」七字,就彷彿可以傾聽到從邊關涼月的畫面中傳來沉重的歎息聲了,因此詩人在〈塞上曲二首〉其一中也感嘆:「從來幽并客,皆共塵沙老!」從首句聲情的高昂激越,落到次句的沉鬱悲愴,形成強烈的反差和鮮明的對比,自然使人在詫異之餘,會去思索詩人在雄文壯采中所寄藏

的深遠用心。秦皇、漢武，是何等勳業彪炳，威風蓋世，震古鑠今的帝王！秦朝、漢代，又是何等光照環宇，國威遠播，四夷來朝的盛世！秦、漢從事保障民族命脈與維護國家尊嚴的聖戰，能使異族聞風喪膽以致「不敢南下牧馬」；何以國力有過之而無不及的盛唐卻讓自己的將士陷入「萬里長征人未還」的困境之中呢？

「但使龍城飛將在，不教胡馬度陰山」，便是詩人對這個問題的回答。龍城飛將，指漢代曾任右北平郡太守的李廣將軍，因驍勇善戰，匈奴甚為敬畏，稱之為「飛將軍」。陰山，指陰山山脈，起於河套西北，綿亙於今內蒙古自治區中部及河北省北部，與內興安嶺相接，自古為中國防禦漠北游牧民族入侵的屏障。換言之，「但使龍城飛將在」這兩句的涵義是：只要能任命像李廣這樣可以勇冠三軍、威服外夷的當代良將駐守邊境，外敵自然不敢輕易越界侵擾[5]！而當外寇畏憚邊將的神威，不敢輕舉妄動時，邊庭烽火自然便可以熄滅，那麼遠征萬里，久未還家的將士，也就可以返鄉團圓，再也不必為了君王或朝廷的好大喜功，開疆拓土而繼續搬演「年年戰骨埋荒外，空見葡萄入漢家[6]」以及「可憐無定河邊骨，猶是深閨夢裡人[7]」這種荒謬而慘痛的悲劇了！

【補註】

01 《文心雕龍・神思》：「文之思也，其神遠矣。故寂然凝慮，思接千載；悄焉動容，視通萬里。吟詠之間，吐納珠玉之聲；眉睫之前，卷舒風云之色；其思理之致乎！」

02 見賈誼〈過秦論〉。

03 見毛澤東〈沁園春・雪〉。

04 見李白〈關山月〉。

05 根據新、舊《唐書》王晙本傳及〈吐蕃傳〉等載：開元二年十月，
吐蕃以精兵十萬寇臨洮，王晙與薛訥等合兵拒之，幾度大敗吐蕃，
殺虜數萬，得馬羊二十萬，吐蕃死者枕藉，洮水為之不流。

06 見李頎〈古從軍行〉。

07 見陳陶〈隴西行〉。

【後記】

由於除了天寶末年的安史之亂以外，在開元、天寶年間事實上並
沒有出現過「胡馬度陰山」這種異族大舉入侵，以致生靈塗炭，哀鴻
遍野的情況，因此本詩的主旨應該不是感慨當時缺乏良將以致胡人入
侵；而是表達應該慎選良將駐守邊境以保疆衛國，同時暗藏切勿窮兵
黷武，好大喜功，輕啟邊釁的苦心。

根據新、舊《唐書》及《資治通鑑》的記載，唐玄宗晚年，朝政
敗壞，經常發動開疆拓土的不義之戰，邊將也迎合君王旨意，在邊境
滋生事端，藉機邀功。例如天寶六載至八載之間，先後令王忠嗣、董
延光、哥舒翰襲取吐蕃的石堡城，犧牲了數萬將士的生命才勉強得手；
天寶十載，安祿山率領范陽、河東、平盧三鎮六萬兵馬攻打契丹，卻
幾乎全軍覆沒。因此李頎〈古從軍行〉說：「年年戰骨埋荒外，空見
葡萄入漢家！」王昌齡的〈塞下曲二首〉其一說：「黃塵足今古，白
骨亂蓬蒿。」李白的〈關山月〉說：「由來征戰地，不見有人還。」
杜甫的〈前出塞〉感慨：「君已富土境，開邊一何多！」〈兵車行〉
說得更是令人怵目驚心，毛骨悚然：「邊庭流血成海水，武皇開邊意
未已！……君不見，青海頭，古來白骨無人收；新鬼煩冤舊鬼哭，天
陰雨濕聲啾啾！」本詩同樣含有這種反對黷武戰爭的思想，但又同時
堅定主張保疆衛國，防備異族的侵略，因此才說：「但使龍城飛將在，
不教胡馬度陰山。」意謂只要良將鎮守邊境，有效威服外夷即可，實
在無須勞師動眾去萬里長征，以致漢家兒郎遠離家園成為異域冤魂！

【評點】

01 楊慎：可入神品。「秦時明月」四字，橫空盤硬語也，人所難解。
　　（《升庵詩話》）

02 顧璘：慘淡可傷。音律雖柔，終是盛唐骨格。（《批點唐音》）

03 敖英：「秦時明月」一首，用修（按：楊慎之字）、于鱗（按：
　　李攀龍之字）謂為唐絕第一。愚按：王之渙〈涼州詞〉神骨聲調，
　　當為伯仲；青蓮「洞庭西望」氣概相敵。第李詩作於淪落，其氣
　　沉鬱；少伯代邊帥自負語，其神氣飄爽耳。（《唐詩絕句類選》）

＊ 編按：李白〈陪族叔刑部侍郎曄及中書賈舍人至游洞庭五首〉之
　　一云：「洞庭西望楚江分，水盡南天不見雲。日落長沙秋色遠，
　　不知何處弔湘君？」

04 王世貞：于鱗言唐人絕句當以此壓卷，余始不信，以少伯集中有
　　極工妙者。既而思之，若落意解，當別有所取；若以有意無意，
　　可解不可解間求之，不免此詩第一耳。（《藝苑卮言》）

05 王世懋：于鱗取……「秦時明月漢時關」為第一，以語人，多不
　　服。于鱗意止擊節「秦時明月」四字耳，必欲壓卷，還當於王翰
　　「葡萄美酒」、王之渙「黃河遠上」二詩求之。（《藝圃擷餘》）

06 胡震亨：少伯七絕宮詞閨怨，盡多詣極之作。若邊詞「秦時明月」
　　一絕，發端句雖奇，而後勁尚屬中馴；于鱗遽取此壓卷，尚須商
　　榷。（《唐音癸籤》）

07 胡應麟：「秦時明月」在少伯自為常調，用修以諸家不選，故《唐
　　絕增奇》首錄之，所謂前人遺珠，茲則掇拾。于鱗不察而和之，
　　非定論也。（《詩藪》）

08 王夫之：「秦時明月漢時關」，句非不鍊，格非不高，但可作律
　　詩起句，施之小詩，未免有頭重之病。（《薑齋詩話》）

09 宋宗元：悲壯渾成，應推絕唱。（《網師園唐詩箋》）

10 沈德潛：蓋言師勞力竭而功不成，由將非其人之故；得飛將軍備邊，邊烽自熄。即高常侍〈燕歌行〉歸重「至今人說李將軍」也。邊防築城，起於秦、漢，明月屬秦，關屬漢，詩中互文。（《說詩晬語》）

11 沈德潛：李滄溟（按：李攀龍）推王昌齡「秦時明月」為壓卷，王鳳洲（按：王世貞）推王翰「葡萄美酒」為壓卷，本朝王阮亭（按：王士禎）則云：「必求壓卷，王維之『渭城』，李白之『白帝』，王昌齡之『奉帚平明』，王之渙之『黃河遠上』，其庶幾乎？而終唐之世，亦無出四章之右者矣。」滄溟、鳳洲主氣，阮亭主神，各自有見。（《說詩晬語》）

12 黃生：中晚絕句涉及議論便不佳，此詩亦涉議論而未嘗不佳；此何以故？風度勝故，氣味勝故。（《唐詩摘抄》）

13 施補華：意態雄健，音節高亮，情思俳惻，令人百讀不厭。（《峴傭說詩》）

14 森大來：調高響亮，壯彩四射。（《唐詩選評釋》）

15 劉學鍇：詩的前幅境界闊大雄奇，富于含蘊，後幅則單刀直入，明快有力，正體現了含蓄與明快的統一。三、四兩句的議論本身也帶有詩的形象與充沛的感情，加以音韻鏗鏘朗爽，讀來只覺與前兩句銖兩相稱，渾然一體，構成雄渾悲壯的藝術風格，絲毫沒有頭重之感。（劉學鍇、趙其鈞、周嘯天著《唐代絕句賞析》）

044 塞上曲二首 其一（五古樂府）　　　王昌齡

蟬鳴空桑林，八月蕭關道。出塞復入塞，處處黃蘆草。從來幽并客，皆共塵沙老。莫學游俠兒，矜誇紫騮好。

【詩意】

　　秋蟬在桑葉落盡的空林間嘶啞低吟，為八月的蕭關大道增添了許多蕭條冷落的氣氛。軍士們在出塞征戰、入塞戌守的忙亂生涯裡，處處所見都是枯黃的蘆草，心裡便不自覺地湧生邊塞蒼涼和鄉關迢遙的感傷。自古以來，幽州、并州的豪健男兒，都是在彌天漫地的風沙和黃塵中滯留到老死為止；因此我要鄭重地寄語豪氣干雲的少年們：千萬別學那些好逞意氣、耍威風的遊俠，炫耀自己的紫騮在沙場奔馳起來有多麼雄駿，以為絕對可以揚威邊關，立功封侯！

【注釋】

① 詩題—《樂府詩集・卷 21・橫吹曲辭 1・出塞》下解題曰：「按《西京雜記》曰：『戚夫人善歌〈出塞〉〈入塞〉〈望歸〉之曲。』則高帝時已有之，疑不起於延年也。唐又有〈塞上〉〈塞下〉曲，蓋出於此。」按：〈塞上曲〉〈塞下曲〉都收錄在《樂府詩集・卷 92・新樂府辭・樂府雜題》中，《全唐詩》題作〈塞下曲〉四首。

② 「蟬鳴」二句—空桑林，或作「桑樹間」，然不及「空桑林」佳妙。蓋「空」字既有桑葉凋落，枝椏空禿的寒涼之感，又與「八月」二字代表的蕭瑟季節相符。蕭關，又名障關，在今寧夏省回族自治區內，是「關中四關」裡的北關；此處泛指邊關而言。

③ 「出塞」二句—入塞雲，或作「復入塞」「入塞寒」，皆不及「入塞雲」之意象豐富。蓋「復」字僅表現出「入」的動作頻繁，「寒」字雖有觸覺感受，仍不及「雲」字既有蒼茫無際的邊塞實景，又能引起遼闊蒼涼的心理感受；同時「秋雲」又與空桑林、黃蘆草的季節景物吻合，可以交互引發由視覺、聽覺所產生的心理反應。

④ 「從來」二句—幽、并二州，包括今河北、山西、陝西一帶，古屬燕、趙之地，多尚氣任俠、悲歌慷慨的血性男兒。共塵沙，或作「向沙場」，然不及「共塵沙」之形象鮮明而具體。蓋「向沙場」只表示投身戰場，「共塵沙」則有黃塵蔽天、沙漠遍地的荒遠迷茫之感，更能凸顯出老於風塵而埋骨黃沙的淒涼悲愴。

⑤ 「莫學」二句—游俠兒，謂恃勇武，逞意氣，行俠義而輕性命之人。矜誇，自負而炫耀。紫騮，毛色深紅暗褐之馬，又名棗騮；此泛稱駿馬良駒。楊炯〈紫騮馬〉：「俠客重周游，金鞭控紫騮。」

【淺說】

由於本詩主題明白顯豁，既別無深意可以探求，也別無章法值得分析，而且詩意中已串解過全詩，注釋中也已分辨過詩中用字之妙，因此僅略作淺說於後，不再逐句深入導讀。

這首邊塞詩的前半，著重在敷設黯淡蕭條的聲色，為邊關的景物抹上蒼莽荒涼的氛圍，使人觸目生寒，入耳增悲；後半則先以感傷的語調表現豪氣少年老死沙塞的無奈，而後警惕世人慎勿驕矜恃勇，好強爭勝，以免重蹈覆轍，老死異域。由於前半的寫景中已渲染出蕭瑟蒼涼的哀傷氣氛，因此後半的議論便導向「由來征戰地，不見有人還」的旨趣，可見本詩實際上一首是首尾呼應，一氣呵成，而又委婉含蓄，意在言外的非戰詩篇。

末句「矜誇紫騮好」的義涵相當豐富，並非僅止於化用楊炯〈紫騮馬〉中「金鞭控紫騮」的昂揚精神與威武氣概而已；還暗用了漢朝〈橫吹曲辭・紫騮馬歌〉中「十五從軍征，八十始得歸；道逢鄉里人，家中有阿誰」那種從軍久戍而思家懷歸之意，暗示了少年出征而老邁始歸，雙親已逝而人事全非的淒涼，正可以呼應五、六句「從來幽并客，皆共塵沙老」的諄諄勸戒之意，可以說是脫略形跡而妙合無痕，相當高明的用典手法。

【評點】

01 桂天祥：氣散逸，乃是得意者。（《批點唐詩正聲》）

02 張文蓀：情景黯然，妙不說盡，低手必再作結句。（《唐賢清雅集》）

045 塞下曲二首 其一（五古樂府）　　　　王昌齡

飲馬渡秋水，水寒風似刀。平沙日未沒，黯黯見臨洮。昔日長城戰，咸言意氣高。黃塵足今古，白骨亂蓬蒿。

【詩意】

　　讓戰馬喝足了水之後，就得渡過秋水，盡快趕路了；只覺得秋水寒凍刺骨，秋風銳利如刀，肌膚早已被割裂開來了。夕陽還沒有完全沒入平遠沙漠的盡頭之前，還可以在昏暗的光線下隱隱約約望見目的地──巍峨的臨洮城──被天幕襯托出陰森而詭異的輪廓，使人在不知不覺中有了蒼茫百端的感慨……。從前在長城邊上的鏖戰，大家都誇耀漢家男兒，志概多麼豪邁，士氣多麼昂揚！但是荒涼的戰地自古以來就黃沙瀰漫，遮天蓋地，在蕭瑟的秋風吹過之後，只見纍纍白骨散亂在蓬蒿般的草叢裡，訴說著無法還鄉的淒涼……。

【注釋】

① 詩題─見前一首〈塞上曲〉注。

② 飲馬─讓馬喝水；飲，音一ㄣˋ，作使役動詞解。

③ 「黯黯」句—黯黯，隱約不明貌。臨洮，今甘肅岷縣一帶，因靠近洮水而名；秦時蒙恬築長城，西起臨洮，東至遼東。

④ 「昔日」句—或謂指開元二年（714）唐將薛訥、王晙在臨洮一帶大敗吐蕃，斬獲數萬，追奔至洮水之役；見《舊唐書・列傳四十三》本傳。然細觀全詩之旨趣，實屬非戰思想，則此句殆為襯托末二句之用，未必有所實指。

⑤ 「黃塵」句—謂邊塞戰地自古以來皆黃沙瀰漫，風塵蔽野。足，充塞。

⑥ 蓬蒿—借代指荒煙蔓草。

【導讀】

　　這首詩的主題仍然傾向於表達非戰思想，手法和前一首如出一轍：前半寫景時刻意營造邊塞征戍的艱辛景象與愁慘氛圍，作為後半議論的有力襯墊；而且相當著重色彩的敷設和烘染手法的應用，使色調昏黃黯淡，無形中自然產生陰森冷肅的不祥之感。

　　「飲馬渡秋水，水寒風似刀」兩句，是以觸覺感受，描寫戍守的將士在邊塞生活之辛苦。「飲馬」是指戰士牽引馬匹到水邊喝水，喝足了水之後就得渡過秋天的洮水，繼續向前，因此感受到塞外「水寒風似刀」那種能使人肌膚皸裂的寒冷凜冽。在中原或南方地區，秋風給人的感受是舒爽宜人的，因此杜牧〈秋夕〉詩描寫秋天夜晚的活動是：「銀燭秋光冷畫屏，輕羅小扇撲流螢。天階夜色涼如水，臥（按：一作「坐」）看牽牛織女星。」不論是坐看或臥看，可以想見其涼爽舒適，而非凜冽寒凍。秦觀〈鵲橋仙〉詞寫牛郎織女的相會，也是在金風送爽、玉露生涼那種最浪漫、最美好的時節：「金風玉露一相逢，便勝卻人間無數。」可是在中國西北邊境，卻早已是「水寒風似刀」了！起筆十字，就藉著氣候的特色，形象地呈現出征戍生活的辛苦。

「平沙日未沒，黯黯見臨洮」兩句，是轉而由視覺寫將士心理的愁慘黯淡。「平沙」，是指平坦遼闊、一望無際的沙漠之地；「日未沒」表示正當夕陽將落而未沒之際。「黯黯」兩字則表示天色更形昏黑，視線更為朦朧了。當時征人眼中所見的是橙紅色的火輪正在西天詭譎的雲霞中緩緩下沉；暮色蒼茫中，在一望無垠的黃沙裡，遠方那若隱若現的城郭輪廓，應該就是目的地所在的臨洮城了。臨洮，是唐代隴右道岷州的治所，因縣城臨近洮水修築而得名，是長城的起點，也是吐蕃和唐朝經常發生爭戰的地方。

由「飲馬渡秋水」到「黯黯見臨洮」這四句所寫的景象之蒼茫空曠，色調之昏黃暗淡，不難了解到征戍的將士經過長途跋涉，終於即將來到臨洮時已經兵疲馬困，身心俱疲了。

「昔日長城戰，咸言意氣高」兩句，突然插入旁人追憶往日光榮的勝利時高昂振奮的情緒，彷彿是要轉而歌頌義戰的神聖、士氣的高昂、勝利的可貴、禦侮的忠勇等，來鼓舞愛國的精神，激盪立功邊塞的熱情；其實詩人自有更深沉的思考。他在大家陶醉在一時的征戰得勝之中，吹噓當年如何勇冠三軍之際，只是冷冷地送上「黃塵足今古，白骨亂蓬蒿」的圖卷！「足」是充滿的意思。這兩句是說：臨洮這一帶沙漠地區，從古至今，都是煙塵滾滾，黃沙漫天；而當風沙稍為平息時，只見無數白骨散亂地棄置在蓬蒿間！換言之，「昔日」兩句的高昂情緒，意在襯托「黃塵」兩句的冷酷事實，從而造成聲情的迭宕起伏，詩意的頓挫曲折，也讓畫面霎時由兩軍酣暢淋漓的鏖戰轉為風吹黃沙時白骨散亂的怵目驚心，讓人進而聯想到李白〈戰城南〉中「乃知兵者是凶器，聖人不得已而用之」的感慨而心生警惕，自然也會對秦皇、漢武以來為了滿足君王好大喜功的心理而發動的黷武戰爭，有了進一步的深思反省。儘管作者在這首詩裡沒有發表任何議論，卻已經以清晰的形象把戰爭的殘酷與恐怖極其深刻地揭示出來，成功地達到警動人心的效果。

　　本書所錄〈塞上曲〉〈塞下曲〉這兩首樂府詩，內容上未必專指任何一場實際發生的戰役而言，因此具有更普遍的非戰思想；它們和陳陶的〈隴西行〉：「可憐無定河邊骨，猶是深閨夢裡人」、曹松的〈己亥歲〉：「憑君莫話封侯事，一將功成萬骨枯」、李白的〈關山月〉：「由來征戰地，不見有人還」，以及王昌齡本人的〈出塞〉：「秦時明月漢時關，萬里長征人未還」等詩的旨趣極其相近。

　　其實王昌齡並非只是一味寫作非戰詩篇而已，他也有歌頌揚威沙場，鼓舞愛國情操的邊塞詩歌，例如〈從軍行七首〉其四：「青海長雲暗雪山，孤城遙望玉門關。黃沙百戰穿金甲，不破樓蘭終不還。」以及其五：「大漠風塵日色昏，紅旗半捲出轅門。前軍夜戰洮河北，已報生擒吐谷渾。」也都是意氣豪邁，聲情激越，值得賞讀的佳作。

【評點】

01 周珽：少伯慧心甚靈，神力亦勁。此篇及〈少年行〉與新鄉（按：指李頎）此題，詩極簡，極縱，極古，極新，俱在漢、魏之間。　○吳山民曰：格骨氣雄，起二句實境。（《唐詩選脈會通評林》）

046 同從弟南齋翫月憶崔少府（五古）　王昌齡

高臥南齋時，開帷月初吐。清輝澹水木，演漾在窗戶。荏苒幾盈虛，澄澄變今古。美人清江畔，是夜越吟苦。千里其如何？微風吹蘭杜。

【詩意】

在南齋閒適而臥時，隨興掀開窗帘向外望去，只見明月初升，光華初吐，相當雅潔可愛。皎潔的月色輕柔似水地流瀉下來，輝映得池沼中的草木也隨著水波盪漾起來；而水月交輝的清華，又隨著波光的滉漾搖曳，在窗戶之間忽明忽滅地閃爍起來。這樣雅致清靜的月夜，真使人塵慮盡消，心靈澄明。遙望著明月，不知不覺進入遐想之中：光陰荏苒，不知道她經歷了多少回的圓缺消長，看過了多少次滄海桑田的變遷，唯有她的澄澈明淨才是萬古恆常的……。這讓我想起有一位純潔而又高朗的朋友，應該正在山陰清澈的江水旁，和我沐浴著同樣皎潔的月色，此時是否也別有感懷而正在吟詩遣興呢？雖然我們遠隔千里，但是我仍然可以清楚地嗅出微風裡吹來蘭花和杜若的香氣，使我不禁更加思慕他芳潔的品德。

【注釋】

① 詩題──為筆者所節略，原題為「同從弟南齋翫月憶山陰崔少府」。又，《全唐詩》本題於「弟」之下有「銷」字。從弟，堂弟。南齋，殆為作者讀書休憩之所。山陰，今浙江省紹興市，古時屬越地。少府，指縣尉，掌緝捕盜賊。崔少府，疑即孟浩然〈宿永嘉江寄山陰崔少府國輔〉及〈江上寄山陰崔少府國輔〉中之崔國輔[1]。

② 帷──指窗幔、簾帳等物。

③ 「清輝」二句──清輝，指月光而言。澹，使役動詞；澹水木，使水中的草木在清輝的映照下顯得素澹潔白。演，水流貌。漾，水波搖晃不定貌。按：此二句寫澄淡似水的月光流照著池塘中的草木，看起來格外素淨，月光和滉動的水光交融互映，於是搖曳著的水木清華便疊映在紙窗或窗紗上，意境極為空靈。

④ 「荏苒」二句—荏苒，形容光陰在不知不覺間推移流逝。盈虛，
指月亮的陰晴圓缺。澄澄，形容月華的澄澈空明。按：此二句觸
景興感，由盈虛消長之變而生古今滄桑之慨。

⑤ 「美人」二句—美人，脫胎自屈原騷賦中的象喻，指自己所思慕
的崔少府。越吟苦，想像對方或亦有望月感懷而苦吟詩作之舉。
「越」字切詩題中之山陰而言。

⑥ 「千里」二句—意謂崔少府之芬芳之品德與美好之名聲，雖遠隔
千里，也會隨風而來。蘭杜，蘭花與杜若，皆香草名，此用以稱
美崔少府人品清芬。

【補註】

01 崔國輔，開元十四年（726）進士，歷山陰縣尉、許昌縣令，累遷
集賢直學士、禮部郎中。詩文婉變清朗，樂府短章，古人不能過。
與陸羽情誼深厚，謔笑永日，達三年之久，並相與校定茶水之品，
雅意高情，一時所尚。

【導讀】

這也是一首「翫月懷遠」的名作，雖然和張九齡的〈望月懷遠〉
體製不同，但是不論其筆致之清麗，意境之優雅，或情感之真摯，都
足以和張九齡的作品前後輝映。

「高臥南齋時，開帷月初吐」兩句，是寫南齋見月的欣然。「高
臥」可見詩人悠閒自在，俯仰自得的情狀；在寧靜平和之中，流露出
淡淡的喜悅。「開帷」寫其隨興而為的意態，「月初吐」形容明月初
昇時光華之柔澹怡人。「清輝澹水木，演漾在窗戶」兩句，是寫翫月
的情趣。「清輝」形容月色之清麗皎潔，「澹」字既表現出月華如水
的流動感和清涼感，同時也把水木在月色籠罩下特有的素淡潔白之形
象點染得相當雅致可愛。「演漾」二字既寫水波的微漾起伏，又寫出

水月交融互映時波光的蕩漾閃爍，同時還把水木搖曳的輕盈姿態和輝映在窗戶間的清疏身影，送到讀者的眉睫之前，讓人有身歷其境的清涼靜謐之感。這四句筆致之清新自然、景物之雅潔可愛、情境之寧靜優美，都讓人聯想到常建〈宿王昌齡隱居〉中「松際露微月，清光猶為君；茅亭宿花影，藥院滋苔紋」等名句，不僅把作者出仕前讀書隱居的地方描寫得幽雅靜美，充滿靈氣，令人悠然神往而有歸隱之思；而且也把生活其中的人物勾勒得風神散朗，親切可愛，讓人心嚮往之。

「荏苒幾盈虛，澄澄變今古」兩句，是寫賞月有感。由於「清輝澹水木，演漾在窗戶」兩句，已經把水木清華投映在窗紙上的疏影，描繪得搖曳生姿，錯落有致，有助於撩人遐思；而且當時那種水月交輝，一片空明的情境，無形中也使作者的心靈澄澈明淨，了無罣礙，於是便在不知不覺中引發了盈虛盛衰、變幻滄桑的哲理思考。所以張若虛在〈春江花月夜〉說：「江畔何人初見月？江月何年初照人？人生代代無窮已，江月年年只相似。不知江月待何人？但見長江送流水。」李白在〈把酒問月〉說：「今人不見古時月，今月曾經照古人。古人今人若流水，共看明月皆如此。」蘇軾在〈赤壁賦〉中說：「逝者如斯，而未嘗往也；盈虛者如彼，而卒莫消長也。」無怪乎沈德潛在《唐詩別裁》中也說：「高人對月時，每有盈虛古今之感。」的確很有道理。

大概是由於明月恆常而盛衰無常的明顯對比，讓詩人想要和遠方的良友分享玩賞月華的寧靜與喜樂，因此引出「美人清江畔，是夜越吟苦」兩句，來抒寫懷遠之情。「美人」兩字，暗用屈原騷賦中代表君子的意涵，既表示其人品德之高潔美好，也為末句的「蘭杜」二字預留線索。「清江畔」三字，既是由南齋水月之美而聯想對方也正賞玩著清華的水月，又與「美人」相互映襯烘托，使其形象更加清晰，更加高雅。「越吟苦」三字，既切合詩題的「山陰」，又寫出其人也

有吟月遣懷的雅致，顯然是志趣相投的良友。尤其可愛的是：作者並不正面說自己對友人的憶念，反而想像對方正和自己聲氣相通，靈犀相感；如此一來，既見出彼此相知相惜的深摯真切，也使意境空靈，詩情搖曳，造成曲折迴環的波瀾，最有耐人尋味的韻致。王維的〈九月九日憶山東兄弟〉：「遙知兄弟登高處，遍插茱萸少一人」、杜甫的〈月夜〉：「今夜鄜州月，閨中只獨看；……香霧雲鬟濕，清輝玉臂寒」、〈春日憶李白〉：「渭北春天樹，江東日暮雲」，以及韋應物的〈秋夜寄丘二十二員外〉：「空山松子落，幽人應未眠」等名詩，都是運用這種懸想示現的手法，讓自己的心魂飛度千山萬水去探訪對方此時的所作所為與所思所感，使情感表現得既含蓄蘊藉，又深長綿邈，因此特別具有感人的魅力。

「千里其如何，微風吹蘭杜」兩句，是寫思慕遙深之意。「千里」句，既點出距離之遠而又思慕遙深，可見情誼之綿長；又以反問句法形成頓挫跌宕的波瀾，同時也表現出「海內存知己，天涯若比鄰」的溫馨親切之感。有了「千里」之遙為背景之後，說對方人品之芬芳竟然能隨著清風而來，更是把對方聲高越中，令名遠播，讓自己又景仰又敬慕的意思，表達得既婉約含蓄又情思飽滿了。「蘭杜」二字的情調，既和前半的水月清華相當和諧統一；「微風」二字的點染，又使「清輝澹水木，演漾在窗戶」的情境有了搖曳生姿的風韻；同時也表達出望風懷想的「憶」字精神，可謂心思細密而章法圓融，不愧是大家手筆。

十五、常建詩歌選讀

【事略】

常建，字號、籍里、生卒年俱不詳；《唐才子傳》推測其籍貫為長江中下游某地，約卒於天寶末、至德初。

開元十五年（727）與王昌齡同榜進士。生前似乎僅任盱眙縣（今屬江蘇省淮安市）縣尉之職。

仕途既不得志，遂放浪琴酒，寄跡山水，往來太白、紫閣（均為終南山之峰巒名）諸峰，有遁世之志。後寓居鄂渚（今湖北鄂州市一帶）。曾以詩招王昌齡、張償同隱。

唐人殷璠編《河嶽英靈集》以為常建屬思既精，詞亦警絕。其旨遠，其興僻，佳句輒來，惟論意表（編按：意境高明，妙在言外之意），可謂一唱三歎；並列之於卷首，可見評價之高。

其詩長於五言，多寫山水田園，間有邊塞之作。所作山水隱逸詩，意境清幽秀美，風格淡泊自在，頗受清代神韻派之推崇。賀裳《載酒園詩話‧又編》評曰：「吾讀盛唐諸家，雖淺深濃淡，奇正疏密，各自不同，咸有昌明之象。獨常盱眙如去大梁、吳、楚而入黔、蜀，觸目舉足，皆危崖深箐（按：竹木叢生之山谷），其間幽泉怪石，良非中州所有，然亦陰森之氣逼人。」又謂其詩下啟孟郊、李賀寒苦奇詭之風，「實唐風之始變也。」可見其詩清峭幽美之一斑。

《全唐詩》存其詩 1 卷，僅五十餘首。

【詩評】

01 殷璠：建詩似初發通莊，卻尋野徑；百里之外，方歸大道。……

屬思既苦，詞亦警絕。潘岳雖云能敘悲怨，未見如此章。(《河嶽英靈集》)

02 劉辰翁：常建詩情景沉冥，不類著色。(高棅《唐詩品彙》引)

03 胡應麟：殷璠選詩，以常建為第一；張為句圖(按：唐人張為有《詩人主客圖》一卷，評述唐詩人之流派)，以孟雲卿(按：約 725 年前後生，大曆八年仍在世)為高古奧逸。蓋二子皆盛唐名家，常幽深無際，孟古雅有餘。常「戰餘落日黃，軍敗鼓聲死；今與山鬼鄰，殘兵哭遼水」，絕是長吉之祖；孟「朝日上高唐，離人怨秋草；少壯無會期，水深風浩浩」，劇為東野所宗。　○建語極幽玄，讀之使人泠然如出塵表，然過此則鬼論矣。(《詩藪》)

04 鍾惺：初、盛唐之妙，未有不出於厚者。常建清微靈洞，似「厚」之一字，不必為此公設。非不厚也，靈慧之極，有所不覺耳。(《唐詩歸》)

05 周珽：常建詩清中帶厚，如「清溪深不測」「清晨入古寺」等篇，令人誦欲忘年。故鍾、譚盛唐品語，若於建偏致心賞。伯敬(按：鍾惺之字)云：「凡清者必約，約者必少。此公詩一入清境中，泉湧絲出，若『清』之一字，反為富有之物。」有夏(按：譚元春之字)云：「妙極矣！注腳轉語，一切難著；所謂見詩人身而為說法也。」斯論俱可與為千古知己。(《唐詩選脈會通評林》)

06 許學夷：常建五言古，風格既高，意趣亦遠；然未盡稱快，惟短篇堪入錄耳。(《詩源辯體》)

07 毛先舒：常建七言古，格意清雋，而下語粉繪皆別設；雖在盛唐，隱開溫、李樂府一派　○盛唐七絕，常建最劣。高(者僅)得中唐，卑(者則)入宋格。(《詩辯坻》)

08 吳敬夫：建詩如金如玉，堅質內涵，神彩外映；骨韻之妙，超王越孟。微嫌雜以幻妄語，開近日竟陵一派。(劉邦彥《唐詩歸折衷》引)

09 賀貽孫：其深微靈洞，俱從溫厚中出，所以內外俱徹，如琉璃映月耳。（《詩筏》）

10 喬億：常建、劉脊虛詩，於王、孟外又闢一徑。常取徑幽而不詭於正，劉氣象一派空明。（《劍溪說詩》）

11 牟願相：常建詩一派空靈境界；然或根基未深，學之恐墮魔道。（《小櫟草堂雜論詩》）

12 翁方綱：常較王、孟諸公，頗有急疾之意，此所以為飛仙也。又多仙氣語。　○常尉以玄妙得之，儲侍御以淺淡得之；儲近王，常近孟，而常勝於儲多矣。（《石洲詩話》）

13 宋育仁：其源出於嵇叔夜，長篇沉厲，思若有餘；短篇興來情答，爽秀生姿。（《三唐詩品》）

14 丁儀：吾讀其詩，一字一珠，各極洗煉，高雅縝密，詞不害意，而意在言外。源出齊、梁，而遺齊、梁之跡，可謂出藍之勝是矣。（《詩學淵源》）

047 題破山寺後禪院（五律）　　　　常建

清晨入古寺，初日照高林。竹徑通幽處，禪房花木深。山光悅鳥性，潭影空人心。萬籟此俱寂，但餘鐘磬音。

【詩意】

　　我在清晨步入有兩百多年歷史的古老禪寺時，旭日初昇，晨曦乍現，正映照著高山上深密的叢林。穿過竹林中的小徑，來到幽靜的後院，發現僧眾潛修的禪房就在花木扶疏的林蔭深處。當朝陽映照得青

山格外蒼翠明亮時，山林中的鳥雀似乎歡唱得特別喜悅，特別動聽，禪院也顯得更為幽深靜謐了；看著藍天白雲和青山古寺的倒影，全都澄定在淵深而清澈的潭水中，讓我頓時體會到心靈湛然空明、純淨怡悅的自在。此時此地，天地間一切聲音似乎都悄然寂滅，歸於闃靜，只有悠揚綿邈的鐘磬聲在空山裡迴盪，在心靈中迴響……。

【注釋】

① 詩題——破山寺，又名興福寺，位於今江蘇常熟市虞山北麓，遺址猶存，為南齊郴州（或作彬州、柳州）刺史倪德光捨其宅所建。寺因本詩而聞名，寺中之空心潭亦因本詩而命名；唐懿宗咸通九年（868）賜額「破山興福寺」。後禪院，寺後僧人所居之處。按：常建的詩集中，本詩之後有〈泊舟盱眙〉五律一首，與本詩殆為作者任盱眙（今屬江蘇）尉時的同期之作。

② 「初日」句——旭日初昇，光照高山叢林。佛教稱僧徒聚集之所為叢林，此處以「高」字修飾，或有稱頌禮讚佛寺禪院之意。

③ 「竹徑」二句——穿過竹林中的小徑，來到幽靜的山寺後院，發現僧徒居住的禪房就在花木扶疏的深邃之處。竹，一作「曲」。

④ 「山光」二句——朝陽映照著青山所煥發的光采，似乎帶給鳥雀飛鳴歡唱的喜悅；澄澈的潭水相當寧靜，天光山色和寺院建築倒映其中，顯得湛然空明，特別使人感受到心靈之清明純淨，寧和怡悅。悅，使之怡悅；空，音ㄎㄨㄥˋ，使之空靈寂靜。兩字均作使役動詞解。

⑤ 「萬籟」二句——籟，孔竅所發出的聲音；萬籟，泛指天地間一切聲響。磬，僧寺所用之銅質法器。鐘磬，寺院中誦經、齋供時的法器，鳴鐘而始，擊磬而歇。但餘，一作「惟聞」。

【導讀】

　　本詩是作者在領略到山寺中清幽的勝境與禪寂的雅趣之後，所留存的美好經驗。詩人只是無拘無執地隨興而往，就能無罣無礙地妙契自然，因此以簡樸素淨的筆墨與沖和淡遠的意態，披露出自己對於明心見性的靜悟之境的體會。儘管作者並沒有採用佛教術語入詩，卻能營造出澄定空明的意境，烘托出沙門特有的清靜氣氛，處處流露出融景觸機的禪趣與智慧，因此贏得相當高的評價[1]。

　　「清晨入古寺，初日照高林」兩句，是記錄詩人進入破山寺後禪院的時間及所見景物之美好。「竹徑通幽處，禪房花木深」兩句，是寫環境之幽雅清靜，彷彿穿越竹林時已經在不知不覺間脫卸塵囂，滌盡俗念，進入澄心靜慮、直探本心的境界一般。筆者於 1974 年夏天曾在桃園虎頭山麓的宏善寺讀書旬餘以備大學聯考，每當穿竹林，循小徑而至幽謐之養安堂前讀書處，頓覺塵念盡消，神清氣爽，讀書輒精進數倍，想來僧眾於花木扶疏的後禪院潛修，亦能渾忘紅塵，湛然空明，精進不已。歐陽修在《續居士集‧題青州山齋》中說：「吾常喜誦常建詩云：『竹徑通幽處，禪房花木深。』故欲仿其語作一聯，久不可得，迺知造意者為難工也。」他所謂的「造意為難工」，蓋因詩中的意境超妙，有非語言文字所能錘鍊雕飾者，須得親臨其境，身心兩忘，才能妙悟禪悅之靜境；而且又須得意忘言，不落色相，直抒胸臆，無心求工，乃能出語天然，契合禪機。文忠公又說他在山齋中已能親驗「竹徑通幽處，禪房花木深」的意趣情調，「於是益欲希其彷彿，竟爾莫獲一言。」歐陽公之所以終究悵然失落，根本原因在於有意造語，便落言詮，故離常建當時明心見性的禪悅之境愈遠矣。1975 年夏，筆者亦曾有緣於佛光山茹素月餘，每當見僧眾於花木清幽之叢林書院讀經潛修，往往亦自覺心神澄明，甚且時有棄俗出家之想。由

此可知常建此二句之妙，不在寫景造境之美，而在曲傳禪定靜悟之喜悅，因此讀來使人有寧靜美好、隨處自在的感受。

當作者循幽林而入勝境時，眼耳之塵與心舌之垢，大概都已經化於無形，因此能明心見性，如如自在，領略到「溪聲盡是廣長舌，聲聲自在；山色無非清靜身，色色皆空[2]」的意蘊，進而感到在婉轉清亮的鳥鳴聲中，山色似乎更青翠，古寺似乎更寂靜，人心彷彿也更自如了，故曰「山光悅鳥性」。當作者察覺習見的青山，光彩是如此照眼，而習聞的鳥囀，情韻是如此悅耳時，更感到心曠神怡，於是信步閒潭；但見明潭如鏡，清可鑑人，天光雲影，容與徘徊，便又頓覺身安體泰，靈臺澹明，而且心湖澄止，纖塵不染，隱然接近了物我俱化、色相皆空的境界，因此又說「潭影空人心」。

如果說頷聯的筆法側重在光影的濃淡、淺深、明暗等視覺層次的描寫，那麼腹聯「山光悅鳥性，潭影空人心」兩句，則是進一步加入聽覺感受和心理層面的點染，引導讀者經由青山綠水的仰矚俯映，鳥鳴潭影的悅性怡情與澄心靜慮，來領略詩人所感受到的有情天地與清幽禪境之美好；因此胡應麟嘆服中間四句之高妙，以為乃「五言律之入禪者」（《唐詩廣選》引），紀昀也評曰：「興象深微，筆筆超妙，此為神來之候；『自然』二字，尚不足以盡之。」（《瀛奎律髓匯評》）

當詩人的心靈湛然空明，無執無我，耳根也跟著寂然清靜，無聲無息。此時唯有僧眾誦經時清揚而悠遠的鐘磬聲回盪空際，既襯托出寺院的幽深靜穆，也帶領詩人進入心凝形釋，清淨自在的境界；因此詩人以「萬籟此俱寂，但餘鐘磬音」兩句來表達領略到空寂的禪悅時的祥和、寧靜、歡喜、自在與滿足，便顯得餘音嫋嫋，格外耐人回味了。

【補註】

01 殷璠《河嶽英靈集》評析常建的詩作說：「建詩似初發通莊，卻尋野徑，百里之外，方歸大道，所以其旨遠，其興僻，佳句輒來，惟論意表。至如『松際微露月，清光猶為君』，又『山光悅鳥性，潭影空人心』，此例數十句，並可稱為警策。」吳景旭《歷代詩話》更說本詩：「不過四十字，一塵不到，萬慮清歸，直與無始者往來，……此真一篇盡善者也，豈僅稱警策而已哉！」

02 嘗見佛寺中有此聯，殆化自蘇軾〈贈東林摠長老〉詩：「溪聲便是廣長舌，山色無非清靜身，夜來八萬四千偈，他日如何舉示人？」

【評點】

01 方回：三、四不必偶，乃自是一體，蓋亦古詩、律詩之間。全篇自然。（《瀛奎律髓》）

02 胡應麟：孟詩淡而不幽，常建「清晨入古寺」「松際露微月」，幽矣。（《詩藪》）

03 陸時雍：三、四清韻自然。（《唐詩鏡》）

04 譚元春：清境幻思，千古不磨。（《唐詩歸》）

05 邢昉：詩家幽境，常尉臻極，此猶是其古體也。（《唐風定》）

06 顧安：「曲徑」「禪房」，……吾意未若「時有落花至，遠隨流水香」為尤妙也。（《唐律消夏錄》）

07 黃生：（此詩）有右丞〈香積寺〉之摹寫，而神情高古過之。有拾遺〈奉先寺〉之超悟，而意象渾融過之。「薄暮空潭曲，安禪制毒龍」「欲覺聞晨鐘，令人發深省」，方之此結，工力有餘，天然則遠矣。《唐詩摘抄》

08 屈復：但寫幽情，不著一贊羨語，而贊羨已到十分。（《唐詩成法》）

09 范大士：解人為詩，不橫作詩之見於胸，隨所感觸寫來，自然超
　　妙。（《歷代詩發》）

048 宿王昌齡隱居（五絕）　　　　　常建

清溪深不測，隱處唯孤雲。松際微露月，清光猶為
君。茅亭宿花影，藥院滋苔紋。余亦謝時去，西山
鸞鶴群。

【詩意】

　　一路尋訪你而來，只見清澈的溪水遠遠地流入石門山中，看起來
是那麼曲折深邃，無法知道它的盡頭所在；唯有一片白雲徘徊在峰巒
頂端，指引我來到你從前隱居的地方。當我步入庭前時，明月似乎誤
以為是你回來了，除了從茂密的松林間稍微露臉出來探望之外，還多
情地灑落一地清光，彷彿有意為你照亮歸程，真令人是既感動，又羨
慕。茅亭邊花樹斑駁的身影，似乎等待得太久而倦了，睏了，正在幽
潔的月色下沉靜地入睡；而你種植藥草的園圃，也因為長久乏人照料，
已經滋生出又密又厚的青苔了。我也有意效法你從前孤高的心志，辭
別世人，遠離紅塵，去和武昌西山的鸞鶴群居為友。而你，我親愛的
朋友，何時才能回到這清幽絕俗的環境裡，重拾隱士生活的樂趣呢？

【注釋】

① 詩題──投宿在王昌齡出仕前隱居處之意。編按：王昌齡及第前曾
　　在石門山（今安徽省含山縣內）讀書隱居，後即宦遊四方，不復
　　歸隱。

② 「清溪」句──深不測，一作「深不極」，非謂水深難測，而是寫遠望清溪流入石門山深處而望不見盡頭。

③ 「茅亭」二句──茅亭，形容住處之簡樸。宿花影，謂茅亭邊斑駁的花影，彷彿苦候王昌齡歸來，已不勝睏倦而沉睡入眠。藥院，種植藥草的庭園，亦可指種植芍藥的院圃。滋，滋生。

④ 「余亦」句──謝時，辭別世人。《列仙傳》載周靈王之太子晉，好吹笙，如鳳鳴。游伊洛之間，道人浮丘公接以上嵩高山。三十餘年後，求之於山上，見桓良曰：「告我家，七月七日待我於緱氏山頭。」至時，果乘白鶴駐山頭，舉手謝時人，數日而去。

⑤ 「西山」句──西山，即樊山，在武昌之西，殆即日後詩人歸隱之鄂渚。鸞鶴，傳說中古代仙人所乘騎之禽鳥。群，與之群居為伍之意，作動詞解。按：江淹〈登廬山香爐峰〉詩云：「此山具鸞鶴，往來盡仙靈。」詩人暗運此典，表明歸隱之志。

【導讀】

　　常建和王昌齡是開元十五年（727）同榜及第的好友，終其一生，似乎只擔任過盱眙縣（今屬江蘇）尉。仕途淹蹇，使他放浪琴酒，寄跡山水，時有歸隱之思。盱眙和王昌齡出仕前隱居讀書的石門山相距非遙（約140公里），可能常建是在決意歸隱於鄂渚（今湖北鄂州市附近）的西山之前，曾經遊訪王昌齡隱居的舊廬，並留宿其間，領略了當地景致的清幽之後，不免心神嚮往，感慨系之，於是寫下委婉勸諭故人及時歸隱的本詩。後來他得知王昌齡被貶為龍標（今湖南省懷化市西南）尉，更是不忍故友沉淪漂泊，還寫了〈鄂渚招王昌齡張僨〉詩，期盼他們能從此歸隱。可見本詩末二句「余亦謝時去，西山鸞鶴群」云云，的確是詩人蓄志已久的真情告白，也是他付諸行動，及時隱退的宣言；這和許多詩人只在仕途失意時才賦吟以寄歸隱之想者大異其趣。換言之，常建是以喜樂之心擁抱隱居生活的真隱士，並非窮

愁潦倒才躲入山林的假清高，因此詩中流露出對於王昌齡舊時隱居之處的真心賞愛，並藉此敦勸故友能迷途知返。沈德潛《唐詩別裁》中說本詩筆意清澈，「中有靈悟」。所謂「靈悟」，大概是指詩人的確性喜山林，因此能遁世無悶，逍遙自得，和其他避跡林泉者在心態上大不相同吧！

　　「清溪深不測，隱處唯孤雲」兩句，是交代尋訪而來所見的水秀山明與路程之蜿蜒迢遙，並暗示王昌齡遠遊在外。首句是說詩人經過長途跋涉，來到石門山附近時，眼光沿著清澈而曲折的溪水望去，不知道溪水的盡頭將隱沒在深山何處，只知道故友的舊廬便在附近了，因此心情是既歡喜又期待，還帶著一點尚未尋獲的迷惘。次句是說他驀然見到孤雲駐峰，不禁略感欣慰，但又難免一絲惆悵。陶弘景〈詔問山中何所有賦詩以答〉說：「山中何所有，嶺上多白雲；只可自怡悅，不堪持贈君。」而賈島〈尋隱者不遇〉詩也說：「松下問童子，言師採藥去；只在此山中，雲深不知處。」兩首詩都是以雲來烘托隱士逍遙而又幽潔的形象，可見雲峰正是隱士的故鄉。如今白雲在望，則茅廬非遠，因此覺得欣慰；然而唯見孤雲棲嶺，似乎已經預告了王昌齡遠遊在外，因此詩人又感到惆悵。「唯孤雲」三字，一方面讚美知友孤傲自負，清高絕俗，一方面稱頌他自來自去，瀟灑出群；同時也表示他的棲隱之處清幽絕俗，塵囂不到，還暗示了王昌齡不在其間，因此連白雲也顯得孤獨。

　　前兩句是寫未到隱居處之前的遠望所見，「松際露微月，清光猶為君」兩句，則是寫到了隱居處時所見環境的清幽有情。「露微月」三字，可以想見松林之清榮峻茂，因此月輪微露其間；也可以想見月娘之婉約嬌羞，因此僅僅微露嬋娟。尤其可喜的是，詩人運用擬人的手法來寫月娘的多情與殷勤：她可能聽見詩人的腳步聲，驚疑是否隱士歸來；可是又恐怕難於確定，因此才微露嬌羞的容顏而側身窺探。「猶為君」三字，更是寫得情深義重，性靈可人，表示知友雖然久遊

未歸，月娘仍然癡心地守候松林，慇勤地灑落清光，似乎有意為王昌齡照亮歸程，妝點庭園；因此鍾惺《唐詩歸》特別嘆賞「為」字能把林月描摹得「靈妙動人」。「猶」字既可見出景物情意之綿邈，也暗示隱士久已不在此間，同時還流露出詩人既羨慕又嘆惋的情感；則詩人真心嚮往隱逸情趣，的確能夠融入山水林泉之中而俯仰自得、逍遙自在的瀟灑意態，也就宛然可遇了。

「茅亭宿花影，藥院滋苔紋」兩句，仍然妙想聯翩地以擬人的手法描寫此地清幽寧靜的夜景之美，藉以觸動王昌齡的舊廬之思，並敦促他及早告別紅塵，遠遊歸來。「茅亭」點出知友昔日淡泊簡樸的生活形態，可見王昌齡原來就有隱士的慧根。「宿」字寫出花影如眠的幽靜，極具神韻，也別具妙思；彷彿花草都知道主人不在，無人欣賞，因此只能黯黯沉睡。「藥院」點出王昌齡昔日頗習葆真攝生之道，儼然有濟世救人的仁心。「滋」字寫出久無人跡而青苔遍布之狀，相當生動。「影」「紋」二字又側寫在月華的清輝映照下，景物的明暗對比之美，相當細膩入微，令人激賞；如此一來，詩人能夠完全領略遺世獨立、離群索居的情趣，並且能夠無所往而不自得的淡遠意態，也就不問可知了。

中間四句以清幽的景色，飽藏著期盼故人及早歸來的殷切之情，的確已經達到梅聖俞所謂「狀難寫之景，如在目前；含不盡之意，見於言外」的妙境，不僅氣韻生動，風神搖曳，而且蘊藉深婉，耐人回味。尤其是信手拈來就能即景生情，而且寫景如畫又能會心不遠，使人對於隱居的高雅情趣悠然神往；則詩人抒情寫景的功力之純熟，與真心喜愛隱逸生活的態度，都不言可喻了。

「余亦謝時去，西山鸞鶴群」兩句，是在前六句充分流露出對於王昌齡舊日生活的嚮往與欣羨之情，以及期盼他能遠遊歸來的嘆惋之意以後，表達自己仰慕有加，因此以即將付諸實踐的歸隱行動作結。「亦」字下得頗有深意，因為當時王昌齡久離此間，遊宦在外，而作

者卻以「亦」字表明要追求王昌齡早年隱逸的志趣，其實意在婉轉而善意地敦勸昌齡能一本初衷，重行歸隱。由於作者的確棄官而隱，因此「亦」字便顯得更加語重心長，情意感人了。作者日後所作〈鄂渚招王昌齡張僓〉詩云：「楚山隔湘水，湖畔落日曛；春雁又北飛，音書固難聞。謫居未為嘆，讒枉何由分？」對於王昌齡遭貶為龍標尉深表傷痛而再度招其掛冠偕隱，可見他對待故友情誼之綿長了。「西山」二字，指點出自己歸隱的地點；「鸞鶴」二字，勾勒出閒雲野鶴的蕭散意趣；再加上「群」字，便含有招呼王昌齡偕隱林泉的深意了。因此，整首詩讀來既親切，又溫馨，使人在悠然神往之餘，被他溫柔敦厚的情意深深感動。譚元春《唐詩歸》說本詩是「王昌齡一幅小像」，筆者以為倒不如說是標誌著常建歸隱志趣及幽居情調的一軸「心靈地圖」；圖中所描繪的有情天地，似乎又比陶潛的桃源絕境更引人入勝，蓋可以問津而往也。

十六、祖詠詩歌選讀

【事略】

　　祖詠（699？－746？），洛陽（今河南省洛陽市）人，開元十二年（724）進士；曾宦遊東北，觀覽邊塞風物。

　　少時與王維為吟詠酬唱之詩友，王維寓濟州官舍時有〈贈祖三詠〉詩云：「結交二十載，不得一日展。貧病子既深，契闊余不淺。」蓋深為其流落不偶而傷感也。後移家汝墳（《中國地名大詞典》謂在河南省葉縣北十五里處，一說即洛陽）一帶別業，漁樵以終。

　　其詩以山水自然與隱逸生活為主，辭意清新洗煉。五絕〈終南望餘雪〉，構思精奇，耐人回味；七律〈望薊門〉則描寫邊境景物，抒發愛國情操，雄文勁采，動人心魄。

　　《全唐詩》錄其詩 1 卷，計 36 首。

【詩評】

01 殷璠：（祖詠詩）剪刻省淨，用思尤苦；氣雖不高，調頗凌俗。至如「霽日園林好，清明煙火新」，亦可稱為才子也。（《河嶽英靈集》）

02 徐獻忠：唐自天寶以後，極工鎖尾而略於發端，務諧聲偶而略於遞送。祖詩殊脫此病。若謂苦思得之，則聲響結滯，安得音調諧協乃爾？（《唐詩品》）

03 許學夷：詠詩甚少，五言古僅數篇，俱不為工。五言律，聲調既高，語意甚麗。七言「燕臺一去」一篇，實為于鱗諸子鼻祖。（《詩源辯體》）

04 賀裳：讀丘為、祖詠詩，如坐春風中，令人心曠神怡。其人與摩

詰友，詩亦相近，且終卷和平淡蕩，無叫號嘎嗷之音。……詠與盧象，稍有悲涼之感，然亦不激不傷。盧情深，祖尤骨秀。　○〈答王維留宿〉曰：「握手言未畢，卻令傷別離。升堂還駐馬，酌醴便呼兒。」王〈送祖〉曰：「相逢方一笑，相送還成泣。解纜君已遙，望君猶佇立。」寫得交誼藹然，千載之下，猶難為懷。(《載酒園詩話・又編》)

049 終南望餘雪（五絕）　　　　　　祖詠

終南陰嶺秀，積雪浮雲端。林表明霽色，城中增暮寒。

【詩意】

　　遠望終南山的北面，景致非常清麗動人：被厚重的積雪覆蓋著的峰頂，從雲端上浮露而出，看起來相當莊嚴穩重；蒼翠的山林中，部份地區仍然披覆著瑩潔的皓雪，在雪後初晴的夕陽中閃耀著明亮的幽光；入夜以後的長安城裡，恐怕會（因為餘雪消融的關係而）增添不少寒意吧……。

【注釋】

① 詩題——餘，一作「殘」。據計有功《唐詩紀事》卷20所載，本詩是祖詠在長安應試時所作的試帖詩。試帖詩依照規定要用官韻，而且至少須寫四韻八句，中唐以後則規定為六韻十二句的五言排律；作者卻只寫四句即交卷，考官詢問時答曰：「意蘊已盡。」當時以其不願畫蛇添足而妨害詩境，傳為佳話。

② 「終南」句—山南曰陽，山北曰陰。陰嶺，指終南山北面背陽之
　　山嶺。終南山，是秦嶺山脈的一段，在長安城南約三十餘公里處，
　　主峰高達 2604 公尺，晴天時由長安遙望，猶可見其北嶺。秀，景
　　色清麗秀美。

③ 「林表」句—林表，林梢、林上。明，閃爍著晶亮照眼的寒光。
　　霽，音ㄐㄧˋ，雨後或雪停放晴。此處的「霽」字乃實寫放晴景
　　象，並非虛擬的譬喻。

④ 「城中」句—俗云：「霜前冷，雪後寒。」蓋積雪消融時吸收了
　　許多熱量，故使長安城裡在黃昏以後倍增寒意。

【導讀】

　　本詩主要是寫遠望所見與望中所感，表面上只寫遠眺終南餘雪之
縹緲森秀，晶瑩明潔，以及雪霽天寒的切膚之感，其實可能寄託了羅
隱〈雪〉詩「長安有貧者，為瑞不宜多」的悲憫之意，流露出憂念蒼
生凍餒的仁者胸懷——這正是試帖詩中常見的主題思想。正由於作者
能託物寄情，意在言外，所以顯得格外蘊藉深厚，耐人尋味；徐用吾
《精選唐詩分類評釋繩尺》說：「結句有諷」，其此之謂乎！

　　「終南陰嶺秀」五字，是寫由於終南山北面背陽而陰冷，因此餘
雪未消；遠望過去，只見蒼翠的山林中，部分地區仍然披覆著瑩潔的
皓雪，景致極為清新秀美。其中「陰嶺」二字，逗出次句「積雪」，
「秀」字寫初「望」時的感受，並且藏著「餘雪」皚皚之意，針線相
當細密。

　　「積雪浮雲端」五字，補足首句的「秀」字之意，並進一步細寫
遠「望」所見縹緲而明潔的景象。如果仔細體會，可以發覺其中還密
藏著幾層涵義：

＊第一，終南山極其巍峨高峻，因此山嶺才有積雪。

＊第二，此時天氣晴朗，視線清晰，因此才可能望見三十餘公里外
積雪浮盪於雲靄之上的景象；否則將只是灰濛濛的一片，不可能
見到這種浮動的景象，甚至連終南山遠望起來，頂多也只剩一個
隱約的魅影而已。

＊第三，唯其山高而天晴，因此夕陽西下的餘暉還能斜照得到林表
的冰雪；林表和山頂的積雪，也因夕陽的溫暖而逐漸融化消釋，
埋下末句「增暮寒」的線索。

＊第四，三十餘公里外的長安竟因終南餘雪之消融而增寒，則終南
山之崇峻綿亙及餘雪覆蓋面積之廣袤遼闊，也就可想而知了。

換言之，「積雪浮雲端」五字，正是整首詩能針線細密而呼應靈巧的
機杼所在。有了這一句承上啟下、接前轉後的穿引，才使全詩脈絡分
明，層次井然，而且意態飛動，令人尋繹不盡；因此徐增《而庵說唐
詩》才說：「此詩處處針線細密，真繡鴛鴦手也。」此外，「浮」字
也用得相當精煉傳神，達到化靜為動的效果，使畫面增添了縹緲的靈
性與流動的生氣，值得嘆賞。

有了前兩句預留的針線，詩人便以「林表明霽色」五字，描繪出
餘雪晶瑩潔白的色相——林梢上覆蓋著的餘雪或點綴著的冰條，由於
夕陽斜暉的映照而閃幻著幽冷而明亮的寒光；同時又以「城中增暮寒」
五字，點染出餘雪森冷的精神——由於斜陽放彩，融解了冰雪，冰雪
消融時又吸收了大量的熱量，長安城裡入夜後便要凜然增添許多寒意
了！「增暮寒」三字，是以「移覺」的手法把視覺上的「望」，轉換
為觸覺上的「寒」，既使意境由實轉虛而更為飄忽靈動，又隱然寄藏
著悲憫飢寒的仁者襟懷，同時更表現出詩人細膩入微的觀察和描寫功
力，使人有身臨其境的真實感受，的確是相當值得稱道的神來之筆。

【後記】

俞陛雲《詩境淺說‧續編》評本詩說：「詠高山積雪，若從正面著筆，不過言山之高、雪之色，及空翠與皓素相映發耳；此詩從側面著想，言遙望雪後南山如開霽色，而長安萬戶便覺生寒，則終南之高寒可想。用流水對句，彌見詩心靈活；且以霽色為喻，確是積雪，而非飛雪，取譬殊工。」對於本詩的旨趣及作法，有極為精到的見解，對於理解詩歌情境，也很有幫助。

不過，筆者仍然覺得他的話中還有值得商榷之處：

＊第一，詩中所寫的「霽色」應該是描寫雪後初晴的實景，而非譬喻手法；因為如果不是初晴而視線清楚，則詩人不可能由長安望見三十幾公里外的終南餘雪。

＊第二，「林表明霽色」五字，是寫因為夕陽西下的餘暉映射陰嶺上的樹梢，使樹梢上原本覆蓋或點綴著的晶瑩冰雪，發出閃耀明亮的迴光，故曰「明」；換言之，此時當真有雪後初晴的夕陽，才能使林梢明亮。

＊第三，第三句如果沒有「夕陽」隱藏其中，使林表的積雪受熱而消融，則末句的「暮」字便無著落，而所謂「增寒」也就只是入夜之後溫度的自然降低而已，便和「餘雪」的消融無關；如此一來，既不符合物理現象的事實，又使詩意的綿密呼應有了斷層的現象，是以並不可取。

【評點】

01 鍾惺：說得縹緲森秀。（《唐詩歸》）

02 唐汝詢：「陰嶺」故「積雪」不消，已「霽」則「暮寒」彌甚。（《唐詩解》）

03 徐增：此首須看其安放題面次第，如月吐雲層，光明漸現，閉目
　　猶覺宛然也。「陰嶺」是日光為前峰所遮，不得射到之處，「陰
　　嶺秀」是言陰嶺之隆起處也。先安放積雪之所，而後方出「積雪」
　　二字。「浮雲端」是言高，高則人可望見。今遠望去，不但雲端
　　燦玉，又且林表皎然。陰嶺之雪因霽色相射，林表亦為之晶瑩，
　　是作「餘」字也。上來三句，題面已竟，於是虛寫其意以結之。
　　此詩處處針線細密，真繡鴛鴦手也。……此外真更不能添一語矣。
　　（《而庵說唐詩》）

04 楊逢春：此題若庸手為之，必刻畫「殘雪」正面矣。作者首句點
　　「終南」，透出所以有殘雪之故。二點「望殘雪」，三、四只用
　　托筆寫意，體格高渾。「明」字、「增」字下得著力，言霽色添
　　明，暮雪增劇也；中有「殘雪」之魂在。（《唐詩偶評》）

05 王士禎：古今雪詩，唯羊孚一贊，及陶淵明「傾耳有希聲，在目
　　皓已潔」、祖詠「終南陰嶺秀」一篇、右丞「灑空深巷靜，積素
　　廣庭寬」、韋左司「門對寒流雪滿山」句最佳。（《漁洋詩話》）

＊ 編按：《世說新語・文學第四》載羊孚作〈雪贊〉云：「資清以
　　化，乘氣以霏。遇象能鮮，即潔成輝。」意謂：雪花是憑藉著清
　　冷的特質而化育成形，乘順著大氣的流動而四散紛飛；遭遇合適
　　的物象就能顯現鮮麗的色澤，接觸到高潔的情境就能映照出清瑩
　　的光輝。

06 宋宗元：寫「殘」字高渾。（《網師園唐詩箋》）

07 吳烶：南山高而背北，故積雪不消；日則素艷出於林表，晚則寒
　　氣因風而入，故城中加寒也。初霽遙觀，興復不淺。（《唐詩選
　　勝直解》）

08 李慈銘：「林表」十字，「殘雪」精神俱到。（《唐人萬首絕句
　　選》）

09 賀裳：此詩有盛名，愚意嫌一「增」字。「餘雪」者，殘雪也，不當雪殘而寒始增。（《載酒園詩話・又編》）

＊ 編按：黃白山評賀說曰：「豈不聞『霜前暖，雪後寒』耶？」

10 施補華：蒼秀之色，與韋相近。（《峴傭說詩》）

050 望薊門（七律）　　　　　　祖詠

燕臺一去客心驚，笳鼓喧喧漢將營。萬里寒光生積雪，三邊曙色動危旌。沙場烽火侵胡月，海畔雲山擁薊城。少小雖非投筆吏，論功還欲請長纓。

【詩意】

　　到了燕臺，放眼遠眺薊門附近雄偉的形勢（會讓人想起燕昭王在此修築高臺，放置黃金，禮賢下士，重振國威的感人故事），滿懷的雄心壯志便立即激動振奮起來；又聽到從漢家軍營裡傳來堂皇威武的吹笳擊鼓聲，更是頓時熱血沸騰，意氣昂揚起來！當你見到覆蓋萬里的冰雪，在遼闊的天宇下映射出幽冷的寒光，自然會使你凜然生畏；再看到邊塞上高大的旌旗，矗峙在曙色微茫的天空中，被北風吹得獵獵振響，也一定會使你肅然起敬。戰況激烈時，連胡天的明月也會被燒紅夜空的烽火所吞沒；雲封霧鎖的薊城，正好有渤海和燕山環擁拱衛著，的確固若金湯（眼見邊關的形勢如此雄偉險峻，再加上壯盛的軍容、嚴肅的紀律、昂揚的士氣，不禁讓人豪氣干雲起來）。我年輕時雖然未能像班超一樣投筆從戎而威服西域，但卻願意像漢朝的終軍一樣請纓報國，雄鎮東北，立功邊陲！

【注釋】

① 詩題——薊門，故址在今北京市德勝門外，今名土城關，形勢雄偉，是幽州首府，也是唐時與契丹征戰的東北邊防要地。

② 「燕臺」句——句謂來到燕臺眺望薊門的形勝，頓時深受激勵鼓舞而意志振奮起來。燕臺，即幽州臺，見陳子昂〈登幽州臺歌〉注。一去，一旦來到；去，或作「望」。客，指作者而言。驚，心神震驚而膽氣豪壯。

③ 「笳鼓」句——笳與鼓，都是軍中樂器。喧喧，聲勢壯盛貌。漢，代指唐而言。

④ 「三邊」句——三邊，漢時幽州、并州、涼州，皆在邊地，故後世以三邊泛稱邊地。危，高也。動危旌，指高高樹立的軍旗被北風吹得獵獵振響。

⑤ 「沙場」句——喻戰況激烈。烽火，見李頎〈古從軍行〉注。侵胡月，謂烽火照天，熊熊火光可以吞沒胡天的明月。侵，一作「連」，在氣勢上遠不如「侵」字。

⑥ 「海畔」句——海畔雲山，謂連綿至海濱而又雲封霧鎖的險峻山勢。擁，環擁、護衛。薊城東南有渤海，北有燕山山脈環拱著，形勢天成。

⑦ 「少小」句——投筆吏，指班超。東漢時，班超因家貧而擔任文書小吏來供養老母，某日投筆長嘆曰：「大丈夫無他志略，猶當效傅介子、張騫立功異域，以取封侯，安能久事筆研間乎？」後投身軍旅，定西域三十六國，封定遠侯，見《後漢書‧班梁列傳第三十七》。

⑧ 「論功」句——纓，繫馬的韁繩。請長纓，請命報國。西漢時南越叛，年僅弱冠的終軍曾向武帝自請長纓說：「必羈南越王而致之闕下。」事見《漢書‧卷64‧終軍傳》。

【導讀】

　　本詩可能是祖詠游宦范陽（今北京市附近）期間，眼見薊城形勢之雄偉、東北邊防之嚴整、唐朝與契丹氣氛之緊張，又被幽州古臺引發起昂揚奮發的情懷，因而賦詩以抒志概的邊塞名篇。由於唐代的范陽道是以今日北京西南的薊縣為中心，節度著廣袤的燕、雲十六州，是東北邊防的重鎮，因此本詩以「望」字為線索而描寫眺望所見所聞的景象時，便顯得意境開闊，形勢雄偉，聲色蒼勁，氣氛嚴肅；而在抒發望中所感時，則又胸襟開闊，肝膽豪邁，熱情奔放，志概昂揚。這與一般邊塞詩中所表現出的荒寒寥廓的景象，與感傷淒苦的氣氛截然不同，也和悲憤反戰的思想大異其趣；讀來只覺調高而語壯，意健而氣雄，自是盛唐開朗的強音。

　　「燕臺一去客心驚」七字，氣勢之雄奇矯健，有如鷹隼穿雲而下，破空而來，不僅具有駭人眼目的神采，又有動人心魄的勁道，同時還蘊藏著飽滿的情思，頗能引發讀者詫異與驚愕之感，是相當出色的起筆。作者不用「一去燕臺」入手，而是以「燕臺一去」開篇，除了平仄聲律的考量之外，可能還有幾個用意：第一，以倒裝句法讓語勢奇峭突兀，警拔遒勁，有助於引人注意，觸發聯想。第二，以壯大的地名冠於句首，有助於增加全詩渾厚雄偉的氣勢。詩人不用「幽州」「薊州」「范陽」等相近的地名，而選取「燕臺」入詩，一方面有燕昭王築黃金臺以招攬英雄豪傑的歷史意象，可以充實詩歌的內涵，喚起豐富的聯想；另一方面也有陳子昂〈登幽州臺歌〉中流露出的一腔忠愛之忱，可以深化意蘊，動人情懷。祖詠本籍洛陽，如今游宦到七百公里外的范陽，因此自稱為「客」；而三邊雄奇壯闊的山川，與歷史情境中可歌可泣、可敬可佩的英雄人物，以及感人肺腑、壯人心魄的豪傑事蹟，都足以使人意氣昂揚，志概凌厲，心旌搖蕩，熱血沸騰，故

曰「客心驚」。「驚」字不應釋為驚惶、驚恐，而應作激昂、亢奮解，才能氣貫全篇，遙引尾聯報國禦侮的豪情壯志。

第二句到第六句都承詩題的「望」字，寫所見所聞的戰地形勢，補足使客心為之一壯的景象。「笳鼓喧喧漢將營」七字，是以響徹雲霄的軍樂聲，側寫軍容之壯盛，士氣之高昂，則平日操練之辛勤，紀律之嚴明，可想而知。「萬里寒光生積雪，三邊曙色動危旌」兩句，進一層渲染北國嚴冬時酷寒的天候、惡劣的環境、冷肅的氣氛，藉以襯托出漢家軍營之嚴正整齊，戰力之精實可靠，在在令人凜人生畏。在萬里積雪泛生寒光，令人感到奇寒徹骨的嚴冬初曉，就已經全軍警動，不僅笳鼓喧天，號令嚴明，而且軍旗高舉，行陣儼然，可見全軍都體認到對抗契丹，禦敵守疆的責任之重大，因此才會在曙色乍現，天際仍然迷茫時，就已經士氣昂揚地展開一天的任務了。有了這三句的所見所聞，不難想像駐軍平日訓練之精良、備戰之積極、警戒之嚴密；則遠來之客，焉能不既敬且畏而感到驚心奪魄？在軍備如此堅實的基礎上，五、六句便承前作轉，分寫攻守時的形勢。

「沙場烽火」寫三邊地區戰事頻傳，以見出雙方爭戰之激烈，凸顯出此地在國防軍事上的重要地位，以及敵我形勢之緊張。作者特意選用一個意義上積極而主動的「侵」字，來象徵我軍進攻時英銳威猛的氣勢，於是「侵胡月」三字，就不僅是熊熊沖天的烽火吞沒胡月的景象而已，更把漢家貔貅的軍威以及漢家兒郎憤怒的烈焰足可把敵軍摧枯拉朽，使契丹人聞風喪膽而節節敗退的深意，具體地呈現出來。

「海畔雲山」則寫薊城形勢之雄奇險峻：東南有渤海護衛，北方有燕山山脈屏障，不僅倚山面海，形勝天成，而且雲封霧鎖，彷彿有天兵神將駐守；再加上「擁」字表現出的全力拱衛、全心護持的精神，也象徵我軍捍衛疆土的決心，自然使敵寇望而生畏，不敢有覬覦窺伺之想。換言之，出句是強化進攻時所向披靡，銳不可擋的氣勢；對句

是凸顯防守時穩如泰山，固若金湯的形勢；同時既象徵了士氣之昂揚，意志之堅定，又烘托出邊城巋然屹立，不可撼搖的壯偉形象。

目睹了前面五句「望薊門」時所見的雄奇景象之後，自然使作者產生「客心驚」的感受，於是便激盪起積極報國的雄心壯志，情不自禁地高唱出「少小雖非投筆吏，論功還欲請長纓」的萬丈豪情！不僅把班超投筆從戎，揚威異域，以及終軍請命報國，氣壯山河的典故，運用得渾然天成；而且呼應了首句的「客心驚」的振作亢奮之意，使全篇豪邁健舉的氣勢直貫詩末而來，自然使人讀來精神抖擻，志概昂揚！作者在沉雄遒勁的詩篇之末還特別冠上「少小」兩字，表現出自己已非容易意氣衝動的青年，卻仍然深受邊塞雄偉氣象的震撼，而有澎湃激越的熱誠，甚至還有不惜為國捐軀的決心，那就更是把「燕臺一去客心驚」的深意，點染得意態飛動，神采畢現，因此金聖嘆《貫華堂選批唐才子詩》說：「此詩已是異樣神彩，乃讀末句，又見特添『少小』二字，便覺神彩再加十倍！」

儘管作者存世的七律只有本詩而已，但是卻能表現出雄渾的氣勢、高壯的格調、奔放的熱情、昂揚的意志，因此讀來不僅能壯人心魄，甚至還使人有投筆從戎，請纓報國的衝動，可見詩人的藝術功力之高明了。

【評點】

01 桂天祥：壯健之氣，直欲與衛（青）、霍（去病）同出塞上。（《批點評注唐詩正聲》）

02 邢昉：整峻高亮，睥睨王、李。（《唐風定》）

03 蔣一梅：氣象開朗，結壯。　○薛蕙：鋪敘得體，詞意正大。（《唐詩選脈會通評林》）

04 唐汝詢：調高語壯，是盛唐最上格。（《匯編唐詩十集》）

05 范大士：高響不浮。（《歷代詩發》）

06 楊逢春：一氣旋轉，渾成無跡。（《唐詩繹》）

07 屈復：通首雄麗，讀之生人壯心。（《唐詩成法》）

08 管世銘：調高氣厚，為七言律正始之音，惜不多見。（《讀雪山
房唐詩‧序例》）

09 潘德輿：通體遒俊，三、四尤得窮邊陳壘情色。（《評點唐賢三
昧集》）

10 趙臣瑗：開口先補出「燕臺」二字，此身便有著落。「客心驚」，
一「驚」字包得下文七句之義；而「漢將營」三字，又七句中之
提綱也。（《山滿樓箋注唐詩七言律》）

11 吳瑞榮：格高調秀，自不待言。「生」「動」「侵」「擁」，皆
煉第五字。（《唐詩箋要》）

12 孫洙：字字是「望」，非泛詠薊門也。（《唐詩三百首》）

十七、崔曙詩歌選讀

【事略】

崔曙（？－739），寄籍宋州（治所在今河南省商丘市南），生年不詳。

少孤貧，苦讀書。曾高棲於河南嵩山西峰之少室山中，擇交於方外之士。據孟棨《本事詩》所載，為開元二十六年（738）進士，次年卒。曾任河內（今河南省沁陽市）尉。

工詩，文詞簡潔精煉，情感真摯悲涼。殷璠《河嶽英靈集》稱其詩多歎詞要妙，情意悲涼，送別、登臨之作，俱堪淚下。

《全唐詩》存其詩 1 卷，《全唐詩逸》補斷句 4 句。

【詩評】

01 殷璠：曙詩多嘆詞要妙，清意悲涼。送別、登樓，俱堪淚下。（《河嶽英靈集》）

02 丁儀：集中所載，殊未脫齊梁排偶之習，與王翰同工，遠遜孟雲卿古朴。（《詩學淵源》）

051 九日登望仙臺呈劉明府（七律）　崔曙

漢文皇帝有高臺，此日登臨曙色開。三晉雲山皆北向，二陵風雨自東來。關門令尹誰能識？河上仙翁去不回。且欲近尋彭澤宰，陶然共醉菊花杯。

【詩意】

　　今天，我趁著重九佳期登臨了當年漢文帝修築的望仙高臺，當時正逢曙色初開，霞光萬丈，景色相當雄偉壯觀。放眼望去，只見三晉地區的雲山蒼茫，全部都朝向北方綿亙而去；崤山的南北二陵則高峻對峙，彷彿隨時都會有陰冷的風雨從東方襲來。周朝時棲守函谷關的令尹喜已經隨著老子仙遊而去了，有誰能認出他內修潛德的高明呢？當年曾經傳授《老子章句》兩卷給文帝的河上公也早已仙蹤杳然，不可追尋了，空教世人登臨望仙臺時平添無限追慕。這些傳說中的神仙事蹟就讓它們隨風遠去吧！我倒很想就近去尋訪頗有仙風道骨而氣度磊落、胸懷瀟脫一如彭澤令的您，和您一同陶然沉醉在菊花所釀的美酒中。

【注釋】

① 詩題—九日，指重陽節，舊俗有登高飲菊花酒之習。望仙臺，相傳為漢文帝所築，故址在今陝西戶縣西三十里。明府，對縣令的尊稱；劉明府，名事不詳。

② 「漢文」句—葛洪《神仙傳》載，漢文帝時，河上公於河濱結草為庵。文帝讀《道德經》有疑義，遣使問之，河上公曰：「道尊德貴，非可遙問也。」文帝乃詣之，河上公在庵中不出，帝使人責曰：「溥天之下，莫非王土；率土之濱，莫非王民。域中四大，而王居其一；子雖有道，猶朕民也，不能自屈，何乃高乎？朕能使民富貴貧賤。」河上公冉冉騰空，去地百尺，俛而答曰：「余上不至天，中不累人，下不居地，何民之有焉？君宜能令余富貴貧賤乎？」文帝大驚，下輦稽首禮謝，河上公即授《素書老子道德章句》2卷而去，後文帝遂於西山築臺望之。事亦見陸德明《老子音義》。

③「三晉」句—三晉，春秋之末，韓、趙、魏三家分晉，號為三晉；其地相當於今之山西全境、河北西部、河南北部。雲山，指三晉境內的太行、呂梁諸山，在望仙臺北。北向，向東北方向綿亙而去。

④「二陵」句—二陵，指崤山與函谷關，其地在今河南省洛寧縣北，兩陵相對，形勢險峻，自古為兵家必爭之地。

⑤「關門」句—《史記・老子韓非列傳》載老子見周之衰，乃飄然而去。至函谷關時，令尹喜見紫氣東來，知有賢人至，曰：「子將隱矣，彊為我著書。」老子乃著《道德經》五千言而去。《列仙傳》則說隱德修行，時人莫知的令尹也隨老子俱遊流沙，莫知所終。

⑥「河上」句—河上仙翁，即指河上公，見前注。

【導讀】

這是一首登臨懷古兼投贈長官的應酬詩（崔曙生平只擔任過河內縣尉，職位在縣令之下），但是本詩卻寫得從容不迫，堂廡正大，絕無阿諛奉承的情態，反而像是對一位親切的老友表達敬慕之忱與尋訪共醉之意；再加上全詩氣度高朗，章法穩健，運典渾融，格律嚴整，因此很得前人的稱譽。顧麟《批點唐音》說：「句律典重，通篇勻稱；情景分明，又一氣直下。」黃生《唐詩摘抄》以為沈佺期〈獨不見〉中間兩聯的語意稍覺重複[1]，崔顥〈黃鶴樓〉的起四句並非律詩正格[2]，兩首詩都有瑕疵；如果一定要找盡善盡美的七律壓卷之作，本篇應為首選。沈德潛《唐詩別裁》說本詩：「一氣轉合，就題有法。」事實上作者傳世的七律僅有本篇，卻能獲得如此的推崇，也足可留名詩壇了。

「漢文皇帝有高臺」七字，點明題目的「望仙臺」三字，說明它的歷史淵源，已經隱然有發思古幽情之意。次句「此日登臨曙色開」

點明題目之「九日登」三字，表現出登臨時胸膽開張的愉悅之情；「曙色開」三字為頷聯的開拓氣象和雄闊形勢，預留了廣遠的視野。

「三晉雲山皆北向，二陵風雨自東來」兩句，是寫「曙色開」之後登臨眺望所見的景致。作者雖然只是以白描手法大筆揮灑，卻能把雲山蒼莽綿亙，峰巒雄奇險峻，自古為兵家必爭之地的形勢，寫得狀溢目前，也把風雨飄灑山河的氣勢寫得瀰天漫地，撲人眼目而來；而且詩語渾然天成，筆力遒勁健舉，令人有親臨其地的真實感受，因此范希文《對床夜話》稱賞此聯說：「思優柔而語益健。」吳瑞榮《唐詩箋要》也說：「格法典重，情致朗列如掌。」值得一提的是，「二陵風雨自東來」的「東來」，不僅是就崤山二陵南北對峙的險峻形勢寫景而已，可能還含有《列仙傳》所稱：「關令尹喜見紫氣東來，知老子之過關」的意思，因此便能自然引出第五句「關門令尹」的典故，可見本詩脈絡貫通，潛氣內轉；因此王文濡說：「引用故事能貫串上下文，渾然無跡，最宜學步。」（《歷代詩法評注讀本》）

「關門令尹誰能識，河上仙翁去不回」兩句，完全切合登臨的地點來寫「仙」人的典實和「望」而不見的輕嘆。它們既上承「東來」作轉，又極濃縮凝鍊地拈出三位唐人印象中的神仙來豐富「望仙臺」聯想的內涵，同時還由於仙蹤望而不見的輕嘆，引出末聯不如專程尋訪頗有仙風道骨的劉明府之意。不僅銜接自然，意脈順暢，而且轉折無痕，可圈可點；因此吳瑞榮《唐詩箋要》除了欣賞頷聯的寫景如見之外，又說後半：「其一意折下，尤為可法。」

「且欲近尋彭澤宰，陶然共醉菊花杯」兩句，是說自己打算前去拜訪頗有仙風道骨的劉明府，一同欣賞菊花，暢飲美酒，共醉重陽。以擔任彭澤縣令的陶淵明比擬劉縣令，既繳清詩題「呈劉明府」的要求，又暗寓稱賞其人淡泊名利，崇尚自然的人格風範，還透露出自己並不執著或沉迷於學道尋仙的世俗之見（陶淵明在〈歸去來辭〉中說：

「帝鄉不可期」），同時又由彭澤令引出下句的「菊花杯」來回應詩題「九日」之意，實在是意脈通貫，一氣呵成的佳作。

　　本詩另一個可貴之處是：作者雖在望仙臺上展眺山河，思入古今，但是所引用的神仙故實，完全是史書或古籍中真有其人其事的典故，絕不作天馬行空的幻想而標榜飛天遁地、驚世駭俗的荒誕無稽之事，可以說是望仙而不迷仙；這在古人的思想中倒是相當難能可貴的理性表現。

【補註】

01 〈獨不見〉中間兩聯是：「九月寒砧催木葉，十年征戍憶遼陽；白狼河北音書斷，丹鳳城南秋夜長。」

02 〈黃鶴樓〉前半是：「昔人已乘黃鶴去，此地空餘黃鶴樓；黃鶴一去不復返，白雲千載空悠悠。」其平仄是：「仄平仄平平仄仄，仄仄平平平仄平；平仄仄仄仄仄仄，仄平平仄平平平。」

【後記】

　　根據《舊唐書・玄宗紀》所載，開元二十一年（733）春，玄宗下令士庶家藏《老子》一本，舉子應試，加考《老子》策問。次年又授方士張果為銀青光祿大夫，賜號「通玄先生」。因此，本詩是否有暗諷玄宗過於佞道迷信，因而假藉漢文帝的名義來避諱的用意，也就相當耐人尋味了。

　　如果詩人真有此意，則「此日登臨曙色開」七字，可能正是針對注釋②中河上公授《素書》2卷給漢文帝後，雲霧晦冥而失其所在的故實，有意以「天色清明開朗」來廓清玄虛縹緲的迷霧，暗示神仙詭誕之說的荒謬；而「關門令尹誰能識？河上仙翁去不回」兩句，也可能含有傳說不可盡信的質疑之意。如此，則「三晉雲山皆北向，二陵風雨自東來」兩句，就不僅是壯闊的眼前覽景而已，還可能有意以雲

山風雨的亙古不變，映襯仙蹤神跡之杳不可尋；然後以「誰能識」「去不回」二語微露其旨，便自然銜接到尋訪劉明府而共醉菊花杯，以盡隨緣自適的人世之歡的意思了。

換言之，詩人頗有淵明「帝鄉不可期」的體認，因此以為像陶淵明率性任真，縱浪大化之中，才是人生正確的態度，也才是應該追求的生命情調。趙臣瑗《山滿樓唐詩七言律》說：「讀此詩，見先生有上下古今，旁若無人之致。」所謂「旁若無人」，是否就是廓清世人迷霧的意思呢？是否含有「舉世皆醉我獨醒」的自負而有意批判佞道之不當呢？實在耐人勞想。

【評點】

01 郝敬：風韻瀟灑。（《批點唐詩》）

02 顧璘：音律不夠雄渾，絕似中唐。（《批點唐音》）

03 郭濬：慷慨寫意，中唐人無此氣象。（《增定評注唐詩正聲》）

04 朱之荊：起聯見題，次聯寫景，中聯敘事，末聯寓意。格法嚴正，風調高古，興象玲瓏，悉備此作。　○一氣舒卷，毫無痕跡。（《增定唐詩摘抄》）

05 屈復：舉世熟誦，不必更贅。（《唐詩成法》）

06 宋宗元：（頷聯）名句渾成。（《網師園唐詩箋》）

07 張文蓀：形容物候俱確切，不獨詩格雄健，古人學問真實如此。（《唐賢清雅集》）

08 梅成棟：其聲在天半。（《精選七律耐吟集》）

09 金聖嘆：「曙色開」三字妙，一是高臺久受湮沒，氣象忽得一開；一是登高臺人久抱抑鬱，情思忽得一暢。（《貫華堂選批唐才子書》）

10 吳闓生：宜看其興象高華。不在追求字面。（《唐宋詩舉要》引）

十八、王灣詩歌選讀

【事略】

王灣，字不詳，洛陽（今河南洛陽市）人，生卒年不詳。

玄宗先天元年（712）進士。開元五年（717），任滎陽（今河南省滎陽市）主簿。曾兩度參與校正群籍；書成，任洛陽尉。曾往來吳、楚間，多所著述。亦曾奉使登終南山，有賦。

王灣雖詞翰早著，然為天下所稱最者，不過一二。張說任宰相時極嘆賞其「海日生殘夜，江春入舊年」一聯，曾手題於政事堂，每示能文之士，令為楷式。《河嶽英靈集》以為其佳句如〈搗衣篇〉之「月華照杵空隨妾，風響傳砧不到君」，可以媲美漢朝的張衡、蔡邕之作。

《全唐詩》存其詩僅 10 首而已。

【詩評】

01 殷璠：灣詞翰早著，為天下所稱最者不過一二。游吳中作〈江南意〉詩云：「海日生殘夜，江春入舊年」，詩人以來少有此句。張燕公手題政事堂，每示能文，以為楷式。又〈搗衣篇〉云：「月華照杵空隨妾，風響傳砧不到君」，所有眾制，咸類若斯。（《河嶽英靈集》）

052 次北固山下（五律）　　　　　王灣

客路青山外，行舟綠水前。潮平兩岸闊，風正一帆懸。海日生殘夜，江春入舊年。鄉書何處達？歸雁洛陽邊。

【詩意】

　　客遊江南，來到青翠的北固山下時，我的舟船正航向眼前一望無際的碧波而去，真是令人心曠神怡。當時江中的潮水已經上漲到與岸邊平齊，所以眺望的視野也變得更加遼闊了；同時春風又正好順向而來，讓高懸的船帆可以藉著風勢飄展開來，讓我充分領略到航程平穩順暢的舒適愉快。夜裡，我投宿在山腳下的岸邊，黎明前我就已經起身，因此能夠目睹生平未曾見過的日出奇觀：儘管江村這邊仍然沉睡在殘夜的昏暗之中，可是東方的江海間，卻已經冉冉升起一輪紅日，在水面上映照出詭譎的波光，而且還藉著色彩越來越明亮的江潮，把暖融融的春意，一波一波地送進歲末殘冬的江村裡來！這種暖春提早來臨的特殊風候，給予我前所未有的新鮮感受。真想要立刻修書為我的親友描述種種奇觀，可是書信該送達何處呢？就偏勞北歸的鴻雁飛向兩千里外的洛陽城邊吧！

【注釋】

① 詩題—次，經過、駐馬、泊舟、停車、投宿等意涵皆可；然細味詩境，以投宿為宜。北固山，位於今江蘇省鎮江市北，三面臨江，形勢險固，故名。作者旅遊江南，放舟東下時，北固山在其南岸。

② 「客路」二句──客，詩人自稱。路，有旅經、來到之義。按：客
　路，亦可作旅途解。青山，即北固山。外，一本作「下」，兩者
　皆有旁邊之義。綠水，指長江；綠水前，謂航行時眼前是一望無
　際的碧綠江水。

③ 「風正」句──正，形容春風平穩和順而不疾不斜地吹拂。懸，指
　風帆高懸而平順展開；蓋春風徐來，尚未飽帆也。

④ 「海日」二句──海日生，指東邊江海間一輪紅日騰躍而升起。殘
　夜，謂詩人歇宿的江岸仍籠罩在昏暗的夜色之中。江春，謂紅日
　映照江潮，使江波帶著暖融融的春意。入，指春波送暖，拍岸而
　來。舊年，謂江南地區，時當歲暮臘殘，猶有寒意。

【導讀】

　　本詩首見於天寶三載（744）國子生芮挺章所編的《國秀集》；
九年之後，殷璠所編的《河嶽英靈集》則收錄王灣另一首題為〈江南
意〉的五律：

＊南國多新意，東行伺早天。潮平兩岸失，風正一帆懸。海日生殘
　夜，江春入舊年。從來觀氣象，惟向此中偏。

除了首尾兩聯與本詩不同之外，中間兩聯也只有「闊」與「失」的一
字之差。這種兩詩共聯的現象，可能表示〈江南意〉是寫中原人士旅
遊江南時的總體印象，側重在凸顯經歷奇觀的新鮮驚異之感；而本詩
則為遊蹤的個案紀實，側重在書寫泊舟山下，歇宿早起的觀感。因此，
也許把兩首詩合併參考，可以求得更清晰的輪廓。

　　「客路青山外，行舟綠水前」兩句，是交代詩人放舟東遊時，一
陸上穿越青山綠水，來到北固山下的江邊歇宿。「青山」和「綠水」
互文見義，點染出旅程中所見的自然景觀之美：青山迢迢，綠水悠悠，
使人心曠神怡，塵囂盡去。

　　「潮平兩岸闊，風正一帆懸」兩句，寫向北固山航行時的風物之佳與舒暢之感：當時春潮湧生，水平及岸，舟中詩人覽景的角度因而升高，欣賞兩岸景觀的視野便更為開闊，無形中心胸也隨之開朗起來；兼又春風柔和，因此船帆雖然高懸，卻並未吃飽風力而鼓滿成弧形，只是平順地飄展開來而已。領聯是以江潮湧生暗點「春」季，並逗出腹聯「江春入舊年」之意；同時以「平」「闊」「正」「懸」四個貼切的形容詞描寫出舟行時的平穩順暢，透露出心情的舒適愉快。王夫之《薑齋詩話》稱賞「風正一帆懸」五字為「以小景傳大景之神」，大概是說「正」字既捕捉到春風柔和舒徐的神韻，又描繪出帆穩舟順的感覺，同時還能暗傳詩人心境的寧靜安適，因此更能欣賞波平浪靜時大江的浩淼和兩岸的遼闊，於是一幅春江行舟圖的大景，便被烘托得風情無限而宛然在目了。

　　「海日生殘夜，江春入舊年」兩句，是寫詩人歇宿江村後，翌日黎明前起身所見的風候之奇，使他有嘆為觀止之感。〈江南意〉首聯「南國多新意，東行伺早天」的意思是說：「我到江南旅遊時，領略到許多新奇的情趣，因此使我遊興大增，往往一大早就起身查看天色，希望有利於我繼續愉快地放舟東行。」本詩的情形，大約也是如此。詩人經過一夜的養精蓄銳之後，破曉前就已經醒來，當時江村的夜幕未捲，天色猶暗，而東邊的江海間，紅日已經冉冉升起，映照得波光由橙紅而金黃，相當瑰麗；江潮也把紅日傳來的融融春意，一波波地送入時當歲暮殘冬的南國來，使詩人倍覺暖春早臨的喜悅。這一聯流水對的精采之處在於：出句先把一邊是霞光乍現，江波映紅，另一邊則是江村闃暗，殘夜未消的景象，刻畫得對比鮮明，奇趣橫生；彷彿詩人正佇立在日夜即將瞬間轉換的分界點上，同時欣賞著瑰麗橙紅的日出和寧靜深沉的暗夜，對於造化之神奇，自然會有驚心動魄的觀止之感。這兩句由於意蘊聯貫有如江潮拍岸，而且意境雄奇，氣象宏偉，比起杜審言〈和晉陵陸丞早春遊望〉的名聯「雲霞出海曙，梅柳渡江

春」，實不遑多讓，因此殷璠《河嶽英靈集》說：「詩人以來，少有此句。」《唐宋詩舉要》引吳北江之言說：「詩語妙絕。」正因為寫景之美、鍊句之妙、意境之奇，都令人驚豔，因此沈德潛《唐詩別裁》說：「江中日早，客冬立春，本尋常意；一經錘鍊，便成奇絕。」《河嶽英靈集》記載當時宰相張說甚至親手抄寫此聯於政事堂中，作為文士學習詩文的楷式；大概是因為它不僅把北人南遊時對於海日與殘夜同時出現的新奇經歷，與歲暮氣暖的敏銳感受，以及春意潛來的欣悅之情，捕捉得細膩入微，清新可喜，也把江南風候描寫得妙趣天成，宛然如畫，同時又似乎寓藏有造化神奇的無窮生機，和循環不息的深遠哲理，因此才使宰相大為嘆賞吧！

「鄉書何處達？歸雁洛陽邊」兩句，是寫領悟到南國風物節候之清奇優美，以為嘆為觀止，不虛此行之餘，不免產生向鄉親報告行蹤，介紹奇觀，甚至還有些誇耀見聞的獻曝之意；因此才有修撰鄉書，遠託歸鴻之想。由前三聯所使用的青山綠水、潮平岸闊、風正帆穩、海日江春等詞語來看，顯然詩中流露出的都是奇境當前，美不勝收，使人意興遄飛，心神舒暢的滿足與快慰；因此尾聯便以輕鬆寫意的自問自答，表現出陶然沉醉於旅遊之樂的心情。尤其末句拈出家鄉遠在洛陽之意，透露出詩人是中原人士的身分，自然能帶領讀者經由江北之人的眼光來品賞江南風物的獨特情味，無形中也使前三聯所描畫的景致，更增添了幾分令人驚喜的奇趣。換言之，尾聯並不止於指點出詩人故鄉的所在而已，還有烘托映襯前三聯的景物之美與情境之奇的作用，也是不可輕忽的匠心所在。

【後記】

沈德潛《唐詩別裁集》第三句作「潮平兩岸失」，並說：「言潮平而不見兩岸也。別本作『兩岸闊』，少味。」宋宗元《網師園唐詩箋》也以為「失」字較為精煉。

　　不過，賀裳《載酒園詩話》論「疑誤」時則以為作「失」字者非是，他說：「凡波浪洶湧，則隔岸不見，波平岸始出耳。『闊』字正與『平』字相應，猶『懸』字與『正』字相應。若使風斜，則帆皷側不似懸矣。」

　　而黃白山在《載酒園詩話評》中評論賀裳的看法時說：「平，猶滿也。凡潮落則岸邊之地盡見，故覺其狹；潮滿則岸邊之地為水所沒，故覺岸闊。苟識其意，則作『失』字亦可，蓋指岸邊之地而言。然覺『闊』字妙些。」

　　筆者以為沈氏「不見兩岸」之說，會有夏洪肆虐，氾濫成災之嫌，並不可取；黃氏以為岸邊之地為水淹沒，故兩岸顯得開闊，可以補正沈氏之疏略而備一說；不過，前提是岸邊確實有淺灘或沙洲才行。筆者的看法是把第三句釋為作者當時身在舟中，因潮水漲平，因此望向兩岸的視野便越加遼闊；蓋水漲船高而視野遠之故。關於這一點，筆者另有〈王灣次北固山下的主題商榷〉一文發表國立高雄應用科技大學學報第 31 期，詳論坊間常見的各種錯誤解說，請自行參考。

【評點】

01 袁宏道：三、四工而易擬，五、六太淡而難求。（李攀龍輯，袁宏道校《唐詩訓解》）

＊ 編按：「太淡」二字，殆指詞語未曾精雕細琢，故彩相不夠華美。

02 徐充：此篇寫景寓懷，風韻灑落，佳作也。「生」字、「入」字，淡而化，非淺淺可到。（《唐詩選脈會通評林》引）

03 邢昉：高奇與日月常新，非摹仿可得。（《唐風定》）

04 黃培芳：力量酣足。（《批評唐賢三昧集箋注》）

05 查慎行：大曆以後無此等氣格矣。（《初白庵詩評》）

06 沈德潛：（腹聯）與少陵「無風雲出塞，不夜月臨關」一種筆墨。（《唐詩別裁》）

＊ 杜甫〈秦州雜詩二十首〉其七：「莽莽萬重山，孤城山谷間。無風雲出塞，不夜月臨關。屬國歸何晚？樓蘭斬未還。煙塵一長望，衰颯正摧顏。」

07 黃叔燦：「潮平」一聯寫得宏闊，非復尋常筆墨。（《唐詩箋注》）

08 胡應麟：李白〈塞下曲〉……〈渡荊門〉，孟浩然〈岳陽樓〉，……王維〈觀獵〉，……王灣〈次北固山下〉，崔顥〈潼關〉，……俱盛唐絕作，視初唐格調如一，而神韻超玄，氣概閎逸，時或過之。（《詩藪》）

十九、丘為詩歌選讀

【事略】

丘為（694？－789？），字不詳，蘇州嘉興（今浙江省嘉興市）人。累舉不第，歸山讀書數年，天寶二年（743）進士，累官太子右庶子。

事繼母至孝，嘗有靈芝生堂下，時人以為祥瑞；年八十餘，母尚健在，可見侍親有方。

為人謙卑有禮。致仕後，縣令謁之，親自候門磬折（按：謂彎腰行禮）。縣令坐，丘為拱手行禮；縣令出，乃敢坐。經縣署，必降馬而過；其謙恭執禮有如是者。

與王維、劉長卿親善，嘗相與唱和。世人盛稱王安石「春風又綠江南岸」之「綠」字，以為千金不易；而丘為〈題農父廬舍〉云：「春風何時至？已綠湖上山」二句，實已發其嚆矢矣。

其詩多寫田園風物，與王、孟同調，而素樸質野過之。唐汝詢《唐詩解》評曰：「雖未免染吳音，然亦清倩不凡。」賀裳《載酒園詩話·又編》評曰：「讀丘為、祖詠詩，如坐春風中，令人心曠神怡。其人與摩詰友，詩亦相近，且終卷和平淡蕩，無叫號嘄噭之音。唐詩人惟丘幾近百歲，其詩固亦不干天和也。」可見其詩風之自然閒澹。

《全唐詩》存其詩 13 首，《全唐詩外編》補詩 5 首。

【詩評】

01 唐汝詢：丘為，蘇人，未免染吳音，然亦清倩不凡。（《唐詩解》）

02 賀裳：讀丘為、祖詠詩，如坐春風中，令人心曠神怡。其人與摩詰友，詩亦相近，且終卷和平淡蕩。（《載酒園詩話‧又編》）

053 尋西山隱者不遇 (五古) 丘為

絕頂一茅茨，直上三十里。叩關無僮僕，窺室惟案几。若非巾柴車，應是釣秋水。差池不相見，黽勉空仰止。草色新雨中，松聲晚窗裡。及茲契幽絕，自足蕩心耳。雖無賓主意，頗得清淨理。興盡方下山，何必待之子？

【詩意】

我跋涉了三十里的山路，才攀登到險峻的西山絕頂上，去拜訪一位住在茅屋裡的隱士。敲門時並沒有僮僕出來應門，再看看屋裡的擺設，也只有簡單的桌椅而已。我想：他若不是駕柴車到山林裡去遊玩，就是在秋水邊上悠閒地垂釣了。因為和他陰錯陽差地失之交臂，讓我空自懷抱著殷勤尋訪和欽敬仰慕的誠意，所以原本我感到相當惆悵落寞。（由於渴望能和他見面談心，所以我便自行入屋等候。在那段期間裡，）綠草在一場新雨的滋潤下顯得青翠欲滴，真是賞心悅目；松韻被黃昏時習習的涼風送入窗裡來，更是入耳快意。流連在如此幽雅絕俗的情境中，覺得真能滌蕩我心靈中的塵穢，也洗清我耳目裡的俗垢；即使此行並沒有賓主盡歡、意氣相投的情味，卻讓我深深領略到清淨淡遠而寧靜自在的妙趣。我隨興領略著棲隱山野的情調，直到心滿意足之後才下山而去；何必非要等到隱士歸來，和他相對晤談不可呢？

【注釋】

① 詩題—西山與隱者，俱不詳。詩題一作「山行尋隱者不遇」。

② 茅茨—茅屋。茨，音ㄘ✓，屋蓋、屋頂。

③ 「叩關」二句—叩關，敲門。關，門閂，代指門。窺，由屋外向內探望。案、几，都是桌子，案大而几小，此泛稱簡單的家具。

④ 「若非」二句—想像隱士閒適自得地遊山玩水。巾，帷幔之屬，此作動此解，謂覆蓋以布篷、帷慢也。柴車，簡陋之車。巾柴車，指乘車出遊。釣秋水，悠閒地垂釣；《莊子・刻意》：「就藪澤，處閒曠，釣魚閒處，無為而已矣，此江海之士，避世之人，閒暇者之所好也。」

⑤ 「差池」二句—差池，原指參差不齊；此謂我來而彼往，失之交臂。黽勉，原指努力，此謂殷勤懇切。空、辜負、徒勞。仰止，欽敬仰慕。止，或謂語助詞，無義；或謂通「之」字，代名詞，此代指隱者。《史記・孔子世家・贊》曾引用《詩經・小雅・車舝》：「高山仰止，景行行止」二語來表達對孔子崇高人品的欽仰之意。

⑥ 「及茲」二句—及茲，到了此時此地。契，默識而心通。幽絕，清幽絕俗之境。自足，正足以。蕩，滌蕩洗淨。心耳，代指所有感官而言。

⑦ 「頗得」句—頗，甚、深也。清淨理，清心淨念，無罣無礙的理趣；也可以指清新自然的景物和無拘無束的悠閒而言。

⑧ 「興盡」二句—興盡，盡興也；《世說新語・任誕》：「王子猷居山陰，夜大雪，眠覺，開室，命酌酒，四望皎然，因起徬徨，詠左思〈招隱〉詩。忽憶戴安道，時戴在剡，即便夜乘小船就之。經宿方至，造門不前而返。人問其故，王曰：『吾本乘興而行，興盡而返，何必見戴？』」之子，此人，指隱士。

【導讀】

本詩雖然題為尋訪不遇，重點卻不在渲染惆悵失望之感，而是藉著清幽的景致把隱士的性格與生活情調烘托得頗具悠然澹遠的韻味，因此令人賞愛。詩人有心尋訪卻無緣相見，本來應該感覺落寞無趣，可是詩人不僅了無遺憾，反而別有領悟，充分表現出隨遇而安，從容自得的意態，和無所拘執，曠達自在的胸臆；因此讀來只覺其中澹遠清淨的情味近於道，而優雅悅樂的理趣則有如禪，頗能給人淡泊寧靜的審美享受。

「絕頂一茅茨，直上三十里」兩句，是寫隱士所居的山勢之崔嵬，和自己不辭辛勞，殷勤相訪的誠意。「絕頂」形容地勢之高峻陡峭，「一」表示他遺世獨立，不與世俗往來的態度和決心；「茅茨」側寫他淡泊寡欲的性情，再加上「直上三十里」五字，則隱然可見詩人攀登之艱險，與必欲相見的心意，為後面的「不遇」預留翻騰跌宕的餘地。

詩人先寫峰頂巉巖邊的茅屋在望，似乎不久即可相見，則其期待與興奮之情可想而知；既至茅廬，卻「叩關無僮僕，窺室惟案几」，顯然隱士遠遊在外，則詩人失望悵惘之情也不難想像。「無僮僕」可見隱士獨來獨往，翛然自得的孤峭性格；「惟案几」表示居室簡陋素樸，而主人外出。起首四句，已經寫足了詩題的涵義，可以看出詩人尋訪未遇時在屋前徘徊觀望，留連躑步的惆悵之狀，筆致極為簡潔凝鍊。

「若非巾柴車，應是釣秋水」兩句，是寫詩人停留門口（或入屋之後）的踟躕想像。由於前一句是化用隱逸詩人之宗陶潛〈歸去來辭〉中「或命巾車，或棹孤舟」的句意，因此能勾勒出嘯傲山林，飄然遠引的逍遙形象；後一句是檃括《莊子》中的典事，因此能刻劃出持竿垂綸，獨對秋江，與天地精神融合為一的孤迥形象。這兩句雖然是出

於詩人的揣想，卻一方面表現出對於隱士行蹤飄忽，來去無定的深心了解；一方面流露出對於悠遊林泉的閒情逸趣之衷心嚮往。「差池不相見，黽勉空仰止」兩句，則總結緣慳一面，尋訪未遇，空懷仰慕欽敬之思的悵惘之情。「差池」二字，寫出失之交臂的惋惜之情；再加上「黽勉」的殷勤，「仰止」的敬慕，以及「空」字的喟嘆，則詩人心中深刻的失望之感，便表現得極為清楚了。

前半由遠道相訪，必欲相見的誠意入手，到無緣相見，空自惆悵的失望作結，基本上已經寫足了詩題的涵義，可以戛然而止了。不過，儘管前八句結構嚴整，自成首尾，卻顯得平淡無奇，乏善可陳；所幸詩人在後半盪開筆勢，另闢蹊徑，轉而去欣賞清新的景致，領略幽絕的情境。如此一來，不僅原本瀰漫心中的失落感頓時煙消雲散，反而開展出柳暗花明的情境；也使失望之訪變成豐富之旅，同時還隱然透露出王維〈終南別業〉詩中「行到水窮處，坐看雲起時」那種率性隨緣，自如自在的禪意。換言之，正由於前半段先行抒寫了期盼故人而不遇的悵惘之情，才使後半妙契景致的不期而遇，格外令人覺得愉悅欣慰，深感此行不虛。由此看來，前半八句又絕非平淡無奇的閒筆而已，它們正是凸顯出本詩在構思上別出心裁所應具有的鋪敘襯墊，也是使前後半形成渾融一體的藝術結構所須具備的映襯手段。

「草色新雨中，松聲晚窗裡」兩句，是敘述傍晚時的一場新雨，把芳草滋潤得青翠欲滴，生機盎然；而黃昏時的習習涼風，又把陣陣松濤送入窗牖裡來。前者寫賞心悅目的色澤之美，後者寫入耳動心的音籟之美；則詩人獨坐斗室，靜觀自得時「耳得之而為聲，目遇之而成色」那種快然自足的情狀，也就宛然在目了。

「及茲契幽絕，自足蕩心耳」兩句，則是抒發面對清幽絕俗的景致，深感足以蕩盡凡心塵念，並導致性靈平和寧靜的愉悅之情。換言之，那場新雨洗淨了詩人原本的惆悵之懷，使他有清新怡悅的感受；而陣陣清風松韻，不僅沖淡了他原本的失意之感，使他渾忘塵囂，擺

脫俗念，而且還敞開他的心扉，使他能以靈心妙悟來觀照自然的野趣而感到興味盎然，因此詩人說：「雖無賓主意，頗得清淨理。」詩人表示雖然沒有獲致期望中賓主相會，把手晤談的快意，卻頗能領略到耳目清淨，心靈澄澈的理趣，因此他以「得」字表現出意外收穫的喜悅與滿足。此時，詩人心中達到了平和寧靜，不假外求的境界，因此他載著滿心的喜悅下山而去：「興盡方下山，何必待之子？」這兩句是借用王徽之膾炙人口的風雅韻致，點染出自己遠道訪友時期於必遇而終究不遇的坦然自在，以及隨緣任性、欣於所遇的快慰情態；而讀者也彷彿與一位胸懷豁達，意態瀟灑的幽人雅士不期而遇一般，獲得了欣賞詩歌時意外的審美情趣。

尋訪隱者的本意是想遠離紅塵，回返自然，與素心之人談天論道，以求心靈的寧靜淳和。儘管詩人並沒有賓主相得的款洽之樂，卻能領略到雨中草色，格外生新；涼風習習，特別怡神；松濤陣陣，分外悅耳；無形中便使他澄心靜慮，陶然忘機，頗得心凝形釋，與萬化冥合的妙趣。因此，詩人滿足了尋幽訪勝的逸興之後，便欣然下山而去，其中自有得魚忘荃的妙趣，也有脫略形跡的禪悟；因此雖然全詩並沒有膾炙人口的清詞麗句可誦，卻在素淡自然的語言中，富有耐人回味的淵永韻致。

二十、王維詩歌選讀

【事略】

王維（701－761），字摩詰，山西太原祁縣（今山西省祁縣）人。開元九年（721）中進士，累官至尚書右丞，世稱王右丞。

九歲知屬辭，年少時即工草隸，嫻音律。據薛用弱《集異記》所載，少年王維志在功名，銳意仕進，十九歲應京兆府試前曾因岐王的推薦，得到玉真公主的賞愛，順利榮登榜首（古稱「解元」），二十一歲任大樂丞。張九齡執政時，擢為右拾遺，轉監察御史。李林甫當權後，曾任涼州河西節度使判官。天寶年間，在終南山與輞川過著亦官亦隱的生活。安史之亂時，在長安為叛軍所俘，一度故意服藥取痢，佯稱瘖疾，以免被迫為偽官。平叛後，凡為偽官者皆得罪，王維則因被俘時曾作〈凝碧池〉詩以思朝廷而得肅宗嘉許；加之平亂有功的胞弟王縉極力營救，僅降職為太子中允，後又升尚書右丞。此後，王維更加淡泊，在半官半隱、奉佛參禪、吟山詠水中度其餘生。

觀其一生，少年時雖嘗奔走於公卿之門以求仕進，然壯年後則甘於平淡，篤志奉佛，蔬食素衣。妻亡不續娶，無子，獨居達三十年。後嘗上表乞捨其莊園為寺，足見其難捨能捨之淡泊。臨終，作書辭別親友，停筆而化。

其詩歌創作大致可以開元二十六年（738）張九齡罷相為界，分為前後兩期：前期大都反映現實生活，呈現出盛唐積極進取的精神；後期則多描山摹水，歌詠田園，後期尤多格調高妙，渾然天成，充滿禪意與畫趣之作，故王士禎譽之為「詩佛」。尤其擅長將聲色、動靜、情景，交相融合，意趣淡遠閒靜，為陶潛之後田園自然詩人之大家，

故陳師道《後山詩話》云：「右丞、蘇州皆學於陶，王得其自在。」與孟浩然並稱「王孟」。

其詩不拘一體，五、七言古風、律體、絕句，無不精到，《河嶽英靈集》稱其詩：「詞秀調雅，意新理愜。在泉成珠，著壁成繪；一字一句，皆出常境。」

王維不僅詩風獨特，精通音律，長於書法，更兼擅丹青之妙。其淡墨山水，意境深遠，天機獨到，非學而能，為南派畫家之祖；其〈偶然作六首〉其六嘗自云：「宿世謬詞客，前身應畫師。」蘇軾〈書摩詰藍田煙雨圖〉亦云：「味摩詰之詩，詩中有畫；觀摩詰之畫，畫中有詩。」對於王維能以詩意入畫境，以畫理入詩情之妙，指點得極為親切。

著有《王右丞集》。《全唐詩》編其詩 4 卷，《全唐詩續拾》補詩 2 句。

【詩評】

01 司空圖：王右丞、韋蘇州之澄澹精緻，格在其中，豈妨於道舉哉？（〈與李生論詩書〉）

02 司空圖：右丞、蘇州趣味澄敻，若清流之貫達。（〈與王駕評詩書〉）

03 敖陶孫：王右丞如秋水芙蓉，倚風自笑。（《詩人玉屑》引《臞翁詩評》）

04 許顗：孟浩然、王摩詰詩，自李、杜而下，當為第一。（《許彥周詩話》）

05 張戒：世以王摩詰律詩配子美，古詩配太白，蓋摩詰古詩能道人心中事而不露筋骨，律詩至佳麗而老成。如〈隴西行〉〈息夫人〉〈西施篇〉……信不減太白；如「興闌啼鳥換，坐久落花多」「草枯鷹眼疾，雪盡馬蹄輕」等句，信不減子美。雖才氣不若李、杜

之雄傑，而意味工夫，是其匹亞也。摩詰性淡泊，本學佛而善畫，出則陪岐、薛諸王及貴主遊，歸則屬飫輞川山水，故其詩於富貴、山林，兩得其趣。（《歲寒堂詩話》）

06 張戒：韋蘇州詩韻高而氣清，王右丞詩格老而味長，雖皆五言之宗匠，然互有得失，不無優劣。以標韻觀之，右丞遠不逮蘇州；至於詞不迫切而味甚長，雖蘇州亦所不及也。（《歲寒堂詩話》）

07 胡應麟：右丞五言，工麗閒淡，自有二派。……綺麗精工，沈、宋合調者也；……幽閒古淡，儲、孟同聲者也。（《詩藪》）

08 胡應麟：盛唐七言律稱王、李；王才甚藻秀，而篇法多重。（《詩藪》）

09 胡應麟：太白五言絕，自是天仙口語，右丞卻入禪宗，如「人閒桂花落……」「木末芙蓉花……」，讀之身世兩忘，萬念皆寂；不謂聲律之中有此妙詮。（《詩藪》）

10 陸時雍：摩詰寫色清澈，已望陶、謝之藩矣；第律詩有餘，古詩不足耳。離象得神，披情著性，後之作者，誰能之？（《詩鏡總論》）

11 陸時雍：摩詰七律與少陵爭馳：杜好虛摹，吞吐含情，神行象外；王用實寫，神色冥合，意妙言先。二者誰可軒輊？（《唐詩鏡》）

12 何景明：右丞他詩甚長，獨古作不逮。讀其集，大篇句語俊拔，殊乏完章；小言結構清新，所少風骨。（《唐音癸籤》引）

13 高棅：五古、七古，以王維名家；五律、七律、五排、五絕，以王維為正宗；七絕以王維為羽翼。（《唐詩品彙》）

14 高棅：盛唐律句之妙者，李翰林氣象雄逸，孟襄陽興致清遠，王右丞詞意雅秀，岑嘉州造語奇峻，高常侍骨格渾厚，皆開元、天寶以來名家。（《唐詩品彙》）

15 李東陽：唐詩李、杜之外，孟浩然、王維足稱大家。王詩豐縟而
    不華麗，孟卻專心古澹而悠遠深厚，自無寒儉枯瘠之病。（《麓
    堂詩話》）

16 徐獻忠：右丞詩發秀自天，感言成韻；詞華新朗，意象幽閒。上
    登清廟，則情近珪璋；幽徹丘林，則理同泉石。言其風骨，固盡
    掃微波；采其流調，亦高跨來代。於《三百篇》求之，蓋〈小雅〉
    之流也。（《唐詩品》）

17 許學夷：王摩詰、孟浩然才力不逮高、岑，而造詣實深，興趣實
    遠。故其古詩雖不足，律詩體多渾圓，語多活潑，而氣象風格自
    在，多入於聖矣。（《詩源辯體》）

18 許學夷：摩詰……五言律有一種整栗雄麗者，有一種一氣渾成者
    （案：如「風勁角弓鳴」），有一種澄澹精致者，有一種閒遠自
    在者（案：如「清川帶長薄」「寒山轉蒼翠」等）。至如「楚塞
    三湘接」，既甚雄渾；「新妝可憐色」，則又嬌嫩。若高、岑才
    力雖大，終不免一律（而不若右丞之風致多端）耳。（《詩源辯
    體》）

19 許學夷：摩詰七言律，亦有三種：有一種宏贍雄麗者（案：如「絳
    幘雞人」等），有一種華藻秀雅者（案：如「渭水自縈」等），
    有一種淘洗澄淨者（案：如「積雨空林」等）；是亦高、岑之所
    不及也。（《詩源辯體》）

20 許學夷：摩詰五言絕，意趣幽玄，妙在文字之外。摩詰〈與裴迪
    書〉略云：「夜登華子岡，輞水淪漣，與月上下；寒山遠火，明
    滅林外。深巷寒犬，吠聲如豹；村墟夜春，復與疏鐘相間。此時
    獨坐，僮僕靜默，每思曩昔，攜手賦詩。倘能從我遊乎？」摩詰
    胸中滓穢淨盡，而境與趣合，故其詩妙至此耳。（《詩源辯體》）

21 何良俊：五言絕句，當以王右丞為絕唱。（《四友齋叢說》）

22 徐增：詩總不離乎才也。有天才，有地才，有人才；吾於天才得
　　李太白，於地才得杜子美，於人才得王摩詰。太白以氣韻勝，子
　　美以格律勝，摩詰以理趣勝；太白千秋逸調，子美一代規模，摩
　　詰精大雄氏之學，句句皆合聖教。（《而庵說唐詩》）

23 姚鼐：右丞七律能備三十二相，而意興超遠，有雖對榮觀，燕處
　　超然之意，宜獨冠盛唐諸公。（《五七言今體詩鈔》）

24 翁方綱：開、寶諸公，堂堂旗鼓，王、李、高、岑諸家，卓然傑
　　出，而右丞尤為大雅之作。（《七言律詩鈔》）

25 管世銘：王右丞精深華妙，獨出冠時，終唐之世，與少陵分席而
　　坐者，一人而已。（《讀雪山房唐詩·序例·七律凡例》）

26 方東樹：輞川於詩，亦稱一祖；然比之杜公，真如維摩之於如來，
　　確然別為一派。尋其所至，只是以興象超遠，渾然元氣，為後人
　　所莫及；高華精策，極聲色之宗，而不落人間聲色，所以可貴。
　　（《昭昧詹言》）

27 方東樹：輞川敘題，細密不漏，又能設色取景，虛實布置，一一
　　如畫。如今科舉作墨卷相似，誠萬選之技也。（《昭昧詹言》）

28 呂燦：其為律、絕句，無問五、七言，皆莊重閑雅，渾然天成；
　　至於古詩，句本沖澹而興則悠長，諸詞清婉流麗，殆未可多訾。
　　（《王右丞集序》）

29 賀貽孫：詩中之潔，獨推摩詰。即如孟襄陽之淡，柳柳州之峻，
　　韋蘇州之警，劉文房之雋，皆得潔中一種，而非其全。蓋摩詰之
　　潔，本之天然，雖作麗語，愈見其潔。孟、柳、韋、劉諸君，超
　　脫洗削，尚在人境。摩詰如仙姬天女，冰雪為魂，縱復瓔珞華鬘，
　　都非人間。而諸君則如西子、毛嬙，月下淡粧，卻扇一顧，粉脂
　　無色，然不免薰衣沫面，護持愛惜。識者辨之。（《詩筏》）

30 賀裳：唐無李、杜，摩詰便應首推。昔人謂「如秋水芙蓉，倚風
　　自笑」，殊未盡厥美，庶幾「咳唾落九天，隨風生珠玉」耳。三

人相較，正如留侯無收城轉餉之功，襟袖帶煙霞之氣，自非平陽、曲逆可比。　〇「暢以沙際鶴，兼之雲外山」，右丞偶爾（點染虛字）自佳；後人尊之為法，動用數虛字演句，便成餕酸餡矣。吾嘗謂學李而失，易涉粗豪；學杜而失，恐成生硬；學孟而失，將流清淺。唯學王者不失為刻鵠類鶩，不意入效顰之手，亦有此種流弊。（《載酒園詩話・又編》）

31 錢良擇：味淡聲希，言近指遠，乍觀不覺其奇，按之非復人間筆墨，唯右丞也。昔人謂讀之可以起道心，浣塵慮。（《唐音審體》）

32 李因培：右丞詩，榮光外映，秀色內含，端凝而不露骨，超逸而不使氣，神味綿邈，為詩之極則，故當時號為「詩聖」。（《唐詩觀瀾集》）

33 李因培：右丞五排，秀色外腴，灝氣內充，由其天才敏妙，盡得風流，氣骨遂為所掩。（《唐詩觀瀾集》）

34 沈德潛：陶詩胸次浩然，其中自有一段淵深樸茂不可到處。唐人祖述之者，王右丞有其清腴，孟山人有其閒遠，儲太祝有其樸實，韋左司有其沖和，柳儀曹有其峻潔，皆學焉而得其性之所近。（《說詩晬語》）

35 沈德潛：（歌行）高、岑、王、李（頎）四家，每段頓挫處，略作對偶，於局勢散漫中求整飭也。（《說詩晬語》）

36 沈德潛：開、寶以來，李太白之明麗，王摩詰、孟浩然之自得，分道揚鑣，並推極勝。杜子美獨闢畦徑，寓縱橫排奡於整密中，故應包涵一切。（《說詩晬語》）

37 沈德潛：（七律）王維、李頎、崔曙、張謂、高適、岑參諸人，品格自高，復饒遠韻，故為正宗。（《說詩晬語》）

38 沈德潛：（五絕）右丞之自然，太白之高妙，蘇州之古澹，並入化機。而三家中，太白近樂府，右丞、蘇州近古詩，又各擅場也。（《說詩晬語》）

39 沈德潛：意太深，氣太渾，色太濃，詩家一病，故曰「穆如清風」。右丞（五古）詩每從不著力處得之。（《唐詩別裁》）

40 沈德潛：右丞五言律詩有二種：一種以清遠勝，如「行到水窮處，坐看雲起時」是也；一種以雄渾勝，如「天官動將星，漢地柳條青」是也。當分別觀之。（《唐詩別裁》）

41 沈德潛：（七古）初唐風調可歌，氣格未上，至王、李、高、岑四家，馳騁有餘，安詳合度，為一體。（《唐詩別裁・凡例》）

42 沈德潛：（七律）摩詰、東川，舂容大雅。（《唐詩別裁・凡例》）

43 劉士鏻：晁補之云：「右丞妙於詩，故畫意有餘。」余謂右丞精於畫，故詩態轉工。鍾伯敬有云：「畫者有煙霞養其胸中，此是性情文章之助。」（《文致》）

44 施補華：摩詰五言古，雅淡之中別饒華氣，故其人清貴。蓋山澤間儀態，非山澤間性情也。（《峴傭說詩》）

45 施補華：摩詰七古，格整而氣斂，雖縱橫變化不及李、杜，有高華一體，有清遠一體，皆可效法。（《峴傭說詩》）

46 宋育仁：（摩詰）五言短篇尤勁。……七言矩式初唐，獨深排宕；律詩神超，發端亦遠。夫其煉虛入秀，琢淡成腴，變六代之深，發三唐之明豔，而古芳不落，夕秀方新。司空表聖云：「如將不盡，與古為新」，誠斯人之品目，唐賢之高軌也。（《三唐詩品》）

47 高步瀛：（五古）王、孟、韋、柳，風神遠出，超以象外，（於陳子昂、張九齡、李、杜、韓之外）又別為一家。陳後山（師道）曰：「右丞、蘇州，皆學於陶，王得其自在。」趙鐵巖（殿最）《王右丞集箋註・序》曰：「右丞通於禪理，故語無背觸，甜徹中邊。空中之音也，水中之影也，香之於沉實也，果之於木瓜也，酒之於建康也，使人索之於離即之間，驟欲去之而不可得，蓋空諸所有而獨契其宗。」（《唐宋詩舉要》）

48 高步瀛：（七古）王、李（頎）、高、岑，雖各有所長，以視（李、
　　杜）二公之上九天，下九淵，天馬行空，不可籠絡，非諸子所能
　　逮也。……方植之（東樹）曰：「王、李、高、岑，別有天授，
　　自成一家，如如來下又有文殊、普賢、維摩也；又如史公外別有
　　莊、屈、賈生、長卿也。」「東川纏綿情韻，自然深至，然往往
　　有痕。所謂無意為文，而意已至瀾遠，而絕無弩拔之跡，右丞其
　　至矣乎！」（《唐宋詩舉要》）

49 高步瀛：（五律）盛唐以來，尤美不勝收，如王孟之華妙精微，
　　太白之票姚曠逸，皆能自闢蹊徑，啟我後人。……姚氏曰：「（五
　　律）當以王、孟為最，以禪家妙悟論詩者，正在此耳。」吳氏曰：
　　「王孟詩以自然興象為佳，而有真氣貫注其間，斯其所以為大家
　　也。」（《唐宋詩舉要》）

50 高步瀛：（七律）王摩詰意興超逸，詞語華妙，堪冠諸家；輔以
　　東川，附以文房，堂堂乎一代宗師矣。（《唐宋詩舉要》）

51 高步瀛：絕句當以神味為主，……蓋絕句字數本既無多，意竭則
　　神枯，語實則味短；惟含蓄不盡，使人低回想像於無窮焉，斯為
　　上乘矣。盛唐摩詰、龍標、太白，尤能擅長。……《峴傭說詩》
　　云：「輞川諸五絕，清幽絕俗，其間『空山不見人』『獨坐幽篁
　　裡』『木末芙蓉花』『人閒桂花落』四首尤妙。」（《唐宋詩舉
　　要》）

52 《史鑑類編》：王維之作，如上林春曉，芳樹微烘，百囀流鶯，
　　宮商迭奏。黃山紫塞，漢館秦宮，芊綿偉麗於氤氳杳渺之間，真
　　所謂有聲畫也。非妙于丹青者，其孰能之？矧乃辭情閒暢，音調
　　雅馴，至今人師之誦之，為楷式焉。（引自《王右丞集箋註》卷
　　末〈附錄〉二）

054 洛陽女兒行（七古樂府）　　　王維

洛陽女兒對門居，纔可容顏十五餘。良人玉勒乘驄馬，侍女金盤膾鯉魚。

畫閣朱樓盡相望，紅桃綠柳垂簷向。羅幃送上七香車，寶扇迎歸九華帳。

狂夫富貴在青春，意氣驕奢劇季倫。自憐碧玉親教舞，不惜珊瑚持與人。

春窗曙滅九微火，九微片片飛花瑣。戲罷曾無理曲時，妝成只是薰香坐。

城中相識盡繁華，日夜經過趙李家。誰憐越女顏如玉，貧賤江頭自浣紗。

【詩意】

　　洛陽有一位女子居住在我家對面，她正當十五六歲的妙齡，容顏非常嬌豔動人。她的良人騎的是毛色青白相雜的駿馬，馬具則鑲飾著華貴的美玉；侍女捧出的是黃金盤，盤子裡是極為美味的細切鯉魚薄片。

　　她家寬敞的豪邸裡，放眼望去，全都是彩繪得華麗無比的亭臺樓閣；繁盛豔麗的桃花，和蓊蓊鬱鬱的綠柳，全都茂密得紛披下垂，遮覆在飛簷之間，看起來極為幽深邃密。出門的時候，會有絲綢織成的羅幃為她遮風蔽日，護送她坐上珍美的七香車中；回家的時候，則有羽毛編成的寶扇簇擁著，把她迎入花色鮮麗的九華帳裡。

她的夫君則極為富貴顯達，而且又正當青春年少，他那春風得意的情態，和驕奢豪侈的習氣，更勝過晉朝的石崇：有時只因為一時賞愛舞姬，還會親自指點她們舞藝，甚至不惜拿出珍奇的珊瑚來獎賞她們。

夫妻倆人經常通宵達旦地尋歡作樂，總是玩樂到紗窗上映著曙光時，才肯熄滅華麗而浪漫的九微燈燭，讓朵朵燈花化為片片青煙，向雕飾著連環花枝的窗棱飄飛而去。當他們在一起的時候，往往盡情嬉戲玩樂，甚至她連溫習曲藝的閒暇都沒有；當她獨自一人時，則往往在精心妝扮之後，只是閒坐在薰染衣物的香爐旁，等候夫君回來。

他們相識的朋友，全都是城裡最尊榮、最貴顯的豪門巨室，不論白天或夜晚，應酬往來的也都是權傾當時的皇親國戚。唉！有誰會疼惜貌美如玉的越國西施（編按：可能借喻首段中第一人稱的「我」）呢？當年她貧賤時，也只能沒沒無聞地在江邊獨自浣紗……。

【注釋】

① 詩題──本詩屬於《樂府詩集》之「新樂府辭」，詩題下原有注云：「時年十六（按：一作十八）」。「洛陽女兒」四字，殆取義於《樂府詩集‧雜歌謠辭》中梁武帝蕭衍的〈河中之水歌〉：「河中之水向東流，洛陽女兒名莫愁。……十五嫁為盧家婦，十六生兒字阿侯。」

② 「洛陽」二句──纔，方也、正也。可，約也，估量之詞。此二句殆檃栝《玉臺新詠‧東飛伯勞歌》：「誰家女兒對門居？開顏發艷照閭里」「女兒年幾十五六，窈窕無雙顏如玉」等句而成¹。

③ 「良人」二句──良人，夫婿也。玉勒，以玉石美飾的馬銜嚼口。驄馬，青白雜色的駿馬。膾，細切肉。

④ 「紅桃」句──謂桃柳高大茂密，紛披垂覆在屋簷邊。向，邊緣。

⑤「羅幃」二句──羅幃，絲綢所織成輕軟而有疏孔的帳幔。七香車，以七種香木製成的華貴車輛。寶扇，以鳥羽編成的大型長柄扇，可以障塵蔽日，常用為貴家的儀仗。九華帳，花彩鮮麗的帳幔，常用為床具；鮑照〈行路難〉：「七彩芙蓉之羽帳，九華蒲桃之錦衾。」趙殿成《王右丞集箋注》云：「九華，疑是古時花式之名。」

⑥「狂夫」二句──狂夫，以詩人的眼光來形容其夫婿之狂放。在，正也。劇，甚也，更勝之意。季倫，晉朝以奢侈著稱的石崇之字；《晉書・列傳第三》石崇本傳說他：「財產豐積，室宇宏麗。後房百數，皆曳紈繡，珥金翠。絲竹盡當時之選，庖膳窮水陸之珍。」

⑦「自憐」二句──憐，愛也。碧玉，殆指家中之舞姬，蓋出身卑微者；《樂府詩集・卷 45・碧玉歌》：「碧玉小家女，不敢攀貴德。」《題解》引《樂苑》曰：「〈碧玉歌〉者，宋汝南王所作也[2]。碧玉，汝南王妾名，以寵愛之甚，所以歌之。」故梁元帝〈採蓮賦〉云：「碧玉小家女，來嫁汝南王。」而庾信〈結客少年場行〉云：「定知劉碧玉，偷嫁汝南王。」則又賦予姓氏。教舞，王嘉《拾遺記》載石崇為訓練舞姬，嘗鋪沉香屑末於象牙床上，以教其步履輕盈；凡鞋襪不沾香屑者，賜以珍珠百琲；可參見杜牧〈金谷園〉詩。本詩則謂賜舞姬以珊瑚，以示狂夫意氣之遠勝石崇。

⑧「春窗」二句──謂夫婦二人徹夜尋歡作樂，直至曙色映窗乃熄滅燭火。九微，燈名，可能指燈罩雕鏤有九孔，以使燭光微暗而色調浪漫之華燈；何遜〈七夕〉詩云：「月映九微火，風吹百合香。」《漢武內傳》載漢武帝好仙道，嘗於七月七日設座於大殿之上，以紫羅薦地，燔百合之香，燃九微之燈，以待西王母乘紫雲車而來。片片，形容燭火熄滅後，由九孔飄散而出的青煙之輕裊。花瑣，雕鏤有連環花枝圖案的窗棱、窗格。

⑨ 「戲罷」二句──前句寫夫妻共處時之嬉戲無度，後句寫空閨獨守時之寂寞無聊，以見二人之恩愛。曾無，全無、從無。理，治也，有溫習、練習、鑽研諸義。曲，兼指吹彈的曲藝與曲調而言。薰香，指薰籠；古時富貴之家以香屑置於鏤空的薰爐中慢燃，再罩上竹籠，藉以薰香衣物衾被。

⑩ 「城中」二句──繁華，泛稱富貴顯達之流。趙、李家，泛指皇親國戚而言；阮籍〈詠懷〉詩：「西遊咸陽中，趙李相經過。」顏延年注以為指漢武帝之李夫人，以及漢成帝時的李平（後賜姓衛，封婕妤）、趙飛燕兩家族中被拔擢為侍中的貴戚而言。

⑪ 越女──泛指如西施般美麗無雙的女子，見王維〈西施詠〉注。

【補註】

01 又見《樂府詩集·雜曲歌辭》。

02 宋無汝南王，疑「宋」當為「晉」。

【導讀】

　　這首七言樂府，是王維少年時期磨練詩筆的試驗之作，表現出對於富貴功名的嚮往。儘管詞藻華麗，意象華美，卻既無深刻的思想寄託，亦乏動人的感情內涵，反而有句義分歧、章法紊亂、旨趣模糊等問題。茲略述其缺點於後。

一、句義分歧

　　詩中第三段的「自憐碧玉親教舞，不惜珊瑚持與人」兩句，其中的「碧玉」，就讓不少學者誤認為是指「洛陽女兒」而言。筆者則以為，「碧玉」不可能是指「洛陽女兒」，因為詩中所謂的「狂夫」，既然會親自指點這位「洛陽女兒」舞藝，可見夫妻感情之親密，那麼就不應該再說「戲罷曾無理曲（練習曲藝）時」；因為「教舞」和「理

曲」同屬於音樂舞蹈，大概都是夫妻共處時的嬉戲娛樂。如果兩人終日遊樂無度以至於無暇研習曲藝，又怎會有時間指點舞技？既然能指點舞技，就應該會一起研習曲藝才是，因為這兩種才藝應該是相輔相成的。換言之，「碧玉」和「洛陽女兒」不應該指同一人，否則就有前後自相矛盾，難以自圓其說的情況。

筆者的看法是，這兩句的作用有三：

* 其一，以狂夫持珊瑚來贈舞姬的豪綽之舉，凸顯他驕奢的意氣更勝石崇之鬥富。

* 其二，藉此落實狂夫之青春、富貴與狂傲。

* 其三，側寫他對「洛陽女兒」的寵愛，因為他只為了讓「碧玉」能表演出更輕靈曼妙的舞姿，來娛樂他最珍愛的「洛陽女兒」，便不惜以珊瑚這種稀世奇珍來獎賞，則他對嬌妻的摯愛，自然無庸置疑，而他將以和氏璧、連城玦等無價之寶來討嬌妻的歡心，也就可以想像得之了。

再者，有人以為「妝成祇是薰香坐」這七個字的作用，是「在描寫其荒淫無度的生活之時，又進一步揭示出女子的慵懶與內心的空虛 [1]。」也有人說：「這個少婦的生活方式雖然香車寶扇，十分闊綽，其實不過供消遣的玩物。」而且以為觀此七字，「即可見其內心的空虛與無聊 [2]。」筆者以為所謂「玩物」和「空虛」之說，顯然疏忽了「羅幃送上七香車」所代表的意義：原來這位「洛陽女兒」是在她出外逛街遊樂時會有人恭送她坐車而去的自由人，並且是經常和良人一齊去貴戚顯宦家參加宴會的貴夫人（所以後面才說：「城中相識盡繁華，日夜經過趙李家」）；這可以從她歸來時是很隆重地「寶扇迎來九華帳」而不是鞭笞之刑伺候，就可以了解她絕不可能是「玩物」了！何況詩中除了「狂夫意氣」四句及末二句「誰憐越女顏如玉，貧賤江頭自浣紗」之外，所有的主角顯然都是「洛陽女兒」；則「城中

相識盡繁華，日夜經過趙李家」這兩句，就絕非指狂夫隻身前去應酬，而留她一人獨守空閨，那麼又何來空虛寂寞之說呢？

　　前引二說，大概既疏忽了「戲罷曾無理曲時」這一句代表夫妻終日戲樂的意涵，又誤以為「春窗曙滅九微火，九微片片飛花瑣」是寫她孤枕難眠，終宵不寐地苦候良人未歸的淒苦，因此才有「玩物」與「空虛寂寞」之說。

　　筆者以為比較合理的解讀是：第四段的「春窗曙滅九微火，九微片片飛花瑣」這兩句，應該是把第二段單寫女子的「畫閣朱樓盡相望，紅桃綠柳垂簷向。羅幃送上七香車，寶扇迎歸九華帳」四句，和單寫狂夫的第三段「狂夫富貴在青春，意氣驕奢劇季倫。自憐碧玉親教舞，不惜珊瑚持與人」四句，合挽雙寫，表示夫妻兩人通宵達旦地戲樂。如此理解，以下才能自然銜接「戲罷曾無理曲時，妝成只是薰香坐」二句，分別表示兩人相處時形影不離地膩在一起，以及夫君暫時不在身邊時，她薰香靜候良人歸來的深情。

二、章法紊亂

　　末段的「城中相識盡繁華，日夜經過趙李家」兩句，既可以放在「侍女金盤膾鯉魚」之後，也可以放在「紅桃綠柳垂簷向」之後，更可以放在「羅幃送上七香車」之前，或「寶扇迎來九華帳」之後；唯獨把它們放在原來的位置，又立刻截斷詩意而跳接「誰憐越女顏如玉，貧賤江頭自浣紗」兩句，顯得既突兀，又凌亂，完全看不出章法和脈絡何在？甚至，如果刪除「城中」兩句，也似乎看不出對全篇詩義有何損害；這是不是表示這兩句是無關緊要，甚至是可有可無的冗句呢？

三、旨趣模糊

　　最令人費解的，當然是末二句和前面所有的詩意完全無關，因而造成解讀時不當的臆測和不合邏輯的判斷：

＊「結意況君子不遇也。」（沈德潛《唐詩別裁》）

儘管似乎言之成理，但筆者以為，王維寫作本詩時既然只有十六或十八歲，應該正是認真準備科舉的時期，顯然並未遭遇過名落孫山的打擊或仕途險惡的挫折，又豈會在熱中功名而積極進取的時候有所謂「君子不遇」之嘆呢？另一種說法是：

＊「借此以刺譏豪貴，意在言外，故妙。」（《唐宋詩舉要》引吳北江說）

筆者以為本詩中儘管有對所謂「狂夫」驕奢的描寫，卻不過是用來側面烘托他對「洛陽女兒」的愛憐而已，並且和「羅幃送上七香車，寶扇迎來九華帳」兩句所表現的疼惜呵護之周到，以及「春窗曙滅九微火，九微片片飛花璅，戲罷曾無理曲時」三句所表現盡日玩樂之不倦，堆疊累積成夫妻二人鶼鰈情深的恩愛印象；詩人何嘗有所謂「譏刺豪貴」的言外之意呢？退一步來說，這對年輕夫婦又有什麼道理不能享受他們的富貴，好好尋歡作樂呢？如果他們的富貴是經由正當手段取得的，則他們擁有玉勒青驄、金盤鯉膾、羅幃香車、寶扇華帳，甚至豪氣地贈人珊瑚，快意地點燃九微燈，王維又有什麼理由憤世嫉俗地橫加譏諷呢？又有什麼隱痛必須為貧賤的越女抱屈不平呢？

在吳北江之後，又有一些相似的看法出現：

＊「詩中描繪了貴族婦女驕奢豪華同時又蒼白空虛的生活，對她們的沉迷不悟表示諷刺和悲憫[3]。」

＊「這首詩表面在歌詠洛陽女兒的豪華驕貴，用意卻在諷刺浮華奢靡之不當，正言若反，意在言外，極妙[4]。」

＊「此詩表面上只是描寫一個洛陽女兒的驕貴和她夫婿的豪奢，實際上卻是譏諷盛唐時代京師中一般貴族巨室侈靡淫佚的生活。詩人觸目生悲，借事起興，以寄托自己的感慨。末用西施反襯，令人讀罷浩嘆[5]！」

　　以上種種誤解都是由於未能深思精求才造成的；讀者不妨看看本詩中有無類似對晉朝何曾「日食萬錢，猶云無下箸處」那種奢侈揮霍的任何鄙夷之意？有無任何像杜甫的〈麗人行〉中所諷刺「犀箸饜飫久未下，鸞刀縷切空紛綸」那種嬌生慣養之態？有無任何斥責「朱門酒肉臭，路有凍死骨」那種糟蹋食物，不管他人死活的憤慨之意？或者有無任何批判這一對年輕夫妻「淫佚」之詞、不滿他們的「侈靡」之句呢？

　　筆者的推測是：本詩大概是王維準備博取功名前，用來磨練詩筆的試驗之作，因此才會大量騾梏古代樂府詩的成句；也由於這只是少年王維尚未成熟的作品，因此才會有章法紊亂與旨趣模糊等缺點，造成解讀時的困擾。至於突然提到西施浣紗時的貧賤，大概和他寫〈西施詠〉的心境是一樣的[6]：一方面警惕自己不可沒沒無聞地終其一生，一方面期許自己能金榜題名，由麻雀變為鳳凰，安享榮華富貴。從詩中對於「洛陽女兒」養尊處優生活的描述來看，詩人流露出的應該是歆羨之情，而非輕賤之意；所謂諷刺諸說，應該都只是誤解。

【補註】

01　見上海古籍出版社《古詩海》上冊頁 525，1992 年元月初版初刷。

02　見地球出版社《唐詩新賞》第 3 冊頁 159，1990 年 6 月再版。

03　見臺灣古籍出版社印行大陸版《唐詩三百首全譯》，頁 188，1997 年 3 月 2 版 4 刷。

04　見黎明文化事業《唐詩三百首鑑賞》上冊頁 285，1986 年 11 月版。

05　同補註 02 頁 158－159。

06　請參考下一首〈西施詠〉的【後記】。

055 西施詠（五古）　　　　　　王維

艷色天下重，西施寧久微？朝為越溪女，暮作吳宮
妃。賤日豈殊眾？貴來方悟稀。邀人傅脂粉，不自
著羅衣。君寵益驕態，君憐無是非；當時浣紗伴，
莫得同車歸。持謝鄰家子，效顰安可希？

【詩意】

　　美豔的姿色一向是世人所重視的，像西施這樣的美女，又怎麼可
能永久貧賤卑微呢？你看：早晨時，她還只是若耶溪畔的浣紗女；到
了晚上，她就成為吳王宮中最得寵的嬪妃了。當年她微賤時，和平常
人的生活哪有什麼不同呢？一旦享有富貴了，大家才恍然驚覺原來她
竟然是稀世珍寶！從此她的梳妝打扮，都有專人伺候，連穿上綾羅綢
緞的華服，都不必自己動手。君王越是對她寵幸，使她越發顯得千嬌
百媚；君王對她的愛憐，已經到了只看見她的美豔絕倫，而看不見她
的缺點的地步了。當年和她一起浣紗的女伴，再也沒有人能和她一同
乘坐著華貴的車輛出入了。我要拿西施得寵的故事奉勸鄰家的女子：
如果沒有出眾脫俗的麗質，光是模仿西子捧心蹙額的情態，又哪裡能
得到君王的歡心與愛憐呢？

【注釋】

① 詩題—或作「西施篇」。
② 「艷色」二句—重，重視。西施，相傳姓施，名夷光，春秋時越
　　國苧羅山（位於今江蘇省諸暨市）下樵夫之女；因居住於若耶溪
　　（今浙江省紹興市東南二十餘里，相傳曾是西施浣紗與採蓮之處）

之西，故名西施、西子。句踐為夫差所敗後，遍尋國中美女，得西施與鄭旦；經過三年訓練後，獻給夫差。夫差為築館娃宮而寵幸之，終因迷戀美色，荒廢國政而敗亡。吳亡之後，相傳西施隨越國大夫范蠡浮舟江湖而去。寧，豈也，反詰之詞。微，卑賤貧窮。

③「朝為」二句——朝、暮，極言變化之快。越溪，指若耶溪，相傳西施浣紗處，至今猶有浣紗石存焉。

④「邀人」二句——極寫西施之嬌貴。邀，招也；邀人，招喚、使喚侍女。傅，通「敷」，搽抹也。脂粉，一作「香」粉。羅衣，輕軟而有疏孔的絲綢衣物。

⑤「君寵」二句——極寫西施專寵之情狀。嬌，一作「驕」。憐，寵愛。無是非，謂夫差一心歡悅寵幸，滿眼愛憐，只見西施之美而不見其非。是非，屬偏義複詞，側重在「非」字。

⑥「持謝」二句——持，以、用也。謝，以言詞表達。持謝，以西施得寵之事奉告。鄰家子，指傳說中西施東鄰之醜女名東施者。顰，通「矉」，皺眉蹙額貌；效顰，模仿他人之美而不得當之意。《莊子‧天運》：「西施病心而矉其里，其里之醜人見而美之，歸亦捧心而矉其里。其里之富人見之，堅閉門而不出；貧人見之，挈妻子而去之走。」希，希求、企望西施的際遇。

【導讀】

本詩的旨趣，有人以為是慨歎君臣遇合的難得，有人以為是諷刺攀附權貴者的驕橫專寵；有人以為是抒發仕途失意、有志難伸的憤懣，有人以為是直斥吳王貪戀女色，不明是非而亡國。除此之外，還有以下各種五花八門的說法：

　＊諷刺驟然發跡而青雲得志者；

　＊批評姦邪當道而恃寵擅權的政局；

＊諷刺君王好色而不重德；

＊諷刺世人有眼無珠而好以貴賤論英雄；

＊抨擊齷齪小人「得志便猖狂¹」「一闊臉就變²」；

＊譏斥因個人好惡而泯滅是非的糊塗蟲；

＊勸人安分隨時、勿怵惕作態；

＊感慨世態炎涼、人情冷暖……

種種論斷，簡直到了無句不譏、有詩皆諷的地步了！筆者以為以上種種令人眼花撩亂，頭昏腦脹的看法，或屬穿鑿之言，或為一偏之見，都只是摘字論句而未能綜觀全篇，因此才會有以毫末為輿薪，疑丘垤為泰山的現象。惟有先通讀全詩之後，才能逐漸歸納出全詩的旨趣，然後以這個中心旨趣來回顧各段落間的詩義，才能得出較為平允貼切的解讀。

基本上，這首詩大概也和〈洛陽女兒行〉差不多，可能是少年王維立志追求功名時深自警勉的磨練詩筆之作；只是章法較為圓融，脈絡較為暢通，詩意較為淺直，旨趣較為明確，因而相對比較成熟而已。

綜合地說，本詩是藉由西施際遇的貴賤懸殊作對比，流露出對於富貴榮華的歆羨之意，同時勸勉自己當潛心進德修業，自有飛黃騰達，青雲得志之日；若業荒德薄，徒然冀望一步登天，終將貽笑大方而自取其辱罷了！茲概述各段落的大意，並略作析論於後。

「艷色天下重，西施寧久微」兩句，總起全篇，譬喻士子若能學業精進，德行修美，自有平步青雲之日，絕無困塞一世之理。「朝為越溪女，暮作吳宮妃」兩句，表示值得以十年寒窗之辛苦，換取一舉成名而入仕臺閣之榮耀，表現出對於時來運轉，先窮後達的嚮往。「賤日豈殊眾，貴來方悟稀」兩句，承接前四句作收，表示「蝴蝶本是毛毛蟲」「麻雀可以變鳳凰」之理，流露出「將相本無種，男兒當自強」的自信與自負。可是自從沈德潛《唐詩別裁》說本詩：「寫盡炎涼人眼界」之後，許多人便都以為五、六句是感嘆世態炎涼，人情冷暖，

筆者相當不以為然；因為如果詩中並沒有描寫世人對她前倨後恭的舉止，或者先鄙視後奉承的醜態，則所謂「炎涼」云云，究竟是從何說起的呢？

「邀人傅脂粉，不自著羅衣」兩句，轉而想像登科仕宦之後使役之眾、衣錦之美的富貴生活，以激發自己積極進取的意志。可是有人竟這樣解讀：

＊西施入宮大發驕態，連傅粉、穿衣之類瑣細小事都不肯動手了[3]。

＊絲羅衣衫她不肯自己動手來穿，梳妝打扮也得別人服侍[4]。

＊她要侍兒給她塗脂抹粉，張開手，讓人給她穿上羅衣[5]。

這種充滿否定評價的表述，簡直把西施說成是懶惰無匹，而又驕縱無比的怪物了，實在是唐突佳人之至，令人難以苟同！因為以西施得吳王寵愛的程度而言，自然侍女成群，也自然有宮廷的專業美容師、服裝師來為她妝扮出最鮮麗照人的儀容，哪裡是西施「不肯」自己修飾呢？西施一旦自己梳妝打扮，恐怕那些美容師、服裝師都要被嚴厲懲罰了吧！

至於「君寵益嬌態，君憐無是非」兩句，則是想像仕宦後得到聖君倚重時，將能揮灑才學，施展抱負，益加凸顯出自己為廊廟之才、棟樑之具。可是有人卻如此解說：

＊吳王沉溺美色，以至於是非不分，誤了國事[6]。

＊君王愛憐哪還管什麼是非[7]！

＊皇帝憐惜她，就無人敢說她的是非了[8]。

＊吳王夫差寵愛逾恆，刻意承歡，宮中誰敢妄加議論？當然就沒有是非曲直了。言外之意，無非是在責備吳王迷戀女色，荒廢國事，終於招致亡國之禍[9]。

這種把西施加以妖魔化來左批西施，右斥夫差的說法，通常也把五、六句解讀成感嘆世態炎涼，筆者也感到難以接受。設想：這樣一首篇幅短小的古詩，一會兒慨歎世態炎涼，一會兒譏諷西施驕縱無度，一

會兒又斥責夫差昏聵；那麼全詩的主旨究竟為何？實在非常令人納悶。

尤其值得注意是：如果「君寵益嬌態，君憐無是非」這兩句已經寫到夫差因沉迷美色而亡國了，那麼接下來的「當時浣紗女，莫得同車歸」兩句，又是在表示什麼呢？這就更令人費解了。試想：西施把吳國給顛覆了之後，若耶溪邊的女伴誰還會想和她一同坐車出入去當女間諜呢？即使有這個想法，也沒有機會了；因為一來已經沒有另一個越國的世仇可以顛覆，二來西施已經和范蠡笑傲江湖去也，如何能和西施同車呢？再說，不論依照歷史傳說的發展而言，或是依照詩歌情節的脈絡而言，在滅吳之後就應該寫她拋棄榮華富貴，寧可遨遊五湖的淡泊才是，怎會突然接上女伴不能和她同車呢？這種說法如果成立，整首詩的脈絡豈不是更加凌亂了嗎？

因此，「當時浣紗女，莫得同車歸」兩句，大概是詩人用來總收前十句，以類似於「舊時同是銜泥燕，飛上枝頭變鳳凰」的對比手法，表達自己對於將來脫穎而出，建立奇功偉業的嚮往，以及對於位極人臣，備極榮寵的渴慕；可能其中還包括有衣錦還鄉，光耀門楣的驕傲在內。

「持謝鄰家子，效顰安可希」兩句，大概是警惕自己切勿只知歆羨他人出類拔萃的成就，幻想得到寵命優渥的識拔，並勉勵自己應該潛修精進以求金榜題名，美夢成真。換言之，詩人深知「臨淵羨魚，不如退而結網」的道理，因此借末二句直截斬斷自己對於富貴榮華的虛擬想像，其中既有自我惕厲的深意，也有警勉士子的寄託在內。

【補註】

01 《紅樓夢》第五回〈游幻境指迷十二釵，飲仙醪曲演紅樓夢〉賈迎春的判詞云：「子係中山狼，得志便猖狂。金閨花柳質，一載赴黃粱。」

02 魯迅〈贈鄔其山〉詩：「廿年居上海，每日見中華；有病不求藥，無聊才讀書。一闊臉就變，所砍頭漸多；忽而又下野，南無阿彌陀！」

03 見《唐詩藝術技巧分類辭典》。

04 見《唐詩三百首全譯》。

05 見《中國歷代詩人選集》第 6 集。

06 同補註 03。

07 同補註 04。

08 同補註 05。

09 見《唐詩新賞》第 3 集。

【後記】

　　自從劉辰翁在《王孟詩評》中評本詩的「賤日豈殊眾？貴來方悟稀」兩句為「語有諷味，似淺似深。」又嘆賞「君寵益嬌態，君憐無是非」兩句的高妙之後，許多人便都擺脫不了諷諭的緊箍咒而一再地由譏刺的角度來解讀本詩，例如王夫之《唐詩評選》雖然稱讚本詩「轉折渾成，猶有元韻」，卻又嫌「諷刺亦褊」，吳喬《圍爐詩話》甚至大膽地推測本詩當是為李林甫、楊國忠、韋堅等人而作。

　　筆者以為這種解讀，都不如王堯衢《古唐詩合解》的看法來得圓融而有概括性，他說：「言人貴自立，有才必為世用，絕不淪於微賤，故以西施為喻。」筆者以為西施的傳奇事蹟，的確足以流芳百世；如果硬是把她加以醜化地用來諷刺必將遺臭萬年如李林甫、楊國忠等奸酷之徒，不論如何雄辯，終究都是不倫不類的錯誤類比。

　　筆者大膽推測本詩很可能是和〈洛陽女兒行〉同期的少年之作，表現出詩人熱中追求功名，而又深自期許的精進之意。除此之外，筆者有還幾個粗淺的看法：

＊這兩首詩一為樂府，一為古詩，似乎表示詩人正在試驗不同詩體的作法。

＊兩首詩都似乎有意以對偶句來磨練詩筆，例如〈洛陽女兒行〉中「良人玉勒乘驄馬，侍女金盤膾鯉魚」「羅幃送上七香車，寶扇迎歸九華帳」「戲罷曾無理曲時，妝成祇是薰香坐」等句，詞藻極為濃艷華麗，而本詩中「朝為越溪女，暮作吳宮妃；賤日豈殊眾？貴來方悟稀。邀人傅脂粉，不自著羅衣；君寵益嬌態，君憐無是非」等句，用字極為淺淡素樸；這也許顯示詩人正在練習不同風格的寫法。

＊兩首詩都在末二句突兀地斬斷和前面詩句的關聯性，除了表示詩人自我策勉與惕勵的要求極為強烈，因此極力避免自己作過於非分的妄想以外，似乎也透露出當時技巧尚未成熟與章法尚未圓融的生硬。

＊〈洛陽女兒行〉中「誰憐越女顏如玉，貧賤江頭自浣紗」兩句，暗示了王維認為西施值得愛憐的正面評價，因此極有可能在本詩中也以一貫的態度來歌頌她，並命名為「西施詠」以盡其意——由此也可以反證有些人把本詩中的西施拿來譬喻諂媚驕縱的小人之不當了！

【評點】

01 鍾惺：情艷詩到極深細、極委曲處，非幽靜人原不能理會；此右丞所以妙於詩也。彼以禪寂、閒居求右丞幽靜者，真浮且淺矣。　○（「不自著羅衣」）譚元春：寫盡暴富人驕態。　○（「君憐無是非」）鍾惺：宮怨妙語。　○譚元春：冶情中入微之言。（「莫得同車歸」）鍾惺：說得榮衰變態，咄咄逼人。（《唐詩歸》）

03 黃紹夫：寫出新貴人得意之狀，諷在言外。（《唐詩風雅》引）

04 黃培芳：托意深遠。 ○寓意在言外，甚妙。（《批評唐賢三昧
　　集箋注》）

05 宋宗元：（「賤日」句）直為俗眼寫照。（《網師園唐詩箋》）

06 吳瑞榮：極描寫暴貴嬌養氣象，不加褒貶，神致自肖。（《唐詩
　　箋要》）

056 九月九日憶山東兄弟（七絕）　　　王維

獨在異鄉為異客，每逢佳節倍思親。遙知兄弟登高
處，遍插茱萸少一人。

【詩意】

　　我孤獨一人，客居在風土民俗迥異於家鄉的京城，隨時都會想念
起故鄉的親人而感到惆悵寂寞；每逢佳節來臨時，看到別人歡慶團圓
的景象，更讓我領略到作客他鄉的冷清與苦悶，思念之情也就加倍濃
郁而殷切了。遙想今日兄弟們在家鄉登高飲酒，共度重陽的情景，不
禁使我鄉思悠悠，難以自已──當他們全都把茱萸插在頭髮上時，應
該會因為少了我一人在場而感到遺憾吧！

【注釋】

① 詩題─山東，指華山以東而言；王維的祖籍是太原祁縣（今屬山
　　西省），其父移居蒲州（今山西省永濟市），正在華山以東。本
　　詩題下原有詩人自注：「時年十七」，可知正作於詩人在長安求
　　取功名的少年時期。

② 「遍插」句─茱萸，又名越椒，生於川谷，其味香烈，俗傳可以
　　驅邪避災。舊俗以農曆九月九日為重陽節，當天須登高飲菊花酒，

佩戴茱萸花以避災厄。《風土記》云：「俗尚九月九日，謂為上九，茱萸至此日氣烈，熟，色赤，可折其房以插頭，云避惡氣禦冬。」參見孟浩然〈過故人莊〉注。

【導讀】

〈九月九日憶山東兄弟〉一詩，是十七歲的王維西遊長安時的客中思親之作。由於詩人幽微的騷心已經先行觸及到人類心靈中普遍的鄉愁，而且又能夠以凝鍊簡潔的天然口語來直抒胸臆，於是使本詩前兩句讀來有如天籟一般，足可使人入耳動心，一唱三嘆；後兩句的情景則又溫馨如畫，宛然可遇，更足以令人心靈搖蕩，思之黯然。因此，吳逸一《唐詩正聲》評曰：「口角邊說話，故能真得妙絕；若落冥搜，便不能如此自然。」俞陛雲《詩境淺說・續編》也說：「杜少陵詩『憶弟看雲白日眠』，白樂天詩『一夜鄉心五處同』，皆寄懷群季之作，此詩尤萬口流傳。詩到真切動人處，一字不可移易也。」

王維少年時就與胞弟王縉離開家鄉蒲州，客遊到西京長安和東都洛陽。由於他的詩歌早負盛名，使他很快就成為王侯公卿、達官顯宦的座上嘉賓，既見識到繁華京城氣勢的恢弘雄偉，也領略到貴族階層生活的富裕豪奢。儘管他得到了這些權貴的賞識，前途似乎一片光明了，但是思鄉情愁卻始終在少年王維的心中縈懷不去。尤其是到了九九重陽，達官顯宦們為了歡慶佳節，通常會以家宴自娛，難免會使詩人觸景生情；偏偏朝夕相隨的胞弟王縉也回家鄉蒲州去了，這就更讓他感到頓失依靠，百無聊賴了。難以排遣的孤獨之感和長久積累的思鄉之情，便在此時醞釀成熟，於是詩人命筆抒情，創作出這一首人人意中所有，卻又是人人筆下所無的七絕名篇。

「獨在異鄉為異客」七字，寫出羈旅異鄉時掩藏不住的孤獨落寞之感。詩人特別拈出「獨」字來冠於篇首，已經凸顯出舉目無親，孤子無依的淒涼；而後又連下兩個「異」字，更強烈地透露出人生地疏，

格格不入的苦悶。如此命筆遣辭，便使詩人對於故鄉的思念之情溢於言表了。即使是熱中功名的少年王維，置身在天下最為繁華熱鬧的京城之中，也得到當時權貴的青睞，此時卻仍然難免有顧影無儔的孤獨感，和舉目無親的疏離感，而且這種感受又強烈到一個「獨」字不足以寫其悲，兩個「異」字也不足以遣其悶，必須再加上「客」居他鄉的強調才能夠傳其寂寞淒涼之感的地步，無怪乎東漢末年的王粲會在〈登樓賦〉感慨萬千地吟出：「雖信美而非吾土兮，曾何足以少留？」以及「人情同於懷土兮，豈窮達而異心」了！

如果說經由一個「獨」字的突出、兩個「異」字的渲染，以及一個「客」字的強調，所蓄積而成的深沉苦悶，已經足以輕叩所有異鄉遊子的心扉，讓人悵惘莫名了；那麼「每逢佳節倍思親」七字所噴薄而出的濃郁鄉情，自然也就更進一步撞擊著所有羈泊無歸之人的心靈深處而令人根觸百端了！因為對於所有的遊子而言，「佳節」往往關聯著許多故鄉中風土民俗的美好回憶，所以特別能夠觸惹鄉愁；何況當詩人眼見他人團圓，自己卻只能形影相弔時，難免更容易陷入淒清的鄉愁之中而思親情切了。「倍」字表面上似乎顯得平淡無奇，其實卻是相當精采的鍊字所在，因為它暗示了作者無日不思，無日不憶，到了佳節則思慕尤切之意。

特別值得玩味的是：作者選用「獨」字開篇，已經先透露出內心的淒涼；然後又安排兩個重出的「異」字來曲傳疏離的苦悶，便把濃得化不開的鄉愁寫得一波三折，欲語還休了。也就是說，詩人似乎有意經由「獨／異／異」這三個字，把感情的暗流加以重重遮護，層層阻攔，讓它們蓄積匯聚得更為雄渾深厚，形成更大的張力與爆發力，然後以「每逢佳節」四字作一個小小的出口，再以「倍」字施加萬鈞的壓力，於是「思親」的情懷自然就如滿水位的水庫洩洪一般奔騰而下，產生了洶湧澎湃，沛然莫之能禦的磅礴氣勢了！這種更進一層，而又加重數倍的抒情手法，的確把長期鬱積糾結的孤獨、寂寞、惆悵

與苦悶等複雜的客居意緒，表達得扣人心絃，動人魂魄。換言之，前兩句在選字措詞時極見匠心，卻又能表露得渾然天成，不留斧鑿痕跡，所以能使人在琅琅上口之際，覺得語淺情深，感人肺腑。因此，葉羲昂在《唐詩真醇》中評曰：「詩不深苦，情自藹然；敘得真率，不用雕飾。」正由於發自真情，直抒胸臆，不必藉助於任何景物來渲染鄉愁，反而使詩句具有更高度的概括性，和更廣泛的普遍性，因此任誰讀到這兩句詩時，都會有「於我心有戚戚焉」的感動了。如果拿杜牧的〈旅宿〉：「寒燈思舊事，斷雁警愁眠」，馬戴的〈灞上秋居〉：「落葉他鄉樹，寒燈獨夜人」，以及崔塗的〈除夜有懷〉：「亂山殘雪夜，孤獨異鄉人」等詩句來比較，可以發現：儘管這些都是抒寫鄉愁而又情景交融的名句，但是論感人肺腑之深和流傳之廣，卻都遠不如本詩的前兩句；可見概括性與普遍性，正是一首好詩能否膾炙人口而騰播千古的重要關鍵。

「遙知兄弟登高處」是承「倍思親」的黯然神傷而來，只不過作者改變直接抒情的方式，轉而採用示現技巧，懸想此際弟兄在家鄉團聚的景象。如此避實就虛的手法，既扣合主旨，繳清詩題，又藉此跳離一味抒情時容易陷入逼仄苦悶的窮境，開拓出重陽登高遊宴的歡聚場景，同時也藉著語氣肯定的「遙知」兩字，表現出作者和兄弟之間彼此綿長的手足之情。「遍插茱萸」，凸顯出佳節團圓的歡樂；「少一人」，則對比出並不圓滿的缺憾。有了後半兩句，詩人的心魂彷彿已經從異鄉飛越千山萬水，回到故鄉，與兄弟一同登高覽眺一般。如此虛寫，既把抽象的思親之情加以形象化地落實，使人產生親見親聞的臨場感，又活繪出作者「倍思親」時遙情遠目，心神飛馳，而又魂不守舍的孤獨身影，同時也把思憶深切，關山難阻的綿長親情表露無遺。

尤其感人的是：不直說我憶兄弟或兄弟念我，偏說兄弟驚覺少我一人時的遺憾；彷彿自己獨在異鄉的窮境苦況可以全然捨棄不說，反

而是兄弟的遺憾則更令自己深感不安而難以釋懷似的。如此將心比心而使主客異位、情境轉換的手法，不僅見出詩人溫婉敦厚的性情，也使詩境更為層折有致而耐人咀嚼。李白的〈關山月〉：「高樓當此夜，歎息未應閒」，杜甫的〈月夜〉：「今夜鄜州月，閨中只獨看；遙憐小兒女，未解憶長安」，白居易的〈邯鄲冬至夜思家〉：「料得家中夜深坐，多應說著遠行人」，也都是屬於這種對面傳粉而情味彌厚，主客異位而風神搖曳的手法，值得用心揣摩。

【評點】

01 顧璘：真意所發，切實故難。（《批點唐音》）

02 蔣仲舒：在兄弟處想來，便（意味彌）遠。（李攀龍輯，凌宏憲輯評《唐詩廣選》引）

03 葉羲昂：詩不深苦，情自藹然。敘得真率，不用雕飾。（《唐詩直解》）

04 唐汝詢：時年十七，詞義之美，雖〈陟岵*〉不能佳。史以孝友稱維，不虛哉！（《唐詩解》）

* 《詩經‧魏風‧陟岵》內容是寫行役之人設想父母兄弟遙念自己，和本詩從對面設想的手法相似，因此方玉潤評之曰：「筆以曲而愈達，情以婉而愈深。」

05 周敬：自有一種至情，言外可想。 ○徐充：「倍」字佳；少「一人」正應「獨」字。（《唐詩選脈會通評林》）

06 張謙宜：不說我想他，卻說他想我，加一倍淒涼。（《繭齋詩談》）

07 朱寶瑩：三、四與白居易「共看明月應垂淚，一夜鄉心五處同」意境相似。（《詩式》）

08 李鍈：不言如何憶兄弟，而但言兄弟之憶己。沈歸愚謂即〈陟岵〉詩意。可見祖述《三百篇》，不在摹其詞。（《詩法易簡錄》）

057 桃源行（七古樂府）　　　　　　　　王維

漁舟逐水愛山春，兩岸桃花夾古津。坐看紅樹不知遠，行盡青溪不見人。

山口潛行始隈隩，山開曠望旋平陸。遙看一處攢雲樹，近入千家散花竹。樵客初傳漢姓名，居人未改秦衣服。

居人共住武陵源，還從物外起田園。月明松下房櫳靜，日出雲中雞犬喧。

驚聞俗客爭來集，競引還家問都邑。平明閭巷掃花開，薄暮漁樵乘水入。

初因避地去人間，及至成仙遂不還。峽裡誰知有人事，世中遙望空雲山。

不疑靈境難聞見，塵心未盡思鄉縣。出洞無論隔山水，辭家終擬長遊衍。自謂經過舊不迷，安知峰壑今來變。

當時只記入山深，青溪幾度到雲林。春來遍是桃花水，不辨仙源何處尋。

【詩意】

　　就在漁人順著水流，沿途欣賞春山的景致時，漁船已經在不知不覺間漂流到兩岸都是繁密桃花的古渡口了。因為當時他被眼前一大片

又一大片紅豔的桃花林給迷住了，渾然不覺路途的遙遠，最後他來到了清溪的盡頭，就在全然不見人跡的地方竟然隱藏著一個幽密的山洞。

當他離船上岸，從洞口進入時，起初得壓低身子才能向幽深而曲折的山洞摸索著移動；不知道過了多久，突然間山洞變得寬敞起來，已經可以看到前方的洞口了，接著一片廣大的曠野就出現在他面前了。遠遠望去，前方有一大簇雲霞密集繚繞而成的樹林，走近之後才逐漸發覺原來是將近千戶的人家散居其間，家家戶戶都種植著繁豔的花草，掩映在扶疏的竹林之中。（當地居民上前詢問他的來處，紛紛和他交談起來……）當他們初次從漁人口中聽到漢朝的國號時，都不禁嘆息起來；漁人看到他們居然穿著秦朝款式的服裝時也感到相當詫異。

（居民告訴漁人說：）他們來到桃花源定居之後，大家就胼手胝足共同闢建了這一座遠離塵世的田園。當明月的光華從松林間灑落在屋宇和窗牖間時，整體環境會顯得非常和諧優美而寧靜；當陽光穿雲而出時，遠近的雞鳴狗吠聲此起彼落，相互呼應，那可是非常活潑而又熱鬧的啊！

其他的居民聽說塵俗中的人來了，都覺得相當驚訝，大家爭相前來聚集圍觀，熱情地邀請漁人到自己家裡作客，並紛紛打聽他的來歷背景。（漁人留宿桃花源中的這段期間，看到）居民一大早就開門清掃巷道中的落花，傍晚時則有砍柴捕魚的人從水路歸來。

原來居民早年是為了逃避秦朝的暴政才遠離鄉里，暫時來此居住；因為過著神仙般逍遙自在的生活，便不再返回原先的家園了。山谷中的居民哪裡知道人世間經歷了多次擾攘的戰亂呢？而塵世中人也只是遠望此地雲山縹緲，又哪裡知道其中另有洞天福地呢？

漁人沒有意識到他能闖入世人從未聽說過，更不可能親身登臨的靈山勝境是多大的福分，再加上他的塵念未斷，又想念鄉里，於是便辭別而去。他走出山洞（返家一段時間之後，卻又覺得桃源真是人間

仙境，所以）不論遠隔多少重山水，他又辭家前來尋訪，打算流連終老於此。他自認為不過是舊地重遊，應該不至於迷路才是；卻哪裡知道如今沿途所見到的峰巒谿谷竟然完全改變了面貌！

　　他只依稀記得當初不知不覺間就進入了幽邃的山林之中，卻不記得是沿著哪條清澈的溪流？又究竟蜿蜒地穿越過哪幾重神秘的雲山林海？如今正是桃花汛來臨的時節，只見浩淼汪洋的春江上鋪滿了片片點點的桃花，卻再也無法分辨武陵仙境是要從哪條水路前去尋訪了！

【注釋】

① 詩題──本詩收入《樂府詩集‧新樂府辭》中，屬於即題發揮的樂府雜題，題下自注「時年十九」。桃源，指陶潛筆下的桃花源，俗傳其地在今湖南省桃源縣西南。

② 「漁舟」二句──逐水，順流而行。愛山春，被春山的景色所迷。夾古津，兩岸桃花繁密，已掩沒古老的渡口。古津，一作「去津」，指漸行漸遠的渡口，或來往的渡口。

③ 「坐看」二句──坐，因為。紅樹，指桃花林。青溪，清澈的溪水。不見人，或作「忽值人」。筆者以為如作「忽值人」，則表示桃源中人常出洞遊蕩，不甚合理。

④ 「山口」二句──隈，音ㄨㄟ；隩，音ㄩˋ。隈隩，山水彎曲幽深處。曠望，視界遼闊，曠野在望。旋，忽然。平陸，平坦的原野。

⑤ 「遙看」二句──攢，音ㄘㄨㄢˊ，聚集。攢雲樹，形容古木成林，有如雲霞屯集一般。散花竹，家家戶戶的園庭中都枝葉扶疏，竹林搖曳，故遠望時有「攢雲樹」之錯覺。

⑥ 「樵客」二句──樵客，代指漁人；古時漁樵並稱，漁人亦行採樵之事。初傳漢姓名，謂居民初次由漁人口中聽到漢朝的國號和皇族的姓氏。未改秦衣服，謂漁人見居民仍穿著秦朝款式的服裝，

也就是〈桃花源記〉所謂「男女衣著，悉如外人」之意；然所謂
「外人」應釋為來自外地的人，這是以漁人為「本地人」的眼光
而言。

⑦ 「居人共住」二句──武陵，就實有之地名而言，指今湖南省常德
市，漢朝屬武陵郡。物外，塵世之外。

⑧ 「月明」二句──月明松下，謂月光篩落松林之間。櫳，音ㄌㄨㄥ
ˊ，窗戶。日出雲中，謂旭日穿透雲層而出。

⑨ 「競引」二句──引，帶領、邀請。問都邑，詢問漁人之籍貫、住
處；亦可釋為：打聽居民昔日的鄉里而今如何。

⑩ 「平明」二句──平明，天色方亮時。閭巷，鄰里間的巷道。掃花
開，開門清掃落花。薄，迫近；薄暮，指黃昏。漁樵，指居民中
之採樵捕魚者。乘水入，循水路返回村中；然此水路應與漁人所
來者不同，大概源中另有清澈之溪流湖池可以捕魚，亦有廣袤之
林木可以採樵，實乃可以漁樵自樂，耕植自足的洞天福地。

⑪ 「初因」二句──避地，避開鄉里所面臨的災難，即指避開秦皇之
暴政而言。及至，或作「更聞」「更問」。遂，或作「去」。成，
如也；暗喻手法常用的喻詞；成仙，謂來到如仙境之淨土。次句
亦可釋為：來到此地過著神仙般逍遙自在的生活，便不想再回到
原來的鄉里了。

⑫ 「峽裡」二句──峽裡，指桃源之中而言。人事，指人世的戰亂與
苛政等。空雲山，謂除了雲山繚繞之外，空無所有貌。次句謂世
人徒然遙望雲山深邃，渾不知其中自有洞天。

⑬ 「不疑」二句──不疑，不料。靈境，靈山仙境。難聞見，難以聞
知其事或親臨其地。思鄉縣，謂漁人思念家園而欲辭別離去。

⑭ 「出洞」二句──無論，謂不計較、不顧。隔山水，謂遠隔迢遙之
山水。長，永久。游衍，流連徘徊，有終老之意。

⑮「自謂」二句─自謂，自以為。經過舊不迷，舊地重遊，應不致
迷途。今來變，謂此次前來而景觀頓異於昔日。

⑯「青溪」句─幾度，一作「幾曲」。雲林，雲山林海，形容深山
密林。

⑰「春來」句─桃花綻放時節，正值川谷之冰雪消融而雨水豐沛之
仲春，故眾流匯集而溪水浩漫，一片汪洋，謂之桃花水或桃花汛。

【導讀】

陶潛在〈桃花源記〉裡，以樸素明淨的筆墨描繪出寧靜和樂的人
間淨土，曾經讓許多厭棄塵俗、愛好自然的文人雅士，興發悠然不盡
的嚮往之情。三百年後，十九歲的王維便以這一則寓言故事為藍本，
憑藉著浪漫的情懷、豐富的想像、生花的妙筆、優美的構圖和高明的
技巧，不僅重現了桃花源迷人的風華，而且更進一步把它點染為縹緲
惝怳、撲朔迷離，而又真幻難辨、雖近猶遠的靈山仙境，因此更加耐
人懸想。由於敘事散文和抒情詩歌在藝術創造時的本質有別，所以同
樣的素材化為相異的文學形式時，便有了不同的風味：陶文如炊米成
飯，清芬撲鼻；王詩如釀黍為酒，香醇適口。因此，儘管體裁不同，
但同樣能帶給讀者豐富而雋永的審美情趣。

「漁舟逐水愛山春，兩岸桃花夾古津；坐看紅樹不知遠，行盡青
溪不見人」四句為第一段，概括濃縮了陶文中「晉太元中武陵人，捕
魚為業……，便得一山」等情節。詩人捨棄了時空背景的敘述，運用
形象化的抒情筆墨，和充滿律動的節奏，直接帶領讀者進入落英繽紛
的優美畫面中，因此讀來頗有桃花照眼，令人目不暇給的豐美感，以
及水碧山青紛紛迎面而來的動態感。陶文敘事性較強，所以先交代「緣
溪行，忘路之遠近」，而後才寫「忽逢桃花林」；本詩抒情性較濃，
所以濃縮成一句「坐看紅樹不知遠」，讓欣賞桃花成為漁人「忘路之
遠近」的原因，從而刻劃了漁人的心理狀態，並凸顯出桃源景色之迷

人。賞讀陶文，像是聆聽說書人敘述一段古老的故事，令人閉目遐想，悠然神遠；吟哦本詩，卻像是追隨探險家去經歷一段令人眼花撩亂、心曠神怡的山水旅程，更有身臨其境的真實感。「逐水」二字，點出隨興而遊的自在；「愛山春」「坐看紅樹」「不知遠」「行盡青溪」等詞語緊湊地串連起來，則不僅點出了漁人目酣神暢的迷醉，及其新奇與興奮的心理狀態，而且在移步換景之中，表現出扁舟前進的動態感，是相當引人入勝的成功起筆。

「山口潛行始隈隩，山開曠望旋平陸；遙看一處攢雲樹，近入千家散花竹。樵客初傳漢姓名，居民未改秦衣服」六句為第二段，融入了陶潛原文中「山有小口，彷彿若有光，……男女衣著，悉如外人」及「乃不知有漢，無論魏晉」等素材。仔細對照比較之後，可以看出王維能鎔鑄舊典而別出心裁，以及師其意而不襲其詞的創新之處。「潛行」二字寫出漁人進入洞中時興奮期待、忐忑不安與戒惕謹慎的複雜心理，以及蜷縮側身，前進維艱的摸索情狀；比起原作「初極狹，纔通人，復行數十步，豁然開朗」更令人有尋幽搜奇，冒險犯難的刺激感。「山開曠望旋平陸」七字，則把由坎坷崎嶇進入平坦地面時那種豁然開朗，頓感安心的輕鬆心情，表現得相當平實親切。「隈隩」是山水轉彎幽深之處，表示山洞正是水源汩汩而出的孔道。有了這個伏筆，以及詩中把桃花源勾勒成靈山仙境的線索，則末段由於「春來遍是桃花水」而淹沒了山洞，以至於漁人「不辨仙源何處尋」的離奇情況，便有了一個可以讓人意想得之的合理解釋；由此可見青年詩人選詞與佈局的用心。

「遙看一處攢雲樹，近入千家散花竹」兩句，是以工整的流水對展現漁人出洞遠眺時所見的田野之廣袤，以及走入村莊時所見的庭園之優美。「遙看」二字可見聚落與洞口之間土地的遼闊空曠。「攢雲樹」三字，是遠望時的錯覺：原本以為平疇沃野間只有一大片彷彿雲屯霞集，而又鬱鬱蒼蒼的樹林而已。「散」字則點出真實的景象：原

來所謂「攢雲樹」，是由千戶排列整齊的住宅前後所栽種的修竹與繁花密集聚攏而成的畫面！這兩句不僅色彩絢麗，情境瑰奇，而且展示出漁人前進的動態感；同時還傳達出他詫異與驚喜之情，的確有畫筆所難到的情味，值得細加體會。由於漁人既已來到村落，於是詩人便直截了當地讓他和村民有了初步的接觸，因而有「樵客初傳漢姓名，居民未改秦衣服」這兩句來概括許多情節。

「居人共住武陵源，還從物外起田園；月明松下房櫳靜，日出雲中雞犬喧」四句構成第三段，是寫居民向漁人介紹桃花源的歷史淵源及其風物之美。「共住」和「物外起田園」等字，寫出居民篳路藍縷、胼手胝足地打造理想家園的艱辛，以及守望相助、敦親睦鄰的和樂，同時也流露出闢建人間樂土的自豪與滿足之情。「月明」二句則以晝夜、動靜對比的手法，訴諸視覺與聽覺來映襯出桃花源的恬靜清幽與活潑熱鬧；筆觸細膩，寫景生動，令人悠然神往。

「驚聞俗客爭來集，競引還家問都邑。平明閭巷掃花開，薄暮漁樵乘水入」四句為第四段，內容是剪裁陶作原文「村中聞有此人，咸來問訊」和「餘人各復延至其家，皆出酒食。停數日」，並加以個人的想像而成。前兩句中選用了「驚」「聞」「爭」「來」「集」「競」「引」「還」「問」等頗具動態的字詞，意象鮮明地勾勒出桃花源居民淳樸、熱情的性格，關切、好奇的神色，浮顯出他們的心理活動。由於動態字詞的密集，使節奏明快，意象豐富，而且語勢勁健，很能傳達出村人奔集圍觀時熱烈紛雜的場面，以及爭相邀請時殷勤熱絡的神態；由此可見王維隸栝舊作而自鑄偉辭的功力之一斑。後兩句則別出心裁地描寫漁人居停桃花源中數日間所見的居民作息景況，除了表現出居民的勤勞之外，也把桃源點染成可以耕植自足與漁樵自樂的洞天福地。如此另闢新境的聯想，一方面扣合原作中「有良田、美池、桑、竹之屬」的精神，描繪出住民安居樂業的畫面；另一方面，也替後文的「仙源」「靈境」之說預先做好鋪墊。

「初因避地去人間，及至成仙遂不還；峽裡誰知有人事，世中遙望空雲山」四句為第五段，是寫漁人對於村民遷居並決定長駐於此的過程之理解，以及漁人心中的感慨。前兩句是剪取陶文中「先世避秦時亂，率妻子邑人來此絕境，不復出焉，遂與外人間隔」的材料而成。由於因果句式的運用極為純熟，「初因」與「及至」這兩組虛詞的運用也有清暢文氣的作用，所以讀來頗有行雲流水之妙，與波瀾起伏之美。後兩句則採用兩面對照的全知觀點，表達對於源中寧靜生活的歆羨之情，與對塵世擾攘動亂的厭棄之意。由於後兩句能夠不著痕跡地把回文的技巧融入工整流暢的對偶之中 ¹，而且在詩意上又自然和前面的因果句式脈絡潛通，所以讀來頗有迴環往復、風神搖曳的情趣，以及頓挫跌宕、唱嘆有致的韻味；同時既有珠聯玉串、連綿不斷的文意，又有駢散互見、靈活變化的文勢，因此能把漁人嚮往羨慕與惋惜感慨的複雜心境，表現得情韻深長，層折有味。

「不疑靈境難聞見，塵心未盡思鄉縣。出洞無論隔山水，辭家終擬長遊衍。自謂經過舊不迷，安知峰壑今來變」六句為第六段，側重漁人辭別桃源及再度尋訪時的心理鋪敘。作者似乎也覺得〈桃花源記〉裡的漁人出洞後既然「處處誌之」，卻又在帶領官差前來尋訪時「遂迷不復得路」的情節頗有交代不清而不合情理的缺失，因此完全捨棄原作的安排，極力馳騁想像，另外創造出較合邏輯的結尾來補救陶文的疏漏：

＊首先，他以「靈境」二字總收前面的「物外」「俗客」「去人間」「成仙」等詞語所含有的暗示，正式確定桃花源是「別有天地非人間」的靈山仙境；接著又以俗客的「塵心未盡」，對襯出此間居民斷絕塵念的仙家氣質；再加上「月明松下房櫳靜」的清幽，與「世中遙望空雲山」的縹緲，便使桃源增添了幾許神秘的色彩，為「春來遍是桃花水，不辨仙源何處尋」的撲朔迷離，提供了有利的支撐。

＊其次，他先以合乎情理的「思鄉縣」作為漁人離開桃花源的原因，又以「出洞無論隔山水，辭家終擬長游衍」表示漁人返家後不慣塵世的勞攘，因而不辭山高水遠的尋訪，選擇再度前來作長住久居的打算。

如此安排，改造了原作中漁人違背「不足為外人道也」的約定，與迫不及待地「既出，得其船，便扶向路，處處誌之。及郡下，詣太守，說如此」的情節，又以「長游衍」三字暗示此地終究是人間無可比擬的仙境之意，於是「自謂經過舊不迷，安知峰壑今來變」的景觀頓異，便因為仙氣瀰漫的關係而顯得合情入理了。

「當時只記入山深，青溪幾度到雲林？春來遍是桃花水，不辨仙源何處尋」四句為尾聲。前兩句是直承峰壑頓變而來，表達出漁人無法找到尋訪仙源的津渡時的迷惘與追憶之情；後兩句則以桃花汛至而煙水迷茫，春江浩漫的景象，呈現出漁人極目搜尋而難認遊蹤的悵惘與失落之感。由於詩筆飄忽而意境縹緲，色調清麗且構圖柔美，使全詩在優美如畫的山水旅程中展開，又在縹緲如夢的浩淼水勢中結束，最有悠遠不盡的餘味可玩。

歷代歌詠桃花源的詩作雖然不在少數，總體而言，還是以本詩的成就最高，所以翁方綱《石洲詩話》說：「古詩詠桃源事者，至右丞而造極。」王士禛《池北偶談》也推崇說：「唐、宋以來，作〈桃源行〉最佳者，王摩詰、韓退之、王介甫三篇。觀介甫、退之二詩，筆力、意思甚可喜，及讀摩詰詩，多少自在。二公便如努力挽強，不免面紅耳熱，此盛唐所以高不可及。」正由於王維能掌握住師其意而不襲其詞，傳其神而不寫其貌的原則，把整段故事敘寫得忠於原著而又獨出機杼，情境也描摹得酷似原著而又神韻勝出，實可謂循規蹈矩而又超邁於規行矩步之外；因此沈德潛《唐詩別裁》說：「順文敘事，自出意見；而夷猶容與，令人味之不盡。」

　　如果我們拿陶潛的〈桃花源記〉〈桃花源〉詩和本詩作詳細的比對，就可以發現王維點染原作而使桃花源脫胎換骨，煥然一新的功力之高了。「遙看一處攢雲樹，近入千家散花竹」「月明松下房櫳靜，日出雲中雞犬喧」「平明閭巷掃花開，薄暮漁樵乘水入」「峽裡誰知有人事，世中遙望空雲山」等句，不僅意境更清幽，人物更生動，而且畫面更優美，詩情更浪漫，因此也就更加令人對世外桃源產生無盡的幻想。尤其可貴的是：陶潛原文中「處處誌之」卻又「遂迷不復得路」所暴露出構思上的缺失，也在王維飄忽的詩情和超妙的畫筆所營構出的縹緲情境中，消失得無影無蹤；即此而論，本詩對於陶潛的名作，稱得上是具有煉石補天之功了！

【補註】

01 此處「峽裡」與「雲山」的意涵都與「桃源」無異，而「人事」與「世中」所指涉的內涵也相彷彿，因此這裡可以視為包含有「回文」的精神和「抽換詞面」的「錯綜」手法。

【評點】

01 鍾惺：將幽事寂境，長篇大幅，滔滔寫來，只如唐人作〈帝京〉〈長安〉富貴氣象，彼安得有如此流便不羈？　○（「坐看紅樹」句）「不知遠」，遠近俱說不得矣；寫景幻甚。　○（「近入千家散花竹」句）「散」字寫景細。　○（「世中遙望空雲山」句）此處已是絕妙結句，因後一結更妙，故添一段不厭其多。　○（「春來遍是桃花水」句）寫出仙、凡之隔，又是一世界、一光景；下「不辨」句即從此二字（按：指「遍是」）生出，妙！妙！（《唐詩歸》）

02 邢昉：質素天然，風流嫣秀，開千古無窮妙境。（《唐風定》）

03 焦袁熹：真千秋絕調。七言古詩，此為第一。（《此木軒論詩匯編》）

04 范大士：較勝靖節詩，其敘事轉卻處，圓活入神。（《歷代詩發》）

058 老將行（七古樂府）　　　王維

少年十五二十時，步行奪取胡馬騎。射殺山中白額虎，肯數鄴下黃鬚兒？一身轉戰三千里，一劍曾當百萬師。漢兵奮迅如霹靂，虜騎崩騰畏蒺藜。衛青不敗由天幸，李廣無功緣數奇。

自從棄置便衰朽，世事蹉跎成白首。昔時飛箭無全目，今日垂楊生左肘。路旁時賣故侯瓜，門前學種先生柳。蒼茫古木連窮巷，寥落寒山對虛牖。誓令疏勒出飛泉，不似潁川空使酒。

賀蘭山下陣如雲，羽檄交馳日夕聞。節使三河募年少，詔書五道出將軍。試拂鐵衣如雪色，聊持寶劍動星文。願得燕弓射大將，恥令越甲鳴吾君。莫嫌舊日雲中守，猶堪一戰立功勳。

【詩意】

　　有位老將軍在他十五到二十歲的少年時期，就憑著機智和膽識，徒步奪取胡人的戰馬來騎！他射殺過山中最兇殘的白額虎，如果要比較誰的武藝更高明，哪能讓曹操大為讚嘆的「黃鬚兒」曹彰專美於前！

他南征北討，輾轉鏖戰過三千多里；他曾經憑著一柄寶劍，就抵擋過百萬雄師！當他上陣殺敵時，麾下的將士奮勇矯健得有如雷霆霹靂一般，銳不可當；胡人的騎兵遇到他所佈下的鐵蒺藜時，無不膽裂魂飛，以致整個陣勢瞬間崩潰而自相踐踏。相較之下：漢武帝的大將衛青，是由於邀天之幸，才不曾打過敗仗；可是這位老將卻像李廣一樣，儘管戰功彪炳，卻因為命運惡薄而無緣裂土封侯！

自從他被廢棄不用之後，就衰老得特別快速！轉眼之間，世事蹉跎，他已經滿頭白髮了！從前他的神箭能夠精確地射瞎飛鳥的眼睛，如今左手肘的贅肉僵硬衰老得像長了腫瘤似的，不再矯健有力了！為了生活，他只好像秦朝的東陵侯一樣自己種瓜，還得經常挑到路邊去吆喝叫賣；也只能讓自己學習門前種柳的陶淵明，過著淡泊寂寞的田園生活。他居住的巷子非常幽僻，旁邊連接著古木蒼茫的樹林；而他空蕩蕩的窗戶，則正對著寥廓蕭瑟的山巒。儘管他是如此窮愁潦倒，他的報國熱血，仍然真誠到足以感動天地，就像東漢時被匈奴包圍的耿恭一樣，能讓疏勒孤城裡的枯井噴出清澈的甘泉來嚇退敵軍！他絕對不讓自己像西漢時被解除軍權的灌夫那樣，只會藉著酒意任性地指天罵地！

如今，賀蘭山下屯駐了密集如雲的軍隊，戰況緊急的軍用文書，早晚不停地飛報京城。皇上派遣手持符節的特使來到三河地區徵募少年壯士，並且下詔要眾將軍兵分五路出征，想要一舉殲滅敵人。這位老將軍便把生鏽的鎧甲拿出來擦拭得像寒雪般閃亮，也把塵封的寶劍揮舞得逼射出耀眼的星芒。他滿懷雄心地想要再度拉開強勁的燕弓，一舉射殺敵軍的大將；他認為讓胡人的兵馬驚擾皇上實在是將士的奇恥大辱！可別嫌棄昔日駐守雲中的魏尚，只要皇上能派遣馮唐前來恢復他的職權，他還是能夠一戰成名，輕易就建立顯赫的功勳！

【注釋】

① 詩題—本詩收入《樂府詩集·卷 90·新樂府辭》中，屬於即題發揮的〈樂府雜題〉。

② 「步行」句—寫將軍之英勇膽識。《史記·李將軍列傳》載李廣傷病時為胡騎所俘，置於兩馬間之繩床拖行十餘里。李廣佯死，見其旁一胡兒騎善馬，乃騰躍而上，奪馬取弓，南馳數十里，復得其餘眾而引之入塞。

③ 「射殺」句—寫將軍之剽悍豪壯。白額虎，相傳為虎中最兇猛者。《晉書·卷 58·周處傳》載周處膂力絕人而危害鄉里，父老患之。嘗問父老曰：「今時和歲豐，何苦而不樂邪？」嘆曰：「三害未除，何樂之有？」問曰：「何謂也？」答曰：「南山白額猛獸，長橋下蛟，并子為三矣。」處慨然有改勵之志，遂入山射虎，投水殺蛟，並立志好學，痛改前非。

④ 「肯數」句—肯，豈能、豈可。數，推許、辭讓。肯數，殆即今語「豈可向某人低頭認輸」「豈能讓某人專美於前」之意。鄴下，今河北臨漳縣西，曹操受封為魏王之後建都於此。黃鬚兒，曹操與卞后所生之次子曹彰，字子文，精射御，膂力過人，手格猛獸，不避險阻。數從征伐，志意慷慨，剛勇善戰而黃鬚。北伐代郡而能推功於諸將，不自矜伐；曹操曾持其鬚曰：「黃鬚兒竟大奇也！」事見《三國志·魏志·任城威王傳》。

⑤ 轉戰—輾轉各地從事戰鬥。

⑥ 「漢兵」二句—奮迅，奮勇矯健，行動迅猛。霹靂，形容軍威盛大如雷霆震怒，令人畏懾。崩騰，陣勢崩潰而自相踐踏。蒺藜，佈地蔓生的植物，果實有三角尖刺，狀如菱角而小；此處指作戰所用之障礙物，蓋鑄鐵而成蒺藜形狀，可以阻梗敵人的行動。

⑦ 「衛青」句──天幸，得天之眷顧垂愛，有僥倖之意；然作者殆誤以霍去病為衛青。《史記·衛將軍驃騎列傳》載霍去病善騎射，曾多次出擊匈奴，涉沙漠，遠至狼居胥山，斬首數萬；雖所將皆常選，而未嘗挫敗，時人以為有天幸。

⑧ 「李廣」句──緣，因也。數，命運。奇，音ㄐㄧ，不偶；古人以偶為吉，以奇為凶。數奇，命運惡薄。《史記·李將軍列傳》載李廣隨大將軍衛青出擊匈奴，諸將多所斬獲而以功封侯，而李廣竟無軍功可封；漢武帝還曾私下囑咐衛青，謂李廣年老數奇，勿令與單于對陣。

⑨ 「昔時」句──寫將軍箭術精妙入神。李善注鮑照〈擬古詩三首〉之「驚雀無全目」句，引《帝王世紀》所載：后羿與吳賀北遊，賀使羿射雀，羿曰：「生之乎？殺之乎？」賀曰：「射其左目。」羿引弓射之，誤中右目，乃仰天而愧，終身不忘。故羿之善射，至今稱之。

⑩ 「今日」句──寫將軍年老力衰。垂楊生肘，謂久不被用而武藝荒疏；此活用《莊子·至樂》篇之典：「支離叔與滑介叔觀於冥伯之丘，崑崙之墟，黃帝之所休。俄而柳生其左肘，其意蹶蹶然惡之。」其中的「柳」字諧音通假作「瘤」。瘤，代指因衰頹老病而長出的瘡節或贅肉；生瘤，即肘臂已僵老無力，不再矯健俐落。

＊ 編按：古人常以楊、柳並稱而同指一木，因此作者為了避免與後文中的「先生『柳』」重複，才以垂楊代指「柳」，並以諧音通假的手法表示「贅瘤生於左肘」之意。

⑪ 「路傍」二句──寫老將軍老境淒涼，困窘維生。《史記·蕭相國世家》載邵平為秦之東陵侯，秦破之後淪為布衣，家貧，種瓜於長安城東，以其味美，世稱之為東陵瓜。種先生柳，謂以耕作為業；陶潛〈五柳先生傳〉：「先生不知何許人也，不詳姓字，宅邊有五柳樹，因以為號焉。」

⑫「蒼茫」二句—窮巷，幽深荒僻的里巷；陶潛〈歸園田居〉：「窮巷寡輪鞅。」寥落，寂寥荒廓貌。虛牖，毫無雕飾而寒傖的窗戶。

⑬「誓令」句—寫老將軍有感天動地的赤膽精忠。疏勒，在今新疆維吾爾自治區之喀什市一帶。《後漢書·耿弇傳》載漢明帝時耿恭擊匈奴以援車師，因疏勒城旁有澗水足供飲用，乃引兵據守；匈奴壅絕澗水。耿恭於城內穿井十五丈猶不得水，軍士渴乏，笮馬糞汁而飲。耿恭仰天嘆曰：「聞昔貳師將軍拔佩刀刺山，飛泉涌出；今漢德神明，豈有窮哉！」乃整衣向井祝拜祈禱，有頃，水泉奔出，眾呼萬歲。耿恭令軍士揚水以示匈奴，匈奴以為神助，遂撤兵。

⑭「不似」句—使酒，借酒意而任性胡為；《史記·魏其武安侯列傳》載灌夫將軍，穎陰人，剛直使酒，不好面諛；失勢後於武安侯田蚡座上藉酒使性詈罵賓客。後被捕，以大不敬論罪，並滅其族。

⑮「賀蘭」二句—賀蘭山，在今寧夏回族自治區銀川市西北，秦漢以來即為漢、胡征戰之地；唐時於其東設朔方節度使。陣如雲，譬喻軍隊屯駐之密集。檄，軍用文書，以木簡為之，長一尺二寸；如遇急事則加插鳥羽以示速疾。

⑯「節使」句—節使，持皇帝所頒符節的特使。三河，漢時置河東、河南、河內三郡，稱三河；一說指黃河、淮河、洛河流域，為政治重心之所在，地域涵括今河南、山西、湖北一帶。

⑰「詔書」句—五道出將軍，謂眾將兵分五路出擊。

⑱「試拂」二句—鐵衣，鎧甲。如雪色，謂擦拭得雪亮而閃爍著寒光。聊持，嘗試揮舞。動星文，謂寶劍上的七星紋飾閃耀生輝；《吳越春秋》載伍子胥落難時得漁父之助，臨去，解百金之劍贈漁者曰：「此吾前君之劍，中有七星，價值百金，以此相答。」

⑲「燕弓」句—燕地之弓素以堅勁而聞名，見《周禮·考工記》。

⑳ 「恥令」句—鳴，驚擾。《說苑·立節》篇載越軍至齊，雍門子狄以為驚擾齊君，有虧臣職而自刎；越人聞之，退兵七十里，曰：「齊王有臣，鈞如雍門子狄，擬使越社稷不血食（按：祖先不能享受祭祀之犧牲品，即亡國之意）。」遂引甲而歸。齊王葬之以上卿之禮。

㉑ 「莫嫌」句—《史記·馮唐傳》載漢文帝時魏尚任雲中郡（今內蒙古自治區內托克托與呼和浩特市之間）太守，甚得軍民愛戴，匈奴懾服遠避。後因所報斬獲敵首之數不足六級，被削爵為民。馮唐以為賞輕罰重，刑法嚴峻，乘機犯顏婉諷，責文帝「雖有廉頗、李牧而弗能用。」文帝悔，遂命馮唐持節赦復其官爵。

【導讀】

　　這是一首即題生情而又隨情轉韻的古體名篇，全詩可以依照換韻而區隔成三段。首段鋪排老將年輕時爭強好勝的意氣，破敵潰虜的神勇，並致慨於賞罰不公。次段描寫他遭到廢置之後，蹉跎白首，技藝荒疏而窮愁潦倒之狀，並嘆服其老驥伏櫪之志概。末段敘述他得知邊烽傳警，羽檄交馳後，亟思請纓報國的忠烈。全篇結構嚴謹，章法圓熟，運典傳神，氣韻生動，而且言語自然，音調鏗鏘，對偶精工，意象顯豁，風格雄放，充分展現出盛唐昂揚亢爽、豪宕磊落的特殊風調，因此邢昉《唐風定》評曰：「絕去雕組，獨行風骨，初唐氣運至此一變。歌行正宗，千秋標準；有外此者，一切邪道矣。」仔細玩味起來，可以發覺本詩的確當得起施補華《峴傭說詩》所謂「摩詰七古，格整而氣斂，雖縱橫變化，不及李、杜；然使事典雅，屬對工整，極可為後人學步」的高評而無愧。

　　首段「少年十五二十時，步行奪得胡馬騎」兩句，是在李廣機智矯健地勇奪胡騎的背景下，刻意凸顯出老將年少時英氣勃發、武術過人的神采。「十五二十」點出他頭角崢嶸的年紀，「步行」刻劃他藝

高膽大的形象；再加上「少年」「胡騎」的提示，便不難想像他懷有禦敵報國的豪情壯志，由來已久。「射殺山中白額虎」七字，是寫他具有為民除害的俠義風範和勇氣膽識；「肯數鄴下黃鬚兒」七字，則是寫他既有凌越古人的志概，又有推功讓賢的胸襟。由於運用了黃鬚兒曹彰遠征烏桓，屢建奇功，卻能不自矜伐而歸功於將士的典故，所以自然能由描寫將軍逞強好勝的少年意氣，過渡到他能征善戰的勳績和與萬夫莫敵的神勇了：「一身轉戰三千里，一劍曾當百萬師！」這兩句以「一身」和「三千里」對比，凸顯出他遠赴邊塞，馳騁戰鬥的艱苦；又以「一劍」和「百萬師」對比，凸顯出他以寡敵眾的氣魄和凜凜可謂的威風。「漢兵奮迅如霹靂」是以士卒的驍勇矯捷，側寫他治軍嚴謹，督陣有方的將才；「虜騎崩騰畏蒺藜」是以敵騎的膽裂魂飛，不戰而潰，側寫他出奇制勝，克敵奏功的智謀。如此兩面對照，則將軍料敵如神而指揮若定，談笑用兵而戰功彪炳的韜略之奇，也就不言可喻了。

有了前八句的層層渲染，已經刻劃出威猛懾人，智勇雙全的將軍風神之後，詩人才轉筆一嘆：「衛青不敗由天幸，李廣無功緣數奇！」以衛青（按：應為霍去病）的邀天之幸而連戰皆捷，成就美名，對比李廣命途塞阨，皇恩疏薄而無緣封侯，自然為老將乖舛的運數抒發了強烈的不平之鳴。由於前八句鋪敘得豪壯蒼勁，威猛剛烈，末兩句轉而喟嘆憤慨時便顯得義正詞嚴，情悲語痛，令人動容了；因此張文蓀《唐賢清雅集》評曰：「起勢飄忽，駭人心目。」

次段「自從棄置便衰朽，世事蹉跎空白首」兩句，寫他頓遭罷廢之後，衰頹老邁之情狀，與英雄無用武之地的悲哀。「棄置」二字承續前一段的「數奇」而來，有藕斷絲連之妙；「便衰朽」三字寫其凋零之速，令人怵目驚心，可見寶劍沉埋，壯志蒿萊，對老將的打擊之鉅大！「世事蹉跎」寫其半籌莫展，難有作為的失落與苦悶；「空白首」寫其華髮頻添，馬齒徒長，令人悲憫憂傷。「昔時飛箭無全目」

寫其舊日箭術精準，可以媲美后羿；「今日垂楊生左肘」寫其技藝荒疏，肘生贅瘤的龍鍾之態。前後兩句相互對比，更見出「棄置」的挫折在無形之中加速了體態的衰朽，令人不勝惋惜感嘆。「路旁時賣故侯瓜」寫其無以維生，只能種瓜為業，甚至還得常在路邊吆喝叫賣的窘況；「門前學種先生柳」寫其淪為貧農之後，只能學習適應淡平寡味的躬耕歲月。「先生柳」和「故侯瓜」不僅屬對極為工整，而且巧妙地帶領讀者聯想到陶淵明〈五柳先生傳〉中「環堵蕭然，不蔽風日；短褐穿結，簞瓢屢空」的景況，自然能引出下文「蒼茫古木連窮巷，寥落寒山對虛牖」兩句，描寫其居室之簡陋與環境之荒僻；由此可見詩人選詞與佈局時用心之細密。在「蒼茫古木連窮巷」兩句中，詩人除了以蕭瑟冷清的畫面，烘托他窮愁潦倒的淒苦之外，還以「窮巷虛牖」來關鎖老將落魄衰朽的形影，和寂寞失意的心神，已令人不勝唏噓哀傷；又以「蒼茫古木」和「寥落寒山」把老將被廢棄解職的「數奇」之意，宕向悠遠渺茫的時空背景之中，更令人不禁為他乖舛坎坷的時命發出悲愴的浩歎！

不過，這一位豪氣干雲的老將軍卻全然沒有憤世嫉俗的怨懟，也沒有自哀自憐的消沉，因此他不僅沒有「穎川空使酒」那種戟指罵座的狂態與拙相，反而還有「誓令疏勒出飛泉」那種感動天地的赤膽與丹心！這兩句使得前八句中低迴憂傷的語調突然鼓盪出英邁亢爽的氣勢，不僅使詩情產生了迴旋的波瀾，又開拓出末段「烈士暮年，壯心未已」的昂揚氣概；同時也使全篇既有開闔頓挫，搖曳生姿的跌宕錯落之美，又有江河朝海，一氣奔注的層波疊浪之奇，很值得細加涵詠體會。方東樹《昭昧詹言》所謂「東川（按：指李頎）纏綿情韻，自然深致，然往往有痕；所謂無意為文而意已闊遠，而絕無弩拔之跡，右丞其至矣乎！」本詩足以當之。

末段「賀蘭山下陣如雲，羽檄交馳日夕聞」兩句，既暗承「疏勒出飛泉」的危急情狀而來，寫邊境戰雲密佈，軍書爭馳的險峻形勢，

又為後文描寫老將丞欲請纓立功的雄心預作鋪墊；而且語勢流走，自然順暢，和「自從棄置便衰朽，世事蹉跎空白首」兩句一樣具有承上啟下的作用，很適合作為鉤鎖前後兩大排偶段落的關鈕，也是相當高明的銜接手法。「節使三河募年少」是寫大量徵調兵馬的緊急；「年少」兩字微見「馮唐易老」感慨，反顯出老將急欲披掛上陣的矍鑠精神。「詔書五道出將軍」寫五路分進合擊的策略，補足前三句戰況吃緊之意，並且以「將軍」一詞，勾帶出詩中的主人翁「試拂鐵衣如雪色，聊持寶劍動星文」的準備動作；原來他正在磨亮盔甲，揮舞寶劍，打算再度馳騁黃沙，叱吒風雲！有了這兩句的點染，真是把老將描寫得英姿颯爽，意態飛動，使人想見其老當益壯，躍躍欲試的神采。「願得燕弓射大將」進而刻劃他思欲重振雄風，一舉殲敵的心理，可見剛猛之氣，不減當年。「恥令越甲鳴吾君」則呈現他效忠王室，禦敵保疆的英烈之志，更勝昔日。

有了「試拂鐵衣」這兩句的淬礪奮發，和「願得燕弓」兩句的忠藎血忱，於是詩人拈出「莫嫌舊日雲中守，猶堪一戰立功勳」兩句，既噴薄出老將始終一貫、未嘗稍衰的忠義之氣，同時也為老將請命，充分表達出他對老將碧血丹心的敬慕景仰之情；全詩便在這擲地鏗鏘的金石聲中戛然而止，老將橫溢四海的英猛之氣，也自然令人蕭然起敬了！如此收束全篇，不僅把使老將遺佚而不怨、阨窮而不憫的忠肝義膽表露無遺，而且近接「願得燕弓」二句，有駿馬注坡，一氣呵成之勢；又遠映「誓令疏勒出飛泉」七字，有神龍掉尾，迴旋環抱之姿，最具耐人尋繹的餘情遠韻。王世貞《藝苑卮言》嘗謂：「七言歌行，靡非樂府，然至唐始暢。其始也如千鈞之弩，一舉透革；縱之則文漪落霞，舒卷絢爛。一入促節，則淒風疾雨，窈冥變化，轉折頓挫，如天驥下坡，明珠走盤。收之則如橐聲一擊，萬騎忽歛，寂然無聲。」本詩雖未必完全墨守其規，然矩矱法度，也自有若合符節之處。

　　整體而言，本詩最值得注意的特點是：結構嚴謹而章法圓融。先
就結構而言，每段十句之中，前兩句都是以流暢自然的散調開端敘事，
中間六句改以整齊凝鍊的駢偶銜接鋪排，末二句則以開闔頓挫的句法
抒發議論，因此高步瀛《唐宋詩舉要》評曰：「步伐整齊。」再就章
法而言，首段前八句極力稱頌，寫得高亢昂揚；末二句則感慨系之，
寫得悲憤沉痛；並且以「數奇」二字自然引出次段的「棄置」之意。
二段前八句極寫其衰頹窮窘之狀，語調低回感傷；末二句則突然振拔
而起，寫得豪宕高朗；同時又以「誓令」二字自然帶出第三大段風起
雲湧的世局，和老驥伏櫪的志概，然後順勢在末二句以「莫嫌」「猶
堪」二詞，跌宕出凌厲激越的報國雄心，表現出嘆喈宿將令人敬畏的
鐵血肝膽。沈德潛《說詩晬語》論歌行時說：「歌行起步，宜高唱而
入，有『黃河落天走東海』之勢；以下隨手波折，隨步換形，蒼蒼莽
莽中，自有灰線蛇蹤，蛛絲馬跡，使人眩其奇變，仍服其警嚴。」本
詩足以當之。

　　除了章法結構之綿密嚴謹之外，本詩另有三處值得稱道的特色如
下：

＊甲、大量運用典故來刻劃宿將傳奇的一生，既使他的精神風範更
　　形鮮明具體，也使詩中的情節更是波翻浪疊，高潮迭起；同時也
　　豐富了全詩的故事色彩，醞釀成引人入勝的深情遠韻。正由於典
　　故運用得多，使人乍讀之下誤以為是瑰麗綺豔，包孕細密的義山
　　之作，不過細讀之後便可以發覺兩人的風格大異其趣：義山的「獺
　　祭」相當深奧晦澀，難以索解；摩詰的用事則明白曉暢，易於會
　　心。

＊乙、對仗工整流暢，有珠聯玉串之美。三十句中竟然多達十二組
　　的駢偶句式，讓人初讀時以為是一首排律，但是排律卻沒有如此
　　豪放雄渾的氣勢，因此沈德潛《唐詩別裁》稱賞評本詩說：「此

種純以隊仗勝。學詩者不能從李、杜入；右丞、常侍，自有門徑可尋。」

*丙、大量選用雙聲疊韻的詞彙，無形中鳴奏出優美鏗鏘的音響，有助於全詩聲情的和諧悅耳。雙聲如：「奪得」「射殺」「轉戰」「世事」「寥落」等，疊韻如：「奮迅」「霹靂」「崩騰」「蒺藜」「棄置」「蹉跎」「蒼茫」「古木」「寒山」等；凡此，都增添了本詩的審美情趣，也是我們在賞讀時可以細加琢磨的匠心所在。

正由於語調抑揚頓挫，鏗鏘有力，筆法翻疊蓄勢，波瀾起伏，兼又布置有法，銜接自然，因此全詩不僅意脈相連，綿密不斷，而且氣勢縱橫，錯落有致，無怪乎張文蓀《唐賢清雅集》評曰：「七古長篇，概用對句，錯落轉換，全以氣勝。」又說：「轉接補幹，用法精細，大家見識。」

【評點】

01 劉辰翁：滿篇風致。　○（「蒼茫古木」以下）愈出愈奇。（《王孟詩評》）

02 唐汝詢：對偶嚴整，轉換有法，長篇之聖者。史稱右丞晚年長齋奉佛，無仕進意，然觀此詩，宦興亦自不淺。（《唐詩解》）

03 周珽：「衛青」「李廣」二句，天然偶對。「蒼茫」「寥落」二句，忽入景，妙！尾數語雄渾，力可鞭策龍虎。　○吳山民：陡然起便勁健，次六語何等猛烈！「衛青」句正不必慕，「李廣」句便自可嘆。「蒼茫」二句說得冷落，「誓令」二句猛氣猶存。末六句老趣何如！（《唐詩選脈會通評林》）

04 焦袁熹：凡三章，章五韻，最整之格。每一韻為一章，一章之中又各兩小章，而意則各於末句見之。……章法最為清明整肅者也。○看摩詰寫此老將，何等有志氣，有身分，不但本事絕人而已。

　　如「李廣無功」云云，實命不猶；悲而不怨，詩人之致也。「誓
　　令疏勒」云云，赤心報國；說理敦詩，名將之風也。（《此木軒
　　論詩匯編》）

05 范大士：和平宛委，無蹈厲莽桀之態，最不易學。（《歷代詩發》）

059 送綦毋潛落第還鄉（五古）　　　王維

聖代無隱者，英靈盡來歸。遂令東山客，不得顧采
薇。既至金門遠，孰云吾道非？江淮度寒食，京洛
縫春衣。置酒長安道，同心與我違。行當浮桂棹，
未幾拂荊扉。遠樹帶行客，孤城當落暉。吾謀適不
用，勿謂知音稀。

【詩意】

　　在聖明的時代裡，通常不會有隱逸林泉而獨善其身的人，所有俊
秀出色的人才，全部都會回歸到朝廷來效命；於是使得像謝安那樣有
意高臥東山而不問世事的人，都不再眷戀伯夷、叔齊幽居在首陽山上
採薇而食的生活了。

　　親愛的朋友，你來到長安以後，雖然不能如願地來到金馬門，等
候皇上的召見與備詢（編按：婉轉表示不能金榜題名），但是誰能說
我們兼善天下的理想抱負是錯誤的呢？你不過是時運不濟罷了！只
是你跋涉江淮地區、趕赴兩京應試時，曾經在異鄉渡過冷清的寒食節，
又獨自在洛陽縫綴春衣，因此讓人為你備嚐艱辛，蹉跎歲月，卻又失
意京華，鎩羽而歸，感到相當惋惜與不平！

　　而今，我在城外驛道邊的長亭為你擺設餞行的酒宴，憂傷志同道合的朋友就要離我而去了！你即將要乘著舟船浮江向東，相信不久就會平安地抵達家園，可以再度推開你用荊柴編造成的門扉（編按：亦即平安返家）。

　　看著你的身影在兩旁樹木的掩映與伴隨下航向遙遠的歸程，直到完全看不見之後，我才轉身入城；此時落日的餘暉正映照著顯得孤單的城門，讓我心中不禁湧起了難以形容的惆悵與感傷。

　　親愛的朋友！希望你不會因為這次的失意而消沉頹廢，只是不湊巧你的才略和文章得不到主考官的青睞而已，可不要以為世上缺少賞識你的知音啊！

【注釋】

① 詩題──綦毋，音ㄑㄧˊ　ㄨˊ，複姓；綦毋潛，字孝通，一字季通，籍地不詳，《唐才子傳》謂荊南（今湖北江陵縣）人，開元十四（726）年進士，官終著作郎。落第，謂科舉失利[1]。

② 「聖代」二句──聖代，清明太平的時代，常用為當代的美稱。英靈，才情、器宇俊秀傑出之人；《隋書‧李德林傳》：「德林美容儀，善談吐。齊天統中，兼中書侍郎，於賓館受國書。陳使江總目送之曰：『此即河朔之英靈也。』器量沉深，時人未能測。」《北史‧文苑傳》中也有「江漢英靈，燕趙奇俊」之語。

③ 「遂令」二句──東山客，指像謝安那樣風流儒雅的高士；《晉書‧列傳第四十九‧謝安傳》載謝安早年即有隱居東山之志，居會稽，與王羲之及高陽許詢、桑門支遁遊處，出則漁弋山水，入則言詠屬文；後雖受朝廷重寄，然東山之志，始終不渝，每形於言色。采薇，用伯夷叔齊採薇首陽山之典；見李白〈行路難三首〉其三注②。後句謂：不能再獨善其身，孤芳自賞地幽居於林泉之中。

④「既至」二句——前句謂到了京城之後卻不幸落第，後句謂懷有兼善天下之志願並無錯誤，只是懷才不遇罷了。既至，來到京師以後。金門，又名金馬門，《三輔黃圖》載漢武帝得大宛馬後，以銅鑄馬像立於署門，謂之金馬門；後令徵召而來的優異之士，皆待詔於此門以備顧問。金門遠，指不能進入金馬門而待詔備顧問；此乃婉轉表述落第之意。金門，或本作「君門」。吾道非，《史記・孔子世家》載孔子困於陳蔡時曾對子貢說：「詩云：『匪兕匪虎，率彼曠野。』吾道非耶？吾何為於此？」子貢答曰：「夫子之道至大也，故天下莫能容夫子。」

⑤「江淮」二句——江淮，指長江、淮水。或本詩題中之「還鄉」作「東歸」，則江淮殆指綦毋潛往返時所經之水路。寒食，節令名，在清明節前一二天；《荊楚歲時記》：「去冬至一百五日，即有疾風甚雨，謂之寒食，禁火三日，造餳（音ㄒㄧㄥˊ，指麥芽糖）大麥粥。」京洛，指東都洛陽[2]。度寒食、縫春衣，指獨自在異鄉度過佳節，備嘗悽涼冷清之況味。

⑥「置酒」二句——置酒，設宴餞行。長安道，一作「長亭道」「臨長道」。同心，志同道合的知己。違，別離。

⑦「行當」二句——行當，即將。浮桂棹，謂放舟東下。棹，音ㄓㄠˋ，船槳，可代指船隻；桂棹，船之美稱。未幾，不久。荊扉，柴門，代指隱士所居；拂荊扉，打開隱士的柴門，亦即回到家園。

⑧「遠樹」二句——帶，映帶、伴隨。當，正對著。前句寫目送綦毋潛遠去，後句寫返身時所見蒼茫的景色。

⑨「吾謀」二句——前句謂綦毋潛的才學未能得到主考官的賞識；《左傳・文公十三年》載士會將行，繞朝贈之以策（編按：繞朝是秦國大夫之名；贈策，是促人加鞭速行之意）曰：「子毋謂秦無人，吾謀適不用也。」適，正巧、湊巧、偶然。知音，用《列子・湯

問》典故，見李白〈聽蜀僧濬彈琴〉注④；〈古詩十九首其五〉也有「不惜歌者苦，但傷知音稀」之語。

【補註】

01 綦毋潛落第後曾有〈早發上東門〉詩云：「十五能行西入秦，三十無家作路人。時命不將明主合，紫衣空染洛陽塵。」可以看出他內心的苦悶，因此王維在本詩中以關切惋惜和寬慰勸勉的語氣加以鼓勵，對落第舉子而言，的確是最溫馨體貼的精神安慰。王維另有〈送綦毋校書棄官歸江東〉詩，可見兩人交誼深厚。

02 唐時舉子應試，有時先在洛陽初試，後至長安複試，故須往來於兩京之間；有時考試也全在洛陽舉行。由於「既至金門遠」句已表明落第，故「京洛」句可能是寫綦毋潛曾於應試期間或落第之後，滯留洛陽，獨自縫補衣物，感慨羈旅異鄉，倍覺淒涼失意。綦毋潛〈早發上東門〉詩中的「紫衣空染洛陽塵」所傳達的心情，與此相仿。

【導讀】

　　經由參加科考以求晉身仕途，施展抱負，是科舉時代讀書人共同的美夢，甚至可能是懸梁刺股地寒窗苦讀時唯一的精神寄託。因此，當他們滿懷希望，忍受離鄉背井的辛酸，飽嚐風霜，跋山涉水，冀望能在京城追求夢想，一展壯志，卻偏偏科場失利，那種窮途末路的抑鬱感慨、懷憂喪志、怨天尤人、消沉頹廢等負面情緒，其實是不難想像的。在這種情況下，要安慰一個滿懷憧憬卻又失意京華的落第士子，既不傷他自尊，又不惹他疑猜，同時還能給他溫馨可感的關切和激勵他上進意志的期勉，顯然並不容易。本詩的作者王維，卻能在對方精神沮喪、意志消沉的低潮時刻，寫作本詩來反復勸勉，殷勤撫慰，除了肯定對方的學養與抱負之外，還期許對方能無怨無尤，心安理得，

充分體現出知己雪中送炭的可貴情誼。正由於王維的語氣誠懇真摯，措詞委婉含蓄，的確令人感動，因此沈德潛在《唐詩別裁》裡特別稱賞本詩能做到「反復曲折，使落第人絕無怨尤。」蘅塘退士編選《唐詩三百首》時可能也因為本詩充分體現溫柔敦厚、委婉含蓄的風格，確實能使失意科考的人稱頌聖代而不非吾道，所以慧眼獨具地採擇本詩。

首段「聖代無隱者，英靈盡來歸，遂令東山客，不得顧採薇」四句，不直接說對方赴京應試，而是先歌頌清明盛世使隱逸高士都一改初衷，願意為朝廷效命。如此起筆，一方面表示綦毋潛絕非為了爭名逐利而入京，而是為了實現理想抱負才入世，給綦毋潛的入京應考一個高尚而優雅的合理性與正當性；另一方面，更是以歷史上受人景仰敬重的伯夷、叔齊和謝安來襯托對方孤高脫俗，耿介不群的形象，表達了對於綦毋潛獨善情操的肯定和兼濟心志的讚揚，可以稱得上是言簡意賅，寓意深遠的妙筆，因此宋宗元在《網師園唐詩箋》中稱賞起筆曰：「識宏論卓。」

次段開頭的「既至金門」寫他懷抱理想進京赴考的作為，「遠」字則曲折地傳達了落第的事實；筆法的委婉含蓄，以及體貼對方的失意而為他惋惜抱屈的苦心，都令人感佩。「孰云吾道非」五字，既稱許他求仕的本意在施展經世幹才，又同情他的時運不濟，非關學養不足，同時還化用孔子困於陳、蔡的典故，可謂寓讚揚之意於慰勉之詞，達到有神無跡的妙境，因此鍾惺在《唐詩歸》中評曰：「落第語，說得氣象。」宋宗元《網師園唐詩箋》也嘆賞「既至」二句周旋轉折得極為自然得勢。「江淮度寒食，京洛縫春衣」兩句，是追述綦毋潛由江淮前來京洛應舉時，旅途奔波的艱苦悽涼、淹留異鄉的孤獨苦悶、失意京華的潦倒落魄，並料想他此次無功而返時難免感慨蹉跎歲月的心酸，充分流露出對於名落孫山的友人真誠的了解同情，與溫馨的體貼關切之意。

　　三段「置酒長安道，同心與我違」兩句，則是寫送別的地點。「同心」二字，點出彼此交誼之深契，微露感傷之意。「行當浮桂棹，未幾拂荊扉」兩句，寫足詩題的「還鄉」之意，是以懸想的示現手法，祝福對方一帆風順，平安返家。詩人特別選用「行當」「未幾」這兩個詞語相連，既可以縮短煩悶無聊的旅程，增快返鄉的步調，還可以喚起友人對於故園的美好回憶，沖淡落第的失意和漂泊異鄉的孤寂之感。「桂棹」回顧「江淮」水路，「荊扉」遙應「隱者」所居，意脈極有條理。

　　末段「遠樹帶行客，孤城當落暉」兩句，開始正面渲染離情別緒。前一句是寫目送對方的身影消失在道旁樹木的伴隨和掩映之下，流露出依依不捨的情意；後一句是寫日落黃昏，摯友的身影已遠不可見，詩人才轉身打算返回城裡，此時眼見落日餘暉斜照城頭，不覺蒼茫百端，倍感孤獨，表現出餞別之後獨自返城時的落寞難堪。這兩句以融情入景的筆意，描繪出「同心與我違」的畫面，流露出綿長感傷的情意，體現出王維「詩中有畫」的獨到造詣，因此劉辰翁《王孟詩評》說：「『帶』字畫意，『當』字天然。」《青軒詩緝》也稱讚這兩字的佳妙說：「非得畫中三昧者，不能下此二字。」（見《王右丞集箋註・輯評》）

　　「吾謀適不用，勿謂知音稀」兩句，是以真摯綿長的情誼寬慰友人無須為了偶然的受挫或一時的失意而憤世嫉俗，消沉頹廢；這等於預告有朝一日，綦毋潛終將得到伯樂的賞識而一展抱負。種種慰勉友人的深心美意，雖然是在溫厚平和的語氣中戛然而止，但是誠懇真切、溫馨感人的情誼，卻味美於回，彌見悠長，因此張戒《歲寒堂詩話》說王維和韋應物雖然都是「五言匠宗」，但是韋詩在「詞不迫而味甚長」方面不及王維，的確有其道理。綦毋潛日後能夠一掃文戰失利的陰霾，在開元十四年（726）捲土重來，榮登金榜，本詩溫柔敦厚的勸勉寬慰之情，應該發揮了一些正面的助力。

060 雜詩三首 其二（五言古絕） 王維

君自故鄉來，應知故鄉事。來日綺窗前，寒梅著花未？

【詩意】

　　親愛的朋友，您剛從故鄉而來，應該很熟悉故鄉的人情物態；因此我想向您打聽，在您離開故鄉的那一天，有沒有留意到：就在雕飾著美麗花紋的窗戶前，那株冬梅開花了沒有？

【注釋】

① 詩題—雜詩，謂觸物興感之情思。蓋感興多端，難於確指，或者意有所託，難於明言，故曰「雜詩」，與「無題」詩命意相似。
② 綺窗—雕飾有花紋的華美窗戶，或以綢類絲織物糊底的窗格。
③ 著花—開花。著，音ㄓㄨㄛˊ。

【補註】

01 〈雜詩三首〉，是王維擬江南樂府民歌風格所作的一組抒情詩，第一首是：「家住孟津河，門對孟津口。常有江南船，寄書家中否？」似乎是寫閨婦懷遠，切盼音書之情。第三首是：「已見寒梅發，復聞啼鳥聲。愁心視春草，畏向玉階生。」似乎是閨婦藉著目見耳聞之事透露出思君情懷。

【導讀】

　　這首五絕小詩，能夠以閒話家常的口吻、不假雕飾的語言、簡潔凝鍊的筆觸、親切自然的詢問，醞釀出濃郁深婉的特殊風味，使羈旅

異鄉的遊子在吟詠之餘，很難不被它喚起內心深處的思鄉情懷，從而在腦海中浮現出不思量，卻自難忘的故鄉形象，因此千載以來膾炙人口，成為漢民族描寫鄉愁的詩歌中風韻最為天然，而情味又特別雋永的代表作。

在「君自故鄉來，應知故鄉事」這兩句裡，詩人以重出疊見的「故鄉」一詞，表現出鄉思的殷切與孺慕的情懷，不難想像詩人離家之久與漂泊之苦，以及蟄伏在心靈深處的孤寂之感。「應知」云云，出語雖然平淡，卻又理由充分，在溫言軟語之中暗藏著不容許對方有任何推託餘地的霸氣，很能傳達出詩人迫切想要得知故鄉風物與人事情態的心意，因此王文濡《唐詩評注讀本》說：「通首都是詢問口吻，游子思鄉之念，昭然若揭。」前半兩句白描而不假修飾的語言，很像兒童相互探聽對方心愛的玩具或動畫卡通是否與自己的喜好相同時那種天真無邪而又焦慮期盼的口吻，也彷彿少女打聽深心愛慕的偶像訊息時那種熱切關注而又充滿憧憬的情懷，使人讀來如見其目不轉睛地看著對方的專注神態，如聞其親切而迫促的口氣，則其鄉愁之深濃，也就不言可喻了。換言之，這兩句絮絮叨叨的詢問，其實重現了他鄉遇故知而閒話家常時既瑣碎又囉嗦的聲情口吻，也活繪出不憚其煩，願聞其詳的傾聽神態，更流露出綿長不盡而又難以掩飾的思鄉之情，因此使人讀來倍覺親切真實，不禁莞爾。

對每一個人而言，故鄉中都有許多難以忘懷的人、事、景、物，彼此牽連成一面極其細緻綿密的心網，網住了所有語言都難以說得清的濃郁鄉情。因此，儘管作者在本詩中只關心綺窗前的寒梅而不及其他，表面上似乎有違常理，其實這正是以簡馭繁的高明手法，詩人藉著「寒梅」來觸發「一波才動萬波隨」的連鎖反應，從而使鄉情波濤洶湧，澎湃激盪至沛然莫之能禦的地步！因為「鄉情」是一種抽象的概念，有賴於圖畫般的「形象思維」來充實它的內涵。當它以圖畫的形式和人、地、時、事、物相互牽繫連結時，就會成為我們烙印在

心中永難磨滅的回憶了。它也許是一幢風格獨特的建築，也許是一株乘涼玩耍的老樹，也許是一座搬演戲劇的野臺，也許是一灣捉魚摸蝦的小溪；它還可能是香煙繚繞的廟宇，可能是攤販群集的夜市，可能是老少咸宜的公園，可能是蟬噪蛙鳴的學校；有時它是令人回想起來就口水直流的著名小吃：米粉、貢丸、潤餅、肉圓等，有時它是讓人回憶起來就珠淚婆娑的溫馨片段……；還有那割草放牛的適意、追雞趕鴨的痛快、摘花偷果的忐忑、粘蟬釣蛙的樂趣，以及尪仔標的風雲、橡皮圈的王國、花彈珠的傳奇、竹蜻蜓的夢想……，真是數不清的回憶，說不盡的往事。因此，初唐的王績在〈在京思故園見鄉人問〉一詩中就不厭其詳地開列了一長串鄉愁的清單，從朋舊童孩、宗族弟姪、舊園新樹、柳行疏密、茅齋寬窄、移竹種梅、渠水石苔，一路問到院果林花 [2]，似乎仍然覺得意猶未盡，由此可見鄉愁之深濃與鄉情內涵之豐富了。王績的作法是極力渲染，盡情宣洩；而王維則是蜻蜓點水，一觸即收。詩人選擇「寒梅」作為鄉愁的典型象徵，不僅顯得蘊藉深婉，風情搖曳，很耐人尋味，而且語少情多，形象幽潔，能逗人遐思。「寒梅」的拈出，就像是一塊石頭投進遊子的心湖後，便自然盪漾出無數圈鄉愁的漣漪；又像是一組關鍵字詞，一經輸入鄉思的記憶庫裡，搜尋出的感情波瀾便排山倒海而來了！換言之，「寒梅」不過是第一張骨牌，輕輕一推，便能發生連鎖反應，讓防衛得再堅固的鄉愁都禁不起那輕輕的碰觸而全面崩解！

　　「綺窗寒梅」是一幅極為優美的圖畫，除了烘托出精緻雅潔的閒情逸趣，和清新脫俗的深遠韻致，因而特別撩人情思之外，也代表故鄉的一切在遊子心目中之親切美好，則他對故鄉深刻的眷戀與無限的孺慕之情，也就不問可知了。

　　陶淵明〈問來使〉詩云：「爾從山中來，早晚發天目；我屋南窗下，今生幾叢菊？薔薇葉已抽，秋蘭氣當馥。歸去來山中，山中酒應熟 [3]。」王安石〈道人北山來〉詩云：「道人北山來，問松我東岡；

舉手指屋脊，云今如許長。開田故歲收，種果今年嘗。告歸去復來，耘鋤尚康強。死狐正首丘，遊子思故鄉。嗟我行老矣，墳墓安可忘？」兩首都與本詩面貌相似而神韻有別；趙殿成說這三首詩:「同一杼軸，皆情到之辭，不假修飾而自工者也。然淵明、介甫二作綴語稍多，趣意便覺不遠；右丞只為短句，一吟一詠，更有悠揚不盡之致，欲於此下復贅一語不得。」（《王右丞集箋注》卷13）這的確是很有見地的評析，因為如果在王維的詢問之後再綴加答語，則全詩本有的偶逢故人之驚喜興奮，和跌入回憶時的綿長溫馨之情，都將因而被截斷，被稀釋，不僅顯得畫蛇添足而使情味大減，也限制了讀者自由聯想的空間而流於單調呆板，實不如本詩在綺窗寒梅的關切之後便戛然而止所能逗出的餘情遠韻那麼引人入勝，而又耐人回味。

【補註】

01 見釋惠洪《冷齋夜話》卷7「華亭舡子和尚偈」條:「千尺絲綸直下垂，一波纔動萬波隨。夜靜水寒魚不食，滿船空載月明歸。」

02 〈在京思故園見鄉人問〉:「旅泊多年歲，老去不知迴。忽逢門前客，道發故鄉來。斂眉俱握手，破涕共銜杯。殷勤訪朋舊，屈曲問童孩。衰宗多弟姪，若箇賞池臺？舊園今在否？新樹也應栽；柳行疏密布，茅齋寬窄裁。經移何處竹？別種幾株梅？渠當無絕水，石計總生苔。院果誰先熟？林花那後開？羈心祇欲問，為報不須猜。行當驅下澤，去剪故園萊。」

03 錢鍾書《舊文四篇·中國詩與中國畫》以為本詩非陶淵明所作，乃後人所偽託者。

【評點】

01 顧璘:三詩皆淡中含情。（《批點唐音》）

02 鍾惺：寒梅外不問及他事，妙甚。「來日」二字，如面對語。　○
前二章問人，倉率得妙；後一章自語，閒緩得妙，各自含情。（《唐
詩歸》）

03 黃周星：作詩只如說話，與太白「今日竹林宴」正同。（《唐詩
快》）

04 黃叔燦：與前首俱口頭語，寫來真摯纏綿，不可思議。著「綺窗
前」三字，含情無限。（《唐詩箋注》）

05 李鍈：一筆直書，其氣甚清。（《詩法易簡錄》）

06 宋顧樂：問得淡絕、妙絕。如〈東山〉詩：「有敦苦瓜」章，從
微物關情，寫出歸時之喜，此亦以微物懸念，傳出件件關心，思
家之切。此等用意，今人哪得知？（《唐人萬首絕句選評》）

07 俞陛雲：故鄉久別，釣游之地、朋酒之歡，處處皆縈懷抱，而獨
憶窗外梅花。論襟期固雅逸絕塵，論詩句復清空一氣。所謂妙手
偶得也。（《詩境淺說・續編》）

08 黃培芳：（三章總評）意甚濃至，沖淡雋永。閒雅之思，極其悠
長。（《唐賢三昧集箋注》）

061 終南山（五律）　　　　王維

太乙近天都，連山到海隅。白雲回望合，青靄入看
無。分野中峰變，陰晴眾壑殊。欲投人處宿，隔水
問樵夫。

【詩意】

　　從遠方眺望時，會覺得太乙峰高峻得逼近了天帝所居住的仙都之上，而雄偉的終南山勢，由西向東，峰巒相連，彷彿可以綿亙到遙遠的大海邊去。深入山中之後，常會發覺白雲就在前方不遠處縹緲地騰湧變幻，好像可以兜攬在襟袖之間，隨手把玩；誰知道向前追尋時，卻始終穿梭在茫茫渺渺的霧氣裡而不見它們的形蹤，直到駐足歇息，迴身一望，才發覺它們又悄無聲息地在你身後匯合成一片氤氳蒸騰的雲海了。很多時候，感覺峰巒林麓都籠罩在一層薄如青紗的煙嵐裡，可是當你走入其中想要採集它們飄逸的身影時，才知道它們始終若即若離，似有還無，隱約輕淡得令人惆悵，也讓人迷惘。經歷了許多煙雲變滅的詭譎情趣之後，終於立足在絕頂的顛峰之上了，遠近數州都是以這裡的中峰作為地界的分野而區隔開來；俯瞰四方，可以發現千巖萬壑也由於高低起伏的地勢和縱橫延展的走向不同，因而有陰晴明暗、濃淡淺深的光影變化。這些雄奇壯偉，美不勝收而又妙趣無窮的景致，的確會讓人流連忘返，因此我打算就近找一處人家投宿一晚，以便明日繼續尋幽訪勝；後來終於在山谷對岸發現到一位樵夫，於是便遠遠隔著溪澗大聲地向他詢問：請問哪裡有可以投宿的人家……？

【注釋】

① 詩題—終南山，又稱南山、中南山、周南山、太乙山、橘山、楚山、秦山、地肺山等，在今陝西省西安市南，屬於秦嶺山脈的一部份，東接驪山、太華，西連太白而至隴山，南入楚塞而連接東西諸山。山脈綿亙數百里，氣象雄偉，是許多高士棲隱修道之處。由尾聯觀察，本詩可能是早期遊山之篇，並非中年以後半官半隱期間所作[1]。

② 「太乙」句──太乙，指終南山的主峰太乙山，海拔 2604 公尺。相傳因山中石室內常有一道士以靈芝維生，不食五穀，自言太乙之精而得名，此處則代指終南山。天都，天帝所居的仙都；近天都，誇言其峻極於天。

③ 「連山」句──誇言終南山東西綿亙，峰巒相連，且向東蜿蜒逶迤而去，有直奔大海的氣勢。

④ 「白雲」二句──屬互文見義句法，意謂白雲與青靄，遠望如在，近觀則無，迴望時則又已於身後氤氳環合矣。換言之，是寫山中煙雲變滅，惝恍飄忽，令人捉摸不定的縹緲迷離之感。白雲，其實是指山中白茫茫的霧氣，較青靄為濃。青靄，其實是瀰漫在草木間淡淡的白色霧氣，由於輕淡而隱約，可以透視到其後的青綠之草木，遠望時覺得有淡青的色澤，近觀則似有若無。

⑤ 「分野」句──古人講究天、地、人三才的配合關係，認為分封諸侯國或劃分州郡的行政區域時，皆可對應天上的星域，謂之「分野」；並以星域天象之變化，占卜地上所屬郡國之吉凶興衰；見《周禮·春官·保氏章》。句謂終南山域綿亙廣袤，中峰所隔，便屬不同的分野，例如：峰北是雍州，對應天空中的井、鬼兩星域；峰南是梁州，對應的是翼、軫兩星域。

⑥ 「陰晴」句──謂由於山巒峰谷的陰陽向背不同，以至俯瞰遠近山谷在同一時間內，有些地方明朗，有些地方則昏暗，光影之濃淡淺深，變化殊異。

【補註】

01 《唐詩紀事》和《古今詩話》中說有人以為本詩乃譏刺時宰之作，大意是首聯言其勢焰熏天，盤踞朝野；頷聯言其虛有其表而無其實；腹聯言其恩澤偏私；尾聯言己畏禍深而托足無地。筆者以為

這種捕風捉影，過求深解的穿鑿之見，已近於走火入魔的地步，實不足為訓。

【導讀】

這首描寫山景的五律，和王維中晚年隱居終南、優游輞川時所表現出的空靈入禪之情味，大不相同。由詩中流露出的瞻仰頌歎之情，與流連徘徊之狀來觀察，本詩應該是詩人年輕時任官京城期間初遊終南之作。全詩四聯分別寫：遠望山勢的雄峻廣袤、入山尋幽的縹緲神秘、登頂覽眺的視野遼闊、隔水問宿的遊興之濃。換言之，這是一幅動態的遊山導覽圖，而不是靜態的望山幻燈片，因此必須掌握詩人移步換景的角度與位置，才比較能夠領略詩中的妙趣；否則便容易把「白雲迴望合」五字誤解成詩人站在峰頂「向四周眺望，雲海茫茫，只見眾山的白雲連成一氣」，或者詩人已經下山，「回望山頂，白雲聚合」了。

「太乙近天都，連山到海隅」兩句，是寫由長安方向遠望終南山崇偉的主峰，並想像其東西山脈之綿亙千里。入手便拈出「太乙」二字，一方面由於它是終南山脈的主峰，高達二千餘公尺，自然最容易映入眼簾，形成峻極於天的第一印象，因此用來代指廣大的終南山脈；另一方面，則借用終南山頂的石室內曾有自稱「太乙之精」的道士以靈芝維生的神話色彩，來和「近天都」結合，更能凸顯出它逼近甚至聳入雲天的不凡氣勢。必須進一步說明的是：所謂「天都」是指天帝所居的仙界，並不是指京城長安，因為詩人的本意在標舉終南山的「高峻」，而非指點其地理位置；如此理解，才能和次句展現其「廣遠」無盡的山勢相呼應、相結合，寫出其渾厚雄闊的形勢。當然，終南雖高，去天猶遠，「近天都」云云，是由平地遙望，自然頓覺峰頂插入雲天。換言之，這是視覺上真實的取景與想像中合理的誇張。

　　「連山到海隅」五字，是在「高峻」的第一印象之後，又由西向東瞭望時發揮想像力所得到的第二印象：終南山勢綿延遼闊，一望無際！事實上，終南山西起甘肅天水，東至河南陝縣，距海仍遠；然而以作者從長安遙望的角度而言，西望不見其首，東望不見其尾，自然又會有視覺上真實的印象和想像中合理的誇張。這種視覺和想像的交互運用，完全符合我們登山前對山脈加以遠眺和評估時，心理上所會產生的高峻廣袤之感。

　　詩人在眺望過山勢之高峻與廣袤之後，心中已經興起了崇仰讚歎之情，於是便帶著朝聖的心情深入山區。「白雲迴望合，青靄入看無」兩句，是以細膩的筆觸傳達親臨其境時神秘而又有趣的領略。終南山自古為霞棲谷隱的修道學仙之人避世幽居的樂土，其間千巖競秀、萬壑爭流的氣勢，以及清泉幽澗、蒼松古柏等奇觀勝境，自然值得欣賞流連。然而妙擅丹青而又頗具禪心的詩人，卻只描寫白雲與青靄的聚散迷離，變幻莫測，似有若無，忽前忽後，便把籠罩在雲霧裡的終南山襯托得更為雄偉高峻，也更加縹緲飄忽，幽深神秘而引人入勝了。由於這兩句是以潑墨山水的畫法渲染雲封霧鎖與朦朧隱約的意境，襯托出山區的深邃遼闊與山勢的巍峨高峻，因此王夫之《薑齋詩話》卷下稱之為「以小景寫大景之神。」王維的《畫學秘訣》中有所謂「遠景煙籠，深巖雲鎖」及「山腰塞雲」之說；劉熙載《藝概》也說：「山之精神寫不出，以煙霞寫之。」領聯正是以這樣的丹青神理來點染山岳精神，並烘托高峰氣象的妙筆。

　　「白雲」句是寫上山途中，先見到山腰處縈繞著飄逸的白雲，彷彿不久後便可兜攬入懷，盡興把玩，享受騰雲駕霧的樂趣。誰知道一路上山而去，卻始終無法進入雲鄉，直到回首來時路之際，才發覺白雲早已在身後的山腰上騰湧環合成一片雲海，讓人有恍若仙境之感。「青靄」句是說山行途中，常見前方不遠處籠罩著一層輕煙淡靄，似乎可以隨手掬取；可是直到親臨其境時，它們卻只輕拂鬢髮而在衣袖

間裊娜飄散，根本無法捉摸。這兩句把登山之人常有的普遍經驗，描繪得意境神秘，興象空靈，而且真切異常，細膩入微，使人彷彿和作者一起進入山中，移步換景地瀏覽風物之奇，不僅見到乍開乍合、若即若離的雲靄變滅，領略到忽遠忽近、似有還無的詭譎情趣，甚至還令人感到相傳是張旭所寫的〈山中留客〉：「縱使晴明無雨色，入雲深處亦沾衣」那種濕煙冷嵐沾濡衫袖、輕撲耳鼻的涼意；因此《唐宋詩舉要》引吳北江評此聯之言曰：「壯闊之中，寫景復極細膩。」至於張謙宜《絸齋說詩》所評：「看山得三昧，盡此十字中。」就讓人覺得不太貼切，須得把「看」字改成「遊」字，才稱得上是深得騷心的評語了。劉士鏻《文致》說：「晁補之云：『右丞妙於詩，故畫意有餘。』余謂右丞精於畫，故詩態轉工。鍾伯敬云：『畫者有煙雲養其胸中，此是性情文章之助。』」拿這段話來看頷聯的煙雲飄忽之狀，更能體會王維以畫理入詩情的意境之高妙。

　　詩人在驚詫、迷惘與讚歎中繼續前進，終於穿越雲煙瀰漫的山麓而立足中峰之上了，因此腹聯便寫他凌峰攻頂之後一覽山川風物之所見。「分野中峰變」五字，是寫詩人立足於太乙之顛，見到終南山區的廣闊開展之勢：峰北峰南，竟然屬於不同的星域！唯其立足於逼近天都的峰頂，所以千巖萬壑，可以盡收眼底；也由於翼附群山，佔地遼闊，而且高度與走向各異，因此當陽光照臨時，峰巒谿壑之間便有了或濃或淡、或明或晦的光影變化，所以詩人說：「陰晴眾壑殊」。這兩句筆力之雄奇，氣象之渾灝，又和首聯有所不同：首聯只是由遠方眺望而發揮想像，筆觸誇張；腹聯則是身在絕頂，親眼印證，筆法寫實，此其一。首聯是寫東西延展之勢，綿亙千里；腹聯則是寫南北開闊之勢，遼遠無窮，此其二。如此縱橫拓境，便使終南山脈磅礡的氣象，廣闊的形勢，駸駸然有包藏天地而又充塞宇宙的勝概，因此徐增《而庵說唐詩》云：「此總是見終南山之深大莫測。是詩如在開闢之初，筆有鴻蒙之氣，奇觀、大觀也。」雖然腹聯兩句所寫不及老杜

〈望嶽〉詩中的「陰陽割昏曉」那麼險峻，但是尺幅千里之勢與包孕萬山之概，也足以壯人胸臆，憺人魂魄了，因此沈德潛《唐詩別裁》說：「四十字中無所不包，手筆不在杜陵下。」尤其是中間兩聯色調之亦青亦白、光線之或明或暗、山壑之有遠有近、峰巒之忽高忽低，彼此搭配成淺深濃淡變化多端的豐富層次，符合墨分五色的丹青神理，恐怕就未必是老杜所能及的畫境了。

在領略終南山變幻莫測的風貌，捕捉太乙峰雄奇峻偉的精神之餘，有煙霞泉石之癖的王維自然覺得意猶未盡，因此說「欲投人處宿」，表達了次日繼續登山臨水的遊興之濃與意願之高，並以「隔水問樵夫」五字，描寫山中人煙稀少的荒廓幽深之景。有了這兩句點出人物的活動，不僅山景之賞心悅目，幽邃清美，如在眼前，終南山之迥隔塵囂，山遠人寡，也可以想像得之了。末句雖然只是出聲發問便戛然而止，但是樵夫伐木於茂林之中的丁丁之聲，詩人循聲辨位的搜尋情狀，以及作者鼓肺吸氣，圈手而問的形象，和樵夫隔水而呼，並比手畫腳的情景，還包括詩人豎耳傾聽和側首遙望的神態，也都宛然可遇而耐人懸想了。有了這空谷傳音的問答，不僅烘托出山高水遙的場景，曲傳終南令人流連忘返的情趣，也使全詩有了聲色並美，情景交融而又活龍活現的高明收筆，因此王夫之《唐詩評選》說：「結語亦以形其闊大，妙在脫卸。勿但作詩中畫觀也，此正是畫中有詩。」他所稱賞的，正是詩人能以隔水問答的兩個渺小人影，襯托出終南的幽深夐遠，避免一味摹形寫貌的黏皮附骨，可謂筆意空靈妙逸，而情味特別雋永，因此沈德潛《唐詩別裁》也說：「或謂末二句與通體不配。今玩其語意，見山遠而人寡，非尋常寫景可比。」的確是很有見地的指點，值得我們細加體會。

【評點】

01 劉辰翁：語不必深僻，清奪眾妙。（《王孟詩評》）

02 葉羲昂：「欲投人處宿，隔水問樵夫」，孟浩然「再來迷處所，花下問漁舟」，並可作畫。　○末語流麗。（《唐詩直解》）

03 蔣一梅：三、四真畫出妙境。　○周敬：五、六直在鮫宮蜃市之間。　○周啟琦：摩詰〈終南〉二詩，機熟脈清，手眼俱妙。（《唐詩選脈會通評林》）

04 王夫之：工苦，安排備盡矣；人力參天，與天為一矣。（《唐詩評選》）

05 王夫之：（尾聯）則山之遼闊荒遠可知，與上六句初無異致，且得賓主分明，非獨頭意識、懸相描摹也。（《薑齋詩話》）

＊ 編按：「獨頭意識」為佛家語，形容無真實感覺，只是強行揣度之意識，或強行插入之筆，而與前六句描寫山之雄偉壯闊者無關。見戴鴻森《薑齋詩話箋注》頁75。

06 邢昉：右丞不獨幽閒，乃饒奇麗，但一出其口，自然清泠，非世中味耳。（《唐風定》）

07 黃培芳：神境！四十字中無一字可易，昔人所謂「如四十位賢人」。結從小處見大，錯綜變化，最得消納之妙。（《批評唐賢三昧集箋注》）

062 送別（五古）　王維

下馬飲君酒，問君何所之？君言不得意，歸臥南山陲。但去莫復問，白雲無盡時。

【詩意】

我們從城裡並轡徐行，一路相伴來到長亭，才跨下馬鞍，在路邊為你舉酒餞別。心中雖有千言萬語，卻因為離情深濃而說不出口，只

能關切地問你：「打算往哪裡去？」你說：「此行很不如意，所以準備回到南山邊隱居了！」既然如此，你就只管安心地歸去吧！我也不再苦苦地詢問了。畢竟，人間的功名富貴有時而盡，只有山中的白雲無有已時，足可讓你流連其間，怡情悅性了。

【注釋】

① 「下馬」二句──飲，音一ㄣˋ，使動用法；飲君酒，在長亭或其他送別處置酒餞行。之，前往。

② 「君言」二句──舊注疑本詩是送孟浩然歸南山之作，則「不得意」是指應舉落第，失意京華而言。南山，則指孟浩然家鄉的峴山，位於襄陽城之南，故曰南山。如不確指所送之人為誰，則南山可能指唐人求仕未果之後，樂於隱居其間的終南山而言。

③ 「但去」二句──但去，只管安心離去。白雲句，暗用梁朝陶弘景〈詔問山中何所有賦詩以答〉詩：「山中何所有？嶺上多白雲；只可自怡悅，不堪持贈君。」

【導讀】

　　本詩一說是送孟浩然離京歸山之作，則應作於開元十七年（729）冬。其實即使不論送別對象為何，本詩都稱得上是一首文字淳樸、語氣溫婉、感情真摯的送別名作。詩人擺落一切章法佈局的考量，捨棄一切修辭技巧的講究，只是以白描的方式記錄送別者和遠行人之間的對話，便能在平淺質實的文字中寄藏著深厚的情誼和淡遠的意趣，因此李沂在《唐詩援》中說：「語似平淡，卻有無限感慨，藏而不發。」周敬在《唐詩選脈會通評林》中說：「淡然片語，悠然自遠。」張文蓀在《唐賢清雅集》中說：「五古短調，要渾括有餘味，此篇是定式。略作問答，詞意隱現，興味悠然不盡。」高步瀛在《唐宋詩舉要》中也評之曰：「妙遠。」

　　「下馬飲君酒」五字，是以極其素淡的文字與平和的語氣，帶出臨歧餞別的場面。「下馬」二字，表示兩人是由城裡騎馬相送，一路迤邐相伴而來，直到離亭前才跨下馬鞍，準備鄭重分手，由此可見這兩字中蘊藏著一份濃厚而又綿長的離情。「飲君酒」三字，意謂在長亭設酒款待，依依話別。「問君何所之」五字，除了隱約透露出友人是由於失意仕途，不得已才離京別友的訊息之外，更是以旁敲側擊的迂迴方式，平和地詢問對方今後的打算，希望經由對方的答話來揣摩友人此時的心境，再設法給予對方溫暖的慰藉，由此可見詩人體貼的心意。

　　「君言不得意，歸臥南山陲」兩句，是寫友人坦率的告白和誠實的回答。人唯有在面對知己時，才能無所掩飾地對自己的不得志直言不諱，由此可見兩人的交情之深厚。而對方除了坦承失意，表示即將返鄉歸隱之外，並沒有憤世嫉俗、怨天尤人的情緒發洩，讓詩人相當認同他居易俟命的態度和韜光養晦的選擇，因此便以「但去莫復問」表達對於友人生涯規劃的放心，又以「白雲無盡時」表達對於隱居生活的歆羨神往之情。「但去莫復問」五字，表示不再試探對方的心境，體現出溫柔的了解與真正的放心。「白雲無盡時」五字，則又以贊嘆的口吻描繪出白雲悠悠的山居歲月，頗有追逐功名富貴，有時而盡，而優游蒼松白雲，其樂無窮的絃外之音存焉。

　　全詩在殷勤相送、親切問答和溫暖勸勉中，處處流露出詩人對於朋友情深義重的關懷體貼，因此吳喬在《圍爐詩話》中推崇備至地說：「王右丞五古，盡善盡美，觀〈送別〉篇，可入《三百》。」

【商榷】

　　「但去莫復問，白雲無盡時」兩句，究竟是詩人溫柔敦厚的勸勉之詞，表現出詩人善意的體貼？或者是友人阻止王維再問下去的豪曠之語，刻劃出對方忘懷得失的爽朗性格呢？前人的看法似乎不同。

＊唐汝詢《唐詩解》說：「君勿復問我，白雲無盡，足自樂矣！」
　認為這是頗能隨遇而安並且略帶奇氣的友人所說的話；如此說來，
　則這兩句反而是友人在安慰王維，請他不必牽掛自己，因為自己
　正可以趁此良機霞棲谷隱，逍遙自適。

＊沈德潛《唐詩別裁》則說：「白雲無盡，足以自樂，勿言不得意
　也。」他認為這是王維慰勉友人的說詞。

　筆者以為從語言邏輯來看，友人既已先行說出「不得意」，則他
在臨別之際的心緒應該是相當消沉黯淡的，所以才使體貼的王維不再
追問其餘，那麼他似乎不太可能在轉眼間就突然變得曠達豪邁起來，
還能以歸臥松雲的山居歲月為樂，反過來安慰王維無須為他感慨，並
阻止王維莫再發問才是。

【評點】

01 蔣一葵：第五句一撥便轉，不知言外多少委婉。（《唐詩廣選》
　引）

02 鍾惺：慷慨寄托，盡末十字，蘊藉不覺。深味之，知右丞非一意
　清寂，無心用世之人。（《唐詩歸》）

03 黃培芳：此種斷以不說盡為妙，結得有多少妙味。（《唐賢三昧
　集箋注》）

04 王翼雲：此與太白七絕〈山中問答〉意調相仿。（清人劉文蔚《唐
　詩合選詳解》引）

＊ 編按：李白〈山中問答〉詩云：「問余何事棲碧山？笑而不答心
　自閒。桃花流水窅然去，別有天地非人間。」其自得寫意之態與
　本詩之情調實不相同。

063 歸嵩山作（五律）　　　　　王維

清川帶長薄，車馬去閒閒。流水如有意，暮禽相與還。荒城臨古渡，落日滿秋山。迢遞嵩高下，歸來且閉關。

【詩意】

　　車馬離開喧囂的城市後，便順著蜿蜒清澈的川流，環繞著草木茂密的水澤而緩步慢行，讓我感到格外悠閒自在。潺潺的流水，彷彿有意和我結伴同行；傍晚時的飛鳥，也一路盤旋相隨。古老的渡口邊矗立著一座荒廢的城堡（按：可能只是碉堡），看起來別有一種殘破荒涼的美感；當落日的餘暉灑滿秋山時，也別有一番蕭瑟衰颯的詩意。今天我就要到迢遙的嵩山下歸隱了，暫時要閉門謝客，好好享受清靜自在的生活了。

【注釋】

① 詩題—王維在開元二十三年（734）被張九齡拔擢為右拾遺之前，似乎有一段隱居嵩山的歲月，實際原因及當時的生活狀況不詳；本詩殆即記錄這段期間入山前所見的山水風物之美。

② 「清川」句—清澈的川流，蜿蜒地環繞著草木叢生的水澤。帶，如衣帶般環繞；王羲之〈蘭亭集序〉：「又有清流激湍，映帶左右。」王勃〈滕王閣餞別序〉：「襟三江而帶五湖。」二文中之「帶」字，義均同此。長，高大茂密貌。薄，草木叢生交錯之謂。

③ 「迢遞」二句—迢遞，悠遠貌。嵩高，指嵩山，古稱中嶽，在今河南省登封市北。閉關，閉門謝客，以修身養性。

【淺說】

這首小詩似乎只是記錄詩人歸隱途中所見的自然景致之美，應該別無深意或寄託。由於背景資料不詳，既造成「荒城」兩句解讀的困難，也不易揣摩詩人何以思欲閉關謝客，因此無法深入導讀，僅略述本詩的意涵於下。

「清川帶長薄，車馬去閒閒」兩句，寫車馬離開煩囂的城郭後，沿著河流繞過水澤豐美之地時緩慢行進的從容意態，透露出回歸隱居處所時心境之寧靜平和。

「流水如有意，暮禽相與還」兩句，表面上只是寫「水」和「鳥」之多情有意，實則流露出詩人歸山時平和寧靜的心情。「流水如有意」五字承「清川」之意而來，是寫歸途中心境的悠然自得，因此不僅車馬輕鬆寫意地緩慢前進，連靜觀的流水也轉而多情起來。有人以為此句暗寓作者急流勇退，一去不返的堅定心志；筆者則持保留的態度，因為作者原任何官？遭遇何種挫折？當真打算從此歸隱不再復出？這些疑問，都有待背景資料的佐證，豈能輕易如此斷言？何況，句中「如有意」的「流水」給人感覺分明是舒徐柔和而多情的，豈有所謂一去不返或急流勇退的意向在內呢？

「暮禽相與還」五字，除了繼續以擬人手法表示禽鳥也有依依送別或迎歸之情，藉以襯托詩人的從容意態之外，還暗藏著「羈鳥戀舊林，池魚思故淵」的歸隱之意；同時還可能含有歆羨禽鳥能自由飛翔，進而感悟自己應該擺脫名韁利鎖的羈絆之意。換言之，領聯兩句可能是以水流之自在與魚鳥之可親，暗示自己已能純化性靈，淡泊名利，回歸真我而毫無機心，感受到「萬物靜觀皆自得」的佳趣，因此頓覺水亦有意，鳥亦有情，一切都令人心曠神怡，悅樂自足。

「荒城臨古渡，落日滿秋山」兩句，是以昏黃黯淡的色調，描繪殘破荒涼的景象，渲染出衰颯蕭瑟的況味，表現出一種蒼茫而沉靜的

野趣，讀來只覺殘破中有壯美，絢麗中有悲涼。在蕭瑟曠遠的圖象裡，除了寄託著與世無爭的閒適與淡泊之外，似乎還在詩情畫意之中寓藏著只能意會而難以言傳的深遠韻味。

「迢遞嵩高下，歸來且閉關」兩句，則點出歸隱的所在，繳清「歸嵩山」的題意。「迢遞」二字，既指路途之迢遠，也表示歸隱所在的嵩山之高峻，流露出無限嚮往之意。「歸來」，表明本詩是抵達嵩山後所作，明點題目中的「歸」字。「且閉關」三字，表現出倦遊知返後，無意再涉足紅塵，過問世事，打算暫且閉門謝客，閉關潛修的意思。

【評點】

01 方回：閑適之趣，淡泊之味，不求工而未嘗不工者，此詩是也。（《瀛奎律髓》）

02 吳瑞榮：信心而出，句句自然。（《唐詩箋要》）

03 顧安：右丞此詩，胸中並無一事一念。口頭語，說出便佳；眼前景，指出便妙。情境雙融，心神俱寂，三禪天人也。。（《唐詩消夏錄》）

04 黃生：（頷聯）雖是寫景，卻連自己歸家之喜一併寫出；看其筆墨烘染之妙，豈復後人所及。（《唐詩矩》）

05 顧氏：沖古。此等詩當知其作法調理：前四句敘歸途景色之趣，後四句敘嵩山景色閑曠，可以超遞之趣。景自分屬不窒。（《唐賢三昧集箋注》引）

06 沈德潛：寫人情物性，每在有意無意之間。（《唐詩別裁》）

07 紀昀：方不求工，乃已雕已琢後還於樸，斧鑿之跡俱化爾 ○何焯：三、四見得魚鳥自爾親人，歸時若還歸故我。（《瀛奎律髓匯評》）

08 張文蓀：蒼涼在目，神韻要體味。（《唐賢清雅集》）

09 王文濡：前六句一路寫來，總為「迢遞」二字作勢，謂經多少夕
　　陽古渡、荒草長堤，而嵩山尚遠也。末句「且」字，乃深一層說，
　　言時衰世亂，姑且閉門謝客耳。（《唐賢清雅集》）

064 送梓州李使君（五律）　　　　王維

萬壑樹參天，千山響杜鵑。山中一夜雨，樹杪百重
泉。漢女輸橦布，巴人訟芋田。文翁翻教授，不敢
倚先賢。

【詩意】

　　李使君所要前往的地方是：在幽深邃密的千巖萬壑之中，有許許
多多聳入雲天的古木；而在層巒疊嶂的崇山峻嶺之間，則迴盪著杜鵑
鳥淒切異常的悲啼。原本雲霧封鎖的山中，經過一夜豪雨之後，便會
有千百道的山泉，從絕崖削壁上的樹梢間奔湧飛濺而下，那壯觀的奇
景，真足以動人心魄。在巴山蜀郡地區，少數民族的婦女極為勤勞，
她們能夠以橦花織成布疋來繳納租稅；而當地的土著則頗為強悍，經
常為了爭奪芋田的作物而有訴訟的糾紛。我相信這回您去梓州上任後，
一定能夠像漢朝的文翁治理蜀地一樣，用心更新文化教育，改善民情
風俗，絕對不會只想倚靠先賢的治績而無所作為。

【注釋】

① 詩題─梓州，唐時屬劍南道，治所在今四川省三台縣。使君，刺
　　史的尊稱，亦可稱奉命出使的官員。李使君，名事不詳；杜甫有
　　〈送李梓州使君之任〉詩，未知是否其人。

② 「千山」句—杜鵑，又有子歸、子規、子雟、謝豹、杜宇等異名；頭灰褐色，體深褐色，胸腹白色，尾有黑斑，雜以棕白色點。春夏之際，常徹夜啼唱，音調哀切，相傳其聲有如人語「不如歸去」，故能令旅人倍增愁思。又，相傳此鳥為遠古時蜀王望帝的精魂所化生。

③ 「樹杪」句—杪，音ㄇㄧㄠˇ，樹梢。百重，極言流泉奔濺之紛亂繁多，與其來處之高峻。

④ 「漢女」句—漢女，嘉陵江古稱西漢水，故當地少數民族之婦女亦可稱為漢女。輸，納稅。橦布，以橦樹花的柔脆纖維所織成的布，見左思〈蜀都賦〉劉淵林注。

⑤ 「巴人」句—巴，古國名，故都在今重慶市一帶。芋，蜀中盛產又圓又大的芋魁，為當地土著的主糧之一。

⑥ 「文翁」句—文翁（156 B.C. － 101 B.C.），西漢廬江人，《漢書‧循吏傳》載文翁於景帝時為蜀郡太守，仁愛而重教化。因見其地荒僻，民風蠻陋，乃選郡縣小吏中開敏而有資材者，遣詣京師，受業於博士。又設學宮，興教化，使蜀地文教比於齊、魯。翻，更新。教授，教化。

⑦ 「不敢」句—謂昔日文翁之教化雖美，今日或已衰廢（故有芋田之訟），李使君當更展布新猷，淳化風俗，不可倚賴先賢之治績而守成無為也[1]。

【補註】

01 此高步瀛《唐宋詩舉要》之說。趙殿成《王右丞集箋註》則謂「不敢」乃「敢不」之訛；如依其說，則「倚」字當釋為「依循」，句意則為：豈敢不遵循文翁更新教化之作為，更加淳化蜀地之民情風俗？

【導讀】

　　這是一首臨別贈言而期勉殷切之作。由詩中的場景判斷，應該是詩人年歲較長、閱歷較豐之後的經驗之談；而從詩末寄寓的興教化、淳風俗之厚望來看，也比較像長者諄諄教誨的口氣。因此，筆者判斷本詩可能是王維晚年名望清崇且尚未定居輞川前勉勵後輩的應酬之作。

　　「萬壑樹參天，千山響杜鵑」兩句，是以懸想示現的手法，把梓州山多樹高，杜鵑遍野的深邃清峭之景，搬到讀者眼前來，讓人恍如穿行在古木參天的高巖幽壑之間，既有隱天蔽日的茂林高樹，又有崎嶇陡峭的林間小徑，更有此起彼落的杜鵑啼唱，簡直令人目不暇接、耳不暇聽了。「萬壑樹參天」，給人視覺上的雄奇峻偉之美；「千山響杜鵑」，給人聽覺上繁亂淒切之感。這兩句不僅意象鮮明，而且氣勢崢嶸，同時給人真切具體的臨場感，因此《唐宋詩舉要》錄吳北江之評曰：「逆起神韻俊邁。」所謂「逆起」，大概是說不由眼前的送別場景點染離情，而由李使君遠去的梓州山林之勝落墨，不僅設想奇警，造境雄闊，而且頗有以高山峻嶺與密林幽谷的景物來豁人眼目、壯人行色的意涵在內，自然能激發起李使君壯遊萬里的豪邁之氣，沖淡離鄉背井的孤子之悲了，因此王士禎《漁洋詩話》稱此聯為「工於發端」，沈德潛《唐詩別裁》和李鍈《詩法易簡錄》也都嘆賞起勢之「斗絕」。

　　「山中一夜雨，樹杪百重泉」兩句，則是設想李使君穿越了茂林深山，在驛站或旅店歇宿一夜之後，清晨上路前所能見到的景象。大概詩人是懸想李使君此行將會在山腳或水邊投宿，當他回首遙望昨日經過的山區時，將會見到重山峻嶺間生長著許多茂密挺拔的巨樹，而一夜連綿不絕的山雨所匯聚成的水勢，正從平日流淌的渠道中滿溢而出，順著陡峭起伏的山坡與澗谷奔騰直下；當它們來到落差較大的絕

巘或斷崖邊時，便突然縱躍墜落，在高樹和巨巖間不斷地衝激起伏成百道的瀑布飛濺而下，形成一幅清峭峻潔的山水畫卷，令人有目眩神搖的驚心動魄之感，因此屈復《唐詩成法》說：「將梓州山水直寫四句，聲調高亮，令人陡然一驚；全不似送行詩，只似閒適詩。妙極！」黃培芳《唐賢三昧集箋注》評曰：「好氣勢！前半如畫。」宋宗元《網師園唐詩箋》評曰：「起勢何等卓越。」

仔細推敲，可以發現「山中一夜雨」五字，是直承「千山」而來，涵括了廣袤遼闊的山林，卻使人不覺「山」字的重疊。「樹杪百重泉」五字，則承首句的「樹參天」而來，勾勒出峻峭巉刻的巖壑，同樣也使人不覺「樹」字的複沓，反而讓人覺得前半四句如珠聯玉串，既有行雲流水的清暢之氣，又有交綜錯落的形式之美；同時還能把雄奇壯美的意境展示在讀者眼前，使人有耳目撩亂、胸臆震盪之感，因此贏得前人極高的評價[1]，例如明人徐世浦《榆溪詩話》就欣賞前半有令人不覺其重出的「清妙渾然」，並且讚嘆詩人營造出意象相互涵攝的夜雨杜鵑、樹梢流泉為「妙處豈復畫師所能到？前身畫師故是[2]。」沈德潛《說詩晬語》也指出三、四兩句「分頂上二語，而一氣赴之，尤為龍跳虎臥之筆。」李鍈《詩法易簡錄》也說這種交錯重出的句法「一氣相生相促，洵傑作也。」

「漢女輸橦布，巴人訟芋田」兩句則撇開寫景，轉而描寫梓州的民情風俗，表示那裡是少數民族聚居之地，當地的婦女，按時向官府交納用橦木花的纖維織成的布疋；同時蜀地產芋，當地人們常常會為芋田發生訴訟。詩人以「漢女」「巴人」「橦布」「芋田」等詞語扣準巴蜀的地方特色，既稱賞民風的淳樸勤勞，又標誌土著的粗獷強悍，同時還以征收賦稅和排解訟爭這兩件事，點出李使君赴任梓州的主要職掌。如此安排，不僅切合其人其地與其事，而且也說明了在前人施行教化的基礎上，淳樸勤奮的民風將有利於政令的推行，相當值得珍

惜維護；同時暗示了山野之民強悍難馴的個性，則又有待新任父母官的教化開導，預先為尾聯的深致期勉之意，留下伏筆。

「文翁翻教授，不敢倚先賢」兩句，則是提出化解淳樸與強悍的矛盾，進而開創平治梓州的關鍵在於：踵武前賢，展布新猷。也就是在文翁治蜀的基礎上，繼續大力推行文教，才能既保存勤樸的民風，又感化獷悍的個性；既無愧先賢，又能彰示來茲。詩筆至此，寫足了贈人以言的殷殷期許之情與諄諄教誨之意，而且寓勸勉鼓勵於涵義深遠的典故之中，因此讀來倍覺語婉情真，神韻淵永。王夫之《唐詩評選》說：「意至則事自洽合，與求事切題者，雅俗冰炭。右丞工於用意，尤工於達意；景亦意，事亦意。前無古人，後無嗣者；文外獨絕，不許有兩。」可謂推崇備至矣！

【補註】

01 王士禛《古夫于亭雜錄》卷 3 以為前半「興來神來，天然入妙，不可湊泊。」紀昀《瀛奎律髓匯評》說：「起四句高調摩雲。」吳喬《圍爐詩話》也特別以本詩為例說：「讀王右丞詩，使人客氣塵心都盡。」

02 王維〈偶然作〉：「宿世謬詞客，前身應畫師；不能捨餘習，偶被時人知。」

【評點】

01 方回：風土詩多因送人之官及遠行，指言其方所、習俗之異，（是以寫來）清新雋永。唐人如此詩者極多，如許棠云：「王租只貢金」，如周繇云：「官俸請丹砂」。（《瀛奎律髓》）

02 鍾惺：（頷聯）泠然妙語，乃於送行詩得之，更妙。「訟」字人不肯說，詩中說風土宜如此。（《唐詩歸》）

03 周珽：前四句即通過送李之時景而成詠，音調高朗，綽有逸趣。　○
　　徐充：三、四句對而意連，極佳；陸放翁：「小樓一夜聽風雨，
　　深巷明朝賣杏花」，用此體。（《唐詩選脈會通評林》）

04 吳喬：（前半四句）竟是山林隱逸詩，欲避近熟，故於梓州山境
　　說起。（《圍爐詩話》）

05 張文蓀：落筆神妙，煉意功夫最深；人以為容易，不知其意匠經
　　營慘澹也。（《唐賢清雅集》）

065 渭城曲（七絕樂府）　　　　王維

渭城朝雨浥輕塵，客舍青青柳色新。勸君更盡一杯
酒，西出陽關無故人。

【詩意】

　　清晨時飄下了正好可以潤濕塵土的細雨，還把驛道旁的旅舍清洗
得明朗潔淨，連楊柳都欣欣然地換穿上嫩綠的翠色新裝。（儘管這時
候空氣相當清爽，驛道也不會塵土飛揚，最適合遠行了；但是）我勸
您再喝完一杯酒，好多帶走一分老朋友殷勤相送的情意，留給你日後
更多溫馨的回憶；因為一旦出了陽關，再向西走，可就再也沒有知心
的老友能和您舉杯共飲了！

【注釋】

① 詩題—渭城，本為秦之咸陽縣，漢武帝時改稱渭城，在今西安市
　西北，渭水北岸。詩題原作〈送元二使安西〉，被譜成送別樂曲
　後稱為〈渭城曲〉，又名〈陽關曲〉〈陽關三疊〉，當時即騰播
　眾口，交相吟唱。宋郭茂倩《樂府詩集》收入〈近代曲辭〉中。

元二，元姓而排行第二的朋友，名事不詳。使，奉朝廷命令而出
使。安西，唐時中央政府為統轄西域地區而設的安西督護府之簡
稱，治所在龜茲，位於今新疆維吾爾自治區之庫車縣。

② 「渭城」句——浥，音ㄧˋ，濕潤；浥輕塵，細雨沾濕了驛道，使
塵土不至於因車馬通過而飛揚起來。

③ 「西出」句——陽，山之南、水之北謂之陽；陽關，因在玉門關之
南，故名陽關，故址在今甘肅省敦煌市西南約七八十公里處，位
於河西走廊的盡頭，是唐時出塞必經之地。

【導讀】

這首膾炙人口的小詩，雖然寫的只是習見的餞別情景，卻能別出
心裁地把氣氛營造得溫馨親切，而非黯然銷魂，色調也敷設得清新明
朗，而非愁慘黯淡，因此能別開生面地跳脫離愁別恨的窠臼，讀來只
覺風光明媚如畫，離情醇美如酒，語言清空如水，使人在賞心悅目之
餘，如聞故人殷殷勸酒之音聲，如見知己依依惜別之神態，不免心旌
搖蕩而性靈迷醉了。正由於景中藏情而又詩中有畫，氣度雍容而又感
情深婉，因此贏得歷代詩評家極高的評價[1]，例如胡應麟《詩藪》說：
「『數聲風笛離亭晚，君向瀟湘我向秦』『日暮酒醒人已遠，滿天風
雨下西樓[2]』，豈不一唱三嘆？而氣韻衰颯殊甚。『渭城朝雨』自是
口語，而千載如新，此論盛唐、晚唐三昧。」他還認為本詩乃盛唐絕
句之冠，王士禎《唐人萬首絕句選》也取本詩為壓卷之作。

「渭城朝雨浥輕塵」七字，點出了送別的地點、時間、天氣及路
況，並暗寓征塵之苦與送別之意。唐朝由長安西行者，大多在渭城的
離亭送別；因此「渭城」二字，不僅寫出此地曾是秦朝繁華的都城咸
陽，也隱約逗出餞別的意思。「朝雨」往往並不急驟狂暴，因此詩人
以「浥輕塵」說明雨才剛剛足夠潤濕路面的塵土就停了。「浥」字是
濡濕的意思，用得極為講究，除了把清晨的一場細雨寫得相當溫柔纏

綿，可以彷彿詩人心中似淡實濃，似疏實密的離情之外，也表示平日驛道上飛揚瀰漫的塵土，也因為這場細雨而澄淨安定下來。此時，地面上雖然微潤，但並不濕滑難走；空中則雨霽天青，一片清朗，正適合遠行。一曲驪歌，已經在寫景中悄悄地展開序幕了。

「客舍青青柳色新」七字，則不僅點出節令是春天，而且進一步把朝雨只沾潤客舍與綠柳而不至於弄濕地面的纖細輕柔，烘托得更具情韻。平日的驛道上，由於車馬頻繁而煙塵滾滾，以至於柳樹的枝葉覆蓋著暗黃的塵粉，如今則因為下了一場恰到好處的朝雨，洗出它青翠嫵媚的姿色來，因此詩人以「新」字表現出它換上綠裝後給人耳目一新的快意；也由於柳色蓊蓊鬱鬱，綠意盎然，於是連路旁的客舍也被嫩綠的柳色映照得清新明朗起來，因此詩人以「青青」寫出它令人眼目舒爽的精神來。此外，「客舍」是征役之人的棲身之所，「柳色」又是離情依依的象徵，它們和「渭城」一詞，正好渾融無隔地關合著送別之意，因此徐增《而庵說唐詩》說：「人皆知此詩後二句妙，而不知虧煞前二句提頓得好。」

前兩句的寫景極為清麗秀美，使人渾然不覺其中含有友人即將辭別京華，遠赴絕塞而羈魂異域的哀傷，反而以為友人是在天朗氣清而惠風和暢，雨霽塵靜而花明柳媚的景致中遠足郊遊，因此讀來只覺詩情畫意之美，令人心曠神怡。這一方面可能是由於盛唐時中原和西域的往來較為頻繁，能夠為國出使陽關西塞，是一件令人欣羨嚮往的壯舉，也是男兒志在四方的自我實踐，因此詩中的離情也就和一般送人落第返鄉、遭貶南荒、辭官歸隱等的況味大不相同，自然景色的點染便顯得清新明麗了。另一方面，詩人似乎又有意以清潤的景色來象徵兩人愉悅的心境，和純潔的情誼，因此畫面中不僅沒有離愁別恨的氛圍，反而似乎洋溢著快樂、興奮、期盼與希望的情調。此外，「輕塵」「青青」與「新」等音韻清揚悅耳的詞語，又自然流露出令人快意喜悅的聲情，無形中也有助於烘托出這一場意氣高朗的送別情境；因此

408 ◎ 不廢江河萬古流──悅讀唐詩三百首（一）

宋顧樂在《唐人萬首絕句選》評曰：「送別詩要情味俱深，意境兩盡；如此篇，真絕作也。」

「勸君更進一杯酒，西出陽關無故人」兩句，則是在前兩句情景交融而又意境優美的圖畫中，加進了離亭餞別的場面來寫足送人遠使的題意。「更」盡一杯，表示主客雙方都已經暢飲了不知多少杯浸透著離情的水酒了，眼看著元二就要啟程，詩人仍然臨別依依，不忍驟別，因此懇切挽留而殷勤勸酒；一方面似乎希望能藉著再喝一杯來延宕一些分手的時間，另一方面，也把千般叮嚀、萬般囑咐的關懷與祝福，釀成一杯象徵詩人所有真摯情誼的瓊漿玉液，好讓友人在孤身萬里的跋涉中，感到友情的溫暖而不寂寞。可能因為雙方都已經痛飲欲醉而不勝酒力了，因此詩人才以「西出陽關無故人」來敦勸元二鼓蕩豪氣，再乾一杯：陽關既已遠在中原之外，而安西更在陽關以西將近一千公里以外；陽關已無故人可遇，則安西又豈有知己可逢？

所謂「酒逢知己千杯少」「相逢意氣為君飲」，元二此去，就要遠赴萬里，投身沙塞了，從此再也沒有心靈契合的老友可以把盞談心了；即使他可能也頗為自己出使安西而自豪，但是聽到「西出陽關無故人」時，又怎能不感受到老友對自己的牽掛之切，和期許自己珍重的真情之深，因而意氣豪邁地再傾一杯呢？換言之，他一定能領略到「故人」沒有說出的話遠比說出來的「西出陽關無故人」還要豐富深刻，真摯動人；則意氣相得的兩人，當時又共揮多少離杯，恐怕是再也說不清了！

這首場面溫馨而景致如畫，聲韻輕快而口吻宛然的送別詩，的確當得上是語淺情深而又風格獨特的雋品，因此李東陽《麓堂詩話》說：「此辭一出，一時傳誦不足，至為三疊歌之；後之詠別者，千言萬語，殆不能出其意之外。」可見本詩藝術成就之高與感人肺腑之深了。

【補註】

01 黃生《唐詩摘抄》特別稱賞本詩之「氣度從容，風味雋永」，評定為唐人送別詩第一；趙翼在《甌北詩話》中說：「人人意中所有，卻未有人道過；一經說出，便人人如其意之所欲出，而易於流播，遂足傳當時而名後世。如李白『今人不見古時月，今月曾經照古人』、王摩詰『勸君更盡一杯酒，西出陽關無故人』，至今膾炙人口，皆是先得人心之所同然也。」

02 鄭谷〈淮上與友人別〉：「揚子江頭楊柳春，楊花愁殺渡江人。數聲風笛離亭晚，君向瀟湘我向秦。」許渾〈謝亭送別〉：「勞歌一曲解行舟，紅葉青山水急流。日暮酒醒人已遠，滿天風雨下西樓。」

【評點】

01 劉辰翁：更萬首絕句，亦不復近，古今第一矣。（《王孟詩評》）

02 吳逸一：語由信筆，千古擅長，既謝光芒，兼空追琢；太白、少伯，何遽勝之？（《唐詩正聲》引）

03 陸時雍：語老情深，遂為千古絕調。（《唐詩鏡》）

04 唐汝詢：唐人餞別詩以億計，獨〈陽關〉擅名，非為其真切有情乎？鑿混沌者皆下風也。（《唐詩解》）

05 謝枋得：意味悠長。　○唐汝詢：信手拈出，乃為送別絕唱，作意者正不能佳。　○蔣一梅：片言之悲，令人魂斷。（《詩法選脈會通評林》）

06 邢昉：風韻超凡，聲情刺骨；自爾百代如新，更無繼者。（《唐風定》）

07 黃生：失黏。須將一、二倒過；然畢竟移動不得。由作者一時天機湊泊，寧可失黏而語勢不可倒轉；此古人神境，未易到也。（《唐詩摘抄》）

08 吳瑞榮：不作深語，聲情沁骨。（《唐詩箋要》）

09 徐增：此詩之妙，只是一個「真」，真則能動人。後維於路旁，聞人唱詩，為之落淚。（《而庵說唐詩》）

066 漢江臨汎（五律）　　　　　王維

楚塞三湘接，荊門九派通。江流天地外，山色有無中。郡邑浮前浦，波瀾動遠空。襄陽好風日，留醉與山翁。

【詩意】

　　（放眼遠眺時，可以想像：）貫通楚國遼闊疆域的漢水，可以和浩蕩淼茫洞庭湖以及湖南眾多的水流相互銜接；它不僅聯絡了楚國許多重要的門戶，還流注長江，並匯通縱橫密佈的許多水流。極目而望，蜿蜒的江水彷彿流向蒼茫的天地之外而去；遠方的山色，則看起來縹緲隱約，若有若無，景致之美，宛然如畫。泛舟其間，沿江的郡邑和水中的倒影，一起隨著波光的搖晃而上下起伏；翻湧的波瀾，則把遠方的天空震盪得忽高忽低，忽左忽右。襄陽一帶的風光景物是如此美妙，可惜只能留給疏淡高朗的地方長官在此陶然沉醉了。

【注釋】

① 詩題—漢江，又名漢水，源出陝西、甘肅一帶山中，流經湖北襄陽，至漢陽注入長江。漢江因流經之地而有漾水、沔水、滄浪諸名，漢水則為總稱。臨汎，臨流泛舟。汎，通「泛」，《瀛奎律髓》作「眺」。

② 「楚塞」二句—為「楚塞接三湘，荊門通九派」之倒裝；極言漢江流域貫通古代楚界，銜接湖南，又匯注長江而連絡東南大地的廣袤邈遠。楚塞，古代楚國的疆域，此處泛指漢水流貫的湖北而言。三，多數之謂；三湘，泛指注入洞庭湖的眾多水流而言，亦可指湖南諸流域，或代指湖南而言。荊門，泛指楚國眾多的門戶；蓋古時楚國有「荊楚」之名。派，水的支流；九派，泛稱眾多的水流[1]。

③ 「江流」二句—依照詩題來看，江，應指蜿蜒綿邈之漢江而言；山，則泛稱作者在舟中所可見的遠山而言，無法確指[2]。

④ 「郡邑」—郡邑，沿江的郡縣，仍是泛稱而無法確指。浦，水濱。浮前浦、動遠空，可指舟行途中，江波動盪起伏，故郡邑似亦隨之浮盪上下，遠空似亦因而翻動搖晃；亦可指郡邑與遠空皆倒映水中，隨舟船與江波而浮漾湧動。

⑤ 「襄陽」二句—襄陽，今湖北省襄陽市。末句為「留與山翁醉」之倒裝。山翁，原指竹林七賢之一的山濤之子山簡（253－312），《晉書・山簡傳》載山簡好飲酒嬉遊，為征南將軍鎮守襄陽時，政通人和，常至郡中豪族習氏之園池飲宴，未嘗不大醉而還。然就詩意觀察，此處之山翁殆指襄陽的地方長官；蓋王維只是暫時路過此地，若以山翁自況，頗覺不倫[3]。

【補註】

01 首聯雖有渾涵天地、吞吐山川的氣勢，但都是出於想像，並非實地臨汎遠眺時視力所可及者；可見詩中的地名多屬泛稱而非實指。三湘，前人或謂湘潭、湘源、湘鄉，或謂灘湘、蒸湘、瀟湘，亦有謂沅湘、臨湘、湘陰等；眾說駁雜，然皆不與漢水銜接而與詩意不合。荊門，舊注以為指湖北省宜都市西北之荊門山，殆非；蓋荊門山既不與漢水相通，又不與潯陽一帶的九流相銜，更與詩中襄陽相距數百里之遙。至於九派，舊注以為指潯陽一帶匯注於長江的九條水流，亦嫌拘泥。

02 章燮注云：「此江之源出於九川，似從天地外流也；遙視江上之山，明明滅滅，其色皆含於有無之中。」事實上，不論「江」是指漢江或長江，皆各有其源頭，然絕非出於九川，故其說頗謬。舊說也把「山」字解釋為荊門山，亦值得商榷；因為漢水流經荊門山之東約一百公里處，絕非肉眼所可見者。

03 大陸學者多謂：開元二十八年（740），詩人由監察御史遷殿中侍御史，冬日，知南選（按：擔任朝廷派往南方主持補選官員的選補使，例由御史、郎官充任），由長安經襄陽、郢州、夏口至嶺南。本詩當作於途經襄陽時。筆者由於文獻不足，難斷其是非；但對於詩人前進的方向，則以為正好相反，詳見【導讀】。

【導讀】

　　這是一首寫景平遠壯闊，氣勢渾浩雄偉的山水詩。雖然讀來頗有臥遊千里，飽覽山川的豪快之感，卻也有風煙滿紙，迷人眼目，以致難辨方位的疑惑。前人皆謂本詩乃王維泛舟於襄陽之作，筆者卻以為身在襄陽不可能眺望到數百里之外的三湘、荊門與潯陽（今之九江市）；反而由首聯的「楚塞三湘接，荊門九派通」到尾聯的「襄陽好風日」

來看，詩人似乎是由漢陽（漢江入長江處）逆溯漢水而上，在飽覽山水之美後，終於抵達西北邊風物清佳的襄陽而有盤桓之想。至於這段水路要走幾天，則由於手邊資料不足，只能存而不論。

「楚塞三湘接，荊門九派通」兩句，大概是詩人以經驗為基礎而馳騁想像，極寫湘、楚疆域之廣袤與漢江水域之夐遠。詩人把南方半壁江山納於工整的對偶之中，令人驚嘆其氣吞江陸、涵括天地的驚人筆力。大概詩人覽眺景物的地點是在長江折入漢水的漢陽，由於有長江浩蕩的水勢壯其胸臆，於是便把印象中的洞庭三湘和江州潯陽等景點都收入筆端，因而有首聯之作。詩人把方圓千萬里的山河大地，先以「楚塞三湘」「荊門九派」包籠無遺，再以「接」「通」兩字來聯絡關鎖，便把橫臥楚塞而西接三湘，匯注長江而東走九江的浩淼水勢，蜿蜒迤邐地鋪展於讀者腦海之中了。在詩人大筆揮灑之下，不僅具有尺幅萬里之勢，而且氣象之磅礴與視野之遼闊，都令人有壯遊山川時胸膽開張、心目俱驚的豪宕之感，的確是不平凡的起筆。

「江流天地外，山色有無中」兩句，大概是詩人以《畫學秘訣》所謂「遠岫與雲容相接，遙天共水色交光」的畫理為基礎，寫他由漢陽逆流而上西北邊襄陽的曲折水路中，遊目騁懷所見的浩蕩綿長的水勢，和蒼茫隱約的山色。出句是先極目眺望到遙遠的天邊，只見江面壯闊，水路迂迴；至於在視力所難及的遠方，則發揮想像力，讓源遠流長的漢江向蒼茫的天地之外延展而去。這種在詩筆所難以細描之處「化實為虛，以無涵有」的手法，最能留下引人入勝的空白，開拓讀者的想像天地；正如國畫中的山水，常會以淡墨暈染的方式拓展出平遠開闊的視野，營造出蒼茫綿邈的意境，使觀賞畫卷的人不知不覺隨著墨色的濃淡淺深而心飛天外，神馳萬里。王之渙的「黃河遠上白雲間」、李白的「孤帆遠映碧山盡，惟見長江天際流」，以及杜甫的「錦江春色來天地，玉壘浮雲變古今」，都是發揮想像力而開拓出邈遠無窮意境的名句，與本詩的作法如出一轍；只是王維此時泛舟中流，和

上述諸人在陸地遠眺的視角不同罷了。對句也是詩人在舟中前航時所見的景物：由於水道的迂迴曲折和水面的寬廣遼闊，自然氤氳出迷茫空濛的水氣，使遠方的山色披上了若有若無的輕煙淡霧，遠遠看去，便顯得隱約敻遠，縹緲空靈而耐人懸想了。

首聯的雄渾壯闊與頷聯的蒼茫敻遠相互烘托之下，更見出虛實相涵、有無相生的畫境之美，同時也使這一段山水之旅，顯得既清曠又神秘而妙趣無窮了。由於三句中的「天」與「地」，四句中的「有」與「無」各自形成當句對，不僅使頷聯的對仗更形細密工整，而且又彷彿是脫口而出，搖筆即來的天然妙句；再加上意境恢闊，情景如見，因此很受前人愛賞[1]。

「郡邑浮前浦，波瀾動遠空」兩句，是寫舟船經過長久的航行之後，即將抵達襄陽前的景致。由於此時江波拍岸後激起的浪花會和隨後湧向岸邊的波潮相衝撞，使舟船在靠向岸邊時會比在江心航行時遭遇到顛盪得更為劇烈的震動，因此詩人在舟中自然會感到水晃天搖，連江邊的郡邑和水濱的渡口也都彷彿隨著翻疊騰湧的波瀾而起伏震盪了。換言之，詩人是巧妙地借用人在舟中隨波上下時所常有的錯覺來捕捉杜甫〈秋興八首〉之一「江間波浪兼天湧」的景象，傳達孟浩然〈望洞庭湖上張丞相〉中「波撼岳陽城」的感受，只是氣勢沒有那麼雄渾壯偉罷了。紀昀評曰：「三、四好，五、六撐不起，六句尤少味，複衍三句故也。」他所謂的「複衍」，大概是認為腹聯只是重複寫水勢之浩蕩空闊而已，無法與頷聯自然渾成的氣象相銜相稱。其實，三、四句側重在描寫視野的遼闊、水勢的浩淼、水路的紆曲，屬於遠眺的靜態景觀；五、六句則側重在刻畫襄陽在望而移舟向岸時起伏搖晃的感受，屬於近觀的動態畫面。前者的意境空闊邈遠，足以暢人胸懷；後者的波濤震盪翻騰，足以駭人心魂。兩聯所寫的內容，不僅沒有疊床架屋的毛病，反而由於動靜交錯對比，更能襯托出水勢的磅礴浩瀚之感，和人在舟中航行時動盪起伏之感；詩題的「臨汎」二字也

才有了具體的著落。否則，只有「楚塞三湘接，荊門九派通；江流天地外，山色有無中」四句，給人的感覺便像是詩人佇立陸地遠眺時所見的錦繡山河，而非作者泛舟航行時心旌搖蕩的壯闊之感了。

有了腹聯所寫的郡邑映水，與天共搖的景象，不僅寫足了詩題中的「臨汎」的精神，同時也流露出船近襄陽時的新奇與喜悅之情；因此尾聯「襄陽好風日，留醉與山翁」便由寫景轉而抒情作收，表達對於襄陽風物的欣賞與讚嘆。換言之，腹聯二句生動的刻劃，不僅令人有親臨其境與波上下的真切之感，同時也寫出移舟向岸的逼近之勢；因此尾聯拈出「襄陽」二字來表示航程的結束，又以「留醉」二字表示對於江岸風物的愛賞之意，便顯得水到渠成，自然而然了。至於「山翁」二字，則是代指襄陽的地方長官而非詩人自謂；因為晉朝的山簡是在鎮守襄陽時留連於池園飲宴，而王維終究只是路過此地的京官而已，因此他只能對襄陽的州官表示羨慕，不可能自己淹留於此。

【補註】

01 權德輿〈晚渡揚子江〉詩云：「遠岫有無中，片帆煙水上」，已頗得王維丹青之筆意；歐陽修〈朝中措〉詞首二句云：「平山欄檻倚晴空，山色有無中」，更是直接套用王維的名句，可見傾心的程度；元回《瀛奎律髓》甚至以為王維這兩句「足敵孟、杜〈岳陽〉之作。」王世貞《弇州山人稿》也說：「是詩家極俊語，卻入畫三昧。」

【評點】

01 郭濬：氣象涵蓄，渾灝無際，淺率者擬學不得。（《增訂評注唐詩正聲》）

02 葉羲：胸中有一段浩然廣大之致，適於泛江寫出，可風亦可雅。（《唐詩意》）

03 屈復：前六雄俊闊大，甚難收拾，卻以「好風日」三字結之，筆力千鈞。（《唐詩成法》）

04 黃培芳：三、四氣格渾成，盛唐本色。五、六即第三句之半。（《唐賢三昧集箋注》）

05 馮舒：澄之使清矣，「壯」字不足以盡之。　○陸貽典：順題作法，落句推開。　○無名氏：壯句仍沖雅，見右丞本色。（《瀛奎律髓匯評》）

06 胡本淵：三句雄闊，四句縹緲，此換筆之妙。（《唐詩近體》）

067 奉和聖制雨中春望（七律）　　　王維

渭水自縈秦塞曲，黃山舊繞漢宮斜。鑾輿迥出千門柳，閣道迴看上苑花。雲裡帝城雙鳳闕，雨中春樹萬人家。為乘陽氣行時令，不是宸遊玩物華。

【詩意】

　　渭水自古以來就蜿蜒地縈繞著秦國最險要的關塞咸陽，黃麓山則迤邐地環抱著漢朝最巍峨的宮城長安。當天子的鑾輿從千門萬戶的皇宮起駕出發時，彷彿凌空升騰在搖曳的煙柳之上；當聖駕駐留在閣道途中迴望御苑裡的花木時，只見滿眼的綠煙紅霧，讓人眼花撩亂。那高入雲天的樓觀，正是大明宮前左右對峙的翔鑾和棲鳳雙闕；而細雨迷濛，春樹環繞的長安城裡，則住著安居樂業的萬戶人家。每當天子出巡時，都是為了順應暢旺的陽氣而向百姓傳布農時節令，絕不是為了玩賞春光而流連美景啊！

【注釋】

① 詩題─原題甚長：「奉和聖制從蓬萊向興慶閣道中留春雨中春望
之作應制」，今題為筆者所節略。奉和，恭謹地唱和；聖制，皇
帝所作之詩。「從蓬萊向興慶閣道中留春雨中春望」，應為當時
玄宗的詩題。應制，侍從君王時奉命應和之作。蓬萊，指蓬萊宮，
在宮城東北，因宮內太液池中有蓬萊島而命名，又名大明宮，又
稱東內。興慶，宮名，在宮城東南，又稱南內，與蓬萊宮的直線
距離約三四公里，玄宗即居住於此，處理政事。閣道，一指閣樓
之間架空而築的通道，因上下皆有可通之道，又名複道；一指夾
於兩堵高牆之間的秘密通道。留，流連徘徊，有賞玩之意。

② 「渭水」句─渭水，源出甘肅省渭源縣鳥鼠山，流經陝西之鳳翔、
西安、朝邑，又東流至潼關注入黃河。縈，曲折環繞。秦塞，秦
地；指陝西長安、咸陽等古秦國之地。

③ 「黃山」句─黃山，又名黃麓山，在今陝西省興平市西北。漢宮，
漢時於黃山築有黃山宮；然此處殆指長安的宮闕而言。因為由長
安的皇苑中應該不太可能遙望四五十公里外的黃山宮。斜，山勢
迤邐狀。

④ 「鑾輿」句─鑾輿，天子的乘輿。迥出，高出、遠出。千門，指
宮內的千門萬戶；漢時建章宮有千門萬戶之氣派，故以千門指重
重宮門。

⑤ 「閣道」句─閣道，見注①。上苑，泛指皇城內的宮苑園囿而言。

⑥ 「雲裡」句─謂在接近興慶宮處迴望北方的大明宮，只見翔鸞和
棲鳳兩座樓觀左右對峙在雲遮霧繞的天宇之下，顯得格外巍峨莊
重。闕，殆指大明宮的含元殿前左右望樓而言。

⑦ 「為乘」二句─乘，順應。陽氣，生機暢旺的春氣。行時令，宣
達傳布適應時節的政令；《禮記・月令》：「季春之月，……生

氣方盛，陽氣發泄，……天子布德行惠，命有司發倉廩，賜貧窮，
振乏絕。」宸，帝王所居之處，可代指帝王。物華，美好的景物。

【導讀】

　　這首應制的七律，是王維針對唐玄宗由閣道出遊時在雨中春望賦
詩的唱和應酬之作。由於應制詩是奉皇帝之命而唱和，既須寫得典雅
莊重，內容又難免歌功頌德，因此歷來佳作不多[1]，本詩即其鳳毛麟
角，因此贏得前人很高的評價[2]，高棅《唐音品彙》以為本詩乃七律
應制之「正聲」，王夫之《唐詩評選》以為本詩「人工備絕，更千萬
人不可廢。」沈德潛《唐詩別裁》評曰：「結意寓規於頌，臣子立言，
方為得體；應制詩以此為第一。」細味本詩之所以備受推崇，以為迥
出群英之上，又被蘅塘退士選入《唐詩三百首》中作為科舉時代考生
揣摩借鏡之用，除了「寓規於頌」，婉而成章的詩人溫厚之旨外，純
就審美標準而論，本詩也的確有它值得欣賞的藝術成就。

　　「渭水自縈秦塞曲，黃山舊遶漢宮斜」兩句，是先以如椽大筆勾
勒出遼遠開闊的視野，和山環水抱的地勢，作為讓蓬萊宮和興慶宮魏
峨矗峙的遠大背景，襯托出大唐帝國皇城禁苑的雄偉氣派。其中涵括
著秦、漢兩朝盛世的文治武功和歷史色彩，以及渭水的源遠流長、蜿
蜒縈紆，黃山的迤邐綿亙、遼遠廣袤，因此畫面顯得格外蒼莽雄闊，
也使得皇城之所在顯得氣勢磅礡，確乎是帝王建立萬代基業的龍潭虎
穴。「自」和「舊」字表現出「自古以來」「仍舊如昔」的久遠之意，
再加上「秦塞」「漢宮」的點染，便有了歷史的縱深，無形中便凸顯
出大唐凌駕秦、漢而睥睨千古的顯赫功業和卓越地位。再者，渭水的
縈迴和黃山的斜遶，則展現出地理的縱深，登臨覽眺之際，不僅視野
開闊，令人胸襟恢宏廣大，也讓人油然而生君臨天下，雄鎮環宇的凌
雲之志。這種由敻邈的歷史縱深落墨，而又從莽闊的地理方位拓境的
起筆，既切合聖君覽眺的氣派，也為頷聯和腹聯的構圖預先敷設好氣

勢雄闊的遠景，因此方東樹《詹昧昭言》卷 16 說：「起二句先以山川將長安宮闕大勢定其方位，此亦擒題之命脈法也。譬如畫大軸畫，先界輪廓，又如弈棋，先布勢子，以後乃好依其間架而次第為之。」

「鑾輿迥出千門柳」七字，是寫帝王的輦乘由蓬萊宮向興慶宮啟行時的景象：只見千門萬戶迤邐而開，氣派非凡；柔柳含煙，絲絲弄碧。而當鑾輿進入高處的閣道時，俯視宮柳離披搖曳之狀，和平日在地面上所見的景象頗有不同而別具風情。「閣道迴望上苑花」七字，則是寫在閣道上駐留賞玩時回望蓬萊宮所見的妊紫嫣紅，花團錦簇，又與平日徘徊其間時所見者有異而饒富韻致。這兩句是寫聖駕在前進的動態中觀覽景物的特殊視角：出句寫剛出發步步高昇時俯瞰的近景，對句則寫途中逗留時遙望的遠景，不僅過程中有動有靜，而且畫面中有遠有近，給人如聞如見的臨場感。此外，「花」「柳」二字點出爛漫春光，「閣道」二字扣準題面，「迥」字之升高而起，「迴」字之逗留遙望，都能針對詩題而發；因此顧璘《批點唐音》說：「此篇狀物題景，春容典重，用字深厚，不見功力。」吳喬《圍爐詩話》也說：「景物如見，用字非後人所能及。」

「雲裡帝城雙鳳闕」是承上啟下的關鍵所在，既銜接「迴望」二字，寫北望蓬萊宮的所見，又以「雲裡」二字暗示駐留閣道上游目騁懷之久，以至於天色由晴轉陰，因此可以順勢逗出「雨中」二字。大概由於凌空所見的景致的確與平日所習見者大異其趣，才使玄宗翫賞不倦，渾忘時間之久。不知何時雨氣瀰漫而雲霧迷茫，以至於迴望時視野中的建築物都變得隱約縹緲而看不真切，唯有蓬萊宮含元殿前的翔鸞和棲鳳雙闕，在蒼茫的天色襯托下顯得雄偉高峻，格外引人矚目，因此詩人才特別以他在《畫學秘訣》所說的「遠景煙籠，深巖霧鎖」的墨趣，勾勒出雙闕並峙而又異峰突起的形象，並暗寄時間的流程於畫境之中。如此借天色的變化來暗藏時間的流程之久，才算是寫足了

詩題中「留春」二字所表示的「留連春光」的涵義；可見詩人匠心之
細膩，絕不止於寫景如畫而已。

　　出句採取仰觀迴望北方的角度之後，對句「雨中春樹萬人家」便
改寫俯瞰南面所見的景象了：只見長安城裡有如棋盤般方正整齊的街
坊巷道與居住其中的萬戶人家，在細雨如簾的籠罩，和春樹含煙的襯
托下，顯得格外迷濛濕潤，充滿水墨畫縹緲朦朧的審美情趣。如果我
們從解讀詩篇的角度退出來，嘗試從觀賞畫作的角度來瀏覽這幅春樹
煙雨圖卷，將會發覺：低矮的民戶和巍峨的雙闕相映襯，更凸顯出帝
王宮殿縹緲在雲天之外的雄偉氣勢，而長安城裡櫛比鱗次的宅院、豆
腐板塊般整齊劃一的坊曲、棋盤格線般縱橫交錯的街道，也都在煙雨
微濛中顯得隱隱約約、影影綽綽，何況景物配置又有遠近高低的錯綜
之妙，以及煙雨春樹點染出的迷茫朦朧之美，的確令人有意境空濛，
墨氣淋漓之感，再加上渭水隱約如帶的縈繞，黃山淡遠如眉的斜臥，
一幅大氣磅薄、尺幅千里的名畫就展現在眼前了！無怪乎王士禛在
《唐賢三昧集》總評本詩曰：「右丞七律多詩中有畫，宜別加功夫。」
高步瀛《唐宋詩舉要》也引吳北江對腹聯的評價：「大句籠罩，氣象
萬千。」此外，「雨中春樹萬人家」七字，似乎又暗藏著皇澤廣被，
風調雨順的涵義，為尾聯的宣導時令預留了巧妙的津渡，因此張謙宜
在《絸齋詩談》特別稱賞本詩的章法「密致之極」，大概也是有見於
腹聯關鎖著頷、尾兩聯的樞紐地位吧。

　　「為乘陽氣行時令，不是宸遊玩物華」兩句，是直承腹聯所瀰漫
的氤氳祥瑞之氛圍而來，把帝王的遊春之舉，美化成是為了上應天意，
下察民情，不僅完全切合奉和御制之作應有的迴護與頌讚之意，而且
又婉轉地寄託了規諷的深心，可謂既溫厚和平，又不致流於奉承諂諛，
最見拿捏分寸的功力；因此顧璘《批點唐音》說：「結歸之正，足見
襟度。」趙臣瑗《山滿樓箋注唐詩七言律》說：「一結得讚頌體，得
規諷體。」

仔細涵詠這首佈局嚴謹、章法細密、措詞典雅、託諷深婉，而又氣度雍容、興象高華的臺閣名篇與應制傑構，不得不嘆服詩人構思之精巧與點染之超妙，所以宋宗元《網師園唐詩箋》評曰：「詩傳畫意，頌不忘規。」吳烶《唐詩選勝直解》評曰：「八句整煉精工，應制之盡美者。」張文蓀《唐賢清雅集》評曰：「壯麗有逸氣，應制絕作。」也難怪在為數不少的唐人應制詩中，唯有本詩能得到孫洙慧眼的青睞而編入《唐詩三百首》中了。

【補註】

01 明人胡應麟《詩藪》認為這種作品「以高華秀贍，寓規於頌為貴。難工者在此，亦不盡在於揣摩迎合也。」沈德潛《說詩晬語》也說：「唐詩五言以試士，七言以應制。限以聲律，而又得失諛美之念先存於中，揣摩主司之好惡，迎合君上之旨意，宜其言之難工也。錢起〈湘靈鼓瑟〉、王維〈奉和聖制雨中春望〉外，傑作寥寥，略可觀矣。」

02 邢昉《唐風定》說：「壯麗高奇，鈞天之奏，非人間有。」吳昌祺《刪定唐風解》說：「所謂濃纖得中者也。」

【評點】

01 葉羲昂：前六句就眼前光景拈出，意致有餘；結歸雅正，更有回護。（《唐詩直解》）

02 郝敬：藻麗鏗鏘。（《批選唐詩》）

03 陸時雍：前四語布景略盡，五、六著色點染，一一俱工，佳在寫題流動，分外神色自饒。摩詰七律與杜少陵爭馳：杜好虛摹，吞吐含情，神行象外；王用實寫，神色冥會，意妙於先。二者誰可軒輊？（《唐詩鏡》）

04 唐汝詢：應制大都諛詞，獨此有箴規意。（《匯編唐詩十集》）

05 黃生：風格秀整，氣象清明，一脫初唐板滯之習。盛唐何嘗不應制？應制詩何嘗不妙？初唐遜此者，正是才情不能運其氣格耳。……一、二不出題，三、四方出，此變化之妙；出題外帶寫景，此襯貼之妙。前後二聯俱閣道中所見之景，而以三、四橫插其中，此錯綜之妙。（《唐詩摘抄》）

06 焦袁熙：字字冠冕，字字清雋，此應制中第一乘也。　〇真「詩天子」也，伏倒李、杜矣。（《此木軒論詩匯編》）

07 徐增：右丞詩都從大處發意，此作有大體裁，所以筆如游龍，極其自在，得大寬轉也。（《而庵說唐詩》）

08 范大士：題無剩意。一句中用（原唱）「雨中春」三字，寫「望」字入神，只添得四字成句也。詩家每設渲染，而不知白描為上，思過半矣。（《歷代詩發》）

09 李因培：端莊流麗，無字不妙。（《唐詩觀瀾集》）

10 張謙宜：一、二從外景寫「望」字，三、四閣道中寫「望」字，五、六方切「雨中望」，末又回護作結，章法密致之極。（《絸齋詩談》）

11 盧麰、王溥：五、六美麗秀溢，不愧名句。（《聞鶴軒初盛唐近體讀本》）

12 方東樹：起二句先以山川將長安宮闕大勢定其方位，此亦擒題之命脈法也。……三、四貼題中「從蓬萊向興慶閣道」，五、六貼「春望」、貼「雨中」；收「奉和應制」。通篇只一還題完密，而興象高華。（《昭昧詹言》）

068 和賈至舍人早朝大明宮之作（七律）王維

絳幘雞人報曉籌，尚衣方進翠雲裘。九天閶闔開宮殿，萬國衣冠拜冕旒。日色纔臨仙掌動，香煙欲傍袞龍浮。朝罷須裁五色詔，佩聲歸到鳳池頭。

【詩意】

天色才剛剛微明之際，頭戴紅巾的衛士就在皇宮外高聲唱著報曉的歌謠，尚衣局的官員正忙著要把繡有翠綠色雲彩圖案的皮裘獻給吾皇穿上。不久，巍峨雄偉的宮殿裡，千門萬戶便逶迤敞開了，無數的外邦使節和文武百官，都一齊向大唐天子恭敬地朝拜行禮了。此時初昇的旭日才剛剛照臨著承露臺上高大的仙靈巨掌，映射出閃爍耀眼的金光；御爐中裊裊的香煙也升騰開來，逐漸飄浮縈繞在龍袍的四周。參加過莊嚴肅穆的早朝之後，賈舍人須得用裁剪好的五色紙箋，恭謹地為天子草擬詔敕，於是他官服上的佩飾便一路發出清脆的聲響，翩然回到鳳凰池去了。

【注釋】

① 詩題—和，依照他人的詩題而作詩；賈至先有〈早朝大明宮呈兩省僚友〉之作：「銀燭朝天紫陌長，禁城春色曉蒼蒼。千條弱柳垂青瑣，百囀流鶯滿建章。劍佩聲隨玉墀步，衣冠身惹御爐香。共沐恩波鳳池裡，朝朝染翰侍君王。」作者與杜甫、岑參皆有唱和，傳為美談。賈至，字幼鄰，洛陽人，天寶末為中書舍人[1]，曾從玄宗幸蜀。肅宗即位時，玄宗命其撰傳位冊文，可見所受倚重之深。大明宮，是唐代禁城內皇帝居住與坐朝最常使用的宮殿[2]。

② 「絳幘」句—雞人，指宮中負責報曉的衛士[3]。絳幘，報曉的衛士用來包頭的紅巾，象徵雞冠。曉籌，又名更籌，是夜裡計時用的竹籤，《唐書·百官志》：「司門郎中、員外郎各一人，晝題時刻，夜題更籌。」

③ 「尚衣」句—尚衣，內府官署名。隋、唐設有尚衣局，掌供帝王服飾、几案之具。翠雲裘，飾有綠色雲彩圖案的皮裘。

④ 「九天」句—古人將天分為九區[4]，九天，極言天之崇高廣闊，此代指帝王所居之禁苑。閶闔，神話中的天門，〈離騷〉：「吾令帝閽開關兮，倚閶闔而望予。」後常代指皇宮之正門。

⑤ 「萬國」句—萬國，泛指異族外邦來華的蕃長及使節。衣冠，泛指文武百官。冕，禮冠；旒，禮冠前後懸垂綴飾的珠玉。冕旒，古代帝王、諸侯、卿大夫之禮冠，以絲繩貫珠玉，懸垂於禮冠的前後；後唯帝王有之[5]；此代指皇帝而言。

⑥ 「日色」句—日色，《瀛奎律髓》作「日影」。臨，指旭日初升，臨照寰宇。仙掌，《三輔黃圖·廟記》載漢武帝造神明臺以祭仙人，其上築有承露臺，有銅仙人舒掌捧銅盤玉杯，以承接雲表之露，武帝即和玉屑服之以求仙道。動，殆指銅盤上的露珠被旭日映射出逼人眼目的金光。

⑦ 「香煙」句—香煙，指御爐上昇騰的煙氣。袞龍，天子的龍袍。此句殆即和賈至原唱「衣冠身惹御爐香」之意。

⑧ 「朝罷」句—五色詔，晉人陸翽《鄴中記》載後趙石虎以五色紙為詔書，銜於木刻雛鳳口中頒行，故後世以五色詔代指帝王之詔書；然唐時之詔書則以黃麻紙書寫。

⑨ 「佩聲」句—佩聲，官服上所佩戴的飾物相互碰撞之聲，此殆和原唱「劍佩聲隨玉墀步」。鳳池，又稱鳳凰池，為中書省內的池沼名，此代指中書省[6]。

【補註】

01　《唐六典》：「中書舍人六人，正五品上，掌侍奉進奏，參議表章；凡詔旨制敕及璽書冊命，皆按典故起草進畫，既下則署而行之。」由於中書舍人任草擬詔書之職，故以有文學資望者充任。

02　《長安志》：「大明宮在禁苑之東南，……北據高原，南望爽塏，每天晴日朗，南望終南山如指掌；京城坊市街陌，俯視如在檻內，蓋甚高爽也。」宮中有含元、宣政、紫宸三殿，為朝會行儀之處。

03　自周朝起，宮中即設有專司報曉以警百官之職，稱為「雞人」，見《周禮・雞人》。《漢宮儀》：「宮中興臺並不得蓄雞。夜漏未明三刻，雞鳴；衛士候於朱雀門外，著絳幘，專傳雞唱。」

04　《呂氏春秋》：「中央曰鈞天，東方曰蒼天，東北曰變天，北方曰玄天，西北曰幽天，西方曰顥天，西南曰朱天，南方曰炎天，東南曰陽天。」

05　天子之冕有十二旒。唐時天子的袞冕飾之以金，垂白珠十二旒，為元日朝會等重大典禮時的法服；平日朝參則只穿常服。

06　《晉書・荀勗傳》載勗拜中書監久之，專管機事而近君王；後除尚書令，甚為惆悵。人賀之，勗曰：「奪我鳳凰池，諸君賀我耶？」

【導讀】

　　肅宗至德二載（757）秋，郭子儀破安史叛軍，收復長安。次年二月，改元乾元，中書舍人賈至參與早朝之後，以為還京後的中興氣象令人振奮，遂作〈早朝大明宮呈兩省僚友〉詩（見注①），當時身分地位大抵和他相當的王維，與時任補闕的岑參、官拜拾遺的杜甫，都有和作而傳為美談[1]。這四首臺閣體的佳作[2]，不僅足以並美一時，也都能享譽千載，無須強分軒輊；蓋仁者樂山，智者樂水，不妨左右逢源，既壽且樂。

　　由於原唱的精神是在「早朝」兩字，因此詩人先行拈出「絳幘雞人報曉籌，尚衣方進翠雲裘」兩句，來側寫君王起身臨朝之早，暗寓勤政愛民的歌頌之意。「雞人報曉」，正是夜幕未遁而曙色將臨之際，一日之事，於焉肇始（岑參也從「雞鳴紫陌」入手來渲染「早」字的況味），再加上「尚衣進裘」的畫面之後，便藉著早朝前宮中由靜而動的變化，把君王朝乾夕惕，而有司慎重其事地各盡職守的情狀，不著痕跡地表現出來了。

　　有了首聯由靜而動、忙中有序的景象做鋪墊，已經預為頷聯描寫早朝時莊嚴肅穆的氣氛先行蓄勢，於是詩人便斬斷枝節，以大筆勾畫出天子臨朝的威嚴，以及異邦使節和百官朝拜的恭謹。「九天閶闔開宮殿」七字，是描寫天子由皇宮內苑前來大明宮時千門萬戶迤邐敞開的深邃感與動態感，凸顯出天子駕臨時崇高尊貴的氣派，並寓有萬方恭迎時屏氣凝神的肅靜。「萬國衣冠拜冕旒」七字，是以數量上眾寡懸殊的對比，更進一步烘托帝王君臨金殿，雄視萬方的威儀，以及中興再造之後，仁威遠播，萬邦來朝的顯赫聲勢。這兩句筆力雄渾，能把莊嚴肅穆的場面刻畫得高貴華美，氣派堂皇，素有「名句」之譽，因此胡應麟《詩藪》給予相當高的評價：「頷聯高華博大而冠冕和平，前後映帶，遂令全首改色，稱最當時[3]。」

　　「日色纔臨仙掌動」七字，是更進一步點染「早」字的筆墨：此時旭日初昇，才剛照臨到承露盤的仙掌，使它映射出耀眼的金光。日色初臨，除了實寫當時景況，並象喻君王駕臨金殿，光照寰宇之外，還象徵中興再造的國運正蒸蒸日上，前程似錦。而「仙掌」，則可能寓有天佑吾皇，頌禱萬壽無疆的涵義。由於這七字氣勢恢弘，興象高朗，因此宋宗元《網師園唐詩箋》評之為「博大昌明」。

　　「香煙欲傍袞龍浮」七字，是寫入殿朝聖時爐香縹緲的景象：香煙裊裊而起，正升騰瀰漫而縈繞龍袍，浮盪在天子的身邊，一方面凸顯出肅宗乃真命天子的尊貴身分，故而恍若有神靈護佑而龍騰雲萃的

氣勢；另一方面又以「香煙欲傍」，暗寓文武百官仰慕天子的忠藎之心，無時或已；同時還回應賈至原唱中以「衣冠身惹御爐香」為熏沐聖恩的榮寵之意。如此一筆三到的寫法，既表現出唱和與原作間若即若離的呼應與變化，也使詩意更為涵蘊深厚，層折有味，因此元人楊億《詩法家數》說：「賡和之詩，當觀原詩之意如何，以其意和之，則更新奇。要造一、兩句雄健壯麗之語，方能壓倒元、白。」趙臣瑗《山滿樓箋注唐詩七言律》也稱賞王維這種脫胎換骨而青出於藍的匠心說：「並未別出手眼，而高華典贍，無美不備。」

尾聯「朝罷須裁五色詔，佩聲歸到鳳池頭」兩句，一方面是稱讚賈至早朝後隨即敏於任事，恪勤奉公的敬業精神，一方面也回應原作「朝朝染翰侍君王」的詩意。如此兩面兼顧的手筆，既切合賈舍人草擬詔令的文采之美，同時也暗示他備受君王倚重的榮寵之盛，不僅給全篇一個高明的收束，也使整首賡和詩顯得詞華意美，典雅非常，無怪乎前人給予相當高的評價[4]。

平心而論，四首唱和詩都寫得場面冠冕堂皇，氣派雍容華貴，而且色澤瑰麗，光采煥發，金碧輝煌，耀人眼目，頗能呈現上國盛世時的帝王之尊、百官之富、朝堂之雄、儀仗之盛、衣冠之美、有司之敏，讀來令人恍然有親臨親見的目亂神迷之感，不禁對大唐風物之美凜然而生肅穆敬重之心，油然而增景仰向慕之情。大概由於本詩在莊嚴典雅，瑰麗雄奇的氣象之外，又流露出對於天子的悃款忠愛之忱，因此據說備受皇家賞愛，遂命大臣以工筆正楷書寫在北平故宮中清帝理政與居住的養心齋牆面上[5]；即此而論，本詩實可謂臺閣體的登峰造極之作了。

【補註】

01 王維原本擔任給事中，由於在安祿山入長安時被迫擔任偽官，因此雖獲赦罪，仍然降為太子中允，和中書舍人賈至同為正五品上

階，而且他的資歷要比賈至深，因此和詩中不作過分恭維溢美之詞。岑參的和作是：「雞鳴紫陌曙光寒，鶯囀皇州春色闌。金闕曉鐘開萬戶，玉階仙仗擁千官。花迎劍佩星初落，柳拂旌旗露未乾。獨有鳳凰池上客，陽春一曲和皆難。」杜甫的和作是：「五更漏聲催曉箭，九重春色醉仙桃。旌旗日暖龍蛇動，宮殿風微燕雀高。朝罷香煙攜滿袖，詩成珠玉在揮毫。欲知世掌絲綸美，池上於今有鳳毛。」岑參是七品的右補闕，杜甫是從八品的左拾遺，品秩遠低於賈至，因此尾聯都流露出頌美之意。

02 楊億《詩法家數》說寫作這類的臺閣詩應該「要富貴尊嚴，典雅溫厚，寫意要閒雅、美麗、清細。如王維、賈至諸公〈早朝〉之作，氣格雄深，句意嚴整，如宮商迭奏，音韻鏗鏘，真麟遊靈沼，鳳鳴朝陽也。學者熟之，可以一洗寒陋。後來諸公應詔之作多用此體，然多志驕氣盈，處富貴而不失其正者，幾希矣。」

03 雖然胡氏稱賞本詩的頷聯，卻仍認為岑作為四首之冠，並謂王作「起語意偏，不若岑之大體；結語意窘，不若岑之自然。頸聯甚活，終未若岑之駢切……。」不過，施補華《峴傭說詩》卻批評頷聯「失之廓落」。他之所以認為頷聯描寫太空泛、太抽象，大概是沒有了解到「當時有契丹、吐蕃、回紇、南蠻許多國家和部落的軍隊來協助平定安祿山之亂，每天都有各國的可汗、君主或將帥參與朝會。王維寫的正是當時現實的盛況，而這正是賈、岑、杜三詩所沒有表現的。」（見施蟄存《唐詩百話》頁138）

04 前人對本詩的確嘆賞有加，顧璘《批點唐音》說：「右丞此篇真與老杜頡頏，後唯岑參及之，它皆不及。蓋氣象闊大，音律雄渾，句法典重，用字清新，無所不備也。」吳烶《唐詩選勝直解》也說：「應制詩（按：應是「臺閣體」）莊重典雅，斯為絕唱。」胡震亨在《唐音癸籤》總評四首曰：「右丞擅場，嘉州稱亞，獨老杜為滯鈍無色。」胡應麟《詩藪》以為「王、岑二作俱神妙，

間未易優劣。」馮班以為「畢竟右丞第一。」（見《瀛奎律髓匯評》）沈德潛《唐詩別裁》則稱賞本詩的正大、岑詩的明秀，認為賈作平平而杜詩可以不存。不過，筆者仍然以為本詩雖妙，仍有些許瑕疵：詩中大量出現的服色（例如「絳幘」「翠裘」「衣冠」「冕旒」「袞龍」等），以及意涵雷同的用語（例如「閶闔」和「宮殿」雷同，「冕旒」和「袞龍」複沓），和重出兩次的「衣」「色」二字，難免稍嫌蕪雜堆砌而容易招來求全之毀；因此顧璘、胡應麟、馮舒、毛先舒、查慎行、許印芳等前輩都引以為戒。至於方回《瀛奎律髓》說：「四人早朝之作，俱偉麗可喜。……然京師喋血之後，瘡痍未復，四人雖誇美朝儀，不已泰乎！」就不僅如補註 3 所述不了解當時的情況，而且已經偏離了賞讀詩歌藝術的正軌，置之可也。

05 筆者未曾參觀北平故宮，不知是否可信，姑錄於此以俟異日印證。

【評點】

01 胡應麟：昔人謂王服色太多，余以他句猶可，至「冕旒」「袞龍」之犯，斷不能為辭。（《詩藪》）

02 周珽：廊廟聲響，自然莊重。（《唐詩選脈會通評林》）

03 邢昉：雄渾天然，非初唐富麗可比。（《唐風定》）

04 毛先舒：典重可諷，而冕服為病，結又失嚴。（《詩辨坻》）

05 何焯：諸篇但敘入朝，此獨從天子視朝之早發端，善變而有體。落句用裁詔收舍人，仍不離天子，是照應之密。（《唐律偶評》）

06 李因培：此詩如日月五星，光華燦爛，後人嗤點流傳，以為用衣太多，此井蛙之見也。（《唐詩觀瀾集》）

07 馮舒：盛極麗矣，字面太雜。　○馮班：才氣駕馭，何嘗覺雜？畢竟右丞第一。末句太犯，然名句相接便不覺。　○何焯：次聯

君臣兩面都寫到，所謂有體要也。　○無名氏：精采飛動，雖迭用衣佩字面，位置當在第二。（《瀛奎律髓匯評》）

069 酬郭給事（七律）　　　　　　　王維

洞門高閣靄餘暉，桃李陰陰柳絮飛。禁裡疏鐘官舍晚，省中啼鳥吏人稀。晨搖玉珮趨金殿，夕奉天書拜瑣闈。強欲從君無那老，將因臥病解朝衣。

【詩意】

　　在傍晚時分的皇城裡，重疊相對的千門萬戶和巍峨高聳的鳳闕龍閣，正沐浴在輕柔如雲的夕陽餘暉之中。宮苑中的桃李，在黃昏的天色下顯得更加濃密幽深；暮春時節的柳絮，正隨著溫和的東風四散飄飛。當禁苑裡遙遠的晚鐘悠揚地傳來官舍時，門下省裡還在處理公務的官員已經寥寥無幾了，只聽見歸巢的啼鳥聲此起彼落（此時的您還在清靜的官署裡案牘勞形，恪勤奉公）。平日晨曦微明時，您便搖曳著清脆的玉珮聲，恭敬地快步走向金殿參加早朝；黃昏時您誠謹地拜辭皇宮，捧著皇上的敕令回到官署去草擬詔書，準備宣達聖諭。我也很想努力效法您宵旰黽勉的精神，無奈早已年老體衰，力不從心了，只好打算脫下朝衣歸隱，休養羸弱多病的身軀。

【注釋】

① 詩題—酬，一作「贈」。給事，給事中之簡稱，屬門下省要職，正五品上，掌宣達詔令，駁正制敕的違失，地位頗為顯崇。郭給事，名承嘏，字復卿（見喻守真注），事履不詳。

② 「洞門」句──洞門，重重相對，彼此相通之門，見《漢書·佞幸傳·董賢傳》注；亦可解為寬敞而又顯得深邃的門戶，此處殆指皇城宮闕中之門戶而言。高閣，可能指宮中的鳳闕龍閣而言。靄，雲濃密狀，此處殆形容洞門與高閣籠罩在夕陽斜暉中。

③ 「桃李」句──陰陰，形容桃李之林蔭茂密幽深。柳絮飛，點出暮春時節。

④ 「禁裡」句──禁裡，即皇宮內苑；因門禁森嚴，非侍衛之臣不得妄入，故曰「禁」。官舍，殆指門下省的官署而言。

⑤ 「省中」句──省，官署名；省中，指門下省官署的所在地。吏人稀，指品秩低於給事中而職事較為清閒的官員皆已下班離去，暗示郭給事猶黽勉從公而未歇息。

⑥ 「晨搖」句──玉珮，官服上佩戴的玉飾；《新唐書·輿服志》謂五品以上之朝服有劍、玉珮、綬帶等，六品以下無之。

⑦ 「夕奉」句──奉，「捧」之本字。天書，天子的詔書。奉天書，敬奉天子之諭令而草擬詔書，準備宣達聖諭；《舊唐書·職官志》謂給事中「凡制敕宣行，大事則稱揚德澤，褒美功業，覆奏而請施事；小事則署而頒之。」瑣，門窗上刻有連環花紋裝飾者；闈，宮中之門。拜瑣闈，對天子青瑣門而拜，以示恭敬。按：腹聯以晨趨夕奉概括郭給事宵旰奉公之勤與君王倚重之深。

⑧ 「強欲」二句──從君，追隨效法其精神與作為。無那，猶言無奈。解朝衣，辭官歸隱之意。

【淺說】

儘管金聖嘆《聖嘆選批唐才子詩》極力稱讚本詩前半寫景「分明如畫」，讀之「使人火氣都盡」，又說後半「誦之使人油然感其溫柔惇厚，不覺平時叫囂之氣皆失也。」高步瀛《唐宋詩舉要》稱頷聯為「清腴有味」，並引吳汝綸之言謂尾聯「見右丞高致」；《唐詩三百

首鑑賞》也嘆賞本詩說：「王維七律，號稱開元、天寶諸作之正宗；此篇之精深華妙，信非他人所能及。」筆者仍以為本詩和〈酬張少府〉〈和賈至舍人早朝大明宮〉等唱酬答贈名作難以相提並論，因為不論就寫景造境、敷色選詞、抒情述懷的效果而言，本詩都顯得淡乎寡味而相形見絀；就章法佈局的匠心而言，本詩也顯得平淡無奇，乏善可陳。

再者，本詩的背景資料嚴重不足，例如：郭給事究竟何許人也？與王維的關係如何？作者當時的官職如何？如果本詩是王維的酬答之作，則郭給事的贈詩內容為何？如果是王維主動贈詩，表示有意辭官養老，又是在何種情境下寫作本詩的呢？凡此種種，對詩意的解析和旨趣的發掘都有很大的影響，因此筆者無法人云亦云地為本詩作導讀與賞析，只能擬測詩意如前，並提出疑義商榷於後，不再深入細說；導讀部分，只好靜待方家指點迷津。

【疑義】

儘管筆者閱讀本詩時曾參考多家解說，力求融會貫通，卻深感難以釋疑解惑，想來有些讀者也有類似困擾，因此爬梳較常見的幾家說法中可疑之處，並略作評述如下：

＊金聖嘆：看他寫餘暉，卻從「洞門高閣」字著手，此即「反景入深林，復照青苔上」文法；言餘暉從洞門穿入，倒照高閣也。（《聖嘆選批唐才子詩》）

＊按：此說可謂無理之至。首先，金氏並未解說何謂「洞門」，容易使人誤以為是指像桃花源的山洞入口而言。其次，不論餘暉是從何種洞門穿入，均不應又倒照高閣；除非洞門之中有能折射餘暉之鏡面或積水，或者它是水簾洞？此外，「靄」字又如何解釋呢？

＊金聖嘆：再加「桃李」句，寫餘暉中一人閒坐，真是分明如畫。

＊按：若首句並無確解，則不論次句如何巧言善說，俱屬無謂；即
　　使次句當真寫景如畫，又與首句有何脈理上之關聯呢？再者，其
　　中果真有一人閒坐嗎？筆者以為首句只是寫日暮時宮闕的光景，
　　次句只是寫暮春的苑囿景致。

＊金聖嘆：再如禁中省鳥，寫此花陰柳絮之間，閒坐之一人，方且
　　與時俱逝，百事都捐，真又分明如畫也。

＊按：所謂「與時俱逝」，似乎是說那人正在花柳之間逐漸憔悴衰
　　老，即將步入死亡？而所謂「百事都捐」，又彷彿是說他意緒消
　　沉，無所事事。這兩句話不論用來摹寫郭給事或王維，恐怕都難
　　以吻合。

＊金聖嘆：前解先生自道比來況味，只得如此；讀此一解，使人火
　　氣都盡。

＊按：就酬答之作而言，如果前四句俱為自述，尾聯又自陳，僅有
　　腹聯十四字的一半涉及郭給事¹，則賓主輕重之間，實在不成比
　　例。何況，由頷聯之消沉枯寂，突然轉為「晨搖玉珮趨金殿，夕
　　奉天書拜瑣闈」之恪勤黽勉，竭智奉公，未免太過突兀，完全看
　　不出脈理何在。筆者以為本詩前半是以宮苑與省臺的黃昏景致，
　　帶出下班後官署的冷清寂靜，藉以暗示郭給事猶兢兢業業，勞碌
　　不休，並由此引出五、六句描寫其人宵旰奉公，勤勉不懈的脈絡，
　　以及自己老病思歸，無法相從的感嘆。

＊章燮謂首句喻其官高年尊，次句喻其門生顯達，三句寫其清閒，
　　四句寫其廉靜。並謂：「省中啼鳥，無訟事也；省中無事，故吏
　　人自稀也。」「靄餘暉，日將暮矣；柳絮飛，春將暮矣。」（《唐
　　詩三百首注疏》）

＊按：筆者以為章說的疑點甚多，首先，「洞門」二字並無解釋，
　　「靄」字亦被忽視。其次，即使把「靄餘暉」三字解為「日將暮」，
　　暗示其人之「年尊」；然而「洞門高閣」又如何可以比喻「官高」

呢？第三，「桃李陰陰」即使比喻「門生顯達」，然而在「門生顯達」之後接以「柳絮飛」，又該如何解釋其間的思理如何展開而脈絡如何銜接呢？第四，如果王維本人的官位品秩或年紀與郭給事相若，則稱讚對方「官高年尊」究竟有何意義？如果王維本人已無意於仕途，則稱讚對方「官高年尊」而「門生顯達」又有何意義？第五，何以見得第三句「禁裡疏鐘官舍晚」是寫其人之「清閒」呢？「清閒」的意象和「禁裡」二字何關呢？與「疏鐘」又何關呢？又與「官舍晚」何關呢？換言之，難道供職於宮禁之外就比在宮禁內任事忙碌嗎？難道郭給事是負責敲鐘的，所以鐘聲稀疏便表示他的工作清閒而不費力嗎？第六，何以「省中啼鳥」便表示「無訟事」呢？何況給事中之職本來就與訟事無關，是否有鳥啼，也和給事中的職掌無關。第七，「省中無事，故吏人自稀」一語如果成立，則必須證明「省中有事，便增加吏人員額」是當時習以為常的彈性編制才具說服力；何況如果當真「省中無事」，豈不是諷刺郭給事是尸位素餐的冗員嗎？則腹聯的朝趨夕拜與尾聯的「強欲從君」又如何解釋呢？

*大概由於受到章燮的誤導，喻守真也說：

*官舍無事，吏人稀少，可以想見太平時世。（《唐詩三百首詳析》）

「太平時世」說一出，又誤導了不少後出之書：

*金性堯說：省中可聞啼鳥，由此並見得訟事不多，時世清平。（《唐詩三百首新注》）

*大陸出版的《唐詩鑑賞辭典》說：省中啼鳥，看起來是描寫了景致，其實，是暗喻郭給事政績卓著，時世太平，以致衙內清閒。雖是諛辭，卻不著一點痕跡。

*《唐詩三百首全譯》說：前四句頌揚郭給事為官的閒靜，用此表現太平盛世的光景。

＊筆者以為《唐詩鑑賞辭典》的說法不通之至，首先，「政績卓著，時世太平」云云，用來稱頌君王英明或宰相幹練恐怕較為合適，和給事中的作為根本不相干。其次，如果衙內的吏人清閒，豈非累死首長？而《唐詩三百首全譯》的說法也無法成立，因為如果郭給事為官「閒靜」，豈非正中王維下懷？王維只要也居官閒靜地混日子就可以了，何必說自己無法勉強追隨郭給事戮力從公的作為，因而有意告老歸隱呢？

＊喻守真說腹聯：「是寫郭給事入朝退朝的情事，是稱頌給事的主眷優渥」，《新譯唐詩三百首》又從而衍生出「前六句盛讚郭給事能得天子的信任，門生眾多，……首二句寫景中含有雙關意，自然高妙。」《唐詩鑑賞辭典》說：「詩的前兩句著意寫郭給事的顯達。……前後兩句，形象地描繪出郭給事上受皇恩之眷，下受門生故吏擁戴，突出了他在朝中的地位。」

＊筆者以為這兩種融合了章、喻之說而移花接木的見解，也大為可議，因為從首句起就把君王的恩寵或信任譬喻為夕陽餘暉，恐怕很令人替王維的腦袋能否穩穩當當地放在脖子上而擔心吧？

【補註】

01 所謂「僅有腹聯十四字的一半涉及郭給事」，是因為金氏對於後解又如此說：「後解始酬郭給事也。言搖玉珮、奉天書，與君同事，豈不夙願？然晨趨夕拜，老不堪矣。」可見是讓郭、王兩人均分「搖玉珮、奉天書」十四字的職事內涵矣。

【評點】

01 葉羲昂：趣得閒適，中四語秀整有度。（《唐詩直解》）

02 李沂：結語多少蘊藉，令人一唱三嘆。岑嘉州〈西掖省〉詩後四句與此略同；但結語太直，為不及耳。（《唐詩援》）

* 編按：岑詩後四句曰：「平明端笏陪鴛列，薄暮垂鞭信馬歸。官
　拙自悲頭白盡，不如巖下掩荊扉。」前兩句是自況忝為朝官，一
　無作為，與本詩「晨搖玉珮趨金殿，夕奉天書拜瑣闈」兩句是寫
　郭給事之恪勤任事，顯然差異甚大。

03 陸時雍：三、四不妨清老。（《唐詩鏡》）

04 唐汝詢：起語閒雅，三、四深秀，五、六峻整。（《唐詩解》）

05 周珽：意深語厚，溫雅之章。　○陳繼儒：韻致高迥，自動奇眼。
　（《唐詩選脈會通評林》）

06 屈復：前四（句寫）夜之寓直（按：謂因值夜而留宿禁苑也）寂
　寞，渾涵不露。五、六（寫）晝之公務不閒，逼出七、八欲病謝。
　和平典重，具自然之致。（《唐詩成法》）

* 編按：如依此說，則八句皆自述自況，與郭給事毫無瓜葛，似非
　酬唱原詩之正例，實不可取。

07 黃培芳：起句不可太平（編按：何止「起句不可太平」而已，八
　句皆不可太澀而使句意難解），熟讀此種可思。　○清俊溫雅。
　（《瀛奎律髓匯評》）

08 陳稽留：疏雅不群。試諷三、四，風情獨絕。（《聞鶴軒初盛唐
　近體讀本》引）

09 朱寶瑩：起便壯麗，下句備極風華。　○（前三聯）俱華貴，落
　句尤極蘊藉。（《詩式》）

070 青溪 (五古)　　　　王維

言入黃花川，每逐青溪水。隨山將萬轉，趣途無百
里。聲喧亂石中，色靜深松裡。漾漾泛菱荇，澄澄

映葭葦。我心素已閒，清川澹如此。請留盤石上，
垂釣將已矣。

【詩意】

　　我往往隨興所至地沿著青溪的流水進入黃花川流域去遊玩，在不
到百里的旅程裡，溪水始終伴著山勢而千迴萬轉，景致也就因此變化
多端，充滿情趣。當溪水穿越幽壑間的亂石時，會激盪出活潑悅耳的
喧嘩聲；當溪水流經幽深茂密的松林時，又會被蒼翠的色調浸染得格
外深沉寧靜。當她流入開闊的平地後，滉漾的水波會讓水面的菱葉和
荇菜看起來極為輕靈曼妙；再看看水邊上的蘆荻投影在澄明如鏡的溪
中，情境清美，簡直如詩如畫。我的心境向來閒靜自在，正如清澈的
溪水一般淡泊寧靜；我很樂意從此像東漢的嚴子陵一樣優游山水，光
是安坐在江畔的磐石上垂釣，就足可終老餘生了。

【注釋】

① 詩題——一作「過青谿水」，谿，與「溪」通。青溪，水名，在今
　陝西省鳳縣附近[1]。
② 「言入」二句——言，發語詞，無義。黃花川，舊注謂在陝西鳳縣
　東北，唐時設有黃花縣，即在今鳳縣東北四十餘公里處。每，往
　往。逐，隨興忘機地順流而行，與〈桃源行〉中「漁舟逐水愛山
　春」所寫之意趣相同。
③ 「隨山」二句——將，伴、同、共也。趣，通「趨」，前往；趣途，
　即旅程之意。無，不足。
④ 「漾漾」二句——漾漾，漂浮狀。菱荇，菱葉與荇菜，此泛指水草
　而言。澄澄，清澈貌。葭葦，泛指水邊的蘆葦。
⑤ 「我心」二句——素，本來、一向。閒，恬淡自在。澹，澄淨貌。

⑥ 「請留」二句──請，願、希望之意。盤，通「磐」，大石。將已矣，將終老餘生。此暗用東漢嚴光辭光武帝爵祿而垂釣於富春江畔的典故，見《後漢書・逸民傳・嚴光傳》。

【補註】

01 章燮注「青溪」引《水經注》：「沮水南徑臨沮縣西，青溪水注之。水出縣西青山，山之東有濫泉，即青溪之源也。口徑數丈，其深不測，其泉甚靈潔。」喻守真謂在今陝西省沔縣東，唯沔縣今已易名為勉縣，距陝西省鳳縣約八十餘公里。趙昌平謂本詩當作於開元二十五年（737）詩人以監察御史往河西節度幕府時；然顯與「每逐青谿水」「請留盤石上」等詩意不符，似難遽信。

【導讀】

本詩是作者記錄一段逐水轉山的泛舟之旅所領略到的聲色動靜之美，寫來意態自如而畫趣盎然，給人層次豐富的審美享受。全詩可以分為三段，每段四句。首段是以導遊的口吻來介紹這段山水之旅的紆曲之勢，先喚起人悠然神往的興致；次段便帶領你深入其中去親身體驗它的聲色動靜之美，讓人產生尋幽訪勝後感到意猶未盡，期待能舊地重遊的些許遺憾；末段導遊表示將垂釣磐石，終老其間，讓人不勝漱石枕流、優游林泉的嚮往。

「言入黃花川，每逐青溪水」兩句，先以色澤鮮明的排偶形式描繪出一段清麗的水路，引發人浮舟順流的輕快聯想。「入」字表現出遠離紅塵，投入自然去尋幽訪勝的快意；「逐」字流露出循水而行時的隨興而往，逍遙自在，以及逐波前進時的興奮與期待。「每」字則表示一而再、再而三的興味盎然，暗示此地景致的清麗脫俗，優雅迷人，使人樂遊不倦。「隨山將萬轉，趣途無百里」兩句，則是描寫所遊非遙，然而山重水複，成蜿蜒盤折之勢，故而水路也迴環縈繞，有

千旋萬轉之姿。詩人另有一首〈自大散以往深林密竹磴道盤曲四十五里至黃牛嶺見黃花川〉詩云:「危徑幾萬轉,數里將三休。」可見此地山水迤邐盤繞,有尺幅千里之妙趣,與《水經·江水注》:「朝發黃牛,暮宿黃牛;三朝三暮,黃牛如故」的紆深峭折,頗有異曲同工之致。

「聲喧亂石中,色靜深松裡」兩句,則正式引領讀者進入宛然如畫的優美情境中,去領略《新唐書》本傳所說王維「畫思入神,山水平遠,雲勢石色,繪工以為天機所到,學者所不及」的丹青世界。「聲喧」句是捕捉溪流活潑地在亂石之間奔躍而過,激盪出喧鬧的清音;「色靜」句則描繪出溪流寧靜地從深密的松林間潺湲而過,被繁茂的蒼松映染成一灣翠綠的碧水。兩相對照,既給人頓挫跌宕的躍動之感,又給人寒肅幽冷的沉靜之感;不僅令人耳清目爽,而且心曠神怡,油然而生不虛此行的悅樂之情。

此外,「聲喧亂石中」五字,是由聲響的喧鬧襯托出谿壑的寂靜,與澗水的曲折多姿;「色靜深松裡」五字,則是由色調的沉靜襯托出山勢的連綿,與松林的幽深茂密。這兩句不僅動靜對比,聲色交融,光影掩映,而且還以訴諸聽覺的「靜」字來形容色彩帶給人的寧和沉靜之感,的確別出心裁地呈現出豐富新奇的審美情趣,因此譚元春在《唐詩歸》中特別嘆賞「喧」「靜」二字,以為「俱極深妙」。作者的〈香積寺〉詩云:「泉聲咽危石,日色冷青松」,也是利用感官交綜和聲色並寫的技巧來烘染出優美的畫境,和本詩實有異曲同工之妙,因此符增〈序王右丞集箋註〉說:「詩為有聲畫,畫為無聲詩,二者罕能並臻其妙。右丞擅詩名於開元、天寶間,得唐音之盛,繪事獨絕千古;所謂無聲之詩、有聲之畫,右丞蓋兼而有之。」

「漾漾汎菱荇」五字,是描寫溪水流出幽深的松林,進入開闊的平原時,水勢舒徐柔緩下來,翠綠的菱葉和荇菜正在微波蕩漾的水面上漂浮流泛,搖曳生姿;一經「漾漾」兩字的點染,便讓人有清風徐

來，肌膚生涼之感。「澄澄映葭葦」五字，則是勾畫溪水流入黃花川的環抱時，溪岸與淺灘間的景物之美；一用「澄澄」兩字來形容，便覺水木清華，風物澄淨。「聲喧亂石中，色靜深松裡」兩句，側重在刻畫穿山越林時的聲色動靜之美；「漾漾汎菱荇，澄澄映葭葦」兩句則側重在展現徜徉碧波時的舒徐自在之感。前者是還在幽邃深長的山谷中航行，後者則已進入寬闊浩漫的水域中漂流。當扁舟由狹窄的谿谷進入浩蕩的平地時，視野已為之開闊；而由躍動的穿梭變為靜謐的徜徉時，心胸又為之寬和；再加上微波起伏而菱荇汎漾，水色澄碧而葭葦搖曳，自然令人有心定神寧的恬淡怡悅之感了。

正由於澄澈靜謐的景物與詩人恬淡閒適的心靈自然契合，讓詩人深刻地領略到陶淵明〈飲酒詩二十首〉其五：「採菊東籬下，悠然見南山；……此中有真意，欲辯已忘言」那種情景交融、物我兩忘的妙趣，因此詩人說：「我心素已閒，清川澹如此。」當時詩人享受到心凝形釋，寵辱偕忘的情境之美，因此他在由衷讚嘆這段既活潑喧鬧又澄定幽靜，既清麗如畫又恬淡如詩的溪流之後，還更進一步以「請留盤石上，垂釣將已矣」兩句，表達出對東漢嚴光能夠敝屣功名，遠離京華的敬慕之意，也流露自己有意效法前賢徜徉山水，逍遙林泉的歸隱之思。

《苕溪漁隱叢話》記載黃庭堅說讀王維的「行到水窮處，坐看雲起時」這一聯，可知摩詰胸次「定有泉石膏肓之疾。」拿這段話來看「明月松間照，清泉石上流」「返景入深林，復照青苔上」等妙逸的寫景名聯，可知所言不虛；再細讀詩人徜徉山水而有意終老其間的本詩，益覺其言之可信。

071 渭川田家（五古）　　　　　　　　王維

斜光照墟落，窮巷牛羊歸。野老念牧童，倚杖候荊扉。雉雊麥苗秀，蠶眠桑葉稀。田夫荷鋤至，相見語依依。即此羨閒逸，悵然吟式微。

【詩意】

　　當夕陽的餘光斜斜地映照著村莊時，牛羊便緩緩地踱步歸來，走進幽僻的小巷裡的欄舍中歇息了。此時村裡的老人家惦念著還看不見人影的牧童，便拄著手杖佇立在柴門邊，向村子口張望。已經吐出花穗的麥田裡，雉雞正熱切地呼喚配偶回巢休息；在這桑葉逐漸稀少的仲夏黃昏，蠶兒紛紛蛻皮而眠，準備要吐絲結繭了。扛著鋤頭的農夫也從各自的田地回來了，他們相見時親切地閒話家常之後，才依依地道別。啊！如此閒適安逸的田園景致，真令我羨慕嚮往，不禁惆悵地低吟《詩經》中的名句：「式微！式微！胡不歸！」

【注釋】

① 詩題—渭，指渭水，源出甘肅省渭源縣鳥鼠山，流經陝西之鳳翔、西安、朝邑，又東流至潼關注入黃河。川，指河邊平闊之地，也可以指原野；渭川，渭水流域邊的原野。

② 「斜光」二句—斜光，或作「斜陽」。墟落，村莊、村落。窮巷，狹窄而幽靜的小巷；或作「深巷」。

③ 「雉雊」二句—雉，野雞；雊，音ㄍㄡˋ，雄性野雞鳴叫。秀，抽出花穗。眠，指蠶經過四次的休眠蛻皮，即將吐絲結繭。

④ 「田夫」二句──至，或作「立」。依依，形容長久交談的親切和樂狀。

⑤ 「即此」二句──即此，正是此情此景。式，發語詞，無義；微，衰微沒落。〈式微〉，《詩經‧邶風》的篇名，相傳狄人侵犯黎國，黎侯出奔至衛，然衛穆公不加禮遇，故黎大夫勸黎侯返國而賦〈式微〉：「式微！式微！胡不歸！」此處王維是以藏辭（又名「歇後語」）的手法，把用心寄託在「式微」後的「胡不歸」上，透露出歸隱田園的心願。吟，或作「歌」。

【導讀】

開元二十二年（734）張九齡為中書令，拔擢王維為右拾遺；二十五年，張九齡遭到李林輔等人排擠，貶為荊州長史。從此，詩人失去了政治上的倚傍，感到相當惶惑不安，也對權力鬥爭與宦海浮沉頗覺厭倦，因此心中萌生了歸隱的念頭。本詩可能是在這種心理背景下（不過卻難以確定作於何年），偶然閒步渭川原野，深感田園生活中親切自然與溫馨有情的風味，正是自己足以安身立命的理想歸宿，因而賦詩遣懷之作。

本詩通篇一氣，情景融合，無須刻意分段。「斜光照墟落，窮巷牛羊歸」兩句，是寫黃昏時村莊籠罩在柔和的金黃光輝中，牛羊正從山野間緩緩地踏著夕陽歸來，經過狹窄而幽靜的小巷，回到棚舍中歇息。大概是牛羊從山野間下來時此起彼落的哞咩聲，和擠入窄巷中所發出的蹄步聲與磨蹭聲，以及牠們身上所散發出的羶騷氣息，又混合著揚蹄而起的泥土味兒，使得村裡的長輩都知道兒孫就要回來了，因此便踱步到門口去遠眺村子口，希望及早看到兒孫的身影。換言之，「野老念牧童，倚杖候荊扉」和前兩句之間，其實自有聲氣相通的脈絡可循。因為不論是上山放牧，或下山返家，總是牛羊在前而牧童殿後，因此野老會在見到牛羊歸來之後，便佇立門邊，眼巴巴地盼望能

看到兒孫的身影；何況，有些牧童還會因為牛羊早已能夠自己認路回家，便在山上玩耍到忘了返家的時間，自然使野老懸念不安而拄杖守候了。而由野老倚門而望的形象，不難想像他們對兒孫的慈愛，也不難聯想他們送兒孫出門時囑咐小心和叮嚀及早回家的情狀，因此詩人在倍覺溫馨之餘，便以「念」字表現出這分親情之可貴，又以「候」字表現出這分關心的自然。

「雉雊麥苗秀，蠶眠桑葉稀」兩句，一方面是轉筆描寫農村風物，以扣準詩題的「田家」二字，為前四句所描繪的村野晚歸圖卷，增添聲色，渲染氣氛，使人如聞雉雊啼喚配偶的鳴叫，如見麥苗隨風起伏的波浪，甚至彷彿嗅到麥穗混雜著青草與泥土的清香而倍覺親切踏實與舒適自在；另一方面，又以這些景物點出時令是在四五月左右的農時，同時更以麥苗吐穗、蠶眠桑稀來暗示即將收成的喜悅與循環不息的生機。換言之，這兩句中寓藏著陶潛〈歸去來辭〉中「羨萬物之得時，感吾生之行休」的生命體悟，與淵明〈桃花源〉詩中「雖無紀曆志，四時自成歲」的宇宙認知，讓詩人心中感到豐富充實，平靜安寧，甚至還讓詩人察覺到自己和田野頗有一分親切的宿緣，和自然更有一種神祕的契合。這種領悟，可能類似於陶淵明〈飲酒二十首〉其五中「此中有真意，欲辯已忘言」的意境，讓詩人的心靈感到相當喜悅自在；因此，當「田夫荷鋤至，相見語依依」那種渾樸自然，毫無心機的閒話家常的畫面映入詩人眼中時，又使詩人在親切溫馨，和樂融融的感受之外，另有一番「日出而作」的踏實感與「日入而息」的滿足與閒適之感。

由於詩人信步田野時所見的風土人物，讓他領略到純樸自然的真趣和悠閒安逸的快樂，不禁對陶潛能毅然辭官，歸隱田園，過著晴耕雨讀，隨遇而安的恬淡生涯，產生神往之情；同時也對自己短時間內還無法斷然擺脫險惡的仕途和無常的宦海，隨心所欲，優遊自在地生

活，倍覺惆悵無奈，因此便以「即此羨閒適，悵然吟式微」兩句來抒懷遣悶。

如果仔細玩味詩中的脈理，可以發覺「歸」字正是全篇的詩眼的所在。詩人不僅在前八句中寫出夕陽歸山、斜光返照、牛羊歸村、牧童晚歸、野老候歸、雉雛啼歸、田夫歸來的種種畫面，展開一幅溫馨的田家晚歸圖，使人有〈飲酒〉詩中「山氣日夕佳，飛鳥相與還」的寧靜恬和之感；就連麥苗吐穗和蠶眠桑稀的景況，也都暗寓有自然萬物無不順著宇宙大化而自有其及時的歸趨和最終的歸宿之意，頗有〈歸去來辭〉中「聊乘化以歸盡」的體認，因此詩人才會在結束時既明白地表示非常憧憬田園裡親切有味生活情趣，又以「悵然吟式微」來暗示萌生歸隱之思。換言之，在前八句所拈出的風物景致中，其實都包藏著若隱若現的歸隱之「情」，最後才綺交脈注在「吟式微」的抒情裡；因此王夫之《薑齋詩話》說：「不能作景語，又何能作情語邪？古人絕唱句多景語。」他的《唐詩評選》也針對本詩說：「通篇用『即此』二字括收，前八句皆情語，非景語；屬辭命篇，總與建安合轍。」的確是見道之評。

這首古詩，純粹白描而不事藻繪，出語渾樸而情味雋永，寫景真切而寄興遙深，頗有蘇軾評陶潛「質而實綺，癯而實腴」的那種清遠而深美的情味，可以置諸陶集之中而難辨，因此高步瀛評曰：「天趣自然，踵武靖節。」

【商榷】

有人解讀本詩旨趣的說：「作者傷世道衰微，有歸隱的念頭。」也有人說：「斜陽、墟落、窮巷，呈露的意象，是荒涼、悲寂與感傷，所以明唐汝詢認為本詩是『歷敘田家之事，而起歆羨之心，傷世之衰，而欲歸隱也。』首二句安置這些意象，正好為最末二句預作伏脈。」

遺憾的是，筆者反覆吟詠本詩的前八句，卻始終玩索不出「傷世之衰」這種淒涼感傷的況味，因此很難認同以上兩種看法。試想：如果詩人有此感受，則「即此羨閒逸」五字，豈非成為言不由衷的空話？而「野老念牧童，倚杖候荊扉」兩句，和與「田夫荷鋤至，相見語依依」兩句，又該如何與「世衰道微」的意象掛鈎呢？

筆者以為唐汝詢「傷世之衰，而欲歸隱」的說法，只怕是誤解了詩中「式微」二字的涵義。因為王維化用《詩經·式微》中黎國大夫的「式微！式微！胡不歸？」其實是以歇後語的手法表明「胡不歸」去的意思；重點是在茹而未吐的「胡不歸」三字，而不是前面感嘆國運衰微或世衰道微的「微」字。因此沈德潛在《唐詩別裁》中說：「吟式微，言欲歸隱也，無感傷世衰意。」

此外，章燮在《唐詩三百首注疏》中說首四句是「敘田家日暮村舍蕭疏之景也。」恐怕正是使今人以為景象荒涼悲寂的始作俑者；為免讀者一時失察，迷誤為真，特此說明如上。

【評點】

01 顧璘：晚色妙。（《批點唐音》）

02 陸時雍：景色依然。（《唐詩鏡》）

03 王世貞：田家本色，無一字淆雜，陶詩後少見。（《唐詩選脈會通評林》引）

04 王堯衢：寫境真率中有靜氣。（《古唐詩合解》）

05 黃培芳：此瓣香陶柴桑。　○顧云：「田夫」二字恬澹，「即此」二字沖古。（《批評唐賢三昧集箋注》）

06 張文蓀：真實似靖節，風骨各別，以終帶文士氣。（《唐賢清雅集》）

07 宋宗元：田家情事如繪。（《網師園唐詩箋》）

072 終南別業（五古）　　　　　　　　　王維

中歲頗好道，晚家南山陲。興來每獨往，勝事空自知。行到水窮處，坐看雲起時。偶然值林叟，談笑無還期。

【詩意】

　　中年以來，我就相當醉心於清淨自在的佛理和禪趣，有了逐漸淡出仕途的念頭，最近終於如願以償，能夠在終南山麓定居下來，享受遠離塵囂的山林樂趣。興致一來時，我經常獨自出遊，那種賞心快意的樂趣，實在只能親身領受，很難用文字來形容。有時候我率性地沿溪而行，漫步到水源的盡頭，便隨意地席地而坐，仰望白雲悠悠地從山頭升騰而起，真是有說不出的寫意自在。有時候會和林野間的老人家在山中不期而遇，我們往往毫無機心地談天說笑，渾然不覺早就過了該返家的時刻。

【注釋】

① 詩題—終南別業，即輞川別墅；然細味全篇，實與描繪輞川清幽勝境無關。按：與王維同時的芮挺章所編的《國秀集》詩題作「初至山中」，殷璠所選的《河嶽英靈集》則題為「入山寄城中故人」，《文苑英華》《唐文萃》皆從殷題。就內容而言，「終南別業」四字，可能是後人所改。

② 「中歲」二句—中歲，殆指三十歲至五十歲之間。好道，喜好清淨自在、淡泊寧靜的佛理禪趣。王維於開元十七年（729）將近三十歲時始從大荐福寺的道光禪師習頓教，此後鑽研甚勤，修行與

日俱深[1]。晚，晚近、近來之意；晚家，近來才築廬而居。南山，終南山之別稱。陲，邊也；此指山麓。

③ 「勝事」句——勝事，會心快意之樂事，即指後半四句所寫之事。空，僅也；空自知，僅能心領神會而難於言傳以報京師諸友。《國秀集》中「空」字作「祇」。

④ 「偶然」二句——值，不期而遇；《國秀集》作「見」。林，一本作「鄰」。無還期，渾忘返家之時；或作「滯還期」「無回期」。

【補註】

01 關於「好道」之事，《舊唐書・文苑傳》說：「維弟兄俱奉佛，居常蔬食，不茹葷血；晚年長齋，不衣文彩。……在京師日飯十數名僧，以玄談為樂。齋中無所有，唯茶鐺、藥臼、經案、繩床而已。退朝之後，焚香獨坐，以禪誦為事。妻亡不再娶，三十年孤居一室，屏絕塵累。」

【導讀】

開元二十二年（734），王維得到宰相張九齡的拔擢而出任右拾遺。王維在〈獻始興公〉詩中自云曾有高蹈林泉，悠遊山野以終老的想法：「寧棲野樹林，寧飲澗水流；不用食粱肉，崎嶇見王侯。」兩年後，張九齡就被李林甫排擠而罷相，次年更被貶為荊州長史。王維眼見朝政日非，恩公再黜，對於仕途的傾軋之危，和官場的鉤心鬥角之險，頗覺驚心沮氣，於是歸耕隴畝，遠離宦海，以求明哲保身的念頭便更加強烈了。他在〈寄荊州張丞相〉詩中又說：「舉世無相識，終身思舊恩。方將與農圃，藝植老邱園。」因此當他得到宋之問的藍田別墅後，就相當用心經營，開始過著亦官亦隱的半退休生活。本詩大約正是詩人在這段半隱居歲月的初期所作。從早期的選本詩題或作

「始至山中」「入山寄城中故人」來看，不難想像當王維以本詩向城裡的朋友宣告爾後的生涯規劃時那種喜悅快慰的心境。

「中歲頗好道，晚家南山陲」兩句，是以如釋重負的輕鬆愉快，說明自己步入中年以後就愛好學道養性，不再如少年時期熱中功名富貴，直到最近才夙願得償而暫離京華，移家輞川。大約此時的王維習靜學禪已經有相當的火候，逐漸看淡了窮通得失，因此儘管生活型態發生了重大的轉變，他卻只像在敘述他人的事蹟一般，語氣平靜，文字清淡，可見「好道」云云，並非虛說敷衍而已。

「興來每獨往，勝事空自知」兩句，說明自己如鳥返故林，魚歸舊淵一般，常能自由自在地隨興出遊，領略到許多賞心樂事，也體悟到不少禪悅的情趣，只不過它們像陶弘景所謂「只可自怡悅，不堪持贈君」的白雲山居一樣，能讓人優遊其中，享受到自適自足的情境，卻無法用言語文詞來描述「此中有真意，欲辯已忘言」的趣味。話雖如此，根據《河嶽英靈集》中的詩題「入山寄城中故人」來看，詩人顯然有向故人透露出山居樂趣之意，因此便在腹聯拈出兩件讓自己得意忘言的「勝事」作為具體的例證，希望故人也能領悟到他妙契自然，如魚得水的快樂。由此可見詩人移家輞川時，絕無仕途失利的怨尤之情，只有「雲無心以出岫，鳥倦飛而知返」的滿足與快慰之感，因此紀昀說：「此種皆熔煉之至，渣滓俱融；涵養之熟，矜躁俱化。而後天機所到，自然流出，非可以摹擬而得者。」（《瀛奎律髓匯評》）

「行到水窮處，坐看雲起時」兩句，是以一氣呵成的流水對，進一步展示只能意會卻難以言傳的「勝事」之內涵，表現出詩人隨緣率性，無往不適的禪悅之境。詩人長久羈絆在仕宦的樊籠裡，如今終於能夠如願以償地暫時擺脫束縛，重返自然，本來就會滿心歡喜，因此當他無拘無束地乘興出遊時，自然會有海闊天空任我遨遊的快意。此時，所有的林泉谿壑對他而言都是清新而親切的，一切的雲嵐煙靄也都是曼妙而神秘的，不論是欣欣向榮的花木，或是潺潺而流的澗水，

都會讓詩人感受到宇宙中活潑躍動的生機，也會使詩人領悟到靜謐自得的禪趣。尤其當詩人只是以洞澈觀照的心靈來欣賞自然的景致，既沒有偏執的期盼，也沒有預設的目標時，就更能體會到鳶飛魚躍的喜悅與行雲流水的自在，因此沈德潛在《唐詩別裁》裡說：「行所無事，一片化機。」事實上，當他隨興所之，信步而往時，就已經先擁有寧靜自足的悠閒意態了；溯溪而上時，又有了尋幽訪勝的新奇情趣。再加上一路上不期而遇的各種景致，既使人心曠神怡，樂而忘倦，也令人胸懷開朗，通體舒泰。因此，當詩人來到水源的盡頭時，不僅沒有像阮籍一樣痛哭於窮途，反而感到這一趟豐富之旅，實在不虛此行。何況，他還有不經意間發現水源的驚喜與滿足，隨興而坐的優閒與自在，以及看見白雲從山後冉冉昇騰而起時那種氤氳變幻的神秘、卷舒自如的飄逸、來去無心的自在……，凡此都深深地吸引著詩人，自然更令他感到這趟心靈之旅，的確令人回味無窮。

就詩歌的脈絡而言，詩人是以腹聯寫出情與景合，心與境會的清適之感與悠然之意，藉以落實頷聯所謂「興來獨往」與「勝事自知」的具體內涵，同時又以「行到水窮，坐看雲起」回扣首聯的「好道」，表示此時自己已經在潺湲而流的清泉，以及悠然來去的白雲之間渾然忘我了，心靈也隨之澄澈空明起來，因而有了禪定的寧靜與喜悅。正由於詩人擅長以畫筆點染詩情來寄藏禪機與理趣，因此宋人胡仔《苕溪漁隱叢話前集》卷 15 引蘇庠的《後湖集》評曰：「此詩造意之妙，至與造物相表裡，豈直詩中有畫哉？觀其詩，知其蟬蛻塵埃之中，浮游萬物之表者也。山谷老人嘗云：『余頃年登山臨水，未嘗不讀王摩詰詩，固知此老胸次，定有泉石膏肓之疾。』」方回《瀛奎律髓》也評曰：「一唱三嘆，不可窮之妙。」趙殿最《王右丞集箋註・序》也說：「右丞通於禪理，故語無背觸，甜徹中邊。空中之音也，水中之影也，香之於沉實也，果之於木瓜也，酒之於建康也，使人索之於離即之間，驟欲去之而不可得，蓋空諸所有而獨契其宗。」

「偶然值林叟，談笑無還期」兩句，則是在拈出優游山水的會心快意之後，進一步提出與山叟野老閒話家常的人情之樂。如此補寫，表示自己並非全然遺世獨立，不食人間煙火的避世之徒；而是愛好自然，寄情山水的在家居士。因此，次聯所謂的「勝事」，就不至於只是一味枯寂冷淡的誦經參禪而已，而是熱愛生命，進而享受生活的高情逸趣。「偶然」二字，相當值得玩味：正由於乘興而遊、信步而往、行至水窮、坐看雲起，以及邂逅林叟、談笑忘歸等，全部都是在率性任真，隨緣順勢的情況下的偶然會心，悠然神遠，所以才使初入山中棲隱的詩人，感到天機洋溢，行止由心，充滿自得自適，自如自在的天然韻致。司空圖〈與王駕評詩書〉云：「右丞、蘇州趣味澄夐，若清風之出岫。」《後山詩話》云：「右丞、蘇州皆學於陶，王得其自在。」張戒《歲寒堂詩話》云：「王右丞詩格老而味長。」這些評語，都可以借來品賞本詩清澈如泉，深沉如淵，醇厚如酒，飄逸如雲，而又自在如僧的無窮趣味。

「行到水窮處，坐看雲起時」兩句，表現出超越空間限制的舒坦自在；「偶然值林叟，談笑無還期」兩句，則表達了渾忘時間流逝的陶然沉醉。正是這種不受時空拘束而自來自去的美好體驗，使詩人的性靈得到完全的解放，感受到前所未有的怡悅恬靜、逍遙自在與平和滿足。從此，他心安理得地悠遊在輞川別墅的清幽勝境之中，既豐富了他的詩情，也啟迪了他的禪心，因而完成了許多聲色並美、動靜相涵、詩畫合璧而又禪玄雙妙的山水傑作。精通樂理，妙擅丹青而又深具騷心的王維，便在山靈水清的孕育下，逐漸蛻變為一代詩佛了。

【評點】

01 劉辰翁：無言之境，不可說之味。不知者以為淡易，故自難及。
（《王孟詩評》）

02 鍾惺：只似未有聲詩之先，便有此一首詩，然讀之如新出諸口及初入目者，不覺見成，其故難言。　○譚元春：只是作人，行徑幽妙。（《唐詩歸》）

03 唐汝詢：堪與「結廬在人境」競爽。（《唐詩解》）

04 僧慧洪：不直言其閒逸，而意中見其閒逸。　○陸鈿：律合古。意趣非言（語所能）盡，蓋有一種悠然會心處，所見無非道也。（《唐詩選脈會通評林》）

05 王夫之：清靡為時調之冠，亦令人欲割愛而不能。（《唐詩評選》）

06 焦袁熹：觀其意，若不欲為詩者，其詩之絕境乎！（《此木軒論詩匯編》）

07 譚宗：八句只如一句，近體中纖纖出塵，夷猶入道，未有過於此作者。孟浩然雅以泉石自驕，卻無此等一作，以雖立品高清，而天懷不如右丞之夷曠也。（《近體秋陽》）

08 張謙宜：一氣貫注中不動聲色，所向愜然，最是難事。古秀天然，杜不能爾。（《絸齋詩談》）

09 王文濡：第三句至第八句，一氣相生，不分轉合，而轉合自分，自是化工之筆。（《唐詩評注讀本》）

073 積雨輞川莊作（七律）　　王維

積雨空林煙火遲，蒸藜炊黍餉東菑。漠漠水田飛白鷺，陰陰夏木囀黃鸝。山中習靜觀朝槿，松下清齋折露葵。野老與人爭席罷，海鷗何事更相疑？

【詩意】

連綿的久雨之後，山林變得空闊而冷清，空中瀰漫著潮潤的濕氣，連遠處緩緩升起的幾縷炊煙，也都顯得陰沉凝重而不易飄散。農家的婦女蒸煮藜葉、炊熟黍米之後，就把飯菜送往東邊的田裡去了。在那廣漠無邊的水田上空，白鷺正低飛而過，畫面相當賞心悅目；而就在水田邊不遠的地方，看起來陰濕而幽深的綠葉之中，黃鸝正婉轉啼唱，歌聲相當悅耳動聽。回到山中之後，我時常修習清淨心性的功課，從觀照槿花的朝開夕落中，我逐漸領悟了世事的無常；有時候在松林邊採擷沾著露珠的葵菜作素膳，也頗能在清心寡慾的生活中自得其樂。我早就拋棄了官家驕矜的習氣，已經是不再與人爭奪名位或席次的山林野老了，純樸的村人還會對我這樣毫無心機的人猜疑不安而不敢親近嗎？

【注釋】

① 詩題──積雨，久雨。輞川，水名，在今陝西省藍田縣南的終南山麓；其流由諸水匯合而成，狀如車輞（按：指車輪的外框）之環轅，故名。輞川莊，殆指輞川一帶的田野村莊[1]。王維四十歲前後就在輞川別墅過著半官半隱的生活，經常親近田野，故有此作。「積雨」《文苑英華》作「秋雨」，《眾妙集》則作「秋歸」；以四句之「陰陰夏木」一詞觀之，顯然時節皆不符，故不取。

② 「積雨」句──空林，久雨之後，空氣陰濕，林野間似乎顯得空闊冷清之謂。煙火，殆指次句之炊煙而言。遲，殆因薪柴受潮，不易點燃生火；而溼氣既重，氣壓又低，兼又似乎無風，故炊煙亦上升緩慢而不易飄散。

③ 「蒸藜」句—藜，一年生草本植物，高可五六尺，新葉及嫩苗皆可食用，莖老而堅者可為藜杖。菑，音ㄗ，指開耕了一年的田地；在此泛稱田畝。

④ 「漠漠」二句—漠漠，在此形容水田廣闊，秧水浩漫的樣子。陰陰，在此形容枝葉因潮濕而覆蔽幽深狀。囀，婉轉而嘹亮地啼唱。

⑤ 「山中」句—習靜，修習使心性清淨之道。觀，靜觀、參悟。朝槿，又名木槿，夏秋之際開花，古人常以朝槿花之朝開夕落寄寓世事無常、生命短暫或情難長久的悲哀；《玉臺新詠》載梁朝王僧孺〈為何庫部舊姬擬上山採蘼蕪〉詩云：「妾意在寒松，君心逐朝槿。」唐人李頎〈別梁鍠〉詩云：「莫言富貴長可託，木槿朝看暮還落。」

⑥ 「松下」句—清齋，茹素齋以求清心寡欲。露葵，沾著露水的葵菜。

⑦ 「野老」句—野老，作者自謂。與人爭席罷，已經拋棄官員驕矜高傲的姿態，能與人不拘形跡地相處。《莊子·寓言》和《列子·黃帝》均載楊朱前往接受老子的教誨途中，客棧老闆恭敬相迎，老闆娘慇勤招呼，旅客也都謙退地對他避席讓座；可是當他回來之後，已經去除驕矜倨慢的威儀，旅客全都敢於和他爭席而坐了。罷，已然之辭。

⑧ 「海鷗」句—海鷗，殆借喻淳樸而無機心的村野之人，蓋輞川遠離海邊，應無海鷗棲息。《列子·黃帝》：「海上之人有好漚鳥者，每旦之海上，從漚鳥游，漚鳥之至者百住（按：數以百計之謂）而不止。其父曰：『吾聞漚鳥皆從汝游，汝取來，吾玩之。』明日之海上，漚鳥舞而不下也。」

【補註】

01 《陝西通志》謂輞川在藍田縣南嶢山之口，去縣八里。川口為兩山之峽，隨山鑿石，計五里許，路甚險狹；過此豁然開朗，村野相望，蔚然桑麻肥饒之地。四顧山巒掩映，似若無路；環轉而南，凡十三區，其美愈奇，王維別業在焉。

【導讀】

　　依照詩意來揣摩，本詩殆為王維移居輞川，過著亦官亦隱生活的前期所作。詩人大概是由長安告假歸來，小住數日後，欣見久雨初停而未放晴前，山林景致與村野風物相當和諧清美，山中生活也頗為淡泊寧靜，因此遠離仕途，棄絕機心，歸隱田園的想法更加清晰，於是以畫筆抒情，寫下當時的感受。

　　「積雨空林煙火遲」七字，是寫詩人回到輞川別業居住期間，正值久雨綿密不斷，只好一直困居室內；直到霪雨初歇，天色陰而未晴的一個早晨才出門散心時所見的村野風物。「積雨空林」四字，畫出了經歷一段長時間的陰雨之後，空氣中彌漫著潮潤的溼氣，地面上也蓄藏著豐沛的雨水，遠方的山林似乎還籠罩著縹緲的雨霧而顯得空濛迷茫的景象。「煙火遲」三字，則繪出幾戶人家的炊煙也因為空氣格外陰冷濕潤的關係而難以升騰飄散的情狀。「遲」字寫出炊煙被雨氣滲透浸染而顯得沉重，因此上升得特別緩慢的凝滯盤鬱之狀。「空」字寫出山林因為久雨的洗滌和濕氣的縈繞，遠望過去時顯得特別空闊岑寂、幽深冷清的模樣。而「積雨」二字，正是為首句抹上陰沉的色調，敷上溼冷的觸感，點染蕭瑟的氛圍，從而使畫面顯得清空淡遠的關鍵所在。不僅如此，「積雨」二字還滲透到次句「蒸藜炊黍餉東菑」七字中，因為它使農婦在炊蒸田食時感受到薪柴受潮，不易點燃生火的不便，也使農婦聯想到在溼冷的水田中工作的農夫之辛苦，因此當

炊煙仍緩緩地從煙囱中升起時，農婦便急著想要提著熱騰騰的熟食去溫暖農夫的身心。詩人在陰沉的天氣中見到這一幕景象，覺得格外親切溫馨，於是便把田婦「饁彼南畝」的日常作為，剪裁成詩句，形成一幅情味淳樸而又生動傳神的田園寫真圖。

「漠漠水田飛白鷺，陰陰夏木囀黃鸝。」正由於詩人深受農婦感動，因此他的視線便自然隨著農婦的身影投向東邊的水田而去。此時詩人見到了平日綠油油的田畝已經注滿了豐足的雨水，正映著陰沉灰白的天色而泛出冷漠的微光；幾隻白鷺鷥在低空盤旋，來回尋覓藏匿在一大片秧田中的生物。這幅動靜有序，意境空濛，色調柔和，而且景象開闊平遠的畫面，使詩人感到寧靜平和的喜悅，原本因久雨而困居斗室的逼仄沉悶之感，似乎都隨著水田的廣漠無際而開闊爽朗起來，也隨著白鷺翔飛的身影而輕快悠閒起來了。同時他的耳中又傳來婉轉清脆的鳥啼聲，順著這美妙的嗓音尋去，詩人找到了經過雨水洗滌後看起來格外清幽深密的林木間，色澤鮮麗的黃鸝鳥在梳理完濕潤的羽毛之後，正在為久雨初歇而歡唱。此時視野的空濛淡遠，畫面的柔和優美，白鷺的悠哉身影，黃鸝的輕快鳴囀，都使詩人領略到活潑的生機與自然的畫趣，也使詩人感受到田園風物的優美、山野景致的清寥，和心靈的沉靜怡悅，因此便以丹青妙筆譜寫出聲色並美的名聯：「漠漠水田飛白鷺，陰陰夏木囀黃鸝」，流露出他回歸山林、優游田園時的適志寫意之樂。清人毛奇齡在《唐七律選》中自言幼年時經常觀看莊稼，誦讀頷聯兩句而深感快然，以後諸詩皆難以省記，唯此二句則長沁心中；甚至後來滯居水田廣袤的汝南，與友人誦此二句時仍不免思鄉淚下，遂嘆曰：「此等詩，直是人心坎間物！」方東樹在《昭昧詹言》中也嘆賞頷聯寫景之工緻生動而譽之為「萬古不磨之句」。仔細玩味起來，這兩句之所以能夠情景渾融而意境深邃，氣韻生動而墨趣橫溢，和「積雨」二字對畫面的浸透渲染，有著極為密切的關聯，因此方東樹慧眼獨具地說：「此題命脈在『積雨』二字。」

就藝術手法而言，頷聯兩句頗有值得再三涵詠之處：

* 首先，是佈局時層次分明而有立體感：「漠漠」句是就遠處、低處描寫，視野隨之延展得極為遼闊；「陰陰」句是從近處、高處落筆，調動耳目來專注地聆賞，凝神地搜尋。

* 其次，是聲色柔美而動靜諧和：「漠漠」句是描寫雪白而渺小的鷺鷥身影在廣漠的水田及綠野中遨遊的景象，大小既相映成趣，動靜也相襯得宜；再加上水色天光，一片空濛而蒼翠，更點染出優美而靈動的圖畫。「陰陰」句則是捕捉禽鳥的啼唱，一方面對襯出環境的寂靜，為第五句的「山中習靜」埋下線索；另一方面又以溼冷幽深的蒼綠來襯托出掩映其間的黃羽，不僅色彩諧美，無形中也讓人在諦聽妙音時增添了賞心悅目的豐美感受。

* 其三，是以「漠漠」和「陰陰」兩組疊字傳神，不僅讓畫面更加氣韻生動，如在目前，也讓人在誦讀時隱約感受到聲情和意境之間似乎有某種神祕的關聯，從而增加欣賞時的美感，因此黃永武先生在《中國詩學‧設計篇‧談詩的音響》中說：「『漠漠』是明紐脣音字，有著寬泛不明的意味；『陰陰』是影紐喉音字，有著陰暗的意味。前者寫水田遼闊的遠景，後者寫夏木蔭鬱的近景，可說各極其妙，而積雨沉沉、煙火瀰漫的村野風物，都隱隱約約地藏匿在這四字裡；至於閒適的心境、靜觀的樂趣，無一不能從這四個疊字中體會出來。」

正是這幅積雨之後格外幽謐清美，而又親切溫馨的輞川圖景，令詩人感到恬淡平靜，因此詩人對於來到山中閒居的清虛生涯，又有了深一層的體認而感到心神怡悅，情味彌長，於是他以記實的筆墨寫下「山中習靜觀朝槿，松下清齋摘露葵」這兩句來。「山中習靜」是表示自己有意淡出政壇，棲心禪寂，因此回到山中來清修；「觀朝槿」則暗示在靜觀物態中參悟了世事的無常，更加深了他遠離宦海，棄絕榮利的想法。朝槿原本就朝開夕隕，可能因為久雨的緣故而凋零得更

快，使詩人更容易觀照到生命的短暫，體認到世事的無常，因此詩人來到山中習靜時會特別留心觀察。「松下清齋」是表示詩人澄心茹素，內外兼修，所以他時常徘徊於松林之間以吸納清虛的貞元之氣；「折露葵」則表示他信手採摘野菜充膳的淡泊寡欲，隨緣自在。葵菜本來就是可口的野菜，也可能因為沾潤了雨露而生長得更碩茂，也更美味，因此詩人來到松林間閒步時便隨手採摘。換言之，詩題中的「積雨」二字，不僅由首句就開始為畫面敷色，而且還滲透到次句「蒸藜炊黍餉東菑」的動作中，渲染出「漠漠水田飛白鷺，陰陰夏木囀黃鸝」的意境，更向腹聯的朝槿和露葵飄灑而來，因而使前六句始終氤氳著濛濛的雨霧而浮盪在漠漠的水氣之中。

大概詩人在微帶濕寒的清遠景致中感到斷絕塵囂、心曠神怡的適志，而澄心淨慮的習靜和茹齋食葵的素膳，也是他淡而有味的生活內涵，因此詩人在相當寫意自在的情境下，順勢寫出「野老與人爭席罷，海鷗何事更相疑」兩句，表示已經完全擺脫官宦之家浮誇的威儀，與驕矜的習氣，回復自己淳樸的本心，重拾悠游田園之樂，期待能夠與村夫田婦融合無間地相處，並且希望鄉野之民不會懷疑他不過是身在山林而心存魏闕的異類，以至於對詩人懷有戒懼之心而不敢接納他。全詩便在跌宕起伏、唱嘆有致的問句中結束，留給人聲色並美的畫面和玩賞不盡的悠遠情味。

【商榷】

唐人李肇《國史補》曾批評王維「好竊取人文章佳句」，以為頷聯即剽竊李嘉祐的「水田飛白鷺，夏木囀黃鸝」而成，言下頗覺不齒。不過，宋人葉夢得《石林詩話》駁之曰：「詩下雙字極難，須是七言、五言之間，除去五字、三字之外，精神興致全見於兩言，方為工妙。」又說：「此兩句好處，正在添『漠漠』『陰陰』四字，此乃摩詰為嘉祐點化以自見其妙，如李光弼將郭子儀軍，一號令之，精采數倍。不

然，嘉祐本句但是詠景耳，人皆可到。」周紫芝《竹坡詩話》認同此說，以為「摩詰四字下得最為穩切。」屈復《唐詩成法》也說添此四字，「精采百倍，竟成右丞之作，可見用成句亦不妨。然有右丞之爐錘則可；無，則抄寫而成。」薛雪《一瓢詩話》也說王維「化腐為奇」，其他如沈德潛、施補華等也都主張有「漠漠」「陰陰」四字則妙趣活現，否則即成死句。

宋人晁公武《郡齋讀書志》則從宋人所見的《李嘉祐集》中並無此聯而質疑李肇厚誣古人，明人胡應麟《詩藪》以為「摩詰盛唐，嘉祐中唐，安得前人欲偷來者？此正嘉祐用摩詰詩。」後來恒仁的《月山詩話》，以及沈德潛、高步瀛也都由王維早於李嘉祐來反證是李襲王句。

筆者以為：王維登科雖早於李嘉祐 27 年，然兩人活動的年代既相重疊，則原創者為王或李，實難斷言；蓋僅由年輩先後立論，證據仍嫌薄弱。就審美效果討論藝術手法之高下，才是讀詩的正眼法藏。事實上，有了「漠漠」「陰陰」四字，的確通體皆活而境界全出，層次分明而又氣韻生動，而且又能曲傳「積雨」二字的神髓，因此王作的藝術效果顯然高於李作。

【評點】

01 劉辰翁：寫景自然，造意又極辛苦。（《王孟詩評》）

02 周敬：清脫無塵，出世人語。摩詰詩往往多道氣，要非尋常韻律間者。　○周珽：全從真景真趣摹寫，靈機秀色，讀之如在鏡中遊。　○陳繼儒：語氣殊靜。（《唐詩選脈會通評林》）

03 周珽：諸家取唐七言律壓卷者，……珽謂冠冕壯麗，無如嘉州〈早朝〉；淡雅幽寂，莫過右丞〈積雨〉。澹齋翁以二詩得廊廟山林之神髓，欲取以壓卷，真足空古準今。質之諸家，亦必以為然也。（《唐詩選脈會通評林》）

04 何焯：悟富貴之無常，乃彌甘於藜食；無妨為農沒世，入鷗群而不亂也。（《唐三體詩評》）

05 胡以梅：五言看破榮枯，六言甘於清虛。（《唐詩貫珠》）

06 范大士：詩中寫生畫手，人境皆活，耳目長新，真是化機在掌握矣。（《歷代詩發》）

07 黃叔燦：讀此詩，摩詰心胸恬淡如見。（《唐詩箋注》）

074 山居秋暝（五律）　　　　　　　　王維

空山新雨後，天氣晚來秋。明月松間照，清泉石上流。竹喧歸浣女，蓮動下漁舟。隨意春芳歇，王孫自可留。

【詩意】

　　一場新雨初歇之後的傍晚，空廓寂靜的秋山裡，空氣格外清新涼爽，景色也特別明淨幽雅。當皓潔的月華從松林間灑落時，松針上的雨露閃爍出晶瑩剔透的清光，使松林顯得格外靜謐而空靈，有如璀璨的星海正眨著夢幻般的眼睛；而當月光穿過松林，映照著地面時，可以見到雨後的山泉匯集成一道清澈流動的淺水，從石徑上輕滑而過，那情境真是恬靜極了。竹林裡忽然傳來一片嬉戲的笑鬧聲，原來是天真活潑的浣衣女結伴歸來了；湖畔密集的蓮花叢，突然在騷動聲中向兩旁傾斜，隨即傳來了水波的音響，原來是漁舟盪水時划破了寧靜的蓮塘月色。啊！儘管春天的芳華早已凋零衰歇，但是山居秋夜的情境是如此美好，自然足以讓王孫徜徉徘徊，流連忘返。

【注釋】

① 詩題─山居，殆指閒居輞川而言。暝，晚、暗；可以包含由黃昏入夜的時間流程。

② 「空山」二句─空，兼有空廓、寂寥、清幽、深邃諸義。新雨，新近所下的雨。晚，傍晚。秋，兼指颯爽的秋意和清新的空氣。

③ 「竹喧」二句─竹喧，竹林邊傳出笑語喧鬧聲。歸浣女，是浣衣女子由水邊歸返村落的倒裝句式。蓮動，蓮葉紛然晃動。下漁舟，是漁人放船下水的倒裝句式。

④ 「隨意」二句─隨意，儘管、只管，有「任憑它如何」之意；王昌齡〈重別李評事〉：「莫道秋江離別難，舟船明日是長安；吳姬緩舞留君醉，隨意青楓白露寒。」詩中之「隨意」，義亦同此。春芳歇，春天的花草早已凋零衰謝。王孫，作者自謂[1]。

【補註】

01 本詩如有寄贈在京城諸友之意，則「王孫」亦可指友人；《楚辭·招隱士》：「王孫兮歸來，山中兮不可久留。」作者反用其意為「王孫自可留」，似乎有意表示：優游山野的自得遠勝爭逐名利的辛苦，故自己寧可歸隱山林，而諸友亦盍興乎來！

【導讀】

這首五律，是以淺淡的筆觸，描繪出山中清淨宜人的秋晚景致，與閒適自在的生活情調，呈顯出詩人恬靜怡悅的心理感受。詩中沒有華辭麗藻或巧譬妙喻，也不刻意講究開闔頓挫的章法或遠近動靜的佈局；詩人只是以他精湛的藝術修為，把眼前所見所聞的自然風物，信手拈來寫入詩中，就成為聲色諧美而情境空靈的動人圖畫，使人眼耳之塵、心舌之垢滌除淨盡，頓覺胸臆舒暢而心神清爽。陸游說：「文

章本天成，妙手偶得之。」本詩足以當之。謝榛《四溟詩話》說：「詩有天機，待時而發，觸物而成；雖尋幽苦索，不易得也。」正可以用來說明本詩「隨意揮寫，得大自在」的妙逸雋永。

「空山新雨後，天氣晚來秋」兩句，入手點題，為以下種種令人悠然神往的景致，預先安排好空廓清新的時空環境。「雨」在王維的詩中，頗有增潤景致，使畫面清明空靈的特殊效果，例如〈渭城曲〉中的一場朝雨，沾濕了輕塵，清潤了驛道，使客舍明淨，使新柳吐嫩，同時也在無形中沖淡了愁慘的離情。〈積雨輞川莊作〉中的那場久雨，為田園村落敷染了迷離空濛的色調，氤氳出縹緲疏淡的畫意。本詩中的這場新雨，則洗淨林野，使秋山更形空廓幽邃，空氣更加清新提神，也使雨後的月華更為皎潔，松林綴滿晶瑩的珍珠，清泉的流動更加活潑，還使得溪水豐沛，少女能夠結伴浣衣，漁夫也能趁著雨霽月涼之際下舟捕魚。換言之，詩中景致之明潔優美，空氣之清新涼爽，以及詩人心境之恬靜怡悅，都和這場初歇的秋雨息息相關；因此徐增《而庵說唐詩》卷 15 就曾感嘆世人皆知「明月松間照，清泉石上流」之佳妙，卻不知它是由首聯自然生發而來：「蓋雨後則有泉，秋來則有月；松石是在空山上見。」章燮《唐詩三百首注疏》也說：「『雨後』含下『明月』『清泉』二句意。」只可惜他們並未更進一步說明這場秋雨的沾潤之遠，是滲透流注到全篇之末的——因為它也為大地帶來活潑的生機和清幽的情韻，因而使詩人格外怡悅，也格外自在。

「明月松間照，清泉石上流」兩句，則是以白描手法勾勒出一幅明潔澄淨、清幽絕俗的畫面，讓人在目迷心醉之餘想當然爾地認為：明月是從盤谷開天闢地以來就應該徘徊在松林之間，才能烘托出她綽約輕盈的風韻；清泉直到地老天荒之日也都應該潺湲在石徑之上，才能表現出她豐沛的生命和空明恬靜的氣質。因此明人王季重〈醉吟近草序〉說：「月宜松，泉宜石；古人信口處，猶勝後人捻鬚萬萬許。」這固然是宇宙間天然生成的優美景致，被王維偶然妙契於心而形之於

詩，但又何嘗不是由於詩人具備精湛超逸的藝術修為、慧眼獨到的審美情趣、蕭散疏淡的生活態度，以及隨緣任化的禪悅心境，因此才能在信手拈來之際就把這種水月交映時玲瓏空靈的意境表現得天機洋溢，宛然如畫，才使人悠然神遠呢？因此，王士禎《帶經堂詩話》卷3說：「嚴滄浪以禪喻詩，余深契其說，而五言尤為近之；如王、裴輞川絕句，字字入禪。他如『雨中山果落，燈下草蟲鳴 ²』『明月松間照，清泉石上流』，以及太白『卻下水晶簾，玲瓏望秋月』，常建『松際露微月，清光猶為君』，浩然『樵子暗相失，草蟲寒不聞 ³』，劉昚虛『時有落花至，遠隨流水香』；妙諦微言，與世尊拈花，迦葉微笑，等無差別。通其解者，可語上乘。」

比較起來，王維〈終南別業〉中「行到水窮處，坐看雲起時」兩句，雖然也頗有禪意，但是仍然有詩人息影其間，也似乎有意闡示理趣，而有落於言詮之虞；本詩的「明月松間照，清泉石上流」兩句，雖然也有詩人步月林泉，沐浴新涼的涵義，但是詩人的形蹤卻完全隱藏於畫面之外，也絲毫不讓人感受到說理參禪的意圖，因此更是羚羊掛角，無跡可求，信筆揮灑，一片神行。值得注意的是：由於新雨初歇的關係，詩人仰望皓月素輝時，應該還可以看見松針上綴滿晶亮瑩潔的雨露珍珠，使松林顯得格外清幽空靈，有如璀璨的星海正眨著夢幻般的眼睛；由於月華穿越松林融入水中的關係，當詩人俯瞰泉流石上時，也應該可以看到倒映水中的月痕松影營造出縹緲朦朧、錯落有致的意境之美。

「竹喧歸浣女，蓮動下漁舟」兩句，則由描寫自然風物之靜態美景，轉筆捕捉村野人事的動態情趣。出句是先聽到喧嘩嬉笑聲穿越竹林而來，然後才見到浣衣少女結伴歸來；對句則是先見到蓮葉紛披傾斜的情況，然後才辨識出是漁舟盪水時造成的騷動。如此安排，不僅符合感官先接受刺激，而後產生認知活動的順序，也使清幽靜謐的秋山裡添增了一些活潑的動態，營造出層次豐富的山居情味。

　　詩人在前六句以細膩的筆觸勾畫出生機流行而情味深遠，景致清幽而意趣疏朗的山居環境之後，再拈出述懷抒情的「隨意春芳歇，王孫自可留」兩句，便顯得水到渠成，妙趣天然了。「隨意」兩字，除了「儘管」之意以外，也涵有純任自然，無須縈懷掛心之意；再加上「自可留」的強烈肯定，便足以表達詩人怡然此間而渾忘紅塵的瀟灑風神。尤其是翻疊逆用淮南小山為劉安招撫隱士出仕而寫的名句：「王孫兮歸來，山中兮不可以久留」，表達自己對隱逸情調的眷戀，更顯得命意曲折，筆致清新，特別耐人回味；由此可見詩人鎔裁舊典的功力已達爐火純青的境界，因此能夠渾融無跡地奪胎換骨，以舊幹新枝展現出無限的風華。

【補註】

01 高步瀛《唐宋詩舉要》評語。

02 王維《秋夜獨坐》詩：「獨坐悲雙鬢，空堂欲二更。雨中山果落，燈下草蟲鳴。白髮終難變，黃金不可成。欲知除老病，唯有學無生。」

03 孟浩然〈遊精思觀回王白雲在後〉詩：「出谷未停午，到家日已曛。回瞻下山路，但見牛羊群。樵子暗相失，草蟲寒不聞。衡門猶未掩，佇立望夫君。」

【評點】

01 郭濬：色韻清絕。（《增訂評注唐詩正聲》）

02 譚元春：（頷聯）說偈。　○鍾惺：（腹聯）細極，靜極。（《唐詩歸》）

03 唐汝詢：雅淡中有致趣。（《唐詩解》）

04 周珽：（頷聯）極清，極淡。　○「浣女」「漁舟」，秋晚情景；
「歸」字、「下」字，句眼，大妙！而「喧」「動」二字屬之「竹」
「蓮」，更奇入神。（《唐詩選脈會通評林》）

05 黃生：右丞本從工麗入，晚歲加以平淡，遂到老成，如「明月松
間照，清泉石上流」，此非復食煙火人能道者。（《唐詩矩》）

06 范大士：天光雲影，無復人工。（《歷代詩發》）

075 輞川閒居贈裴秀才迪（五律）　　　王維

寒山轉蒼翠，秋水日潺湲。倚杖柴門外，臨風聽暮
蟬。渡頭餘落日，墟里上孤煙。復值接輿醉，狂歌
五柳前。

【詩意】

　　深秋時節的一場寒雨過後，原本因為草木凋零，顯得枯寂冷清的
峰巒，逐漸轉變得越來越蒼青翠綠，相當賞心悅目；而原本因為溪水
低落，聽起來微弱滯澀的水流聲，也逐漸變得越來越柔和流暢，相當
悅耳動聽。我經常拄著手杖站在柴門邊，迎著晚風聆聽黃昏時的蟬唱
聲。每當水邊擺渡的地方都沒有人了，只剩下一輪紅澄澄的落日映照
著的時候，畫面特別眩人眼目；此時遠處的村落裡，一縷炊煙正冉冉
上升，看起來格外溫馨可人。閒居輞川的生活裡，隨時能夠接觸到這
些讓人心安神寧，耳清目爽的情景，已經足夠讓人陶然自樂了；何況
還能經常遇到（你這位）豪放率真的楚國狂生，帶著微醺的醉態在五
柳先生（編按：指作者）面前豪放地高歌，更讓人覺得輞川別莊的確
值得流連，的確讓人眷戀啊！

【注釋】

① 詩題─輞川，見〈積雨輞川莊作〉注。王維性愛山水自然，嚮往棲隱生涯，因此當他得到位於輞川的宋之問藍田別業後，便精心整闢而成輞川別墅。此後有二十餘年歲月，經常閒居於此，遍遊其間清幽勝境，如：鹿柴、竹里館、辛夷塢、茱萸泮、柳浪、欹湖、孟城坳、華子岡、文杏館等，並與道友裴迪經常浮舟往來其間，彈琴賦詩，嘯詠終日，留下不少寫景名篇。

② 「寒山」二句─寒山，指秋冬時節草木凋謝，山林枯寂，因而顯得蕭瑟冷清的峰巒。轉，兼有「反而、突然、轉變」諸義，皆可通。蒼翠，較夏日的翠綠更濃密、更深暗的色調。秋水，指輞川。日，兼有「盡日、日日」二義。潺湲，音ㄔㄢˊ ㄩㄢˊ，水徐流聲。

③ 「墟里」─墟里，村莊、村落。上，作動詞解，冉冉上升。孤煙，一縷炊煙。

④ 「復值」二句─復，再、更、又、重也；然並非「又一次」之意，而是「再加上」之意。值，遇也。接輿，此處代指裴迪；《論語‧微子》篇：「楚狂接輿歌而過孔子曰：『鳳兮鳳兮，何德之衰！往者不可諫，來者猶可追。已而已而，今之從政者殆而！』孔子下，欲與之言，趨而辟之，不得與之言。」《莊子》中屢次提及其人，皇甫謐《高士傳》說：「陸通，字接輿，楚人也。好養性，躬耕以為食。楚昭王時，通見楚政無常，乃佯狂不仕，時人謂之楚狂。」五柳，陶潛曾作〈五柳先生傳〉以自況，此處為王維自稱。

【導讀】

本詩是寫久雨乍晴的秋冬景況，反映出作者幽居山林，蕭然物外的閒適之趣，以及良友相訪，放曠自得的怡悅之情。全詩情景如畫，人物如生：寫景時深得畫意，寫人則充滿詩情；畫在詩人的靈心慧眼中，人又悠游在詩情畫意裡。由於詩人能把美景、詩情、畫意與人物的風采神態和諧地統一起來，產生彼此烘托映襯的作用，於是輞川閒居的歲月裡既可以清賞佳景，又能夠欣會良朋的情趣，便被描繪得極為溫馨安適，令人悠然神往。

「寒山轉蒼翠，秋水日潺湲」兩句，是以工整的對偶開端，寫出寒山秋水中的盎然生意和活潑天機，流露出賞心悅耳的快意。秋深山寒的季節，本來應當一片蕭瑟，可是在詩人眼中卻反而顯得蒼翠；泉水也理應逐漸枯涸無聲，可是在詩人耳畔卻仍然潺湲作響，清晰可聞。詩人刻畫的輞川山水，似乎特別清幽可愛，和其他的寒山秋水不同；因為它們變得有性靈有感情，彷彿只為了使詩人悅耳賞心，於是寒山由蕭瑟清寥變得蓊鬱蒼翠，秋水也由乾涸枯竭轉而潺湲喧動了。如此寫法，除了表現出山蒼水秀之可愛之外，也暗示悠閒寧靜的山居歲月使詩人有如魚得水之樂，因此即使面對的是清曠寂寥的秋山，詩人也能感受到盎然的生機正蘊藏其中；即使面對的是水落石出的秋水，詩人也能傾聽到活潑的天機正洋溢滿耳。詩人對輞川山水的喜愛迷戀，便從這兩句似乎反常的詩句中呈現無遺了。換言之，詩人早已完全融入隱逸林泉的生活裡，而且能夠保持澄澈清明的耳目與洞澈觀照的心靈，甚至能領略到沉靜的寒山逐漸變得蒼翠的動態生命，也能體悟到活潑的流水日復一日地展現出恆常的哲理；並且由這種靜中涵動、動中藏靜的現象裡進一步窺探到宇宙自然中潛滋暗長的無限生機。有了這種心靈觀照之後，詩人的心境就更悠然自得，無拘無束了，無怪乎

他覺得天地山川中充滿值得欣賞的情趣。中間兩聯，正是他觀察入微而體認深刻的情趣所在。

「倚杖柴門外，臨風聽暮蟬」兩句，是寫他獨自傾聽自然音籟時專注的神情與悠閒的意態。「倚杖」點出垂暮之年，體貌漸衰，不堪長久站立；「臨風聽」三字則寫出他迎風側耳的姿勢，形象宛然如見。「暮蟬」的鳴聲通常比較嘶啞低沉，何況又是生命將盡的秋季，自然叫聲中便多了幾分悽涼之感；可是詩人卻能獨自拄杖門邊，閒聽秋蟬晚鳴而不至於觸動感傷的情緒，這表示他的心靈已經能夠無罣無礙，無拘無束，因此也能夠欣賞宇宙中衰颯的情調，領略自然中淒美的況味。

「渡頭餘落日，墟里上孤煙」兩句，則宕開筆勢，由描寫人物靜聽暮蟬的丰神，轉而描寫眼中所見的景色：渡頭空寂，只餘落日將沉，映襯得渡頭更形冷清，也格外帶著深遠的畫趣；村落上一縷炊煙裊裊而升，散發出黃昏家園特有的溫馨情味，讓詩人頓時覺得親切祥和而心生喜悅。「餘」和「上」這兩個動詞用得質樸自然而又生動傳神，很能表現出遠處落日將盡未盡，和一縷炊煙悠然升騰的動態感。這一聯景物的安排，講究映襯對比的手法，頗見匠心：

* 首先，渡頭落日屬於自然美景，而墟里孤煙屬於人事現象；可見詩人雖好自然山水，卻並不遺棄紅塵而獨立，正是「結廬在人境」的具體表現。

* 其次，落日下沉而孤煙上升，落日色紅而孤煙色白；畫面的安排不僅錯落有致，而且色澤和諧優美。

* 第三，由渡頭而落日餘暉，視線是由近而遠鋪展開來；孤煙冉冉升空，視線則是由下而上的直線延伸，彼此相映成趣，形成一幅立體的圖像；再加上「餘」字與「上」字的點染，便使原本靜態的畫面中，又蘊藏著舒徐而和緩的動態情趣，因此陸時雍《唐詩鏡》特別指出：「五、六佳在佈景，不在屬詞。」

　　值得注意的是：詩題中有「贈裴秀才迪」五字；因此中間兩聯除
了展現出詩人悠閒自在的生活步調，流露出欣賞輞川景色的恬適之情，
寫足了詩題「輞川」的迷人丰采與「閒居」的悠閒情趣之外，還暗示
詩人正在期待友人前來相會，因此他才會倚仗門邊來張望等候，迎風
傾聽是否有友人前來的任何動靜；一直遠眺到炊煙已裊裊而升，只見
落日映水，渡頭冷清，猶不見裴迪浮舟而來的身影。有了這一番心理
過程之後，才能自然過渡到尾聯，表現出雙方會面的喜樂之情。

　　「復值接輿醉，狂歌五柳前」兩句，則轉筆為前面寧靜悠閒的畫
面，再點染出兩位放曠自得、不拘形跡的隱士形象，不僅使題目中的
「贈裴秀才迪」有了具體的著落，表達出對於裴迪脫略形跡，豪放清
狂的由衷欣賞之意，同時還使原本寧靜溫馨的畫面，頓時酒氣四射、
歌聲豪放而意態飛揚起來。換言之，這首田園山水詩篇，意在表達：
輞川的自然景色，已經足以使人留連忘返了；閒居的自在歲月，又足
以令人陶然自樂；何況還能隨時有一位意態瀟灑、舉止狂放的知己攜
酒前來談心，於是輞川閒居就更富有令人留連沉醉的深遠情味了！詩
人巧妙地借用接輿「鳳歌笑孔丘」的狂態來刻畫裴迪的丰采神態，又
以守拙歸田園的五柳先生比擬自己的棲隱性格，不僅形象歷歷在目，
意態栩栩如生，兩人默契於心而不拘禮俗的友誼，也表現得瀟灑自在，
風趣可愛。

　　儘管詩中出現了大量意象蕭瑟寂寥的景物：寒山、秋水、柴門、
暮蟬、落日、渡頭、墟里、孤煙等，可是卻無礙於詩人藉以傳達閒適
寧靜的喜悅之情；可見詩人點凡鐵為精金，化蕭瑟為溫馨的寫景功力
了。像首聯以「蒼翠」來為「寒山」增色，以「潺湲」來為「秋水」
摹聲，便使景物有聲有色，如聞如見；再加上「轉」和「日」字的點
染，就使自然景致中蘊藏著活潑的生機。頷聯則是以「倚杖」兩字透
露出安閒自在的意態，以「臨風聽」三字刻畫他專注聆賞的神情，不
僅可以沖淡清曠蕭瑟的氛圍，而且流露出詩人心境的平和愉悅。腹聯

則是以「餘落日」和「上孤煙」為寂寥冷清的渡頭和墟里敷設了柔和
而溫暖的色調，營造出寧靜親切的氛圍，因此讀來使人倍覺溫馨有味
而悠然神往。再者，中間兩聯所寫的情境，隱然有陶潛〈歸去來辭〉
中「策扶老以流憩，時矯首而遐觀」的安逸閒適之態，腹聯又有淵明
〈歸園田居五首〉其一裡「曖曖遠人村，依依墟里煙」的歸屬認同之
情，因此當尾聯以五柳自況作收時，便顯得自然高妙而理所當然了；
而詩人隱逸的心志和性喜自然的生命情調，也就因而有了更深沉蘊藉，
也更清晰具體內涵了。

【評點】

01 鍾惺：「轉」字妙，於寒山有情。（《唐詩歸》）

02 陸時雍：三、四意態猶夷。（《唐詩鏡》）

03 周珽：淡宕閒適，絕類淵明。（《唐詩選脈會通評林》）

04 邢昉：起語高遠空曠。（《唐風定》）

05 王夫之：以高潔寫清幽，故勝。（《唐詩評選》）

06 陳德公：淡逸清高，自然絕俗。右丞有此二致：朝殿則紳黻雍容，
山林則瓢衲自得，惟其稱也。　〇三、四絕不作意，品高氣逸，
與「採菊南山」正同一格。五、六亦是直置語，淡然高老，無假
胭脂；綺雋之外，又須知有此種。蓋關乎性情，本之元亮，不從
沈、宋襲得，獨為千古。（清人盧麰、王溥選輯《聞鶴軒初唐進
體讀本》）

07 高步瀛：自然流轉，而氣象又極闊大。（《唐宋詩舉要》）

076 鹿柴（五古） 王維

空山不見人，但聞人語響。返景入深林，復照青苔上。

【詩意】

　　空廓冷清的山林中杳無人蹤，只偶爾傳來忽遠忽近、若有若無的人語聲，使山林顯得更加深邃而幽靜。當夕陽餘暉終於再度斜斜地穿入幽深茂密的樹林中時，才能短暫地把斑駁錯落的光影疊映在地下的青苔上，這就又把茂密的山林映襯得格外幽冷陰暗了……。

【注釋】

① 詩題──柴，音ㄓㄞˋ，或作「砦」，籬落也，即以柴木築成的柵欄。鹿柴，是作者在輞川別墅附近的景點名。王維與裴迪優游輞川期間，曾經選擇當地二十處勝景，各賦五絕一首，共得四十首詩，編為〈輞川集〉組詩。前人曾謂〈輞川〉五絕，句句入禪，評價極高；本詩為王維所作的第五首。

＊ 編按：儘管坊間的選本都將本詩收入「五言絕句」中，筆者卻以為本詩的平仄不符合近體詩的規則，因此題為五古。

② 返景──夕陽返照的餘光。景，日光。

③ 「復照」句──復照，旭日東昇時已斜照一次，此刻為落日的返照，故云。上，為求協韻，應讀為ㄕㄤˇ。

【導讀】

　　這首小詩並不扣緊題面而寫，只就鹿砦這個景點附近的清幽勝境，隨興點染，便烘托出尺幅小景中深遠的意境，很像一幀講究光影變化

的印象派寫生畫，無怪乎蘇軾會說：「味摩詰之詩，詩中有畫」了。本詩不僅可以作為東坡名言的注腳，而且還是詩情中有畫境[1]，畫境中有靜趣，靜趣中有動態的佳構；同時也是動靜之中有聲色，聲色之中有禪機的名篇。正由於王維一身兼有詩人、畫家、樂師的造詣，又有奉佛習靜的慧根妙悟，因此寫出不少鎔詩情畫意與禪機靜趣於一爐的名作。

「空山不見人，但聞人語響」兩句，是以顛倒時序的手法出奇制勝；因為事實上是先聽到不知何處傳來的人語聲，才會刻意去搜尋聲音的來處，而在遍尋不著之後，才會產生「空山不見人」的錯愕感與神秘感。可是經由作者匠心獨運的移花接木之後，便使「但聞人語響，空山不見人」這樣平淡而適合安排在詩末以造成悠遠餘韻的敘述，變得異峰突起而耐人懸想，奇趣橫生了。作者先拈出「空山」二字以喚起讀者對於岑寂、寥廓而又深邃的山林特徵之印象，為讀者開拓出一片馳騁想像的遼闊空間，而後再以「不見人」來襯出它的冷清幽靜，這就使人驚疑作者何以要強調山林裡杳無人蹤呢？原來是從空廓的山谷中傳來人語聲了，可是作者卻遍尋不著！值得注意的是：當短暫的人語響過之後，空山就又歸於萬籟俱寂的境界了；可是正由於先前那一陣短暫的人語聲，此時的空寂之感反而更加突出了。詩人把聲音安排在視線所及的畫面之外，便使得其人其語有如雲中之龍、空中之音，既神秘莫測，又空靈縹緲，很容易激發讀者對於詩境裡始終未曾露面而又「只在此山中，林深不知處」的高人逸士，產生好奇的想像。尤其是經過空谷傳語引起的驚奇、傾聽、搜尋之後，卻發現偌大的一座山林唯有依稀彷彿、隱隱約約，忽遠忽近、時有時無的人語聲飄忽不定，竟不聞唧唧蟲鳴、嚶嚶鳥語，或者瑟瑟風聲、潺潺水響等自然音籟，正好更襯出其間的幽靜與空寂而耐人遐想了。這種以喧襯幽、以鬧寫靜的藝術手法，和陶潛〈飲酒二十首〉其五的「結廬在人境，而無車馬喧」，頗有異曲同工之妙；只是陶詩側重在呈現超然悠遠的

淡泊心境，王詩則側重在空廓幽寂的山林靜趣而已。這種經由音響來喚起讀者的心靈意象，進而反襯出寥廓靜謐的空間情境之奧妙手法，雖然齊梁詩人王籍的〈入若耶溪〉：「蟬噪林逾靜，鳥鳴山更幽」早已先發其秘，不過王維卻表現得更為空靈飄逸而引人入勝。

　　如果說前半是運用以有聲襯托空無虛靜的手法，後半是採用以暖襯冷、以光襯幽的技能，則「返景入深林」五字便是承上啟下的關鍵所在了。就承上而言，它以「深林」二字交代了但聞傳語而不見人蹤的原因，正是山深而林密之故。就轉下而言，它由前半的以聲音反襯空山之岑寂，轉變為以光線反顯深林之幽暗，卻顯得自然而然，毫無轉折時的違和之感；因為岑寂靜謐和幽深陰暗，雖然分別屬於聽覺和視覺感受，但是在我們的意識之中，它們往往彼此相涵相生，可以使人產生森然冷肅而又空曠寥廓的聯想。

　　「返景」二字，是指只有短暫明亮與溫暖的夕陽餘暉。由於山深而林密，當陽光直射時往往被濃密覆蓋的枝葉所阻隔與遮蔽，難以直接篩漏到深林底層的土石之上，因此深林底層才保持幽暗陰冷而蒼苔密佈。大概唯有旭日初昇時的斜光和夕陽西下時微弱的殘暉，才能暫時斜斜穿過林葉間的縫隙，勉強映照在土石之上，使青苔呈顯出或濃或淡、或深或淺的斑駁光影：由此可見「復照」二字用得極為講究。

　　依照常情判斷，想要描寫深林的幽暗，應該會強調陽光照射不到；可是詩人卻特意捕捉夕陽斜射入林，映照在青苔上的畫面，的確令人詫異。猛然見到這種景象時，會覺得這一抹斜暉，可以為幽暗的深林帶來一些光亮，為陰冷的林間青苔帶來一些暖意，甚至為整座空山帶來一線生機。可是反覆體會之後就可以察覺到：不論就作者創作時的主觀意圖，或是就作品完成後的客觀效果而言，都正好與此相反；因為一味的幽暗有時反而使人不覺其幽暗，可是當一抹餘暉低斜地射入幽暗的深林，使參差斑駁的樹影投映在地下的青苔上時，那一小片光

影和大片背景的陰暗所構成的強烈對比，反而會使深林顯得更加幽暗
闃寂。

值得注意的是：當短暫的斜陽隱沒之後，偌大的深山密林又會完
全被陰冷幽暗所吞噬，更顯出空山的寥廓沉寂，同時也正好又繞回到
首句「空山不見人」的情境，於是全篇成為首尾相應而又妙合無痕的
藝術傑作，也使讀者在諷誦之餘，隨著聲色、動靜、冷暖、明暗、濃
淡、淺深等反襯手法的錯綜變化，充分領略到詩人刻劃「空山」神韻
的丹青妙技，不知不覺間便彷彿進入了空山之中，追尋行吟林間的詩
人而去，以致迷途不返了。

由於王維學佛多年，而且又精擅畫藝，因此才能在聲色交融、光
影互顯的畫境之中蘊藏著妙趣天成、似有若無的禪機，使人在吟詠之
餘，不僅有耳清目爽，心曠神怡之感，而且時有優游林泉，超然塵外
之想；無怪乎施補華《峴傭說詩》讚嘆有加地說：「輞川五絕，清幽
絕俗；其間『空山不見人』『獨坐幽篁裡』『木末芙蓉花』『人閒桂
花落』四首尤妙，學者可以細參。」李鍈《詩法易簡錄》也推崇備至
地說：「『人語響』，是有聲也；『返景照』，是有色也。寫『空山』
不從無聲無色處寫，偏從有聲有色處寫，而愈見其空，嚴滄浪所謂『玲
瓏剔透』者，應推此種。」

【補註】

01 《王右丞集箋註》卷末〈附錄〉二引劉士鏻《文致》說：「晁補
之云：右丞妙於詩，故畫意有餘；余謂右丞精於畫，故詩態轉工。
鍾伯敬云：畫者有煙雲養其胸中，此是性情文章之助。」這一段
話，說明了王維詩畫同源的妙境；其實連王維自己都曾經在〈偶
然作〉中如此說過：「宿世謬詞客，前身應畫師；不能捨餘習，
偶被時人知。」

【評點】

01 劉辰翁：無言而有畫意。（《王孟詩評》）

02 李東陽：詩貴意。意貴遠不貴近，貴淡不貴濃。濃而近者易識，淡而遠者難知。如杜子美「鉤簾宿鷺起，丸藥流鶯囀」、李太白「桃花流水窅然去，別有天地非人間」、王摩詰「返景入深林，復照青苔上」，皆淡而愈濃，近而愈遠；可與知者道，難為俗人言。（《麓堂詩話》）

03 李攀龍：無言而有畫意。不見人，幽矣；聞人語，則非寂滅也。景照青苔，冷淡自在。摩詰出入淵明，獨〈輞川〉諸作最近；探索其趣，不擬其詞。（《唐詩訓解》）

04 唐汝詢：「結廬在人境，而無車馬喧」，喧中之幽也；「空山不見人，但聞人語響」，幽中之喧也。如此變化，方入三昧法門。（《唐詩解》）

05 楊逢春：此寫鹿柴之靜也。首是主句，二聞人語，正是申明不見人，語意轉而不轉；三、四便跟首句渲染烘托，言人則不見，唯見返景之入且照耳。通首只完得「不見人」三字，偏得寂中喧、無中有；解此語妙，方不落枯寂。語似逐句轉，意卻一氣下，備禪家殺活縱奪之法。（《唐詩偶評》）

06 吳瑞榮：景到處有情，情到處有景，可思不可象；摩詰真五絕聖境。（《唐詩箋要》）

07 沈德潛：佳處不在語言，與陶公「採菊東籬下，悠然見南山」同。（《唐詩別裁》）

08 章燮：首二句見輞川中花木幽深，靜中寓動；後二句有一派天機，動中寓靜。詩意深雋，非靜觀不能自得。（《唐詩三百首注疏》）

09 俞陛雲：深林中苔翠陰陰，日光所不及，惟夕陽自林間斜射而入，照此苔痕，深碧淺紅，相映成采。此景無人道及，惟妙心得之，詩筆復能寫出。（《詩境淺說‧續編》）

077 竹里館（五絕）　　　　王維

獨坐幽篁裡，彈琴復長嘯。深林人不知，明月來相照。

【詩意】

　　獨自坐在幽深的竹林裡，有時恬靜寫意地彈琴，有時意興飛揚地長嘯。這種放曠自得、陶然忘我的閒情逸致，雖然沒有人前來領略，可是自有明月親切地從深林中灑下清輝來伴我彈琴，聽我長嘯，與我徘徊，真是其樂融融。

【注釋】

① 詩題—竹里館為輞川別業中的一個景點。本詩為王維所作的〈輞川集二十首〉中第十七首。
② 幽篁—幽深的竹林。
③ 嘯—撮口發出清亮悠長之聲。

【導讀】

　　本詩並不以新奇警策的字句取勝，而是以景致的澄靜空靈，和其中人物的悠閒自得，營造出一幅聲色兼美，彈嘯皆宜的畫境，寄託詩人超然物外的高情遠韻和逸懷雅興。

前一首〈鹿柴〉的旨趣是空山幽靜的禪機，而本詩的主題則是怡然自得的情趣：詩人獨坐也自在，彈琴也自得，長嘯也寫意；何況還有明月素輝與我徘徊，竹篁清蔭伴我幽獨，自然更使人心曠神怡，塵慮盡消，不覺悠遊於清幽絕俗的情境之中，陶然自樂，流連忘返了。

本詩最值得注意的是：在「獨坐幽篁裡，彈琴復長嘯，深林人不知」這三句所營造出來幽獨形象之後，加上「明月來相照」這個畫龍點睛的一筆，整首詩便給人雲破月來，景象頓異，煙靄散盡，清光朗照之感，因而特別耐人懸想。仔細玩味之後，可以體會出詩人所要表達的旨意，並非自己在蕭索冷清的情境中倍覺孤獨寂寞，反而比較接近陶潛〈飲酒〉詩其五：「此中有真意，欲辯已忘言」的心領神會，以及陶弘景〈詔問山中何所有賦詩以答〉：「只可自怡悅，不堪持贈君」、李白〈山中問答〉「問余何事棲碧山？笑而不答心自閒，桃花流水窅然去，別有天地非人間」的陶然自樂。尤其「來相照」三字，是以擬人化的手法，寫出明月的多情有心，溫柔體貼，最是善解人意，令人倍覺親切。張潮《幽夢影》說：「無花月則已，有則必當賞玩」「物之能感人者，在天莫如月，在樂莫如琴」，說明了月色可以撩人情思，琴音可以書寫情懷。因此，有了明月皎潔的清輝來照臨幽絕的竹林，不僅使彈琴長嘯倍增情趣，也使詩情畫境更加空靈飄逸，更加引人入勝了。

【評點】

01 顧璘：一時清興，適與景會。（《批點唐音》）

02 王鏊：摩詰以淳古淡泊之音，寫山林閒適之趣；如〈輞川〉諸詩，真一片水墨不著色畫。（《震澤長語》）

03 胡應麟：右丞〈輞川〉諸作，卻是自出機杼，名言兩忘，色相俱泯。（《詩藪》）

04 黃叔燦：〈輞川〉諸詩，皆妙絕天成，不著色相。……（〈鹿砦〉與〈竹里館〉）尤為色籟俱清，讀之肺腑若洗。（《唐詩箋注》）

05 李鍈：下二句承首句「幽」字，寫得幽絕，真能得之於聲色臭味之外者。（《詩法易簡錄》）

06 王文濡：「相」字與「獨」字反對，但相照者明月，則愈形其獨也；言外有無盡意味。（《唐詩評注讀本》）

07 劉永濟：（〈鹿砦〉〈欒家瀨〉〈竹里館〉〈鳥鳴澗〉）皆一時清景與詩人興致相會合，故雖寫景色，而詩人幽靜恬淡之胸懷，亦緣而見。（《唐人絕句精華》）

078 山中送別（五絕）　　　　　　王維

山中相送罷，日暮掩柴扉。春草明年綠，王孫歸不歸？

【詩意】

　　山中相送之後，我看著你的背影逐漸走遠；直到暮色蒼茫時，我才確定你當真已經飄然而去，不能和我多盤桓一些時日了，只好獨自掩上柴門，感受到似乎有些微的惆悵……。我親愛的朋友，明年春天芳草再度換上翠綠的新裝時，你會不會再度歸來呢？

【注釋】

① 詩題——本詩的題目一作「送別」，既與另一首六句的五古「下馬飲君酒，問君何所之」同題而容易混淆，且就詩中作者獨留山中來看，仍以「山中送別」為題較佳。

② 「春草」二句──翻用《楚辭‧招隱士》：「王孫游兮不歸，春草
　生兮萋萋」之意；然「王孫」在〈招隱士〉中是指隱居不仕的賢
　人，在本詩則指離山而去的友人而言，與隱士無關。明年，一作
　「年年」。

【導讀】

　　這是一首相當有特色的送別詩篇，因為它不像一般送別詩著意表
現惜別時的依依離情，反而只寫別後的殷殷期盼；而且不以景物渲染
黯然銷魂的感傷，反而只以動作和心靈獨白來曲傳思慕的情意和別後
的惆悵，因此讀來頗有淡遠的風神和言外的餘味，稱得上是蘊藉深婉
而又怊悵情切的佳作。

　　本詩在起筆時就跳過悽楚依戀的送別情景，直接切入友人已經遠
離，並且已經消失在視線之外的時候：「山中相送罷」，如此開篇，
不僅筆致簡潔而有別出心裁之妙，而且表明兩人都是胸懷曠達的閒雲
野鶴，能夠隨緣任性，逍遙自放，因此在離別時無須作兒女臨歧時難
分難捨的情態。不過，詩人畢竟並非太上忘情之人，因此他雖然以「山
中」兩字暗示自己隱逸山林之中，卻又以「相送」表明兩人交誼深厚，
而後再以「罷」字透露出一程又一程地相送，直到正式分手，友人的
背影已經飄然遠去之後，詩人仍然懷著依戀之情而悵悵惘惘，若有所
失，甚至也許還傳出一聲輕輕的嘆息……。「日暮掩柴扉」五字，表
示在白晝相送之後，詩人有一段不短的時間裡，或在山頭佇望友人遠
去的背影，或在林間獨自徘徊默想兩人盤桓共處的情事，直到暮色蒼
茫時，這才完全確定友人不會突然回心轉意，翩然而返了，詩人這才
默默地回到廬舍，掩上荊門，獨守空寂。

　　儘管「山中相送罷，日暮掩柴扉」這兩句之間，詩人斬枝斷葉地
省略了自己獨返山居途中的所見所聞與所思所感，但是詩人踽踽獨行
於山中，以及回返家園後若有所思、如有所待而心神不寧的形象，應

該不難想像;則兩人意氣相投的情誼之深,也就不言可喻了。「日暮」時蒼茫的景象,本來就容易讓人在和親友分手之後倍增離情而頓覺孤單,因此他掩上柴扉,以免觸惹愁緒;然而,掩上柴扉的動作,豈能就把伴隨著夜色襲來時湧現的孤寂阻斷於屋外呢?換言之,再尋常不過的掩門動作中,可能還配合著詩人輕輕的嘆息,其中暗藏著友人終究離去的些微失望和幾許落寞;則詩人對友人真摯的情感,也就在掩門的動作中表露無遺了。唐汝詢《唐詩解》說:「扉掩於暮,居人之離思方深。」他正是體認到表面上看似與送別無關的掩門之舉裡,其實蘊藏著詩人深濃的別情和失落的惆悵,因此在前兩句平淡無奇的敘事裡,真有令人無限低迴的抒情意涵在內,值得細心體會。

「春草明年綠,王孫歸不歸」兩句,是脫胎自《楚辭‧招隱士》的名句「王孫游兮不歸,春草生兮萋萋」而反用其意,卻更形深婉含蓄,耐人咀嚼。就實際的別情來說,友人可能曾有明年春天重來的約定,然而世事難料,人生多艱,屆時友人能否踐約而來,難免令人有夜長夢多,無法把握的疑慮,因此詩人才會在掩門獨坐時產生這兩句像是自言自語的心靈獨白,透露出他的擔憂。前句是以絕對肯定的態度,預告明年春草如茵,綠意盎然,一派生機活潑的山景,流露出詩人對於棲隱林泉的眷戀與滿足之情,因此他所描畫的春山芳草圖卷裡便充滿著希望與野趣。後句則以不確定的詢問口吻,表現出唯恐友人長此不返的疑慮,和寄望他能踏春歸來的期盼;則詩人對友人深切的情感,便表露得既含蓄又明白了。正由於芳草之綠自有定時,而友人之返則難期必然,因此才使詩人牽腸掛肚,懸想不已。

至於詩人為什麼不在送別時就提出後兩句的疑問,反而讓它成為日暮掩門之後的心靈獨白,以致成為始終沒有說出口的懸念呢?這樣的安排,表示:第一,這並不是一句送別時常聽到的客套話,而是送別返家後詩人內心的真情流露;第二,這個問題一直縈繞在詩人心頭,難以釋懷;第三,暗示「居人之離思方深」(唐汝詢語)的情愫,因

此才相送罷而掩柴門，他的心中又有了新的期待，期待友人能披著明年的春綠翩然歸來。才分手不過半日的工夫，詩人就已經滿腹思慕而寄望來年春天的重逢，則離別之濃與交誼之深，也就意餘言外了。梁實秋先生在《雅舍小品‧客》刻劃主人對待「佳客」的心理活動是：「如果素質好的，則未來時想他來，既來了想他不走，既走想他再來。」本詩後半流露出的情思，已經先傳其神理，而且還多了「想他再來，卻又不知他能否再來，以及是否會來」的憂慮與擔心，就更顯得一片真心，自然流露，使人讀了之後既覺得感動，又覺得窩心。得良友如此，真是三生有幸，夫復何求了。

【評點】

01 劉辰翁：古今斷腸，理不在多。（《王孟詩評》）

02 李沂：語似平淡，卻有無限感慨，藏而不露。（《唐詩援》）

＊ 編按：以上兩說，均染情過濃，值得商榷。

03 俞陛雲：以山人送別，則所送者當是馳騖功名之士，而非棲遲泉石之人。結句言「歸不歸」者，明知其迷陽（編按：無所用心之謂）忘返，故作疑問之辭也。莊子云：「送君者自崖而返，而君自遠矣。」此語殊有餘味。（《詩境淺說‧續編》）

＊ 編按：如依此說，則本詩有諷刺之意；然筆者以為此說既有違溫柔敦厚之詩教，又看不出情深意摯的一片真心，是以不採其說。

079 酬張少府 （五律）　　　　　　王維

晚年惟好靜，萬事不關心。自顧無長策，空知返舊林。松風吹解帶，山月照彈琴。君問窮通理，漁歌入浦深。

【詩意】

步入晚年的我，只喜愛清靜的生活，對於塵世的俗務則完全不放在心上。我深深了解自己並沒有安邦定國的良策，反倒是覺悟應該像倦鳥投林一樣，回到舊時居住的山中，安然歸隱。在山裡，清涼的松風會吹開我寬鬆的衣帶，讓我感受到擺脫一切束縛的自在；明月會像知心的朋友一樣，在我彈琴時前來溫柔地相照，靜靜地傾聽。您問我在宦海中浮沉時的窮通得失之理，請聽聽飄向河浦深處的漁父歌謠吧！

【注釋】

① 詩題—酬，以詩詞贈答。少府，縣尉之別稱。張少府，名事不詳。本詩殆為晚年隱居輞川時所作。

② 「自顧」二句—自顧，自念、自省。長策，經國濟世的良策。空知，僅知。返舊林，遠離仕途而歸隱山林。

③ 「漁歌」句—漁歌，暗用屈原〈漁父〉中滄浪之歌的用意：「滄浪之水清兮，可以濯吾纓；滄浪之水濁兮，可以濯吾足。」向張少府暗示「達則兼善天下，窮則獨善其身」的進退出處之道[1]。

【補註】

01 王逸注滄浪水之清、濁分別為：「喻世昭明，沐浴升朝廷也」「喻世昏暗，宜隱遁也。」

【導讀】

本詩是王維晚年徜徉於輞川美景時的心靈告白。大概當時詩人雖半官半隱，但名望清高，是以張少府修書或獻詩致意；王維對於晚輩詢問宦海浮沉之事與仕途窮通之理，早已非所關心，因此自述清靜自

在之志以答之。前半直書胸臆，無所隱晦，吐屬自然，不假雕飾；後半寫景清美，志趣高朗，意在言外，情味雋永。

根據薛用弱《集異記》所載，少年王維志在功名，銳意仕進，曾因岐王的推薦而得到玉真公主的賞愛，得以在京兆鄉試中榮登榜首。他和許多知識分子一樣都有安邦治民的抱負，因此在得到張九齡的提拔之後，他曾說：「賤子跪自陳，可為帳下否？」（〈獻始興公〉）而在張九齡遭貶之後，他已經感到仕途險惡而有歸隱之念了：「舉世無相識，終身思舊恩；方將興農圃，藝植老邱園。」（〈寄荊州張丞相〉）因而當他歷經宦海浮沉，了解時局難以有為之後，更是積極作歸隱的打算了。〈終南別業〉說：「中歲頗好道，晚家南山陲」，正是他初至山林時的自述；本詩的「晚年惟好靜，萬事不關心；自顧無長策，空知返舊林」四句，更是習於山林生活之後的肺腑之言，絕無任何矯揉做作。可見此時的王維，宦情已冷，正褪去塵念的罣礙，逐漸轉身向佛門而去了。

「自顧無長策，空知返舊林」兩句，雖然似乎略有時不我與的自嘲之意，但是語氣平淡，並無憤懣不平的意氣，和杜甫〈旅夜書懷〉的「名豈文章著？官應老病休」流露出的感慨截然不同，和孟浩然〈歲暮歸南山〉的「不才明主棄，多病故人疏」的憤慨也大異其趣；詩人只是把自己絕意仕進，選擇恬退的心路歷程據實相告而已，並沒有抨擊朝政或譏刺時宰的意圖。正由於他早已過慣淡泊的歲月，領略了優游林泉的妙趣，因此能在「松風吹解帶，山月照彈琴」的生活中享受清靜自在，悠閒自適的情境，全然不再關心塵世的喧囂，也全然不受世俗的羈絆了。

「松風吹解帶」五字，表現出離開官場，回到山林之後，無拘無束，無罣無礙的逍遙；「山月照彈琴」則呈現出融入自然，物我兩忘的怡悅。這種靈臺虛明，纖塵不染，自得其樂，不假外求的寧靜與滿足，詩人早已在〈竹里館〉詩：「獨坐幽篁裡，彈琴復長嘯；深林人

不知，明月來相照」中表露無遺了，而今他再度勾勒出情景交融而又聲色諧美的畫境來說明「晚年好靜」的生活內容，更可見詩人真是心如止水，早已不再掛念仕途失意的往事了。

「君問窮通理」五字，是概述張少府的來信或贈詩之意，呼應詩題中的「酬」字。「漁歌入浦深」五字，是暗用《楚辭・漁父》中滄浪之歌的深意：「滄浪之水清兮，可以濯吾纓；滄浪之水濁兮，可以濯吾足。」一方面表示自己時常能夠聽到渾樸自然的漁樵之歌，倍覺親切；另一方面流露出對於林泉生涯的喜愛，是以樂在其中；同時也以含蓄蘊藉的有聲畫境來暗傳《孟子・盡心上》所謂「得志，澤加於民；不得志，修身見於世」的處世哲理，說明自己識時歸隱的心境。由於問者顯然有心，而答者似乎無意，於是全詩便在漸行漸遠漸縹緲的漁歌聲中飄蕩出空靈的神韻，最有耐人尋繹不盡的餘味可玩。

鍾惺《唐詩歸》評末二句說：「透悟，說不出。」譚元春則稱賞說：「妙絕！」其實詩人不過是化用《楚辭・漁父》中老漁翁的歌謠，希望張少府能夠領悟《論語・述而》所說：「用之則行，舍之則藏」的與世推移之理，毋須執著於窮通之變化而患得患失，並表明自己對於榮枯顯隱，非所關心，一切隨緣順勢，率性葆真的態度而已；其中並無精湛深微的佛理或妙不可言的禪機，無須過求深解。因此焦袁熙《此木軒論詩匯編》說：「無一毫作偽，無一毫詭秘。」的確掌握到了詩人回答晚輩問題時心境的坦然平易，與態度的從容不迫。沈德潛《唐詩別裁》說：「結意以不答答之。」應該也是體認到詩人化用〈漁父〉篇典故的涵義來回答的深心——一個愛好清靜，不關心俗世的山野之人如此自抒懷抱，還須要更多的言語來探討窮通之理嗎？

【評點】

01 李沂：意思閑暢，筆端高妙；此是右丞第一等詩，不當於一字一句求之。（《唐詩援》）

02 張文蓀：理會了徹，隨口都成靈籟。（《唐賢清雅集》）

080 相思子（五絕） 王維

紅豆生南國，秋來發幾枝？願君多采擷，此物最相思。

【詩意】

　　紅豆生長在嶺南地區，當秋天來臨時，它們在枝頭上結滿了多少殷紅的果實呢？希望遠在江南的朋友可要多多採擷把玩，因為它們最能觸動相思的情懷，讓人不至於淡忘故人殷殷的情誼。

【注釋】

① 詩題—或作「相思」「江上贈李龜年」，而且字句異文頗多[1]。

② 首句—紅豆，又名相思子，中國嶺南地區及台灣皆產，顏色鮮紅如珊瑚，有作心形者，通身皆赤；有作豆狀者，則半黑半紅。常用以鑲嵌首飾，或互贈寄情。相傳古代嶺南地區某女子，聞其夫歿於邊地，遂哭於樹下，傷心斷腸而死[2]；其尸化為渾圓紅豆，顏色則鮮紅與漆黑各半，光澤照眼。後人以其既可象徵愛情之浪漫熱烈與圓滿無瑕，又可象徵相思雙方的同心共命，故呼之為相思子。

③ 采擷—採集。采，通「採」。擷，音ㄐㄧㄝˊ，採集；或作「襭」，音ㄒㄧㄝˊ，以衣兜貯也。

【補註】

01 《萬首唐人絕句》作「紅『杏』生南國，『春』來發『故』枝；勸君『休』採擷，此物最相思。」不僅物名殊異，季節有別，甚至連採擷與否，都完全相反。此外，「願」字亦有作「勸」「贈」者，不一而足，難斷是非優劣。筆者僅能依照自己曾於國曆十、十一月在台南烏山頭水庫旁採得紅豆的經驗，暫訂次句為「秋來發幾枝」。

02 相關傳說頗為紛紜，往往有情節相互錯雜影響者，難窺原貌；謹錄《本草綱目》所載以供參考：「按《古今詩話》云，相思子圓而紅。故老言：昔有人沒於邊，其妻思之，哭於樹下而卒，因以名之。」

【導讀】

採擷植物以寄託相思之情，是古典詩歌中常見的抒情模式，〈古詩十九首〉其六云：「涉江採芙蓉，蘭澤多芳草；采之欲遺誰？所思在遠道……。」其九云：「庭中有奇樹，綠葉發華滋；攀條折其榮，將以贈所思……。」都是託物寄情的傑作。梁朝陸凱寄詩范曄云：「折梅逢驛使，寄與隴頭人；江南無所有，聊贈一枝春。」更是深婉動人的名篇。本詩以紅豆起筆，以相思收篇，語淺情深，義涵雙關，最見婉轉含蓄的風神與淵永不盡的情味。

范攄《雲溪友議》、計有功《唐詩記事》皆載安史之亂時，玄宗幸蜀，百官竄辱；李龜年淪落江、潭之間，曾於湘中採訪使筵席間唱本詩及七絕〈伊州歌〉：「清風明月長相憶，蕩子從戎十載餘；征人去日殷勤囑，歸雁來時數附書。」聽者無不神情慘然，切盼玄宗早日回鑾。由此可見本詩具有搖蕩性情的特殊魔力，因此早在當年就已經被梨園樂工譜上深切動人的旋律，成為流傳甚廣的著名詩歌了。

　　「紅豆生南國」是以不假雕琢的口語和紅潤鮮燦的形象，點出相
思子的產地，以及朋友所在的嶺南，同時還暗傳自己對於淪落異地的
友人深切的關懷與憶念之情，並遙逗詩末的相思之意。尤其是紅豆鮮
燦殷紅的光澤，可以象徵赤誠的熱情，而其半紅半黑的形象，又隱然
有異苔同岑、相互契慕的涵義，因此用「紅豆」來寄寓真誠的友誼與
相思的情意，不僅色相優美，渾然天成，而且託興遙深，耐人尋味，
再加上傳說中痴情女子的精魂化為紅豆的浪漫聯想（見注②），就使
首句更添令人悠然神遠的情韻了。

　　「秋來發幾枝」五字，是以親切自然的詢問，上承紅豆而雙關思
慕之情，筆法與構思之妙，和〈雜詩〉的「來日綺窗前，寒梅著花未？」
同樣是藉著情韻宛然而形象優美的事物來傳達深摯的情意，也都表現
得含蓄婉約，風神搖曳。問發幾枝紅豆，表面上似乎和友誼無關，然
而仔細玩味之後，可以發覺：詩人是借著一個哀豔動人的浪漫傳奇，
撩起異地相思的溫柔情懷，如此一來，詩人牽掛懸念的關切之意，也
就婉轉含蓄地蘊藏其中了。如果不是感情深厚的朋友，不會有這樣語
近情遙的詢問；如果不是火候到家的詩人，也不會有如此義涵雙關而
造語天然的名句。

　　「願君多采擷，此物最相思」兩句，是順著前面兩句的設問所營
造出來的意象，轉而真誠地期待對方能珍重友誼，長念勿忘。「願」
字直抒胸臆，無所矯飾地表達出誠摯的盼望；「多」字融入了熱情洋
溢、豪邁奔放的性格，流露出詩人濃郁的思念之意。話雖如此，詩人
的相思之情，卻始終欲語還休，含藏不露，因此顯得意味深長，耐人
咀嚼。由於寫到「願君多采擷」五字，已經蓄積了足以蕩人性靈而撩
人遠思的濃情厚意，因此詩人便不再迴避直接表露感情，轉而明白地
拈出「此物最相思」，正式表達自己綿長幽遠的思慕之意；如此含茹
吞吐，既有水到渠成的自然之勢，同時也遙映開篇的「紅豆」二字，
使全詩首尾圓融，一氣呵成，散發出迷人的藝術魅力。

管世銘《讀雪山房唐詩抄凡例》說本詩與李白的〈勞勞亭〉：「天下傷心處，勞勞送客亭；春風知別苦，不遣柳條青。」與王之渙的〈送別〉：「楊柳東風樹，青青夾御河。近來攀折苦，應為別離多。」都是「直舉胸臆，不假雕鎪」的名作，能使「祖帳離筵，聽之惘惘」，並且大為嘆服地說：「二十字移情固至此哉！」可見本詩之所以膾炙人口，騰播千古，關鍵在於詩人能以樸實無華的筆墨、親切溫馨的口吻、義涵雙關的暗示和優美鮮明的形象，含蓄地表露出似淡實濃，似淺實深，似直實婉的淳厚情誼，因此別有感人肺腑的特殊意趣，值得我們再三涵詠，反復玩味。

081 秋夜曲二首 其二（七絕樂府）　　　王維

桂魄初生秋露微，輕羅已薄未更衣。銀箏夜久殷勤弄，心怯空房不忍歸！

【詩意】

素淡的秋月才剛剛從東邊升起，庭院中的草地上已經沾了些許的露珠，閃現出迷濛的微光。她身上輕盈柔軟的羅衫已經顯得太過單薄了，可是她卻沒有回房換上秋天的衣物來保暖……。夜色更濃了，涼意也更深了，她仍然專意地撫弄銀箏來寄託情思，原來她深怕空房裡的冷清寂寞會吞噬自己，所以遲遲不肯回房安歇。

【注釋】

① 詩題──郭茂倩《樂府詩集》錄本詩入〈雜歌曲辭〉，作者題為王維；《全唐詩話》《唐詩紀事》題為張仲素之作；王士禎《萬首唐人絕句選》則題為王涯之作。按：本題第一首：「丁丁漏永夜

何長，漫漫輕雲露月光。秋逼暗蛩通夕響，寒衣未寄莫飛霜。」內容應是閨婦思憶征夫，與宮怨無涉；而由本詩的「輕羅」「銀筝」等詞語來看，殆為描寫貴家少婦空閨獨守的幽怨。

② 桂魄──魄，形容月亮初出時素淡潔白的影像；桂魄，可代指月輪。《酉陽雜俎》：「月中有桂樹高五百丈，下有一人常斫之，樹創隨合。人姓吳名剛，學仙有過，謫令伐樹。」

③ 「輕羅」句──輕羅，柔軟光滑而有細密網孔的絲織物，為貴家女子夏天所著之衣物。薄，單薄而不能驅寒保暖。

④ 「銀筝」句──銀筝，以銀為裝飾或以銀為絃柱的撥絃樂器，共十三絃。殷勤弄，意興深長地撫弄筝絃以寄意。

【導讀】

這首七絕樂府，前人大多以為是宮怨之作。不過，如果從同題第一首的末句「寒衣未寄莫飛霜」來看，應該是貴婦思憶征夫，難忍秋閨空寂之詞；因為遠寄寒衣的心事，顯然和戍守外地的將士有關，而和宮怨無涉。

詩人起筆先以「桂魄初生」暗逗詩題的「秋夜」二字，形容秋天夜幕方臨，月輪初昇的素澹澄淨，隱然透出絲絲涼意。「桂」字的點染，使月亮帶有神話的色彩而增人情思；「魄」字的錘鍊，則使月娘化身為孤貞自守而心魂幽潔的性情中人。換言之，當她仰望澄澹的素月時，可能會聯想到遠在天涯的心上人，正像在月宮裡砍伐桂樹的吳剛一樣，何時才能回到自己的身邊？也可能聯想到自己正如那輪澄淨的秋月一樣，只能在漫漫長夜裡幽獨地徘徊中天，備嘗寂寞的滋味。「秋露微」三字則點明詩題的「秋夜」二字，表示她正在閨房之外漫步庭院或獨坐迴廊，察覺到草尖、葉片或迴廊的欄杆上已經沾了些許的露水，正在月色的輝映下散發出幽冷的清光，讓她更感到侵肌生寒

的涼意而益覺寂寞冷清了，因此詩人便以「輕羅已薄」寫她難以抵擋瑟瑟的秋意，也難以承受心境的淒清之感。

　　照理說，當她有這樣淒清的感受時，應該會折回屋內添加衣物才是，可是詩人卻說她「未更衣」！於是「輕羅已薄」和「未更衣」就形成一種相互牴牾的衝突，不免令讀者心生困惑：何以她竟然不回房加衣，或者乾脆就上床尋夢去呢？然而詩人並不急於揭開謎底，他故意以矛盾逆折的句法，造成懸疑跌宕的效果之後，便盪開筆勢，轉而寫她撫箏遣懷的舉動，讓讀者好奇後半可能的發展，玩索她不更添衣物的原因。如此欲說還休的狡黠佈局，既吊足了讀者的胃口，也使詩情增添波瀾，因而別具趣味。

　　「銀」字的修飾，並不僅僅是以華美的器物襯托她貴家少婦的身分而已，也給人映清輝而泛寒意的感覺，和前半的氣氛頗為一致，由此可見詩人選詞的用心。「夜久」表示夜色已深，彈奏甚久，則顯然寒涼的秋氣更濃了；再加上「殷勤弄」三字，更是啟人疑竇：她究竟有何難言的隱衷，竟然寧可忍受風露之寒而不肯入屋更衣呢？她究竟有何難遣的幽情，竟然刻意撫箏抒懷到深夜還不肯罷休呢？「殷勤」兩字寫出她專注心力彈奏的情狀，暗示她極力想要忘記滿心的愁怨；「夜久」兩字見出秋夜的漫長難捱，因此她越是殷勤弄箏，便越是透露出她內心的淒涼與寂寞之深了。

　　運筆至此，翻騰蓄積的詩情已達飽和狀態，詩人才拈出「心怯空房不忍歸」來揭開前面茹而未吐的謎底，使人豁然開朗，於是她空閨幽棲的寂寞，孤枕難眠的苦悶，衾冷被寒的淒涼，以及秋夜獨宿的畏怯之情，便狀溢目前，顯得楚楚可憐了。

　　這首小詩，是以清麗的措辭、細緻的鋪敘及深婉的筆意，烘托情境，刻劃心事，並且以點到為止的含蓄手法來形成頓挫有致的波瀾，渲染出懸疑跌宕的氣氛與耐人咀嚼的情韻。拿它來和王昌齡的〈閨怨〉、

李白的〈玉階怨〉作比較，可以發覺春蘭春菊，各擅勝場，而委婉的風神和蘊藉的情味，也有異曲同工之妙。

【評點】

01 唐汝詢：〈秋夜曲〉二首，皆閨情正調，雅而不纖。　○周珽：以「心怯空房」四字，生出無方恨思；否則誰不畏寒，乃能深夜衣薄羅而耽彼銀箏也？（《唐詩選脈會通評林》）

02 俞陛雲：秋夜深閨，銀箏閒撫，以婉約之筆寫之。首言弓月初懸，露珠欲結，如此嫩涼庭院，而羅衫單薄，懶不更衣，已逗出女郎愁思。後二句言夜深人靜，尚拂箏弦，非殷勤喜弄也，以空房心怯，不忍獨歸，作無聊之排悶。錦衾角枕，其情緒可知。所謂「小膽空房怯，長眉滿鏡愁」，即此曲之意也。（《詩境淺說·續編》）

082 過香積寺（五律）　　　　　王維

不知香積寺，數里入雲峰。古木無人徑，深山何處鐘？泉聲咽危石，日色冷青松。薄暮空潭曲，安禪制毒龍。

【詩意】

　　離開長安城，經過幾里路之後，就逐漸進入雲霧縹緲的山區了，卻仍然不知道香積寺隱藏在雲深不知處的什麼地方。當我穿過古木參天的密葉叢林之下，走在杳無人跡的小徑上時，忽然飄來隱隱約約的鐘聲，可是即使窮盡耳目，卻仍然不知道鐘聲是從哪裡傳來的。循著時斷時續的鐘聲向前走去，不知道過了多久，才逐漸聽到從嶙峋的巖

石間傳來淙淙的泉水聲，低沉微弱得像是在幽幽地哽咽。再往前走了一陣子之後，發覺經過幽深茂密的松林篩漏過後才落在身上的斜陽，反而帶來陰森冷清的寒意。黃昏時，我才來到寺前，看著它座落在空闊澄澈而又深沉寧靜的潭水邊，霎時心中一切妄想雜念全都化解於無形，只剩下僧人禪定時的那份清靜、恬淡和喜悅了。

【注釋】

① 詩題—過，拜訪、尋訪。香積寺，故址在今陝西省長安區南約八公里處。香積，眾香世界之佛名；《維摩詰經·香積佛品》曰：「上方界分，過四十二恆河沙佛土，有國名眾香，佛號香積，今現在。其國香氣，比於十方諸佛世界人天之香最為第一。」

* 編按：《文苑英華》錄本詩，作者題為王昌齡。

② 「古木」句—謂小徑上古木參天，人跡罕至。

③ 「泉聲」二句—本聯實為「危石咽泉聲，青松冷日色」的倒裝句式，意謂：泉水流經高險的山石時，發出幽咽之聲；蒼松幽密蓊鬱，以致透入樹林而篩落身上的陽光，也轉生涼意。危，高峻；危石，嶙峋嵾嵯的巖石。

④ 「薄暮」二句—薄，迫近；薄暮，黃昏將至暮夜之時。空，空寂幽靜之意。潭曲，潭水邊；空潭曲，為「潭曲空」之倒裝。安禪，指僧人清修坐禪時身心安然入於禪定之靜境。毒龍，譬喻一切機心、妄想；舊注引《涅槃經》曰：「但我住處有一毒龍，其性暴急，恐相危害。」《大灌頂神咒經》云：「安禪於空潭之曲。」

【導讀】

本詩主角雖然是香積寺，卻避開正面描寫廟宇的外觀造型，反而側重於表現尋幽訪勝的過程中逐漸領略到的禪趣，故曰「過」。

　　「不知香積寺，數里入雲峰」兩句，是採用倒裝逆挽的手法，把一、二句的位置加以對調，寫的是詩人離開長安城，走了幾里路之後，仍然眺望不到香積寺所在的位置，只隱約知道它就在雲霧縹緲的深山密林之中。詩人在起筆時就以「不知」這兩個字，引起讀者好奇的懸念，加上「數里入雲峰」的點染，就讓人對這座遠離紅塵而遺世獨立的方外勝境多了幾分好奇與神往。

　　「古木無人徑，深山何處鐘」這兩句，寫他在古木參天的林蔭小徑中踽踽獨行時，忽然聽到鐘聲迴盪在深山密林之中，彷彿有意指引他前進的方向；然而經過仔細的聽音辨位和窮盡目力的尋找之後，香積寺卻依舊是「只在此山中，雲深不知處」，這就讓習禪好靜的詩人對這忽隱忽現、時斷時續的空谷回音，先是感到幾分神秘，繼而隱約覺得其中似乎頗有幾分禪趣，因此也就對隱身在雲深不知處的香積寺更多了幾分親切之感。古木參天的蓊鬱幽深，小徑無人的僻靜冷清，再加上「何處」這一設問所表示的神祕，開篇的「不知」所營造的懸疑，以及鐘聲的清遠悠揚，便把一種既深遠幽謐，又縹緲飄忽，更帶著幾分空靈禪機的氛圍渲染得越來越濃；因此趙殿成《王右丞集箋注》說：「起句極超忽，謂初不知山中有寺也，迨深入雲峰，於古木森叢，人跡罕到之區，忽聞鐘聲而始知之。四句一氣盤旋，滅盡針線之跡；非自盛唐高手，未易多覯。」

　　「泉聲咽危石，日色冷青松」兩句，是詩人在古木密林，杳無人蹤的深山幽徑裡忽聞鐘聲，便靜下心來側耳傾聽，繼而循聲前往的所見所聞。「泉聲咽危石」五字，屬於動態聲響的展現，表示沿著潺潺的流水聲上山時，發覺溪澗中有不少嶙岣嶒嶝的巨石阻礙了流泉的去向，泉水只能減緩速度艱難地在其間尋找縫隙，穿梭盤繞，因此聲音變得低沉暗啞，彷彿發出幽微的哽咽聲。一個「咽」字，相當準確生動地傳達出深山流泉清冷的神韻。「日色冷青松」五字，屬於靜態色相的展現，表示經過了相當長時間的跋涉之後（由尾聯的「薄暮」二

字可知），斜陽照射蒼翠的松林之中，經過深密幽暗的濃蔭篩落之後，原本溫暖的陽光反而透露出陰森冷清的寒意來。詩人以「冷」字形容日色，頗為新奇高妙，因為「日色」原本是溫暖的視覺意象，詩人卻運用通感的手法，選擇屬於觸覺感受的「冷」字來形容它，不僅產生「反常合道」的奇趣而耐人尋味，也經由淒冷的日色和幽咽的泉聲襯托出靈山古剎之遠離紅塵，深邃僻靜；因此趙殿成又說：「『泉聲』二句，深山恆境，每每如此，下一『咽』字，則幽靜之狀恍然；著一『冷』字，則深僻之景若見。昔人所謂詩眼是也。」說明了王維鍊字造意的功力之深厚，和以喧襯靜、以暖襯冷的筆致之靈妙。

經由以上種種側面烘托和渲染氣氛的手法，便營造出香積寺遠離塵囂之外，而又高入雲山之中的人間淨土之印象，然後詩人才巧妙地化用佛教的典故，以「薄暮空潭曲，安禪制毒龍」兩句，表示終於在傍晚時來到香積寺前空闊深沉的潭水邊岸，感受到方外僧人特有的禪定與喜樂。「薄暮」兩字，除了表示詩人尋訪至夕陽西下以外，還間接補充說明了何以白日透過松林之後竟會泛生出寒冷的色調。「空潭曲」是「潭曲空闊靜寂」的倒裝句式。安禪，指僧人清修坐禪時，身心由澄思靜慮逐漸進入安然禪定的境界；毒龍，則譬喻一切的機心、妄想或雜念。

值得注意的是：「泉聲咽危石」除了表現出山路之崎嶇難行之外，可能還暗示香積寺更在懸泉飛瀑之上；「日色冷青松」表示香積寺更在深邃幽靜的密林之外。詩人在經過翻山越嶺，撥葉穿林的尋覓之餘，淙淙的清泉正可以洗去塵慮，深幽的松林也可以淨化心神，讓詩人有脫胎換骨，靈臺澄明的體認。因此，當他見到空潭寂寂，倒影幢幢時，便進一步有諸念皆空，諸妄盡消的頓悟，只覺心靈純淨怡悅，湛然澄澈，彷彿進入無執無我、無色無相的禪定境界之中，於是便借用佛教的經典來表達棲心禪悅時清明不昧的平靜安怡之感。換言之，「泉聲咽危石，日色冷青松」兩句，可能不僅是純粹寫景而已，還暗示一段

脫卸塵囂，磨洗本心的過程。詩人經過這一段清幽勝境的洗禮之後，已經接近於明心見性、虛靈不昧的境界，因此當他在暮色蒼茫中見到空闊沉靜的潭水時，頓時領悟到此心纖塵不染的純淨自在，安然進入禪定的悅樂之境。這種寫景深幽而妙含禪理的詩筆，和常建〈題破山寺後禪院〉詩中先經過「竹徑通幽處，禪房花木深」的潛移默化，而後領略到「山光悅鳥性，潭影空人心」的禪機理趣，頗有異曲同工之妙。

由於詩人完全不從正面直接勾勒香積寺的外觀，而只是借助於聲色、遠近、動靜、冷暖的映襯來渲染清幽寂靜的氛圍，不僅更能曲傳筆墨之外的遙情遠韻，也更能引發讀者對於這一座寺院產生虔敬的宗教情懷。俞陛雲《詩境淺說》特別指出：「常建〈過破山寺〉，詠寺中靜趣；此詩詠寺外幽景，皆不從本寺落筆。遊山寺詩，可知所著想矣。」這段話說明了烘雲托月的手法，能使被描寫的主體更具有引人入勝的神奇魅力，值得我們三復斯言。

【評點】

01 顧與新：幽深本色語，不雜一句；潔淨玄微，無聲無色。（《唐詩廣選》引）

02 葉羲昂：「古木」二句幽而渾。（《唐詩直解》）

03 陸時雍：韻氣冷甚。（《唐詩鏡》）

04 周珽：極狀山寺深僻幽靜。篇法、句法、字法，入微入妙。（《唐詩選脈會通評林》）

05 黃生：幽處見奇，老中見秀；章法、句法、字法，皆極渾渾。五律無上神品。（《唐詩摘抄》）

06 沈德潛：「咽」與「冷」見用字之妙。（《唐詩別裁》）

07 盧麰、王溥：三、四是雋逸句法，五、六特作生峭。「咽」「冷」二字法，極欲尖出；寫生寫色，已難到地。著「咽」「冷」字，

妙更入神，是〈子虛〉〈上林〉賦手。（《聞鶴軒初盛唐近體詩讀本》）

08 吳北江：幽微夐遠，最是王、孟得意神髓。（《唐宋詩舉要》引）